黄兆漢 編著

姜白石詞詳注

程千帆署

臺灣學生書局印行

本書作者夫婦攝於揚州瘦西湖「二十四橋風景區」（一九九七年八月）

參姜白石詞第一首〈揚州慢〉

鎮江北固山環境今貌（一九九七年八月）

參姜白石詞第六十二首〈永遇樂〉

自序

自一九八三年始，我在香港大學中文系一直以講授姜白石詞爲「專家詞」一科的中心課題，不經不覺，已差不多十五年了。在講授白石詞的過程中，雖然往往因感受的不同，閱歷的增進，甚至乎情緒的變化而對作品的講解略有差異，但畢竟已講了十多年，就算有變動，也不會太大。也就是說，到今時今日已達到一個定型的階段，或許說，已達到成熟的階段了。我的講義也應該在這個時候定稿。這是我編著此書的最主要原因。

另外一個原因是，爲修讀「專家詞」的同學提供一本參考書。雖然說「專家詞」是講授整個學年的科目，但實際上只有二十四至二十五個星期的授課時間，亦即是說，只有二十多個鐘頭去講授。以如此短速的時間去全面而深入了解白石詞是很不容易的事。我覺得「全面」勉強可以做到，但「深入」則難言了。我想，如果每位同學手頭上都能擁有一本詳解白石詞的書多好！無疑，我們有夏承燾先生的《姜白石詞編年箋校》，亦有吳無聞先生的《姜白石詞校注》可供使用，可惜二書市面上已甚難得到，圖書館所藏亦不敷應用；況且，這兩本書也有未盡善之處，不盡適合我的要求及同學的需要。一本合用的白石詞詳解仍有待誕生。既然如此，我何不着手去編寫呢？這便是促使我編著此書的另一原因。

最初，我只計畫爲白石詞作注解——適合我講授和同學學習的注解。現存白石詞只有八十四篇，自忖如果以一天注一篇的速度，一星期注五篇至六篇，四個月內應該全部完成；而且，自己講授白石詞已十多年，自覺對白石詞已有相當認識，注解的工作理應不難的。

立定主意後，便開始工作。一口氣就注了幾篇，勉強地說是一天注一篇。畢竟形諸筆墨與口講有頗大的差別，工作進度並不如理想。就在這個時候，不同類形的工作一浪接一浪，不斷湧至，令我無法騰出時間去作注解，心裏非常納悶。難道白石詞的注解工作就此中斷嗎？心有不甘。但，又眞的抽不出時間去做。如何是好？在徬徨無計的情況下，一拖就拖了兩個月。換言之，在兩個月的時間內就只作了幾篇注！我當初的計畫完全不是如此的，原來的計畫全不能兌現！

古語云：「窮則變，變則通。」到了如斯地步，我唯有求變了。何不找些研究生——一些修讀過我白石詞的研究生來共同完成這計畫呢？於是我便找來何紅年。紅年是港大中文系助教，也曾執教於某大專，現正隨我研究清詞，爲博士班研究生。很高興紅年答應助我一臂之力。我要求她本着課堂上抄錄的筆記去作注解，這樣，便會不失或接近我的原意。同時，我也鼓勵她參看前賢時彥的研究成果，以補筆記的不足。我特意向她指出，此書的對象是大學生，年輕人，不是詞學專家，所以注解的涵蓋面應盡量廣，（每篇詞我都標出要注解的地方），且應適當地詳細，以迎合現時年輕學子的需求。總之，要依循我在課堂上授課的模式去作注解。紅年工作態度好，很投入，也很有計畫。她每星期交來五篇注解，我就逐篇逐條地去修訂，或刪增，或潤飾，或答問，或決疑，務須符合我的本意與要求。修訂之後，我更着紅年再輸入電腦，然後列印，再給我校讀一次。在這次校讀過程中，我又往往進一步修訂，然後又再一次輸入電腦，……。如是者，每篇注解，我起碼修訂兩次，校讀三次，有時次數更多，看情形而定。故此，實際上，紅年所做的是根據我在課堂上對白石詞的講解而寫就初稿，而再由我多番修訂而成。也可以這麼說，紅年是有系統地整理她在課堂上所抄的筆記，（當然同時參考他人的見解），而我是認眞地修訂這些筆記，使它成爲可以示人的文章。可是，眞想不到，原來我要付出的時間與心力卻是那麼多！

除了紅年外，我也邀請文英玲參與。我要求英玲爲我作白石詞的賞析。我認爲賞析部分非常重要。這部分是爲欣賞白石詞的年輕讀者提供導引，對正在學習白石詞的同學幫助尤大。英玲是碩士班研究生，（最近通過論文口試），隨我專研道教文學，現任香港教育學院講師，對撰寫賞析文章自然不成問題，可惜因爲工作及家務繁忙，在預期內只能完成六十篇賞析。英玲修讀過我的白石詞，對白石詞的賞析自然能夠掌握，但爲愼重起見，我着她下筆之前先細讀我修訂過的注解，這樣，可以避免較大的偏差。英玲所寫的六十篇賞析我都曾仔細校讀、潤飾，更有部分改動，甚至將其中一小部分重寫，目的是要不違我的原意。無論如何，英玲在撰寫方面已盡了很大的努力。

英玲剩下來的二十四篇賞析我便找李潤滿、賴慶芳和魏城璧三位碩士班研究生去寫。潤滿和慶芳隨我研究詞學，對詞的觸覺較爲敏銳，尤其是潤滿，能詩善詞，文筆流暢，所以他們寫出來的賞析比預期中好，不需太大改動。城璧是研究戲曲的，心靈有異，造語不同，能夠基本上寫出我的原意已難能可貴，我在修訂她的賞析時特別用心。對他們來說，這項工作實在是一項寫作訓練或語文測試，相信他們獲益不少。但，因爲賞析出自四人之手，雖經我多次修訂，風格仍有參差，未能和諧統一，這是我引以爲憾的。

實際上，撰寫賞析，並不是李、賴、魏三位同學在成就這本書上的主要任務。李同學和魏同學的主要任務是輯錄古今對白石詞的評論，李同學着力於今，而魏同學專注於古。賴同學擔任的工作是爲本書編寫兩個附錄。一是「姜白石詞研究書目」，二是「姜白石詞研究論文目」。他們都本着「寧濫勿缺」的原則去輯錄和編寫，到頭來交給我一大堆材料，結果我費很大的氣力和時間去識別和選擇。面對大半尺厚的影印材料和四百多張資料咭片，我小心選擇，大力刪削，細意編校；更將「研究論文目」細分爲十五類。選、編、校之後，我又找來甄美梨（碩士班研究生，專研戲曲）、陸詠章、李蘊娜和唐志偉四位同學爲我輸入電腦，列印，然後再由我作校對，一次，兩次，甚至乎三次，眞是有點吃不消。最後，我請博士班研究生郭天健和碩士班研究生吳麗珍夫婦爲我作部分校對，纔把這項工作做好。其他編輯工作則由我獨力完成。

我覺得自己對這本書已盡了很大的努力。從今年三月起直到七月底，除了星期日，便不停地爲它工作。上自策劃、督導、修訂，下至編輯、校對，都花了我不少精神、氣力和時間，但是，倘若沒有多位同學熱情幫忙與協助，肯定所花費的更多，更不要說能夠在新學年開始之前完成了。在此向他們致萬分謝意。

現在書已寫好了，如釋重負，眼前三四寸厚的書稿，近八百頁紙，帶給我很大滿足感。五個月的艱辛也是值得的，誰叫我對白石詞愛得那麼深，那麼切！

自六十年代初到現在，我對白石詞一直那麼欣賞，三十多年來，愛意未嘗稍減，可謂一往情深。現在如是，我相信將來也會如是。我清楚地記得我第一次接觸白石詞是我讀中學的時候。當時的《中國文選》（香港大學編的）選錄了白石二十多歲時寫的《揚州慢》，風格清空騷雅，一見鍾情，天壤之間原來有如此美好的文字！從此對姜白石另眼相看。等到讀大學三年級之時，我選讀當今國學大師、學壇祭酒饒宗頤教授的「唐宋詞」。在課堂上饒老師選講了白石幾首詞，記得是〈暗香〉、〈疏影〉、〈長亭怨慢〉、〈翠樓吟〉、〈踏莎行〉，也選講了我最喜愛的〈揚州慢〉，深入淺出，對白石詞的精神、面貌的各種特徵都作了精簡而深切的介紹與評論，使我對白石詞有進一步的認識，也加深了對它的鍾愛。聽饒老師的課，如沐春風；講姜白石的詞，令我如痴如醉！饒老師認爲「白石詞的勝處，正在於骨力和風神」（見其〈姜白石詞管窺〉一文），眞是一語中的。清劉熙載以爲白石詞「幽韻冷香，……擬諸形容，在樂則琴，在花則梅。」（見其《藝概》），亦十分確切。我更認爲白石詞如冷月寒梅，瘦石孤花，風格出奇地獨特，可愛極了！眞可謂前無古人，後亦恐怕無來者。多謝饒老師在課堂上選講白石詞，否則我不一定可以愛上白石詞達三十多年之久。

最後，我要特別多謝兩個人。一位是南京大學程千帆教授。程教授特意爲我書名題簽，使拙著生色不少，前輩風範，可見一斑。另一位是內子曾影靖女士。在過去幾個月，當我全心全力編著這本書的時候，家中大小事務，都由她獨力承擔；而且經常提醒我要注意健康，切戒過於操勞，於此謹向她致最深謝忱。影靖也是愛讀白石詞的，希望此書之出版能給她帶來安慰和喜悅。

末了，我還要說幾句話。在過去二十七年中，我撰寫和編纂了十九本書（最早一本是關於粵劇的，出版於一九七一年。又，其中《黃氏珍藏古物圖錄》還未正式公開面世，印刷數量甚少，只限於親友流傳），大部分都是寫給專家學者看的，但實際上，看過的人有多少，對學術界有否眞正的貢獻，無從得知。所以兩年前我便決心爲年輕學子著書，先後編著了《宋十大家詞選》（與司徒秀英合著）和《金元十家詞選》兩種，反應相當好，學子一時稱便。聽說海外某些學府，講授詩詞的時候都用來作課本。這本書是屬於此類的第三種，眞的希望它能爲年輕學子學習白石詞提供一些方便。如果詞學專家也認爲它有參考價値的話，那實在是喜出望外之事了。

書內詞篇的版本及排列次序乃根據上述夏先生的《箋校》，而注解的部分材料則採自吳先生的《校注》，掠美之處，固不敢辭，只是爲了編寫時行文方便，沒有一一指出而已。

黃兆漢

於香港大學中文系　一九九七年八月一日

（香港回歸祖國後一月）

姜白石詞詳注　目錄

一 揚州慢❶

中呂宮❷

淳熙丙申至日❸，予過維揚❹。夜雪初霽❺，薺麥彌望❻。入其城則四顧蕭條，寒水自碧。暮色漸起，戍角❼悲吟。予懷愴然❽，感慨今昔，因自度❾此曲。千巖老人❿以爲有《黍離》之悲⓫也。

淮左⓬名都，竹西⓭佳處，解鞍少駐初程⓮。過春風十里⓯。盡薺麥⓰青青。自胡馬窺江⓱去後，廢池喬木⓲，猶厭言兵⓳。漸黃昏，清角⓴吹寒，都在空城。杜郎俊賞㉑，算而今重到須驚㉒。縱豆蔻詞工㉓，青樓夢好㉔，難賦深情㉕。二十四橋㉖仍在，波心蕩㉗冷月無聲。念橋邊紅藥㉘，年年知爲誰生㉙。

❶揚州慢：此調乃姜白石自度曲之一。據現存白石詞，白石之自度曲共十二首，除此調之外，尚有〈鬲溪梅令〉、〈杏花天影〉、〈長亭怨慢〉、〈淡黃柳〉、〈石湖仙〉、〈暗香〉、〈疏影〉、〈惜紅衣〉、〈角招〉、〈秋宵吟〉、〈翠樓吟〉等，皆存白石自注工尺旁譜。按白石詞有旁譜者共十七首，其餘爲〈醉吟商小品〉、〈玉梅令〉、〈霓裳中序第一〉、〈徵招〉和〈淒涼犯〉五首。其中〈醉吟商小品〉是白石從當時樂工演奏的曲子裏譯出譜來的；〈玉梅令〉是范成大（一一二六—一一九三）家

自製而白石塡詞的：〈霓裳中序第一〉是白石截取法曲商調〈霓裳曲〉的中序第一段；〈徵招〉是因爲北宋大晟府的舊曲音節駁雜，故白石用正宮〈齊天樂〉足成新曲的；〈淒涼犯〉是白石取各宮調之律合成一首宮商相犯的曲子。如果〈徵招〉和〈淒涼犯〉二曲也算白石自製曲的話，那麼白石就共有自製曲或自度曲十四首。他的自製曲是先成文辭而後製譜的，與一般按譜塡詞、因樂造文的大不相同。〈揚州慢〉一詞作於宋孝宗淳熙三年丙申（一一七六），時白石二十二歲，距金人再次南犯，已有十二年。當時白石路經揚州，看見本來十分繁盛的名城因金人侵犯而變得一片荒涼殘破，感慨極深，故寫出此詞，抒發他的沉痛的故國之思。

❷ 中呂宮：燕樂二十八調的七宮之一。因其主音音高合於唐雅樂律的中呂，故名「中呂宮」。這一音高在唐燕樂律的夾鍾位上，故「中呂宮」又名「夾鍾宮」。爲宮調之一。據元周德清（一三二四年前後在世）《中原音韻》，其聲情特徵爲「高下閃賺」。

❸ 淳熙：爲宋孝宗（一一七四—一一八九）的年號。淳熙丙申：指淳熙三年（一一七六）。至日：即冬至日。

❹ 維揚：即今江蘇省揚州市。

❺ 霽：凡霜雪消，雨霧散曰霽。初霽，此處指霜雪初消散之意。

❻ 薺麥彌望：薺麥，薺菜和麥子。彌望，滿望。此句謂滿眼所見都是野菜和野生的麥子。

❼ 戍：戍兵也，即守城士兵。角：號角。戍角：指邊防軍的號角。

❽ 懷：心懷。愴然：淒愴、悲傷。

❾ 自度：自製。

❿ 千巖老人：宋詩人蕭德藻（一一五一年進士）之號。德藻，字東夫，晚年居湖州（浙江），喜愛當地弁山千巖競秀，自號千巖老人。姜白石從他學詩，又是他的侄女婿。夏承燾《姜白石詞編年箋校》云：

「白石淳熙十三年丙午（一一八六）始從德藻游，在作此詞後之十年，此詞小序末句，蓋後來所增。白石詞序多此例，〈翠樓吟〉、〈滿江紅〉、〈淒涼犯〉皆是。」

⓫《黍離》之悲：《詩經．王風．黍離》首句云：「彼黍離離」，故以名篇。周平王東遷後，周朝的志士途經故都，看到宮室滿是禾黍，傷周室之顛覆，悲哀不已，故作是篇。「黍離之悲」就是懷念故國之悲的意思。

⓬淮左：即淮南東路。宋時於淮揚一帶設置淮南東路和淮南西路（行政區域），而淮揚（揚州）屬淮南東路。此處點出揚州的重要位置。

⓭竹西：指揚州古蹟竹西亭，在揚州城東禪智寺側。唐杜牧（八〇三—八五二）〈題揚州禪智寺〉詩云：「誰知竹西路，歌吹是揚州。」竹西亭環境清幽秀麗。

⓮少駐：稍爲停駐休息。初程：旅程的開始一段。

⓯春風十里：用杜牧〈贈別〉詩：「春風十里揚州路，捲上珠簾總不如。」原來是杜牧用來形容當時揚州城的繁華街道的，如今白石則泛指揚州城的街道而已。

⓰盡薺麥：盡是或長滿薺菜和麥子。

⓱胡馬：指金人。窺：窺伺之意，指侵犯。據歷史記載，高宗建炎三年（一一二九），金人初犯揚州，到處劫掠。其後於紹興三十一年（一一六一）、隆興二年（一一六四）又兩度入侵，淮南皆被蹂躪。江：指長江。

⓲廢池喬木：荒廢的池塘和高大的樹木。

⓳猶：尚且。厭：惡也。言兵，談及兵戰打仗。

⓴清角：淒清號角。

㉑杜郎：指杜牧，他曾游賞揚州，寫了不少描寫揚州的著名詩篇。俊賞：風流的游賞。

㉒算：料想。須驚：必定驚訝之意。此句謂當年揚州是繁華之地，而今亂後荒涼，杜牧如重游舊地，料想他也會感到驚訝。

㉓豆蔻詞：指杜牧〈贈別〉詩：「娉娉裊裊十三餘，豆蔻梢頭二月初。春風十里揚州路，捲上珠簾總不如。」縱：即使也。工：工巧也。全句意思謂即使杜牧能寫出「豆蔻詞」那麼工巧的詩句。

㉔青樓夢：指杜牧〈遣懷〉詩：「落魄江湖載酒行，楚腰纖細掌中輕。十年一覺揚州夢，贏得青樓薄倖名。」意謂縱使杜牧「青樓夢」這首詩寫得那麼好。

㉕難賦深情：此句意謂杜牧如看到目前這般荒涼景象，恐怕再難以寫出有深厚情感的詩篇。

㉖二十四橋：有兩說：一、唐代揚州原有二十四座橋，杜牧〈寄揚州韓綽判官〉詩曾提到：「二十四橋明月夜，玉人何處教吹簫。」但這二十四座橋到宋代只有一部分保留。沈括《補筆談》：「揚州在唐時最爲富盛，舊城南北十五里一百一十步，東西七里三十步，可紀者有二十四橋。」二、二十四橋只是一橋之名，即吳家磚橋，一名紅藥橋，因橋邊盛產紅芍藥花。李斗《揚州畫舫錄》謂：「廿四橋即吳家磚橋，一名紅藥橋。」今揚州根據舊時二十四橋之所在地重建「二十四橋風景區」供人遊覽。

㉗波心蕩：指月映在水波中央蕩漾。

㉘紅藥：紅色芍藥花。因爲橋邊盛產此種花，所以橋亦名紅藥橋。《一統志》：「揚州府開明橋，在甘泉縣東北，舊橋在左右春月芍藥花市甚盛。」

㉙知爲誰生：不知爲誰生，那裏知道紅芍藥爲誰生之意。

【賞析】

這是姜白石現存最早的詞作，是他二十二歲時寫成的。年青的姜白石，熱愛家國，路過揚州，目睹了戰後蕭條的景象，深邃的詠歎慨然而興。此詞的詞序概括地寫出作此詞的背景和用心，也點出此詞的感情焦點——悲。

詞人起筆寫揚州廢頽荒涼。首對句，以明朗的筆鋒勾勒出未訪揚州前的印象：「名都」與「佳處」。揚州是江淮的著名都會。自孫吳、東晉、南朝四代建國江左，南方政治、經濟、文化大大發展，揚州的經貿地位也日益重要。江南山水，風貌尤勝，歷代文人雅士，歌詠不絕。白石路經如此勝景，自然不禁暫止行旅，停駐觀光。但是，白石所見到的不是繁華都會，而是凋零的荒墟。於是，詞筆一轉，正寫揚州現況。「過春風」二句，反襯揚州今昔，而「過」和「盡」兩字，更顯活詞人的感觸。「春風十里」，是晚唐杜牧吟誦揚州繁盛的名句，然而，今天邊走邊看，在眼前呈現的竟是另一番景象：「薺麥青青」，是茂密的野生植物。市集消失，人煙稀少，由盛而衰，藉一「盡」字，極顯內心的難過。詞人不得不細問因由，原來這都是金人南侵的後果。「自胡馬」三句，側寫戰患。四十多年來，金人三度南犯（一一二九、一一六一、一一六四），破壞揚州，連沒有生命的池塘和沒有知覺的喬木，尚且惡談兵事；有生命、有知覺的人呢？不但厭兵，而且早就跑離揚州。於此，就呼應「薺麥青青」了。這裏，詞人沒有細敘悲怨，也不用細密工筆，而表現一派清剛之氣。「漸黃昏」三句，詞人從五官感受刻劃揚州。黃昏殘照，正與名城蕭瑟暗通；號角清淒，寒風刺骨，在這空寂的城中迴響，又恰與詞人因家國破毀的悵惘感受產生共鳴。淒愴之情，激發至最高峰。

下片藉聯念開拓詞境。換頭三句，照應上片「春風十里」句，虛擬杜牧的感官與行爲。昔日在此游賞的杜牧，要是今天重臨一定驚訝不已。「驚」正由於揚州已淪爲邊城，滿目荒涼。

這種驚訝比上片的淒清，還深一層。然而，詞人不就此罷休，而把悲情推得更深。「縱豆蔻」三句，寫縱有杜牧的才華，也不能爲揚州賦詩，因爲揚州似已再沒有値得歌頌之處。揚州難道不是極其可悲？昔日的知己知音，好像杜牧，也不再傾情詠歎了。無說無語不僅是詩人，而且是長伴揚州的流水與明月。「二十四橋」是從杜牧到眼前景物的過渡。杜牧所詠的二十四橋依舊，下面的水流，也許經歷揚州的變遷，如今祇是無意識地蕩漾；上面的朗月，雖然目睹揚州的劫難，此刻祇是冷冷的映照。水與月的無情，益顯詞人的多情。當「悲」激發至極點，「怨」油然而生。但「怨」的對象，難以道明，因爲造成揚州破落的，不但是貪婪的金人，而且是無能的南宋帝王。因此，詞人祇好把怨意投射到橋旁的紅芍藥，故有「念橋邊」二句。紅芍藥以爲獨艷生姿，就可以惹人惜愛，誘人頌詠；但它不知道，現在連二十四橋、揚州也成了「難賦深情」的對象，更何況這橋邊小花呢？紅芍藥的無知，也許與南宋君主的愚昧相似。無怪唐圭璋說：「白石感懷家國，哀時傷亂，境極淒焉可傷，語更沉痛無比。」

（《唐宋詞簡釋》）

【評　說】

（宋）張炎《詞源》卷下：

詞要清空，不要質實。清空則古雅峭拔，質實則凝澀晦昧。姜白石詞如野雲孤飛，去留無跡。吳夢窗詞如七寶樓台，眩人眼目，拆碎下來，不成片段。此清空質實之說。……白石詞如〈疏影〉、〈暗香〉、〈揚州慢〉、〈一萼紅〉、〈琵琶仙〉、〈探春〉、〈八歸〉、〈淡黃柳〉等曲，不惟清虛，且又騷雅，讀之使人神觀飛越。

（清）先著、程洪《詞潔》卷四：

「二十四橋仍在，波心蕩，冷月無聲」，是蕩字著力。所謂一字得力，通首光采，非鍊字不能，然鍊亦未易到。

（清）宋翔鳳《樂府餘論》：

詞家之有姜石帚，猶詩家之有杜少陵，繼往開來，文中關鍵。其流落江湖，不忘君國，皆借託比興，於長短句寄之。如〈齊天樂〉，傷二帝北狩也。〈揚州慢〉，惜無意恢復也。〈暗香〉、〈疏影〉，恨偏安也。蓋意愈切，則辭愈微，屈宋之心，誰能見之。乃長短句中，復有白石道人也。

（清）鄧廷楨《雙硯齋詞話》：

詞家之有白石，猶書家之有逸少，詩家之有浣花。蓋緣識趣既高，興象自別。其時臨安半壁，相率恬熙。白石來往江淮，緣情觸緒，百端交集，託意哀絲。故舞席歌場，時有擊碎唾壺之意。如〈揚州慢〉之「自胡馬窺江去後，廢池喬木，猶厭言兵。漸黃昏清角吹寒，都在空城」，〈齊天樂〉之「候館吟秋，離宮弔月，別有傷心無數。豳詩漫與。笑籬落呼鐙，世間兒女」，〈淒涼犯〉之「馬嘶漸遠，人歸甚處，戍樓吹角。情懷正惡。更衰草寒煙淡薄。似當時將軍部曲，迤邐度沙漠」，〈惜紅衣〉之「維舟試望，故國渺天北」，則周京離黍之感也。……讀者以意逆志，是爲得之。至其運筆之曲，如「閱人多矣。爭得似長亭樹。樹若有情時，不會得青青如此」。琢句之工，如「天涯情味，仗酒祓清愁，花銷英氣」，「二十四橋仍在，波心蕩冷月無聲」，則如堂下斲輪，鼻端施堊。若夫新聲自度，箏柱旋移，則如郢中之歌，引商刻羽，雜以流徵矣。以此輝映湖山，指撝壇坫，百家騰躍，盡入環中，評者稱其「有縫雲剪月之奇，戛玉敲金之妙」，非過情也。

（清）周濟《宋四家詞選·目錄序論》：

白石脫胎稼軒，變雄健爲清剛，變馳驟爲疏宕。蓋二公皆極熱中，故氣味吻合。辛寬姜窄，寬故容薉，窄故鬥硬。白石號爲宗工，然亦有俗濫處、（〈揚州慢〉：「淮左名都，竹西佳處。」）寒酸處、（〈法曲獻仙音〉：「象筆鸞箋，甚而今、不道秀句。」）補湊處、（〈齊天樂〉：「豳詩漫與。笑籬落呼燈，世間兒女。」）敷衍處、（〈淒涼犯〉：「追念西湖上」半闋。）支處、（〈湘月〉：「舊家樂事誰省。」）複處、（〈一萼紅〉：「翠藤共、閑穿徑竹」、「記曾共、西樓雅集」。）不可不知。

（清）陳澧《白石詞評》：

悽入心脾，哀感頑艷。（按：評「漸黃昏」三句）……月影湖光，一片空靈，何處捉摸。（按：評「二十四橋」兩句。）……後闋一放一收，又各有兩轉。

（清）丁紹儀《聽秋聲館詞話》卷十三：

《詞綜》所采各詞，中有未經訂正，《詞律》復沿其誤者。……至姜夔〈揚州慢〉云：「自胡馬窺江去後。」《詞綜》作「戎馬」，《詞律》作「吳馬」，當是元人所易，相沿未改。

（清）李佳《左庵詞話》卷下：

詞家有作，往往未能竟體無疵。每首中，要亦不乏警句，摘而出之，遂覺片羽可珍。如……姜白石云：「波心蕩、冷月無聲。」又云：「冷香飛上詩句。」

（清）江順詒《詞學集成》卷六：

《詞源》云：「詞要清空，如……白石〈暗香〉、〈疏影〉、〈揚州慢〉、〈一萼紅〉、〈琵琶仙〉、〈探春〉、〈八歸〉、〈淡黃柳〉等曲。詞又以意趣爲主，如東坡〈水調歌〉、〈洞仙歌〉，王荊公〈桂枝香〉，白石〈暗香〉、〈疏影〉賦梅等曲。詞之用事亦最難，要體認着題，融化不澀，用事不爲事所使。至於詠物尤難，體認稍眞，則拘而不暢；模寫差遠，則晦而不明。須收縱嚴密，用事合題，一段意思，全在結句，斯爲絕妙。如史邦卿〈東風第一枝〉春雪、〈綺羅香〉春雨、〈雙雙燕〉詠燕，白石〈暗香〉、〈疏影〉詠梅，劉改之〈沁園春〉美人指甲腳等曲。又簸弄風月，陶寫性情，詞婉於詩。蓋聲出鶯吭燕舌間，稍近乎情可也。若鄰乎鄭衛，與纏令何異。若能屏去浮艷，樂而不淫，是亦漢魏樂府之遺意。

（清）陳廷焯《白雨齋詞話》卷一：

美成〈夜飛鵲〉云：「何意重經前地，遺鈿不見，斜徑都迷。兔葵燕麥，向斜陽、影與人齊。但徘徊班草，欷歔酹酒，極望天西。」哀怨而渾雅。白石〈揚州慢〉一闋，從此脫胎。超處或過之，而厚意微遜。

同上卷二：

白石〈揚州慢〉「淳熙丙申至日過揚州」云：「自胡馬窺江去後，廢池喬木，猶厭言兵，漸黃昏、清角吹寒，都在空城」數語，寫兵燹後情景逼眞。「猶厭言兵」四字，包括無限傷亂語。他人累千言，亦無此韻味。

同上《詞則．大雅集》：

起數語，意不深而措詞妙，愈味愈出。「自胡馬窺江」數語，寫兵燹後，情景逼眞，他人累千百言，總無此韻味。「猶厭言兵」四字沈痛，包括無限傷亂語。

（清）張德瀛《詞徵》卷一：

詞有與風詩意義相近者，自唐迄宋，前人鉅製，多寓微旨。如……姜白石「淮左名都」，擊鼓怨暴也。……其他觸物牽緒，抽思入空冥，漢、魏、齊、梁，託體而成。揆諸樂章，喁于䶗聲，信淒心而咽魄，固難得而遍名矣。

（清）陳銳《褒碧齋詞話》：

古人文字，難可吹求，嘗謂杜詩國初以來畫馬句，何能著一鞍字，此等處絕不通也。詞句尤甚，姜堯章〈齊天樂〉詠蟋蟀，最爲有名，然開口便說「庾郎愁賦」揑造故典。「豳詩」四字，太覺呆詮。至「銅鋪石井，堠館離宮」亦嫌重複。其〈揚州慢〉縱「荳蔻詞工」三句，語意亦不貫。若張玉田之〈南浦〉詠春水一首，了不知其佳處，今人和者如牛毛，何也。

（清）王國維《人間詞話》：

白石寫景之作，如「二十四橋仍在，波心蕩、冷月無聲」，「數峰清苦，商略黃昏雨」，「高樹晚蟬，說西風消息」，雖格韻高絕，然如霧裡看花，終隔一層。梅溪、夢窗諸家寫景之病，皆在一「隔」字。北宋風流，渡江遂絕，抑眞有運會存乎其間耶。

（現）俞陛雲《唐五代兩宋詞選釋》：

此詞極寫兵後名都荒寒之狀。「春風」二句其自序所謂「四顧蕭條」也。「胡馬」句言壞刦曾經，追思猶慟，況空城入暮，戍角吹寒，如李陵所謂「胡笳互動，……祇令人悲增忉怛耳。」下闋過揚州者，以杜牧文詞爲最著，因而自況，言百感塡膺，非筆墨所能罄。「冷月」二句誦之若商聲激楚，令人心倒腸迴。篇終「紅藥」句言春光依舊，人事全非，哀郢懷湘，同其沈鬱矣。凡亂後感懷之作，詞人所恆有，白石之精到處，淒異之音，沁入紙背，復能以浩氣行之，由於天分高而蘊釀深也。近人蔣鹿潭亂後過江諸作，哀音秀句，略能似之。

（現）劉永濟《唐五代兩宋詞簡析》：

此堯章過揚州感懷之詞也。揚州自隋開運河後已成南北運輸要道，因之商賈雲集，歌樓舞榭，林立其間。及宋南渡，與金隔河相守，於是昔日繁華都會，一變而成邊徼。自紹興三十一年，完顏亮大舉渡淮以後，已殘破不堪。至堯章作此詞時，已十六年矣。此詞序所謂「感慨今昔」也。此詞首言小駐「名都」。「過春風」以下，極形其荒蕪之狀，而「空城」、「清角」，尤足引人悲感。後半闋設想杜牧重來，深情難賦。蓋唐末杜牧曾游此地，有詩歌記事，故下文即用杜牧詩事。「二十四橋」遺跡雖存，而波心冷月，景象淒涼；吹簫玉人固已不見，而「橋邊紅藥」，年年猶生。曰「知為誰生」者，傷「俊賞」無人也。言外更有舉國無人、危亡可懼之意，不但感一地之盛衰也。詞中之「重到」「杜郎」，蓋堯章自謂也。堯章嘗喜以杜牧自比，如〈鷓鴣天〉詞有句曰：「東風歷歷紅樓下，誰識三生杜牧之？」〈琵琶仙〉詞有句曰：「十里揚州，三生杜牧，前事休說！」蓋杜牧生當唐末，其時多傷時閔亂語，又其人風流儒雅，堯章所企慕也。

同上《微睇室說詞》：

起三句，「過維揚」也。「淮左」，宋置淮東路，亦稱淮左。「竹西」，杜牧詩：「誰知竹西路，歌吹是揚州。」揚州府城東北有竹西亭也。「過春風」二句，「薺麥彌望」也。「自胡馬」三句，「感慨今昔」也。「漸黃昏」二句，「暮色漸起，戍角悲吟」也。換頭託之杜牧以寫己情，即「予懷愴然」也。看「算而今、重到須驚」句自明。「縱豆蔻」三句即從上「俊賞」出。杜牧《贈別》詩曰：「娉娉裊裊十三餘，豆蔻梢頭二月初。」「豆蔻詞工」，指此。杜又有「十年一覺揚州夢，贏得青樓薄倖名」詩句，「青樓夢好」指此。「難賦深情」者，杜乃個人之事，今則爲家國之感，即今杜牧重來，已難賦也。「二十四橋」二句仍從杜牧詩來。杜《寄揚州韓綽判官》詩有「二十四橋明月夜，玉人何處教吹簫」句。「二十四橋」，沈括《夢溪補筆談》：「揚州在唐時最爲富盛，舊城南北十五里，一百一十步；東西七里，三十步，可記者有二十四橋。」「波心」七字寫得蒼涼，足見感愴。歇拍有花木無情，依然繁茂而「俊賞」無人矣。故曰「爲誰生」。

（現）俞平伯《唐宋詞選釋》：

詞裏「橋邊紅藥」云云，只是泛說，芍藥花雖盛開，也無人欣賞，花又爲誰而生呢，乃傷亂之意。自不必指定某一條橋，王觀所記可供參考。本篇上片最工，下片較弱，但「波心蕩，冷月無聲」卻是名句。雖多用側豔字面，係杜牧原詩，且未必以之自況。後人對此似每有誤會，故附記於此。

（現）唐圭璋《唐宋詞簡析》：

此首寫維揚亂後景色，悽愴已極。千巖老人，以爲有《黍離》之悲，信不虛也。至文筆之清剛，情韻之綿邈，亦令人諷誦不厭。起首八字，以拙重之筆，點明維揚昔時之繁盛。「解鞍」句，記過維揚。「過春風」兩句，忽地折入現時荒涼景象，警動異常。且十字包括一切，十里薺麥，則亂後之人與屋宇，蕩然無存可知矣。正與杜甫「城春草木深」同意。「自胡馬」三句，更言亂事之慘，即廢池喬木，猶厭言之，則人之傷心自不待言。「漸黃昏」兩句，再點出空城寒角，尤覺悽寂萬分。換頭，用杜牧之詩意，傷今懷昔，不盡欷歔。「重到須驚」一層，「難賦深情」又進一層，「二十四」兩句，以現景寓情，字鍊句烹，振動全篇。末句收束，亦含哀無限。正亦杜甫「細柳新蒲爲誰綠」之意。玉田謂白石〈琵琶仙〉，與少游〈八六子〉同工。若此首，亦與少游〈滿庭芳〉同爲情韻兼勝之作。惟少游筆柔，白石筆健。少游所寫爲身世之感，白石則感懷家國，哀時傷亂，境極悽焉可傷，語更沈痛無比。參軍《蕪城》之賦，似不得專美於前矣。周止庵既屈白石於稼軒下，又謂白石情淺，皆非公論。

同上〈姜白石評傳〉：

紹興三十年，完顏亮南侵。江淮軍敗，中外震駭，亮尋爲其臣下殺於瓜州。白石於淳熙三年，曾過揚州。時寇平已十六年，而揚州城內，依然四顧蕭條，寒水自碧。白石感慨今昔，因自度〈揚州慢〉云云……

千巖老人謂此詞有《黍離》之悲，信不虛也。至文筆之清剛，情韻之綿邈，亦令人諷誦不厭。起首八字，即以重筆點明維揚昔時之繁盛。「解鞍」句，記過維揚。「過春風」兩句，忽折入現時荒涼景象，只言十里薺麥，則亂後之人煙稀少，屋宇蕩然，俱可知矣。此所謂虛處傳神，乃白石最精妙之筆墨。「自胡馬」二句，更言亂事之慘，即廢池喬木，猶厭言之，則人之傷心，自不待言，藉物以況人，亦深透無匹。「漸黃昏」兩句，再點出空城寒角，尤覺悽寂萬分。換頭用杜牧之揚州詩意，傷今憶昔，不盡欷歔。「重到須驚」一層，「難賦深情」又進一層。以下就波蕩冷月之景色，顯出當年繁華之銷歇及而今亂後之荒涼，筆力千鈞，哀澈心腑。末歎無人來賞紅藥，亦極宛轉纏綿之致。白石傷亂情深，故寫來句句沈著，寫來回腸盪氣。參軍《蕪城》之賦，工部《哀江頭》之詩，似不得專美于前矣。（見唐氏《詞學論叢》）

（現）繆鉞《靈谿詞說》：

晚近論者亦有提出貶議的，說：「在姜夔詞中這本是一首反映現實比較深刻動人的作品，正由於包括得太含渾，如『猶厭言兵』究竟是『厭言』甚麼樣的兵，說得不夠明確。又如『青樓夢好』、『難賦深情』，都很容易使讀者誤解爲追求過去的綺夢。」（《宋詞選》）我認爲，這種說法是不對的。姜詞中明明說：「自胡馬窺江去後，廢池喬木，猶厭言兵。」從上下文義體會，所「厭言」之「兵」，當然指的是「胡馬窺江」之兵，亦即是金主南侵之兵。怎麼能說姜白石「說得不夠明確」呢？如果必須寫出「猶厭金兵」才算「明確」，這就未免太笨拙了。不但姜白石決不會這樣作，任何善於作詞的人也不至於寫出這種句子的。……或者說：「後段竟把在揚州有過許多風流往事的杜牧和他的豔詩對照着來寫，原來『《黍離》之悲』的嚴肅意義便大爲沖淡了。」（《宋詞選》）這也是不了解詞人的用心及作詞方法的外行話。

（現）盧冀野《詞曲研究》：

〈揚州慢〉一闋卻有動人的力量。……因爲眞氣磅礴，實在的情緒，決非浮泛可比。

（現）吳世昌《詞林新話》：

白石〈揚州慢．淳熙丙申至日過揚州〉：……（陳）亦峰以爲「猶厭言兵」四字，「包括無限傷亂語。他人累千百言，亦無此韻味。」白石此詞全首重點在「都在空城。」「清角吹寒，也是白費，因空城中已無人聽，吹寒吹暖更有何人領略乎？上句「猶厭言兵」，猶籠統言之耳。

（現）沈祖棻《宋詞賞析》：

首兩句，周濟指爲「俗濫處」，不知於天下名勝、昔日繁華，特鄭重言之，益見「薺麥青青」、「廢池喬木」、「黃昏清角」種種荒涼之不堪回首，乃有力之反襯，非漫然之濫調也。「過春風」兩句，序所謂「《黍離》之悲」。十里長街，惟餘薺麥，則屋宇蕩然可知。

「廢池喬木，猶厭言兵」，則居人心情可知。「漸黃昏」兩句，點明時刻，補足荒寒景況。下片用杜牧詩意，而以「重到須驚」四字翻進一層。「俊賞」與起兩句綰合，「須驚」、「難賦」與「過春風」以下綰合，昔之繁盛，今之殘破，俱在其中；而上片着重景色，下片着重情懷，意雖接連，詞無重覆。「二十四橋」兩句，與「黃昏」相應，又以「仍在」二字點出今昔之感。結句言昔之「名都」，今則「空城」，縱「橋邊紅藥」，年年自開，豈復有春游之盛？「知爲誰生」，歎花固不知，人亦不知也。

（現）錢仲聯《唐宋詞譚》：

這詞練字能着力，又能自然，加上片結尾着一「吹」字以渲染氣氛，下片着一「蕩」字以描寫水月動態，都是傳神之筆。運用故實，又能切地。唐人詠揚州的詩，杜牧詩最著名，姜詞中便多引杜句。

（現）胡雲翼《宋詞選》：

他的名篇〈揚州慢〉也有類似的缺陷：後段竟把在揚州有過許多風流往事的杜牧和他的豔詩對照着來寫，原來「《黍離》之悲」的嚴肅意義便大爲沖淡了。……在姜詞中這本是一首反映現實比較深刻動人的作品，正由於包括得太含渾，表達便不夠明確。用杜牧在揚州冶遊的典實，亦削弱了《黍離》之悲的嚴肅意義。

他所追懷的不過是士大夫的冶遊生活而已。

作者看到兵荒馬亂之後揚州荒涼殘破的情形，發出「廢池喬木，猶厭言兵」的感慨。但

同上《唐宋詞一百首》：

（現）吳熊和《唐宋詞精選》：

上片由「名都」、「佳處」起筆，卻以「空城」作結，其今昔盛衰之感昭然若揭。「過春風十里，盡薺麥青青」，自虛處傳神，城池荒蕪、人煙稀少、屋宇傾頹的淒涼情景不言自明，這與杜甫的「城春草木深」（〈春望〉）用筆相若。「春風十里」并非實指一路春風拂面，而是化用杜牧詩意，使作者聯想當年樓閣參差、珠簾掩映的盛況，反照今日的衰敗景象。「胡馬窺江」二句寫金兵的劫掠雖然早已成爲過去，而「廢池喬木」猶以談論戰事爲厭，可知當年帶來的戰禍兵燹有多麼酷烈！陳廷焯《白雨齋詞話》認爲：「『猶厭言兵』四字，包括無限傷亂語，他人累千百言，亦無此韻味。」姜詞以韻味取勝，其佳處即在於淡語不淡，其中的韻味反倒是某些濃至之語所不及的。「清角」二句，不僅益增寂淒，而且包含幾多曲折：下有同仇敵愾之心，而上無抗金北伐之意，這樣，清冷的號角聲便只能徒然震響在兵燹之餘的空城。詞的下片，作者進一步從懷古中展開聯想：晚唐詩人杜牧的揚州詩歷來膾炙人口，但如果他重臨此地，必定再也吟不出深情纏綣的詩句，因爲眼下只有一彎冷月、一泓寒水與他徜徉過的二十四橋相伴；橋邊的芍藥花雖然風姿依舊，卻是無主自開，不免落寞。這

樣，他縱有滿懷風情也不能不爲傷離念亂之感了。全詞雋冷沉痛，尤其是「二十四橋」二句，愈工致，愈慘淡，可謂動魄驚心。蕭德藻認爲此詞「有黍離之悲」，的確深中肯綮。

（現）廖從雲《歷代詞評》：

此詞蓋深惜南渡君臣，無意恢復也。「自胡馬窺江去後，廢池喬木，猶厭言兵。」寥寥數語，寫兵燹亂離情景，誦之令人百感交集，棖觸萬端。陳廷焯云：「猶厭言兵四字，包括無限傷亂語，他人累千百言，亦無此韻味。」

（現）譚蔚《唐宋詞百首淺釋》：

南渡以來，至淳熙丙申，北部河山沉淪已整整半個世紀，當政者不僅不力圖恢復，且無絲毫自振之意。詩人目睹神傷，於是托言寫慨。沉鬱憤悱，而以清疏空靈的筆墨來表達，在南宋詞裏，這是不可多得的上品。……不說劫後滄桑，偏說「紅藥」爲誰而生，與岑參的「庭樹不知人去盡，春來還發舊時花」，同樣感慨，同樣清疏。全詞用典極多，卻都能融合，不見迹象。

（現）姜尚賢《宋四大家詞研究》：

這首詞雖是他的青年時代的作品，愴然興悲，感慨今昔，深寓故國的幽思。……「二十四橋」，是寫兵燹後的慘象。用杜牧〈寄揚州韓綽判官〉詩：「青山隱隱水迢迢，秋盡江南草未凋。二十四橋明月夜，玉人何處教吹簫？」借用其意，似較淒美。《一統志》：揚州二十四橋，在府城。隋置，後韓令坤築州城，別立橋梁，所謂二十四橋者無考矣。張炎說：「平易中有句法。」（《詞源》）陸輔之說：「波心蕩，冷月無聲爲警句。」（《詞旨》）先遷甫認爲是「蕩」字着力，所謂一字得力，通首光采，非鍊字不能。然鍊亦不易到」（《詞潔》）但王國維說：「白石寫景之作，雖格調高絕，然如霧裡看花，終隔一層。」（《人間詞話》）綜上諸家所評，均有獨到之處。我以爲此數句，音韻清越，格調高曠，巋然而獨絕，爲清眞所不能及。……

這首詞，悲涼淒清，寓意幽邃，寫兵燹後的慘境，直與鮑照《蕪城賦》，杜甫《春望詩》，先後媲美，永垂不朽了。

……除此，每首詞中還有許多最深刻最精美的語句，爲全詞生色不少。如〈揚州慢〉的「二十四橋仍在，波心蕩，冷月無聲。」……我認爲像這一類的語句，無論任何人讀了都知道是最佳的言語。但這一類的語句，決不是脫口而出的，更不是一蹴而就的，而是絞腦汁嘔心血，經過千錘百鍊的苦工夫，慢慢的融化凝結出來的。我們由〈慶宮春〉序中可知他在作詞上所化費的時間與精力，與他認眞求美的態度。

綜觀二詞（按，指〈揚州慢〉及〈淡黃柳〉），格高調新，吐詞清雋，瀏麗深美，筆姿遒健，悲愴淒惻，聲韻激越，實爲白石獨到之處。不但抒寫寥落的意緒，而且激發憂國的深思，精徹冷豔，超逸雅正，幽暢綺潔，感慨全在虛處。論起他的造詣，幽麗空靈，抑爲清眞所不能及。

（現）何敬群《詞學纂要》：

此首融鍊杜牧「青山隱隱」，「落魄江湖」，「娉娉嫋嫋」三絕句，用其辭以自抒己意。是即風月爲我使，與東坡「破帽多情」之用工部詩意，異曲同工，亦同爲最善於用唐宋詩句入詞之超妙者也。

（現）劉斯奮《姜夔張炎詞選》：

這是姜夔二十二歲時的作品。寫作者自漢陽沿江東下，經過揚州時所看見的兵後殘破景象。鄭文焯校《白石道人歌曲》說：「紹興三十年，完顏亮南寇。江淮軍敗，中外震駭。亮尋爲其臣下殺於瓜州。此詞作於淳熙三年，寇平已十有六年，而景物蕭條，依依有廢池喬木之感。」這首詞筆峰峭勁，音節清朗，體現了白石詞的獨特風格，是其代表作之一。

全詞抓住揚州城今與昔的一些富於特徵的景物，進行強烈的對比。雖然作者不是正面地提出問題，但作品的思想傾向還是不難領會的。有人嫌它表達得不夠明確，其實，堅持通過形象來說話，避免由作者站出來發議論，這種表現方法正是姜夔詞的一個特色，也是它的優點。除此之外，在〈齊天樂〉詠蟋蟀、〈永遇樂〉次稼軒北固樓詞韻、〈漢宮春〉次稼軒韻等詞中，姜夔也表現對時局的關注之情。……

當然，這一類作品數量不多，而且情調有時顯得比較低沉。這與當時的社會氣氛多少有關；同時也反映了作者畢竟只是一位未能免俗的詞人，而不是叱吒風雲的猛士。

（現）陶爾夫《宋詞百首譯釋》：

作者用杜牧詩中的意境來對比揚州的昔盛今衰，并作爲結構全詞的線索，這在構思上，就高人一籌。化用杜牧詩句，發揚江西派「點鐵成金」的手法，創造新的意境。如杜牧原詩是「二十四橋明月夜，玉人何處教吹簫」，作者把它化爲「二十四橋仍在，波心蕩冷月無聲」。一個是明月當空，簫笙聒耳，何等熱鬧；一個是冷月浸在「至日」的水裏，無聲的寂靜，統治一切，何等冷清。揚州城的衰敗殘破，俱在「無聲」之中表現出來了。所以，我們不能簡單地歸結爲作者只是從唐詩中提煉好字面。不僅「冷月」的「冷」字用得好，「蕩」字，「清」字，「吹」字也都準確、生動，有助於詩境的深化，這也不是只注意塗飾字面所能做到的。

（現）王偉勇《南宋詞研究》：

欲令景物生動活潑，宜留心字句之鍛鍊，方能相得益彰，所謂「始於意格，成於句字」是也。就鍊字而言，其關鍵尤在於動詞之運用，非但顧及意義之「活」，且爲顧及音調之「響」，故姜夔詞中頗用心錘鍊，此亦當時詩壇之習尚也。如：

波心「蕩」冷月無聲。（〈揚州慢〉）……

黃庭堅〈贈高子勉詩〉云：「拾遺句中有眼」（《豫章黃先生文集》卷一二），呂本中《童蒙詩訓》亦云：「潘邠老言：七言詩第五字要響，……五言詩第三字要響，……。所謂響者，致力處也。予竊以為字字當活，活則字字自響」，取姜夔之詞句予以印證，影響之深淺自不言而喻矣！

（現）黃拔荊《詞史》：

全詞以眼前的荒涼與往日繁華進行了強烈的對比，寄托了「黍離之悲」。雖然作者不是正面地提出問題，但作者的思想傾向卻是明顯的。其中「自胡馬」三句，形容戰亂之殘酷、破壞之徹底，就連「廢池喬木」，似乎也對敵人的侵略殘殺感到十分厭恨，則人們在戰亂之餘對侵略者暴行的確痛心疾首，當亦不言自明。這種借物比人，可謂深透入骨。但是有人卻嫌它表達不夠明確，其實，堅持通過形象來說話，避免由作者站出來發議論，正是姜夔詞的一種重要特色，也是它的優點。詞中通過比興手法的運用，以諧婉的音節、精妙的語言對自然景物的描繪，反映了作品中寄慨很深的家國之恨。……〈揚州慢〉中句首多作去聲。像「過」、「盡」、「自」、「廢」、「漸」、「杜」、「算」、「縱」、「二」、「念」等都是，使人聽之有響遏行雲，餘音繞梁的感覺。

（現）吳熊和主編《十大詞人》：

全詞雋冷沉痛，尤其是「二十四橋仍在，波心蕩，冷月無聲」二句，愈工致，愈慘淡，可謂動魄驚心。蕭德藻認為〈揚州慢〉「有黍離之悲」，的確深中肯綮。（蕭瑞峰、韓經太　文）

（現）蕭世杰《唐宋詞史稿》：

周濟說開頭兩句是「俗濫處」，殊不知點出「名都」、「佳處」，言昔日繁華，正是爲了反襯今日之荒涼的。……謂「暮色漸起」，點明時間，補足荒寒景況。「都」字寫「戍角悲吟」回蕩不絕；着一「空」字，突出了兵劫後的荒涼景象。……

詞的下片涉及杜牧《贈別》之「娉娉裊裊十三餘，豆蔻梢頭二月初」和《遣懷》之「十年一覺揚州夢，贏得青樓薄倖名」等詩句。《贈別》、《遣懷》是題詠揚州的豔情詩，因而胡雲翼先生說「削弱了《黍離》之悲的嚴肅意義」。此論未免過於執着！其實這裡只是以「豆蔻」「青樓」之「詞工」來說明杜牧的才華，然後以一個「縱」字退讓，表明即使是有杜牧那樣的才華，也「難賦深情」；從而從側面反襯出揚州的荒涼，抒寫作者的今昔之感，并無半點輕薄之意，何來不嚴肅？

白石詞以韻味勝。陳廷焯說：「猶厭言兵」「他人累千百言，亦無此韻味」。此論雖嫌稍過，但淡語不淡，其中韻味確實是某些濃麗之語所不及的。

（現）王曉波《宋四家詞選譯》：

上片寫揚州劫後的蕭條荒蕪，先從大處着墨，用「過春風」二句，在對比中總寫一筆。「自胡馬」以下六句，陳廷焯《白雨齋詞話》卷二評曰：「寫兵燹後情景逼眞。『猶厭言兵』四字，包括無限傷亂語。他人累千百言，亦無此韻味。」下片抒情，先以杜牧重到的設想，層層翻進，然後再寓情於寫景之中，最後結以淒愴的問。「二十四橋」三句是本詞的名句，蘊含深痛，極抒今昔之感。

（現）金啓華《中國詞史論綱》：

這首詞，風格清剛，情韻綿邈。起首八個字，以重筆點明了維揚昔時的繁盛。「解鞍」句以下，記自己春日經過揚州時所見的人煙稀少、屋宇蕩然的荒涼景象。「自胡馬」二句，言亂後的慘相，說那廢池喬木，還討厭談兵，人的傷心，也可想而知了。這是借物喻人，深透無匹。「漸黃昏」兩句，再點出空城寒角，淒寂萬分。換頭用杜牧的揚州詩意，傷今憶昔，不勝欷歔。「重到須驚」，是一層意義；「難賦深情」，又進一層意義。「波心蕩、冷月無聲」，動中有靜，靜得淒寂，暗寓亂後的荒涼，設想離奇，筆力千鈞。最後歎息無人來賞紅藥，更是宛轉纏綿。姜夔傷亂情深，所以寫來句句沉着，迴腸蕩氣。姜夔另外有〈淒涼犯〉詞，記合肥的荒涼情況，也是在江淮兵後寫的，和〈揚州慢〉異曲同工。

（現）陶爾夫、劉敬圻《南宋詞史》：

上片寫揚州殘破凋零的亂後景色。起首三句以「名都」、「佳處」喚起，點明往日名滿國中的繁華景象，反映出作者對揚州歷史的深情嚮往。但是，當作者解鞍駐馬之後，映入眼底的現實卻與作者原來的想像截然不同，詞筆也因之陡然逆轉，終於寫下「過春風十里，盡薺麥青青」這樣概括性與形象性很強的詞句。在詞人腦海裡，原來只是美好詩句：「十里長街市井連」，「春風十里揚州路，卷上珠簾總不如」。如今，親臨其地，目睹其境，「市井」、「珠簾」已蕩然無存，映入眼簾的只是野草叢生，薺麥（薺菜同野生麥）彌望，跟杜甫「城春草木深」的境界毫無二致。對此，作者又怎能不痛感「黍離之悲」呢！「自胡馬窺江」三句承此，點明這災難性後果完全是金兵南侵所造成的。敵人入侵，不僅城池頽圮堙塞，房屋蕩然無存，而且在人們心靈上留下難以磨滅的創痕：「廢池喬木，猶厭言兵。」這既是對金兵入侵的無言的痛恨，也包括對宋王朝懦怯無能的極度不滿。「漸黃昏」兩句，通過角聲，進一步烘托揚州城的空曠荒涼，蕭寥落寞，與開篇「佳處」形成鮮明強烈的反差。陳廷焯評以上五句說：「數語寫兵燹後情景逼眞；『猶厭言兵』四字，包括無數傷亂語，他人累千百言，亦無此韻味。」（《白雨齋詞話》卷二）下片寫哀時傷亂、懷昔感今的情懷。換頭兩句，承上啓下，有穿針引線，裁雲縫月之妙。作者連用杜牧詩意，以「俊賞」直承開篇，是作者對揚州所以懷有美好印象的主要依據。本是懷昔，寫今昔對比之感，但作者卻推給了故地重遊的「杜郎」，并通過料想中的「杜郎」來「重到須驚」，與上片「過春風」諸句上下呼應。「縱荳蔻」三句繼此再翻進一層。昔日之風流繁華與今日之荒涼殘敗盡在此數句之中。「二十四橋」兩句轉作景語，景中寓情。二十四橋雖偶然幸存，但只剩下碧波蕩漾着天上的「冷月」，「玉人」已不知去向，簫聲也再難聽聞。這兩句是蕩動全篇的名句，體現出詞人以冷爲美的特殊審美心理。無此，則下片將索然無味，甚至全篇也要爲之減色。面對波心「冷月」，詩人不由得聯想到揚州著名的芍藥花，於是問道：你每年都按時開放，到底爲誰綻出笑容呢？傷國憂時的悲痛之情，表現得含蓄、深刻、有力。從這首〈揚州慢〉開始，白石便進入了以冷爲美的藝術追求和創造。

（現）孟慶文主編《宋詞三百首精華賞析》：

全詞貫穿着黍離之悲。下片都是借與杜牧對比，自抒其志。從「算」、「縱」、「念」諸字可見是以虛爲主、以虛襯實，虛實結合。說得再直白些，就是虛寫杜牧，實寫自己。

（朱明倫　語）

（現）劉乃昌《宋詞三百首新編》：

下片寫對揚州的感受，妙在用虛擬法，設想杜牧重來，心境迴異，以小杜詩境與揚州現境對比，自然高妙，渾化無迹。

黃兆漢、司徒秀英《宋十大家詞選》：

此詞寫名城荒廢之悲，家國多難之恨，是白石存詞中的最早作品，亦是清空風格之代表佳作。

小序句式古雅，文詞秀麗，用五官之感寫揚州蕭條之貌，內容洗練而感情豐富，爲整首詞作增色不少。上片起首對句點出揚州之勝，言簡意精，極有上揚之勢，然而「解鞍」句一頓，大勢驟歇，將揚州自古以來之興衰束勒在今日之事上。「春風十里」是揚州路昔日風光，「薺麥青青」是今日慘況。「盡」字入情，深歎滄海桑田之變。二句既精警、又沉鬱。「自胡馬」一句寫國難，提意傳神；「廢池喬木」二句歎兵禍之遺害與餘悸十年未滅，連無情之樹木也不言哀戚。人豈不痛悲。此中無限傷亂之情不言而喻了。「漸黃昏」三句寫入黃昏荒涼遼漠之境，用苦寒之景象與聲情渲染揚州之冷寂、空蕩。

下片借杜牧揚州賦詩之事與歎名城盛在一時，也會敗在一朝。「杜郎」二句筆意奇俊，跌宕有力。「驚」字直迫揚州滿目瘡痍，慘不忍睹之貌，又寫出詞人傷時憂世之情。「縱豆蔻」三句用杜牧詩意，撫今追昔，先歎唐時之繁華熱鬧一去不返，再歎今朝滿城蕭條，悲愴之情，非筆墨所能盡也。「二十四橋」二句仍化用杜牧詩意，寫舊橋雖歷變而尚存，但往日佳景趣味盡失，當今只有淡蕩之流水靜靜地映着淒清月色，無言消逝。「蕩」字傳情，有意境。此境極見白石清空風格。最末二句感慨自深，寫嬌花不知國恨，不會跟喬木同悲同感，同去厭恨胡馬之禍，故怒放如昔；然而好花雖開，但誰有閑情縱賞呢！無限哀思，一開一合，凝聚全情於結處。

二　一萼紅❶

丙午人日❷，予客長沙別駕❸之觀政堂。堂下曲沼❹，沼西負古垣❺，有盧橘幽篁❻，一徑深曲；穿徑而南，官梅❼數十株，如椒如菽❽，或紅破白露，枝影扶疏❾。著屐❿蒼苔細石間，野興橫生，亟命駕登定王臺⓫，亂湘⓬流入麓山⓭。湘雲低昂，湘波容與⓮，興盡悲來，醉吟成調⓯。

古城陰⓰，有官梅幾許，紅萼未宜簪⓱。池面冰膠⓲，牆腰雪老⓳，雲意還又沈沈⓴。翠藤共閒穿徑竹㉑，漸笑語驚起臥沙禽㉒。野老林泉㉓，故王臺榭㉔，呼喚登臨㉕。　南去北來何事？蕩湘雲楚水㉖，目極㉗傷心。朱戶黏雞㉘，金盤簇燕㉙，空歎時序侵尋㉚！記曾共西樓雅集㉛，想垂楊還嫋萬絲金㉜。待得歸鞍㉝到時，只怕春深㉞。

❶一萼紅：此詞寫於宋孝宗淳熙十三年丙午（一一八六），時白石三十二歲，在長沙別駕蕭德藻處作客。此年初，白石踏雪尋春，登長沙的定王臺，又渡湘江，上岳麓山，因寫下此詞。夏承燾《姜白石詞編年箋校》說：「集中懷念合肥各詞，多託興梅柳，此詞以梅起柳結，序云『興盡悲來』，詞云『待得歸

鞍到時，只怕春深』，疑亦爲合肥人作。」又說：「此詞或是初別合肥來長沙時作。懷人各詞，殆以此爲最早，時白石約三十二歲。」今細味此詞，除暗露懷人之意外，更抒寫自己身世漂泊之感與懷歸之情。

❷ 丙午人日：丙午，即宋孝宗淳熙十三年（一一八六）。人日，農曆正月初七也。

❸ 別駕：宋代通判之別稱。時蕭德藻自湖北參議移任湖南通判（州郡長官的副職），故此處「別駕」指蕭氏而言。

❹ 沼：即池，圓形的叫作池，曲形的叫作沼。曲沼：彎曲的池塘。

❺ 負古垣：負，靠近也。古垣，古舊的低牆。高牆叫作牆，低牆叫作垣。

❻ 盧：黑色也。盧橘：金橘之別稱。因金橘初生時青黑色，故名。一說：盧橘即盧桔，即枇杷。《匯苑》：「今廣東呼枇杷爲盧桔。」《餘冬錄》：「相如作賦，不知盧桔爲枇杷。」幽篁：幽深的竹林。

❼ 官梅：官府（即公家）種植的梅樹。

❽ 椒：花椒，春日開小白花，熟則色赤裂開。此謂紅梅似花椒之色。菽：豆類植物。此謂梅蕾大小如豆。

❾ 扶疏：枝葉茂盛的樣子。

❿ 著屐：穿着鞋子。這裏指步行。

⓫ 亟：急忙也。命駕：指將要行走前，命令僕人備馬。定王臺：在長沙縣東。漢長沙定王發築以望母，故稱定王臺。

⓬ 亂湘：不循恒徑而亂流的湘江水。

⓭ 麓山：即長沙西南的岳麓山，隔湘江六里，屬衡山（南岳）之足，故以麓名。

⓮ 容與：緩慢流動，閒暇自得的樣子。

⓯ 調：指〈一萼紅〉。成調：指寫就此詞。

⑯古城陰：古城牆的背（北）面。

⑰萼：指花未開時，在花瓣外部的葉狀薄片。紅萼：此處指紅色的小花朵。未宜簪：未適宜插戴。

⑱冰膠：指池水表面結成一層冰膠着。

⑲牆腰雪老：指牆的下半部積着殘雪。

⑳沈沈：形容濃厚的樣子。

㉑翠藤共閒穿徑竹：即「共閒穿翠藤徑竹」。共閒者：指白石與友人悠閒地。穿：指穿過、穿行。徑竹：指小路上的竹叢。

㉒臥沙禽：臥伏在沙洲上的禽鳥。

㉓野老：田野老人。唐杜甫〈哀江頭〉詩：「少陵野老吞聲哭，春日潛行曲江曲。」林泉：林木泉石。全句說田野老人常到的林木泉石。

㉔故王：指漢長沙定王發。臺榭：這裏指定王臺。榭：臺上屋也。

㉕呼喚登臨：大家呼喚着或前呼後喚地打招呼登臨觀覽。

㉖湘：指湖南。楚：楚地。古代湖南屬楚地。故「湘雲楚水」即湖南的雲水。蕩：浮蕩、動蕩之意。意謂對着浮動的湖南雲水。

㉗目極：眼睛所見到的。

㉘朱户：紅色的大門，指富貴人家。唐杜甫詩：「朱門酒肉臭，路有凍死骨。」黏雞：指貼上畫着雞的圖畫。這是古代過人日的風俗習慣，認爲可以辟邪。《歲時記》：「人日貼畫雞於户，懸葦索其上，插符於旁，百鬼畏之。」

㉙金盤：指華貴器皿，不一定以黃金製造。簇燕，堆聚着像燕子形狀的供品。這是古時立春的習俗。宋周密《武林舊事》言立春供春盤，有「翠縷紅絲，金雞玉燕，備極精巧。」

㉚時序：指節令。侵尋：漸漸消逝。

㉛雅集：雅人集會。雅人泛指文人、士大夫。

㉜想：料想也。垂楊：低垂的楊柳。還婀：依然飄動着。萬絲金：萬縷金絲。

㉝鞍：指馬。歸鞍：是騎馬歸去的意思。

㉞春深：春意濃之意。即春將過去的意思。

【賞析】

這是姜白石旅居湖南長沙時的詞作。詞序與詞文，各有所施，輝映成趣。詞序以清雅的散體寫成，主要簡述遊覽岳麓山的經過，以及點染所見的景致；詞文則擔當描繪與抒情的任務，極力發揮詞序中「興盡悲來」的思緒。「興」是冬遊之興，「悲」是客旅之悲，而這正是上下兩片的要旨。

上片以詠梅起筆。先是尋梅：「古城陰」，表面寫身處的地點，實質暗合詞序中「堂下曲沼，沼西負古垣，有盧橘幽篁，一徑深曲」詞人與友人尋梅的曲折經過。繼而見梅：白描遠見官梅幾許，隱藏着內心的欣喜。接着賞梅：細看紅萼，含苞初綻，猶未勝簪，心中的憐愛，溢於言外。梅花待放，隱見濃冬漸去，春意姍姍。承此筆勢，詞人營煉冬景的清寒，故有「池面冰膠」三句。詞人以「膠」、「老」和「沈沈」三個形容詞，寫活了殭冷的寒冬，同時也烘托出紅梅點點的色彩。「翠籐」二句，不但爲紅梅添上對比色調，並且爲詞作注入朗朗的笑聲；還有結伴閒游、沙禽驚起的對比動態，可謂妙趣橫生，美不勝收。本片結筆「野老」三句，詞人把遊樂之興推至最高峰。「野老林泉」是詞人與友人現在身處的地方，

「定王臺樹」是他們下一個探游的目標，在前呼後應間，一起登臨望遠。詞意極開，逸興無限。

下片換頭筆力驚人。首先，承上片結句的登臨極目，開拓視野，湘雲楚水，盡入眼簾。更重要的是，啓下片的疑惑與悲愴。雲水蕩漾，南北縱橫，何處爲岸？何時而止？更深入的，爲何如此？觸景生情，詞人感懷飄泊身世，不由得不直抒胸臆，低吟「目極傷心」。飄泊是空間的失位，詞人由此而聯想到時間的失位，故引出「朱戶」三句。人日、立春的風俗物品，標記節令喜慶，卻又象徵時光轉移，但詞人面對時間流逝，除了空歎，還有什麼呢？詞人轉揚筆勢，以「記曾共」四句在悲情中記樂事，可惜在層層深入的時間穿梭間，從「記」、「想」、「還」到「待」，樂事終以悲思作結，因爲將來歸去之時，歲月已過，那有垂楊可賞？這裏，客旅、傷逝、懷人種種糾纏不清的思緒，越亂越悲，但詞人卻以「衹怕春深」收筆，極顯沈着蘊藉。

【評　說】

（清）王弈清《歷代詞話》卷八引《詞品》：

姜白石，詩家名流，詞尤精妙，不減清眞樂府，其間高處有美成所不能及者。善吹簫，多自製曲，初則率意爲長短句，既成，乃按以律呂，無不協者。……人日詞云：「池面冰膠，牆腰雪老，雲意還又沉沉。朱戶黏雞，金盤簇燕，空歎時序侵尋。」〈湘月〉詞云：「中流容與，畫橈不點清鏡。」從柳州「綠淨不可唾」之語翻出。

（清）馮金伯《詞苑萃編》卷二引《詞源》：

詞要清空，不要質實。清空則古雅峭拔，質實則凝澀晦昧。姜白石如野雲孤飛，去留無跡。吳夢窗如七寶樓台，眩人眼目，拆碎下來，不成片段。此清空質實之說。……白石如〈疏影〉、〈暗香〉、〈揚州慢〉、〈一萼紅〉、〈琵琶仙〉、〈探春慢〉、〈淡黃柳〉等曲，不惟清虛，且又騷雅，讀之使人神觀飛越。

（清）周濟《宋四家詞選·目錄序論》：

白石脫胎稼軒，變雄健爲清剛，變馳驟爲疏宕。蓋二公皆極熱中，故氣味吻合。辛寬姜窄，寬故容藏，窄故鬥硬。白石號爲宗工，然亦有俗濫處、（〈揚州慢〉：「淮左名都，竹西佳處。」）寒酸處、（〈法曲獻仙音〉：「象筆鸞箋，甚而今、不道秀句。」）補湊處、（〈齊天樂〉：「豳詩漫與。笑籬落呼鐙，世間兒女。」）敷衍處、（〈淒涼犯〉：「追念西湖上」半闋。）支處、（〈湘月〉：「舊家樂事誰省。」）複處、（〈一萼紅〉：「翠藤共、閑穿徑竹」、「記曾共、西樓雅集」。）不可不知。

（清）陳澧《白石詞評》：

豪極矣，而神不外散。何等勇力，高唱入雲。（按，評過片三句）

（清）李佳《左庵詞話》卷下：

詞中屬對，亦有求工者。如……白石「池面冰膠，牆腰雪老」。……皆經鍛煉而出，然亦不可十分吃力。

（清）江順詒《詞學集成》卷六：

《詞源》又云：「詞要清空，如……白石之〈暗香〉、〈疏影〉、〈揚州慢〉、〈一萼紅〉、〈琵琶仙〉、〈探春〉、〈八歸〉、〈淡黃柳〉等曲。」

（清）陳廷焯《詞則．大雅集》：

白石詞清虛騷雅，前無古人，後無來者，眞詞中之聖也。只三語，（按，指上片最後三句）勝人弔古千百言。

（現）唐圭璋〈姜白石評傳〉：

如〈一萼紅〉詞，上片記客長沙觀梅之樂，下片忽起思歸之念，哀感亦深。詞云：……

前敘踏雪尋梅，笑語穿竹，呼喚登台，興致極豪。後感南北飄流，覩雲水而傷心。前後哀樂對照，倍覺警動。而語氣拗怒，亦有「鐵騎突出刀鎗鳴」之概。「朱戶」三句，又因覩歲時景物，而歎時序遷流之速。「記曾共」兩句折入，回憶當年雅集西樓之樂，更覺今日不可復尋此樂，遙想樓畔之柳，依然萬絲披拂也，末嘆歸去之遲，仍收到景物上，與詩之「今我來思，雨雪霏霏」作意相同。然詩猶實寫，此則設想，韻致又各異也。（見唐著《詞學論叢》）

（現）沈祖棻《宋詞賞析》：

起三句點題，序所謂「官梅數十株，如椒，如菽」也。「池面」三句，寫時，寫梅未開之景，補足上三句。「翠藤」以下，寫當前情境。「翠藤共閑穿徑竹」與下「記曾共西樓雅集」，周濟謂是「復處」，然「翠藤」爲實寫現在，「西樓」乃回憶過去，周說殆非也。下片宕開。「南去」三句，就空間說，傷漂流之無定。「朱戶」三句，點人日（《荊楚歲時記》「人日貼畫雞於戶」），就時間說，嘆光陰之易遷。「記曾」句，回憶以前。「想垂楊」句，由回憶而惋惜現在。「待得」兩句，由現在而設想將來。末數語，由過去想到將來，春初想到春深，極沉鬱。蔣捷〈絳都春〉云：「縱然歸近，風光又是，翠陽初夏。」與此同意。王沂孫〈高陽台〉云：「何人寄與天涯信，趁東風、急整歸鞭。縱飄零、滿院楊花，猶是春前。」翻用亦好。

（現）姜尚賢《宋四大家詞研究》：

「南去北來何事，蕩湘雲楚水，目極傷心」等句，興盡悲來，含思悽厲。

上二詞，（按，指〈一蕚紅〉、〈探春慢〉）瑩潔深美，情思沈摯，渾圓悲鬱，珠明玉潤，爲白石詞的上品。

（現）陶爾夫、劉敬圻《南宋詞史》：

白石還有登「定王台」所寫之〈一蕚紅〉，其中「南去北來何事，蕩湘雲楚水，目極傷心」諸句，并非一般沿用王粲〈登樓賦〉，而是針對南宋現實有感而發。與前引袁去華〈水調歌頭〉「興廢兩悠悠」，「書生報國無地，空白九分頭」在寫法上相去甚遠，但其沉抑勃鬱之情卻極爲接近。

黃兆漢、司徒秀英《宋十大家詞選》：

白石詞序結構完整，文字清雅，可與詞文爭雄，各有勝處，又互相輝映。其手法影響後來詞家頗深，清代厲鶚寫詞遠師白石，就曾在清代詞壇發揚詞文與小序「雙美」、「合璧」之藝術。白石用游記筆法寫成此序，文詞意韻，直是佳作。

說詞，上片起首呼應序文，第一句只三字便點出竹篁曲徑之古樸幽深，序文則作詳道實況之用。接着二句詠梅。詞人只寫枝上纖雅的紅蕚，好讓序文中梅花初放、繁枝分披之景自然融入詞景，渾成一體。綜合詞文與小序寫梅花含苞及綻放之態，詠梅之境便得完璧之妙。「池面冰膠」三句用冰封池面，雪掩半墻、雲蔽高日之景三重渲染冬寒，意味愈寫愈厚，尤妙在「雲意」一句。「雲意」二字極淡遠有致，「還又」二字虛處見力。「翠藤」二句寫閑游蒼徑竹林之野樂。前句說閑逸心情，後句寫嘹亮笑聲，均得雅逸之趣。上片收結處寫登臨定王台，然而徑說此事，則嫌筆弱意薄，故詞人先鋪設「野老林泉」句在先，始說「故王台榭，呼喚登臨」。用凡夫野老對照貴胄王孫，又用自然林泉映襯人工台榭，如此便筆調有神，意致深厚。

過片不斷詞意。「南去北來何事」上應登臨之事，寫俯仰六合，悲從中來，逸興消散，客愁充斥。「蕩湘雲」二句借景入情，嘆極目所見之湘楚，何處沒有浮蕩飄零的蹤跡，然而如此奔波於南北水雲之間，最後只得傷心哀愁，此意甚苦。這三句語豪意厚，具神致氣力。「朱戶黏雞」三句用節令時物之遞變嘆寫時光易逝。再借感時傷逝之意興起撫今追昔、遙思他日之情。收結數句層次分明、文心縝密。「記曾共」句追念往事，「想垂楊」句寫今日所思，「待得」二句嗟嘆異日歸事。今日還在料想楊柳弄色，卻怕他朝幾歷飄零之後，已是春深時候。柳絮吹盡，不再弄春了。此詞用韻致幽雅之梅起，再用意格柔媚之柳結，盡得騷雅風流之氣格，是白石詞精妙之作。

三　霓裳中序第一❶

丙午歲❷，留長沙❸，登祝融❹，因得其祠神❺之曲，曰〈黃帝鹽〉、〈蘇合香〉❻。又于樂工故書中得商調〈霓裳曲〉十八闋❼，皆虛譜無辭。按沈氏樂律❽「霓裳道調」❾，此乃商調❿；樂天⓫詩云「散序六闋」⓬，此特兩闋。未知孰是？然音節閒雅，不類今曲。予不暇⓭盡作，作中序一闋傳于世。予方羈遊⓮，感此古音，不自知其辭之怨抑⓯也。

亭皋正望極⓰，亂落江蓮歸未得，多病卻無氣力。況紈扇漸疏⓱，羅衣初索⓲。流光過隙⓳，歎杏梁雙燕如客⓴。人何在？一簾淡月，彷彿照顏色㉑。

幽寂，亂蛩吟壁㉒，動庾信清愁似織㉓。沈思年少浪跡㉔，笛裏關山㉕，柳下坊陌㉖。墜紅㉗無信息，漫暗水涓涓溜碧㉘。漂零㉙久，而今何意㉚，醉臥酒壚側㉛！

---

❶〈霓裳中序第一〉：此乃秋夜抒懷之作。其懷人、懷鄉之情至爲明顯。時爲宋孝宗淳熙十三年丙午（一一八六）秋，白石三十二歲。此詞是白石客游湖南登覽衡山祝融峰時作的。詞調乃白石截取法曲

商調〈霓裳曲〉的中序第一段而成。

❷丙午歲：即宋孝宗淳熙十三年（一一八六）。

❸長沙：在湖南省。

❹祝融：山峰名，爲衡山七十二峰之主峰。衡山，在湖南省衡山縣西，古稱南岳，爲著名風景勝地。

❺祠神：祭神也。

❻〈黃帝鹽〉、〈蘇合香〉：曲調名。陳田夫《南岳總勝集》：「獻迎神曲。……三獻：蘇合香、皇帝炎、四朵子。」洪邁《容齋續筆》：「今南岳獻神樂曲有黃帝鹽，而俗傳爲黃帝炎。」

❼〈霓裳曲〉：即〈霓裳羽衣曲〉，唐玄宗時的著名樂曲。《齊東野語》卷十「混成集」條，謂修內司所刊《混成集》，……古今歌曲之譜，靡不具備。載霓裳一曲，凡三十六段。王國維《唐宋大曲考》謂「每遍二段，則三十六段即十八遍。」與詞序所謂「十八闋」合。闋：樂終叫闋，一闋即一曲。

❽沈氏樂律：沈氏即宋人沈括（一〇三一—一〇九五）；樂律指沈氏《夢溪筆談》中談論樂律的部分。

❾「霓裳道調」：沈括《夢溪筆談》論樂律部分云：「霓裳本謂之道調法曲。」道調，亦作道調宮或道宮，據《太和正音譜》，其聲「飄逸清幽」。法曲，南宋大曲名。

❿商調：宮調名之一，《太和正音譜》云：「商調悽愴怨慕。」

⓫樂天：即唐代大詩人白居易（七七二—八四六），字樂天。

⓬「散序六闋」：白居易〈和元微之霓裳羽衣歌〉云：「散序六奏未動衣，陽臺宿雲慵不飛。」《碧雞漫志》：「霓裳第一至第六疊無拍者，皆散序故也。」六奏即六闋。

⓭不暇：不閒，無空閒。

⓮羈遊：寄居作客於外地。

⓯怨抑：悲怨抑鬱。

⑯亭皋：湖邊高地。望極：極目遠望。

⑰紈扇：用輕細絲絹製成的團扇。南朝梁江淹（四四四—五〇五）〈班婕妤扇〉詩：「紈扇如團月，出自機中素。」漸疏：指秋涼已到，逐漸不用紈扇。

⑱羅衣：絲縷稀疏而輕軟的夏衣，王維〈秋夜曲〉：「輕羅已薄未更夜。」索：疏索，指冷淡。唐高適〈邯鄲少年行〉詩：「君不見今人交態，黃金用盡還疏索。」初索：開始被閒置之意。

⑲流光過隙：光陰流逝，如白駒過隙。《史記．魏豹傳》：「人生一世間，如白駒過隙耳。」白駒，指日影。隙，是壁際。

⑳杏梁：杏木造的屋梁。司馬相如〈長門賦〉：「刻木蘭以爲榱兮，飾文杏以爲梁。」雙燕如客：說雙棲的燕子又如旅客一般離開此地而南飛。

㉑照顏色：照見（她）的容顏。唐杜甫〈夢李白〉詩：「落月滿屋梁，猶疑照顏色。」

㉒亂：散亂。蛩：蟋蟀。吟：悲鳴。壁：牆壁。全句是說，蟋蟀在牆壁罅隙間散亂地悲鳴。

㉓動庾信清愁似織：庾信（五一三—五八一），南北朝時梁朝文學家，因出使西魏被留，而不得已仕西魏、北周。有《哀江南賦》、《傷心賦》等篇，悲涼淒楚，多鄉關之思。白石以庾信自比。清愁：指鄉愁。似織：交織糾纏。動：牽動、引動之意。

㉔浪跡：行蹤不定的漫遊蹤跡。

㉕笛裏關山：在笛聲中跋涉關山。徐陵詩：「關山三五月，客子憶秦川。」

㉖柳下坊陌：寄宿於柳陰下的街巷。

㉗墜紅：落花，暗指情人。

㉘漫：空也。暗水：靜水。涓涓：流水聲。溜碧：碧綠的水緩緩流動。全句意思是空有涓涓的、碧綠色的靜水緩緩地流動。

㉙漂零：即飄零。
㉚而今何意：時至今日，怎料得到。
㉛壚：酒肆也。《史記》：「司馬相如令文君當壚。」側：旁邊。

【賞析】

這是姜白石三十二歲時旅居湖南長沙所作。在詞序中，白石詳述寫作此詞的動機。首先，他精研音律，在祝融山喜得唐代法曲，發現有異於當時曲調，故特意作中序一闋，以傳後世；其次，白石正值羈旅他鄉，因這悲涼古曲，觸發種種客愁，調與情相匯，製成此詞。詞序中，又指出此詞的兩點特色：一、音節閑雅；二、文辭怨抑。

詞人登高瀏覽，首二句寫湖邊極目。原來眺望不是無意識的，而是試圖遠看歸鄉之路。可惜雖然荷花盡落，作客已久，仍不得歸去，所以望極還是徒然，而內心思緒於「亂落」中盡顯。「多病」三句，寫深化客愁。體弱多病本已淒涼，加上天氣轉寒，生理上的侵擾自然更深，而「況」字深藏悲抑。「流光」二句，詞人觀點已由戶外轉到室內。詞意上，乃承入秋之思而來，順勢感歎時序，並借南飛燕子照應作客之怨。不過，燕子雖年年飛徙，但猶幸成雙。詞人飄零，影隻形單，故下接「人何在」三句。三字一問，悲情不絕，詞人祇有在月影間尋覓佳人容貌。那種淒清、朦朧的美感，把客感的孤單烘托得神韻並致。

下片換頭以「庾信清愁」擴展客愁的時間與空間的廣度。時間上，庾信距離白石六百多年；空間上，庾信羈留北地，而白石客居長沙。然而，彼此的愁懷互通，特別是在幽寂的晚上，促織的叫聲擾動着時空交錯的紛亂鄉思。「沉思」三句是詞人回首浪遊的蹤跡，片片或剛或柔的景象，活現眼底。「笛裏關山」，是激越剛烈的戰亂生活的速寫；「柳下坊陌」，是溫馨柔情的愛情生活的快拍。這些畫面，惹人沉思細味，在思憶之間，詞人不覺又與上片「雙燕」、「顏色」呼應，引發「墜紅」二句。佳人無音信，別說噓寒問暖，就是片言隻字也沒有。孤寂的心靈得不着絲毫的慰藉，愁思祇如涓涓河水，長流不絕，低吟不休。詞人不續用細密柔筆，而是把筆勢上揚，利用健筆結悲情。「漂零久」三句，寫出醉臥客館的豪情，以求一醉解千愁。酒入愁腸是否可以達到詞人預期的效果？就留待讀者自行細味了。讀白石詞的妙處正是浸沉於這種詞人預留的思想空間。

【評說】

（清）陳灃《白石詞評》：

通首俱沈頓，得此一結動盪之。

（清）陳廷焯《詞則．大雅集》：

骨韻俱古。

（清）胡薇元《歲寒居詞話》：

《白石道人歌曲》，姜夔堯章撰。詞精深華妙，爲誠齋所推。尤善自度腔，音節文采，冠絕一時，所謂「自製新腔韻最嬌，小紅低唱我吹簫」，風致可想。歌曲皆注律呂，自製曲二卷及三卷之〈霓裳中序第一〉，皆記拍於字旁。《四庫提要》以紀文達之博，謂「似波似磔，宛轉欹斜如西域旁行」云云。薇元按，此宋人自記工尺四合上，非字也。僕曾於[illegible][illegible]山房殷譜經師座上暢發之。

（現）蔣兆蘭《詞說》：

詞叶入聲韻者，如……白石〈霓裳中序第一〉、〈暗香〉、〈疏影〉、〈惜紅衣〉、〈淒涼犯〉等調，皆宜謹守前規。押入聲韻，勿用上去。其上去韻孤調亦然。不得以上去入皆是仄聲，任意混押。

（現）唐圭璋《唐宋詞簡析》：

白石於楚中祝融峰得祀神之曲，曰《黃帝鹽》。又於樂工故書中得《商調·霓裳曲》十八調，皆存虛譜而無辭。乃作《霓裳中序》一曲，以傳古意。但譜雖仿古，而詞則寫懷。前五句言秋風人倦，「流光」二句歎急景之不居，「人何在」三句望伊人宛在。月到舊時處，與誰同倚闌干，白石殆同此感也。下闋回首當年，關河浪跡，坊陌春遊，舊夢重重，逐暗水流花而去，贏得飄零詞客，一醉埋愁。李後主所謂「醉鄉路穩宜頻到，此外不堪行」也。

（現）沈祖棻《宋詞賞析》：

起句，傷高懷遠之意。次句，見時之晚、客之久。「多病」句，更進一層。「況紈扇」四句，流連光景。「人何在」以下，羈旅之中更感別離之苦。過片實寫羈情。「沉思」五句，同是作客，而少年羈旅，猶勝投老江湖，今之幽寂凄清，亦遜昔之疏狂豪放，雖欲求如昔日之年少浪跡，豈何得乎？意愈深而情愈悲矣。結三句，即作者在另一首〈浣溪沙〉中所云「老夫無味已多時」也。

此詞多用杜詩。「江蓮」，出〈已上人茅齋〉「江蓮搖白羽」。「一簾」二句，出〈夢李白〉「落月滿屋梁，猶疑照顏色」。「笛里關山」，出〈洗兵馬〉「三年笛里關山月」。「墜紅」，出〈秋興〉「露冷蓮房墜粉紅」，應上句「亂落紅蓮」。「暗水」，出〈夜宴左氏莊〉「暗水流花徑」。

（現）汪中《宋詞三百首注析》：

題序云於楚中祝融峰，得其祀神曲曰《黃帝鹽》。又於樂工故書中，得商調〈霓裳曲〉十八闋，皆虛譜無辭。乃作此一曲，以傳古意。譜雖仿古，詞則寫懷。前五句是秋風人倦。「流光」二句，嘆時序侵尋。人何在，望伊人宛在，月下彷彿猶照顏色。下片人不在而幽寂，浪跡清愁，想從前坊陌之游，已無消息，一切隨水而去，自歎飄零，只有醉臥酒壚，如阮籍之窮途而已。

（現）殷光熹編《姜夔詩詞賞析集》：

淳熙十三年（一一八六）秋，作者客居湖南時曾登衡山祝融峰，塡了此詞。詞中結合景物描寫抒發了作者的羈旅情懷。需要指出的是，這當中不是某種單一的感情，而是包容了較爲複雜的心情：既有浪跡天涯的飄零和紅顏遠去、舊情難續的失落感，又有懷才不遇，事業無成的失意感和終身困頓潦倒、依人爲生的命運感。（殷光熹　文）

四 湘月❶

長溪楊聲伯典長沙檝櫂❷，居瀕湘江❸，窗間所見，如燕公、郭熙畫圖❹，臥起幽適❺。丙午七月既望❻，聲伯約予與趙景魯、景望、蕭和父、裕父、時父、恭父❼，大舟浮湘❽，放乎中流，山水空寒，煙月交映，凄然❾其爲秋也。坐客皆小冠練服❿，或彈琴，或浩歌⓫，或自酌，或援筆搜句。予度此曲，即念奴嬌之鬲指聲⓬也，於雙調⓭中吹之。鬲指亦謂之『過腔』⓮，見晁無咎集⓯，凡能吹竹⓰者便能過腔也。

五湖⓱舊約，問經年⓲底事⓳，長負清景⓴。暝㉑入西山，漸喚我一葉夷猶乘興㉒。倦網都收，歸禽時度㉓，月上汀州㉔冷。中流容與㉕，畫橈不點清鏡㉖。誰解喚起湘靈㉗，煙鬟霧鬢㉘，理哀弦鴻陣㉙。玉麈談玄㉚，歎坐客多少風流名勝㉛。暗柳蕭蕭㉜，飛星冉冉㉝，夜久知秋信㉞。鱸魚應好㉟，舊家樂事誰省㊱。

---

❶〈湘月〉爲白石自度曲。此詞乃白石作於湘江泛舟之時，故題爲〈湘月〉。〈湘月〉實爲〈念奴嬌〉之鬲指聲。本詞記叙姜氏與蕭氏兄弟夜泛湘江的情景，最後以懷念家鄉爲結。時爲宋孝宗淳熙十三年

（一一八六），白石三十二歲。這時白石依附詩人蕭德藻居，爲其侄女婿。

❷長溪：在今福建霞浦縣南。楊聲伯，事歷未詳。典，主管。檝櫂，搖船的工具，借指船隻。指楊聲伯掌管長沙一帶的船隻。

❸湘江：在湖南省，由南向北流入洞庭湖。居瀕湘江，指靠近湘江邊居住。

❹燕公：宋代知名畫家姓燕的有二人：其一燕文貴（九六七——一〇四四），吳興人，精於山水，不師古人，自成一家，有「燕家景致」之稱。見劉道醇《宋朝名畫錄》。其二燕肅（九六一——一〇四〇），益都人，官至禮部侍郎，工山水寒林。《宋史》及夏文彥《圖繪寶鑑》有傳。郭熙（一〇二三—約一〇八五），河陽溫縣人，熙寧間爲圖畫院藝學，後翰林待詔直長。工畫山水寒林，取法李成（九一九—九六七），後與李成並稱「李郭」，有畫論。可參《宣和畫譜》。

❺幽適：清幽閒適。

❻丙午：即公元一一八六年。既望，農曆每月之十五日。此年七月既望，即公元一一八六年八月一日。

❼蕭和父、裕父、時父、恭父：皆蕭德藻子姪。作者之岳家親屬。

❽浮湘：指在湖南省的湘江泛舟。

❾淒然：指寒涼。《莊子·大宗師》：「淒然似秋，煖然似春。」

❿綀：一種粗絲織成的、薄而疏的布。《陳書·姚察傳》：「吾所衣著，止是粗麻薄綀。」

⓫浩歌：放聲歌唱。《楚辭·九歌·少司命》：「望美人兮未來，臨風怳兮浩歌。」

⓬即〈念奴嬌〉之鬲指聲：據方成培《香研居詞麈》解「鬲指」義說：「蓋〈念奴嬌〉本大石調，即太蔟商，雙調爲仲呂商，律雖異而同是商音，故其腔可過。太蔟當用『四』字住，仲呂當用『上』字住，簫管『上』、『四』字中間只鬲一孔，笛『四』、『上』兩孔相聯，只在鬲指之間。又此調畢曲，當用『一』字、『尺』字，亦鬲指之間，故曰『鬲指聲』也；『能吹竹便能過腔』，正此之謂。所以欲過

腔者，必緣起韻及兩結字眼用『四』字不諧，配以『上』字聲方諧婉，故不得不過耳。」

⑬ 雙調：樂律名。《新唐書．禮樂志》十二：「越調、大食調、高大食調、雙調、小食調、歇指調、林鍾商爲七商。」杜牧〈早春贈軍事薛判官〉詩：「弦管開雙調，花鈿坐兩行。」現存周德清（約一三一四前後在世）《中原音韻》所載的六宮十一調中，對雙調的聲情形容爲「健捷激裊」。

⑭ 過腔：方成培《香研居詞麈》：「蓋〈念奴嬌〉本大石調，即太蔟商，雙調爲仲呂商，律雖異而同是商音，故其腔可過。」參⑫。

⑮ 晁無咎：名補之（一〇五三—一一一〇），濟州鉅野（今山東縣名）人，北宋神宗時進士，工詞，爲「蘇門四學士」之一。今傳其詞集《琴趣外篇》卷一「消息」注云：「自過腔，即越調〈永遇樂〉。」《舒藝室餘筆》初稿云：「晁氏不云過入何調，依此鬲指推之，則過入高大石也。」

⑯ 吹竹：指吹奏簫、笛一類的樂器。

⑰ 五湖：有二解：一、泛指太湖流域一帶所有的湖泊。二、五個大湖的總稱，就是洞庭、鄱陽、太湖、婐湖、洪澤爲五湖。

⑱ 經年：猶云多時、多年。柳永〈雨霖鈴〉詞：「此去經年，應是良辰美景虛設。」

⑲ 底事：指何事。

⑳ 長負清景：指辜負這裏的清麗景色。

㉑ 暝：指日暮、夜晚。

㉒ 一葉：指扁舟。夷猶：從容不迫貌。張耒〈泊長平晚望〉詩：「川穩夷猶棹，春歸杳靄天。」整句意思謂漸漸喚起我乘一葉扁舟，到江上去徜徉的興致。

㉓ 歸禽時度：回巢的鳥雀不時從頭頂飛過。

㉔ 汀州：水中小洲。《楚辭．九歌．湘夫人》：「搴汀洲兮杜若，將以遺兮遠者。」

㉕ 容與：此指放縱扁舟，任由其飄流。《莊子．人間世》：「因案人之所感，以求容與其心。」此句謂我們把扁舟駛往水流浩大的江心去，放縱扁舟，任由其飄流。

㉖ 橈，划船的工具，指船槳。清鏡，水明如鏡，指平靜的湖泊。意謂不到波平如鏡的湖中去蕩槳。

㉗ 湘靈：傳說中的湘水女神。一說即帝舜之二妃，娥皇、女英。《楚辭．遠遊》：「使湘靈鼓瑟兮，令海若舞馮夷。」

㉘ 鬟：環形的髮髻。杜甫〈月夜〉詩：「香霧雲鬟濕，清輝玉臂寒。」鬢：靠近耳邊的頭髮。白居易〈賣炭翁〉詩：「滿面塵灰煙火色，兩鬢蒼蒼十指黑。」李清照〈永遇樂〉詞：「風鬟霧鬢，怕見夜間出去。」此處指湘靈女神的如煙如霧的鬢鬟。

㉙ 哀弦鴻陣：指著名的瑟曲《歸雁操》。王勃〈滕王閣序〉：「雁陣驚寒，聲斷衡陽之浦。」古人以爲鴻雁在南方的歸宿地是湖南洞庭湖一帶，所以常把鴻雁和瀟湘（瀟水和湘水匯合處，在洞庭湖南）並提。

㉚ 玉麈談玄：魏晉之際，盛行玄學清談。清談者常手執麈尾（一種拂子，用麈的尾毛製成），以助風度。《世說新語．容止》：「王夷甫（王衍）容貌整麗，妙於談玄。恒（常）捉白玉柄麈尾，與手都無分別。」麈，獸名。陸佃《埤雅．釋獸》：「麈，似鹿而大，其尾辟塵。」這裏是泛指談論學問。

㉛ 名勝：指名士、名流。《晉書．王導傳》：「敦、導及諸名勝皆騎從。」此處指共游賞者是當今名士。

㉜ 蕭蕭：搖動貌。《楚辭．九歌．山鬼》：「風颯颯兮木蕭蕭，思公子兮徒離憂。」全句指岸邊的柳樹在黑暗中搖動。

㉝ 冉冉：漸進、行貌。《楚辭．離騷》：「老冉冉其將至兮，恐修名之不立。」此處指天際的星星也慢慢地移動了位置。

㉞ 夜久知秋信：意謂柳條的搖擺、星星的移動，加上夜已深，使人感到秋天已經臨近。陳廷焯《白雨齋

詞話》評此三句云：「寫夜景高絕，點綴之工，意味之永，他手亦不能到。」

❸⑤ 鱸魚：用張翰典。《晉書．張翰傳》：「翰因見秋風起，乃思吳中菰菜、蓴羹、鱸魚膾，曰：『人生貴得適志，何能羈宦數千里以要名爵乎？』遂命駕而歸。」詞中借用此典故以表達對家鄉的懷念。

❸⑥ 舊家樂事誰省：指以往的樂事，誰能知道、明白。《列子．楊朱》：「實僞之辯，如此其省也。」晉張湛《注》：「省，猶察也。」

【賞析】

《湘月》一詞，是白石審美經驗的寫照。白石審美觀照的方式、審美理想的特質以及審美意趣的風格，都在此詞中呈現出來；同樣，讀者也可以從中享受一次極其幽深的美的歷程。

在詞序裏，白石敘述湘江泛舟的背景，揭示出是次夜遊的特點——「雅」。楊聲伯這雅士相邀友好舉行雅會，在山水雅景之間，一衆雅興盎然。這種幽雅氣氛就譜奏了此詞的審美基調。另外，白石提到畫家郭熙，實在隱隱的啓動了審美的感官。郭熙在《林泉高致．山川訓》說過：「春山煙雲連綿人欣欣，夏山嘉木繁陰人坦坦，秋山明淨搖落人肅肅，冬山昏霾翳塞人寂寂。看此畫令人生此意，如眞在此山中，此畫之景外意也。見青煙白道而思行，見平川落照而思望，見幽人山客而思居，見岩扃泉石而思游。看此畫令人起此心，如將眞即其處，此畫之意外妙也。」「景外之意，意外之妙」，正與白石的審美理想相同。

詞文就在詞序的開導中，揚帆起航。起筆三句，說在湖上聚舊，再談過去人事，實在辜負了山水佳景。這裏，詞人刻意把美景與俗世劃分開來。俗世紛擾，有礙觀照外物；同時詞人把審美的對象從現實中抽離，好像把畫像放在畫框內，把演出搬上舞台，以求產生審美的距離感。接着「暝入西山」二句，是詞人徐徐地把心靈送往美景之中。「倦網都收」三句，正是審美的觀照與審美經驗的交融。「倦網都收」，是有我之境，以我觀物。「倦」字擬人化了晚景，也寫盡漁人的意態，更隱現詞人的心境。筆下之情，暗合外物。「歸禽時度」，是無我之境，以物觀物。雀鳥歸林，飛度頭上，純乎自然，深得妙趣。物我兩忘，形跡俱融。「倦網」二句的造詣，不限於此。上句寫收網，下句寫鳥飛，一合一開，相映成趣。再者，上句寫湖面，下句寫空中，一低一高，括盡出偌大的景觀。「月上汀洲冷」，正是物我交融，因爲非有靜心，不能細看月上；非感淒涼，難覺孤洲清冷，所謂舉物寫心，妙合凝契。其實，漁夫收網、歸鳥回林、月亮上升、沙渚清寒，都是十分平凡的晚景，不過，經過詞人的選擇取捨，驅遣陶熔，成爲「造化之秘，心匠之運」的藝術妙品。「中流容與」二句，表面寫縱舟江上，平靜安閑，實質寫心中審美的狀態。在美的境界裏，心靈是絕對自由的，無任何的隔閡與區限，而內心平靜如鏡，舟楫船槳，不許也不能撥浪興波。於此，詞人就享受着澄靜寧謐的眞趣，而讀者也同時分享着詞人造就的藝術美感。

在極靜之中，換頭轉勢。哀弦之音驚動了詞人的幽思，鴻鳴之聲喚起了詞人的聯想。詞人的想像縱橫時空，到達了傳說中的上古時代，湘水的女神娥皇、女英在詞人的腦海中出現。她們的美態會是怎樣？詞人以一麟半爪的寫意方法，寫雲鬟煙鬟，引人遐想。這是美的聯念，也是美的妙筆。「玉麈」二句，是詞人在審美過程中，與現實不即不離的狀態，也是下三句審美高潮的伏筆。「暗柳蕭蕭」三句，模寫自然，至爲高絕。「蕭蕭」這疊字，有形有聲，既寫湖畔垂柳搖曳動態，也摹秋風颯颯的聲音。「冉冉」二字，穿透時空，既寫秋空無垠，且表長夜星移。「夜久知秋信」的「知」，不是理性的認知，而是感性的悟見。人在此時此景，不覺空靈渺小，有何所依呢？此一問，就下開了思鄉之情。因爲家鄉是人情感的依歸。審美的歷程，就在詞人深層的「歸處」抵岸。然而，「應」、「誰」兩字道出歸處渺茫，更耐人尋味，言外之音，蕩氣迴腸。

【評說】

（清）沈雄《古今詞話》〈詞品〉上卷：

《古今樂錄》曰：姜堯章詞，《花庵》備載無遺。若〈湘月〉、〈翠樓吟〉、〈惜紅衣〉諸腔，不得其調，難入管絃也。……

同上，下卷：

姜白石集中〈湘月〉註云：「即〈念奴嬌〉之鬲指聲也」。《詞品》曰：「中流容與，畫橈不點清鏡」，從柳子厚「綠淨不可唾」之語翻出。至「暗柳蕭蕭，飛星冉冉，夜久知秋信」，寫之得其神矣。……按換頭亦有語意參差者，……姜白石云：「誰解喚起湘靈，煙鬟霧袖，理哀絃鴻陣。」此以五字句作空頭句，亦一法也。

（清）王弈清《歷代詞話》卷八引《詞品》：

姜白石，詩家名流，詞尤精妙，不減清眞樂府，其間高處有美成所不能及者。善吹簫，多自製曲，初則率意爲長短句，既成，乃按以律呂，無不協者。……〈湘月〉詞云：「中流容與，畫橈不點清鏡。」從柳州「綠淨不可唾」之語翻出。

（清）馮金伯《詞苑萃編》卷之五引《詞品》：

〈湘月〉詞云：「中流容與，畫橈不點清鏡。」從柳州「綠淨不可唾」之語翻出。

（清）鄧廷楨《雙硯齋詞話》：

詞調合小令慢詞計之，不下六百有奇，無不可塡。然亦有斷不可塡者，……〈湘月〉一調，白石自注云：「〈念奴嬌〉之鬲指聲。」白石精於宮譜，故於〈念奴嬌〉外，別爲此詞。若不會鬲指之理，貿然爲之，即仍與〈念奴嬌〉無異。壽陵餘子，固不必學步邯鄲也。

（清）周濟《宋四家詞選·目錄序論》：

白石脫胎稼軒，變雄健爲清剛，變馳驟爲疏宕。蓋二公皆極熱中，故氣味吻合。辛寬姜窄，寬故容藏，窄故鬥硬。白石號爲宗工，然亦有俗濫處、（〈揚州慢〉：「淮左名都，竹西佳處。」）

寒酸處、（〈法曲獻仙音〉：「象筆鸞箋，甚而今、不道秀句。」）補湊處、（〈齊天樂〉：「豳詩漫與。笑籬落呼燈，世間兒女。」）敷衍處、（〈淒涼犯〉：「追念西湖上」半闋。）支處、（〈湘月〉：「舊家樂事誰省。」）複處、（〈一萼紅〉：「翠藤共、閑穿徑竹」、「記曾共、西樓雅集」。）不可不知。

（清）謝章鋌《賭棋山莊詞話續編》四：

《二十四橋吹簫譜》二卷，江都孫定夫宗禮撰。定夫詞亦流轉，但言外無味，不耐人尋繹，蓋學南宋而未至者。〈湘月〉調下自注云：「上下闋遵白石老人原製，第四句作四字讀，第五句作九字讀，《詞律》作〈念奴嬌〉塡，誤。」按此說亦未當。〈湘月〉之異於〈念奴嬌〉，在宮調不在字句。白石指明〈念奴嬌〉鬲指聲，可見是異聲而非體異也。至詞體雖分句讀，而作者筆興所及，時有變化。即如東坡此調「故壘西邊，人道是、三國孫吳赤壁。」人道是三字，雖屬上句，而語勢未嘗不趨下句，又豈獨〈湘月〉乎。是不必強生分別矣。

（清）江順詒《詞學集成》卷三：

萬氏《詞律》〈發凡〉云：「石帚賦〈湘月〉自註云：即〈念奴嬌〉之鬲指聲，體同名異，或有故。但宮調失傳，作者依腔塡句，不必另收〈湘月〉。蓋人欲塡〈湘月〉，即是〈念奴嬌〉，無庸立此名也。」詒案：此實紅友不知宮調之誤也。蓋〈湘月〉與〈念奴嬌〉字句雖同，業已移宮換羽，別爲一調。非如〈紅情〉、〈綠意〉，僅取牌名新異也。後人不知鬲指之理，則塡〈念奴嬌〉，不塡〈湘月〉可耳。而〈湘月〉之調，則不可刪。按鬲指之義，方氏《詞麈》有云：「姜堯章〈湘月〉詞，自註即〈念奴嬌〉鬲指聲，於雙調中吹之。鬲指亦謂過腔，見《晁無咎集》，凡能吹竹者便能過腔也。後人多不解鬲指過腔之義，培思索久之，而悟其說。蓋〈念奴嬌〉本大石調，即太簇商，雙調爲仲呂商，律雖異而同是商音，故其腔可過。太簇當用四字，仲呂當用上字。今姜詞不用四字住，而用上字住。簫管四上字中間，衹鬲一孔，笛四上字兩孔相聯，只在鬲指之間。又此兩調畢曲當用一字尺字，亦鬲指之間，故曰鬲指聲也。吹竹便能過腔，正此之謂。」詒案：〈念奴嬌〉、〈湘月〉，塡詞者雖不知過腔爲何事，而欲並爲一詞，歌者不能不問太簇之用四字，大呂之用上字，而並爲一曲乎。吾恐〈念奴嬌〉詞之字，吹之四字而協者，吹之上字而未必協也。

同上：

《詞綜》〈湘月〉註云：「宜興萬氏專以四聲論詞，畏其嚴者，多詆之。瀘州先箸尤甚。以爲宋詞宮調，別有祕傳，不在乎四聲。按《白石集》〈滿江紅〉云：末句無心撲，歌者將心字融入去聲方諧。〈徵招〉云：正宮〈齊天樂慢〉，前兩拍是徵調，故足成之。及考〈徵招〉起二句，平仄與〈齊天樂〉吻合，然則宋人未嘗不以四聲定宮調，而萬氏之說初不與古戾。」詒案：前謂萬氏僅知四聲而不知五音，非謂無四聲也。今註云：專以四聲論詞。曰專云，則無五音可知。僕正病其疏，非謂其嚴也。

（清）陳廷焯《詞壇叢話》：

四聲二十八調，各有其倫。……姜白石〈湘月〉詞，注云：「此〈念奴嬌〉之鬲指聲也。」則曲同字數同，而〈湘月〉、〈念奴嬌〉調實不同，合之爲一非矣。詞因有一曲而各異其名者。

（清）陳廷焯《白雨齋詞話》卷二：

白石〈湘月〉云：「柳暗蕭蕭，飛星冉冉，夜久知秋冷。」寫夜景高絕。點綴之工，意味之永，他手亦不能到。

（現）羅忼烈〈白石詞每師法清真〉：

清眞之詞本有疏密兩種，夢窗得其密，白石得其疏。白石變清眞之縝密典麗爲古雅峭拔，易沉鬱頓挫爲清剛疏爽，遂開玉田一路，終與清眞分途。然下字命意之間，相師之跡，尤隱約可見。粗舉其相似處如下各條。清眞《蕙蘭芳引》云「寒瑩晚空，點清鏡、斷霞孤鶩。」白石《湘月》云：「中流容與，畫橈不點清鏡。」……詩人詞客用字造語，不謀而合者往往有之，然如此之多，不能謂之無意。若取兩家之作熟讀而深思，此中消息可知也。（見羅氏《詞學雜俎》）

（現）劉斯奮《姜夔張炎詞選》：

這一首詞是作者自度曲，作於湘江泛舟之時，故題爲〈湘月〉。詞中記敘一次與友人夜泛湘江的暢遊，而終歸結爲對家鄉的懷念。

（現）王偉勇《南宋詞研究》：

欲令景物生動活潑，宜留心字句之鍛鍊，方能相得益彰，所謂「始於意格，成於句字」是也。就鍊字言，其關鍵尤在於動詞之運用，非但顧及意義之「活」，且爲顧及音調之「響」，故姜夔詞中頗用心錘鍊，此亦當時詩壇之習尚也。如：……晝橈不「點」清鏡。（〈湘月〉）

黃庭堅〈贈高子勉詩〉云：「拾遺句中有眼」（《豫章黃先生文集》卷一二），呂本中《童蒙詩訓》亦云：「潘邠老言：七言詩第五字要響，……五言詩第三字要響，……。所謂響者，致力處也。予竊以爲字字當活，活則字字自響」，取姜夔之詞句予以印證，影響之深淺自不言而喻矣！

（現）楊海明《唐宋詞史》：

白石詞之所以最喜寫秋景，最喜敷以「冷色」，這就不但與他作爲「雅士」的審美趣味有關，而更與他內心的冷峭有關。試讀他的〈湘月〉詞：……詞以一個提問句起頭，先說自己早就懷有游湖的夙願，但年來卻因俗事的干擾而一直未能「踐約」，因此番得與三五友朋暢遊湘江，實在是暢心盡意，好不快活。但是，過不了多久，隱藏在內心深處的那股「冷意」卻又泛將上來，先在「倦網都收，歸禽時度，月上沙洲冷」中反映出來；到了後來就越來越濃，終於「凝結」成了「暗柳蕭蕭，飛星冉冉，夜久知秋信」這樣的句子。這末幾句果眞是

「純客觀」地寫景嗎？非也。東坡詩「春江水暖鴨先知」，白石就是從自然界的「秋信」（秋天的信息）中敏銳地感受到人生的「秋意」的。陳廷焯評此三句即曰：「寫夜景高絕，點綴之工，意味之永，他手亦不能到。」（《白雨齋詞話》卷二）其「意味之永」即指這種深悄的飄零之感。果然，詞的結束處，他的想像就飛到了故鄉去：此刻，「舊家」的人們正圍坐在桌邊，享受着鱸魚莼羹的美味吧？但卻又有誰知道我此時的複雜心緒！故而，白石的那些抒寫隱逸情思的詞，決不如另一些作者所寫的「隱逸詞」那樣，是在衣食無愁、酒醉飯飽之後戴一戴「笠帽」、學一學「漁父」，因而發一點「飄逸」之思，卻是「別有傷心無數」（〈齊天樂〉）在內的。這種「傷心」，也就是他個人身世遭遇方面的心理「傷痕」。

五　清波引❶

予久客古沔❷，滄浪❸之煙雨，鸚鵡❹之草樹，頭陀❺、黃鶴❻之偉觀，郎官❼、大別❽之幽處，無一日不在心目間；勝友❾二三，極意吟賞。朅來湘浦❿，歲晚淒然⓫，步繞⓬園梅，摛筆以賦⓭。

冷雲迷浦，倩誰喚玉妃起舞⓮。歲華⓯如許，野梅弄眉嫵⓰。屐齒⓱印蒼蘚⓲，漸爲尋花來去。自隨秋雁南來，望江國⓳，渺何處。　新詩漫與⓴，好風景長是暗度㉑。故人知否，抱幽恨難語㉒。何時共漁艇，莫負滄浪㉓煙雨。況有清夜啼猿，怨人良苦㉔。

❶此詞是作者客居湖北漢陽，寄食在他姊姊家中時所作的。其中有思念故國之情，有自歎身世飄零之感。詞意極爲淒婉，情感自然流露。夏承燾《姜白石詞編年箋校》云：「此首與〈八歸〉、〈小重山令〉皆客湘時作，而無甲子。案白石此年秋返山陽，見〈浣溪沙·序〉；冬隨蕭德藻往湖州，見〈探春慢序〉；三詞當皆此前之作。」時爲宋孝宗淳熙十三年（一一八六），白石三十二歲。

❷古沔：指現在湖北省漢陽市。白石〈探春慢〉詞序云：「予自孩幼從先人宦于古沔，女須因嫁焉。中去復來幾二十年，豈惟姊弟之愛，沔之父老兒女子亦莫不予愛也。」作者在漢陽住了二十多年，故云久客。

❸滄浪：指漢水。閻若璩《四書釋地·漯滄浪》謂湖北省武當縣西北漢水中有滄浪洲，漢水經過，因名「滄浪」。

❹鸚鵡：即鸚鵡洲，在漢陽西南大江中。陸游《入蜀記》：「離鄂州，便風掛帆，沿鸚鵡洲南行，洲上有茂林、神祠，遠望如小山。」崔顥〈黃鶴樓〉詩：「晴川歷歷漢陽樹，芳草萋萋鸚鵡洲。」

❺頭陀：寺名。在湖北漢口西北。李白〈江夏贈韋南陵〉詩云：「頭陀雲外多僧氣。」

❻黃鶴：即黃鶴樓。《入蜀記》云：「今樓（黃鶴樓）已廢，故址不可復存，問老吏，云在石鏡亭、南樓之間，正對鸚鵡洲，猶可想見其地。」今樓址在湖北武昌西漢陽門內黃鶴山上。相傳三國時費禕成仙後，常乘黃鶴來到這樓上休息，所以就叫做黃鶴樓。崔顥詩：「昔人已乘黃鶴去，此地空餘黃鶴樓。」

❼郎官：即郎官湖，在漢陽東南。李白詩：「郎官愛此水，因號郎官湖。」郎官，指唐代的尚書郎張謂。

❽大別：指大別寺。在漢陽大別山，即現在的龜山。《入蜀記》：「漢陽負山帶江，其南小山有僧寺者，大別山也。又有小別，謂之二別云。」

❾勝友：指要好的朋友。夏承燾《姜白石詞編年箋校》云：「白石在沔交游，有鄭仁舉、辛泌、楊大昌、姚剛中、單煒、蔡迨。」

❿朅來：即去來。李白〈送王屋山人魏萬還王屋〉：「朅來遊嵩峰，羽客何雙雙。」湘：就是現在的湖南省。湘浦：這裏泛指湘水之濱。

⓫歲晚淒然：一年快終了，感到淒涼。

⓬步繞：謂環繞步行。

⑬摛筆以賦：謂開筆寫詞。左思賦：「摛翰則華縱春葩。」摛，意謂傳布、舒展。

⑭倩：請人去做的意思。玉妃：指雪，韓愈〈辛卯年雪〉詩：「白霓先啓涂，從以萬玉妃。」

⑮歲華：指歲時。孟浩然〈除夜〉詩：「那堪正漂泊，來日歲華新。」

⑯眉嫵：本指眉樣美好。此處指野外的梅花，做出可愛的姿態。《漢書·張敞傳》：「敞爲婦畫眉，長安中傳張京兆眉嫵。」

⑰屐：木製的鞋子，底部有齒，容易留有腳印。宋葉紹翁詩：「應憐屐齒印蒼苔，小叩柴扉久不開。」

⑱蒼蘚：深青色的苔蘚。

⑲江國：指眼前漢陽一帶水鄉。漢陽瀕漢水、長江，故曰「江國」。又可作江山解。姜白石〈暗香〉：「江國，正寂寂。歎寄與路遙，夜雪初積。」

⑳新詩漫與：謂即興作新詩。漫：隨意之謂。

㉑好風景長是暗度：意謂好的風光美景總是暗暗消逝、度過。

㉒故人：當指詞序內的勝友二三。抱幽恨難語：謂懷着隱藏在心裏的怨恨，很難啓齒。

㉓滄浪：水名，即漢水。《尚書·禹貢》：「嶓冢導漾，東流爲漢，又東爲滄浪之水。」

㉔良：副詞，很、甚的意思。此兩句謂深夜猿嘯，發出哀怨之聲，令人感到很淒苦。楊炯詩：「山空夜猿嘯，征客淚沾裳。」

【賞析】

這是白石歲暮感懷之作。詞序記述古沔一帶，風景名勝，美不勝收。正值歲晚，邀友遊賞，乘興而往。到湘水之濱，見殘年急景，悲從中來，詞興盎然，於是寫就了一闋淒婉動人的作品。

詞序裏，詞人以「久客」來形容自己的處境。作客本已愁人，有家歸不得；何況是長期作客呢？恆久離鄉別井、寄人籬下，那是極苦的事。詞人以這種愁心觀看景物，自然別是一番滋味。上片起筆，即是愁眼中的灰冷景象。雲霾低沉陰冷，連江濱也籠罩着霧氣，人處其中，不覺迷惘若失。究竟是淒然的景色搖蕩性情，還是凌亂的心懷筆補造化？準確的說，是內外胥融，心物兩契。「玉妃起舞」是優美景致，正好抒解滿腔愁意，不過請誰去使令白雪紛飛呢？心物之間由相繫，轉爲相違，那種起伏恰恰訴盡了哀情。「歲華」二句與「屐齒」二句，是倒置敘寫。詞人爲排遣胸臆，踏遠尋芳。「屐齒」二句，爲形爲藻，體現語言的形象性。可惜，詞人所見的不過是野梅風姿。野梅嫵媚，本堪細賞，但在百物凋弊的時節，那直是一種嘲弄，所以詞人更覺神傷。此乃詞人以美景宣悲情之筆。「自隨」三句，詞意從久客之深思，聯念至故國之遙遠，因爲家國緊連，無由分割。「望江國，渺何處」，簡直有如秋雁之悲鳴，北宋疆土就跟詞人家鄉一樣久久未能復見。悲涼怨苦，聞者心酸。

詞人強抑激蕩的情感，轉筆寫賦詩抒懷。「新詩」二句，卻更惹新愁。詩歌模寫的對象往往是自然景物，而風光總是暗暗地消失得無影無蹤。那種傷逝的痛苦，向誰傾吐？於是下接「故人」二句。「幽恨難語」是感情無法再壓的直接抒情。「何時」二句是詞人企圖自我開解，所以設想一天「共漁艇」，賞美景。可是，「何時」二字，令人想到共聚實在漫漫無期，弦外之音，萬分憂感。收結二句，可以說是悲上加悲，「況」極顯層遞的意味，寒夜猿啼，正與詞人心弦產生共鳴，斷腸之意，不言而喻。詞人在心物交煎之中，唯有哀怨低吟：「怨人良苦」。這正與「抱幽恨難語」的直筆呼應，相輔相成，沉愴悲悽。

【評　說】

（清）陳廷焯《詞則．大雅集》：

白石諸詞，鄉心最切。身世之感，當於言外領會。

（現）殷光熹《姜夔詩詞賞析集》：

以此寫彼，顯得空靈邈遠。此詞意在念舊懷遠，而落筆於身邊之景。詞人「步繞園梅」，所見爲「冷雲迷浦」。「冷雲」見其凝重，感其寒凍。迷漫湘浦之上，給人以肅煞寂然之感。只有「野梅」弄娟嫵。山野之梅，下敷「蒼蘚」，其境荒涼，而卻在那裡「弄娟嫵」，賣弄它的嬌艷，這「娟嫵」不但不給人以春意盎然之感，卻更反襯了它的孤寂。詞人處於此地此境，自然感到「歲意淒然」，也就不由「望江國」，翹首眺望漢陽舊游之地，煞之以「渺何處」，使人覺得江天茫茫，所見只眼前景，所思卻爲昔日情，在二者的巨大反差下更覺渺茫。其實，這正是爲了寫「滄浪之煙雨，鸚鵡之草樹，頭陀、黃鶴之偉觀，郎官、大別之幽處」，「渺何處」模糊、空靈地涵蓋了古沔的種種奇觀勝處。如果逕寫想像往日的種種情事，那便

「質實」了。「清空」則以虛寫實，以簡馭繁，給人以靈動、超逸的美感。

以今寫昔，顯得情意綿長。詞的上片寫今之景，以「望江國，渺何處」宕入昔游之地。這片卻以倒卷之筆，以「新詩漫與，好風景長是暗度」奇語奪人。初讀使人甚感突兀，懸而念之。可是繼而墊之以「故人知否，抱幽恨難語」，則前念頓釋，情意倍增。所謂難語的「幽恨」，也就是深悔往日流連於湖光山色間，不知珍惜，使「好風景長是暗度」。詞人的這種失落感，益見往日之堪念。由緬懷過去，反激爲展望未來。展望的還是回到往日去，「何時共漁艇，莫負滄浪煙雨」，不再使好風景「暗度」。盡情游冶，盡情吟賞。詞人對往日勝友之情充滿肺腑，流漾紙面。

這首詞上片由目前景引發想像往日景，下片由今日游延伸至他日游，即回復到往日游。上片側重於念景，下片著力於懷人。景與人聯，人與景偕，極爲巧妙地抒發了對故人、故地之情。這首詞沒有反映甚麼社會現實，也未表現多少進步內容，但抒發個人情懷的精思巧構，其烹字煉句的藝術功力，以及清空疏宕的藝術風格，卻給人以啓示和獲得較好的審美享受。

（徐應佩　文）

六八　歸❶

湘中送胡德華❷

芳蓮墜粉❸，疏桐吹綠❹，庭院暗雨乍歇❺。無端抱影銷魂處❻，還見篠牆螢暗❼，蘚階蛩切❽。送客重尋西去路，問水面琵琶誰撥❾。最可惜一片江山，總付與啼鴂❿。長恨相從未款⓫，而今何事，又對西風離別。渚⓬寒煙淡，棹⓭移人遠，縹緲⓮行舟如葉。想文君望久⓯，倚竹愁生步羅襪⓰。歸來後⓱，翠尊雙飲⓲，下了珠簾，玲瓏閒看月⓳。

❶ 本篇是姜夔三十二歲（時爲宋孝宗淳熙十三年（一一八六））漫游湖南時，爲送別友人而作。全用正面白描寫法，筆力精健，情致委婉，足見詞人篤於友情。

❷ 湘中：指湖南，當時作者客居長沙。胡德華，事歷未詳。

❸ 芳蓮：指芳香的荷花。墜粉：是形容荷花萎謝，褪落了香粉。杜甫詩：「露冷蓮房墜粉紅。」

❹ 疏桐：是指蕭疏的梧桐樹。吹綠：指搖蕩着的綠影。謂稀疏的梧桐樹吹拂着綠葉。

❺ 暗雨：即夜雨。陳師道詩：「暗雨來何急，寒房客自醒。」白石〈齊天樂〉詞：「西窗又吹暗雨。」乍歇：剛剛停止。意謂庭院裏，夜間的秋雨，剛剛停住。

❻ 無端：猶言無因。《楚辭．九辯》：「蹇充倔而無端兮，泊莽莽而無垠。」王逸注云：「媒理斷絕，無因緣也。」引申爲無緣無故、沒來由。抱影，形容自身孤單，只可與自己的身影相偎依。銷魂：謂爲情所感，若魂魄離散。江淹〈別賦〉：「黯然銷魂者，唯別而已矣。」指爲離別悲愁。

❼ 篠牆：竹編的籬笆牆。篠：小竹。螢暗：螢火蟲發出微弱的光。

❽ 蘚階：長滿苔蘚的庭階。蛬切：蟋蟀叫聲淒切。全句謂長滿苔蘚的石階下，蟋蟀叫得悲切。

❾ 問水面琵琶誰撥：意謂有誰彈起琵琶來抒發天涯淪落之感呢？白居易在九江江邊送客，適遇鄰舟長安琵琶女，爲彈奏數曲，引起詩人無限感慨，其所作〈琵琶行〉即記其事，有：「忽聞水上琵琶聲，主人忘歸客不發」之句。此用其典，是感歎情景冷落，不似白居易當年猶有人爲彈琵琶也。

❿ 鴂：全名爲鶗鴂，即杜鵑，其啼聲悲切，其鳴聲似「不如歸去」。《楚辭．離騷》：「恐鶗鴂之先鳴兮，使夫百草爲之不芳。」古人常把杜鵑作爲離愁別恨的象徵。這兩句意思是，最可感慨的是江山雖美，偏多惜別之情。

⓫ 款：待客、款洽，親切相處之意。意謂結交以來，未有好好親近、款待對方。

⓬ 渚：江中的沙洲、小洲。

⓭ 櫂：同棹，搖船的工具，即船槳。這裏指船。

⓮ 縹緲：高遠的樣子，形容小舟已遠，望去有隱隱約約的樣子。

⓯ 文君：即卓文君，西漢時卓王孫之女，新寡，聞司馬相如鼓琴，悅而奔之。後終結爲夫婦。這裏把文君比做胡德華的妻子，因爲文君是個十分美貌的女子。意謂你家中那位「卓文君」已經盼望你很久了。

⓰ 倚竹：化用杜甫〈佳人〉詩：「天寒翠袖薄，日暮倚修竹。」韈即襪。羅韈，指素綾做的襪子。李白〈玉階怨〉詩：「玉階生白露，夜久侵羅韈，卻下水晶簾，玲瓏望秋月。」此句寫佳人夜深獨自望月的寂寞之情。

⑰ 歸來後：指待胡德華歸去之後的情況，此爲設想之辭。

⑱ 翠尊：指翡翠玉造的酒杯。尊，同樽，即酒杯。雙飲：指一起飲酒。

⑲ 玲瓏：月亮晶瑩的樣子。此兩句化用李白〈玉階怨〉詩意，見⑯。寫胡德華還家後與妻子團聚，共同飲酒賞月的歡樂情景。

【賞析】

送別是詩詞中的永恆主題。送別詩詞的哀傷情調，須駕御得宜，因爲寫得太輕，無以表達離情依依；寫得太重，又徒添彼此的痛苦。所以成功的送別詩詞應是哀而不傷，方能恰到好處。《八歸》一詞，可以說是白石贈別詞的代表作。詞文上片極寫離愁，下片極表慰解，處處表現對友人的珍視與愛惜，眞摯由衷，動人心弦。

詞人一開始鋪寫景色，表面上與送別無關，實際極表送別友人的心情。「芳蓮」三句，模寫自然界初秋的景象。詞人選取了三種事物，一是荷花萎謝，香粉墜落；二是梧桐漸疏，風吹綠葉；三是夜來驟雨，遏然而止。它們都是夏去秋來的表徵，點出送別的季節。同時，它們都展現一片蕭瑟的氣氛，正好與送別友人的悵惘協調。驟雨乍歇，下開詞人獨自漫步庭院的條件。「無端」三句，寫他形隻影單地顧望自己的身影，再細看竹籬上螢光點點，繼而聽到蘚階上蟋蟀的悲鳴。此處寫景比起筆三句精細得多，可以說是近焦距的特寫。詞人寫那是「無端」的行爲，其實「端倪」就在送別。好友要離去，心情紊亂，即詞文中「銷魂」二字。夜裏無法安睡，唯有步出院子，並且藉察看外物消磨長夜。情致委婉，可堪細嚼。

靜夜裏，詞人與友人話別，於是詞中插敘「送客重尋西去路」，白描直筆，剛健有力。爲了拓展詞境，詞人繼而暗用白居易《琵琶行》的事典，說「問水面琵琶誰撥」，以白氏猶有琵琶女彈奏哀曲，反襯如今情景冷落，悲傷難耐。「最可惜」二句，警語懾人。「一片江山」是呼應起筆的秋景。秋景縱使幽冷傷感，尙有淒清之美，可堪共賞；可惜，共賞總因別離而成泡影。那種失望，不假言傳，所謂「不著一字，盡得風流」。

悔意總是最惱人的。友人要離別了，詞人後悔當日共聚未有珍惜親近。實際上，若未曾親近，那又怎成今日不捨的對象？祇是詞人離情切切，自譴自責，對秋風傾吐哀愁。「渚寒」三句，是再次插敘別離景況。由此可見，分離情景縈繞詞人。對友人來說，何嘗不是？爲免友人愁意加劇，詞人轉勢寫樂景以慰解友人。首先，設想友人妻子日盼夜望丈夫歸來；接着，虛擬夫婦重逢，對坐細酌，悠閒地共賞秋月美景。這種設想體現了詞人對友人至眞至誠的關切。不過，對讀者來說，詞人慰解話中的樂景卻反襯詞人的孤單寂寥，而詞內的離愁，更令人惋嘆不已。

【評說】

（清）吳衡照《蓮子居詞話》：

言情之詞，必藉景色映托，迺具深宛流美之致。白石……「想文君望久，倚竹愁生步羅

餘子。

意境人人所有，而出語幽秀，自然不同。

（清）陳澧《白石詞評》：

讖。歸來後翠尊雙飲，下了珠簾，玲瓏閒看月。」似此造境，覺秦七、黃九尚有未到，何論

（清）江順詒《詞學集成》卷六：

（《詞源》）云：「詞要清空，如白石之〈暗香〉、〈疏影〉、〈揚州慢〉、〈一萼紅〉、〈琵琶仙〉、〈探春〉、〈淡黃柳〉等曲。」

（清）陳廷焯《白雨齋詞話》卷八：

白石〈長亭怨慢〉云：「閱人多矣，誰得似長亭樹。樹若有情時，不會得青青如此。」白石諸詞，惟此數語最沉痛迫烈。此外如「最可惜一片江山，總付與啼鴂。」又，「文章信美知何用，漫贏得、天涯羈旅。」皆無此沉至。

同上《詞則·大雅集》：

氣骨雄蒼，詞意哀婉。

(現)梁啓超《飲冰室評詞》：

〈八歸〉「芳蓮墜粉」，麥丈云：「全首一氣到底，刀揮不斷。」

(現)唐圭璋《唐宋詞簡釋》：

此首送別詞。起寫雨後靜院之蓮、桐，是晝景；次寫雨後靜院之螢、蛩，是晚景。以上皆言送別時之處境，文字細密。「送客」以下，頓開疏蕩，聲情激越。初聞水面琵琶而歡，次見一片江山而惜。「長恨」三句，恨分別之速；「渚寒」三句，歎人去之遠。「想文君」以下，運太白詩，想家人望歸之切，與歸後之樂。全篇一氣舒卷，極沉著而和婉。

(現)唐圭璋〈姜白石評傳〉：

自古多情，俱傷離別。況當亡國破家之會，別情尤慘矣。白石〈八歸．湘中送胡德華〉云：……通首疏密相間，一氣不斷。有激越處，有宛轉處，曲折頓宕，哀而不傷。起寫雨後靜夜之蓮桐，是晝景；次寫雨後靜院之螢蛩，是晚景，兩層點景，文字凝鍊細密。「送客」以下，頓開疏宕，聲情激越，神似稼軒。初聞「水面琵琶」而歡，次見「一片江山」而惜，家國之感，盡寓其中。陳龍川〈水龍吟〉云：「恨芳菲世界，游人未賞，都付與鶯和燕。」忠憤之情，溢於言外，與白石詞意，先後如出一轍。換頭既恨分別之速，又悲人去之遠，筆力精健，深情若揭。「想」字直貫到底，運化太白之意，推想德華家人望歸之切，與歸後室家之樂。極寫德華歸家之樂，正以形己漂流之苦。餘意含蓄，韻自勝絕。清眞〈瑣窗寒〉末云：「想東園、桃李自春，小唇秀靨今在否。到歸時、定有殘英，待客攜尊俎。」白石章法，實襲清眞。（見唐氏《詞學論叢》）

同上：

陳廷焯評白石《八歸》詞，亦以爲詞聖。雖頌之未免過甚，然清空峭拔之致，求之兩宋，實罕其儔。

（現）繆鉞《靈谿詞說》：

姜白石憂國哀時之詞，大都是用含蓄比興之法。……如《八歸》詞「最可惜、一片江山，總付與啼鴂」，歎山河破碎，即陳亮《水龍吟》「恨芳菲世界，游人未賞，都付與鶯和燕」之意也。

（現）羅忼烈〈白石詞每師法清真〉：

清眞之詞本有疏密兩種，夢窗得其密，白石得其疏。白石變清眞之縝密典麗爲古雅峭拔，易沉鬱頓挫爲清剛疏爽，遂開玉田一路，終與清眞分途。然下字命意之間，相師之跡，尤隱約可見。粗舉其相似處如下各條。……清眞〈法曲獻仙音〉「向抱影凝情處」，又〈華胥引〉「去舟如葉」，又〈宴清郎〉「更久長不見文君。」白石以其語意融入〈八歸〉云：「無端抱影銷魂處」，又云：「縹緲行舟如葉」，又云：「想文君望久」。

詩人詞客用字造語，不謀而合者往往有之，然如此之多，不能謂之無意。若取兩家之作熟讀而深思，此中消息可知也。（見羅氏《詞學雜俎》）

（現）姜尚賢《宋四大家詞研究》：

綜上二詞，（按：指〈八歸〉及〈慶宮春〉），清倩澹雅，意境深遠，格調高迴，詞句疏雋，均足以表現出白石詞的基本精神。前者悲涼感慨，痛傷國家的衰頹，多染有入世的儒家的思想；後者閒適恬澹，慨歎自身的飄零，多染有出世的道家思想。總之：他既無浪漫詩人所憧憬的神奇，又無載道主義的偏狹與頑固，在他表現個人主義的態度下，又非常重視藝術價值的眞諦。我們由藝術觀點來論，他是一個藝術至上的唯美主義者，幽潔醇雅，足以象徵他的節操。若由文學思想觀點來論，他是一個儒道合流的大詞人，雕琢凝鍊，形成了格律古典派的大成。自白石出，格律古典派的唯美意識，遂成爲詞壇的主流。在當代詞人的作品裡，無形中都接受了他的啓發。

同上：

〈八歸〉一詞：「送客重尋西去路，問水面，琵琶誰撥。最可惜，一片江山，總付與啼鴂。」這首詞雖爲送人而作，但對於南宋國勢的衰微，卻寄予無限的淒怨。

（現）汪中《宋詞三百首注析》：

……「想文君」以下，設想室家相逢之樂，「翠尊雙飲，下了珠簾，玲瓏閑看月。」綺情麗語，活色生香，著一「閑」字，尤得神味。……收處更是奇逸，大有唐代詩人張若虛〈春江花月夜〉「不知乘月幾人歸，落月搖情滿江樹」之意境。

（現）劉斯奮《姜夔張炎詞選》：

這是一首送別詞。詞人一方面爲摯友的離去而傷感；另一方面，又爲他此去能與家人團敘而高興。這一愁一喜，把詞人對於朋友的情誼表達得既深且長。……「歸來」四句：待你歸去之後，你們就可以高高興興地在一起喝酒，並且可以放下珠簾，雙雙仰望天上那一輪玲瓏的圓月了。……

按：以上四句是化用李白〈玉階怨〉詩而改其意。姜夔寫詩本於江西詩派。該派詩以點竄前人詩句爲一大特色，所謂「點鐵成金，奪胎換骨」。姜夔欲以江西詩修正五代北宋之詞風。此是其中一例。又：麥孺博評此詞云：「全首一氣到底，刀揮不斷。」（梁令嫺《藝蘅館詞選》）陳廷焯評云：「聲情激越，筆力精健，而意味仍是和婉，哀而不傷，眞詞聖也。」（《白雨齋詞話》）推許容或過當，錄之以備一說。

（現）王偉勇《南宋詞研究》：

送客之際，借白居易〈琵琶行〉之典——「忽聞水上琵琶聲，主人忘歸客不發」，問誰能於此時撥動琵琶，令主客多徘徊流連耶？然此事誠不可能，乃於句末一宕，吝惜此片山水盡付予催歸之啼鴂也。

（現）黃拔荊《詞史》：

此詞雖是寫江上送客，但可以看出詞人思想傾向中不忘現實的一面。作者面對大好河山，興起無限家國之歎。「最可惜，一片江山，總付與啼鴂」，感慨何等深沉。這可與陳亮的「恨芳菲世界，游人未賞，都付與，鶯和燕」（〈水龍吟〉）相比美。兩者都以聲情激越見長，豪快中又寓意深遠。

（現）金啓華《中國詞史編綱》：

……「想」字直貫到底，推想胡德華的家人望歸之切，和歸後的室家之樂。是樂人之樂，也反襯出自己的漂流之苦。意在言外，餘韻無已。

（現）劉乃昌《宋詞三百首新編》：

詞寫客中送客，上片刻畫客居庭院蕭瑟暗淡秋景，爲離愁鋪墊。化用白居易〈琵琶行〉點明「送客」，且推進一步，歎惋江山好、啼鴂悲，離情中交織上身世感、家國愁，情致深惋沉痛。過片承上，由相從說到分別。煙渚行舟，正面描繪送別場景，宛然如畫。末以「想」

字提領，點化李杜詩，設想行者家人蹺盼之切、到家團聚之樂，融化無跡，筆力精健，場面依次遞轉，生活情趣極濃。

黃兆漢、司徒秀英《宋十大家詞選》：

白石經年飄泊湘楚，客居湖山。他親閱離別之事多矣，自有一番懷抱。此詞寫客途中送客西去，惜別情愫，柔厚而不獷放。詞人既寫一己送別之感，也寫友人歸家之樂，本心高潔，情品敦厚。此詞文字格調，清剛秀雅。上片「最可惜」以下諸句最佳，聲情厲越，筆調剛健，感情深摯。

上片起首三句寫庭院秋色，暗起濃厚之離情別緒。蓮花粉落，桐葉辭枝，在在充滿別意。萬物榮枯有時，人間豈無聚散之理，由景入情，意境甚是清細。白石寫臨別時庭院幽雨暫歇，其情味亦近柳三變寫都門餞別時之「驟雨初歇」。「無端」句寫清愁，「抱影」二字見孤寂環境與意態。接下寫夏螢轉暗、秋蛩益切二景，更見庭院之蕭剎冷寂。「還見」二字緊扣上下二句，渾化人情物景，意境頓生。「送客」二句用白居易〈琵琶行〉詩中江頭送客、月下聽樂之事，點出當時情懷，如白居易同歎漂泊憔悴，轉徙江湖。「最可惜」二句緊接琵琶聲絕而寫鵜鴂悲鳴，啼聲響徹江山。天地一片離愁，山河一片淒楚便不言自明了。

下片「長恨」三句歎聚散匆匆，字字關情，尤其「又對西風離別」一句，筆健境清，很有意味。「渚寒煙淡」三句用清寒黯淡之江頭渲染別時苦況，再寫行舟飄渺，更顯煙水迷茫，客跡瞬遠。詞人佇立寒渚，遙送友人歸去，由己及人，料想友人家室也在天涯彼方苦候游子歸來，故寫成「想文君」二句。詞人再獨運匠心，寫游子歸家團聚景況，用悠閑賞月之樂對照前句徘徊倚竹之哀，一開一合，寫盡否泰錯落、苦樂交織的人生。

七　小重山令❶

賦潭州紅梅❷。

人繞湘皐❸月墜時，斜横花樹小，浸愁漪❹。一春幽事❺有誰知？東風冷，香遠茜裙歸❻。鷗去昔遊非❼，遙憐花可可❽，夢依依❾。九疑雲杳斷魂啼❿。相思血，都沁綠筠枝⓫。

❶這首詞詠潭州紅梅。時爲宋孝宗淳熙十三年（一一八六），白石三十二歲。此詞結合湖南的風物掌故來詠梅花，在詠物中寄托了對情人的深深思念。夏承燾《姜白石詞編年箋校》說：「此詠潭州種之紅梅，詞中『相思』字，用湘妃九疑事以切湘中，然與本年懷人各詞互參，似亦念別之作。」

❷潭州：今湖南省長沙市。長沙盛產紅梅，有「潭州紅」之稱。范成大《梅譜》載：「紅梅標格是梅，而繁密如杏。其種來自閩、湘，有『福州紅』、『潭州紅』、『邵武紅』等號。」

❸湘皐：湘江岸邊的高地，湘江流經長沙。皐，即臯。此句謂，江邊月落，天曉之際，有人還繞着紅梅，不忍歸去。

❹斜横：指梅花枝的形狀。林逋詠梅花詩云：「疏影横斜水清淺，暗香浮動月黄昏。」漪：指水波如錦紋的樣子。此兩句謂水邊的梅花也因爲我而浸沉在淡淡的哀愁中；而愁實是詞人的内心反映。

❺幽事：幽暗之意。暗指自己這段戀情沒有人知。可能這段情事不容於世人。

❻茜裙：絳色（即大紅色）的裙子。高啓詩：「墮筵吟帽烏，踏席舞裙茜。」這裏暗指與作者相愛的女子。歸：指離去。這兩句謂，戀人已去，花香亦杳，只剩下寒冷的東風。

❼鷗：水鳥一種。這裏指鷗盟的意思，即與鷗結爲伴侶。此句謂，水邊的鷗鳥（暗示相戀的女子）已經離去，舊游的歡樂早已不存。黃庭堅〈登快閣〉詩：「萬里歸船弄長笛，此心吾與白鷗盟。」

❽可可：隱約、依稀。花可可：指情人隱約見到。

❾依依：不忍捨棄的樣子。此句謂夢中依依不捨的樣子。

❿九疑：亦作九嶷，山名，在湖南寧遠縣，山有九峰。相傳帝舜南巡，死於蒼梧，葬於九疑山女英峰下。舜的二妃娥皇、女英追之不及，啼哭悲傷，眼淚灑在竹子上，把竹子染成血斑。這種竹名叫斑竹，亦名湘妃竹。二妃死於湘水，成了湘水之神。杳：昏暗不明、遙遠的意思。此句意指合肥姊妹。

⓫相思血：指湘妃思念舜帝時，流灑的血淚。沁，滲透的意思。綠筠，指梅花的枝條。筠，竹子的青皮。此處移指梅樹。作者以斑竹（相思血）比擬紅萼。毛澤東詩：「九嶷山上白雲飛，帝子乘風下翠微，斑竹一枝千滴淚，紅霞萬朵百重衣。」

【賞析】

這首小令是白石詠梅之作。詠物貴在摹形、傳神，也貴在聯想、托意。白石此詞兼得此四者之妙。

「摹形」也許是最容易撿拾出來的。詞人點出梅的形狀特徵，包括花枝斜橫生長、花形嬌小玲瓏；梅的色澤特徵，則寫花是血紅色，又如茜裙的顏色，花枝暗綠色；梅的氣味，則着力於花的芬芳馨香。就「傳神」來說，梅花的嬌態，最惹人憐愛。詞人從「傳神」連繫到「聯想」和「托意」，並且與「摹形」融匯一體，構成物到、景到、情到、意到的藝術佳作。

詞文以「我」入題，寫自己在夜深人靜，月落江邊之時，繞着湘皋上的紅梅，不肯離去。紅梅枝橫花嬌，沉浸於詞人心底的愁波裏。紅梅正艷，本爲賞心樂事，爲何要愁意塡胸呢？因爲梅花的嬌姿，誘發詞人聯想到佳人（合肥姐妹）。與佳人的一段情，似乎不容於俗世，故下有「一春幽事有誰知？」詞人唯有把這樁情事，暗暗的寄托到紅梅之上。由於「有誰知」顯示詞人別無傾訴的對象，沉抑心底，累得長夜不眠。如今寄情梅花，冀求討得點滴慰藉。可惜，東風冰冷無情，不僅把梅花的芬芳吹遠，而且令到嬌弱的花兒蹤影杳然。這是虛寫情事告終的景況，還是實寫梅花飄零呢？其實，是虛實互通、情景交融的藝術手法。

詞人的情筆繼續進深，寫情人聚散的對比景象，「鷗去」隱指佳人訣別，「昔遊非」是極筆寫別後慘淡。接着詞人回筆緊扣梅花。「遙」字表現暗隱佳人杳然，佳人的美貌以「可可」的隱約依稀來形容，又是飛白之筆，極盡神韻之妙。「夢依依」，既可照應「花可可」，且刻劃繾綣款款，情味至濃。身處湘江之上，詞人聯想到九疑山的傳說。娥皇、女英二妃哀舜帝仙去，苦追至湘水之濱，最後投江而死，死後化成湘水中的女神。這段浪漫神話，與詞人思憶的情事暗合甚多。首先，詞人思念的對象是合肥姐妹二人；其次，二妃情意綿綿，與合肥姐妹相同；最後，二妃愛情落空，更是合肥情事的結局。於是，詞人把傳說中的斑竹，巧妙地轉化爲梅花，包括把相思血點化爲梅花，把綠筠枝蛻變爲梅枝。「補天工之筆」在此畢見。詠物懷人，白石可謂登峰造極了。

【評　說】

（清）陳澧《白石詞評》：

細玩白石各詞，詠景、詠物，俱有一段深情，纏綿悱惻於其間。至其偶拈一義，用典必靈化無痕，尤爲獨步。

（清）張德瀛《詞徵》卷五：

梅之以色勝者，有潭州紅焉。張南軒〈長沙梅園〉二詩，美其嘉實，樂其敷腴，而不言其色。樓鑰謂當稱之爲紅江梅，以別於他種，其詩有云「夢入山房三十樹，何時醉倒看紅雲」，託興遠矣。詞則無逾白石〈小重山令〉一闋。白石詞仙，固當有此溫偉之筆。

（現）俞陛雲《唐五代兩宋詞選釋》：

梅苑人歸，蘅皋月冷，感懷弔古，愁并毫端。其淒麗之致，頗似東山、淮海。

（現）龍榆生《詞學十講》：

至於姜夔的〈小重山令·賦潭州紅梅〉：……他所刻意描繪的是虛擬的「梅魂」，又托意湘妃，以寓個人漂泊無歸的無窮悲慨。「湘皋月墜」，正是「湘靈鼓瑟」之時。一落筆便有屈子行吟、憔悴江潭之感。宵深月落，為何步繞湘皋？七字宛然蘇詞「誰見幽人獨往來？縹緲孤鴻影」的意味；也和姜作〈疏影〉「想佩環月夜歸來，化作此花幽獨」，用同一手法攝取「梅魂」。是人是神？迷離惝恍。承以「斜橫花樹小，浸愁漪」八字，暗用林逋「疏影斜橫水清淺」的詩意，借以點題。接着「一春幽事有誰知」七字，宕開一筆，追攝遠神。緊跟「東風冷，香遠茜裙歸」十字收繳上片，點出這是「紅梅」。她那「冷豔欺雪」的精神，是值得騷人贊美的。過片以「鷗去昔游非」五字映出「人間萬感幽單」的悲涼情緒。「遙憐花可可，夢依依，」又從「梅魂」眼裡細認眞身，相憐倩影。「可可」百無聊賴之意，和柳永〈定風波〉「芳心是可可」，并用宋代方言。「九疑雲杳斷魂啼」，點出主題思想。這個曳着茜裙月夜歸來的林下美人，該不是別的甚麼，而是流落湘濱的虞舜二妃。舜南巡，崩於蒼梧之野，葬於九疑之山。哀此貞魂，悵對「九疑雲杳」，「如怨如慕，如泣如訴」，「天涯淪落」，是異代同悲的。結以「相思血，都沁綠筠枝」，又用《博物志》「舜崩，二妃啼，以涕揮竹，竹盡斑」的民間傳說故事相襯托，繳足題旨。這種比興手法較為隱晦，意味卻是深長的。

（現）繆鉞《詩詞散論》：

〈小重山令〉詠梅云：……〈念奴嬌〉詠蓮云：……非從實際上寫其形態，乃從空靈中攝其神理，換言之，白石詞中所寫之梅與蓮，非常人所見之梅與蓮，乃白石於梅與蓮之中攝取其特性，而又以自己之個性融透於其中，謂其寫梅與蓮可，謂其借梅與蓮以寫自己之襟懷亦無不可，故意境深遠，不同於泛泛寫物之作。然白石所以獨借梅與蓮以發抒，而不借他花者，則以蓮花出淤泥而不染，其品最清，梅花淩冰雪而獨開，其格最勁，與自己之性情相符，而白石之詞格清勁，亦可謂即其性格之表現也。

（現）沈祖棻《宋詞賞析》：

首句點潭州。「斜橫」句點梅。「一春」句因景及情。「東風」兩句，因物及人，并點題「紅」字。過片因今思昔。「鷗」，應上「湘皋」、「愁漪」。「九疑」三句，用湘妃事，以竹之紅斑比梅之紅花，從賈島〈贈人斑竹拄杖〉「莫嫌滴瀝紅斑少，恰是湘妃淚盡時」來，仍關合潭州，又點「紅」字。即梅即人，一結淒豔。

（現）劉斯奮《姜夔張炎詞選》：

潭州即湖南長沙。紅梅，據范成大《梅譜》載：「紅梅標格是梅，而繁密如杏。其種來自閩、湘，有『福州紅』、『潭州紅』、『邵武紅』等號。」這首詞詠的就是潭州紅梅。上闋寫昔日人花相戀的情景，下闋寫別後的思憶。夏承燾說：「似亦念別之作」，則認爲是借花喻人以寄意，可備一說。……

按：此以女子喻梅花，是一種擬人化的手法。因是詠紅梅，而梅花先春而開，入春而謝，故有「東風冷」二句。……

按：末三句變斑竹之典來詠紅梅，也是江西詩派的手法。

（現）王曉波《宋四家詞選譯》：

這首小令詠梅，寄托了對情人的思念。上片開頭兩句點題，然後由景引出離情，進而以思念中的情人紅裙姑娘與紅梅映襯，實則以花比人，人亦如花。下片採用了發生在湖南的傳說，用竹的紅斑比擬紅梅，比喻相思的深沉，既關合題意，又使紅梅喻含的意義更爲充實。

八　眉嫵❶（一名百宜嬌）

戲張仲遠❷。

看垂楊連苑❸，杜若浸沙❹，愁損未歸眼。信馬青樓❺去，重簾下、娉婷人妙飛燕❻。翠尊共款❼，聽豔歌❽、郎意先感。便攜手、月地雲階裏❾，愛良夜微暖❿。

無限風流⓫疏散，有暗藏弓履⓬，偷寄香翰⓭。明日聞津鼓⓮，湘江⓯上、催人還解春纜⓰。亂紅萬點，悵魂斷⓱、煙水遙遠。又爭似⓲相攜，乘一舸⓳，鎭長見⓴。

❶此是作者於宋孝宗淳熙十三年（一一八六）（時白石三十二歲。）隨千岩老人居湖州張仲遠家中時所寫的。張仲遠的妻子是一個妒婦，而張仲遠常在外尋歡作樂。作者戲作此詞，贈給張仲遠。張妻知書識字，看見此詞，把戲言信以爲眞，認爲是事實。張仲遠回到家中，張妻不容仲遠分辯，便把他的臉抓破了，使他不能外出走動。事載陳鵠《耆舊續聞》。

❷張仲遠：作者好友，作者曾在他家中住過。參❶。

❸苑：花園。此句寫窗外的景物，指一大片的垂楊把整個大花園圍起來。

❹杜若：一種香花，多年生草本，葉廣披作針形，夏日開白花，花六瓣。《楚辭・九歌・湘君》：「采

芳洲兮杜若，將以遺兮下女。」意謂杜若生長茂盛，已達到沙岸邊。

❺ 信：靠、憑之意。劉駕〈塞下曲〉詩：「下營看斗建，傳號信狼煙。」青樓，本指顯貴人家之屋，自梁劉邈詩：「倡女不勝愁，結束下青樓」，始指妓居。此句謂憑着騎馬，往妓院去。

❻ 娉婷：姿態美好。《樂府詩集·春歌》：「娉婷揚袖舞，阿那曲身輕。」飛燕：是漢成帝的宮女，姓趙，能歌善舞，因她身體輕盈，故名叫飛燕。後來立爲皇后。此句謂這位女子像趙飛燕般美貌輕盈。

❼ 尊：亦作樽，即酒杯。翠尊，是指青綠色的酒杯。共：是恭敬的意思。《左傳·僖二七年》：「公卑杞，杞不共也。」《釋文》：「共音恭，本亦作恭。」款：款待的意思。此句謂她恭敬地拿起酒來款待客人。

❽ 豔歌：指優美的情歌。

❾ 月地雲階：指月影、雲影投射在地上、台階上的朦朧景象。

❿ 良夜：指深夜。

⓫ 風流：指放蕩的男女關係。五代王仁裕（八八〇—九五六）《開元天寶遺事·風流藪澤》：「長安有平康坊，妓女所居之地。京都俠少，萃集於此。……時人謂此爲風流藪澤。」

⓬ 弓：彎曲的意思。弓履：指古代女子所穿的鞋子。這裏是女子的代名詞。

⓭ 香翰：指女子所寫的書信、詩詞等。此兩句謂暗地相愛的女子偷偷地寄來了她所作的書信、詩詞。

⓮ 津：渡口。古代在船將開前，有敲鼓的習慣。元陳孚（一二五九—一三〇九）詩：「渡頭動津鼓。」唐李端〈古別離〉：「天晴見海檣，月落聞津鼓。」意謂料想將來情郎遠去，在津頭岸邊，聽着船將開時的鼓聲。

⓯ 湘江：指湖南省的湘水。

⓰ 纜：拴船的繩子。杜甫詩：「遲日徐看錦纜牽。」解春纜：指把滿載春意的船開了出去，亦送走了情

郎。

⑰亂紅萬點：化用秦觀〈千秋歲〉詞：「春去也！飛紅萬點愁如海。」悵：失意、惱恨之意。魂斷：極寫戀人離別之痛苦。

⑱爭似：怎以。柳永〈鳳御盃〉：「強拈書信頻頻看，又爭似親相見。」

⑲舸：大船。此句謂又怎似兩人一起攜手，共乘一船，這般開心快樂。

⑳鎮：常常的意思。唐褚亮詩：「莫言春稍晚，自有鎮花開。」李商隱詩：「箏柱鎮移心。」此句意謂能夠常常相見。

【賞析】

這是白石送給張仲遠的戲作。詞人抓住對方尋歡作樂的嗜好，繪形繪聲地描寫他的風流生活。雖然，嚴格來說，此詞沒有蘊含白石個人的內在感受，但它卻表現了當時部分士人的生活情貌，所以也算是具現實意義的作品。

此詞以順序的結構鋪寫詞中主人公的尋樂過程。上片首三句，寫內心愁悶，爲下文求歡提供了心理因素。「看」這領字正與第三句「眼」字相應。不同的眼睛就看到不同的事物。詞中主人公的眼睛，正因所盼未歸而受愁意侵損；眼內所見是垂楊茂密、芳草蔓生的景象，恰是重重思念的外化情態。景情互生，主人公的內心世界，刻劃得至爲透徹。下三句，寫急不及待地去見心中的佳人。從「信馬青樓」、「重簾下」、「娉婷人」三個影像快速接合中，主人公情急之態表露無遺。那足以跟趙飛燕媲美的佳人，意態萬千，風姿綽約，盡在一個「妙」字裏體現出來。佳人情深款款，獻上美酒與情歌，主人公自然心如鹿撞，愛意更殷。「便攜手」三句，寫共賞良夜。兩手相牽，漫步庭院，月光雲影，好不浪漫。夜涼如水，但在郎情妾意間，從手心至內心都泛溢暖意，「愛」字流露出詞人眼內夜靜之美，心內柔情之眞。

承接上片的共歡之樂，下片轉寫相思之苦。「無限」三句，寫分別之後，情意未了。女的偷寄情書，男的暗藏芳心。「明日」以下，詞人利用「船」的意象，鋪寫離情。「船」象徵主人公的內心，自從與佳人相好，他滿心春意。然而，正如船的功用是航行，故分離是可料到的結果。在鼓聲催促下，船便要啓程；戀情雖切，也難改變分離的現實，剩得雙方哀思滿懷。爲了濃化愛情，詞人着意點染別後的惆悵。「亂紅萬點」，以落花托出離恨之千頭萬緒；再一筆「悵魂斷」，寫出致命的惱恨與失意；筆鋒一回，「煙水遙遠」，表面寫景，實際抒情，因爲分別之時想得太多太深，不覺船已飄得極遠，煙水一片，不見涯岸，何況佳人的倩影呢？也許，此詞的本意是戲弄主人公，所以詞人無意把愁情推得太深。於是，收筆轉寫虛擬的歡樂。「又爭似」三句，設想這對佳偶，把臂乘舸，長日相伴，往後不用愁苦相思，於此同時延續上片的綿綿愛意。

由於白石把主人公的神態性情摹寫得太逼眞，把佳人的深情愛意描繪得太動人，連張仲遠的妻子也投進了詞的世界，甚至信以爲眞，累得張仲遠受皮肉之苦。這逸事流傳至今，爲詞作增添了不少趣味。

【評說】

（清）沈雄《古今詞話》〈詞品〉上卷：

《耆舊續聞》曰：堯章久寓吳興張仲遠家，仲遠屢出外，堯章作〈百宜嬌〉云：「看垂楊迷苑。杜若吹沙，愁損未歸眼。信馬青樓去，重簾下，娉婷人妙飛燕。翠樽共款，聽豔歌郎意先感。便攜手，月地雲階裏，愛良夜微暖。」相傳張室人知書，必先窺來札，堯章以此事遺之。仲遠歸時，竟莫能辯，則受其指爪數損其面，致不能出外云。

（清）王弈清《歷代詞話》卷八引《耆舊續聞》：

堯章嘗寓吳興張仲遠家，仲遠屢出外，其室人知書，賓客通問，必先窺來札，性頗妒。堯章戲作〈百宜嬌〉詞以遺仲遠云：「看垂楊迷苑。杜若吹沙，愁損未歸眼。信馬青樓去，重簾下，娉婷人妙飛燕。翠樽共款，聽豔歌，郎意先感。便攜手，月地雲階裏，愛良夜微暖。」竟爲所見。仲遠歸，竟莫能辯，則受其指爪數損其面，至不能出外云。

（清）葉申薌《本事詞》卷下：

堯章嘗寓吳興張仲遠家。仲遠屢出外，其室人知書，而性頗妒。每賓客通信問，恆竊啓視，以偵其蹤跡。堯章乃戲作〈百宜嬌〉詞以遺仲遠云：……仲遠歸，其室人詰之，莫從置辯，竟至爪痕傷面，不能晤客云。

（清）陳廷焯《詞則．閑情集》：

言情微至。

（現）陳匪石《聲執》卷上：

四聲問題，因調而異。有參照各家，限於某句某字者。有自度之腔，他無可據，不得不全依之者。有常塡之調，只有平仄，無四聲之可言者。……句中各字，四聲固定者，以四字句爲多。例如……〈眉嫵〉「翠尊共款」，爲去平去上。

九　浣溪沙❶

予女須家沔之山陽❷，左白湖，右雲夢❸；春水方生，浸數千里，冬寒沙露，衰草入雲。丙午❹之秋，予與安甥❺或蕩舟採菱❻，或舉火罝兔❼，或觀魚簺下❽，山行野吟，自適其適；憑虛悵望，因賦是闋❾。

著酒行行滿袂風❿，草枯霜鶻落晴空。銷魂都在夕陽中⓫。恨入四弦⓬人欲老，夢尋千驛⓭意難通。當時何似莫悤悤⓮。

---

❶ 姜白石之父曾在漢陽做官，姊因嫁於該地。作者自幼寄住在其姊家中，其間去復來近二十年，見〈探春慢·序〉。此詞寫於淳熙十三年（一一八六年）秋，時白石三十ニ歲。他與外甥郊游時有懷而作。夏承燾《姜白石詞編年箋校》云：「此客漢陽游觀之詞，而實爲懷合肥人作；其人善琵琶，故有『恨入四弦』句。序與詞似不相應，低徊往復之情不欲明言也。」

❷ 女須：指作者之姊。須：又寫作嬃。舊說，楚人稱姊曰：「嬃」。《楚辭·離騷》：「女嬃之嬋媛兮。」沔：指湖北漢陽。山陽：漢川村名，見作者詩集〈昔游〉詩自注。漢川屬漢陽，村在九眞山之陽，故名。

③ 白湖：太白湖，在漢陽。《漢陽府志》：「太白湖一名九眞湖，周二百餘里。」雲夢：指湖北省沔陽縣西北古雲杜。《漢陽府志》：「雲杜故城在沔陽州西北」。

④ 丙午：指淳熙十三年（公元一一八六年）。

⑤ 安甥：作者姊之子名安者。

⑥ 菱：水生草本植物，果實有硬殼，四角或兩角，俗稱菱角。

⑦ 罝兔：用網捉兔子。罝：捉兔的網。《詩經》：「肅肅兔罝。」

⑧ 簺：用竹木編成的柵欄，用以斷水取魚。

⑨ 憑：依仗、倚託。虛：本指無。憑虛：此處指佇立在空曠的地方。因賦是闋：因有無限感觸而作這首詞。

⑩ 著酒：飲酒微醉。袂：衣袖。《論語》：「短右袂。」此句謂飲酒微醉，作者清風滿袖在郊野漫步。

⑪ 鶻：一種鷹類的鷙鳥，即隼。元袁桷〈寄開元奎律師〉詩：「神光千里鶻，玄辨九秋霜。」草枯霜鶻落晴空：謂秋天的鶻鳥從晴空飛落在野草枯黃的原野上。銷魂：神魂飛越，黯然感傷的樣子。江淹〈別賦〉：「黯然銷魂者，唯別而已矣。」銷魂都在夕陽中：這兩句化用王維詩：「草枯鷹眼疾。」及李商隱〈樂遊原〉詩：「夕陽無限好，只是近黃昏。」

⑫ 四弦：代指琵琶一類的弦樂器，周邦彥〈浣溪沙〉：「琵琶撥盡四弦悲。」作者懷念的人可能善彈琵琶。

⑬ 驛：驛站，旅館。此句意謂離別後，大家相隔遙遠，縱然在夢中走遍千百個驛站，也難找到她來傾訴衷情。

⑭ 何似：怎麼樣。韓元吉〈菩薩蠻·青陽首中〉：「解鞍宿酒醒，欹枕殘香冷。夢想小亭東，薔薇何似紅？」悤悤：同匆匆。此句謂當時不應該這樣匆匆地分離。

【賞析】

《浣溪沙》是白石作客漢陽時的作品。詞序，是清新雋永的散文，敘述了漢陽的景色和此詞的創作背景。詞序首句點明身處的地點——漢陽山陽。接着從橫向空間寫出這一帶的山水勝景——太白湖和古雲社。繼而從直線的時序寫這裏的自然風光——春水漸升，到後來汪汪千里；冬寒水下，沙石現露。還有，枯黃的野草長得高高，彷彿插入雲間。概寫之後，詞人特寫詞文的創作環境。在丙午年（一一八六）的秋天，詞人跟外甥郊遊。在大自然之中，享受各種野獵活動的樂趣，悠然自得。就在胸懷舒展、心靈滌蕩之際，外界景物觸動了詞人深層的思緒，於是寫下這首低徊抒懷之作。

詞文以朗筆起句，寫詞人酒意微迷之際，徐徐而行，清風拂袖，好不得意。下句忽然轉勢，以悲調寫秋景。晴空中的鶻鳥飛落滿佈枯草的原野。鶻鳥俯衝，是爲了覓食，不免惹人一種肅殺的悲情；野草枯黃，在涼風中移動，一片凋零，教人傷感。「銷魂」句，把悲情推至極限。秋景神傷在夕陽斜照下，倍感觸目驚心。「草枯」和「銷魂」二句，表面與「著酒」句不相應，但是，內裏卻融合得無懈可擊。人在醉意之中，神經自然輕鬆下來，平日受理性壓抑的情緒也從心底甦醒過來。詞人就在躊躇滿意，極度放鬆的心態中，觀照外物，當外物的情態暗合心底的情緒，情緒就會泛溢得不能自已，所以有以上情景互生的兩句。

下片直接抒情。「恨入」句，詞人揭示愁意滿腔的緣由。「恨」源自懷人，而所懷念的對象是善彈琵琶的佳人。從秋意黃昏，詞人聯想到自己將要老去，青春不再，難道眞的要到垂老才可跟情人共聚？佳人的苦、詞人的苦，正是「恨」所不能盡載。歸去渺茫，惟有求之夢寐。可惜，夢中走遍千個旅站，也是落空。這裏，使人不禁想起陸游《蝶戀花》：「祇有夢魂能再遇，堪嗟夢不由人做。」詞人的相思愁意，眞的無法舒緩，故「恨入」二句，低徊往復，悲怨不已。從時間來說，將來「人老」，今日「難通」，於是只有尋覓從前，但更添詞人的愁苦，因爲追憶以往，不但不能慰解相思，反而引來更深沉的自責——自責「當時」匆匆分離，沒有好好珍惜相聚的歡悅，落得今日追悔不已。

詞文懷人的悲與詞序郊遊的樂，表面互不相關，實則詞人不願把懷人的悲情在散筆中袒露出來，故以詞文暗暗引出，讓讀者細意咀嚼。

【評說】

（現）沈祖棻《宋詞賞析》：

起二句意境高曠。第三句淒黯。第四句入人。第五句，雖千驛而不辭夢尋，雖夢尋而意仍難通，情愈深而愈苦，逼出結句，晏殊〈踏莎行〉所謂「當時輕別意中人，山長水遠知何處」也。

（現）吳熊和《唐宋詞通論》：

姜夔賦情諸詞，皆有本事可考。夏承燾先生《白石懷人詞考》，謂白石詞有十餘首懷念合肥情人，其摯情歷久不渝。這些合肥情詞，不作婉孌豔體，而是以健筆寫出柔情，詞意生新刻至，同樣表現了從周邦彥入、從江西詩出的特點。

恨入四弦人欲老，夢尋千驛意難通。當時何似莫匆匆。（《浣溪紗》）

（現）王曉波《宋四家詞選譯》：

……詞中以自我慰藉來解脫離愁，篇甚短小，卻波瀾曲折，生動有致。上片一二句即寫「自適其適」的酣酒游獵，意興勃勃。三句一轉，觸發離愁。下片一二句寫離愁別恨，都作議論，彷彿在勸誡世人，離恨使人老，做夢也無益。所以末句以「當時何似莫匆匆」作結。其思致，與晏殊〈踏莎行〉中「當時輕別意中人，山長水遠知何處」相彷彿，但風格較爲粗放。

（現）殷光熹《姜夔詩詞賞析集》：

這詞寫得含蓄，欲語未露，是由於那時的社會思想意識制約使然。低回往復，卻見意眞情深。憑虛悵望，情不能自已。「恨入四絃」，恨字是眼，道出了情緒。張炎《詞源》評白石詞：「古雅峭拔」。「古雅」就詞的用詞言，「峭拔」言其結構。這特色顯示白石詞的格調深受江西詩派黃山谷、陳師道影響。由於它的內容是寫情遇，前人因評他的詞是用江西黃陳詩的格調來寫晚唐溫韋之體的。從而形成其詞的自己面目。詞的句法挺異，卻又讀來自然。一些生活片段，卻能博得人的欣賞與回味。（劉操南　文）

十 探春慢❶

予自孩幼從先人宦于古沔❷，女須❸因嫁焉。中去復來幾二十年，豈惟姊弟之愛，沔之父老兒女亦莫不予愛也❹。丙午❺冬，千巖老人約予過苕霅❻，歲晚乘濤載雪❼而下，顧念依依❽，殆❾不能去。作此曲別鄭次臯、辛克清、姚剛中❿諸君。

衰草愁煙，亂鴉送日，風沙回旋平野。拂雪金鞭⓫，欺寒茸帽⓬，還記章臺走馬⓭。誰念漂零久，漫贏得幽懷難寫⓮。故人清沔⓯相逢，小窗閒共情話。長恨離多會少，重訪問竹西⓰，珠淚盈把。雁磧⓱波平，漁汀⓲人散，老去不堪遊冶⓳。無奈苕溪月，又照我扁舟⓴東下。甚日歸來㉑，梅花零亂㉒春夜。

---

❶ 這首詞是作者於淳熙丙午（一一八六）年冬（時白石三十二歲）離開姊姊家中，留別漢陽親友而作。

作者於宋孝宗隆興年間（一一六三—一一六四），隨他的父親來到漢陽，那時約九歲左右，一直住在這裏，其間去復來差不多二十年。（序中說：「中去復來幾二十年。」）作者自離開漢陽這年起，隨千巖老人東下，似乎未曾再到過漢陽了。這次離家，作者並沒有擺脫困境的轉機，而依舊是寄食於人，故心情苦痛，實有難言之隱。姜夔以白描手法抒寫依依難捨之情，筆調低沉，讀來有一唱三嘆之感。

❷先人：指去世的父親。宦於古沔：在漢陽做官。姜夔父親姜噩曾任漢陽知縣。

❸女須：指作者之姊。須：又寫作嬃。舊說，楚人稱姊曰「嬃」。《楚辭・離騷》：「女嬃之嬋媛兮。」姜夔的姊姊嫁於漢陽。

❹沔之父老兒女亦莫不予愛也：此句謂漢陽的父老姊妹都對我有很好的感情。

❺丙午：指淳熙十三年（一一八六）。

❻千巖老人：即南宋詩人蕭德藻，自號千巖老人。他是作者的叔丈人。過苕霅：指去湖州。苕溪，在浙江省吳興（湖州）縣南，以多蘆葦名。霅溪，在吳興（烏程縣）東南，合四水爲一溪。這裏用苕、霅代指湖州。千巖老人曾任烏程令，置家於彼，此時自湖南罷官，遂攜姜夔同往。

❼歲晚：指一年將盡。乘濤載雪：指乘船在江濤中，冒雪東下。

❽顧念：眷念。依依：不忍捨棄的樣子、依戀貌。

❾殆：幾乎的意思。

❿鄭次皐、辛克清、姚剛中：三人都是姜夔在漢陽的朋友，姜氏〈奉別沔鄂親友〉詩中提到他們。

⓫拂雪：指撥開積雪。金鞭：裝飾華美的馬鞭。意謂用金鞭拂開紛紛的飛雪。

⓬茸：柔軟的獸毛。茸帽：茸毛做的帽子。杜牧詩：「喧闐醉年少，半脫紫茸裘。」

⓭章台走馬：謂到繁華的娛樂場所去游蕩。章台：漢代長安的街名，舊時多用以代指妓院等場所。《異聞錄》：「韓翃將妓柳氏歸置都下，三歲不迓，寄以詩云：『章台柳，章台柳，昔日青青今在否？縱使長條似舊垂，也應攀折他人手。』」錢惟寅詩：「走馬章台柳，停車陌上桑。」

⓮贏得：獲得、落得。杜牧〈遣懷〉詩：「十年一覺揚州夢，贏得青樓薄倖名。」漫贏得：徒然落得之意。此兩句謂，有誰人憐我長期漂零，徒然落得難以言說的情懷。

⓯故人：指鄭次皐、辛克清、姚剛中等友人。清沔：指沔水。古通稱漢水爲沔水。漢陽位於漢水之畔。

⑯竹西：揚州有竹西亭，這裏代指揚州。作者曾於十年前自漢陽到此遊歷。參看〈揚州慢〉（淮左名都）詞。
⑰磧：沙灘。雁磧：指大雁停宿的沙洲。
⑱汀：江中的洲渚。漁汀：指打魚的河岸。
⑲游冶：即冶游。指游蕩尋樂。以上數句追述往日的游蹤，作者遊歷過荒涼的揚州城、長沙、洞庭等地，感到情懷寥落，人漸衰老，沒有心情游樂。（這時作者三十二歲）
⑳扁舟：指小船。蘇軾〈前赤壁賦〉：「駕一葉之扁舟，舉匏樽以相屬。」此兩句謂無奈目前又要趁着苕溪的月光乘舟東下，再一次去他鄉作客。
㉑甚日歸來：不知何日歸來之意。
㉒零：指凋落。零亂：指梅花紛飛凋落。全句意謂在梅花紛飛的春夜與友重聚。

【賞　析】

這是白石惜別故地故人的詞作。漢陽，可以說是他的第二故鄉。自九歲起，白石就跟隨父親姜噩到那裏生活，雖然間中或有遠行，但在漢陽也生活了近二十年。從童年到成年，漢陽可以說是白石成長的土壤。那裏的自然景致、人工建築都深刻地印在白石的腦海。在那二十年間，漢陽一帶的父老兒女對白石十分鍾愛。嫁到漢陽的姊姊對白石照料關懷；還有，不少志同道合的朋友，好像鄭次皐、辛克清、姚剛中等跟白石情誼深厚，這都充實了他的感情世界。況且，此刻正是歲暮時節，漫雪紛飛，臨別的心情更是激蕩得難以平伏，於是寫成這闋充滿離愁別緒的作品。

詞文上片，以景起筆。「衰草」三句，寫在平原上所見的冬景：野草枯零，暮煙籠罩，烏鴉紛飛，夕陽斜照，風沙回旋。詞人簡擇出來的景物，正好契合他的心情：蕭瑟、黯淡、模糊和依戀。就在景物與心情徘徊之間，詞人把景物點染了感情色彩。「愁」與「亂」，是情景相生的交匯點。辭別故地故人，愁意自是不勝；遠赴他處，似是向新里程啓航，總有希冀與夢想，但那種喜悅卻與離情交雜，所以思緒極是紊亂。「愁」和「亂」的情緒，實在是整闋詞的經緯。「拂雪」三句，寫往昔與故人共聚的情景。那時彼此都是浪冶少年，一身華麗的裝束，在歡娛場所遊玩嬉笑，一派風光。「誰念」兩句，寫美好的日子對於長期離鄉的詞人是何其重要，因爲自少離鄉，愁苦的心情實在難以言喻，而朋友的情誼和共伴就如雪中之炭，份外可貴。「故人」兩句，寫分離前的一刻。這個時候，大家不再是昔日心氣方剛的漢子，而是漸漸成熟，可以秉燭細訴衷情的知己了。友情由遊玩到談心，逐步進深。情味深長，同時更顯惜別之愁。

換頭切入情句：「長恨離多會少」，震懾人心。詞人直抒人世間分離總比相會多的痛苦，並且把這種恨愁擴展到長時間。「長」字跟上片「久」字遙遙呼應，可知「離多會少」之恨，原來自九歲遠別已經醞釀，而且恨到如今也沉積得難以負荷，所以不得不直接呼喊出來。下五句，憶記共遊，熱淚滿腔，又想到人漸老去，不堪遊冶，悲感的心情溢於言外。「無奈」兩句，借明月宣洩胸臆。在失意之中，詞人舉目仰望明月。明月彷彿有知，前來照我；又彷彿無情，總是冷眼看我飄泊，悽苦不堪。末句以景結意。期望他日歸來，與故人共賞春夜梅花。這是詞人自我的慰藉，因爲能否歸來還是未知；就算可以歸來，究竟是何時呢？何況，歸來時是否有預期的美景良辰呢？夢想與現實的沖擊下，詞人就在末句「梅花零亂春夜」裏「零亂」一詞，吐露了內心無限的迷茫與惆悵。這眞是「景中含情」的典範。

【評說】

（清）先著、程洪《詞潔》卷二：

姜夔「衰草愁煙」——求之字句，則字句未珥。求之音響，而音響已遠。感人之深，不能指言其處，只一「喚」字，上下俱動。諸葛鼠鬚筆，除卻右軍，人不能用。

同上卷四：

姜夔「無奈苕溪月，又喚我扁舟東下」，是「喚」字著力。……所謂一字得力，通首光采，非鍊字不能，然鍊亦未易到。

（清）王弈清《歷代詞話》卷八引《詞品》：

姜白石，詩家名流，詞尤精妙，不減清眞樂府，其間高處有美成所不能及者。善吹簫，多自製曲，初則率意爲長短句，既成，乃按以律呂，無不協者。……其過苕霅云：「拂雪金鞭，欺寒茸帽，嘗記章台走馬。雁磧波平，漁汀人散，老去不堪遊冶。」……句法奇麗，其腔皆自度者，惜舊譜零落，未能被之管絃也。

（清）馮金伯《詞苑萃編》卷之二引《詞源》：

詞要清空，不要質實。清空則古雅峭拔，質實則凝澀晦昧。姜白石如野雲孤飛，去留無跡。吳夢窗如七寶樓台，眩人眼目，拆碎下來，不成片段。此清空質實之說。……白石如〈疏影〉、〈暗香〉、〈揚州慢〉、〈一萼紅〉、〈琵琶仙〉、〈探春慢〉、〈淡黃柳〉等曲，不惟清虛，且又騷雅，讀之使人神觀飛越。

（清）江順詒《詞學集成》卷六：

《詞源》云：「詞要清空，如白石之〈暗香〉、〈疏影〉、〈揚州慢〉、〈一萼紅〉、〈琵琶仙〉、〈探春〉、〈八歸〉、〈淡黃柳〉等曲。

（清）陳廷焯《白雨齋詞話》卷二：

白石詞，如「無奈苕溪月，又喚我扁舟東下。」又「冷香飛上詩句」。又「高柳垂陰，老魚吹浪，留我花間住。」等語，是開玉田一派。在白石集中，只算雋句，尚非夐高之境。

同上《詞則．大雅集》：

一幅歲暮旅行畫圖。詞意超妙，正如野鶴閒雲，去來無迹。

（現）俞陛雲《唐五代兩宋詞選釋》：

白石久寓於沔上，行將東下，賦此志別。毛晉所刻本標題云：「過苕霅，別鄭次皋諸君。」「過」字語未明瞭。蓋由沔將作吳興之游，非經過苕霅，觀詞中「清沔相逢」及「喚舟東下」句可證之。通首序事錄別，筆氣高爽，自是白石本色。

（現）姜尚賢《宋四大家詞研究》：

綜上二詞（按：指〈一萼紅〉及〈探春慢〉），瑩潔深美，情思沈摯，渾圓悲鬱，珠明玉潤，為白石詞的上品。

（現）吳熊和主編《十大詞人》：

「飄零」已自令人不堪，何況相見旋別，仍須「扁舟東下」？盡管故地重游，又豈足以撫慰歷盡風塵的天涯游子。此時此際，在這位別具懷抱的傷心人看來，連本來賞心悅目的風光景物也抹上了一層黯淡的色調，而適成為其幽愁暗恨的象徵了。（蕭瑞峰、韓經太文）

十一　翠樓吟❶

雙調❷

淳熙丙午冬❸，武昌安遠樓成❹，與劉去非❺諸友落之❻，度曲見志❼。予去❽武昌十年，故人有泊舟鸚鵡州❾者，聞小姬歌此詞❿，問之，頗能道其事⓫，還吳⓬爲予言之；興懷昔游⓭，且傷今之離索⓮也。

月冷龍沙⓯，塵清虎落⓰，今年漢酺初賜⓱。新翻胡部曲⓲，聽氈幕元戎歌吹⓳。層樓高峙⓴，看檻曲縈紅㉑，簷牙飛翠㉒。人姝麗㉓，粉香吹下，夜寒風細。

此地，宜有詞仙㉔，擁素雲黃鶴㉕，與君㉖遊戲。玉梯凝望久㉗，歎芳草萋萋㉘千里。天涯情味㉙，仗酒祓清愁㉚，花銷英氣㉛。西山外，晚來還捲、一簾秋霽㉜。

---

❶ 這首詞是姜夔離漢陽赴湖州，路經武昌，參加安遠樓的落成而作。時爲宋孝宗淳熙十三年（一一八六），白石三十二歲。

❷ 雙調：樂律名。《新唐書·禮樂志》十二：「越調、大食調、高大食調、雙調、小食調、歇指調、林

鍾商爲七商。」雙調爲燕樂二十八調的七商之一。因其主音在燕樂律的仲呂位上，故又名中呂商。現存周德清（約一三一四前後在世）《中原音韻》所載的六宮十一調中，對雙調的聲情形容爲「健捷激裊」。

❸ 丙午：指淳熙十三年（一一八六）。

❹ 武昌：即今湖北省武昌市。安遠樓：在武昌西南，舊爲武昌南樓，即爲白雲樓。成：就是建築完成。

❺ 劉去非：作者友人。劉過〈唐多令〉詞序云：「安遠樓小集……同柳阜之、劉去非、石民瞻、周嘉仲、陳孟參、孟容。時八月五日也。」

❻ 落：古代宮室建成時舉行的祭禮。落之：是指參加慶賀樓的建成的宴會。《左傳·昭七年》：「楚子成章華之臺，願以諸侯落之。」《注》：「宮室始成，祭之爲落。」

❼ 度曲：指自制曲詞，指寫詞。見志：就是反映心志。

❽ 去：離去。

❾ 故人：指老朋友。泊舟：停船的意思。鸚鵡州：地名，在今湖北武漢市漢陽江邊。

❿ 小姬：此處指年輕的歌女。此詞：指〈翠樓吟〉這首詞。

⓫ 頗能道其事：意謂歌女能把以往宴集安遠樓的事說出來。

⓬ 吳：指吳興，即今江蘇、浙江一帶。還吳：就是回到吳興。

⓭ 興：這裏讀去聲，觸景生情，叫做興。興懷：指感懷、感慨。意謂觸使我懷念過去游玩的情景。

⓮ 離索：離群索居之省。《禮》：「子夏曰：『吾離群而索居，亦已久矣。』」范仲淹〈送黃灝員外〉詩：「追陪未久還離索，早晚軒車重見尋。」此句意謂感慨往事，對今日的孤獨感到悲傷。這篇詞序的後半，從「予去武昌十年」到結尾，是作詞以後十年補寫的。

⓯ 龍沙：《後漢書·班超傳贊》：「坦步葱、雪，咫尺龍沙。」唐李賢等《注》：「葱嶺、雪山、白龍

堆沙漠也。」後泛指塞外沙漠之地爲龍沙。這裏代指邊境。

⑯虎落：遮護城堡或營寨的竹籬。《漢書·晁錯傳》：「要害之處，通川之道，調立城邑……爲中周虎落。」顏師古注：「虎落者，以篦相連，遮落之也。」此兩句謂南宋邊境、防守工事都十分平靜、安穩。暗示邊境無事，因爲這時宋金各守和約，暫無戰爭。

⑰漢：指漢朝。酺：國家有盛大歡樂的事，賜給臣叫做酺。這裏指宋廷宴飲犒賞群臣。《宋史·孝宗紀》：「是年正月庚辰，高宗八十壽，犒賜內外諸軍共一百六十萬緡。」

⑱新翻：重新譜寫。胡部曲：《通鑑·唐肅宗至德元年》載：「繼以鼓吹胡樂教坊、府縣散樂雜戲。」宋胡三省《注》：「胡樂者，龜茲、疏勒、高昌、天竺諸部樂也。」南宋時胡樂甚流行。

⑲氈幕：氈製的厚帳幕。元戎：本指兵車。《詩經》：「元戎十乘。」此處指元帥。吹：讀去聲，指演奏。以上五句緊扣樓名「安遠」。許昂霄《詞綜偶評》云：「『月冷龍沙』五句，題前一層，即爲題後鋪敘，手法最高。」

⑳峙：聳立。意謂新落成的安遠樓高高聳峙。

㉑檻曲：即曲檻，指木製欄干。縈：是旋繞的意思。意謂紅色的木欄干，彎彎曲曲地圍着。

㉒簷牙：指屋簷邊向上翹起來的部分。因這部分像牙翹出來，故云簷牙。簷牙飛翠：此句謂翠色的簷牙，翹起如飛。

㉓姝：指美好、美麗。

㉔此地：指安遠樓。詞仙：指才情飄逸如仙的詞人。暗指作者自己。

㉕黃鶴：湖北武昌縣西南舊有黃鶴樓（故址在今武漢市蛇山上）。《寰宇記》：「昔費褘登仙，每乘黃鶴於此憩駕，故號爲黃鶴樓。」崔顥詩云：「昔人已乘黃鶴去，此地空餘黃鶴樓。黃鶴一去不復返，白雲千載空悠悠。」

㉖君：指你。泛指參加安遠樓盛會的人。

㉗玉梯：指白石製的階梯。盧綸詩：「高樓倚玉梯，朱檻與雲齊。」凝望：指凝神而望。此句謂站在高樓的階梯上，向外凝神遠望很久。

㉘萋萋：指草長得茂盛的樣子。《楚辭·招隱士》：「王孫遊兮不歸，春草生兮萋萋。」崔顥〈黃鶴詩〉：「芳草萋萋鸚鵡洲。」許昂霄《詞綜偶評》：「『玉梯凝望久』五句，淒婉悲壯，何減王粲《登樓賦》。」

㉙天涯：指極遠的地方。《古詩十九首》：「相去萬餘里，各在天一涯。」此句謂作客天涯的心情和滋味很不好受。

㉚仗：依靠的意思。祓：古代除災去邪舉行的儀式叫祓。這裏指消除的意思。此句謂以酒來消除愁悶。

㉛花：此借指女子。英：指才氣、意志。意謂以花（女子）來消磨才子的意志。

㉜霽：是雨後天晴的意思。此句寫傍晚在樓上捲簾遠眺，西山外，雨停了，天色如秋光那樣的明朗。王勃〈滕王閣序〉：「珠簾暮卷西山雨。」陳廷焯《白雨齋詞話》云：「後半一縱一操，筆如遊龍，意味深厚。」又云：「此詞應有所刺，特不敢穿鑿求之。」

【賞析】

詞牌中的「翠樓」是宋孝宗淳熙年間（一一七四—一一八九）建造的安遠樓。安遠樓落成時，舉行了盛大的典禮，而參與典禮的座上客，不乏文人雅士。他們在享受歡宴的同時，也提筆賦詞。《翠樓吟》，就是在這背景下完成的詞作。跟一般銘誌不同，白石不僅記高樓的來歷、外形、盛會等，也藉以寄意，透露家國情懷。

詞人在開端隱寫安遠樓的緣起。「月冷」三句，寫皓月冷冷地映照着邊境，城的圍牆也是塵埃清落，天地之間一片清冷。這裏的平靜是宋金各守和約，久沒戰爭的成果。正巧這年正月宋高宗八十歲大壽，犒賞群臣，一片安定昇平的景象。安遠樓，就是在這種歷史條件中建造，並且以此隱寓命名的深意。「新翻」二句，寫聽覺感受。安遠樓落成典禮和宴會中助慶的音樂是北方流行的胡樂。胡樂動聽，把宴會上的熱鬧喜慶烘托出來，卻又隱隱生憂。今日太平，胡曲奏響；他日犯境，胡人爲患。「層樓」三句，詞人轉寫視覺感受。寥寥數筆就把安遠樓高聳的外型、複雜的結構和鮮明的色彩表現出來。不僅如此，詞人還活化了這座建築物：「檻曲縈紅」寫檻曲如彩帶纏裹着整座高樓；「檐牙飛翠」，把檐牙添上雀鳥展翅動感，比「有亭翼然」(歐陽修《醉翁亭記》)更生動、鮮明。以上兩對句，柔堅對比，紅綠互襯，相映成趣。「人姝」句，除了從高樓外觀轉移到高樓內宴會盛況，也着意寫嗅覺和觸覺。參加宴會的人兒艷麗可人，敷粉弄姿不在話下。香粉飄送，是嗅覺的刺激；夜風微寒，是觸覺的刺激。「夜寒」一句，暗道宴樂忘歸，不覺深宵。

詞人的心靈世界不拘於特定的時間與空間。在歡宴之餘，以寧謐澄靜的心境觀照萬物，並且馳騁於內在的國度。「此地」四句，是由現實出發，沿着聯念的航道，超越古今。安遠樓位於武昌黃鶴山之上，黃鶴山不禁使人想起同處武昌的「黃鶴樓」。這叫人聯想到費禕(?—一二五三)、崔顥(?—七五四)。白石認爲應該有詞人，騎着黃鶴飛來，跟衆多賓客暢玩。仙氣飄飄，脫俗不群。不過，「宜」字表現了「應然」，也暗示不是「實然」。爲甚麼？因爲賢人好友早已乘鶴而去，不復歸來了。詞人的哀愁，油然而生。夢想落空，憑虛悵望，見千里芳草萋萋，不禁流露傷時思歸的心情。「天涯」一句，以虛筆鎖緊上句情意。「仗酒」兩句，意味深長。詞人的愁，在於沒有賢人好友，因此只好借酒舒解悶氣，也借美人來銷磨作爲漢人的豪氣。再看在宴會中的賓客，沉迷於美人、遊戲，是否同此心態？詞人不直接問，也不直接答，留待讀者自己領會。「西山外」三句，以景作結，寫捲簾望西山，一片晴朗的秋色。景中暗暗與上片首句呼應，寄望宋金相安遠久，愛國之思，不絕如縷。

【評說】

（清）沈雄《古今詞話》〈詞品〉上卷：

《古今樂錄》曰：姜堯章詞，《花庵》備載無遺。若〈湘月〉、〈翠樓吟〉、〈惜紅衣〉諸腔，不得其調，難入管絃也。

（清）王弈清《歷代詞話》卷八引《詞品》：

姜白石，詩家名流，詞尤精妙，不減清眞樂府，其間高處有美成所不能及者。善吹簫，多自製曲，初則率意爲長短句，既成，乃按以律呂，無不協者。……〈翠樓吟〉云：「檻曲縈紅，檐牙飛翠。酒袚清愁，花消英氣。」〈法曲獻仙音〉云：「過秋風、未成歸計，重見冷楓紅舞。」〈玲瓏四犯〉云：「輕盈換馬，端正窺戶。酒醒明月下，夢逐潮聲去。」句法奇麗，其腔皆自度者，惜舊譜零落，未能被之管絃也。

（清）鄧廷楨《雙硯齋詞話》：

詞家之有白石，猶詩家之有逸少，詩家之有浣花。蓋緣識趣既高，興象自別。其時臨安半壁，相率恬熙。白石來往江淮，緣情觸緒，百感交集，託意哀思。故舞席歌場，時有擊碎唾壺之意。……琢句之工，如「天涯情味，仗酒祓清愁，花消英氣」，「二十四橋仍在，波心蕩冷月無聲」，則如堂下斲輪，鼻端施堊。若夫新聲自度，箏柱旋移，則如郢中之歌，引商刻羽，雜以流徵矣。以此輝映湖山，指撝壇坫，百家騰躍，盡入環中。評者稱其有縫雲剪月之奇，戛玉敲金之妙，非過情也。

（清）周濟《宋四家詞選·目錄序論》：

〈翠樓吟〉「月冷龍沙」——此地宜得人才，而人才不可得。

（清）陳澧《白石詞評》：

驚心動魄之句。（按，評「天涯情味」三句。）

（清）陳廷焯《白雨齋詞話》卷二：

白石〈翠樓吟〉武昌安遠樓成後半闋云：「此地宜有詞仙，擁素雲黃鶴，與君遊戲。玉梯凝望久，歎芳草萋萋千里。天涯情味。仗酒祓清愁，花消英氣。」一縱一操，筆如遊龍，意味深厚，是白石最高之作。此詞應有所刺，特不敢穿鑿求之。

同上《詞則·大雅集》：

起便警策。一縱一操，筆如游龍。

（現）王國維《人間詞話》：

問隔與不隔之別，曰：陶謝之詩不隔，延年則稍隔矣。東坡之詩不隔，山谷則稍隔矣。「池塘生春草」、「空梁落燕泥」等二句，妙處唯在不隔。詞亦如是。即以一人一詞論，如白石〈翠樓吟〉「此地。宜有詞仙，擁素雲黃鶴，與君遊戲。玉梯凝望久，歎芳草、萋萋千里。」便是不隔。至「酒祓清愁，花消英氣」，則隔矣。然南宋詞雖不隔處，比之前人，自有淺深厚薄之別。

（現）俞陛雲《唐五代兩宋詞選釋》：

此詞爲武昌安遠樓初成而賦。觀前五句「龍沙」、「氈幕」、「賜酺」等辭，當是奉勅宴北使於斯樓。「檻曲」五句言高樓之壯麗，歌妓之娟妍，皆平敘之筆。轉頭處因地在武昌，故用黃鶴仙人事。「素雲」二句奇氣青霞之想。其下接以望遠生愁，樓俯鸚鵡洲，故言「芳草千里」，藻不妄抒。「清愁」、「英氣」二句隱有少陵「看鏡」、「倚樓」之感，句法倜儻而深鬱，自是名句。

（現）任訥《詞曲通義》：

此示南宋詞中姜氏之醇雅超逸一派。

（現）俞平伯《唐宋詞選釋》：

自「層樓」到此句，轉入樓的正面描寫，狀建築的壯麗，宴會的繁華。宋時公宴徵官妓承應，故有「人姝麗」等句。就上片全段，將「安遠樓成」四字題目繳足，「安遠」二字的意義亦充分發揮了；然帥衙歌吹，所用乃氈幕之音，已含微諷。起筆「月冷龍沙」句，氣象亦非常蕭颯，意已直貫下片。許昂霄《詞綜偶評》曰：「（月冷龍沙五句）題前一層即爲題後鋪敘，手法最高。」何謂題前題後，他說得不很明白，大約也是這類的看法。……「天涯」句承「芳草千里」，仍綰合崔詩「日暮鄉關何處是」。「仗」字領下兩句，言只可憑仗花酒來消愁。「酒」承上「漢酺」，花承上「姝麗」，雙承仍歸到「落成」本題。祓除愁恨雖似乎是好事，英氣銷磨又不見其佳。「酒祓」「花銷」對句，似平微側，似自己歎息解嘲，又似代他斡全開脫。其時北敵方強，奈何空言「安遠」。雖鋪敘描摹得十分壯麗繁華，而上下嬉恬，宴安酖毒的光景便寄在言外。像這樣的寫法，放寬一步即逼近一步，正不必粗獷「罵題」，而自己的本懷已和盤托出了。……結寫晚晴，又一振起，用王勃〈滕王閣〉詩：「珠簾暮捲西山雨。」若與辛棄疾〈摸魚兒〉「斜陽正在，煙柳斷腸處」參看，其光景情懷正相類似。而辛詞結句非常哀愁，姜詞結句不落衰颯，以賦題不同，故寫法各別耳。

（現）唐圭璋《唐宋詞簡析》：

此首記武昌安遠樓詞。起言安遠之意，次言安遠之盛。「層樓」句，始寫樓之正面，「看檻曲」兩句，寫樓之壯麗。「人姝麗」三句，寫樓中之盛。此上片皆就樓之內外實寫。下片，提空抒感，一氣流轉，筆如游龍。「此地」四句，用崔灝詩，言「宜有詞仙」，而竟無詞仙，悵望曷極。「宜有」二字與「歎」字呼應。「宜有」句呑縮，「歎芳草」句吐放，韻味深厚。「天涯」三句，又一筆勒轉，「仗」字亦承「歎」字來，因無詞仙，愁不能釋，故惟有仗花酒以消愁，言外慨歎中原無人之意甚明。着末以景結，畫出晚晴氣象，期望甚至，與煙柳斷腸之境，又不相同。

（現）繆鉞《靈谿詞說》：

姜白石這首詞，感慨深而用筆婉，意愈切而辭愈微，「不犯正位，切忌死語」，是眞能將江西派詩法運用於詞中者。

（現）吳世昌《詞林新話》：

白石〈翠樓吟．武昌安遠樓成〉……此詞亦做作湊合，極不自然，（陳）亦峰反謂「最高之作」，眞是皮相之見。一日「有所刺」，即是穿鑿。

（現）姜尚賢《宋四大家詞研究》：

……曾賦〈翠樓吟〉一闋：「玉梯凝望久，歎芳草、萋萋千里。天涯情味。仗酒祓清愁，花銷英氣。」悲壯淒婉，不減王粲登樓一賦。

這首詞沈鬱凝重，清虛騷雅，歸於醇正，是白石的自度曲。冷雋超脫，淒然高麗，實爲其他詞家所罕有。

……「素雲黃鶴」句，是寫瀟灑出塵之想，高雅超脫，氣宇非凡。上着一「擁」字，更富有詩意。不僅高出「氈幕」「歌吹」之上，而且隱喻安遠之名，同一幻想。「玉梯凝望」二句，是寫登樓所見，下着一「久」字，充分反映出觸景縈思，大有依依戀戀的心意，只見芳草淒淒，離緒眷眷，不忍斷然遽去。所謂「詞仙」之流，實不可得，難賦深情。論其創作之妙，即崔前六句的意境。「天涯情味」句，是由芳草千里之歎而來，又是崔詩「長安不見」的原意。「仗」字一轉，「清愁」即所謂「千載悠悠」，而以「酒祓」除之，實有借酒驅愁之妙，悲涼淒絕，令人殊難忘懷。「英氣」即所謂「長安不見」，而以「花銷」磨之，更有情隨物移之感。雙承「漢酺」「姝麗」，驀然歸入落成的本題，又似代圓其說，戛然而止，頗具分寸，實收言外之意。「西山外」又一轉，遂推遠一層。最末以「一簾秋霽」作結，足徵晚晴的氣象，與斜陽的斷腸，迥然不同，是寓有珍重前途之志，佳境有待，並爲作樓者勗勉！

若以章法言，前片說足安遠，藉誇壯麗，後片卻高一層立論，於翻騰頓挫中，以示寄託的遙深。然後一轉到題，再轉入興會之語，表裡互通，絲毫不溢。若以意境言，正是胡氛熾烈，方興未艾，而空言安遠，徒具虛名。白石胸襟磊落，自有涇渭，故全篇均以微諷言詞出之，以示針對之旨，冀其憬然徹悟，而矯健的筆姿，忠厚的至意，更是白石的特色。

這首詞寓意深遠，神味雋永，意境超妙，頗耐人玩味。論其格調，堪稱白石的首選，最值得後世取法。

（現）劉斯奮《姜夔張炎詞選》：

姜夔的……〈翠樓吟〉，則是抒發旅情較成功的作品。

此詞把國事、人生、旅情、鄉思交織聯綴，融匯貫通。同樣是不下一字評語，而感慨自見於形象的展示之中。有人比之爲王粲的〈登樓賦〉，給予很高的評價，並不是全無道理的。

（現）王偉勇《南宋詞研究》：

許多詞調於製作時，已然嵌上對稱之句型，然作者往往工麗有餘，虛靈不足，難免凝滯之譏。姜夔之作品則不然，大抵均能泯滅匠痕，一氣單行。至若警句，尤非人人所必能；而姜夔由於體物態度圓活，筆力錘鍊，故常有精粹之詞句。如〈翠樓吟〉上片：

「月冷龍沙，塵清虎落，今年漢酺初賜。新翻胡部曲，聽氈幕、元戎歌吹。層樓高峙。看檻曲縈紅，簷牙飛翠。人姝麗。粉香吹下，夜寒風細。」……於半闋詞中即有兩組對句——「月冷龍沙」與「塵清虎落」、「檻曲縈紅」與「簷牙飛翠」，讀來但覺流暢，洵非用力強湊。

（現）俞朝剛、周航主編《全宋詞精華》：

筆勢夭嬌，收縱自如，就「安遠」二字，寄托了作者的諷喻之意。

黃兆漢、司徒秀英《宋十大家詞選》：

此詞有序，起首至「度曲見志」記此詞本事。「予去武昌十年」之後乃日後補充之文。這首詞一方面記安遠樓落成之事，一方面借樓起興，憑曲寄志，字裡行間寫出宋民遠安國定之願望，又說出個人浪跡天涯之情味。此詞用筆峭拔，句意動魄驚心，文詞不拈半點俗豔之色，格調清雅。

上片起首對仗句應合樓名，一寫塞外靜寂，一寫戰事平息，境界清遠。「冷」、「清」二字白石常用，此詞當頭處即用二字寫景述意，營造境界，恰當異常。首句「冷」字尤其下得精妙，上應月色之清幽，下點龍沙之荒涼，真的不作他字想。「今年」句點明建樓近事，跟前二句之遠景相襯托。「新翻」二字用熱鬧之聲音意象寫邊將在塞外為保國安寧之盛貌。

「層樓」三句寫安遠樓建築壯麗。「層樓」句從整體而言，「看檻曲」二句從局部說，後二句句法別致，「縈」、「飛」二字生動，後帶紅翠二色，活潑鮮明。又「檻曲」句寫蜿曲豔美之貌，跟「檐牙」句寫直拔剛勁之勢，互相輝映。「人姝麗」三句寫落成盛況，因層樓高峙，故有粉香漫天散下之境。「粉香」二句意境細膩，然而詞人方寫脂粉芬芳，即一筆宕開，以清幽的夜色結束上片，極清朗。

下片抒寫登樓興緒，格調高雅爽逸。詞人佇立高樓，仰天俯地，招風弄雲，想望遙遙相對之武昌白雲樓，故有擁雲抱鶴之思。「此地」四句寫得出塵脫俗，妙在「詞仙」二字，寓意若隱若現，含蓄地說出灑落出世之情懷。「玉梯」二句借崔顥〈黃鶴樓〉詩中「芳草萋萋鸚鵡洲」句寫眼前蒼茫野色，慨歎時光易逝，物色衰敗。「天涯情味」一句束上啓下，情思飽滿。因見芳草連綿千里，無垠無盡，彷至天涯，然人登高樓，何嘗不是天涯一隅，故生鄉關之愁，身世之悲。「仗」字下領偶句，用以回應「天涯情味」，文心縝密。「酒祓清愁，花銷英氣」二句寫半生之遭遇與情懷，感喟至深。但用「清愁」狀寫萬般滋味，極難。又一筆道破心間不凡的志氣，一破即勒，不多贅釋，有餘地，筆法空靈。最後以淨朗之晚空作結。只寫西山點綴秋色，境界清爽明亮，情懷又復高逸磊落。況且寫安遠樓矗峙在秋霽之中，一片光明，詞人對南宋政府之期望亦昭然若揭了！

十二　踏莎行❶

自沔東來❷，丁未元日❸，至金陵❹，江上感夢而作。

燕燕輕盈❺，鶯鶯嬌軟❻，分明又向華胥見❼。夜長爭得薄情知❽？春初早被相思染。別後書辭，別時針線，離魂暗逐郎行遠❾。淮南皓月❿冷千山，冥冥⓫歸去無人管。

---

❶　姜夔在二十二歲時曾漫游揚州、鳳陽、合肥等地，過着「拂雪金鞭，欺寒茸帽，還記章臺走馬」（〈探春慢〉衰草愁煙）的冶游生活。他在合肥認識一對姊妹，後來雖然離開合肥，仍對情人眷念不已。宋孝宗淳熙十四年（一一八七）元旦（時白石三十三歲），白石從漢陽東去湖州途中，經過金陵，在船上夢見合肥情人，因寫此詞。此詞寫得婉約動人，其中「淮南皓月冷千山，冥冥歸去無人管」更是一時傳頌的名句。王國維《人間詞話》云：「白石之詞，余所愛者亦僅二語，曰：『淮南皓月冷千山，冥冥歸去無人管。』」夏承燾《姜白詞編年箋校》云：「此詞明云『淮南』，爲懷合肥人作無疑。〈琵琶仙〉云：『有人似舊曲桃根桃葉』，〈解連環〉云：『爲大喬能撥春風，小喬妙移箏，雁啼秋水。』此亦云『燕燕鶯鶯』，其人或是勾闌中姊妹。」

❷沔：沔州，今湖北省漢陽縣。指自沔州東行至金陵。
❸丁未：宋孝宗淳熙十四年（一一八七）。元日：即元旦，正月初一。
❹金陵：今江蘇省南京市。
❺燕燕輕盈：指情人體態像燕子般輕盈。蘇軾〈張子野年八十五尚聞買妾，述古令作詩〉：「詩人老去鶯鶯在，公子歸來燕燕忙。」
❻鶯鶯嬌軟：指情人的聲音嬌嫩柔軟，如黃鶯般。
❼華胥：夢裏。《列子・黃帝》：「黃帝晝寢而夢，遊於華胥氏之國。」
❽爭：怎得的意思。作者設想愛人對他細訴離情：長夜不眠，薄情郎怎會知道呢？
❾離魂：精神凝注於人或事而令致神離軀體的情況。唐陳玄祐〈離魂記〉，記張女倩娘與王宙相戀，倩娘魂化爲兩體，追隨王宙到京師之事。暗逐：指悄悄地追隨。此句謂她的魂魄離開軀體暗中追隨情郎來到陌生的地方。
❿淮南：指今安徽省合肥。宋時合肥屬淮南路，姜白石的情人在合肥。白石〈鷓鴣天〉詞：「肥水東流無盡期，當初不合種相思。」「肥水」即指合肥。皓月：皎潔的月光。
⓫冥冥：指幽暗的意思。此句謂戀人離魂，於夜間獨自歸去，而沒有人照管、照料她。

【賞析】

夢，既是司空見慣，又是神秘莫測的經驗。它是心靈的屏幕，一方面揭示現實中的痛苦與掙扎，一方面反映理想中的希冀與歡樂。長久以來，文學家經常以夢宣洩不滿，也以夢找尋滿足。姜白石的《踏莎行》就是以夢爲主題的作品。

白石三十三歲時，從漢陽東去湖州途中，經過金陵，夢見分隔了多時的合肥情人。於是，寫下了這闋深情一往的懷人之作。

詞的上片，詞人先凸顯夢中人的形象。「燕燕鶯鶯」是情人的代稱，兩組疊音詞已表現了詞人對這兩位情人的惜愛。詞人並沒有描繪情人的面貌，而着力摹擬她們的神韻——「輕盈」、「嬌軟」，因爲面貌祇是視覺的記憶，而神韻則是各種感官的綜合，更能體現詞人對戀人的衷情。「分明」一句，利用兩種角度寫深情：一、寫她們的形態是何等的清晰。若不是刻骨銘心，茫茫時海，怎會如此「分明」？二、寫多次夢中相見。若不是念念不忘，怎會「又」夢迴縈牽？這句裏，詞人把觀點憑「向」字轉移到情人一方，啓動了以下藉情人的心跡抒發個人的思念。「夜長」二句，不但對偶工整，聲調悅耳，而且情景並茂，蕩氣迴腸。春初正是身處的季節，長夜恰是夢寐時候。在情人的內心，猶如李商隱《嫦娥》詩句：「碧海青天夜夜深」，長夜裏苦苦相思無法向情郎傾吐。初春，點點花色在情人眼內心內也化成相思的感受，隨着春意漸濃而不斷加重。春夜深思，沒法遏止。

抽象的情思在下片沉澱於別時的針線和別後的書信。別時的一針一線，盡表對情郎的關切；別後的一字一筆，極顯對情郎的依戀。不過，這都不能表達佳人無限的愛意。於是讓魂魄離開軀體，苦苦追隨情郎，然後暗暗進入情郎的夢鄉。夢，泯滅了空時的阻隔，甚至消除了形體的束縛，近乎絕對的自由境界。正如渴者夢飲甘露、餓者夢嚐美食，夢的補償功能往往反過來表現現實生活的缺憾。這種乏力感、無助感和淒滄感，在詞人的夢境內，綿綿不絕，並締造了「淮南」這名句。夢中的情人，正如上句所說離魂飄遠，是處於半空，所以結句的取景角度也是鳥瞰式的。皎潔的月光，一片淒然的清輝；千山模糊的輪廓，線條極其生硬，感覺極其冷清，跟夢中人的柔情熱愛相比，非常不協調。這種不協調，正和應着現實生活的失衡。幽暗的夢魂就在如斯慘慼的景況下渺然歸去。「無人管」不但是現實的孤寂，也是心靈的虛空。

情人的癡情，是詞人眷眷思念的曲筆；夢，是詞人內心世界的折射。此乃本詞的婉轉曲折處。男女相悅相思，本是纏綿綺旎，艷麗細密，但詞人致力陶熔轉化，以灰暗淒冷的色調寫濃情，同時又以清空剛勁的筆鋒寫柔情。此乃白石寫情的超凡出衆處。

【評　說】

（現）王國維《人間詞話刪稿》：

白石之詞，余所最愛者，亦僅二語，曰「淮南皓月冷千山，冥冥歸去無人管」。

（現）唐圭璋〈姜白石評傳〉：

又白石淳熙十四年（一一八七）初自沔東至金陵時，亦有〈踏莎行〉感夢之作。想見白石在沔東時之所遇，其後別去，難以忘情，故思極而有夢也。詞云……起言夢中見人，次言春夜思深，換頭言別後之難忘，情亦深厚。所謂「書辭」、「針線」，皆伊人之情也。天涯羈旅，物如其人，故曰「離魂暗逐郎行遠」。着末寫境既淒黯，寫情尤哀不可抑。千山月冷，一人獨去，試想像此境此情，疇不爲之下一掬同情之淚哉。（見唐氏《詞學論叢》）

（現）唐圭璋《唐宋詞簡釋》：

此首亦元夕感夢之作。起言夢中見人，次言春夜思深。換頭言別後之難忘，情亦深厚。書辭針線，皆伊人之情也。天涯飄蕩，覩物如覩人，故曰「離魂暗逐郎行遠」。「淮南」兩句，以景結，境既淒暗，語亦挺拔。昔晁叔用謂東坡詞「如王嬙、西施，淨洗卻面，與天下婦人鬥好」，白石亦猶是也。劉融齋謂白石「在樂則琴，在花則梅，在仙則藐姑冰雪」，更可知白石之淡雅在東坡之上。

（現）吳世昌《詞林新話》：

白石〈踏莎行〉……全篇除首三句作者述夢外，其下文全爲代夢中人設想之辭，此可以「薄情」（女怨郎詞）、「暗逐郎行」、「冥冥歸去」等語知之。或謂「上片言己之相思，過片兩句醒後回憶」，誤矣。

（現）沈祖棻《宋詞賞析》：

首兩句，人。「分明」句，夢。「夜長」兩句，感夢之情。上片言己之相思。過片兩句，醒後回憶。「離魂」句，言人之相思。「淮南」兩句，因己之相思，而有人之入夢，因人之入夢，又憐其離魂遠行，冷月千山，踽踽獨歸之伶俜可念。上片是怨，下片是轉怨為憐，有不知如何是好之意，溫厚之至。

燕燕鶯鶯連用，本蘇軾《張子野年八十五尚聞買妾述古令作詩》：「詩人老去鶯鶯在，公子歸來燕燕忙。」

（現）羅忼烈〈白石詞每師法清真〉：

清眞之詞本有疏密兩種，夢窗得其密，白石得其疏。白石變清眞之縝密典麗為古雅峭拔，易沉鬱頓挫為清剛疏爽，遂開玉田一路，終與清眞分途。然下字命意之間，相師之跡，尤隱約可見，粗舉其相似處如下各條。……

清眞〈浣溪沙〉「早教幽夢到華胥」，又〈醉桃源〉「若教隨馬逐郎行，不辭多少程」。白石〈踏莎行〉翻其意，曰「分明又向華胥見」，曰「離魂暗逐郎行遠」。

詩人詞客用字造語，不謀而合者往往有之，然如此之多，不能謂之無意。若取兩家之作熟讀而深思，此中消息可知也。（見羅氏《詞學雜俎》）

（現）胡雲翼《宋詞選》：

這首詞開頭三句寫愛人入夢；「夜長爭得薄情知」以下語句是作者夢後設想愛人魂牽夢縈的深情。

（現）姜尚賢《宋四大家詞研究》：

除此，每首詞中還有許多最深刻最精美的語句，爲全詞生色不少。如……〈踏莎行〉的「淮南皓月冷千山，冥冥歸去無人管。」我以爲像這一類的語句，無論任何人讀了都知道是最佳的言語。但這一類的語句，決不是脫口而出的，更不是一蹴而就的，而是絞腦汁嘔心血，經過千錘百鍊的工夫，慢慢的融化凝結出來的。我們由〈慶宮春序〉中可知他在作詞上所花費的時間與精力，與他認眞求美的態度。

他的小詞，晶瑩潔美，清倩幽婉。如〈浣溪沙〉、〈點絳唇〉、〈鷓鴣天〉、〈踏莎行〉等作。茲錄其詞二首爲例，以便欣賞：……

綜上二詞（按：〈杏花天影〉及〈踏莎行〉），靈秀超逸，境界幽邃，語雋情婉，精思獨悟，沈摯悲涼處，染有旖旎的春色，但被長調所遮蔽，不爲後人所推重而已。周爾墉說：「白石小令，獨不肯朦朧逐隊，作《花間》語，所謂豪傑之士。」（《周評絕妙好詞》），蓋《花間》穠豔麗密，而白石代以清勁靈秀，故能擺脫前人的窠臼，而具有獨特風格的表現。

（現）王偉勇《南宋詞研究》：

欲令景物生動活潑，宜留心字句之鍛鍊，方能相得益彰，所謂「始於意格，成於句字」是也。就鍊字言，其關鍵尤在於動詞之運用，非但顧及意義之「活」，且爲顧及音調之「響」，故姜夔詞中頗用心錘鍊，此亦當時詩壇之習尚也。如：

淮南皓月「冷」千山。（〈踏莎行〉）按：此句「冷」字係以形容詞當動詞用。

黃庭堅〈贈高子勉詩〉云：「拾遺句中有眼」（《豫章黃先生文集》卷一二），呂本中《童蒙詩訓》亦云：「潘邠老言：七言詩第五字要響，……五言詩第三字要響，……。所謂響者，致力處也。予竊以爲字字當活，活則字字自響」，取姜夔之詞句予以印證，影響之深淺自不言而喻矣！

（現）劉斯奮《姜夔張炎詞選》：

……情味深厚，末二句雖是從杜甫的「環佩空歸月夜魂」，以及岑參的「枕上片時春夢中，行盡江南數千里」點化而來，但意境仍有獨到之處。無怪連對姜夔詞非議較多的王國維也表示讚賞。

（現）徐培均《唐宋詞小令精華》：

全詞委婉動人，清空可喜，是愛情詞中格調較高的作品。

（現）李長路、賀乃賢、張巨才《全宋詞選釋》：

詞作於淳熙十四年（公元一一八七年）元旦（所謂丁未元日）。沔，今湖北武漢市漢陽地，作者早年流寓之所。詞寫作者與情人別後縈回夢景的深情，極動人。淮南，宋時淮南路，指今安徽合肥市，作者情人當流寓此地。王國維《人間詞話》說：「白石之詞，余所最愛者，亦僅二語，曰：『淮南皓月冷千山，冥冥歸去無人管。』空靈而不質實。」空靈，是前人對姜詞特色評語之一。這詞，是「寒」仄韻。華胥，指夢中。《列子·黃帝》：「黃帝晝寢而夢，游於華胥氏之國。」郎行（háng），是說郎那邊；一說，郎行，直指郎，行，是襯字，含有昵稱（或愛稱）之意。其實「行遠」連續，「行」不讀如「杭」（háng）而讀如「杏」（xìng）。所謂「離魂暗逐郎行遠」，全句意思是說，情人的離情（魂）暗暗地追隨着郎（君之行旅）而遠去了。詞「寒」仄韻。

（現）陶爾夫、劉敬圻《南宋詞史》：

開篇兩句似嫌華豔，其實不過夢中所見而已。實中有虛。末二句爲閨中夢後想像戀人歸去情景，虛中有實。全篇亦虛亦實，轉虛作實，不過是夢境的記敘耳。

（現）鍾振振《歷代小令精華》：

夏承燾先生評姜夔詞「用健筆寫柔情，正是合江西詩派的黃、陳詩和溫、韋詞爲一體」（《論姜白石的詞風》）。此詞寫男女柔情，而頗少惻豔之語與塵俗之氣，除開頭兩句略顯柔媚外，全篇乃以清空騷雅爲主，特別是下片寫夢而以夢外之境來表現，氣象博大，境界闊大，充滿清剛之氣。（王英志　文）

（現）王曉波《宋四家詞選譯》：

開頭三句寫夢見情人。中間五句記夢境，寫情人向自己傾吐眷眷相思。末兩句寫夢醒之後，憐惜情人的離魂孤獨無侶地歸返合肥。筆調清麗，溫情至厚，形象生動，構思巧妙，饒富情味。

黃兆漢、司徒秀英《宋十大家詞選》：

此詞情意深厚，其中最動人的是白石對合肥情人的憐惜與關懷，這種感情高於他對一己相思之關注。歸途上相思自多，但詞人想到的並非自身的苦痛，而是情人的孤寂哀愁。這番眞情善意，豈爲一般人間所有！此詞之高筆雅調，又豈爲一般墨客可以成就！

上片起首三句寫情人楚楚入夢，「燕燕」兩句意婉，「分明」一句健筆，均具白石詞健筆柔情之特質。情人夢魂不管萬水千山，遠隨江舟入夢，都是爲了讓情郎知道滿心的相思。相思幾多？就是整個初春也給染滿。「夜長」句問，「春初」句答。是情人所問，是二人同答，意境甚厚。「夜長」二字點應題面感夢成分，「春初」則點應元日節令。

下片起首二句寫情人夢裡叮囑。書辭針線象徵昔日恩情，要情郎好好記取。「離魂」一句使通篇生情。詞人夢醒見針線書辭，如見伊人音容。伊人受形骸拘束，不能遠逐情郎泛舟而去，但其情心卻依附針線暗暗追伴天涯，此情甚深，此意甚美，然而當中苦味，亦濃厚異常。「淮南」兩句是宋詞中之神品，意境幽潔，情懷苦絕。寫景寫人，輕貌而重神，以情味取勝。「皓月」點應十五夜之明月。圓月當空，故千山照遍。詞人取月輝幽冷之神，使千山亦冷。這種幽冷，不只是天地之色，更是天地之意。而走在千山之間，皓月之下，孤冷天地的是一個無人理會的靈魂。「冥冥」句要寫的是相依無由的淒涼與孤寂。見伊人背影漸行漸遠在蒼茫山野，愛莫能助，憐惜更甚，只怪人輕話別離，落得如此苦味。

十三　杏花天影❶

丙午❷之冬，發沔口❸，丁未❹正月二日，道金陵❺，北望淮楚❻，風日清淑❼，小舟挂席❽，容與❾波上。

綠絲低拂鴛鴦浦❿，想桃葉當時喚渡⓫。又將愁眼與春風⓬，待去，倚蘭橈更少駐⓭。

金陵路⓮、鶯吟燕儛⓯，算潮水知人最苦⓰。滿汀芳草不成歸⓱，日暮，更移舟向甚處⓲？

❶ 這是作者從漢陽至湖州，路經金陵泛舟秦淮河時所作。時爲宋孝宗淳熙十四年（一一八七），白石三十三歲。船上所見景物觸動詞人的羈旅愁懷和對戀人的懷念。詞序謂「北望淮楚」及詞中「鴛鴦浦」、「桃葉」等句都暗示作者懷想他的合肥情人。夏承燾《姜白詞編年箋校》云：「此金陵道中懷合肥之作，故序云：『北望淮楚』，與前首〈踏莎行〉同意。」

❷ 丙午：宋孝宗淳熙十三年（一一八六）。

❸ 沔口：漢水入江處。即現在湖北省漢口市。

❹ 丁未：宋孝宗淳熙十四年（一一八七）。

5 道：指路過。金陵：今江蘇省南京市。

6 淮：現在安徽省合肥市（白石有戀人在合肥）。楚：這裏指湖北漢陽（作者居住過的地方）。

7 清淑：即淑清，指明朗，純淨。《淮南子·本經》：「日月淑清而揚光，五星循軌而不失其行。」風日清淑：指天氣清和爽朗。

8 席：就是船帆。挂：即掛。挂席：指扯起船帆。

9 容與：任意飄浮也。江淹〈別賦〉：「櫂容與而詎前，馬寒鳴而不息。」此句意謂隨波上下飄浮前進。

10 浦：水岸、水濱。《詩經·大雅·常武》：「率彼淮浦，省此徐土。」《傳》：「浦，涯也。」鴛鴦浦：指秦淮河，在南京城中，當時是歌舞繁華之處。

11 桃葉：晉中書令王獻之（三四四—三八六）有愛妾名桃葉。獻之曾於渡口作歌一曲贈送桃葉。後人因此把這渡口，名爲桃葉渡。地點在南京秦淮河與青溪的合流處。歌曰：「桃葉復桃葉，渡江不用楫，但渡無所苦，我自迎接汝。」喚渡：招呼渡船。這裏用桃葉的故事來寄托自己與戀人的別恨。

12 又將愁眼與春風：此句謂因觸景生情，懷念別去的情人，只好用愁苦的雙眸來迎接春風。

13 蘭橈：華美的船槳。《述異記》：「木蘭洲在潯陽江中，多木蘭樹，有魯班所刻木蘭舟。」少駐：稍事停留。此句謂怕勾起愁思，卻又情有所戀，不忍離去。

14 金陵：見5，即南京。

15 僊：即舞。《莊子·有宥》：「鼓歌以僊之。」鶯吟燕僊：寫金陵的春光，也寫金陵的歌舞繁華。

16 算潮水知人最苦：此句謂潮水最了解行人的愁苦，因爲行人經常在江水中漂泊。

17 汀：江中的沙洲。《楚辭·招隱士》：「王孫游兮不歸，春草生兮萋萋。」此句謂滿岸芳草，可是我卻不能回到她的身邊。

18 日暮，更移舟向甚處：此句謂日暮之時，這一葉舟到底要把我載到甚麼地方去？

【賞析】

這是白石作客金陵時的作品。詞序記敘了創作的時間、地點和情景。「風日清淑，小舟挂席，容與波上」，本是賞心樂事；可是，詞人別有胸臆，遠眺合肥、漢陽等地，愁懷蕩漾，眼底自是另一番景致。

詞文以景起興，搖曳生姿。「綠絲」句寫垂柳依依，輕輕拂動江面。「綠」是着色字，「鴛鴦」也可以牽動色彩的聯想，而江浦水濱在日光下自然泛起閃爍的光影。斑爛的色澤、輕柔的線條組合成春光圖。這幅春日的速寫，是經過詞人的挑選與沙汰，而選擇的契機就在於景物與內心的感情呼應。此刻，詞人寧靜的心鏡正被絲絲回憶波動着。「桃葉當時喚渡」就是詞人腦內的回憶。「桃葉」一典，與詞序中的「北望淮楚」互相配合，點出所思念的對象是合肥佳人。當年的桃葉得到王獻之的寵愛，不愁渡江，因爲情郎王獻之自會在岸邊守候相迎。今日合肥情人雖得詞人寵愛，但相見無望。那種愁苦在強烈的對比中反襯出來，而詞人的感受更是可想而見。「又將」三句是回筆寫詞人的淡淡哀愁。春風吹拂，江面景物充滿生機；詞人的愁眼所見，卻恰恰相反，都是繚人愁懷的景象。愁眼相迎春風，樂景悲情，無限唏噓。「待去」是頓挫之筆，既然觸景生情，不如快速離去。「倚蘭橈更少駐」，寫至終情有所戀，不忍離去，免得無由緬懷。一伏一起，委婉曲折，道盡思潮的波瀾。

下片首三句，寫秦淮河、金陵路，歌聲舞影，繁華依舊。詞人懷人之苦，有誰明白？祇有起伏不息的潮水，前來打拍船身，彷彿是詞人唯一知己。詞人以擬物有情，更顯無人理解的孤寂。詞人的孤寂在末句推展得更深更切，由懷人轉到憐己。「滿汀」句寫沙洲上芳草萋萋，正外化了主體的雜亂愁思；「不成歸」，是與情人不能相聚的原因。那麼，爲甚麼不能歸去？那應該是取決於詞人的自由意志。然而，事實上羈旅他方並非個人意願所能轉移。「日暮」，顯示外在環境令詞人不能自由決定去向，故最後有問句：「更移舟向甚處？」，寫那一葉扁舟究竟要送我到何處？這裏，人是極其被動的，祇有無止境地受擺佈。那種孤零無助在蒼茫暮色中，顯得份外淒涼悲怨。

【評說】

（現）姜尚賢《宋四大家詞研究》：

他的小詞，晶瑩潔美，清倩幽婉。如〈浣溪沙〉、〈點絳唇〉、〈鷓鴣天〉、〈踏莎行〉等作。茲錄其詞二首爲例，以便欣賞……

綜上二詞（按：指〈杏花天影〉及〈踏莎行〉），靈秀超逸，境界幽邃，語雋情婉，精思獨悟，沈摯悲涼處，染有旖旎的春色，但被長調所遮蔽，不爲後人所推重而已。周爾墉說：「白石小令，獨不肯朦朧逐隊，作《花間》語，所謂豪傑之士。」（《周評絕妙好詞》），蓋《花間》穠豔麗密，而白石代以清勁靈秀，故能擺脫前人的窠臼，而具有獨特風格的表現。

(現)汪中《宋詞三百首注析》:

題序淳熙十三年冬,渡沔水,明年春道金陵,北望淮楚而作。起三句遠攝金陵渡口故事,「愁眼」,「春風」語新奇,蘭舟少駐,若有所待。行路下片,謂旅程難定,故云「潮水知人最苦」。仍用唐人李益《江南曲》詩「嫁得瞿塘賈,朝朝誤妾期。早知潮有信,嫁與弄潮兒」之意。收則天涯處處芳草,移舟何處?詞意有所托,或出處不定,或有伊人之遇,皆未可知。

(現)劉斯奮《姜夔張炎詞選》:

詞人舟經南京,離合肥不遠。他懷念着那裡久別的情人,卻不能回去同她相會。於是,他北望翹企之餘,發出「滿汀芳草不成歸」的喟歎。

(現)徐培均《唐宋詞小令精華》:

全篇結構,近似慢詞,而繁音促節,深情苦調,令人一唱三歎,是小令中容量較大的佳作。

(現)王偉勇《南宋詞研究》:

在問答之間,姜夔之答句恒正面轉進,或側筆宕開,均能出人意表,頗饒韻味。而單疑問又常施於篇末，令人回味無窮。然無論何種方式之問句，姜夔總以表達愁歎、悠邈之心境為多，此或為不令情感太露之技巧也。如：「金陵路、鶯吟燕儛。算潮水知人最苦。滿汀芳草不成歸，日暮，更移舟向甚處？」將問句設於篇末，令茫茫無之之情懷隨答案懸空漂浮。

（現）楊海明《唐宋詞史》：

詞前有小序云：「丙午之冬，發沔口。丁未正月二日，道金陵，北望淮楚，風日清淑，小舟掛席，容與波上。」其中「北望淮楚」（淮楚，遙指合肥）一句，就道破了它是「懷人」之作的奧秘。詞人泊舟於當年王獻之與愛妾歡會於此的「桃葉渡口」，又見綠絲低拂、鶯吟燕舞的大好春光已返人間，但內心卻引不起任何的歡忭之意。因為他此番之行，眼看更將遠離伊人而去，故而翹首北望，心更戀戀。「君不行兮夷猶，蹇誰留兮中洲」（《楚辭·湘君》），他那倚橈少駐、不肯移船的舉動，算來只有潮水才知道其中所深藏的苦衷！

一四 惜紅衣❶

吳興號水晶宮❷，荷花盛麗❸。陳簡齋❹云：『今年何以報君恩，一路荷花相送到青墩❺。』亦可見矣。丁未❻之夏，予遊千巖❼，數往來紅香❽中，自度❾此曲，以無射宮歌之❿。

簟枕邀涼⑪，琴書換日⑫，睡餘無力⑬。細灑冰泉⑭，并刀破甘碧⑮。牆頭喚酒⑯，誰問訊城南詩客⑰。岑寂，高柳晚蟬，說西風消息⑱。

虹梁水陌⑲，魚浪吹香⑳，紅衣半狼籍㉑。維舟㉒試望，故國眇天北㉓。可惜渚㉔邊沙外，不共美人㉕遊歷。問甚時同賦、三十六陂秋色㉖。

---

❶此詞寫於淳熙十四年丁未（一一八七），時姜白石三十三歲。這時姜夔經金陵到湖州（今浙江省吳興縣），依詩人蕭德藻而居。此詞作於游弁山千岩。詞中「高柳晚蟬，說西風消息」是歷來傳誦的名句。

❷吳興：今浙江省吳興縣，北濱太湖。境內有苕溪、霅溪，水清如鏡。宋吳曾《能改齋漫錄》記：「楊濮守湖州，賦詩云：『溪上玉樓樓上月，清光今作水晶宮。』後來就把湖州稱作水晶宮。

❸盛：旺盛、盛放。此句謂夏天時艷麗的荷花盛放。

❹陳簡齋：即陳與義（一〇九〇—一一三八），字去非，號簡齋，洛陽（今河南市名）人。宋徽宗時進

士。南渡後，官至參知政事。以詩著名，有《簡齋集》，附《無住詞》十八首。下文所引是其〈虞美人〉詞中的句子。

❺ 青墩：吳興鎮名。陳與義於紹興四年甲寅（一一三四）任湖州太守，次年乙卯（一一三五）因病曾一度退休，卜居青墩鎮。其〈虞美人〉詞即在此時作。陳家在青墩廣福寺院後芙蓉浦上。〈虞美人〉詞序云：「予甲寅歲，自春官出守湖州，秋杪道中，荷花無復存者。乙卯歲，自瑣闥以病得請奉祠，上居青墩鎮。立秋後三日，行舟之前後如朝霞相映，望之不斷也，以長短句記之。」

❻ 丁未：宋孝宗淳熙十四年（一一八七）。

❼ 千岩：地名，在湖州弁山，山在烏程縣西北十八里處。

❽ 紅香：指荷花。

❾ 自度：自譜、自製之意。指自己製作的曲調。

❿ 無射宮：宮調之一，即十二律中無射律之宮音。所謂十二律就是：黃鍾、大呂、太簇、夾鍾、姑洗、仲呂、蕤賓、林鍾、夷則、南呂、無射及應鍾。

⓫ 簟：竹製的涼蓆。宋陸游詩：「松棚香帶露，竹簟冷生秋。」邀涼：取涼。此句謂躺在竹製的枕蓆上圖個涼快。

⓬ 琴書換日：用彈琴、看書來消磨日子。

⓭ 睡餘無力：指睡起後懶洋洋的樣子。

⓮ 細灑冰泉：冰涼的泉水細細地飛灑下來。此處指洗澡。

⓯ 并刀：并州（今山西太原一帶）出產的剪刀，以鋒利著稱。唐杜甫詩：「焉得并州快剪刀，剪取吳淞半江水。」甘碧：當指水果之皮綠汁甘者。

⓰ 牆頭喚酒：隔着院牆向酒擔買酒。宋辛棄疾〈浣溪沙·常山道中即事〉詞有句云：「隔牆湖酒纖鱗。」

⑰城南詩客：原指杜甫。這裏作者以杜甫自比。杜甫詩：「黃昏胡騎塵滿城，欲往城南忘城北。」

⑱西風：即秋風。此句意謂柳樹上晚蟬的幽咽叫聲，彷彿告訴人們肅殺的清秋即將到來。

⑲虹梁：指虹形的橋。水陌：水中築堰一類的通道。

⑳魚浪：如魚鱗紋的波浪。吹香：因水中荷花的香氣滿溢，所以飄香處處。

㉑紅衣：指荷花。杜甫詩：「紅衣落盡渚蓮愁。」又賀鑄詞：「斷無蜂蝶慕幽香，紅衣脫盡芳心苦。」

狼藉：凋零散亂。

㉒維：繫、拴上。維舟：是把船扣繫。

㉓故國：昔日的京城。此指北宋的汴京（今河南省開封市）。此句謂遙望北方的國土已淪入敵人手裏，故國在遙遠的北方。

㉔渚：即小洲、水中陸地。

㉕美人：指所思之人。蘇軾〈前赤壁賦〉：「渺渺兮余懷，望美人兮天一方。」

㉖三十六：極言其多，是虛數。陂：水塘。宋王安石〈題西太乙宮壁詩〉：「楊柳鳴蜩綠暗，荷花落日紅酣。三十六陂煙水，白頭想見江南。」所詠也是荷花池塘的秋景。

【賞析】

詞牌中的「紅衣」是荷花的代稱，「惜」是白石心理狀況。此詞的妙處在於鋪展夏日閒愁，並且徐徐透露愁源。

上片寫夏日消暑的情態與感觸。「簟枕」三句，寫夏日炎炎，人有懶洋洋的感覺。躺在竹蓆上取涼，是夏日解暑的尋常方法，但詞人利用一個「邀」字把這平平無奇的舉動活化，一方面把涼意擬人化了，一方面表現涼意難求，須刻意去請。睡覺總不能佔據整天的時間，詞人就以彈琴看書來消磨光陰。正因爲那是度日式的活動，所以還是沒勁的。「睡餘無力」四字，點出了慵懶的意態，可謂字字出神，把人所共有、人所難書的感覺表達出來。「細灑」二句，寫走到戶外尋求解暑的方法。這兩句極表官能的快感：視覺是滴滴泉水、鋒利的并刀和翠綠色的水果；聽覺是泉水細灑的清脆聲響和刀破水果的利落聲音；觸覺是冰冷的泉水，當泉水灑在曬得發熱的皮膚上產生涼意；味覺是水果的甘甜。至於嗅覺，則在「牆頭喚酒」一句暗示出來。「酒」意忽來，是嗅覺味覺感應的記憶。「誰問訊城南詩客？」，是酒中的自言自語，酒味縈繞，可想而見。由此一問，詞意由閒情轉入愁味：爲何冷清清的獨個舉杯？這種孤獨感叫詞人進入沉思。「岑寂」三句，景情相生。詞人獨個兒在院內沉默不語，靜靜地看柳聽蟬，一片空靈。再細意去聽，蟬彷彿有知，訴說秋風漸近。這裏不單抓住夏末入暮微涼的特色，並且悟入了時序將變的境界，暗合詞牌的「惜」字。

下片借荷花抒發愁懷，吐露愁源。「虹梁」三句，烘托詞中主體——荷花——的形態。畫面由遠而近：先寫河上虹形的橋梁與堤道，繼而寫水面浪花飄送着荷香，最後主體才出現。但是，所見的不是姿態萬千、玲瓏剔透的花朵，而是凋零散亂的荷瓣。這種出乎意料的景象，懾動了詞人，詞人不禁悲從中來。這處與上片末句互想照應，正是秋風已起，荷花零落。詞人的胸襟不限於傷時，反之由傷逝推展至時代的惱恨。「維舟」二句，道出懷念故國之情。往日北宋的國都汴京，已淪落金人之手，變得遙不可及，甚至遠不可盼。這種家國情懷，若有可訴，或可分憂；可惜，情人不在，傾吐無從，故有「可惜」二句。末句以景結，「三十六陂秋色」，是滿池極美的秋景。詞人希望跟情人共聚，一起共遊，暢詠美景，並且深盼這夢想及早實現，最好就在這個秋天。不過前句「問甚時」，顯出疑問，而醉人的秋景似乎留待詞人獨個觀賞，恐怕會引發詞人更深沉的愁思。

【評　說】

（清）沈雄《古今詞話》〈詞品〉上卷：

《古今樂錄》曰：姜堯章詞，《花庵》備載無遺。若〈湘月〉、〈翠樓吟〉、〈惜紅衣〉諸腔，不得其調，難入管絃也。

（清）鄧廷楨《雙硯齋詞話》：

詞家之有白石，猶書家之有逸少，詩家之有浣花。蓋緣識趣既高，興象有別。其時臨安半壁，相率恬熙。白石來往江淮，緣情觸緒，百端交集，託意哀絲。故舞席歌場，時有擊碎唾壺之意。……〈惜紅衣〉之「維舟試望，故國渺天北」，則周京離黍之感也。

（清）張德瀛《詞徵》卷三：

前人詞多喜歡用「三十六」字，歐陽炯〈更漏子〉「三十六宮秋夜永」、孫孟文〈謁金門〉「卻羨綵鴛三十六」、譚明之〈浣溪沙〉「藕花三十六湖香」、張于湖〈蝶戀花〉「過盡碧灣三十六」、史邦卿〈西江月〉「三十六宮月冷」、曾純甫〈金人捧露盤〉「錦江三十六鱗寒」、王聖與〈青房並蒂蓮〉「也羞照三十六宮秋」、吳夢窗〈惜紅衣〉「三十六磯重到」、周公謹〈木蘭花慢〉「三十六鱗過卻」、李秋崖〈木蘭花〉「三十六梯樹杪」、姜堯章〈惜紅衣〉「三十六陂秋色」，用算博士語皆有致。

（現）王國維《人間詞話》：

美成〈蘇暮遮〉詞：「葉上初陽乾宿雨。水面清圓，一一風荷舉。」此眞能得荷之神理者。覺白石〈念奴嬌〉、〈惜紅衣〉二詞，猶有隔霧看花之恨。

白石寫景之作，如「二十四橋仍在，波心蕩、冷月無聲」，「數峰清苦，商略黃昏雨」，「高樹晚蟬，說西風消息」，雖格韻高絕，然如霧裏看花，終隔一層。梅溪、夢窗諸家寫景之病，皆在一「隔」字。北宋風流，渡江遂絕，抑眞有運會存乎其間耶。

（現）蔣兆蘭《詞說》：

詞叶入聲韻者，如美成〈六醜〉、〈蘭陵王〉、〈浪淘沙慢〉、〈大酺〉，及白石〈霓裳中序第一〉、〈暗香〉、〈疏影〉、〈惜紅衣〉、〈凄涼犯〉等調，皆宜謹守前規，押入聲韻，勿用上去。其上去韻孤調亦然。不得以上去入皆是仄聲，任意混押。

（現）陳匪石《聲執》卷上：

四聲問題，因調而異。……領句之字多用去聲。如《詞旨》所舉任、乍、怕、問、愛、柰、料、更、況、悵、快、嘆、未、念是也。看，平去兼收。似算甚，上去兼收，論者云當作去。嗟方將應，平聲。若莫，入聲。亦有時用以領句。且常用之字，《詞旨》未舉者尚多，故如清眞〈解語花〉「從舞休歌罷」、白石〈惜紅衣〉「說西風消息」，用平用入，應依之。

（現）俞陛雲《唐五代兩宋詞選釋》：

此首與〈念奴嬌〉詞原題皆云吳興荷花，但〈念奴嬌〉詞通首詠荷，惟「凌波」二句略見懷人。此詞倚〈惜紅衣〉，應賦本體，而詞則半闋但言逭暑追涼，寂寥誰語！下闋始有「紅衣狼藉」一句點題，餘皆言望遠懷人，與〈念奴嬌〉同一詠荷，而情隨事遷，此調則言情多於寫景，下闋尤佳。其俊爽綿遠處，正如詞中之并刀破碧，方斯意境。

（現）饒宗頤〈姜白石詞管窺〉：

審其情趣，乃取自杜甫〈夏日李公見訪〉一詩「水花晚色靜」之意境，間并酌用杜句。如杜云：「僻近城南樓」「隔屋喚酒家，借問有酒不？牆頭過濁醪。」白石融鑄作：「牆頭喚酒，誰問訊城南詩客。」杜云「葉密鳴蟬稠」，白石則改作「高柳晚蟬」。這何曾不是「不易其意而造其語」的換骨法呢？（見《文學世界》，第六卷，第三期，一九六二。）

(現)李星《唐宋詞三百首譯析》:

詞的上片抒情,情中有景;下片寫景,情寓景中。情與景兼融於全篇各角落。其中「岑寂」是貫穿全篇的線索。詞從不同的角度、不同的側面來渲染和烘托詞人難以排遣的「岑寂」:有心情上的「岑寂」;有人世上的「岑寂」;有時事上的「岑寂」;有環境上的「岑寂」。詞中正是對此進行一步深入一步的描摹與刻劃,烘托出一個衆芳蕪穢、衰颯冷寂的環境氛圍,突出了作者與世隔絕、孤獨無依的凄涼處境。這氛圍、這處境正是南宋小朝廷置國恥於不顧、只圖短暫的偷生安樂這一政治現實的寫照。

(現)姜尚賢《宋四大家詞研究》:

除此,每首詞中還有許多最深刻最精美的語句,爲全詞生色不少。如……〈惜紅衣〉的「牆頭喚酒,誰問訊城南詩客。岑寂,高柳晚蟬,說西風消息。」〈踏莎行〉的「淮南皓月冷千山,冥冥歸去無人管。」我以爲像這一類的語句,無論任何人讀了都知道是最佳的言語。但這一類的語句,決不是脫口而出的,更不是一蹴而就的,而是絞腦汁嘔心血,經過千鍾百鍊的苦工夫,慢慢的融化凝結出來的。我們由〈慶宮春序〉可知他在作詞上所花費的時間與精力,與他認眞求美的態度。

上列二詞(按,〈惜紅衣〉及〈琵琶仙〉),寫得清倩幽豔,婉麗瑩徹,超然而高舉,屏棄綺羅香澤之態,擺脫綢繆宛轉之度,逸興愴懷,格調高絕,寫荷花,賦別情,均以深刻精細的筆調出之，更顯得音諧意婉，語多悽咽。其人品與詞品，同其幽潔，實足以代表詞人的高風亮節的心境。

（現）劉斯奮《姜夔張炎詞選》：

南宋與金自公元一一六五年訂立「和議」後，三十年左右的時間，不再有大的戰事。隨着偏安日久，相當一部分的士人意氣日趨消沉，他們雖然對於故土的淪亡未能忘情，可是又缺乏正視現實的勇氣。偶然，他們也投去悵惘的一瞥，但旋即轉過臉來，竭力不再去想它，這首〈惜紅衣〉，可以說正是這種心理的形象反映。

（現）王偉勇《南宋詞研究》：

欲令景物生動活潑，宜留心字句之鍛鍊，方能相得益彰，所謂「始於意格，成於句字」是也。就鍊字而言，其關鍵尤在於動詞之運用，非但顧及意義之「活」，且爲顧及音調之「響」，故姜夔詞中頗用心錘鍊，此亦當時詩壇之習尚也。如：

簟枕「邀」涼，琴書「換」日。（〈惜紅衣〉）

黃庭堅〈贈高子勉〉詩云：「拾遺句中有眼」（《豫章黃先生文集》卷一二），呂本中《童蒙詩訓》亦云：「潘邠老言：七言詩第五字要響，……五言詩第三字要響，……。所謂響者，致力處也。予竊以爲字字當活，活則字字自響」，取姜夔之詞句予以印證，影響之深淺自不言而喻矣！

（現）謝桃坊《宋詞概論》：

詞人在岑寂之時見秋之到來，荷花開始凋殘，由荷花的命運而產生無窮的遐想。他本來徜徉於紅香之中，忽然瞻望「故國」。「故國」即北宋中原故土；「試望」實即想念之意。因其在天北眇不可見。之所以產生這個念頭是他想像「渚邊沙外」更遠的地方，已被金兵所侵佔，自己不能與如美人似的荷花去共同游歷了。這是作者曲折地表達其痛惜中原淪陷之情的。北宋政治家和詩人王安石《題西太乙宮壁》詩云：「楊柳鳴蜩綠暗，荷花落日紅酣。三十六陂煙水，白頭想見江南。」江南三十六陂煙水，荷花盛開，這對淪陷中原的漢族人是尤其富有詩意的吸引。如果中原人民能與江南人民同賦荷花，這即意味着中國南北山河統一了。但「甚時同賦」呢？詞人無法回答，顯然遙遙無期，感到有些傷心失望。在歷史與現實之間，姜夔不敢存在樂觀的希望，因而詞情總是帶着悲苦的意味。

（現）陶爾夫、劉敬圻《南宋詞史》：

「高樹晚蟬，說西風消息」是白石詞中名句，既寫出冷僻幽獨的個人心境，又有獨到藝術特色。與「西風愁起綠波間」相比，二者意境相近而寫法上卻相去甚遠。

一五　石湖仙❶

越調❷

壽石湖居士❸

松江煙浦❹，是千古三高❺，遊衍❻佳處。須信石湖仙❼，似鴟夷翩然引去❽。浮雲安在❾，我自愛、綠香紅舞❿。容與⓫，看世間幾度今古⓬。　盧溝舊曾駐馬⓭，爲黃花閒吟秀句⓮。見說胡兒⓯，也學綸巾攲雨⓰。玉友金蕉⓱，玉人金縷⓲，緩移箏柱⓳。聞好語，明年定在槐府⓴。

❶此詞寫於淳熙十四年丁未（一一八七），時姜白石三十三歲。是白石壽范石湖（范成大）之作。此時，白石依蕭德藻食。後來，白石得蕭德藻介紹，以詩謁楊萬里。楊萬里譽其「文無不工，甚似陸天隨」。此年夏天，白石赴蘇州謁范成大，並作此詞以祝賀他生日。

❷越調：音調名。商聲七調之一。以其出於越，故曰越調。唐段安節《樂府雜錄》：「商七調，第一運，越調。」《新唐書·禮樂志》十二：「越調、大食調、高大食調、雙調、小食調、歇指調、林鍾商爲七商。」宋樂與古樂差二律，以無射爲黃鍾，俗呼無射商爲越調，應鍾商爲中管越調。現存周德清（約一三一四前後在世）《中原音韻》所載的六宮十一調中，對越調的聲形容爲「陶寫冷笑」。

❸石湖居士：即范成大（一一二六—一一九三），字致能，因居蘇州之石湖，故號石湖居士。蘇州人，紹興進士，官至參知政事。曾充金祈請國信使，竟得全節而歸。淳熙年間請病歸退居故鄉石湖。有

《石湖詩集》、《石湖詞》一卷等。

❹ 松江：水名，即吳淞江。又稱笠澤，一名松陵江。即今吳江。浦：水岸、水濱。

❺ 三高：江蘇吳江有三高祠，宋時建，祠越范蠡、晉張翰、唐陸龜蒙。這三位都是不好名利，甘於退隱的名人。范成大有〈三高祠記〉。《花庵詞選》云：「范至能（范成大）詩文超越，〈三高祠記〉天下誦之。」故此句云「千古」，除指三高祠外，還指范成大的〈三高祠記〉。

❻ 衍：溢出常態之外。《詩．大雅．板》：「昊天曰旦，及爾游衍。」〈疏〉：「游行衍溢，亦自恣之意也。」此句意謂松江的三高祠是游覽的好去處。

❼ 石湖仙：指范成大。見❸。

❽ 似鴟夷翩然引去：范蠡於越王勾踐滅吳，報會稽之恥以後，功成身退，浮海至齊國，變姓名爲鴟夷子皮。治產三致千金，再分散之。居陶，自號陶朱公。此句白石以鴟夷喻范石湖功成身退，不慕功名。范石湖詞〈念奴嬌〉：「家世回首滄桑，煙波漁釣，有鴟夷仙跡。」石湖亦以鴟夷自比。

❾ 浮雲：比喻世事變幻無定。杜甫〈哭長孫侍御〉：「流水生涯盡，浮雲世事空。」安在：何在也。《論語》曰：「富貴於我如浮雲。」故「浮雲」亦可作富貴之代名詞解。

❿ 綠香紅舞：綠紅指植物，引申其義，指自然之物。

⓫ 容與：安逸自得貌。《楚辭．九歌．湘夫人》：「時不可兮驟得，聊逍遙兮容與。」

⓬ 看世間幾度今古：今古指變遷。此句意謂范成大看破名利，逍遙自得，看透俗世事務、古今繁華。

⓭ 盧溝：在今北京市郊。《宋史．范成大傳》載，范成大於乾道六年（一一七〇）使金，時金都北京。《石湖集》有盧溝燕賓館二詩；又范石湖〈水調歌頭．燕山九日作〉有：「無限太行紫翠，相伴過盧溝。」之句。駐馬：指其曾至北京。

⓮ 爲黃花閒吟秀句：范石湖〈水調歌頭．燕山九日作〉有：「黃花爲我一笑，不管鬢霜羞。」白石讚美

范石湖這首詞寫得很美。

⑮胡兒：指金人。

⑯也學綸中敧雨：《宋史·范成大傳》：「金迓使者慕大名，至求巾幘效之。」又《石湖集》有〈躡鵼巾〉一首，自注云：「接送伴田彥皋，愛予裹求其樣，指所戴躡鵼巾，有愧色。」故有句云：「雨中折角君何愛。」雨中折角，是漢代郭泰故事。《漢書·郭泰傳》：「泰嘗遇雨，巾一角墊。時人乃故折巾一角林宗（林宗乃郭泰字）巾，其見慕如此。」

⑰玉友：酒名。《珊瑚鈎詩話》：「以糯米藥麴作白醪，號玉友。」金蕉：酒杯。宋辛棄疾〈謁金門·山吐月〉：「一曲瑤琴纔聽徹，金蕉兩三葉。」

⑱玉人：指美人。宋謝枋得〈蠶婦吟〉：「不信樓頭楊柳月，玉人歌舞未曾歸。」金縷，指金縷衣，曲調名。唐杜牧〈杜秋娘〉詩：「勸君莫惜金縷衣，勸君須惜少年時。」

⑲箏：樂器。箏柱：箏上承弦之柱。

⑳槐府：宋時學士院中有槐廳。宋沈括《夢溪筆談》：「學士院第三廳學士閣子，當前有一巨槐，素號槐廳。舊傳居此閣者，多至入相。」

【賞析】

賀壽是酬答詩詞的題材之一。它的特色大致有三種：一、爲了贈慶，設境每多歡樂美好場面；二、對於對象的以往作爲及現在的處世態度，多予以肯定讚揚；三、爲對象致以誠摯的祝願。《石湖仙》是白石賀范成大六十大壽的作品，也具備了上述三種特色。

先談設境。詞文上片從范成大居所一帶景物起筆，寫吳淞江的涯岸，煙霧濃密，建有紀念歷史上三位隱士的三高祠，是玩覽觀光的好地方。此處須參閱姜白石的詩作《三高祠》：「越國霸來頭已白，洛京歸後夢猶驚。沉思祇羨天隨子，簑笠寒江過一生。」詞人對范蠡（春秋末年越國大夫）、張翰（西晉文學家）和陸龜蒙（？—約八八一）極度尊崇。在壽詞中凸顯三高祠，一方面把范氏的居處寫得清逸不群，是借地寫人，烘托范氏的氣質，即所謂「地靈天傑」。另一方面是借古人寫今人，表達自己對范氏的仰慕。詞文下片有「玉友」三句，也是壽宴場面的筆墨，寫美酒金杯，美人金衣，琴聲樂響。十二個字就把宴樂的畫面勾勒出來。這也是設境之功，目的是爲范氏贈慶。

關於褒揚讚許，詞文寫范氏以往的功績，有「盧溝」四句。先寫范氏曾出使金國，對於宋金邦交立下功勞；繼而寫范氏在文學上的成就。所謂以小見大，詞人引「黃花」一句，讚美對方詞作的出類拔萃。詞人並不於此作罷，還加筆寫胡人求巾幘的故事，表現連胡人也對范氏的才華傾慕非常。寫范氏現今所抱的處世態度，有「須信」七句。詞人先點出范氏與同宗范蠡的共同處：翩然引去。甘心情願、悠然自得，進退有道。「浮雲」句，寫世事變幻無定，人何以安身？在亂世之中，范氏獨能自潔，鍾情於自然景物。就在縱情於大自然之中，以冷眼靜觀世間今古多少變遷。這就是中國道家處世的至高境界。

關於范氏的祝願，有「明年定在槐府」句。也許，詞人看出范氏身在江湖，心存魏闕，所以祝頌他早日入相，爲國家更多建樹。這與前面的「翩然引去」產生矛盾，這也許就是士子在儒道之間的徘徊。

【評說】

（清）陳廷焯《白雨齋詞話》卷二：

白石〈石湖仙〉一闋，自是有感而作，詞亦超妙入神。惟「玉友金蕉，玉人金縷」八字，鄙俚纖俗，與通篇不類。正如賢人高士中，著一傖父，愈覺俗不可耐。

同上卷五：

鍊字琢句，原屬詞中末技。然擇言貴雅，亦不可不愼。古人詞有竟體高妙，而一句小疵，致令通篇減色者。……又如姜白石〈石湖仙〉一闋，自是高境。而「玉友金蕉，玉人金縷」八字纖俗，固不能爲白石諱。……此類皆失之不檢，致使敲金戛玉之詞，忽與瓦缶競奏。白璧微瑕，固是恨事。

同上《詞則·大雅集》：

言外有多少惋惜。金玉字對舉，未免纖俗。

（現）吳世昌《詞林新話》：

（陳）亦峰評白石〈石湖仙〉中「玉友金蕉，玉人金縷」八字「鄙俚纖俗，與通篇不類」，此評極是。

一六　點絳唇❶

丁未冬過吳松作❷。

燕雁無心，太湖❸西畔隨雲去。數峰清苦，商略黃昏雨❹。第四橋邊❺，擬共天隨住❻。今何許❼，憑闌懷古，殘柳參差舞❽。

❶此詞作於淳熙十四年丁未（一一八七），時白石三十三歲，作者由楊萬里介紹到蘇州見范成大。這首詞是冬天自湖州再度往訪，道經吳松時作。詞中表達了對晚唐詩人陸龜蒙的深切仰慕之情。「數峰清苦，商略黃昏雨」為傳誦千古的名句。

❷丁未：宋孝宗淳熙十四年（一一八七）。吳松：今江蘇吳淞江。俗稱蘇州河，一名松陵，又名笠澤。

❸太湖：在江蘇南部，與吳淞江相通。湖中多小山，風景優美。

❹清苦：清寂寥落貌。商略：商量、醞釀。此兩句謂冬日黃昏，天色陰沉，暮雨欲來，彷彿諸峰在醞釀降雨。

❺第四橋：指吳江城外的甘泉橋。因泉水甘美，唐宋時，經品為全國第四名，故名第四橋。

❻擬：是打算、準備的意思。天隨：唐代詩人陸龜蒙（？—約八八一），自號天隨子。居住松江甫裏，常載酒品茶，游江湖間。辛文房《唐才子傳》說他時放扁舟，掛篷席，安置束書、茶灶、筆床、釣具，遊於江湖間。此句謂想追隨陸龜蒙的遺風，歸隱於江湖之上。《齊東野語》十二載白石自叙：「待制楊

公（楊萬里）以爲于文無所不工，甚似陸天隨。」白石〈三高祠〉詩有句云：「沉思只羨天隨子，簑笠寒江過一生。」又〈除夜自石湖歸苕霅〉詩云：「三生定是陸天隨，又向吳松作客歸。」可見白石以陸龜蒙自況。

❼ 今何許：指何處、在什麼地方。

❽ 參差：不齊貌。陳廷焯《白雨齋詞話》云：「白石長調之妙，冠絕南宋。短章亦有不可及者，如〈點絳唇〉一闋。」

【賞析】

《點絳唇》是白石的代表作之一。詞題顯示了此詞的寫作季節——冬和地點——吳松江。冬日遊江，是古往今來千千萬萬人的普遍經驗，而白石卻能以個人的胸懷、獨特的觸覺和圓熟的藝術技巧，陶鑄成一闋不朽名作。

詞文發端，以景入題。燕子鴻雁在湖上掠過，是詞人看到的景象；經過詞人妙化之工，客體的景物已帶有詞人主體的感情色彩。「燕雁無心」，表面是無聊語，因爲燕雁本來就是無心無知；但是，這實在是化靜爲動，化無情爲有情的藝術手法。正如錢鍾書先生說：「按邏輯說去，『反』包含有『正』，否定命題總預先假設着肯定命題。詩人常常運用這個道理。」（《宋詩選注》）燕雁本來不能有心而「無心」，詞人說它們「無心」，並沒有違反事實；但是同時詞人又彷彿表示它們原先有心有情，而在此刻變得「無心」。這樣一面呈現景物原來狀態，一面表現詞人主觀的情感。燕雁隨雲飛去，方向以至目的地也不知道，可見一點自主性也沒有。這裏是詞人自況，他終年飄泊，似是無心又是無力。淡遠瀟落之中，隱隱地引出自憐的心態。

承着燕雁的去處，詞人看到遠遠的山峰。詞人運用了帶情的描寫手法，寫黃昏山景。「清苦」二字，運用移情法寫山色陰沉不開，清寂寥落；寫景的同時，也刻畫作者自己的心理狀況。「商略」二字，利用擬人法寫雲煙匯聚，山雨欲來，營造了一片幽暗低沉的氣氛。

從上片的遠景，換頭轉到近景，感情也由傷今轉到弔古。詞人以直筆寫所懷念的人物——陸龜蒙。陸龜蒙終身布衣，隱居吳松江，常以詩歌抒懷。就身處的地點——吳松江，詞人聯想起陸龜蒙是十分自然的；但是，詞人深層的盼望是效法陸龜蒙的遺風，放浪江湖。「擬」字表露了詞人想放開又放不開的心境。的確，縱情於山水，先要放下種種牽掛，這並不是一蹴而就的事。於是，詞人從夢想中驚醒過來，道出：「今何許。」這句話是那麼低沉、感嘆。

詞文以情語景語作結。正如《文鏡秘府論》說：「含思落句勢者，每至落句，常須含思；不令語盡思窮，或深意堪愁，與深意相愜便道。仍須意出成感人始好。」詞人上句白描憑闌懷古，流露古今滄桑的意味；下句殘柳參差舞動，活現一幅生動殘冬的畫面。這畫面不僅指明了時間、地點和環境，更主要的是渲染了氣氛。透過這景物參差失衡的氣氛，讀者自然而然地會聯想到詞人在那時、那地、那環境、那氣氛中的感情。因此，下句的「景語」實與上句的「情語」渾然爲一，達至語盡意不窮的藝術境界。

【評說】

（清）陳廷焯《白雨齋詞話》卷二：

白石長調之妙，冠絕南宋，短章亦有不可及者。如〈點絳脣〉丁未過吳淞作一闋，通首只寫眼前景物。至結處云：「今何許。憑欄懷古。殘柳參差舞。」感時傷事，只用「今何許」三字提唱。「憑欄懷古」以下，僅以殘柳五字，詠歎了之。無窮哀感，都在虛處。令讀者弔古傷今，不能自止。洵推絕調。

同上《詞則・大雅集》：

字字清虛，無一筆犯實，只摹歎眼前景物，而令讀者弔古傷今，不能自止，眞絕調也。

（現）王國維《人間詞話》：

白石寫景之作，如「二十四橋仍在，波心蕩，冷月無聲」，「數峰清苦，商略黃昏雨」，「高樹晚蟬，說西風消息」，雖格韻高絕，然如霧裏看花，終隔一層。梅溪、夢窗諸家寫景之病，皆在一「隔」字。北宋風流，渡江遂絕，抑眞有運會存乎其間耶。

（現）俞陛雲《唐五代兩宋詞選釋》：

欲雨而待「商略」，「商略」而在「清苦」之「數峰」，乃詞人幽渺之思。白石泛舟吳江，見太湖西畔諸峰，陰沈欲雨，以此二句狀之。「憑闌」一句其言往事煙消，僅餘殘柳耶？抑謂古今多少感慨，而垂柳無情，猶是臨風學舞耶？清虛秀逸，悠然騷雅遺音。

（現）俞平伯《唐宋詞選釋》：

……寫出江南煙雨風景。「商略」二字，評量之意，見《世說新語・賞譽》。用此見得雨意濃酣，垂垂欲下。王國維《人間詞話》評爲有些隔，亦未是。

（現）夏承燾《論姜白石詞》：

白石用辭多是自創自鑄，如「數峰清苦，商略黃昏雨」、「冷香飛上詩句」等，意境格局都和北宋詞人不同；其生新刻至之筆，分明出於江西詩法。（見《姜白石詞編年箋校》〔代序〕）

（現）唐圭璋《唐宋詞簡釋》：

此首過吳松作，通首寫景，極淡遠之致，而胸襟之灑落亦可概見。起寫燕雁隨雲，南北無定，實以自況，一種瀟灑自在之情，寫來飄然若仙。「數峰」兩句，體會深山幽靜之境，亦極微妙。「清苦」二字，寫山容欲活，蓋山中沈陰不開，萬籟俱寂，故覺群峰都似呈清苦之色也。「商略」二字，亦生動，蓋當山雨欲來未來之際，諦視峰與峰之狀態，似商略如何降雨也。換頭，申懷古之意。「今何許」三字提唱，「憑闌」兩句落應，哀感殊深。但捉住殘柳一點言之，已見古今滄桑之異。用筆輕靈，而令人弔古傷今，不能自止。

（現）唐圭璋《姜白石評傳》：

起寫「燕雁無心」，實以自況，一種瀟灑自在之情，寫來飄然若仙。「數峰」兩句，體會深山幽靜之境，亦極微妙。「清苦」二字，寫山容欲活。「商略」二字，寫山意欲語。白石徜徉雲水，輒以陸龜蒙自許，故此詞下片，亦有擬共龜蒙結鄰之意。着末揭出懷古之情，與〈慶宮春〉作法相同。「今何許」三字提唱，「憑欄」兩句一應，只就「殘柳」一點寫出古今滄桑之感，令人弔古傷今，不能自止。又如〈淡黃柳〉末云「燕燕飛來，問春何在，惟有池塘自碧」，亦用此法。所謂神韻俱到者，皆此類也。（見唐氏《詞學論叢》）

（現）吳世昌《詞林新話》：

《草堂詩餘》選〈天香〉，有「重陰未解，雲共雪，商量不少」語，白石「商略黃昏雨」由此化出。

（現）沈祖棻《宋詞賞析》：

首二句言本無容心，自然超脫；次二句則未免有情，仍苦執着也。過片應首二句，蓋已之欲共天隨住，浪跡江湖，與燕雁之「無心」「隨雲」，亦略同也。「今何許」三句，首三字一提，其下綰合「數峰」二句，更進一層。「憑闌」所以眺遠，「懷古」即是傷今，氣象闊大。柳舞本屬纖柔，而「柳」上着「殘」字，「舞」上着「參差」字，便覺悲壯蒼涼，有

「俯仰悲今古」之意。白石結處每苦力竭，此則力透紙背，有餘不盡。

燕雁或者有知，而以「無心」爲說；山峰純屬無知，而以「商略」爲言：此便是奪化工處。

「數峰」二句，最是白石本色。

（現）胡雲翼《宋詞選》：

陳廷焯《白雨齋詞話》說：「〈點絳唇〉一闋，通首只寫眼前景物，至結處云：『今何許？憑闌懷古，殘柳參差舞』，感時傷事，（中略）無窮哀感，都在虛處；令讀者弔古傷今，不能自止，洵推絕調。」這裡所謂「虛處」，也就是指姜夔「清空」的特徵。陳氏特別賞識這一點，因而對這首空泛的懷古詞評價過高。

（現）艾治平《宋詞名篇賞析》：

陳廷焯說「通首只寫眼前景物」。其實寫景看似實，但實中有虛，每句中都蘊含着感情，而這種感情又始終欲吐不吐，情在言外，所以它引人遐思，韻味深長。

（現）李星《唐宋詞三百首譯析》：

……作者以隱居吳江、自號「天隨子」的陸龜蒙自比，因爲都是外曠達而內懷危懼。「今何許？」把筆鋒收轉，喚起歇拍，以示「共天隨住」而未能。

（現）姜尚賢《宋四大家詞研究》：

〈點絳唇〉：「今何許？憑闌懷古，殘柳參差舞。」傷時感事，語意悲惋。其後復三寓合肥，曾作〈淡黃柳〉、〈淒涼犯〉等詞，幽寂蕭颯，不勝淒黯。

「數峰」二句，以景融情，觸物有感，瞥見「數峰清苦」，所商量者又是黃昏的雨絲。周遭淒迷，纖塵不染，幽閴靜穆，萬籟俱寂，而有四顧蒼茫之慨。我們潛心加以剖析，完全以擬人的筆法出之，不僅想像精微，刻畫貼切，更與下闋「懷古」二字，連綿一氣，息息相通……「今何許」三字，以提爲轉，尤爲傷感。「憑闌懷古」，承上啓下，令人縈繞着無限的遐思。最末以「殘柳參差舞」作結，驀然織成煙水迷離的境界。一片蕭索，無限愴懷。字裡行間，又流露着滄海桑田之感。幽深澹遠，文工句鍊，語意淒婉，是白石詞的超絕妙品。

（現）汪中《宋詞三百首注析》：

……「數峰」二句王國維以爲「格韻高絕，然如霧裡看花，終隔一層。」王氏之隔，頗耐人思，意謂不琢而天籟自然者如「池塘生春草」是不隔，白石二句加工煉出則隔。此二句文人有幽渺之思，江畔天氣陰沉，遠見數峰欲雨，未雨之先陰雲密佈，好像要商量下雨了。此二句是經過相當思考，不然不能成此精警，工夫夠的人，能運用文字鍛煉得自身情感，恰好注入其間，能動讀者之心。白石這兩句，讀了的人無不感動，應不爲隔。

（現）蔡義忠《百家詞品》：

上片從虛處寫，過片由虛入實，但實中仍有「虛」，「第四橋邊，擬共天隨住」就是追懷古人，高風亮節，令人神往。「今何許」三字轉爲詰問，更感無限淒涼。結句雖感懷萬端卻不明說，空靈虛淡，意味無窮。

（現）楊光治《唐宋詞今譯》：

陳廷焯說，這首詞「通首只寫眼前景物，至結處云『今何許？憑欄懷古，殘柳參差舞』，感時傷事……無窮哀感，都在虛處」（《白雨齋詞話》）。「虛處」點出了姜詞「清空」的特點，但我們卻很難體會到它是「感時傷事」的。看來，作者是抒發對陸龜蒙的欽羨感情，表現「清空」的思想；與此同時，還抒發出青春已逝、身世悲涼的歎息。

（現）郭揚《千年詞》：

……「雨中數峰」在離人眼中有清苦之感，正是「情緣境發，境以情移」的境界，但作者并未停留在這一層上，而是深入一步，把客觀景象情感化，人化，對「清苦」這個意境加以點染，使之產生數峰因苦不可支，在黃昏雨中「商略」如何打發這黃昏雨的化境。第一層意境易到，第二層意境不容易到。

（現）王偉勇《南宋詞研究》：

此詞「數峰」兩句原係形容暮靄沈沈，陰霾欲雨貌，然着上「清苦」兩字，即非單純寫景，而係借以烘托作者漫游江湖，茫茫無寄之境。故下片首句即吐露欲隨陸龜蒙隱居之意願，然而今置身何處？滿懷愁緒，可想而知。但姜夔並未直接表白，而以眼前景物——殘柳隨風零亂飄舞，發抒個人「剪不斷，理還亂」之情感。

（現）黃拔荊《詞史》：

姜夔有的詞在章法結構上，善於吸收周邦彥之長處，這主要表現在對結句的運用上，他常常在上下片結句處用力，以景結情，結句放開，構成冷寂清遠而含蘊的畫意，給人以不盡的餘意，因此，其藝術效果和美學價值是很高的。如〈點絳唇・丁未冬過吳淞作〉……本是眼前景物，卻寫得那樣不尋常。山賦予「清苦」的感情，而且對着「黃昏雨」還會「商略」。情思奇妙，含意深遠。下片結句以「今何許」三字提唱，接着引出「憑闌懷古，殘柳參差舞」，以臨風飄拂的「殘柳」寄托哀思，語短情長，意味無窮。

（現）王曉波《宋四家詞選譯》：

此詞即景懷古，感時傷事，抒發歸隱的情懷。上片寫景，用比興，有寄托。候鳥趨時向陽，追逐風雲，寓意了仕途中人。山峰屹立堅定，清貧仁澤，顯喻清高隱者。下片懷古，寫情懷，諷世態。作者有志歸隱，追步前賢。但眼前所見，柳下賢士、五柳先生等的隱居境況，已趨凋零，不勝感慨。它手法靈活，語言精煉，寫景擬人，述懷抒情，言志明確點出前賢，懷古則以景熔典，有虛有實，自然流暢，而含蓄有味，耐人吟詠。

（現）孟慶文《宋詞三百首精華賞析》：

……「憑欄懷古，殘柳參差舞。」憑依欄杆，遠望古吳國的舊跡，往事如煙，物是人非。當年那些爲越吳爭戰，相互吞併的人們，貪戀功名富貴者，狡兔死，走狗烹。功成身退者，泛游五湖，保存名節。以古印今，看破了人生，只能走遠身避害，泛游五湖之路。這是對「今何許」的不答而答。然而憑欄懷古，不止於此，尚有江山易主的無窮哀愁，無限的感歎。由此觀照南宋殘破政局，更感到江河日下，無可挽回，有如吳宮的殘餘柳樹，參差不齊，在瑟瑟的秋風中學舞。柳樹無情而後人卻倍增感傷，寓有俯仰古今之意，悲壯蒼涼之風格。以景結情，更賦含蓄之意。

同上《新宋詞三百首賞析》：

……短句中寓無數曲折，古今遙接，今昔相印，從觀照中識透歷史的眞處，詞意豐厚，警示人生。於淒涼感傷中又筋骨自健，無頹廢之態。（王繼范文）

全詞「舞」字結穴，執着有力，蒼涼之中，無限悲壯。

（現）俞朝剛、周航主編《全宋詞精華》：

……全詞將身世之感、古今之慨、家國之悲融爲一片，乃南宋愛國詞中之無價瑰寶。（黃士吉文）

……詞中寓景於情，即興抒感，表達了懷念古人和傷時憂世的情懷。詞語精煉，意象生動，蘊含極深。

（現）陶爾夫、劉敬圻《南宋詞史》：

……被視爲白石「清空」詞風之代表作〈點絳唇〉，表面看這首詞很短，實際既包諸所有，又空諸所有，內涵極爲豐富，確實代表了白石以冷爲美的藝術風格……尾句：「憑欄懷古，殘柳參差舞。」「殘柳」，正嚴冬景象，但生命猶在，通過「舞」字，表示其不甘寂寞的生機。結穴，語雖蒼涼，但仍健勁。可與辛棄疾〈摸魚兒〉尾句「休去倚危欄，斜陽正在，煙柳斷腸處」同參。

黃兆漢、司徒秀英《宋十大家詞選》：

此詞把日暮寒山欲雨之貌寫得神韻高絕，往後諸作，難出其右。

上片起首二句寫燕雁隨雲飛向長空深處。水雲相映，雲雁共飛，境界甚是開闊，意態也極放逸。「數峰」二句絕妙，寫黃昏時候，江峰暮氣四合，翠色轉暗，如人之有苦思。「清苦」二字出色入神。而晚來天欲雨，本屬平常，但詞人卻說成江峰聚首商略暮雨。這樣連盤繞山間的霧氣也給寫出神致來。二句筆意高妙，格韻尤其清絕。

下片「第四橋邊」二句即景寫懷古之情，意態閑適，然在閑淡之中見眞情，可謂淡入而重出。「今何許」二句寫俯仰今昔，感慨良多。今時不與往昔同，景物依舊，但人面全非，故今日只許憑闌對景，緬懷古人古事。撫今追昔，只有生生不已的楊柳依依起舞。末句以景結，統攬上文懷古之情，再而宕開新境，筆法清俊，饒有意趣，甚具格調。

一七　夜行船❶

己酉歲❷，寓吳興❸，同田幾道❹尋梅北山沈氏圃❺，載雪❻而歸。

略彴橫溪人不度❼，聽流澌、佩環無數❽。屋角垂枝，船頭生影，算❾唯有春知處。回首江南天欲暮，折寒香倩誰傳語❿。玉笛⓫無聲，詩人有句，花休道輕分付⓬。

❶此詞寫於淳熙十六年己酉（一一八九），時白石三十五歲。此詞表面上寫尋梅，而實寫所懷念的情人。全篇寫來花即人，人即花，兩者混而爲一，語淡情濃。

❷己酉歲：宋孝宗淳熙十六年（一一八九）。

❸寓吳興：指居住在湖州。

❹田幾道：事跡不詳。白石詩集有〈寄田郎〉一首，似是其人。

❺北山沈氏圃：吳興宋時有南北沈尚書二園，北沈乃沈賓王尚書園，正依城北奉勝門外。見宋周密《癸辛雜識》前集。

❻載雪：此謂冒着雪之意。

❼略彴：即小木橋。蘇軾詩：「略彴橫秋水」。人不度：作者乘船過溪，不度小橋。

❽澌：指解凍時流動的水。《後漢書．王霸傳》：「候吏還白：『河水流澌，無船，不可濟。』」佩環：指掛戴在衣襟間的玉環。此兩句謂，聽到流水的散破聲，有如掛戴在衣襟間的玉環的響動之聲。

❾算：此指料想。

❿寒香：指梅花。杜牧詩：「返照三聲角，寒香一樹梅。」倩：就是請人代做的意思。此句謂折下梅花，請誰替我送去以傳達我的心意呢？《荊州記》：「宋陸凱與范曄相善，自江南寄梅花一，并贈詩曰：『折梅逢驛使，寄與隴頭人。江南無所有，聊贈一枝春。』」

⓫玉笛：以玉製成的笛子。李白詩：「黃鶴樓中吹玉笛，江城五月落梅花。」

⓬道：去聲，指言。分付：交付的意思。蘇軾〈洞仙歌〉詞：「江南臘盡，早梅花開後，分付新春與垂柳。」此句謂，花兒啊不要說，我輕易的把春色交付出來。

【賞析】

在衆花中，姜白石最愛梅花。《夜行船》就是以尋梅爲主題的其中一闋詞作。在詞序裏，白石簡要地敘述作詞的時間、地點、人物和旅程，爲理解詞境提供了基本的資料。

詞人上片先明寫春景，後暗寫梅花。詞人發端「略彴」一句，描繪出一幅清淡的畫面：小木橋在溪流上橫架。「人不度」，即沒有人度橋，這就減去了不必要的筆墨，令畫面更清空。同時，「人」寫詞人自己。他不度橋，而是置身船上；不言乘舟，而乘舟之意自出。因爲是舟在水流中行走，詞人才看到「略彴橫溪」的景象。白石暗用了蘇軾的「略彴橫秋水」，並且把它點化創新，使之更契合所見的實景。在舟上所聽到的是冰面破裂的聲音，具體地表現了濃冬已過，春意始生的時節。「佩環無數」是喻聲，冰面散破的聲音清脆得像玉環，這裏不僅點出兩者的相似點，而且誘發讀者的聯想：冰面的顏色、光澤，以至詞人細心聆聽的雅趣。「屋角」三句，以近景勾勒梅枝，但詞人採用了暗寫。「枝」和「影」的實體，是在下句「春」字中揭示出來。讀者可以想像：屋角是園內梅枝的影子，船頭是河畔梅花的影子。「垂」、「生」二字，寫出了動態、生意。「春知處」是活化了春天，她有意識地在屋角和船頭醮上了梅花的色彩；「唯有」凸現梅花初露的景象。尋梅得梅的喜悅暗暗地流露。

白描了一幅初春梅影圖後，詞人由景入情。「回首」二句，寫惦念故地故人。在船上回顧江南舊地，種種情事浮現心間，那份惆悵與迷惘，恰恰跟天色漸昏相應，情隨景轉，景發人情，相生相成。「折寒香」一句，寫與伊人分離既成事實，唯有寄望傳遞音訊。於是折下梅花贈予所思，可惜，誰人傳達呢？「誰」表示「無」，但比「無」要勝一籌，因爲「誰」字含有尋求之意，比絕對否定的「無」來得更情切動人。「玉笛」三句，承上句「傳語」而來。精美的笛子默然無聲，是因爲吹笛人愁意已溢，雅興已盡。「詩人有句」，是由於愁懷無法解開，唯有寄語詩句。「玉笛」二句，是自然巧妙的流水對。末句「花休道」，是對梅花的細語叮嚀：花兒不要輕易地把春色交付出來。此刻春色實在無人去賞，也無人去管，徒勞無功。「花」是「寒香」，是「垂枝」，是「生影」，故末句是憐花，惜花；「花」也是「折寒香」和「傳語」的對象，故末句是懷念伊人。於此，人花渾然爲一，語淡情濃。此外，值得留意的是整闋詞以聲音貫串，破冰聲、佩環聲、玉笛聲、傳語、詩語以至花語，有虛有實，琅琅作響，迴旋不息。

一八　浣溪沙❶

己酉歲❷客吳興❸，收燈夜闔戶無聊❹，俞商卿❺呼之共出，因記所見。

春點疏梅雨後枝❻，翦燈心事峭寒時❼，市橋攜手步遲遲。

蜜炬❽來時人更好，玉笙吹徹夜何其❾。東風落靨不成歸❿。

❶此詞寫於淳熙十六年己酉（一一八九），時白石三十五歲。主要寫元宵節後收燈之夜，作者與友人在吳興街頭散步所見。詞以白描手法刻劃出燈節的聲色熱鬧情況。

❷己酉：宋孝宗淳熙十六年（一一八九）。

❸吳興：指湖州。

❹收燈：吳自牧《夢粱錄》：「至十六夜收燈」。指正月十五燈節過後最後一次燈市。這是南宋風習。闔戶：指關閉門戶。《後漢書．鄧騭傳》：「檢敕宗族，闔門靜居。」無聊：精神無所寄託。

❺俞商卿：即俞灝，字商卿，號青松居士，白石的朋友。世居杭州。晚年築室西湖九里松，有《青松居士集》。

❻春點疏梅雨後枝：點：點染之意，畫也。此句謂梅花在春雨過後又發新牙了。

❼翦燈：謂剪去燼餘的燭心。李商隱〈夜雨寄北〉詩：「君問歸期未有期，巴山夜雨漲秋池。何當共剪

西窗燭，卻話巴山夜雨時。」峭寒：寒氣尖厲襲人。常形容春寒。宋徐積〈楊柳枝〉詩：「清明前後峭寒時，好把香綿閑抖擻。」

❽蜜炬：蠟燭。此處指燈。李賀詩：「蜜炬千枝爛。」

❾玉笙吹徹：南唐李璟詞：「細雨夢回雞塞遠，小樓吹徹玉笙寒。」夜何其：夜如何之意。《詩經·小雅·庭燎》：「夜如何其？夜未央。」其，音姬，語助詞。這裏指夜已很深。

❿靨：口旁小渦。〈古歌〉：「淚痕尚猶在，笑靨自然開。」此句謂春風拂面，人們徹夜歌舞，留連不歸。

【賞析】

元宵花燈會，場面熱鬧，燈火通明，引人入勝。白石與友人同遊盛會，興盡而回；及後，友人俞君又邀約外出。夜闌餘興，情味盎然，白石以詞人的感觸把所見所感速寫下來，成就了《浣溪沙》這闋小令。

上片寫與俞君外出時眼前的景象，並抒發對先前燈會的盛況的感受。「春點疏梅雨後枝」是妙筆寫常景。詞人所見的是春天點染——畫出來梅枝上雨後疏疏落落的花兒，但詞人刻意把「春點」和「雨」、「疏梅」和「枝」分寫，既製造了句中的張力，又把春雨的特徵和疏落的意態表現出來。還有，詞人的妙句把春擬人化，彷佛春變成畫師，爲自然界點染錯落的色彩。靜景於此突然成爲動景，春意的生機、鮮艷的花色，躍於紙上。「剪燈」句，一面暗示上句的春意和花色是在夜燈中所見，一面吐露內心複雜的感受。春寒料峭使人感到淒冷，燈已熄滅令人覺得暗淡，心事徐徐浮現。那種心事，從何而生，詞人沒有說明，但讀者可以自行體味。盛會過後，人一時間難以從極度興奮轉入平靜，內心難免泛起一股莫名的悵惘。這是人人心中所有而筆下所無的感受，然詞人獨能寫出，令人一見如故，似曾相識。「市橋」句，寫在市橋上跟友人踱步。市橋是連繫市集與居所的通道。當時他們正在通往市集的橋上，緩緩而行也許是怕見燈會後面市集冷落。這跟上句「心事」照應，也側寫剛才燈會的熱鬧情景。

下片寫原來燈會餘興未了，場面仍然熱鬧。「蜜炬」句寫燃起燈燭，興致倍增。夜裏遊玩往往給人一種迷幻神秘的感覺，加上光影掩映，視覺的感受尤爲強烈。「玉笙」句，寫樂聲喧天，不覺夜深。響徹天際的笙樂跟深宵的寧謐形成對比，聽覺的刺激尤其突出。以上兩句，把熱鬧的燈節寫得繪形繪聲，維肖維妙。「東風」句，呼應上片起句的春意；「落靨」，呼應上片次句的「峭寒」。撲面寒風，叫人難受，但詞人仍不肯歸去，可見歡樂的情景實在牽動人心，令人不忍離開。

綜觀全篇，上片伏，下片起，構成波幅動感。燈會之盛，人心之樂，勾畫得出神入化。

一九　琵琶仙❶

吳都賦云：『戶藏煙浦，家具畫船』❷，唯吳興❸爲然，春遊之盛❹，西湖❺未能過也。己酉❻歲，予與蕭時父載酒南郭❼，感遇成歌❽。

雙槳❾來時，有人似、舊曲桃根桃葉❿。歌扇輕約飛花⓫，蛾眉⓬正奇絕。春漸遠、汀洲⓭自綠，更添了、幾聲啼鴂⓮。十里揚州⓯，三生杜牧⓰，前事休說。

又還是、宮燭分煙⓱，奈愁裏悤悤換時節。都把一襟芳思⓲，與空階榆莢⓳。千萬縷、藏鴉細柳⓴，爲玉尊、起舞回雪㉑。想見西出陽關㉒，故人初別。

---

❶此詞作於淳熙十六年己酉（一一八九），時白石三十五歲。是作者在湖州春游時，對過去的合肥情事有所感觸而寫成的。詞中的「桃根桃葉」是暗喻在合肥情遇的兩姊妹。夏承燾《姜白石詞編年箋校》云：「此湖州冶遊，棖觸合肥舊事之作，『桃根桃葉』比其人姊妹。合肥人善琵琶，〈解連環〉有『大喬能撥春風』句，〈浣溪沙〉有『恨入四弦』句，可知此調名〈琵琶仙〉之故……。又，合肥情

事與柳有關，紹熙二年辛亥作〈醉吟商小品〉，全首詠柳，其時正別合肥之年，其調亦琵琶曲：以此互證，知此詞下片檃括唐人詠柳三詩，蓋非泛辭。（「宮燭分煙」用韓翃，「空階榆莢」用韓愈，「西出陽關」用王維。）」

❷ 戶藏煙浦，家具畫船：這兩句應爲李庚〈西都賦〉的內文。白石作〈吳都賦〉爲誤記。〈西都賦〉云：「其近也方塘含春，曲沼澄秋。戶閉煙浦，家藏畫舟。」白石作「具」、「藏」兩字均誤。以上兩句意謂這地方的人家都被水濱的煙霧籠罩着，每家都備有畫船。

❸ 吳興：今浙江省吳興縣，北濱太湖。

❹ 春游之盛：宋詩人蘇泂〈苕溪雜興〉四首，其二云：「美人樓上曉梳頭，人映清波波映樓。來往行舟看不足，此中風景勝揚州。」可見湖州在宋時春游的盛況。

❺ 西湖：在浙江省杭州市。湖的周圍有三十里，三面環山，是中國著名的勝地。

❻ 己酉：宋孝宗淳熙十六年（一一八九）。

❼ 蕭時父：蕭德藻的侄子，即白石的內弟。載酒：即攜酒。郭：即外城。南郭：就是城南。

❽ 感遇成歌：遇見一些事情，有所感觸，因而寫成歌詞。

❾ 雙槳：此處指水中的游船。

❿ 桃根桃葉：晉朝王獻之（三四四—三八八）有妾名桃葉。王獻之嘗臨渡作歌贈之，詞曰：「桃葉復桃葉，渡江不用楫，但渡無所苦，我自迎接汝。」此歌曾廣爲傳唱。（見《隋書·五行志》）桃葉有妹名桃根。

⓫ 歌扇輕約飛花：王獻之曾在渡口，作贈別歌送桃葉，桃葉作團扇歌回答獻之。這裏的歌扇，就是指團扇歌。意謂那團扇歌的歌聲像飛花般輕快。

⓬ 蛾眉：蛾的觸鬚是細長而彎曲的，拿它來比作爲美人眉毛。《詩經》：「螓首蛾眉。」後來就把蛾眉

作爲美人的代名詞。李白〈王昭君〉詩：「燕支長寒雪作花，蛾眉憔悴沒胡沙。」

⑬汀州：水中的小洲。

⑭鴂：即鶗鴂、杜鵑。又名子規。其聲淒切。《楚辭．離騷》：「恐鶗鴂之先鳴兮，使百草爲之不芳。」

⑮揚州：指現在江蘇省揚州市。十里揚州：指唐杜牧曾客居揚州十年，與當地的歌妓有密切的關係。杜牧〈贈別〉詩：「娉娉嫋嫋十三餘，豆蔻梢頭二月初。春風十里揚州路，捲上珠簾總不如。」又杜牧〈遣懷〉詩：「落魄江湖載酒行，楚腰纖細掌中輕。十年一覺揚州夢，贏得青樓薄倖名。」這裏借杜牧暗指作者自己的身世情事。

⑯三生：指過去、現在、未來三世人生。黃庭堅詩：「春風十里珠簾捲，彷彿三生杜牧之。」杜牧之，即杜牧。這裏是作者借杜牧自比。

⑰宮燭分煙：古代寒食節這一天禁止舉火。日暮時由皇宮點燭傳賜大臣貴冑，始重新舉火。唐韓翃〈寒食即事〉詩：「春城無處不飛花，寒食東風御柳斜。日暮漢宮傳蠟燭，輕煙散入五侯家。」

⑱襟：衣服胸前有鈕扣的部分。思：讀去聲。芳思：胸中美好的情意。

⑲與：是給、付的意思。榆莢：指榆樹花結成果實後，周圍果皮伸長如鳥翅。這裏代指無情之物。韓愈〈晚春〉詩：「楊花榆莢無情思，惟解漫天作雪飛。」

⑳藏鴉細柳：形容柳枝嫩綠、纖弱，可藏鴉。韓翃詩：「橋邊雨洗藏鴉柳。」

㉑玉尊：玉樽，即玉製的酒器。回：迴旋的意思。回雪：本指招來迴繞的白雪，這裏指楊花。謂柳絮紛飛，如回風舞雪。這兩句謂：茂密的細柳常常爲餞別而搖曳起舞，飄散如雪的楊花在空中迴旋。

㉒陽關：在今甘肅省敦煌縣西南一百三十里。這個關在玉門關南邊，所以叫做陽關，這裏是到塞外的人必經之路。西出陽關：化用王維〈渭城曲〉，詩云：「渭城朝雨浥輕塵，客舍青青柳色新。勸君更盡一杯酒，西出陽關無故人。」

【賞析】

琵琶仙，是善彈琵琶兼美麗如仙的女子，也是此詞的描繪對象。相信是姜白石年青時在合肥邂逅的勾欄姊妹，因爲她們都善彈琵琶。離別十多年，白石對她們仍念念不忘，就是日常生活中極微小的事物也可以觸動白石對她們的依戀。湖州春遊，白石忽發感遇，懷緬舊遊，引發對她們的思憶。

詞之上片，以春景入題。「雙槳來時」，是眼前景象，寫湖上一艘畫船，自遠而近地飄來。雙槳激起漣漣的浪花，充滿動感。「有人似」句，寫當畫船駛近，船上人兒由模糊逐漸清晰。就在模糊與清晰之間，詞人發覺畫船上女子面熟，彷彿是故人。這裏把人的視覺感受與懷人深情寫得淋漓盡至。「舊曲桃葉桃根」暗喻了合肥姊妹。「歌扇」二句，是寫佳人的風姿與美貌。歌聲輕柔得像花兒紛飛，既有聲響也有形象，奇妙無窮。歌樂中，佳人漫舞，羽扇後露出粉臉，美得絕倫。讀者眼睛似乎也應接不暇了。這二句是寫眼前舟上人，還是寫合肥情人呢？虛實之間，牽動了詞人的濃情。「春漸遠」四句，是借自然景物抒發愁懷。詞人的船駛遠了，但詞人不寫人漸遠，而以移情手法寫春光漸漸離人而去。這樣，一方面符合詞人的視覺感覺，另一方面把死物活化，烘托出好景捨我而去，人顯得份外孤零。「汀洲自綠」，以環境的淒美襯托作者的寂寞，從而逼出了種種無奈感。「更添了」二句，是愁景上的愁聲，杜鵑「不如歸去」的悲鳴，令詞人腸斷心裂。「十里」三句，是從另一角度看情事。原來自己前生是杜牧，在繁華的揚州偶遇佳人，既是如此，不如把往事看成前生之事，今日不用細想了。

下片以愁懷看春景。「又還是」兩句，寫寒食漸近，嘆時序轉換，人極無助。從懷人到傷逝，愁意滿腔。「都把一襟」二句，寫芳思無依，空留恨意。首先詞人運用了通感手法，把芳思這心內之事，寫成心外、體外之物，故用了「一襟」這數量詞。這樣，芳思滿腔就更形象化了。接着，詞人甚至說把芳思交付給榆莢。「榆莢」是無情之物，寫出詞人情意難抑，卻無處傾吐，就是明知是無情之物也願意交付，其情之深，其思之重，不待細說了。「千萬縷」四句，情景互生。這裏具體而細緻地表現分離情景，細柳千萬縷是無盡情意的外化；柳絮紛飛是滿心愁緒的外化；藏鴉是隱憂；玉尊是解愁的行動。這一切組合成一幅淒清絕妙的春圖，情濃景妙，無與倫比。結句「想見」極現白石清朗之筆，白描故人辭別，剛勁硬朗，收住難以休止的柔情。

【評　說】

（宋）張炎《詞源》卷下：

「春草碧色，春水綠波，送君南浦，傷如之何。」矧情至於離，則哀怨必至。苟能調感愴於融會中，斯爲得矣。白石〈琵琶仙〉云：……離情當如此作，全在情景交鍊，得言外意。有如「勸君更盡一杯酒，西出陽關無故人」，乃爲絕唱。

（清）周濟《宋四家詞選・目錄序論》：

〈琵琶仙〉「雙槳來時」——四句順逆相足。

（清）馮金伯《詞苑萃編》卷之二引《詞源》：

詞要清空，不要質實。清空則古雅峭拔，質實則凝澀晦味。姜白石如野雲孤飛，去留無跡。吳夢窗如七寶樓台，眩人眼目，拆碎下來，不成片段。此清空質實之說。……白石如〈疏影〉、〈暗香〉、〈揚州慢〉、〈一萼紅〉、〈琵琶仙〉、〈探春慢〉、〈淡黃柳〉等曲，不惟清虛，且又騷雅，讀之使人神觀飛越。

（清）陳澧《白石詞評》：

加「想見」二字，使異樣生新，妙在有逆挽之勢。結則悲壯，而用歇後語，便有不盡之神。

（清）江順詒《詞學集成》卷六：

《詞源》云：「詞要清空，如夢窗之〈唐多令〉，白石之〈暗香〉、〈疏影〉、〈揚州慢〉、〈一萼紅〉、〈琵琶仙〉、〈探春〉、〈八歸〉、〈淡黃柳〉等曲。」

（清）陳廷焯《詞則・大雅集》：

似周秦筆墨，而氣格俊上。「前事休說」四字咽住，藏得許多情事在內。

（清）張德瀛《詞徵》卷五：

白石〈琵琶仙〉詞題，引〈吳都賦〉有「戶藏煙浦，家具畫船」二語，今吳都賦無其辭。案李庾〈西都賦〉云：「方塘含春，曲沼澄秋，戶閉煙浦，家藏畫舟。」或疑「吳」字乃「西」字之訛，然唐之西都，非吳地也，殆白石誤引耳。

（清）王闓運《湘綺樓評詞》：

〈琵琶仙〉「雙槳來時」——此又以作態為妍。

（清）陳匪石《聲執》卷上：

四聲問題，因調而異。……句首或句中或句尾限用去上者。……句尾之例，則不屬於韻者，如清眞〈三部樂〉之「瘦損」，白石〈玲瓏四犯〉之「換馬」，〈琵琶仙〉之「細柳」。

（現）俞陛雲《唐五代兩宋詞選釋》：

此在客吳興時感遇而作。首四句敘往事，「春漸遠」三句敘別後光陰，寫愁中聞見，以疏秀之筆出之。下闋感節序而傷離，榆錢柳絮，皆借物懷人，便無滯相，其佳處在空靈也。

（現）唐圭璋〈姜白石評傳〉：

白石落魄江湖，輒以杜牧自喻，故行跡所至，多有本事流傳，所謂「東風歷歷紅樓下，誰識三生杜牧之」語，可知其清狂之況。孝宗十六年己酉，白石寓苕溪時，曾有〈琵琶仙〉詠所遇云云：

張炎謂白石〈琵琶仙〉、少游〈八六子〉，「全在情景交鍊，得言外意」。白石韻勝之作，實不減少游。張炎相提并論，可謂隻眼獨具。惟白石清脆頓宕，更人所難能。此詞起寫畫船遠來，中載有人，因遠來隱約不清，彷彿舊游之人，故曰「似」。次寫畫船漸近，人影分明，確似當年蛾眉，故曰「正」。「似」字傳懷疑之神，「正」字傳驚詫之神。扇約飛花，寫景寫人，俱臻美妙。「春漸遠」以下，一氣迴轉，超秀絕倫。不寫人雖似實非之恨，但寫出眼前境界，迥異曩時，以見舊遊不堪回首，舊事不堪重提之情。下片采取唐人韓翃、韓愈、王維詠柳的詩，運化入詞，仍就眼前榆莢柳花景色，寫出懷人情思，筆墨層層揭響。（見唐氏《詞學論叢》）

（現）唐圭璋《唐宋詞簡釋》：

此首感懷舊遊，情景交勝，而文筆清剛頓宕，尤人所難能。起寫畫船遠來，中載有人，因遠處隱約不清，彷彿舊遊之人，故曰「似」。次寫畫船漸近，確似當年蛾眉，故曰「正」。扇約飛花，寫景寫人並妙。「春漸遠」兩句，一氣迴轉，秀逸絕倫；不寫人雖似實非之恨，但寫出眼前見聞，以見舊遊不堪回首之情。「十里揚州」三句，言前事之可哀，因說來傷感，故不如不說之爲愈，語亦沉痛。換頭，因景物似昔，頗感時光遷流之速。「都把」兩句，因前事怕說，愁恨難消，故只有將無聊情思，付與榆莢。「千萬縷」兩句，言細柳起舞，更增人悲感。末句，回想當年初別時之情景，正與今同，亦有無限感傷。

（現）沈祖棻《宋詞賞析》：

「雙槳」四句，畫船自遠而近，其中有人，乍睹之，似曲中舊識，諦視之，雖非，而其妖冶固相同也。「春漸遠」以下，先點時序景物，以謂春光之漸遠，正如舊夢之漸遙。舊游遠矣，當前則惟有啼鴂引人離恨，前事何堪再說耶？換頭兩句，謂風景節序依然，而年華暗換。「都把」以下，謂前事既不忍說，則滿懷情思，何異滿地榆錢，亦惟有付之而已。而回憶當時，細柳猶知爲離尊起舞，飛絮漫天，情何堪乎？「長安陌上無窮樹，惟有垂楊管別離。」（劉禹錫《楊柳枝》）故因柳而復憶及別時情味。「蛾眉」雖自「奇絕」，而屬意終在「故人」，所謂「任他弱水三千，我只取一瓢飲」也。

羅忼烈〈白石詞每師法清真〉：

……清眞之詞本有疏密兩種，夢窗得其密，白石得其疏。白石變清眞之縝密典麗爲古雅峭拔，易沉鬱頓挫爲清剛疏爽，遂開玉田一路，終與清眞分途，然下字命意之間，相師之跡，尤隱約可見。粗舉其相似處如下各條。……

清眞〈渡江雲〉云：「千萬絲陌頭楊柳垂，漸漸可藏鴉。」白石〈琵琶仙〉云：「千萬縷藏鴉細柳，爲玉尊起舞回雪。」……詩人詞客用字造語，不謀而合者往往有之，然如此之多，不能謂之無意。若取兩家之作熟讀而深思，此中消息可知也。（見羅氏《詞學雜俎》）

（現）廖從雲《歷代詞評》：

細誦此詞，覺十里揚州，江南風物，依稀在眼。張叔夏云：「白石〈琵琶仙〉，少游〈八六子〉，全在情景交鍊，得言外意。」惟其含蓄處，有無限興感，令人意遠。

（現）姜尚賢《宋四大家詞研究》：

上列二詞（按：指〈惜紅衣〉及〈琵琶仙〉）寫得清倩幽豔，婉麗瑩徹，超然而高舉，屏棄綺羅香澤之態，擺脫綢繆宛轉之度，逸興愴懷，格調高絕，寫荷花，賦別情，均以深刻精細的筆調出之，更顯得音諧意婉，語多悽咽。其人品與詞品，同其幽潔，實足以代表詞人的高風亮節的心境。……

這首詞寫得珠明玉潤，情景交融，冷豔淒婉，是白石的精品。幽麗醇雅，文工句細，清空靈秀，自成馨逸。音韻清越，格調高絕，論其氣體的超妙，可謂古今無儔。……首句，推出「雙槳來時」四字，是由所遇說起，破空而來，筆勢陡健，與其他詞徐緩引入者，迥異其趣……「十里揚州，三生杜牧」三句，寫出昔日風流俊賞的事情，喻己指人，懷古抒今。突換老練之筆爲之，恰如其分。黃山谷詩：「春風十里珠簾捲，髣髴三生杜牧之。」白石詞即本此意，卻有青出於藍之美。其詞雖係隱括前人詩句，但卻天衣無縫，直如己出。所謂紆徐妍美，卓犖傑出者，並於寸幅之中見千里，「野雲孤飛，去留無跡」的意境，即顯現於此，實爲白石最高的造詣，非吳王之徒所能企及。過片由「前事休說」四字翻出，而有嶺斷雲連之妙。……最末想到「初別」即行收住，尤覺餘味曲包，寓意幽遠。沈際飛說：「融情會景與少游〈八六子〉詞共傳。」（沈評《草堂詩餘》）……全詞深婉華妙，以跌宕昭彰的筆調，寫幽邈的情思，往復纏綿，如環無端。格高韻逸，情文備至。清虛醇雅，俊美擅場。所謂氣體超妙，神韻俱到者，在此又得一明證。

（現）汪中《宋詞三百首注析》：

此吳興春遊感遇之作，故起句謂桃根桃葉雙槳而來也。下接其人奇豔，至啼鴂而引起分離。前事休說，倒煞前面皆追憶之筆。

下片又從今日清明，與上片飛花相映，同一情景，榆錢柳絮，借物懷人。許昂霄以爲句句說景，句句說情，藏情於景，曲折頓宕。

（現）劉斯奮《姜夔張炎詞選》：

這首詞是作者在湖州遊玩，感觸舊時情遇而作。（夏承燾認爲是「棖觸合肥舊事」。見《合肥詞事考》）全詞從眼前之景起興，引出對舊事的追憶；又回復眼前，再引出過去。情景相生相融，迴環往復，是其特色。

（現）黃拔荊《詞史》：

……「春漸逝。汀洲自綠，更添了，幾聲啼鴂」（〈琵琶仙〉），敘別後光陰，寫愁中聞見，以疏秀之筆出之，不僅靈動而且別具韻味。

（現）謝桃坊《宋詞概論》：

詞敘述吳興情事，以所戀之歌妓蕩槳前來赴約直敘起筆，繼而描繪其嬌美情態，插入暮春景物描寫，上闋以抒情爲結。過變處以「又」字聯繫往昔與現實情景，由此而產生無限感慨，感慨之情又巧妙地與景物交融；結尾不正面描述離別情形，而是以「想見」虛擬，使詞意不盡。所以雖然以直敘方式表現了吳興情事由約會到離別的全過程，筆法卻轉折變化，使情景交煉，虛實相生，結構也就曲折頓宕了。這種結構佈局比起北宋許多詞家是較爲細密的，但與稍後的夢窗詞比較又顯得空靈些。

二〇 鷓鴣天❶

己酉❷之秋，苕溪❸記所見。

京洛風流絕代人❹，因何風絮落溪津❺。籠鞵淺出鴉頭韈❻，知是淩波縹緲身❼。紅乍笑❽，綠長嚬❾，與誰同度可憐❿春，鴛鴦⓫獨宿何曾慣，化作西樓一縷雲⓬。

❶此詞作於淳熙十六年己酉（一一八九），時白石三十五歲。此詞詠妓。詞中寫這位流落在苕溪的美艷妓女。作者對她很同情，詞中寫其一舉一動都能眞實地表現其情態。

❷己酉：宋孝宗淳熙十六年（一一八九）。

❸苕溪：在今浙江省湖州市，一名苕水。有東西二苕，此處指的是東苕，源出浙江天目山南麓，東流經臨安等縣，又東北經德清縣，北至吳興爲霅溪。序中苕溪，即指此水。

❹京洛：原指河南洛陽。周平王開始建都在洛陽。東漢的首都也在此地，所以叫做京洛。這裏實指南宋都城臨安。風流絕代人：指美麗、舉世無雙的佳人。杜甫〈佳人〉詩：「絕代有佳人，幽居在空谷。」

❺風絮：指被風吹起的柳絮。蘇軾〈水龍吟．次韻章質夫楊花詞〉云：「春色三分，二分塵土，一分流水。」這裏風絮借指絕代佳人。溪津：指苕溪的渡口。整句謂這位絕代佳人，是什麼原因流落到苕溪來呢？

❻籠：就是把東西遮住。鞵：是鞋的本字。籠鞋：指衣裙遮住了鞋子。淺出：就是微微露出的意思。韈：即襪。鴉頭襪：是古代女子穿的分出足指的襪子。李白〈越女詞〉詩：「屐上足如霜，不著鴉頭襪。」此句謂衣裙遮住的鞋子，微微露出鴉頭襪。

❼淩波：形容女子步態輕盈。曹植〈洛神賦〉：「淩波微步，羅襪生塵。」白石把詞中女子比作洛神。縹緲：恍惚有無之意。白居易〈長恨歌〉云：「山在虛無縹緲間。」

❽紅乍笑：指她那朱紅的唇忽露微笑。

❾嚬：同顰，指皺眉。綠長嚬：指她那翠綠的蛾眉隨即又長久地皺在一起。

❿憐：憐與愛均互文，憐猶愛也。故可憐猶可愛也。

⓫鴛鴦：鳥名，爲匹鳥，一雌一雄，雙宿雙飛，形影不離。中國傳統以鴛鴦比做夫妻。

⓬西樓：南朝梁庾肩吾詩：「天禽下北閣，織女入西樓。」一縷雲：用宋玉〈高唐賦〉典。宋玉〈高唐賦〉載巫山神女對楚王說：「妾在巫山之陽，高丘之阻，旦爲朝雲，暮爲行雨，朝朝暮暮，陽臺之下。」

【賞析】

深秋之際，姜白石遇上了一位流落苕溪的女子。她的容貌風姿、身世遭遇，以至情懷寄望，都深深地吸引着白石，於是爲她創作了一首動人的詞作。寫人，以刻劃神韻意態爲最高。白石的《鷓鴣天》，把那女子的形態和神韻全面而深邃地描繪出來。不僅如此，在詞中白石還流露了對這女子的憐愛與同情。

上片起筆先縷述女子的身世和形態。「京洛」句，寫女子的原居地——古都洛陽：「風流絕代人」，寫女子的出衆體貌。整句構成了一幅背景圖，提示那女子是出自已沒落的名門，曾受一定的教育與薰陶。「因何」句，寫女子坎坷的遭遇。詞人先把女子比作風中飛絮，寫出弱質纖纖，飄零無依，也顯出一份淒美；接着借「因何」設問飄零的緣由。這一問，牽動人心，隱約也仰問蒼天爲何如此殘酷。首一二句，就寫出了女子從道德與際遇的高處滑落的可憐。「籠鞋」二句，是細寫意態。詞人單取女子微露的襪兒來寫，極顯細膩纏綿。又寫凌波步態，暗以仙子比喻女子，極其出塵飄逸。

換頭特寫女子的一顰一笑。「紅乍笑」二句，借紅綠兩種對比色，寫紅唇、黛眉。詞人不甘於單寫面龐局部的色澤，還要寫出動感來。笑，是迷人的表情。詞人用「乍」是由不笑到笑的變化，讀者仿如親見其人。蹙眉，是愁態；長嚬是長期不歡，眼神不言而見，惹人憐愛。於是，美人的一顰一笑，活現紙上。「與誰」，是美人顰笑間的心裏話：有誰可以相伴共度這樣的時光呢？其實這也是詞人的心中話：有誰憐愛這年青貌美佳人呢？「誰」，暗寫無人之苦，但也寫出期待之切。「鴛鴦」句，直寫女子心中的夢想，緊扣上句的「同度可憐春」。「化作」句是從虛處下筆，極其清空。首先「西樓」暗用庾肩吾詩句，再點出女子所待；「雲」字，是脫胎自「巫山雲雨」的典故，寫出就是朝暮短暫之情，對於飄零不幸的女子來說也是一種安慰。

由出生地到身處之所，是外緣資料；由裝束到舞步，是行爲；由一笑到長顰，是神態；從自憐到夢想，是心理刻劃。逐步進深，白石把一個女子精雕得立體充實，躍然神出。

【評說】

（清）李調元《雨村詞話》卷三：

姜白石夔〈鷓鴣天〉詞三首，如「鴛鴦獨宿何曾慣，化作西樓一縷雲」，不但韻高，亦由筆妙。何必石湖所贊自製曲之「敲金戛玉聲，裁雲縫月手」也。

（現）唐圭璋〈姜白石評傳〉：

前寫人之丰神，後寫懷人之切，亦生動而眞摯。（見唐氏《詞學論叢》）

（現）沈祖棻《宋詞賞析》：

上片，首句容儀，次句身世，三句裝束，四句總贊。過片兩句着色。「紅」，櫻口；「綠」，翠眉。「乍笑」，樂少；「長顰」，愁多。「與誰」句，賀鑄〈青玉案〉所謂「月橋花院，瑣窗朱戶，只有春知處」也。「鴛鴦」句從杜詩《佳人》「合昏尙知時，鴛鴦不獨宿」出，而化實爲虛。「化作」句，暗用《高唐賦》。下片皆自「風絮落溪津」生發。

（現）劉斯奮《姜夔張炎詞選》：

這首詞是爲悼念一位死去的歌妓而作。從題爲「記所見」來看，詞人似乎並不認識她，但無疑知道她，而且聽說她是因被抛棄而怨恨身亡的。他於是發出了同情的歎息。

（現）李星《唐宋詞三百首譯析》：

姜夔在近二十首懷戀合肥琵琶妓的詞中，雖表現了深切的懷念與相思，但對於不幸的歌女如此深致同情的，卻還很少見，這是不可多得的一首。

二一 念奴嬌❶

予客武陵❷，湖北憲治❸在焉。古城野水，喬木參天❹，予與二三友日蕩舟其間，薄❺荷花而飲，意象❻幽閒，不類人境❼。秋水且涸❽，荷葉出地尋丈❾，因列坐❿其下，上不見日，清風徐來⓫，綠雲自動，間⓬於疏處窺見遊人畫船，亦一樂也。朅來吳興⓭，數得相羊⓮荷花中。又夜泛西湖⓯，光景⓰奇絕；故以此句寫之。

鬧紅一舸⓱，記來時嘗與鴛鴦爲侶。三十六陂⓲人未到，水佩風裳⓳無數。翠葉吹涼⓴，玉容銷酒㉑，更灑菰蒲雨㉒。嫣然㉓搖動，冷香飛上詩句㉔。日暮青蓋亭亭㉕，情人不見，爭忍凌波㉖去。只恐舞衣㉗寒易落，愁入西風南浦㉘。高柳垂陰，老魚吹浪㉙，留我花間住。田田㉚多少，幾回沙際㉛歸路。

❶ 此詞作於淳熙十六年己酉（一一八九），時白石三十五歲。這是白石泛舟西湖觀賞荷花後而作的。表面是詠荷，實質上是借詠荷表達對戀人的懷念。此詞筆調清麗，其中「嫣然搖動，冷香飛上詩句。」爲膾炙人口的名句。此詞小序也寫得很優美，文學價值甚高。

❷武陵：今湖南省常德市。以下十六句（至「亦一樂也。」）是追述過去在湖北觀賞荷花的情景。
❸湖北憲治：指宋朝荊南荊湖北路提點刑獄的官署。
❹喬木：指高大的樹木。參天：指與天相接。
❺薄：與「泊」字通。船靠岸邊，叫做泊。這處是迫近、靠近的意思。《左傳》：「薄而觀之。」
❻意象：意氣、氣象、情韻。
❼不類人境：謂不像人間，像入了仙境。
❽涸：乾竭、乾涸的意思。
❾尋：古代以八尺爲尋。尋丈：是說差不多一丈。此句謂荷花高出地差不多一丈。
❿列坐：順序排列而坐。
⓫徐來：緩緩而來。
⓬間：就是有時、間中的意思。
⓭朅：即去。朅來，即去來。李白〈送王屋山人魏萬還王屋〉：「朅來遊嵩峰，羽客何雙雙。」吳興：今浙江省吳興縣，北濱太湖。據陳思《白石道人年譜》記，作者於丁未、已酉之間始往來臨安（浙江杭州）、吳興。故此詞小序前段所述乃追憶作詞前十二三年之事。
⓮相羊：即徜徉、徘徊、游玩、游蕩的意思。
⓯西湖：在浙江杭州。
⓰印景色。
⓱舸：原指大船，此處泛指船。鬧紅：指盛開的紅荷像鬧攘攘的。宋祁（九九八—一〇六一）詞：「紅杏枝頭春意鬧。」此句謂一隻大船在盛開的荷花叢中游蕩。
⓲六：極言其多。三十六是虛數。陂，水塘。宋王安石〈題西太乙宮壁詩〉：「楊柳鳴蜩綠暗，荷

花落日紅酣。三十六陂煙水，白頭想見江南。」所詠也是荷花池塘的秋景。

⑲水佩風裳：以水爲佩玉，以風爲衣裳，形容高潔的荷花。李賀〈蘇小小墓〉詩：「風爲裳，水爲佩。」

⑳翠葉：指荷葉。此句謂荷葉被風吹動，發出清涼的爽氣。

㉑玉容：以美女的面容比喻荷花。銷酒：形容荷花紅色，彷彿美人酒後紅暈上臉。

㉒菰：蔬類植物，生在水塘中，葉如蒲葦。蒲：是多年生草本，一名香蒲，生在池塘中，葉細長而尖，可做席、扇或蒲包。這裏菰蒲泛指水草。此句謂當水草上灑着細雨的時候，荷花、荷葉就顯得更加優美。

㉓嫣：是美好的笑容。宋玉〈登徒子好色賦〉：「東家之子，嫣然一笑。」然：語助詞。此句是形容雨中顫動的荷花，好像美女甜蜜地一笑。

㉔冷香：指荷花散發出來清幽的香氣。此句謂荷花的幽香浸染了作者的詩情。

㉕蓋：指傘。青蓋：指荷葉。亭亭：是聳立的樣子。

㉖爭：是助詞，與怎同。爭忍：是說怎麼忍心。淩波：形容女子步態輕盈。曹植〈洛神賦〉：「淩波微步，羅襪生塵。」

㉗舞衣：這裏指荷花，以荷花的花瓣比作衣。杜甫詩：「紅衣落盡渚蓮愁。」

㉘南浦：水名，在今湖北武昌南三里處。《楚辭．九歌．河伯》：「送美人兮南浦。」江淹〈別賦〉：「送君南浦，傷如之何？」這裏泛指送別的地方。

㉙老魚：即大魚。此句謂大魚吞吐着水，吹成浪花。

㉚田田：指荷葉浮在水面上的樣子。〈古樂府〉詩：「江南可采蓮，蓮葉何田田。」

㉛沙際：指水邊或水畔。此兩句謂多少回在沙堤旁邊的歸路上，依戀地望着無邊無際的荷葉叢。

【賞析】

這是姜白石著名的詠荷詞之一。詞序中，首先憶述過去在湖北賞荷的情景。對於荷池四周的環境、荷池裏的景緻和結伴蕩舟的樂趣，都刻劃得活靈活現。接着鋪寫吳興賞荷的具體經驗，最後才寫到是夜泛遊西湖，簡略地介紹了此詞的寫作背景。詞序文字優美，層次分明，意境清逸，是出色的遊記小品。

詞文起筆氣氛異常熱鬧。「鬧紅一舸」一句先聲奪人，寫畫船在紅荷間穿插。詞人下「鬧紅」一語，把鬧烘烘的氣氛盡顯，而紅色更是叫人眼前一亮。荷花的鮮艷與茂盛的生態，就在「鬧紅」二字間喚出。「一舸」二字，把自然景物和人爲工具強烈地對比起來，使「鬧」字再添一層興味。這樣，詞人闖進了現實的荷花世界，同時也投進了記憶中的荷花世界，故有「記來時」二句。往日佳人爲伴，同賞荷花，對比今日荷花猶盛，可惜佳人不在了。接着而來，是以孤清的心境，觀賞旅程中的美景。「三十六陂」句，寫湖心之處，不見遊人，清空幽絕。「水佩」句，以衣裳、玉佩分別比擬荷塘上清風與流水，聲影交會，逸意盎然。「翠葉」三句，是寫荷的妙句。先寫翠綠的荷葉在微風中搖曳，正因荷葉葉面寬大，吹動之間，就像扇子送涼。因此，僅僅「翠葉吹涼」四字就把荷葉的色澤、形狀與動感描繪出來。「玉容銷酒」，寫透紅的荷花彷如美人醉酒，不僅把花擬作美人，並且把荷花的美態添上酒意漸升的動感來。接着，詞人還在荷花荷葉上灑下冷冷的雨點，賞荷的情調更顯清幽。「嫣然」二句，是活化之筆，荷的美態嬌姿不再停留在湖面，而是飛躍到詞人的詩情裏去。雅峭無比，想像超群。

詞文因應時間轉換而換頭。「日暮」三句，先指出天色漸暗，荷葉仍然挺立，詞人雖不見情人，卻不忍離去。「情人不見」本是意料中事，不應因而失望；但對於癡人來說，妄想是唯一的慰解。當妄想落空，傷悲更甚。「只恐」二句，寫心中憂慮：秋風颯颯，荷花會不勝寒意而凋落。這樣，可賞的也變爲不堪賞，而愁上更加愁了。「高柳」三句，是曲筆，說出雖然擬去，但柳魚留人。詞人透過移情入物，把自已依戀不捨的感情投射到自然景物的形象之中，創造了動人的藝術畫面。結句「田田」，寫荷葉毗連，深情切切，但終要歸航。詞人船舸在寧靜的夜裏漸漸遠去，寂寥的愁味隱隱透出。這恰恰跟詞文起句形成鮮明的對照。讀者眼裏，彷彿見到畫外之景，心裏也感受到無限的深情。

【評　說】

（清）鄧廷楨《雙硯齋詞話》：

詞調合小令慢詞計之，不下六百有奇，無不可塡。然亦有斷不可塡者，如太白〈憶秦娥〉云：「咸陽古道音塵絕。音塵絕。西風殘照，漢家陵闕。」已成千古絕調，雖有健者，未許摩壘。〈湘月〉一調，白石自注云：「〈念奴嬌〉之鬲指聲。」白石精於宮譜，故於〈念奴嬌〉外，別爲此詞。若不會鬲指之理，貿然爲之，即仍與〈念奴嬌〉無異。壽陵餘子，固不必學步邯鄲也。

（清）陳澧《白石詞評》：

「凌波」二字如此用法，可悟入矣。

（清）李佳《左庵詞話》卷下：

詞家有作，往往未能竟體無疵。每首中，要亦不乏警句，摘而出之，遂覺片羽可珍。如……姜白石云：「波心蕩，冷月無聲。」又云：「冷香飛上詩句。」

（清）江順詒《詞學集成》卷三：

萬氏《詞律・自敘》云：「詩餘乃劇本之先聲，昔日入伶工之歌板，如耆卿標明於分調，誠齋垂法於擇腔，堯章自注鬲指之聲，君特久辨煞尾之字。當時或隨宮造格，創製於前。或遵調塡音，因仍於後。其腔之疾徐長短，字之平仄陰陽，守一定而不移，證諸家而皆合。」詒案：此條簡析明暢，於宮調之理未嘗不知之。又〈發凡〉云：「〈紅情〉〈綠意〉，其名甚佳，再四玩味，即〈暗香〉、〈疏影〉，二調之外，不另收〈紅情〉、〈綠意〉。」詒案：此實紅友之精覈也，刪之誠是。又〈發凡〉云：「石帚賦〈湘月〉自註云：即〈念奴嬌〉之鬲指聲，體同名異，或有故。但宮調失傳，作者依腔塡句，不必另收〈湘月〉。蓋人欲塡〈湘月〉，即是〈念奴嬌〉，無庸立此名也。」詒案：此實紅友不知宮調之誤也。蓋〈湘月〉

與〈念奴嬌〉字句雖同，業已移宮換羽，別爲一調。非如〈紅情〉〈綠意〉，僅取牌名新異也。後人不知鬲指之理，則塡〈念奴嬌〉，不塡〈湘月〉可耳。而〈湘月〉之調，則不可刪。

（清）謝章鋌《賭棋山莊詞話》：

紅友《詞律》，倚聲家長明燈也。然體調時有脫略，平仄亦多未備。如〈念奴嬌〉，余據蘇軾、趙鼎臣、葛郯、呂渭老、沈瀛、張孝祥、程垓、杜旟、姜夔增出二十三字。

同上卷二：

萬樹《詞律》云：白石〈念奴嬌〉鬲指聲雙調。按雙調乃夾鐘商，戈氏順卿謂中呂商，非也。中呂商乃小石調也。〈念奴嬌〉係太簇商，夾鐘與太簇相連，太簇商用四字住，用一字結聲。夾鐘商用一上字住，用上字結聲。同是商音，宮位相聯。以太簇而兼夾鐘，故曰過腔。白石云：鬲指謂之過腔是也。此即十二宮相犯之意，惟相犯之調，所住字同，此則住字位相連，微有異耳。若萬氏謂〈念奴嬌〉即〈湘月〉，其說之謬，不足致辨。持論確有依據，亦足參倚聲者一解。

同上《賭棋山莊詞話續編》卷四：

〈湘月〉之異於〈念奴嬌〉，在宮調不在字句。白石指明〈念奴嬌〉鬲指聲，可見是聲異而非體異也。

（清）陳廷焯《詞壇叢話》：

四聲二十八調，各有其倫。……姜白石〈湘月〉詞，注云：此〈念奴嬌〉之鬲指聲也。則曲同字數同，而〈湘月〉、〈念奴嬌〉，調實不同，合之爲一非矣。

同上《白雨齋詞話》卷二：

白石詞，如……「高柳垂陰，老魚吹浪，留我花間住」等語，是開玉田一派。在白石集中，只算雋句，尚非夐高之境。

同上《詞則．大雅集》：

好句欲仙。鍊意鍊詞，歸於純雅。

（現）王國維《人間詞話》：

美成〈蘇幕遮〉詞：「葉上初陽乾宿雨。水面清圓，一一風荷舉。」此眞能得荷之神理者。覺白石〈念奴嬌〉、〈惜紅衣〉二詞，猶有隔霧看花之恨。

（清）杜文瀾《憩園詞話》卷三：

〈湘月〉調，戈順卿謂爲中呂商。柳東太史詞，則考訂爲夾鐘商，題曰中秋甬對月，用白石〈念奴嬌〉鬲指聲雙調。按雙調乃夾鐘商，戈氏謂中呂商，非也。中呂商，小石調也。〈念奴嬌〉係太簇商，夾鐘與太簇相連，太簇商用四字住，用一字結聲。夾鐘商用一上字住，用上字結聲。同是商音，宮位相聯，以太簇而兼夾鐘，故曰過腔。白石云，鬲指謂之過腔是也。此即十二宮相犯之意，惟相犯之調，所住字同，此則住字位相連，微有異耳。萬氏謂〈念奴嬌〉即〈湘月〉，其說之謬，不足致辨。

（現）俞陛雲《唐五代兩宋詞選釋》：

此調工於發端。「鬧紅」四字，花與人皆在其中。以下三句詠荷及賞荷之人，皆從空際着想。「翠葉」三句略點正面。接以「嫣然」二句，詩意與花香俱搖漾於水煙渺靄之中。下闋懷人而兼惜花，低迴不去，而留客賞荷者，託諸「柳陰」、「魚浪」，仍在空處落筆。通首如仙人行空，足不履地，宜叔夏讀之，「神觀飛越」也。

（現）夏承燾《論姜白石詞》：

白石用辭多是自創自鑄，如「數峰清苦，商略黃昏雨」、「冷香飛上詩句」等，意境格局都和北宋詞人不同；其生新刻至之筆，分明出於江西詩法。（見夏氏《姜白石詞編年箋校》〔代序〕）

（現）唐圭璋《唐宋詞簡釋》：

此首寫泛舟荷花中境界，俊語紛披，意趣深遠。首言與鴛鴦為侶，即富逸趣。「三十六」

兩句，寫湖遠無人，荷葉無數，亦清絕幽絕。「翠葉」三句，兼寫荷葉及雨、酒、菰蒲。「嫣然」兩句，寫荷花姿態生動，不說人聞者，而說冷香飛來，綴句峭俊。換頭，言日暮不忍便去。「只恐」兩句，言西風愁入，不得不去。「高柳」三句，言雖然擬去，但柳、魚猶留我暫住。「田田」兩句，言終於歸去，仍扣住田田蓮葉作收。上片寫景，下片筆筆轉換，一往情深。

（現）繆鉞《詩詞散論》：

（按：引〈小重山令〉詠梅及〈念奴嬌〉詠蓮後），非從實際上寫其形態，乃從空靈中攝其神理，換言之，白石詞中所寫之梅與蓮，非常人所見之梅與蓮，乃白石於梅與蓮之中攝取其特性，而又以自己之個性融於其中，謂其寫梅與蓮可，謂其借梅與蓮以寫自己之襟懷亦無不可，故意境深遠。不同於泛泛寫物之什，然白石所以獨借梅與蓮以發抒，而不借他花者，則以蓮花出淤泥而不染，其品最清，梅花凌冰雪而獨開，其格最勁，與自己之性情相符，而白石之詞格清勁，亦可謂即其性格之表現也。

（現）吳世昌《詞林新話》：

白石〈念奴嬌·吳興荷花〉有「冷香飛上詩句」，太做作，太着痕跡。

（現）沈祖棻《宋詞賞析》：

首二句，泛舟賞荷。「三十」二句，荷之盛。「翠葉」三句，花之豔冶。「嫣然」二句，香之蓊勃。過片是花是人，殆不可辨。「只恐」二句，自盛時想到衰時，溫厚。「高柳」以下，言盛時不再，雖高柳、老魚，亦解勸人少住，惜此芳時；雖游人日暮，不得不歸，而在歸途，猶時有田田蓮葉縈人情思，尤可念也。「多少」，應上「無數」。

（現）羅忼烈〈稼軒、白石點化康與之詞為己有〉：

夏承燾先生《姜白石詞編年箋校》（香港中華書局、一九六三）於此詞後附錄云：「康與之《順庵樂府》〈洞仙歌〉詠荷花云……與白石此詞措辭意度皆相近。」極是。白石後伯可五六十年，大抵熟記其所作荷詞，故下筆不覺入其彀中也。論纖麗蘊藉，康勝於姜；言明淨空靈，白石勝於伯可。各自擅場，未易軒輊。（見羅氏《詞學雜俎》）

同上〈白石詞每師法清真〉：

清眞之詞本有疏密兩種，夢窗得其密，白石得其疏。白石變清眞之縝密典麗爲古雅峭拔，易沉鬱頓挫爲清剛疏爽，遂開玉田一路，終與清眞分途。然下字命意之間，相師之跡，尤隱約可見。粗舉其相似處如下各條。……

清眞〈過秦樓〉云：「水浴清蟾，葉喧涼吹。」白石〈念奴嬌〉云：「翠葉吹涼，玉容銷酒。」……

詩人詞客用字造語，不謀而合者往往有之，然如此之多，不能謂之無意。若取兩家之作

熟讀而深思，此中消息可知也。（見羅氏《詞學雜俎》）

（現）李星《唐宋詞三百首譯析》：

首先，寫荷花不側重於描形而是傳神，在不粘不脫之中，通過擬人手法，給人以亦花亦人之感，從而誘發讀者較爲寬泛的聯想。詞中不見直寫形、色之句，卻用擬人手法，以「水佩風裳」、「玉容」、「嫣然」、「冷香」、「亭亭」、「凌波」、「舞衣」等語，傳遞荷之「態」與「神」，不是畫工之筆而有「化工」之妙。

其次，作者避直而取曲，非平面而立體，收創意新奇、清超絕倫之效。詞中不是直寫荷花的幽香，而是以「嫣然搖動，冷香飛上詩句」，變被動爲主動，這是「取曲」的一例。又如不直說荷花將殘，卻委婉出以「情人不見，爭忍凌波去」。荷花衰殘，魅力自減，詞以高柳、老魚的主動相留來側寫；又以歸途中「田田多少」的縈念來逆寫。這樣的多角度確立荷花形象和人的感情更爲鮮明、豐滿，既反復纏綿，又新奇有致。

（現）姜尚賢《宋四大家詞研究》：

除此，每首詞中還有許多最深刻最精美的語句，爲全詞生色不少。如〈念奴嬌〉的「翠葉吹涼，玉容銷酒，更灑菰蒲雨。嫣然搖動，冷香飛上詩句。」……我以爲像這一類的語句，無論任何人讀了都知道是最佳的言語。但這一類的語句，決不是脫口而出的，更不是一蹴而就的，而是絞腦汁嘔心血，經過千錘百鍊的苦工夫，慢慢的融化凝結出來的。我們由〈慶宮春序〉中可知他在作詞上所化費的時間與精力，與他認眞求美的態度。

（現）汪中《宋詞三百首注析》：

此詠荷花，全篇俊語如珠。發端二句不食人間煙火，花與人不分。「三十六陂」以下賞花之人，至嫣然飛上詩句，又花入人詩句之中，此香眞搖漾於水波煙靄，溶溶一片矣。

下片懷人與惜花，迷離惝恍，而賞荷之人卻在柳陰魚浪中着筆，不滯於題，飛仙行跡，仍是張炎所謂去留無跡之妙詞。

（現）蔡義忠《百家詞品》：

這是一首詠荷花、惜荷花而從花懷念愛人的詞。起句「鬧紅一舸，記來時，嘗與鴛鴦爲侶」，使人有一種不食人間煙火味之感。自「三十六陂人未到」至「嫣然搖動，冷香飛上詩句」，俊語如珠，描繪細膩。

換頭，由花懷人，癡情的人，直等到「日暮，情人不見」但又不忍心離去「爭忍凌波去？」又回到惜花憐人上，寫來情景交融，巧奪天工。「只恐舞衣寒易落，愁入西風南浦」到「幾回沙際歸路」眞所謂去留無跡，精妙絕倫。

（現）劉斯奮《姜夔張炎詞選》：

這首詞以俊麗清逸的筆調，把荷塘的景色描繪得十分眞切動人。上闋追寫夏日來遊時荷花盛開的情景；下闋寫秋初荷花謝落時作者的依戀與歎息。詞前小序，也寫得簡鍊優美，爲讀者所稱賞。

（現）王偉勇《南宋詞研究》：

……許多詞調於製作時，已然嵌上對稱之句型，然作者往往工麗有餘，虛靈不足，難免凝滯之譏。姜夔之作品則不然，大抵均能泯滅匠痕，一氣單行。至若警句，尤非人人所必能；而姜夔由於體物態度圓活，筆力錘鍊，故常有精粹之詞句。……如〈念奴嬌〉上片：

「鬧紅一舸，記來時、嘗與鴛鴦爲侶。三十六陂人未到，水佩風裳無數。翠葉吹涼，玉容銷酒，更灑菰蒲雨。嫣然搖動，冷香飛上詩句。」

以上兩例（按：另一爲〈翠樓吟〉），前一例於半闋詞中即有兩組對句——「月冷龍沙」與「塵清虎落」、「檻曲縈紅」「簷牙飛翠」，讀來但覺自然流暢，洵非用力強湊。後一例則對句——「翠葉吹涼」與「玉容銷酒」、警句——「冷香飛上詩句」相承連用，一氣呵成，意境超脫，誠能令人擊節詠歎！

（現）黃拔荊《詞史》：

通過寫荷花，並以荷花寄托身世。小序寫賞荷時的情景。「意象幽閑，不類人境」，不但襯托出綠荷的高潔，也暗示詞人的襟抱。

詞中將荷花比做姿態嬝娜的美女，並認爲她的微笑瀰漫着高潔的情調和清新的氣息，從而啓發了詞人的詩興。至於描寫荷花零落遲暮，則不僅是傷美人的身世，亦是詞人的自傷。篇末以景結情，不僅達意，而且傳神。

（現）劉乃昌《宋詞三百首新編》：

……以服飾高潔、玉顏著酒、細雨洗塵、清風拂面，妙語刻劃荷花，最爲傳神。冷香入詩，構想尤爲高雅奇妙。

（現）孟慶文編《新宋詞三百首賞析》：

……聯繫詞人際遇身世，不難從歎惋衰荷的描寫中體會到一種美人遲暮的孤寂和淒涼。詞中以荷擬人，不即不離，在狀物之筆中糅進美妙的想像，使物之形神，境之情景自然和諧地統一起來，意蘊深厚，耐人尋味。造語之工，在於新奇精美，具有獨創性。（張家鵬語）

（現）俞朝剛、周航主編《全宋詞精華》：

本篇既可以說是詠物詞，也可以說是紀游詞，但無論是詠物或紀游均非模寫某一特定時空領域內的具體景物，而是綜合了作者在武陵、吳興以及杭州西湖多次與友人或獨自尋幽探勝、賞荷湖塘的體驗和感受，正如序言所云「數得相羊荷花中」，因見其「光景奇絕，故以此句寫之」。詞以俊美的語言、幽閑的意象和豐富的聯想，將荷塘景色描繪得多姿多彩，如詩如畫，引人入勝。經過詞人的提煉和藝術加工，展現在讀者面前的是一個奇妙無比、「不類人境」的神話般的世界。此闋構思精妙，意境空靈，充分體現了白石「如野雲孤飛，去留無跡」的藝術風格。

二二　浣溪沙❶　辛亥❷正月二十四日，發合肥❸。

釵燕籠雲晚不忺❹，擬將裙帶繫郎船❺，別離滋味又今年❻。　楊柳夜寒猶自舞，鴛鴦風急不成眠❼，些兒閒事莫縈牽❽。

❶此詞寫於紹熙二年辛亥（一一九一），時白石三十七歲。這是白石記述與合肥情人惜別的一首小詞。夏承燾《姜白石詞編年箋校》云：「此合肥惜別之作。白石情詞明著時地與事緣者，此首最早。……時白石年將四十。初遇當在淳熙丙申、丙午間，至此蓋十餘載矣。」

❷辛亥：宋光宗紹熙二年（一一九一）。

❸發合肥：指從合肥出發。也就是離開合肥。

❹釵：是婦人用的首飾，即簪子。釵燕：即燕釵，燕子形的簪子。雲：指雲鬢、頭髮。忺：指高興、適意的意思。揚雄（前五三—後一八）《方言》：「青齊呼意所好為忺。」不忺：即不適意、不高興。

❺擬：是打算。將：就是把的意思。繫：指扣住。此句謂：打算用裙帶把情郎的船扣住，不讓他離開。

❻別離滋味又今年：此句謂今年又要承受離別的折磨。暗示這已不是第一次離別了。

❼鴛鴦風急不成眠：此句謂鴛鴦被急風吹動得不能安睡。暗示這對情人被環境所迫，不能相宿相棲。

❽些兒：指些子兒、一點兒的意思。閒事：指不關痛癢、不重要的事。縈：指旋繞。此句謂不要為這次分離——不重要的事而牽腸縈懷，過度煩惱吧！此句是強作寬慰語，實是更悲傷。

【賞析】

這是姜白石直寫合肥情事「明著時地與事緣者」的最早作品。在詞序裏，白石寫出了創作的年月日，也寫出了創作的背景——離開合肥。合肥，就是白石兩位情人的居處。他初遇她們是在十多年前，自此白石對她們念念不忘，她們的影子也每在白石詞中出現。如今，難得重逢，自然興奮莫名；然而，又要別離，心情自然倍感悵惘苦惱。

詞文上片寫情人的面貌、神態與感受。「釵燕籠雲」是借代的手法，祇寫情人的秀髮和頭釵，但足見情人的裝容。釵是手工精細的燕形釵；秀髮是梳理整齊的雲樣，這幅特寫已經叫人聯想到情人嬌美的面孔和華麗的裝扮。詞人在句中筆意一轉，從外表進到情人的內心，說情人在日暮之際，心境不快。這種心境正暗暗呼應詞序中「發合肥」一句。這裏，讀者腦海中就浮現了一幅日暮美人圖。「擬將」一句，把情人的心事形象化地托出，說希望把自己的裙帶緊繫情郎的船兒，好叫情郎不能離開。把女性的綿綿愛意與柔柔離情寫得淋漓盡至。「別離」是白描離情之深，原來這已不是第一次離別了。初別的滋味，已是難受；別後重逢的滋味，是苦盡甘來；再別的滋味，是痛上加痛、愁上加愁。這就回應前二句情人的意態與思緒了。

下片由情入景。詞人在江畔見到楊柳飄飄、鴛鴦浮游，於是把主觀孤零、淒冷的感情灌注入內。「猶自舞」，寫楊柳枝條搖擺不定，令人想到草木尚且不得安寧，人就更悲苦了；「不成眠」，寫鴛鴦本是一雙，也因爲急風擾動而要形單影隻。植物、動物都敵不過自然的力量，人在大自然之間也不過是渺小如塵，終也敵不過客觀環境的擺佈。於是，人可以做的，不過是自我開解。「些兒閑事莫縈牽」是詞人是對自己的慰解語，說不要爲分離這些不重要的事而牽腸縈懷。然而此句更顯離愁之苦，因爲「些兒閑事」，是嘗試以極筆淡化分離，但分離終非閑事，尤其是對於飽受相思煎熬的怨侶來說，分離實在是極其痛心的；「莫縈牽」三字，實在說離情早已縈繞內心，今日勉強自勸。情之所至，的確不受理性思維所改變，因此這寬慰語實在出自極力壓抑。詞人與情人雙方的離情，就在言語外流露出來。

【評說】

（現）唐圭璋〈姜白石評傳〉：

其後至合肥亦有所遇，有〈浣溪沙〉記其事云云：擬將裙帶繫郎之船，寫情癡憨已極。不必縈牽，些兒閒事，寫勸慰之意亦厚。（見唐氏《詞學論叢》）

（現）羅忼烈〈略論白石詞〉：

白石〈浣溪沙〉（辛亥正月二十四日發合肥）詞云云……蓋別所歡之作。白石不善取逆勢，故周止庵譏其據事直書，此類最顯然；結語補湊完篇，又止庵所謂放曠故情淺故爾。先白石百年，清眞教授廬州（今合肥），去時曾賦〈玉樓春〉惜別云云……此不過祖席應歌之作，本無兒女情深，非若白石之實有所歡也，然筆筆留餘地，遂饒蘊藉。周止庵評曰：「只賦天台事，態濃意遠。」謂賦天台事固非，態濃意遠則是也。積厚故態濃，味長故意遠。陳亦峰云：「美成詞，有似拙實工者。如〈玉樓春〉結句云：『人如風後入江雲，情似雨餘粘地絮。』上言人不能留，下言情不能已，呆作兩譬，卻不病其板，不病其纖，此中消息難言。」可謂解人矣。若白石結云：「此兒閑事莫縈牽。」有何意味？（見羅氏《詞學雜俎》）

（現）殷光熹編《姜夔詩詞賞析集》：

這首詞雖只有六句，卻完整地表現出戀人離別之苦及作者強作寬慰的心理，情眞意切，心理描寫十分成功。寫戀情而毫無脂粉氣，語言清爽樸實，充分體現了姜夔詞用健筆寫柔情，而又情深韻長的特點。（曾秉莊、曹弢　文）

二三　滿江紅❶

滿江紅舊調用仄韻❷，多不協律；如末句云：『無心撲』❸三字，歌者將『心』字融入去聲❹，方諧音律。予欲以平韻爲之，久不能成。因泛巢湖❺，聞遠岸簫鼓聲，問之舟師❻，云：『居人爲此湖神姥❼壽也。』予因祝曰：『得一席風徑至居巢❽，當以平韻滿江紅爲迎送神曲❾。』言訖❿，風與筆俱駛⓫，頃刻⓬而成。末句云：『聞佩環』⓭，則協律矣。書以綠牋，沈于白浪⓮，辛亥正月晦⓯也。是歲六月，復過祠下，因刻之柱間。有客來自居巢云：『土人祠姥⓰，輒⓱能歌此詞。』按曹操至濡須口⓲，孫權遺操書曰：『春水方生，公宜速去。』⓳操曰：『孫權不欺孤⓴』，乃徹軍還。濡須口與東關㉑近，江湖水之所出入；予意春水方生，必有司之者㉒，故歸其功于姥云。

仙姥來時，正一望千頃翠瀾㉓。旌旗㉔共亂雲俱下，依約前山。命駕群龍金作軛㉕，相從諸娣玉爲冠㉖，向夜深、風定悄無人，聞佩環㉗。　神奇處，君試看。奠淮右㉘，阻江南㉙。遣六丁雷電㉚，別守東關㉛。卻笑英雄無好手㉜，一篙春水走曹瞞㉝。又怎知、人㉞在小紅樓，簾影間。

❶此詞寫於宋光宗紹熙二年辛亥（一一九一），時白石三十七歲。此詞是姜白石在合肥所作的一首賽神詞。上片寫神姥降臨下的風儀，下片寫神姥退敵的情況。此詞風格雄俊，筆勢大開大闔，頗類稼軒，在白石詞中別具一格。

❷仄韻：押韻的字屬上、去、入三聲的稱爲仄韻。

❸無心撲：指周邦彥〈滿江紅〉（晝日移陰）的結句。其詞末云：「最苦是蝴蝶滿園飛，無心撲。」

❹融入去聲：「心」字是平聲，歌唱時讀如去聲。

❺巢湖：在安徽合肥縣東南六十里。亦名焦湖。（見《太平寰宇記》）

❻舟師：駕船的梢公，即船伕。

❼此湖神姥：巢湖的女神，當地有神姥廟。據《輿地紀勝》載，巢湖聖姥廟在城左廂明教台上。

❽居巢：縣名，在今安徽巢縣東北。樂史（九三〇—一〇〇七）《太平寰宇記》：「古居巢城，陷爲巢湖。」

❾迎送神曲：祭祀時迎神送神的歌曲。

❿訖：止意。

⓫風與筆俱駛：此句意謂風迅速吹帆而去，作者也飛快地揮筆作詞。

⓬頃刻：片刻。

⓭聞佩環：這裏佩字屬去聲，玨字屬平韻，所以協韻。

⓮沈于白浪：指投書贈湖神。

⓯辛亥正月晦：宋光宗紹熙二年（一一九一）正月最後一天。

⓰祠姥：祭祀神姥。

⑰輒：每每。

⑱濡須口：在今安徽巢縣，扼巢湖與長江的通道。《輿地紀勝·郡國志》：「濡須水自巢湖出，謂之馬尾溝。」即今運漕河前身。古代當江、淮間要衝，魏晉南北朝時常爲兵家必爭之地。東漢建安十七年（二一二）孫權令築塢堡據濡須水口，以拒曹操。

⑲遺：致送。建安十八年（二一三）曹操進軍濡須口，欲擊東吳，孫權致書曹操，曹軍乃退。『春水方生，公宜速去』：指曹軍不善水戰，現在春水開始多，不宜進攻，還是早些退兵。事見《三國志·吳書·吳主傳》注引《吳歷》。

⑳孤：侯王之謙稱，此處乃曹操自稱。

㉑東關：在巢縣東南。三國時吳國諸葛恪築，隔濡須水與七寶山上的西關相對，北控巢湖，南扼長江，爲當時吳、魏間的要衝。

㉒司之者：主宰湖水的人。

㉓頃：地積名。田百畝曰頃。千頃：言其面積浩大。翠瀾：指巢湖的湖水，碧波千頃。此句謂當仙姥降臨時，巢湖湖面碧波千頃，十分壯觀。

㉔旌旗：旗幟的通稱。《周禮·春官·司常》：「凡軍事，建旌旗。」

㉕軛：駕車時套在馬頸上的曲木。此句謂：仙姥命群龍爲她駕車，車軛都是金製的。

㉖娣：古稱同夫諸妾。《詩經》毛傳：「諸娣，眾妾也。」此二句下姜夔自注云：「廟中列坐如夫人者十三人。」此句謂仙姥由一班仙姑陪伴着，她們頭上都戴着白玉冠。

㉗佩環：古代繫於衣帶上的裝飾品。此兩句謂夜漸深，風停住了，群仙也隱沒不見了，只聽到她們佩環的叮咚聲響。

㉘奠：鎮守。淮右：宋代在淮揚一帶設置淮南東路和淮南西路。淮南西路稱淮右，巢湖屬淮右地區。

㉙阻：水隔曰阻，見《釋名》。此處指屏蔽。江南：地區名。泛指長江以南。

㉚六丁：道教神名，謂六甲中丁神。此處是仙姥的侍從。韓愈〈調張籍〉：「仙宮敕六丁，雷電下取將。」

㉛東關：在巢縣東南。見㉑。

㉜卻笑英雄無好手：卻笑人世間那些所謂「英雄」（暗指曹操）都沒有眞正的本領。

㉝篙：撐船之竿。曹瞞：即曹操。曹操小字阿瞞。此句謂一篙春水便把曹操嚇走。

㉞人：指仙姥。因是女神，故她住在紅樓，掛簾幕。這兩句謂怎知主宰春水、嚇退曹操的，原來是住在小紅樓中簾影低垂的仙姥呢。

【賞析】

《滿江紅》是白石詞中罕見的賽神詞。在詞序裏，白石記敘了兩件有趣的事情：其一是巢湖仙姥助孫權拒曹操的傳說；其二是白石創作的過程。前者具神秘的宗教色彩，正好讓詞人馳騁超凡的想像力；而後者敘述了創作此詞的「靈感」。他苦思以平韻塡《滿江紅》好一段時期，適逢巢湖祭神儀式，得到了啓發，於是一揮而就地寫成了這闋詞。

詞文中的世界，是一個瑰麗無比的神仙世界，同時也是一個幽遠難測的內心世界。上片起句，是巢湖女神的出場，背景是氣勢磅礴的浪濤。「一望千頃」正是極遼寬的畫面，「翠淵」是爲湖面着色，表現活潑的生命力。「旌旗」兩句是進一步的烘托。旌旗飄揚是王者出巡的情景，「共亂」表現旗幟紛飛得令人目眩。「雲俱下」是厚雲甸甸，暗暗淡淡的，神秘感油然而生，而「依約」是分隔現實與超現實的藝術距離，跟《九歌·山鬼》中的「若有人兮山之阿」有同工之妙。「命駕」二句是近寫，利用器具、侍從來襯托巢湖女神的風儀。「命駕」二字，寫出女神的威儀。「群龍」是中國神話中的仙駕，象徵活力與權柄。「金作軛」，既可爲畫面着上輝煌的色彩——金色，也可以象徵富貴不凡的氣派。「相從諸娣」寫女神的侍女數目極多，並且個個嬌美華麗。「玉爲冠」是以借代手法描繪她們的瑰麗衣飾，而且玉器可以象徵高尚純潔。侍女的裝束品格尚且如此，女神的姿容風範，就不言而喻了。「向夜深」三句，寫女神來到了。但此際卻是聞其聲而不見其人。首先是以夜色烘托，神秘幽遠，繼而寫風平浪靜，恰恰是上片起句的極端對比，最後寫女神佩環的叮咚聲，既清脆又微小，給人如夢如幻的感覺。

下片以「神奇處」二句轉頭，集中寫女神的法力。「奠淮右」二句，淮右、江南是幅圓廣大的地區，而女神的管治就是縱跨兩地，顯出豪邁的氣魄。「遣六丁」是寫女神的勢力範圍不限上句的兩地。「別守東關」祇是其中一隅而已。「卻笑」二句，是人力與神力的對比，顯示人間所歌頌的功績不過是女神眼中可笑的事情。人間所謂的英雄之功，其實反顯他們的無能，就是「一篙春水」就把世間的梟雄曹操嚇走了。這裏詞人以「一篙春水」對比上片的「千頃翠瀾」，寫出此微的力量就趕退了英雄。用曹操的小字來直呼曹操，表現人在女神眼裏祇是卑微得很。「又怎知」是落筆，轉入極幽極微處，形成了顯隱的對比。「人在小紅樓」二句，寫女神身處小樓簾幕後面，而大功垂手而成。此處的高妙處在於大小的幻覺：相對於人世來說，女神無論氣魄或法力都是極大的，但詞人寫她在小樓之中；樓既小，而置身其中的女神豈不是更小？那麼，讀者就陷於這種視覺的疑幻之中；還有，女神在小樓簾下，讀者祇能見到她模糊的面貌身影，「神仙」的神秘感保存得完完整整，但同時又惹人無窮的遐想。況且，白石更巧妙地強調，趕退自以為英雄無敵的曹操祇不過是一個弱質的小女子而已！

【評　說】

（清）陳澧《白石詞評》：

……豪宕之後，以幽豔作收，遂乃相間成色。讀「英雄」兩句，誰知如此挽合作收，是何神勇。又「命駕」二句富豔極矣，必須前後以清句間之。

（清）謝章鋌《賭棋山莊詞話》卷九：

善詞亦藉善歌，故宋詞亦不盡可歌，須歌者具融化之才。姜白石云：「〈滿江紅〉末句『無心撲』三字，歌者將心字融入去聲，方諧音律。」即此說也。蓋能聲中無字，字中有聲，沈括《夢溪筆談》載此二語。鎔鑄貫通，無不入協。從來手口并擅者少，故無論雜劇傳奇，多半一人塡詞，一人正譜，急節以赴之，遲聲以媚之，減偷之功，半資引刻。

（現）俞陛雲《唐五代兩宋詞選釋》：

舊調〈滿江紅〉多用仄韻，白石謂於律不協。嘗舟過巢湖，賦平韻〈滿江紅〉，爲迎神、送神之曲，刻於神姥祠柱間。上闋「玉冠諸娣」句謂神姥旁列十三女神。下闋之意謂其地即濡須口，當江湖之衝，孫權與曹操書所謂「春水方生，公宜速去」，即此地也。此調用平韻，爲白石所創，格調高亮，後來詞家每效之。而汲古閣刻《白石詞》及皋文《詞選》、《續詞選》均未選錄，楊誠齋評白石詩，謂有「敲金戛玉之奇聲」，此詞音節，頗類其評語。

（現）鄭騫《詞曲概說示例》：

〈滿江紅〉本用仄聲韻，堯章創用平聲韻，讀起來別有風味。後來吳夢窗諸人都有仿作，《詞選》一二九頁選夢窗一首，可與姜詞合讀。「聞珮環」之「珮」字去聲，最好，「簾影間」之「影」字也應去聲。堯章詞以瘦硬稱，右詞即可看出，我最喜歡「卻笑英雄」兩句。

（見鄭氏《從詩到曲》）

（現）劉斯奮《姜夔張炎詞選》：

這首詞着力塑造了一位外表雍容嫻雅，實質剛毅雄強的女神形象。寫法上利用筆勢的大開大闔造成強烈的對比和奇崛的意象，反映了作者在開拓詞境方面的探求。……以上四句把激烈的軍事抗爭同小樓簾影扯在一塊，以造成奇崛的意境。

（現）王偉勇《南宋詞研究》：

以大英雄與小神姥、大場面與小紅樓對比，然付與小神姥有無比之神力，使英雄相形見絀，是又一比，筆致一波三折，跌宕有趣。

（現）李長路、賀乃賢、張巨才《全宋詞選釋》：

這詞據作者自序，作於辛亥，即是光宗紹熙二年（公元一一九一年），是他所首創的「自度曲」之一。舊調〈滿江紅〉多用仄韻，作者認爲不協律，改爲平韻，是他首創，吳文英等繼起，對今天來說，眞是一大改革與進步，使這一詞調能在沒有入聲的時代琅琅上口。已故夏承燾先生已多用「平韻滿江紅」塡詞，値得稱讚。兪陛雲說：「此調用平韻，爲白石所創，格調高亮，後來詞家每效之。而汲古閣刻《白石詞》及皋文（張惠言）《詞選》、《續詞選》均未選錄；楊誠齋（楊萬里）評白石詩，謂有『敲金戛玉之奇聲』，此詞音節，頗類其評語。」兪氏極有見地。這詞的平韻，是「寒」韻。至於詞的意境，表面看似乎是「爲迎神送神之曲，刻於神姥祠杜間。」上片在「玉冠諸娣」句下還注出神姥旁列十三女神，這其實不過借民間傳說與習俗來歌頌天然形勢的威力罷了。到下片，寫：能當江湖之衝，守住江南的不是英雄孫權，而是春水阻住曹兵。這其中暗示南宋苟安，無抗敵恢復中原的英雄，只有靠迎仙送神、山水形勢來保住這半壁江山了。作者只不過是借這個「仙姥」來抒發他的愛國胸懷而已。詞「寒」韻，爲第一首「平韻滿江紅」，也是詞史音韻的一大改革。

（現）殷光熹《姜夔詩詞賞析集》：

詞人對仙姥玉容未施一筆，但通過氣勢的渲染，侍御的襯托，她那雍容華貴、離塵脫俗的不凡仙姿已在讀者腦海中呼之欲出了。正所謂：「不着一字，盡得風流。」……詞人把孫權當年擊走南侵曹兵事歸功於神姥，大有深意。作此詞時，距宋金和議近三十年。偏安江左的南宋王朝不也正是賴江淮天險來阻止金兵南侵的嗎？現實與歷史驚人的相似，詞人以「一篙春水」溝通了神話、歷史和現實，於浪漫主義的絢麗色彩中寄寓了自己的某些政治理想。像該篇以重筆謳歌克敵制勝的女神，在詞苑中尚屬罕見。

這首詞由仙姥聯及曹操，暗寓時事；由闊大雄壯的出行聲勢而歸之佩飾的裊裊餘音，由千軍萬馬的咄咄對峙而收之於紅樓簾影內的纖纖佳麗，反映出它最大的藝術特色在於通過大膽的想像、鮮明的對比，造成宏闊的氣勢、奇崛的意象，別開生面，獨具一格。由此看來，馮煦的詞評確屬精當：「其實石帚（姜夔）所作，超脫蹊徑。天籟人力，兩臻絕頂。筆之所至，神韻俱到。」（《蒿庵論詞》）（許利平　文）

二四 淡黃柳❶ 正平調近❷

客居合肥南城赤闌橋❸之西，巷陌❹淒涼，與江左異❺。唯柳色夾道❻，依依可憐❼。因度此闋❽，以紓客懷❾。

空城曉角❿，吹入垂楊陌。馬上單衣寒惻惻⓫。看盡鵝黃嫩綠⓬，都是江南⓭舊相識。

正岑寂⓮，明朝又寒食⓯。強攜酒、小橋宅⓰。怕梨花落盡成秋色⓱。燕燕飛來，問春何在，唯有池塘自碧⓲。

---

❶ 此詞作於宋光宗紹熙二年辛亥（一一九一），時白石三十七歲。此詞是作者自度曲。當時他在合肥。主要寫其情事，亦透露其客懷的落寞難遣。白石在各情詞中，提及合肥事時多提及柳。此詞牌名便用〈淡黃柳〉。夏承燾《姜白石詞編年箋校》云：「此詞應移本卷之首，列〈浣溪沙．辛亥正月發合肥〉之前。客合肥不始于辛亥也。」

❷ 正平調：即平調。平調爲燕樂二十八調的七羽之一。又名「正平調」、「林鍾羽」。近：在詞學中，近是近拍的省文，意爲腔調相近。在本曲和近拍曲之間，存在一種同名而異曲的關係。由於宋詞樂譜失傳，我們已無法確定近拍曲同本曲的音樂差別，但根據張炎《謳曲旨要》所說：「歌曲令曲四掯勻，破

近六均，慢八均。」可以判斷近指的是比令長、比慢短的曲調。今存以近爲名的曲調，大都比慢曲短，其中最短的是〈好事近〉，有四十五字；最長的是〈劍器近〉，有九十六字。

❸ 赤闌橋：指合肥南城的一座紅色欄杆的橋。作者有〈送范仲訥往合肥〉詩：「我家曾住赤闌橋，鄰里相過不寂寥。君若到時秋已半，西風門巷柳蕭蕭。」

❹ 巷陌：即街道的通稱。劉禹錫〈題王郎中宣義里新居〉詩：「門前巷陌三條近，牆內池亭萬境閒。」

❺ 江左：指江東，即江南，包括蕪湖至南京一帶的長江南岸地區。古人在地理上以東爲左，以西爲右，故名。此句是說與江南的景色不同。

❻ 唯柳色夾道：此句指路的兩旁種滿柳樹。

❼ 依依：指楊柳輕柔的樣子。《詩經》：「昔我往已，楊柳依依。」憐：猶愛也。故可憐猶可愛也。

❽ 度：製曲曰度曲。闋：量詞。歌曲或詞一首，叫做一闋。

❾ 紓：緩和、解除意。客懷：指身居異鄉的愁懷。

❿ 空城：空無人跡的城。指合肥城。曉角：即清早的號角聲。

⓫ 惻惻：悲涼也。杜甫〈夢李白〉詩：「死別已吞聲，生別常惻惻。」宋人詞中多作惻惻，如周邦彥〈漁家傲〉：「幾日輕陰寒惻惻。」此句謂羈旅途中身上衣着單薄，寒意逼人，心境悲涼。

⓬ 鵝黃嫩綠：指初春新柳的顏色。柳葉初生黃色，然後變綠。王安石詩：「弄日鵝黃裊裊垂。」

⓭ 江南：泛指長江以南。

⓮ 岑寂：冷清、寂寞。杜甫〈樹間〉詩：「岑寂雙甘樹，婆娑一院香。」

⓯ 寒食：節令名。在農曆清明前一日或二日。相傳春秋時晉國介之推輔佐重耳（晉文公）回國後，隱於山中，重耳燒山逼他出來，之推抱樹而死。晉文公爲悼念他，禁止在之推死日生火煮食，只吃冷食。以後相沿俗，叫做寒食禁火。從寒食到清明這三天，古人出外掃墓和春游。

⑯小橋宅：有二說，其一是鄭文焯《校白石道人歌曲》：「此所謂『小橋』者，即題序所云『赤闌橋之西』，客居處也。」其二是夏承燾《姜白石詞編年箋校》，認爲是用《三國志》裏橋玄次女小橋（即小喬）的典故。他說：「詞云『強攜酒小橋宅』，非其自己寓居之赤闌橋甚明。此小橋蓋謂合肥情侶也。」今取後說。以情人比作小橋，其美可想。白石〈解連環〉詞有：「爲大喬能撥春風，小喬妙移箏，雁啼秋水」句，可以佐證。

⑰怕梨花落盡成秋色：此句化用李賀〈河南府試十二月樂詞〉：「梨花落盡成秋苑」詩句。梨花盛開於寒食節前，周邦彥〈蘭陵王〉詞：「梨花榆火催寒食。」此句表達作者對惜春之情。

⑱池塘自碧：化用謝靈運詩：「池塘生春草，園柳變鳴禽。」這幾句謂當日暖燕歸時，春光已盡，只有門前池塘還是碧綠色。

【賞　析】

這是姜白石旅居合肥時的作品。合肥的春景跟江南的春色很不相同：江南之春，草木蓬生，百花競放；合肥卻祇有楊柳低垂，一片淒涼。白石觸景生情，寫下了這闋淡淡客愁的詞作。

詞人先以景入詞。他先寫所見的「空城」和所聽的「曉角」。早晨的號角，喚醒了昏睡的合肥，卻沒有爲它帶來朝氣與活力，合肥仍然仿如一座空城。號角聲響在空城中迴蕩，遼闊而淒涼。曉角之聲似乎無所依歸地盤旋，最後吹入垂楊巷陌。這裏，把曉角之聲寫成有意識的進入楊陌，實已注入詞人自己的情緒。詞人內心無依無靠的感覺就與曉角無目的的迴蕩契合，於是藉以寫出自己從合肥南城走進楊柳夾道的陌巷。「馬上」句是倒捲之筆，是直寫詞人的位置與感覺。詞人原來是騎馬經過此地，由於身上衣服單薄，感到寒意難耐。以上三句，着重聽覺和觸覺。「看盡」句，就轉移到視覺了。「鵝黃嫩綠」是極其形象化的摹繪。鵝毛似的黃色、油嫩的綠色是新柳的顏色，極盡視覺的刺激。「都是」呼應了「看盡」一詞，「看盡」是着意細看，才發現「都是」似曾相識的。「舊」呼喚了往昔的情事，景物雖同，但地點和心情卻不同了。這就發動了無限的聯想感應。

承上片新柳的聯想，下片轉頭寫詞人的情懷與心境。「正岑寂」二句，寫時間飛逝。清寒孤單與歲月流逝，更添詞人的愁緒。「強攜酒」二句，是詞人爲遣愁緒，勉力迎着寒風，帶着淡酒前往情人的住處。意象清晰，讀者彷彿親見獨行踽踽的詞人，走在寒風之中。「怕梨花」句，是借用唐詩人李賀名句，並作更新，一個「色」字，把秋景形象地托出；同時此句也照應前面的「明朝又寒食」的光陰流轉。「燕燕飛來」三句是詞人的設想。到了滿院秋色，燕子歸來，問春在哪裏，無人回應，祇得池塘獨自地碧綠了。這是擬人的妙筆。首先，詞人選用了對季節變化十分敏感的動物——燕子，而這動物在白石詞中經常象徵情人。這裏就發揮了文學的多義性，增加讀者體味的層次。其次詞人把燕子擬人，利用它的嘴巴問道：「春在哪裏？」這是明知沒有答案的故意去問，所以出自動物之口，比由詞人親自道出更好。對於這問題的答案，詞人沒有刻意提升至哲學層面，又或者轉化成呼天搶地的怨艾，而是冷僻淡然地寫出大自然的答案：只有一池碧水無語無聲地回答這沒法解答的永恆疑惑。詞人心中空涼落寞，就躍然紙上了。

【評說】

（宋）張炎《詞源》：

詞要清空，不要質實。清空則古雅峭拔，質實則凝澀晦昧。姜白石詞如野雲孤飛，去留無跡。吳夢窗詞如七寶樓台，眩人眼目，拆碎下來，不成片段。此清空質實之說。……白石詞如〈疏影〉、〈暗香〉、〈揚州慢〉、〈一萼紅〉、〈琵琶仙〉、〈探春〉、〈八歸〉、〈淡黃柳〉等曲，不惟清虛，且又騷雅，讀之使人神觀飛越。

（清）陳澧《白石詞評》：

「梨花」句已妙極，結句尤妙不可言。「梨花落盡成秋色」，李長吉〈十二月樂詞〉句也，後來張玉田亦多用唐人詩句點竄入詞。

（清）丁紹儀《聽秋聲館詞話》卷十四：

詞中換頭句扼一篇之要，故分段不容稍混。乃《詞律》有不知舊本之誤，而誤分未分者。亦有明知其誤而未經訂正者。……姜夔〈淡黃柳〉，應於「都是江南舊相識」句分段。均將換頭句連綴屬上。

（現）王闓運《湘綺樓評詞》：

〈淡黃柳〉「空城曉角」——亦以眼前語妙。

（現）唐圭璋《唐宋詞簡釋》：

此首寫客居合肥情況。「空城」兩句，寫淒涼景色。「馬上」一句，倒捲之筆，蓋曉起駿馬過垂楊巷陌，既感角聲淒咽，又感單衣寒重也。「看盡」兩句，寫柳色如舊識最有味。換頭，又轉悲涼。「強攜酒」三句，勉自解寬。「梨花落盡成秋苑」，長吉詩，白石只易一「色」字叶韻。「燕燕」兩句提唱，「惟有」一句，以景拍合，但言池塘自碧，則花落春盡，不言自明。

（現）沈祖棻《宋詞賞析》：

首二句，巷陌淒涼。「馬上」句，曉角客況。「看盡」兩句，楊柳雖如舊識，而地異情殊。換頭正面點出客懷。客懷難遣，況明朝又值寒食，惟有強歡自解耳。「強攜酒」，「強」字一轉。然而又恐當前芳景，轉瞬成愁，「怕梨花落盡」，「怕」字再轉。此句用李賀《河南府試十二月樂詞》「梨花落盡成秋苑」，惟易一字耳。「燕燕」三句，更進一層，謂恐玄鳥來時，春光已去，惟有無情流水，一池自碧而已。「岑寂」屬今日，「明朝」以下，皆懸擬之詞。

鄭文焯校本謂「喬」當作「橋」，云：「此所謂『小橋』者，即題序所云『赤闌橋之西』，客居處也，故云『小橋宅』。若作『小喬』，則不得其解已。」按：喬姓本作橋，後人改之，學者已有考證。此詞作「喬」或「橋」，均不誤。白石曲中所識，實有姊妹二人，故其〈解連環〉云：「為大喬能撥春風，小喬妙移箏，雁啼秋水。」又〈琵琶仙〉云：「雙槳來時，有人似舊曲桃根桃葉。」此小喬，亦即桃根也。鄭說不獨拘泥，且與上文「強攜酒」意不連貫，既客居「赤闌橋之西」矣，又何自而攜酒至橋西己宅耶？真令人「不得其解」也。

（現）羅忼烈〈白石詞每師法清真〉：

清眞之詞本有疏密兩種，夢窗得其密，白石得其疏。白石變清眞之縝密典麗為古雅峭拔，易沉鬱頓挫為清剛疏爽，遂開玉田一路，終與清眞分途。然下字命意之間，相師之跡，尤隱約可見。粗舉其相似處如下各條。……

清眞〈應天長〉云：「青青草，迷路陌，強載酒、細尋前跡。」白石〈淡黃柳〉云：「強攜酒，小橋宅，怕梨花落盡成秋色。」

詩人詞客用字造語，不謀而合者往往有之，然如此之多，不能謂之無意。若取兩家之作熟讀而深思，此中消息可知也。（見羅氏《詞學雜俎》）

同上〈略論白石詞〉：

清眞〈應天長〉寒食詞云「青青草，迷路陌，強載酒、細尋前跡。」不言強載酒出遊之故，然合上下文觀之，固知其有無限往事堪追憶矣。白石〈淡黃柳〉效之云：「正岑寂，明朝又寒食，強攜酒、小橋宅。」若就此頓住，則含蓄不減清眞矣；然又惟恐人不知其強攜酒之故也，緊接一句作注腳云：「怕梨花落盡成秋色。」畫蛇添足，不留餘地，遂索然矣。幸兩結俱好，尚不失爲佳作。（見羅氏《詞學雜俎》）

（現）姜尚賢《宋四大家詞研究》：

「燕燕歸來，池塘自碧」作結，是以靈秀之筆，淡淡寫景，言下頗有落寞無人之感，語多悲愴，當於言外得之。

綜觀二詞（按，指〈揚州慢〉及〈淡黃柳〉），格高調新，吐詞清雋，澹麗深美，筆姿遒健，悲愴悽惻，聲韻激越，實爲白石獨到之處。不但抒寫寥落的意緒，而且激發憂國的深思，精徹冷豔，超逸雅正，幽暢綺潔，感慨全在虛處。論起他的造詣，幽麗空靈，抑爲清眞所不能及。至於〈齊天樂〉的「候館迎秋，離宮弔月，別有傷心無數。」〈惜紅衣〉的「虹梁水陌，魚浪吹香，紅衣半狼藉，維舟試望故國，眇天北。」這一類的語句，悲涼悱惻，沈鬱幽咽，痛傷國勢的衰頹，自慨身世的飄零，激宕幽憤，語意含悲。其質雖極輕靈，其情固極深厚，淒迷悵惘，工麗精巧，可謂詞中的當行，千古的絕響。

（現）汪中《宋詞三百首注析》：

此春日客思之作。

南宋兵禍，民生凋敝，序云：「巷陌淒涼。」故起句言空城曉角。「馬上衣單」，惟楊柳青青尚似江南旖旎景色。

下片承上之景而聯想寒食節近了，強飲尋歡，只恐梨花滿地像秋天一樣。眼前飛燕池塘，還略是春光。此一種清脆之音，和稼軒的鏜鞳，迥然異趣。

（現）劉斯奮《姜夔張炎詞選》：

這首詞是作者客居合肥時的作品。夏承燾認爲寫的是「合肥情事」。（《姜白石詞編年箋校》）但詞中所表現的，主要還是傷春、惜春的感情。

（現）黃拔荊《詞史》：

通篇寫柳，上片寫空城悲角，楊柳依依，景色與江南相似。下片點明時近寒食，唯恐梨花落盡轉眼成秋。燕子飛來，春意已闌，邊城春景如此淒涼。由此可見，作者傷時感世之念，盡在不言之中。

（現）趙山林《宋詞三百首評注》：

……。「燕燕」三句，一問一答，雖淡淡寫景，而寥落無人之感自在言外。

黃兆漢、司徒秀英《宋十大家詞選》：

早年合肥情事，叫白石刻骨銘心。悠悠一生，他曾過合肥舊地數次，匆匆作客，懷緬舊情，追念愛侶。這首詞便寫於一一九一年白石重客合肥之時。

上片「空」字當首，領起全詞，極空靈清健，這種清虛的筆法，唯白石最達出神入化之境。起首二句言清晨角聲借風吹入城南巷陌，寫出小序「巷陌淒涼」之景。「馬上」一句寫人之淒涼。寒涼之感來自清曉的冷風，單薄的衣裳；淒苦之意則來自楊柳夾道之古城舊貌。「看盡」二句言舊時柳色，如今尚青，皆留往日情味，此一意。又合肥風物與江南迥異，唯有依依動人的楊柳，跟江南無別，故說是「江南舊相識」，又一意也。詞人羈旅無定，南來北往，客地重遇故知，借以聊慰游子淒涼心事，亦由此興起舊日愛侶之情，又一深意也。這二句意味深厚，耐人尋賞。

下片「正岑寂」寫環境氣氛，「明朝」句點出時令。「正」、「又」二字虛處着力，使淒涼意緒藉着環境愈染愈深。「強攜酒」句言帶酒訪舊，權宜以解客愁。「怕梨花」句惜花惜春，暗指造訪合肥情侶之原委。詞人怕好花落盡，實怕作客匆匆，良辰易逝，更怕情意衰竭如敗秋之色，方時悔恨也遲。「燕燕」二句寫訪春之飛燕，實寫自己。舊燕歸來，故地似曾相識，問春色何處，舊愛何在？此詞最後以景作結，「惟有池塘自碧」一句，是景語，亦情語也。偌大故宅，只有一泓碧綠的池水染着春色，其餘芳華與人事，已隨春歸而消逝。結句格高情厚，一派落寞見於清空字面之外，極妙。

二五　長亭怨慢❶　中呂宮❷

予頗喜自製曲❸，初率意爲長短句❹，然後協以律❺，故前後闋多不同。桓大司馬❻云：『昔年種柳，依依漢南；今看搖落，悽愴江潭；樹猶如此，人何以堪！』❼此語予深愛之。

漸吹盡、枝頭香絮❽，是處人家，綠深門戶❾。遠浦縈回❿，暮帆零亂向何許⓫。閱人多矣⓬，誰得似長亭樹⓭。樹若有情時，不會得青青如此⓮。日暮，望高城不見⓯，只見亂山無數。韋郎⓰去也，怎忘得玉環分付：『第一是早早歸來，怕紅萼⓱無人爲主！』算空有并刀⓲，難翦離愁千縷⓳。

---

❶此詞寫於宋光宗紹熙二年辛亥（一一九一），時白石三十七歲。這是他離合肥時，與戀人惜別之作。夏承燾《姜白石詞編年箋校》云：「此亦合肥惜別之詞，序引〈枯樹賦〉云云，故亂以他辭也。」上片寫渡口離別的感受，下片寫乘舟離去，回望岸邊，回想對方臨行時的深情叮嚀。其中以「閱人多矣，誰得似長亭樹。樹若有情時，不會得青青如此。」爲白石詞的名句。

❷中呂宮：燕樂二十八調的七宮之一。因其主音音高合於唐雅樂律的中呂，故名「中呂宮」。這一音高

在唐燕樂律的夾鐘位上，故中呂宮又名夾鐘宮。現存周德清（約一三一四前後在世）《中原音韻》所載的六宮十一調中，對中呂宮的聲情分析爲「高下閃賺」。

❸自製曲：自己創製之曲調。白石共有自製曲十四首。參〈揚州慢〉❶。

❹率意：即順隨心意。《新唐書．王紹宗傳》：「常精心率意，虛神靜思以取之。」長短句：詞是由長的句子和短的句子組成，故云長短句。

❺協以律：指用音樂來配合。

❻桓大司馬：指晉朝桓溫（三一二—三七三）。桓溫初爲駙馬都尉，後爲大司馬。桓溫爲大司馬，都督中外諸軍事，率兵出征前秦，經過金城，看到以前種的柳樹都已幹粗十圍，不覺攀條折枝，泫然流涕云：「木猶如此，人何以堪！」（見《世說新語．言語》）

❼以上六句是引自北周庾信〈枯樹賦〉中的句子，作者誤爲桓溫語。依依：不忍捨棄的樣子，指柔弱的楊柳像不忍捨的樣子。漢南：漢水以南。搖落：凋殘零落。江潭：大川爲江，深水爲潭。堪：耐得住的意思。

❽香絮：即柳絮，也就是柳花。此句謂漸漸吹盡了柳樹枝頭上的花絮。

❾綠：指楊柳。綠深門户：指家家的門户都隱沒在綠柳中。

❿遠浦：指遠處的江岸、河道。縈回：指旋繞、回環、迂迴。此句謂迂迴曲折的江岸向遠處延伸。

⓫零亂：散亂的意思。李白〈月下獨酌〉詩：「我歌月徘徊，我舞影零亂。」何許：指何處。此句謂暮色中，零亂的船隻向哪裏駛去？

⓬閱：指觀察的意思。

⓭長亭：古代往來路過行人休息的處所，十里築一亭叫長亭，五里築一亭叫短亭。李白〈菩薩蠻〉：「何處是歸程？長亭更短亭。」人們通常在這裏送別。古人送客，多有折柳贈別的習慣，故長亭樹指

柳樹。

⑭樹若有情時，不會得青青如此：謂樹若有情，也會被離愁摧殘得衰老不堪，不會像現在這般青蔥翠綠。此句化用李賀〈金銅仙人辭漢歌〉詩：「天若有情天亦老」的句意。

⑮望高城不見：唐歐陽詹〈贈太原妓〉詩：「驅馬漸覺遠，回頭長路塵。高城已不見，況復城中人。」作者化用其詩，指回望來處，連高城也看不到了。

⑯韋郎：指唐代韋皋。據《雲溪友議》：韋皋游江夏（武昌）時，與青衣侍女玉簫相戀，分別時約七年再會，給玉簫留下一玉指環。韋皋逾期不至，玉簫絕食而死。後韋皋得一歌姬，酷似玉簫，中指肉隆起隱然如玉環。這裏作者以韋郎自比。

⑰紅萼：指紅色的花朵，這裏代指女子。

⑱并刀：并州（今山西省太原市）的剪刀。并州的剪刀以鋒利著名。

⑲翦：即剪。難翦離愁千縷：意指作者的離愁別恨有如千絲萬縷，就算有鋒利的并州剪刀也剪不斷。

【賞　析】

這首慢詞是姜白石離開合肥、惜別戀人的作品。在詞序裏，白石記述了自己作詞的經驗。他經常率意創作長短不一的文句，然後協以音律，因此前後闋的字數和音樂都不大相同。還有，在此序中，白石引錄了庾信《枯樹賦》的片段，說自己對此深深喜愛。其實，引錄這片段還有更重要的原因：桓溫的思鄉和傷時的感受，正是詞人當時的情懷。

上片起筆是一幅極美的飄絮圖。「漸吹盡」句，先寫情態，後寫物狀。枝頭的柳絮，隱隱帶香，不斷地被風吹散，如今，快要吹盡了。欲盡未盡是極其悽怨的時刻。因爲完全吹盡，往往令人心灰意冷；而將盡未盡，卻給人一種尚可力挽但無力去挽的感覺，是最惹人無奈的短暫時刻。「是處人家」，寫處處是人家，但人家的重門深鎖，香絮無處下腳。這暗合了詞人自身的際遇，那種居無定所、飄零流落的感受，特別在離別時候更是強烈。「遠浦」二句，是景也是情。船漸漸離岸而去，詞人遠眺河道，回環曲折。這種曲折跟詞人內心曲曲折折的心情相通。黃昏夕照，帆影零亂，不知駛往何處，也是詞人內心的迷惘不安的感覺一樣。這裏，離愁別緒刻劃得活靈活現。「閱人多矣」是詞人的神來之筆。人與物的關係在詞人的世界裏渾然一體。誰人能像長亭樹常綠青壯呢？是人、物的混淆。這種混淆，引發了人不如物的悲嘆。物不僅長青，而且不會因離別而哀傷。反觀，人不僅會老去，而且經常受分離所煎熬。更進一步來說，自身飄零的痛苦，無由傾吐，祇好轉向無知無情的樹木。可惜，樹木絕對沒有爲他而動情，反生得青蔥壯茂，跟詞人爲情而哀老頹成了強烈的對比，具有反諷的意味。於是，詞人的孤單、頹唐和離愁，在語言之外迴蕩縈繞。

下片寫在旅途上懷人的悲悽。「日暮」，提供了灰暗的背景色彩。「望高城」一句，暗用了「高城已不見，況復城中人。」寫引項不見親人，「只見」句是寫眼前祇有亂山無數。山的重與亂，正是詞人內心的感覺。「韋郎」是寫情侶分離時的情景，難捨難離，好不哀怨。「第一」兩句是細寫情人臨別叮嚀，字字纏綿。「第一」，強調重要性；「早早」疊用強化及早之意，「紅萼無主」是寫伊人無人可依，孤苦丁零。女子的情癡形於言語，而詞人的痛心也可想見。於是「算空有」是，就算有鋒利的并州之剪刀，也難剪離愁千縷。把內心複雜的感情極其形象化地表現出來。讀者也不禁沉浸在他的愁海之中。

【評說】

（清）先著、程洪《詞潔》卷四：

「時」字湊，「不會得」三字，呆。「韋郎」二句，口氣不雅。「只」字疑誤，「只」字喚不起「難」字。白石人工鎔鍊特至，此一二筆，容是率處。

（清）吳衡照《蓮子居詞話》卷二：

白石〈長亭怨慢〉，小引桓大司馬云云，乃庾信〈枯樹賦〉，非桓溫語。

（清）鄧廷楨《雙硯齋詞話》：

詞家之有白石，猶書家之有逸少，詩家之有浣花。蓋緣識趣既高，興象自別。其時臨安半壁，相率恬熙。白石來往江淮，緣情觸緒，百端交集，託意哀絲。故舞席歌場，時有擊碎唾壺之意。如……〈長亭怨慢〉之「第一是早早歸來，怕紅萼無人爲主」，乃爲北庭後宮言之，則衛風「燕燕」之旨也。讀者以意逆志，是爲得之。至其運筆之曲，如「閱人多矣，爭得似長亭樹。樹若有情時，不會得青青如此」。……則如堂下斵輪，鼻端施堊。

（清）陳澧《白石詞評》：

音調嘹亮，裂石穿雲。

（清）丁紹儀《聽秋聲館詞話》卷十三：

《詞綜》所采各詞，中有未經訂正，《詞律》復沿其誤者。……姜白石〈長亭怨慢〉云：「向何處」，「閱人多矣」，「不會得青青如許。」（處作許，許作此，《詞律》誤謂此字借叶。）

（清）陳廷焯《白雨齋詞話》卷八：

白石〈長亭怨慢〉云：「閱人多矣，爭得似長亭樹。樹若有情時，不會得青青如此。」白石諸詞，惟此數語最沉痛迫烈。此外如「最可惜一片江山，總付與啼鴂。」又，「文章信美知何用，漫贏得、天涯羈旅。」皆無此沉至。

同上《詞則．大雅集》：

哀怨無端，無中生有，海枯石爛之情，纏綿沈着。

（清）張德瀛《詞徵》卷三：

詞用韻可借叶，姜堯章〈長亭怨慢〉以此叶戶。宋人原有此體，惟不可藉口以寬其塗。明人不知叶韻之法，遂以姜詞「不會得，青青如此。日暮」為一句。而國初人多宗之，或有改本文「此」字為「許」字者。

（清）陳銳《褒碧齋詞話》：

姜白石〈長亭怨慢〉云：「樹若有情時，不會得青青如此。」王碧山云：「水遠、怎知流水外，卻是亂山尤遠。」似覺輕俏可喜，細讀之毫無理由。所以詞貴清空，尤貴質實。

（清）杜文瀾《憩園詞話》卷三：

〈長亭怨慢〉，首句向皆協韻。……按此調為白石自度曲，首句絮字是韻，宋詞協者居多。玉田諸作亦有協有不協。太史（按：指馮柳東）謂白石旁譜換頭尾結皆用一五，而首句用尺，以為非韻之據。要知此詞協韻處，並不皆注一五，似未足憑也。

（現）梁啓超《飲冰室評詞》：

麥丈云：渾灝流轉，奪胎稼軒。

（現）俞陛雲《唐五代兩宋詞選釋》：

此詞頗有桓司馬江潭之感。雖似怨別之辭，而實則亂愁無次，觸緒紛來。凡懷人戀闕，撫今追昔，悉寓其中。首言春望景物，即緊接以「暮帆零亂」句發揮本意。望接天帆影，其中思婦離人，不知凡幾，何忍入愁人之眼。惟亭樹則冷漠無情，雖長年送盡行人，而青青依舊，與李白之「春風知別苦，不遣柳葉青」皆傷心人語。下闋言舉目河山，高城阻絕，望遠而兼有「浮雲蔽日」之感。以下敘離情，臨歧片語，歷久難忘，凝望早歸而託言紅萼，以雅逸之筆，致纏綿之思，猶《楚辭》之山間采秀，悵公子之忘歸，深人無淺語也。

（現）俞平伯《唐宋詞選釋》：

……以柳起興，以梅（紅萼）結，與〈一萼紅〉詞，以梅起興，以柳結，作法相似。……本文和序的聯繫，只以上數句，在全篇看似插筆。「此」字出韻。

（現）唐圭璋《唐宋詞簡析》：

此首寫旅況，情意亦厚。首句從別時別處寫起。「遠浦」兩句，記水驛經歷。「閱人」兩句，因見長亭樹而生感，用《枯樹賦》語。「樹若」兩句，翻「天若有情天亦老」意，措語亦俊。換頭，記山程經歷，文字如奇峰突起，拔地千丈。亂山深處，最難忘玉環分付，「第一」兩句正是分付之語，言情極眞摯。末以離愁難消作收。下片一氣直貫到底，彷彿蘇、辛。

（現）唐圭璋〈姜白石詞評傳〉：

此詞渾灝流轉，情意亦厚。初從別時別處寫起，次記水驛經歷。「閱人」兩句，因見長亭樹而生人不如樹之感，語本庾信《枯樹賦》。「樹若」兩句，翻用「天若有情天亦老」意，語極沈痛。換頭記山程經歷，與離愁之繁。文字如奇峰突起，拔地千丈。清眞入後，往往愈轉愈深，似野隼盤空，倏然而下者；白石入後，則往往愈轉愈高，似孤鶴沖天，劃然而上者，二人表情之式雖異，然各極其妙。（見唐氏《詞學論叢》）

（現）繆鉞《詩詞散論》：

白石之詞如：「漸吹盡枝頭香絮，是處人家，綠深門戶。遠浦縈回，暮帆零亂向何許。閱人多矣，誰得似，長亭樹。樹若有情時，不會得青青如此。」（〈長亭怨慢〉）……諸作皆清空如話，一氣旋折，辭句雋澹，筆力遒健，細翫味之，與黃陳詩有笙磬同音之妙。（周爾鏞曰：「白石小令，獨不肯朦朧逐隊，作〈花間〉語，所謂豪傑之士。」）

（現）吳世昌《詞林新話》：

有以爲此詞首三句即東坡「枝上柳綿吹又少，天涯何處無芳草」意。其實二者不同。蘇語乃從《楚辭》化出，着重在「爾何懷乎故宇」，此朝雲所以泣不成聲也。又上結反用李商隱《詠蟬》：「五更疏欲斷，一樹碧無情。」「青青如此」，「此」字出韻，故汲古閣本以「日暮」屬上片。下片「玉環」應作「玉簫」，「玉環」則可誤解爲楊妃矣。「怕紅萼無人爲主」，謂怕有力者強娶她，無人爲主以拒強暴也。

（現）沈祖棻《宋詞賞析》：

小序桓大司馬云云，見庾信《枯樹賦》。《世說新語·言語篇》：「桓公北征，經金城，見前爲琅琊時種柳，皆已十圍。慨然曰：『木猶如此，人何以堪！』攀枝執條，泫然流淚。」賦即用其語，特加繁富耳。吳衡照《蓮子居詞話》乃云：「非桓溫語。」豈未見《世說》耶？

首句記時，二、三句記地，即蘇軾〈蝶戀花〉「枝上柳綿吹又少，天涯何處無芳草」意，同爲一往情深。四、五兩句寫景，景中有情。「閱人多矣」，語出《左傳》。文姜云：「妾閱人多矣，未有如公子者。」以下翻用庾賦，語意新奇，感情深摯。換頭「日暮」二字，寫天色，亦暗點心情，「望高城」兩句謂關山間阻，會合無由，但遠望高城，聊抒離恨，已極可悲，況並此高城，亦望而不見，所見者惟有亂山重疊而已。高城且不可見，又況此城中之人乎？「韋郎」以下，謂對景難排，無非爲去時玉環有約耳。「第一是」兩句，乃分付之語，沒齒難忘，情蘊藉而語分明，而愈蘊藉愈纏綿，愈分明愈凄苦，則雖有并州快剪刀，其於「離愁」，亦還是「剪不斷，理還亂」也。

（現）廖從雲《歷代詞評》：

白石自序此詞云：「桓大司馬云：『昔年種柳，依依漢南，今看搖落，凄愴江潭，樹猶如此，人何以堪。』此語余深愛之。」白石以布衣而慕桓溫志業，愛其語，亦所以思其人也。「第一是早早歸來，怕紅萼無人爲主。」句，與放翁之「遺民淚盡胡塵裏，南望王師又一年。」

同樣哀婉，同樣淒切。

（現）劉逸生《宋詞小札》：

從作者的小序看，這首詞是因柳起興，由楊柳而想到離情，從一般人的離情又想到當日和自己的戀人分手，自己的戀人又如何囑咐自己，然後歸結到「樹猶如此，人何以堪」。章法是嚴密的，情景也是融浹的。

（現）錢仲聯《唐宋詞譚》：

姜夔早年，在合肥有過一段戀情生活。這詞是他在南宋光宗紹熙二年春自合肥東歸時憶別所作。如水柔情，卻是通過了遒峭瘦硬的筆觸曲曲地傳出。全首詞，懷人念別，撫今思往，萬千思緒，攝納在九十七字中，而一氣盤旋而下，不留一些斧鑿痕跡。一開頭三句渲染了一幅綠楊門戶的殘春煙景，它是憶別對象的所在，詞心也正像際海蟠天的空中香絮般飄蕩而來。緊接着出了迂迴的南浦，接天的帆影，這是送別之境，沁透着多少離人的眼淚在內，而作者就是其中的一個。送別，不能不令人想起折柳贈別的故事。可是閱人已多的長亭樹，偏是冷漠無情，年年送盡行人，年年青青不滅。這四句一波三折，自問自答，反筆撲起，樹無情越顯得人有情。上片就此束住，是追憶別時。

換片以下寫與情人分袂以後的動態和心理過程。征帆在暮色蒼茫中投向天際了，回頭望去，亂山重疊地遮掩着，高城望不見了，何況是城中的情人！於是臨別時的喁喁情話，又難免要湧向心頭了。玉環分付，早早歸來，卻偏說是「怕紅萼無人爲主」，情人宛轉表達的苦痛心情，就夠得離人長遠地不能忘懷。本沒有剪水的并刀，即使有，像柳絲般的千萬離愁，也還是「剪不斷，理還亂」啊！又是一個曲折，同時隱隱關注了上片的楊柳。

這詞的藝術特點，第一是用筆曲折，像風江春水，皺痕層疊。第二是筆力瘦勁，又像拏空的古藤一樣。在襟韻高絕之中，也淡着些兒脂粉，則又像「老樹着花無醜枝」一樣，增添了纏綿之致。

（現）羅忼烈〈白石詞每師法清真〉：

清眞之詞本有疏密兩種，夢窗得其密，白石得其疏。白石變清眞之縝密典麗爲古雅峭拔，易沉鬱頓挫爲清剛疏爽，遂開玉田一路，終與清眞分途。然下字命意之間，相師之跡，尤隱約可見。粗舉其相似處如下各條。……

清眞〈瑞龍吟〉云：「愔愔坊陌人家，定巢燕子，歸來舊處。」寫倡家靜境。白石〈長亭怨慢〉云：「漸吹盡枝頭香絮，是處人家，綠深門戶」似之。「人家」皆謂倡家也。

詩人詞客用字造語，不謀而合者往往有之，然如此之多，不能謂之無意。若取兩家之作熟讀而深思，此中消息可知也。（見羅氏《詞學雜俎》）

同上〈略論白石詞〉：

……如〈長亭怨慢〉云：「閱人多矣，誰得似長亭樹。樹若有情時，不會得青青如此。」

看似曲折，卻非層深，雖覺弄巧可愛，然話已說盡，便無餘味。同用桓溫語，而稼軒〈水龍吟〉云：「可惜流年，憂愁風雨，樹猶如此！」寥寥數語，頓覺百感交集，鬱積胸中，不知從何處說起。此沉鬱、清泚之別也。（見羅氏《詞學雜俎》）

（現）汪中《宋詞三百首注析》：

此詞前闋純用桓溫江潭植柳故事，以興起人家遠浦之怨。起春望景色，接以暮帆，則思婦離人，不知幾許，樹色不忍入愁人之眼，而長亭樹無情，送盡行人，青青如故。李白詩：「春風知別苦，不遣柳條青。」同一心傷之語。下片不見遠人，想閨思亦苦。早早歸來，托紅萼無人爲主，情思搖曳纏綿。

（現）王偉勇《南宋詞研究》：

姜夔此詞，縱千折百迴，始終不忘扣緊題旨——離別，誠筆活意活也。

（現）黃拔荊《詞史》：

這首詞上片寫閨中人目送遠帆，借青青柳樹，反襯離人黯然銷魂的淒涼心情。下片寫行人在舟中回頭顧望，並回想臨行時的寄語，以韋皋、玉簫兩世姻緣的故事作爲襯托，結處用楊柳千絲萬縷難剪，暗喻離愁難斷。寫來纏綿宛轉，一往情深。由此可見，白石的戀情詞亦不同於一般綺愁閨怨，而是別開生面，情韻勝絕。

（現）王曉波《宋四家詞選譯》：

本詞以剛硬筆調刻繪柔柳，抒寫柔情，較突出地體現了作者詞的藝術特色。其次，本詞多用典引事，亦非一般襲用，而是善於創造變化。如「閱人多矣」，是採《左傳》字面以寫柳，「樹若有情」兩句，套用而自創新意。其它亦皆如此。皆給人點鐵成金，語意新奇之感。

（現）陶爾夫、劉敬圻《南宋史詞》：

這首詞洗淨鉛華，淡彩枯墨，以側爲正，側擊旁敲，烘雲托月，借物寄興，更多一重轉折奧峭，跌宕回環之妙，……序中所引「種柳」云云，實即後〈鷓鴣天〉所寫「當初不合種相思」之意也。

（現）楊海明、劉文華《宋詞三百首新注》：

在寫法上不避散文化的句法（如「閱人多矣」等六句，「韋郎去也」等七句），並恰到好處地運用了某些虛字和轉接詞，從而使得詞情的表達既顯得柔綿如水，卻又顯出渾灝流轉的某種力度，堪稱其自度曲中的佳篇。讀後如聞哀簫悠笛，大有餘音裊裊之感。

（現）劉乃昌《宋詞三百首新編》：

……。有場景，有人物語言，筆力宛轉拗折。脈脈柔情，以清健之筆出之，最耐品味。

黃兆漢、司徒秀英《宋十大家詞選》：

此詞之序前部分交代自度新曲之法，後部分引用桓溫事點出詞牌〈長亭怨〉——長亭垂柳、惜別生怨之意，並爲詞文內容作補充之用。

全詞緊扣楊柳惜別之意來寫合肥離恨。上片起筆點題，寫春風吹過，柳絮一把又一把地辭枝飛散，極富動感。借景寫出離別意緒，統率全詞情味，詞人一筆勾勒春歸絮飛之貌後，不再囿於一境，故「是處人家」二句宕開新境，仍用春盡之意，但寫別地風光。「遠浦」二句寫津堠所見。借迂迴曲折之水岸、零亂失道之晚舟暗托糾結之愁懷，與迷亂之心情。「閱人多矣」四句因見長亭楊柳而起興。用清剛之筆寫楊柳年去歲來，見證無數離別，看盡人間情事。「誰得似長亭樹」一句以爲寫楊柳有情，然而接下筆鋒一逆，嚴言楊柳無情，不爲離別動容。筆法厲害，格調清奇。詞人借柳樹寫萬物無情，唯獨世間有情人空自爲離別悲傷。

下片「日暮」寫夕陽西下，離程漸遠。回頭張望合肥，一切失去蹤影，觸目所及的只有無數亂山。這三句聲情嘹亮，雖沒半個愁字哀字，然而個中苦味，不言比明言更深更重。「韋郎去也」四句用淺近說話寫出深厚情愛。詞人以韋郎自況，許下重歸之承諾，又借玉環喻指合肥情人，寫出伊人款款深愛，楚楚柔情。如此眞心的一段戀情，叫詞人怎去忘記，如此誠摯的一個女子，又叫他怎去輕別。但人已在天涯旅途之上，故離愁難釋，自不在話下。末句「算」字領起下意，是白石常用句法。以千縷糾結的別恨離愁作結，眞情盡吐，一瀉而下，正是面對淒愴離別，「人何以堪」之最佳寫照！

二六　醉吟商小品❶

石湖老人❷謂予云：『琵琶有四曲，今不傳矣，曰濩索（一曰濩弦）梁州、轉關綠腰、醉吟商湖渭州、歷弦薄媚也。』予每念之。辛亥❸之夏，予謁楊廷秀❹丈於金陵邸中❺，遇琵琶工解作❻醉吟商湖渭州，因求得品弦法❼，譯成此譜，實雙聲耳。

又正是春歸，細柳暗黃千縷❽，暮鴉啼處。　夢逐金鞍❾去。一點芳心❿休訴，琵琶解語⓫。

---

❶此詞寫於宋光宗紹熙二年辛亥（一一九一），時白石三十七歲。這詞是由惜春而懷人。上片寫春歸之景物，下片由入夢以致懷念遠去的情人，語淡情濃。夏承燾《姜白石詞編年箋校》云：「此詞作於別合肥之年，用琵琶曲調，又全首以柳起興，疑亦懷人之作。」

❷石湖老人：即范成大（一一二六—一一九三），字致能，因居蘇州之石湖，故號石湖居士。蘇州人，紹興（一一三一—一一六二）進士，官至參知政事。曾充金祈請國信使，竟得全節而歸。淳熙年間（一一七一—一一八九）請病歸退居故鄉石湖。有《石湖詩集》、《石湖詞》一卷等傳世。

❸辛亥：宋光宗紹熙二年（一一九一）。

❹ 楊廷秀：楊萬里（一一二七—一二〇六）字，南宋詩人。白石見石湖老人，乃楊萬里爲之介紹。楊萬里有〈送姜堯章謁石湖先生〉詩。

❺ 金陵：即今南京。金陵邸中：時楊萬里在金陵爲江東漕。邸：宿舍也。

❻ 解作：指分析、解釋。意指老樂工懂得久已失傳的〈醉吟商湖渭州〉。

❼ 品：品評也。此處指吹彈樂器。《水滸傳》十二回：「品了三通畫角，發了三通擂鼓。」品弦法：指彈奏琵琶的方法。

❽ 暗黃：指柳絲初生的樣子。柳葉初生黃色，然後變綠。白石〈淡黃柳〉詞有「鵝黃嫩綠」句，即指柳色。

❾ 金鞍：指馬鞍上有金屬爲裝。沈約詩：「汗馬飾金鞍。」

❿ 芳：凡芳香之物皆稱芳。芳心：指女子的心事。

⓫ 解：這裏指曉悟、理解。此句謂只有琵琶能細訴她的心事。

【賞析】

姜白石精於音律，對於古曲的興趣尤大。在《醉吟商小品》的詞序中，白石紀錄了一次搜尋古曲的經過。起初，范成大告訴白石四種早已失傳的琵琶古曲名稱。白石對這四曲念念不忘。在紹熙二年（一一九一），白石到金陵探訪楊萬里，巧遇楊府中的一位老樂工。白石告訴他琵琶古曲之事。原來這位老樂工，懂得其中「醉吟商湖渭州」一曲，於是白石學得這曲的彈奏方法。爲了保存此曲，白石就譜成了《醉吟商小品》。除了音樂上的特色之外，此詞在文學藝術上，也表現了白石詞作「語淡情濃」的風格，是小詞中的珍品。

此詞以春景起興。詞人起句「又正是春歸」，是對季節更迭的感慨。春回大地，本是生機蓬勃，活力充沛的時節，但對於詞人來說，春歸不過是往返不息的客觀現象，因爲春並沒有爲他帶來希望與樂趣。其實，詞人身處金陵，本風景極勝，但詞人筆下的春景，卻不是萬物蓬生，一片繁茂的景象，反是垂柳依依、昏鴉鳴啼。這與詞人主觀的心境有密切關係。據此詞的創作時間推斷，詞人剛離開合肥，也即是跟重逢的合肥情人再度話別。於是，即使身處金陵，詞人的心仍戀棧着合肥，所以詞人所寫的春景是合肥的春色，正如詞人較早所寫合肥春景的〈淡黃柳〉：「唯柳色夾道，依依可憐。」「暗黃」是新柳的顏色，「千縷」是垂條多不勝數，也是詞人內心愁絲萬縷的外化。景中含情，不言而喻。「暮鴉」四字是悲愴之聲。昏鴉鳴叫，不但干擾了詞人的愁思，而且使詞人更感淒涼。

下片轉寫情人的心境。「夢逐」一句，寫情人跟詞人別後，心裏思念詞人，又沒法衝破空間的阻隔，唯有在夢中追尋詞人。詞中沒有細述情人能否在夢中得見情郎，也許暗示情人的願望已經落空。其實，夢不是個人意願所能控制的，縱使有夢卻未必如願的見到情郎，所以幽怨更深。「一點芳心」，情人的心意可以向誰傾吐呢？就是傾吐了，對方也未必明白。所以一點芳心還是不說爲妙，祇有幽怨的琵琶曲聲能說出她的心事。琵琶曲音在空中飄送，蕩氣迴腸，也契合詞序中訪尋琵琶古曲的記載。

【評說】

（清）陳澧《白石詞評》：

絕唱。此似從「畫堂前人不語，誰解語」脫胎。

（現）陳匪石《聲執》卷上：

四聲問題，因調而異。……至全依四聲，則除方千里和清眞以外，夢窗塡清眞、白石自度之腔，亦謹守之。故某人創調，其四聲即應遵守某人。如清眞之〈大酺〉、〈六醜〉、〈瑞龍吟〉、〈霜葉飛〉及凡無前例者，白石之〈鬲溪梅令〉，〈鶯聲繞紅樓〉、〈醉吟商小品〉、〈暗香〉、〈疏影〉、〈徵招〉、〈角招〉之類，不下十餘……皆以全依四聲爲是。

二七　摸魚兒❶

辛亥❷秋期，予寓合肥❸，小雨初霽❹，偃臥❺窗下，心事悠然❻；起與趙君猷露坐月飲❼，戲吟此曲，蓋欲一洗鈿合金釵❽之塵。他日野處❾見之，甚爲予擊節❿也。

向秋來、漸疏班扇⓫，雨聲時過金井⓬。堂虛已放新涼入，湘竹最宜敧枕⓭。閒記省⓮，又還是、斜河舊約今再整⓯。天風夜冷，自織錦人歸⓰，乘槎客去⓱，此意有誰領⓲。

空贏得今古三星炯炯⓳，銀波相望千頃⓴。柳州老矣猶兒戲㉑，瓜果爲伊三請㉒。雲路迥㉓，漫說道㉔、年年野鵲曾並影㉕。無人與問，但濁酒相呼㉖，疏簾自捲，微月照清飲㉗。

❶ 此詞寫於宋光宗紹熙二年辛亥（一一九一），時白石三十七歲。這詞是寫牛郎織女。上片寫新秋景色。過度暗指作者自己的合肥情事。下片繼續發展，最後將這份幽情以「微月照清飲」淡淡化開。此詞爲詠七夕的長調，可與秦觀的〈鵲橋仙〉媲美。

❷ 辛亥：宋光宗紹熙二年（一一九一）。

❸ 合肥：地名。故城在今安徽合肥市。

❹ 霽：雨止。凡雨雪止，雲霧散，皆謂之霽。

❺ 偃臥：指仰面而臥。《孫子．九地》：「坐者涕霑襟，偃臥者涕交頤。」

❻ 悠然：憂思之意。《詩經．周南．關雎》：「悠哉悠哉，輾轉反側。」

❼ 趙君猷：生平未詳。露坐：坐於露水中。月飲：在月下飲酒。

❽ 鈿合：金飾之盒。鈿合金釵：唐陳鴻《長恨歌傳》：「定情之夕，授金釵鈿合以固之。」此處指一洗以往詠七夕多以男女定情爲主之老調。

❾ 野處：即洪邁（一一二三—一二〇二），號野處，字景盧，官玉敷文閣待制、端明殿士，有《容齋隨筆》等著作。按吳榮光《名人年譜》，洪邁本年（一一九一）歸鄱陽。夏承燾認爲此序末二句爲後來所增。

❿ 擊節：指擊拍以表示激賞。這裏指洪邁非常欣賞、讚美這首詞。

⓫ 班扇：漢成帝時的班婕妤，因趙飛燕姊妹得寵，又爲趙飛燕所譖，退處太后長信宮，作〈怨歌行〉詩（即紈扇詩）自悼。〈怨歌行〉詩云：「常恐秋節至，涼風奪炎熱。棄捐篋笥中，恩情中道絕。」夏天用團扇，至秋涼便棄捐。這裏指明秋意正濃，很少用扇。

⓬ 金井：施有雕欄之井。古詩詞用以美稱宮廷或園林中之井。王世貞〈西宮怨詩〉：「誰憐金井梧桐露，一夜鴛鴦瓦上霜。」

⓭ 湘竹：即斑竹。產於湖南、廣西。斑細而色淡，有暈，中一點紫，與蘆葉上斑點相似。可作簫管簟席。唐末五代黃滔〈題道成上人院〉詩：「簟試湘竹滑，茗煮蜀芽香。」攲：指傾斜。此處指用湘竹製成竹枕，最宜熱天攲倚。

⓮ 記：記住不忘。省：在詩詞中猶記也、憶也。省記是重言而同義。張先〈天仙子〉詞：「臨晚鏡，傷

流景，往事後期空記省。」

⑮斜河：指天河、銀河。謂銀河斜懸天際。蘇軾詩：「我時羽服黃樓上，坐見織女初斜河。」此句謂牛郎、織女七夕渡銀河這舊約，如今再整頓。

⑯織錦人：指織女。《史記·天官書》：「織女者，天女孫也。」鄭洪詩：「詩囊織得天孫錦，應寄南城白板扉。」

⑰乘槎客：晉張華《博物志》：「舊說云：天河與海通，近世有人居海渚者，年年八月，有浮槎來去，不失期。人有奇志，立飛閣於槎上，多賫糧，乘槎而去。至一處，有城郭狀，屋舍甚嚴，遙望宮中多織婦，見一丈夫牽牛渚次飲之，此人問此是何處，答曰：『君還至蜀郡問嚴君平則知之。』」

⑱此意：謂牛郎織女的離情。領：指領會。

⑲贏得：獲得、落得。杜牧〈遣懷〉詩：「十年一覺揚州夢，贏得青樓薄倖名。」三星：《詩經·唐風·綢繆》：「三星在天。」三星，毛《傳》以爲即參星，鄭玄箋以爲即心星，均指一星而言。或謂《詩經·唐風·綢繆》一詩，三章所言三星，指一夜之間，時間不同，三個星座順次出現。首章「綢繆束薪，三星在天」指參宿三星；二章「綢繆束芻，三星在隅」指心宿三星；末章「綢繆束楚，三星在戶」指河鼓三星。炯炯：光明貌。潘岳（二四七—三〇〇）〈秋興賦〉：「登春臺之熙熙兮，珥金貂之炯炯。」

⑳銀：指白色。波：指眼波。頃：地積名。田百畝曰頃。言其很遠很大。此句指牛郎、織女遙遙相望，只能靠眼波傳情。

㉑柳州老矣猶兒戲：柳州：指柳宗元（七七三—八一九）。宗元字子厚，貞元進士，貶官柳州，病卒貶所，世稱柳柳州，有《柳河東集》。此句謂柳宗元作了〈乞巧文〉，因乞巧節而論述巧拙之關係。

㉒伊：伊人也，猶言此人。瓜果爲伊三請：南朝梁宗懍《荊楚歲時記》：「七月七日爲牽牛織女聚會之

夜。是夕，人家婦女結彩縷，穿七孔針，或以金銀瑜石爲針，陳瓜果於庭中以乞巧。」此句謂柳宗元在〈乞巧文〉中以瓜果再三請織女賜與他技巧。

㉓雲路：天上雲間之路，指牛郎織女相見之路。迥：指遠。杜甫詩：「江迥月來遲。」

㉔漫：枉然。漫說道：指枉說道。

㉕野鵲曾并影：野鵲，指塡河成橋而渡牛郎織女的烏鵲。并影：猶雙影。指牛郎織女相會。

㉖濁酒：酒色混濁者，指劣酒。陶潛詩：「清琴橫床，濁酒半壺。」

㉗清飲：雅飲也，指詞序中所述「與趙君猷露坐月飲。」

【賞析】

這是姜白石秋夜酒後的作品。白石客寓合肥，某夜憂思重重，與友人望月低酌，吟詠遣懷，於是寫成這闋秋意極濃的詞篇。

此詞以秋意漸近起興，「向秋來」二句，以實物寫氣候，又以聲音寫天象。「漸疏班扇」，是寫天氣轉涼，扇子也少用了。詞人用了「班扇」的典故，把情意推深一層，暗暗寫出一種被離棄的感覺。「雨聲時過金井」，金井提示了身處地點並非一般人家，而是高門富戶，爲詞境添上一層幽美瑰麗的色調。「雨聲時過」是通感手法，雨點驟過本是視覺的感受，而詞人寫成雨聲時過是在視覺之上賦予聽覺的效果，豐富了讀者的官能感覺。「堂虛」二句，特寫秋涼，並且在涼意之上，加上廣闊的空間感覺。「閒記省」，轉寫秋夜長空。「閒記省，又還是」是過渡，也是爲下面所寫的情事蓄勢。詞人先寫眼前星空景象。「斜河」正合視覺，當詞人偃臥觀天，銀河自是斜傾。「再整」吐露了星移的情景。「舊約」一語引人進入極其哀怨浪漫的遐思。織女與牛郎的盟誓，與詞人的情事暗合，於是下開了「天風夜冷」四句，清冷淒美，瑰麗動人。在既靜且冷的黑夜裏，織女告別，槎客歸去，離情別意，孤寂難耐，有誰領會呢？詞人下此一問，既感慨傳說中牛郎與織女的苦戀，也道出白石個人情事的遺憾。傳說與現實，匯聚契合，冶煉成跨越時空的愛情悲歌。

下片續寫牛郎織女的情事，寫出他們的深情與哀怨，非世人所能體會。「空贏」七句，是以牛郎織女的觀點來寫。先寫牛郎織女這對戀人，在長空中遙遙相隔。他們每夜祇見星輝燦爛，彼此祇得以眼波傳情。這裏詞人扣緊客觀景物的特徵細寫主觀的感情。星的特徵是色澤與光度，詞人就凸顯「炯炯」和「銀波」。另一方面，這兩句極顯詞人廣闊的時空幅度。上句寫古今，是時間的極度延展；下句寫「千頃」，是空間的竭力擴充。「柳州」二句，寫柳宗元〈乞巧文〉未道深情的膚淺，以瓜果祈求工巧的無知與可笑。這就烘托出苦戀情味非過來人不能理解，非身受者不能體會。「雲路迥」，寫情人相會之難。「無人與問」轉寫詞人自身。現在，無人會細問牛郎織女的深情，更無人細問詞人與戀人的事了。孤寂淒然，油然而生。如今可以遣愁的，就祇有呼喚友人暢飲濁酒。末句以景語作結，極富情味。獨自捲起疏簾的情態，冷落孤清，動人心弦。冷冷的月兒照着詞人與友人共酌。蒼白的色調把濃情淡化，而詞人冷僻孤傲的形象，更活現於讀者的眼前。

【評說】

（現）謝桃坊《宋詞概論》：

結合姜夔詞作來看，其「雅」主要表現爲：字面上不用俚俗詞語，內容方面不言鄙俗之事和避免豔情的描寫。這樣便表現出一種名士的高潔雅致的情趣。姜夔有一首〈摸魚兒〉是詠七夕的：……作者在詞序裡表示其寫作目的，「蓋欲一洗鈿合金釵之塵」，於是將七夕佳節的豐富民俗內容和民間痴兒女的美好想像全都洗盡，只表現了高士的雅趣。

二八　淒涼犯❶

合肥巷陌❷皆種柳，秋風夕起騷騷然❸；予客居闔戶❹，時聞馬嘶❺，出城四顧，則荒煙野草，不勝淒黯❻，乃著此解❼；琴有淒涼調，假❽以爲名。凡曲言犯者❾，謂以宮犯商、商犯宮之類，如道調宮『上』字住，雙調亦『上』字住，所住字❿同，故道調曲中犯雙調，或于雙調曲中犯道調，其他準此⓫。唐人樂書云：『犯有正、旁、偏、側；宮犯宮爲正，宮犯商爲旁，宮犯角爲偏，宮犯羽爲側。』此說非也。十二宮所住字各不同，不容相犯；十二宮特可犯商、角、羽耳⓬。予歸行都⓭，以此曲示國工田正德⓮，使以啞觱栗角⓯吹之，其韻⓰極美。亦曰瑞鶴仙影⓱。

綠楊巷陌⓲秋風起，邊城一片離索⓳。馬嘶⓴漸遠，人歸甚處㉑，戍樓吹角㉒。情懷正惡㉓，更衰草寒煙淡薄㉔。似當時、將軍部曲㉕，迤邐度沙漠。

追念西湖㉖上，小舫攜歌㉗，晚花行樂㉘。舊遊㉙在否，想如今、翠凋紅落㉚。漫寫羊裙㉛，等新雁來時繫著㉜。怕匆匆、不肯寄與誤後約㉝。

---

❶ 此詞寫於宋光宗紹熙二年辛亥（一一九一），時白石三十七歲。此篇作於淮南合肥。淮南處於南宋邊

地，常遭戰火洗禮，此詞上片寫合肥邊城戍角及一片荒涼的景象。下片回憶西湖舊游，以作對比。最後以景入情，懷念作者的合肥情人，發出淡淡哀愁。

❷ 巷陌：街道的通稱。劉禹錫〈題王郎中宣義里新居〉詩：「門前巷陌三條近，牆內池亭萬境閒。」

❸ 騷騷：指風聲。張衡〈思玄賦〉：「寒風淒其永至兮，拂穹岫之騷騷。」

❹ 闔：指關閉、閉合。《易・繫辭》上：「一闔一闢謂之變。」

❺ 嘶：馬鳴。庾信〈伏聞遊獵〉詩：「馬嘶山谷響，弓寒桑柘鳴。」

❻ 淒：寒涼。《莊子・大宗師》：「淒然似秋，煖然似春。」黯：這裏指沮喪貌。江淹〈別賦〉：「黯然銷魂者，惟別而已矣！」

❼ 著：譜寫。此解：樂曲、詩歌的章節。這裏指此曲。

❽ 假：即借、假借。

❾ 犯：音律專名。指曲調內部或一定曲調之間的調高轉換和調式轉換。因爲它越出本宮音階的范圍，侵犯了另一宮；或改用音階中另一音級作爲主音，從而侵犯了原音階的主音，故稱犯。簡單地說便像西樂的轉調。

❿ 住字：即結聲字，亦名「殺聲」（全曲末一字）。

⓫ 這幾句是說因道調、雙調都住聲於「上」字，故可以相犯。其他調亦以此作則。

⓬ 十二宮特可犯商、角、羽：如黃鍾宮與無射商、夷則角、夾鍾羽，四者同住「合」字，可以相犯；林鍾宮與仲呂商、夾鍾角、無射羽，四者同住「尺」字，也可相犯。這是因爲它們所住字相同，故可相犯。其他可類推。

⓭ 行都：皇帝出行之都。此處指臨安，即今杭州。夏承燾認爲序中自此以下五句是後來補寫的。

⓮ 田正德：是宋孝宗乾道、淳熙年間（一一六五—一一八九）的教坊大使，吹觱篥的名樂工。隸德壽宮。見

⓯周密《武林舊事》卷四。

觱栗：即觱篥。古樂器名。又名悲篥、笳管。本出於龜茲，後傳入中國。以竹爲管，以蘆爲首，狀似胡笳。啞觱栗角：亦是差不多的古樂器。童斐《中樂尋原》：「啞觱栗即今頭管。其制：以竹爲管，而無笳式之增音器，軟蘆爲哨，長寸餘，音圓而和，下於笛而高於簫。」

⓰韻：韻律。沈義父《樂府指迷》：「詞腔謂之『均』、『均』即『韻』也。」此與押韻之「韻」不同。

⓱瑞鶴仙影：此與〈瑞鶴仙〉句調亦大同小異。

⓲巷陌：即街道的通稱。劉禹錫〈題王郎中宣義里新居〉詩：「門前巷陌三條近，牆內池亭萬境閒。」

⓳邊城：南宋時中原淪陷，故淮水已是邊界。離索：本指離群索居。《禮》：「子夏曰：『吾離群而索居，亦已久矣。』」此處指蕭條冷落。據《齊東野語》記，宋理宗端平元年（一二三四）自合肥渡壽州抵蒙城一帶的景象是：「沿途茂林長草，白骨相望，蝱蠅撲面，杳無人蹤。」可見南宋時期，這一帶極爲荒涼蕭索。

⓴馬嘶：即馬鳴。見❺。

㉑甚處：即何處之意。

㉒戍樓：守衛邊城的崗樓。角：軍中吹樂器，因最初都是用獸角造成，故以「角」來命名。角的外表施繪有彩畫，故又稱「畫角」。角用於發號施令或振氣壯威。在軍營中，則用於昏曉報時和戒嚴警眾。

㉓情懷正惡：指情緒、心懷。因所見景象荒涼蕭索而心情十分惡劣。

㉔更衰草寒煙淡薄：指加上滿眼衰草、遍地寒煙，一片慘淡淒涼。

㉕部曲：古代軍隊編制單位。《後漢書．百官志》一：「將軍領軍，皆有部曲。大將軍管五部；部，校尉一人。部下有曲，曲有軍侯一人。」這裏泛指軍隊。迤邐：曲折連綿貌。指軍隊在沙漠曲曲折折地行走。

㉖西湖：在浙江杭州。

㉗小舫：小巧的游船。攜歌：指帶着歌女。

㉘晚花：指在傍晚湖中的花叢中。行樂：指消遣娛樂。

㉙舊游：舊日同游的朋友。

㉚翠凋紅落：指現在的西湖正是紅荷落盡、翠葉凋殘的秋天。暗示昔日的人事已非。

㉛漫：空、徒然之意。羊裙：《南史·羊欣傳》：「欣年十二，時王獻之爲吳興太守，甚知愛之。獻之嘗夏月入縣，欣著新絹裙晝寢，獻之書裙數幅而去。欣本工書，因此彌善。」陸龜蒙詩：「重思醉墨縱橫甚，書破羊欣白練裙。」

㉜繫着：指把字幅信箋繫在雁足，讓它傳遞給友人。

㉝息息：即匆匆。這兩句說只怕來去匆匆的新雁不肯帶信，誤了往日的盟約。

【賞析】

詞序中，姜白石記述了創作此詞的地點和季節。在合肥的秋季，滿街柳條被風吹動，發出騷騷聲響。當時，白石旅居閉戶之中，時聞馬聲，滿目淒涼，不禁神傷，故作詞遣意。同時，白石又討論了曲犯的由來和特質，並且指正舊說的錯誤，是研究古樂的重要資料。

上片摹繪淮南的蒼涼，以淮南街景起筆。「綠楊」一句，寫視覺景象。合肥一帶，秋景冷落，詞人用了「邊城」和「離索」來形容淮南。淮南以往是繁華的都會，但因爲靠近邊境，多次爲金人所侵犯，如今已荒蕪得令人慨嘆。「馬嘶」三句，寫聲音。馬鳴漸遠，角聲吹近，極其悲涼，極盡邊塞荒涼的情味。「情懷」二句，轉入寫情。「情懷正惡」是上面所寫的景與聲所惹來的心情，而在這樣的愁懷裏，所見的自然景物和天象，都塗上了淒冷的色彩，故草凋煙寒，淡薄孤冷。所謂觸景生情，移情入景，就在句中活活地體現出來。「似當時」兩句更具體寫情懷之惡，正如當年的將軍帶領着他們的部屬在荒涼的沙漠上曲曲折折地前，何等淒涼！詞人本想在記憶中找到足以安慰的情景，可是想到今昔的對比，悲愴反爲加劇。

下片細寫深情。「追念」三句，由家國想到自身。也許國家的榮衰對於身爲白丁的詞人，已是無能爲力的事。詞人追憶少年時到處冶遊，與愛侶暢遊共樂的歡樂時刻。「小舫攜歌，晚花行樂」，既具體又鮮明，剪裁絕妙。「舊遊在否」，詞人從回憶返回現實。同遊的女子在哪裏呢？於是，情緒一轉，也許今天已朱顏老去。自己呢？也終不免時間巨輪的消磨。「翠凋紅落」是極傷心語，人如物一樣，凋謝零落，同時也呼應上片合肥秋景中的柳色。「漫寫」兩句寫揮筆贈予摯友，等待新雁來到繫著送往，這是詞人的寄望。但想眞點，恐怕希望落空，因爲雁兒來去匆匆，不肯帶往，反而誤了往日的舊約。從現實中的失落到尋找希望；從爭得希望到希望渺茫，情緒的波幅實叫人難以抵受。最後，寫雁貼合秋景，而雁兒終不可託賴，實寫一切的牽掛與懸念，都無從傳達，祇剩下詞人獨自空想而已。

【評說】

（清）鄧廷楨《雙硯齋詞話》：

詞家之有白石，猶書家之有逸少，詩家之有浣花。蓋緣識趣既高，興象自別。其時臨安半壁，相率恬熙。白石來往江淮，緣情觸緒，百端交集，託意哀絲。故舞席歌場，時有擊碎唾壺之意。如……〈淒涼犯〉之「馬嘶漸遠，人歸甚處，戍樓吹角。情懷正惡。更衰草寒煙淡薄。似當時將軍部曲，迤邐度沙漠」，〈惜紅衣〉之「維舟試望，故國渺天北」，則周京離黍之感也。

（清）周濟《宋四家詞選·目錄序論》：

白石脫胎稼軒，變雄健爲清剛，變馳驟爲疏宕。蓋二公皆極熱中，故氣味吻合。辛寬姜窄，寬故容藏，窄故鬥硬。白石號爲宗工，然亦有俗濫處、（〈揚州慢〉：「淮左名都，竹西佳處。」）寒酸處、（〈法曲獻仙音〉：「象筆鸞箋，甚而今、不道秀句。」）補湊處、（〈齊天樂〉：「豳詩漫與。笑籬落呼鐙，世間兒女。」）敷衍處、（〈淒涼犯〉：「追念西湖上」半闋。）支處、（〈湘月〉：「舊家樂事誰省。」）複處、（〈一萼紅〉：「翠藤共、閑穿徑竹」、「記曾共、西樓雅集」。）不可不知。

（清）陳澧《白石詞評》：

正所謂不勝淒黯。（按，評「似當時」二句。）

（現）蔣兆蘭《詞說》：

詞叶入聲韻者，如……白石〈霓裳中序第一〉、〈暗香〉、〈疏影〉、〈惜紅衣〉、

〈淒涼犯〉等調，皆宜謹守前規。押入聲韻，勿用上去。其上去韻孤調亦然。不得以上去入皆是仄聲，任意混押。

（現）俞陛雲《唐五代兩宋詞選釋》：

詞在合肥秋夕作。上闋汴洛迴看，慨收京之無望；下闋臨安南望，歎俊賞之難追。合肥本屬江淮腹地，以其時南北分疆，其地遂爲防秋邊徼，故「邊城」、「戍角」等句，宛如塞上也。度漠雄師，徒勞追念，則南朝之不振可知。下闋憶當日小舫清歌之樂，換客中西風畫角之悲，情懷更劣矣。

（現）謝桃坊《宋詞概論》：

……紹熙二年（一一九一），詞人客寓合肥。這裡已接近宋金分界線淮河，屬於當時的邊地，而且在戰爭中的破壞程度更甚於淮南的首府揚州。詞人作了自度曲〈淒涼犯〉抒寫在邊城「不勝淒黯」的惡劣情緒：……

作者在上闋着力描繪邊城的荒寒蕭條景象：巷陌的綠楊在秋風中發出細碎的聲響，遠處的戰馬嘶鳴，軍中的畫角聲相聞，城外唯見一片荒煙野草。這種景象使人「情懷正惡」。「惡」應指一種怨恨的心情或發怒的心情。由於金兵的侵略戰爭造成了淮南繁華地區的荒寒蕭條，詞人目睹此景而滋生怨怒的心情，這是完全可以理解的。在發惡情緒支配下，詞人希望出現有似漢代將軍霍去病等人的部曲，穿越沙漠，給北方匈奴以毀滅性的打擊。漢武帝元狩四年（公元前一一九年）「票騎將軍去病率師躬將所獲葷允（即熏鬻，古北方部族）之士，約輕賫，絕（越跨）大幕（漠），涉獲單于章渠，以誅北車耆……，獲屯頭王、韓王等三人，將軍、相國、當戶、都尉八十三人，封狼居胥山，禪于姑衍，登臨翰海，執訊獲醜七萬有四百四十三級」（《漢書》卷五十五《衛青霍去病傳》），取得偉大的勝利。詞裡，作者將這種古代英雄主義的豪情表達得極其深蘊甚至較爲模糊，其藝術表現方式往往如此。詞意在過變處來了個大轉折，整首詞的情調和氛圍完全改變了。詞的下闋裡，作者沒有沿着發惡的情懷使詞意繼續發展下去，而是將邊城的感受與西湖的行樂作了鮮明的對比，感念舊游如夢，後約難期，歸結到灰黯的情緒。這正是姜夔與中興以來愛國的豪放詞人的相異之處，依然重複他「黍離之悲」的主調。

白石詞中〈惜紅衣〉與〈淒涼犯〉才眞是寄意遙深之作，但它們並未引起歷來詞評家的重視。

（現）殷光熹編《姜夔詩詞賞析集》：

……這首詞是在光宗紹熙二年（一一九一）在淮西重鎭合肥寫的。序文和詞的上闋都寫合肥一片荒涼，非復往日，所聽只有征馬長嘶，戍卒吹角，所見只有荒煙蔓草，通過這種描寫，寫出自己心態幾乎冷得像出塞將軍的部曲不停止地在沙漠中行進一樣。詞的下闋則寫回憶昔日在杭州西湖行樂的生活，以杭州作對比，表現自己對杭州那時生活的留戀，但仍以身逢喪亂，舊歡難再的悲感作結。（王達津　文）

（現）俞朝剛、周航主編《全宋詞精華》：

……詞的畫面淒清，音調哀傷，與〈揚州慢〉有相似之處。

二九　秋宵吟❶

越調❷

古簾空，墜月皎❸。坐久西窗人悄❹。蛩吟苦❺，漸漏水丁丁❻，箭壺催曉❼。引涼颸❽，動翠葆❾，露腳斜飛雲表❿。因嗟念、似去國情懷⓫，暮帆煙草。帶眼銷磨⓬，爲近日愁多頓老⓭。衛娘何在⓮，宋玉歸來⓯，兩地暗縈繞⓰。搖落江楓早⓱，嫩約無憑⓲，幽夢又杳⓳。但盈盈⓴、淚灑單衣，今夕何夕恨未了㉑。

---

❶ 此詞作於宋光宗紹熙二年辛亥（一一九一），時白石三十七歲。此年白石再返合肥。從詞中「古簾空，墜月皎」、「衛娘何在」、「嫩約無憑」等句來看，作者的合肥情人已經他往，不在合肥。夏承燾《姜白石詞編年箋校》云：「此詞『衛娘』、『宋玉』句與前首〈摸魚兒〉『織綿人歸，乘槎客去』之語合。白石以紹熙二年夏間往金陵，秋間返合肥，時令亦合。據『衛娘』、『織錦』句，其時所眷者殆已離肥他去，故白石此年之後遂無合肥蹤跡。」此詞表現出作者的悲傷無奈、愁腸百結。

❷ 越調：音調名。商聲七調之一。以其出於越，故曰越調。唐段安節《樂府雜錄》：「商七調，第一運，越調。」《新唐書·禮樂志》十二：「越調、大食調、高大食調、雙調、小食調、歇指調、林鍾商爲七

商。」宋樂與古樂差二律，以無射爲黃鍾，俗呼無射商爲越調，黃鍾商爲中管越調。現存周德清（約一三一四前後在世）《中原音韻》所載的六宮十一調中，對越調的聲情形容爲「陶寫冷笑」。

❸ 皎：是皎潔、明潔的樣子。

❹ 悄：憂愁貌。《詩經．陳風．月出》：「月出皎兮，佼人僚兮，舒窈糾兮，勞心悄兮。」

❺ 蛩：即蟋蟀，一名吟蛩。此句謂蟋蟀叫聲淒苦。

❻ 漏：即漏壺，古代用來計時的器具。壺中貯水，水下滴，用來計算時刻。丁丁：滴水之聲。此句謂漏壺裏的水發出丁丁的響聲。

❼ 箭壺：即漏壺，以箭標記時刻，故稱箭壺。《周禮．夏官．挈壺氏》：「分以日夜」。漢鄭玄《注》：「漏之箭，晝夜共百刻。」孫詒讓《正義》：「蓋壺以盛水爲漏，下當有槃以承之，箭刻百刻，樹之槃中，水下槃內，淹箭以定刻。」此句謂漏壺不斷報着時刻，催着時間過去，天又將要亮了。

❽ 颸：即涼風。漢《鼓吹鐃歌十八曲．有所思》：「秋風蕭蕭晨風颸，東方須臾高知之。」

❾ 翠葆：原指用五彩羽毛爲頂蓋的車子。這裏形容竹樹。宋周邦彥《隔浦蓮》詞：「新篁搖動翠葆。」

❿ 露腳：指雨點。唐李賀《李凭箜篌引》：「吳質不眠倚桂樹，露腳斜飛濕寒兔。」

⓫ 嗟：憂歎、感歎。《詩經．周南．卷耳》：「嗟我懷人，寘彼周行。」去國：指離開故鄉。唐李白《上安州裴長史書》：「仗劍去國，辭親遠遊。」此句謂現在的心情像離開故鄉般。

⓬ 帶：指衣帶。帶眼：衣帶上的孔眼。帶眼銷磨：形容人漸瘦，人瘦則帶眼因不時移動而致磨損。宋柳永《鳳棲梧》詞：「衣帶漸寬終不悔，爲伊消得人憔悴。」此句謂作者因愁苦而消瘦。

⓭ 頓：指即時、立時。《列子．天瑞》：「凡一氣不頓進，一形不頓虧，亦不覺其成，不覺其虧。」此句謂近日因憂傷而發現自己即時老了很多。

⓮ 衛娘：唐羅隱（八三三—九○九）詩：「蜀國暖回浮峽浪，衛娘清轉遏雲歌。」此借指所愛女子。

⑮宋玉：戰國時楚人，善辭賦。著有〈高唐賦〉、〈登徒子好色賦〉等。作者借以自指。

⑯縈繞：指旋回攀繞。《詩經．周南．樛木》：「南有樛木，葛藟縈之」。此處指兩地相思，雖分異地，彼此的思緒還是緊緊地在一起。

⑰搖落：凋謝、零落。戰國宋玉〈九辯〉：「悲哉秋之爲氣也，蕭瑟兮草木搖落而變衰。」楓：木名，多生在水邊。宋玉〈招魂〉：「湛湛江兮上有楓。」唐張繼〈楓橋夜泊〉詩：「月落烏啼霜滿天，江楓漁火對愁眠。」此句指江邊的楓樹太早凋零了，這暗指其戀情亦太早逝去。

⑱嫩：指脆弱。約：指盟約。憑：指依靠、依據。這裏指不堅固的盟約沒有依據。

⑲幽：指男女間的幽情。杳：指昏暗、深遠。《管子．内業》：「是故氣，杲乎如登於天，杳乎如入於淵。」後引伸爲不見蹤影之意。此句謂連做夢也找不到對方的影蹤。

⑳盈盈：水清淺貌。〈古詩十九首〉：「盈盈一水間，脈脈不得語。」這裏用來形容淚水。

㉑今夕何夕：出自《詩經》：「今夕何夕，見此良人。」意謂今晚是怎麼樣的一晚。

【賞析】

姜白石在紹熙二年（一一九一）秋天重返合肥，可惜合肥姊妹已經他去，白石未能相見，心境自是悲淒，於是寫下了這闋哀怨悲愴的作品。

此詞上片寫秋月、秋聲、秋涼與秋思。發端先寫秋夜空寂。「古簾空」，「古」和「空」塑造了沉重和空靈的氣氛，人在簾下，望着皎月。「皎」字點出秋月的特徵，秋空無雲，月色分外明亮。「墜」字寫出明月已西沉，換言之，人看月已經好一段時間。夜裏詞人不眠乃因心有所困，故有下句「坐久西窗人悄」。「悄」字照應了起句「空」字的感受，可謂字字珠璣，不能稍易。「蛩吟苦」三句，集中寫深夜聲響。夜裏，本應萬籟俱寂，但在詞人的耳內卻是吵得心煩。蟋蟀叫鳴，聲聲悲苦；箭壺滴漏，丁丁鬧耳；仿佛催喚晨曦到來。「漏水丁丁，箭壺催曉」是互文的修辭法，漏水與箭壺同是一物，而「丁丁」和「催曉」是外物客體的聲音和詞人主體的詮釋，相生相發，妥貼圓融。「引涼颸」三句，寫秋涼。秋風蕭瑟，竹林吹動，雨水灑出雲外。這裏實寫秋寒的同時，又添上浪漫之筆，把秋幻化爲仙子，引起涼風，吹動翠竹，又飛越雲端天際。「因嗟念」兩句寫濃重的秋思。詞人見此景、聽此聲、感此寒，不禁憂嘆。這時，詞人不用直語來形容心中的愁意，他利用比擬爲離鄉的情懷，又用煙幕下的孤帆與芳草作比喻。其實，詞人心中的依歸是合肥姊妹，但如今故地重遊卻不見芳蹤，迷惘與惆悵難以言達。透過「暮帆煙草」的意象，讀者已感染到詞人的思緒。

下片寫愁。過片寫因愁消瘦、因愁頓老。「帶眼銷磨」是極其形象化的藝術手法，以衣帶上的孔眼來借代了體型的轉變，既具體又鮮明。「爲近日」句，筆力驚人。詞人因懷念情人每生愁意，但近日愁意特多，並且叫人忽然衰老起來。究竟爲何如此痛苦呢？「衛娘」二句，以曲筆道出箇中緣由。詞人充滿盼望的回到合肥，本想跟情人相會，以解相思之苦；可惜情人已不在合肥了，希望落空，失望到極。情侶分隔兩地，地點雖然改變了，但是纏綿的思緒仍暗暗縈繞。「搖落」三句，轉到眼前景物。詞人嘆息江邊楓樹太早凋零，實在暗喻情事結束得太快，連挽回的機會也沒有。脆弱的盟約更是叫人無法把握，連夢裏也難尋芳蹤。「但盈盈」三句，寫詞人哀慟不已，灑淚單衣，不禁問道：今夜是怎麼的一個晚上，叫我的苦恨老是沒完呢？這一問直抒了愁懷，令人低回神傷；同時也暗合上片所描繪的秋景秋思。全詞渾然一體，一氣呵成，感人至深。

【評說】

（現）陳匪石《聲執》卷上：

四聲問題，因調而異。……句首或句中或句尾限用去上者。……句尾之例，……屬於韻者，在〈花犯〉、〈眉嫵〉、〈掃花游〉調中，不止一處。清眞〈隔浦蓮近〉之「翠葆」、「岸草」，〈西河〉之「對起」、「半疊」，白石〈秋宵吟〉之「頓老」、「又杳」、「未了」。

（現）劉毓盤《詞史》：

姜夔，字堯章，自號白石，又號石帚，鄱陽人，能詩詞。尤善自製曲，每率意爲長短句，然後協以律，無不諧者。寧宗慶元中，上書乞正雅樂，訖不第，與范成大游，爲製〈暗香〉、〈疏影〉二詞，小紅者范之青衣也，有色藝，即以爲贈。其詞爲南渡一人，論定久矣。……右姜夔自製越調〈秋宵吟〉詞，依律作雙拽頭。按《茗柯詞選》曰：「〈暗香〉二詞，痛二聖之不還也。〈秋宵吟〉詞，寫在延之昏瞀如見也。」

（現）羅忼烈〈白石詞每師法清真〉：

清眞之詞本有疏密兩種，夢窗得其密，白石得其疏。白石變清眞之縝密典麗爲古雅峭拔，易沉鬱頓挫爲清剛疏爽，遂開玉田一路，終與清眞分途。然下字命意之間，相師之跡，尤隱約可見，粗舉其相似處如下各條。……

清眞〈宴清都〉云：「秋霜半入清鏡，歎帶眼都移舊處。」白石〈秋霄吟〉云：「帶眼銷磨，爲近日愁多頓老。」……

詩人詞客用字造語，不謀而合者往往有之，然如此之多，不能謂之無意。若取兩家之作熟讀而深思，此中消息可知也。（見羅氏《詞學雜俎》）

同上〈略論白石詞〉：

清眞〈宴清都〉云：「秋霜半入清鏡，歎帶眼都移舊處。」上句言老，下句言瘦，卻不明白說出，而覽者自知。白石師其意，〈秋宵吟〉云：「帶眼銷磨，爲近日愁多頓老。」惟恐人之不知也，故明白告之。又按沈休文《與徐勉書》：「老病數旬，革帶常應移孔。」楊大年《此夕》詩：「程鄉酒薄難成醉，帶眼頻移奈瘦何。」王介甫《寄余溫卿》詩：「平日離愁寬帶眼，訖春歸思滿琴心。」與清眞「帶眼都移舊處」，皆用休文語。瘦則另移一孔方能緊束腰身，白石云「帶眼銷磨」，殆不成語。蓋束帶常在此孔，方易銷磨，頻移則不銷磨也。故此「帶眼銷磨」言瘦，於理不合。且人之肥瘦，與老無涉，而下句承以「愁多頓老」，

義亦未安也。沈伯時謂「未免有生硬處」，得非其類乎？（見羅氏《詞學雜俎》）

（現）李長路、賀乃賢、張巨才《全宋詞選釋》：

這詞也是作者「自製曲」，標明爲「越調」者。陳廷焯《詞則》也選入他的《大雅集》。是憶舊詞，漂泊中懷念情人之作。自比宋玉，「衛娘」此處泛指情侶。「豪」仄韻。

（現）殷光熹編《姜夔詩詞賞析集》：

〈秋宵吟〉一詞在藝術上是很有特色的。首先是結構嚴謹而又富於變化迭宕。全詞的焦點是「衛娘何在，宋玉歸來」一句，作者以此爲紐帶，寫了各種景色不同的意象，然後又將他們全都網絡在一起。彷彿是蘇州園林，園中之景各具特點，而景與景之間全由廊廡相連，總起來看是一個有機的整體，具有「裁雲縫月之妙思」（楊萬里語）。其次是作者善於描摹形象。詩中雖沒有對主人公作肖像描寫，但作者通過意念的跳躍，抓住心靈的獨白，借助景物的渲染，爲我們展現了「西窗獨坐」「斜雨佇立」「楓下灑淚」等一幅幅栩栩如生的形象畫面，而且是那樣地感動人心。第三是用詞凝煉幽雅，極富形象性。如「嫩約無憑」的「嫩」字，眞是別出心裁。「嫩約」本指不堅固之約，作者不用普通的「脆」「薄」諸字，而想從天外地用了一個「嫩」字。這個「嫩」字，形象具體，彷彿可觸，既使我們感到它的可愛，又使我們感到它的脆弱。這些與「衛娘」的形象正相統一。作者說情人「嫩約無憑」，是又愛憐又嗔怪，這是一種獨特的情感，與平時「責斥」不一樣。而且這「嫩約」與前文「紅楓」、後文「幽夢」，在意境上又相融合。這些都是軟詞……，讀來給人一種幽雅委婉，又略帶哀愁的感覺。又如「坐久西窗人悄」的「悄」，亦耐人品味。這自然是憂愁的意思，但又兼具了「靜悄悄」的意境。這些用詞藝術，借用姜白石自己的詞句來說，是「冷香飛上詩句」。

（江林昌　文）

三〇 點絳脣❶

金谷人歸❷，綠楊低掃吹笙道❸。數聲啼鳥，也學相思調。月落潮生，掇送劉郎老❹。淮南❺好，甚時重到？陌上生春草❻。

❶此詞是白石於宋光宗紹熙二年辛亥（一一九一）秋季寫的，時白石三十七歲，是他與合肥情人惜別之作。夏承燾《姜白石詞編年箋校》云：「陳思《年譜》定此首及〈解連環〉，爲本年秋期後再自合肥東歸時惜別之作。茲從之。」

❷金谷人歸：金谷，地名，在河南洛陽。《晉書．石崇傳》：「崇有妓曰綠珠，美而艷，善吹笛。孫秀使人求之。崇時在金谷別館，方登涼台，臨清流，婦人侍側，使者以告。……崇謂綠珠曰：『我今爲爾得罪。』綠珠泣曰：『當效死於官前。』因自投於樓下而死。」此處以善吹笛的綠珠比喻白石的合肥情人。所謂「金谷人歸」是指合肥情人歸去之意，暗指送別白石後歸家。

❸笙：管樂器名。大者十九簧，小者十三簧。《詩經．小雅．鹿鳴》：「我有嘉賓，鼓瑟吹笙。」道：街道也。

❹掇：用雙手拿物謂之掇。《詩經．周南．芣苢》：「采采芣苢，薄言掇之。」劉郎：唐劉禹錫〈再游玄都觀〉詩云：「種桃道士歸何處，前度劉郎今又來。」作者以劉郎自比。此句謂月落月出、潮生潮退，在這一漲一落間，時光悄悄流逝，偷走了作者的青春，像以雙手把送他入老境。

❺ 淮南：這裏指安徽省合肥市，因合肥在淮水以南。
❻ 生春草：南朝宋謝靈運（三八五—四三三）〈登池上樓〉詩：「池塘生春草，園柳變鳴禽。」這裏指春意盎然之意。

【賞析】

姜白石在紹熙二年（一一九一）秋天，離開合肥時寫下這首小詞，藉以抒發惜別與懷人的心情。此詞的妙處在於托物抒情，物與情渾然一體。

上片首句寫合肥情人送別白石之後，歸家而去。「金谷」暗指妓院。「綠楊」一句寫離別道上的情景。綠油油的楊柳在路旁低低擺動，滿街是吹笙的樂聲。表面上這裏沒有寫出絲毫的離愁，但細看此處所用的是石崇（二四九—三〇〇）與綠珠的典故，就知道暗藏哀怨悲痛的情意。石崇對綠珠寵愛有加，而得罪了孫秀；綠珠爲報答石崇，甘於犧牲自盡。這段戀情十分悽怨纏綿。承接上句，詞人寫路上的鳥聲。「數聲啼鳥」是倒置句，本爲鳥啼數聲。詞人沒有具體指明是哪種鳥類，但這裏，詞人已把內心的感情移進鳥兒。說鳥兒強學相思之調，是暗暗責難鳥的叫聲喚起自己內心的相思之苦。其實是詞人的相思太重，以致把鳥聲聽作相思調。虛實之間，詞人的心中感受就透露出來。

下片寫時光流轉，歲月催人，他日歸來，恐怕情人已經不在了。時光是極其抽象的事物，但也是極其眞實的事物。詞人以月落、潮生來象徵時間的轉移。看月落的，多是寂寞無眠的人；觀潮漲潮降的，也多是孤單失意的人。「月落潮生」四字，就把詞人內在的空虛刻劃出來。「擬送」是把歲月擬人化，說它把人強送到老境。擬人之中，又把歲月寫得極其無情，讀來不禁心寒。「淮南好」一句，筆勢一轉，寫合肥景致好，最好是共遊玩賞。不過，這美好的盼望，又帶出更深的迷惘。「甚時重到」，照應惜別的心情，同時也自問何時才再歸來。這裏暗含另一種愁緒，就是要是歸來，又恐怕不見情人的蹤影。最後以景結，說他日歸來祇見陌上長滿了春草。這景語可堪細味。首先，路上生春草表示人跡罕至，情人也許不在了。其次「春草」意象在中國文學中多象徵重重的離愁別恨，所以這話是寫將來也是寫今日。語意深長，具有深邃的藝術感染力。

【評　說】

（現）李長路、賀乃賢、張巨才《全宋詞選釋》：

作者上片將吹奏藝人與綠楊、啼鳥融成一片，擬人化，有情味。下片寫歲月催人老，盼佳期不知何日到？「豪」仄韻。另一首有名題《丁未（公元一一八七）冬過吳松作》，是「魚模」韻，不過上下片分開，還可讀。附此參考：「燕雁無心，太湖西畔隨雲去。數峰清苦，商略黃昏雨。（換頭）第四橋邊，擬共天隨住。今何許？憑欄懷古。殘柳參差舞。」這樣看，上片「魚」仄韻，下片變「模」仄韻，仍可上口。這首陳廷焯說：「字字清虛，無一筆犯實，只歎眼前景物，而令讀者弔古傷今、不能自止，眞絕調也。」並說結句是「只以『殘柳』五字詠歎了之，神韻無盡。」陳氏因爲賞識姜詞「清空」這一點，所以評價過高是有的；但詞總還是好詞，可附見。其詞作於淳熙十四年（公元一一八七）。

三一 解連環❶

玉鞭❷重倚，卻沈吟未上❸，又縈離思❹。爲大喬能撥春風❺，小喬妙移箏❻，雁啼秋水❼。柳怯雲鬆❽，更何必、十分梳洗。道「郎攜羽扇，那日鬲簾，半面曾記」❾。西窗夜涼雨霽❿，歎幽歡未足⓫，何事輕棄！問後約、空指薔薇⓬，算如此溪山，甚時重至？水驛⓭燈昏，又見在、曲屏⓮近底。念唯有夜來皓月⓯，照伊⓰自睡。

❶此詞是白石離開合肥後，在驛館中回憶與合肥情人分手時的情景而寫的。夏承燾《姜白石詞編年箋校》云：「此別合肥詞，茲依陳譜編年。『大喬』、『小喬』句與〈踏莎行〉之『燕燕、鶯鶯』，〈琵琶仙〉之『桃根、桃葉』合證，知是姊妹二人。」

❷玉鞭：指玉製的馬鞭。

❸沈吟：指猶豫不決。《後漢書·隗囂傳》：「（牛）甘得書，沈吟十餘日，乃謝士眾，歸合洛陽。」此句謂猶豫不決，未肯上馬。

❹縈：指旋回攀繞。《詩經·周南·樛木》：「南有樛木，葛藟縈之。」離思：指離愁別緒。此句謂臨行時，離愁別緒在心裏縈繞。

❺ 大喬：《三國志．吳志．周瑜傳》：「時得橋公兩女，皆國色也。（孫）策自納大橋，瑜納小橋。」橋後來多省作喬。此指合肥兩姐妹。撥：指彈撥絃樂器。唐白居易〈琵琶行〉詩：「轉軸撥絃三兩聲，未成曲調先有情。」此句謂姐姐善於彈撥琴瑟。

❻ 箏：古代弦樂器名。移箏：指調校箏。此句謂妹妹善於調校箏這類樂器，亦即謂她善彈箏。

❼ 雁啼秋水：此句謂她們姊妹二人彈奏出來的音樂幽咽纏綿，如鴻雁在清朗的秋水上悲鳴。

❽ 柳：喻合肥兩姐妹體態如柳條。怯：指虛弱、柔弱。雲：指女子頭髮，形容女子的髮髻濃密卷抒如雲。唐杜甫〈月夜〉詩：「香霧雲鬟濕，清輝玉臂寒。」雲鬆：比喻髮髻蓬鬆。

❾ 高簾：唐元稹詩：「猶帶春醒懶相送，櫻桃花下隔簾看。」半面：指初見面。據《後漢書．應奉傳》記漢應奉記憶力特強，一次有人露半面看他，數十年後，應奉在路上遇到這個人，一眼便認出他來。以後把初次見面叫做半面。這句謂合肥姐妹告訴白石，她們還能清楚記得與白石初次見面的情況。

❿ 西窗：唐李商隱〈夜雨寄北〉詩：「何當共剪西窗燭，卻話巴山夜雨時。」霽：是雨後天晴的意思。

⓫ 幽：幽約。幽歡：指男女之間的歡會。這裏指大家相處的時間太短、未足夠。

⓬ 空：指沒有憑據。薔薇：花木名。品類甚多，花色不一，開時連春接夏，有芳香，果實入藥。晉陶淵明〈問來使〉詩：「薔薇葉已抽，秋蘭氣當馥。」此句謂空指薔薇花開爲期。

⓭ 水驛：水邊的驛站。

⓮ 曲屏：指彎彎曲曲的屏風。

⓯ 皓月：指明月。唐曹唐〈張碩重寄杜蘭香〉詩：「皓月隔花追款別，瑞煙籠樹省淹留。」

⓰ 伊：她。

【賞析】

這是姜白石詞中思念合肥戀人的著名作品。雖然此詞沒有附上序文，但是詞本身已自足地創造了一個悽怨纏綿的感情世界。

上片起筆寫離別依依。「玉鞍」三句，是描寫詞人上馬遠行的情態。詞人重新跨馬鞍，暗示詞人本來就是一個終年飄泊的漢子。不過，縱然他慣於別離，也不能灑脫地遠去，而是沉吟未上，又是離思縈繞，使人欲行又止。這裏情侶分離的情態畢現。「爲大喬」三句，寫情人。合肥姊妹善撥弦彈箏，而她們彈奏的音調幽咽動人，如鴻雁於秋水之上哀鳴。這一方面寫出所戀對象的特質，也寫出離別時的情景。合肥姊妹爲詞人所彈奏的離別之曲，悽怨動人，表達出她們對詞人眷眷的深情。從樂聲想到她們送別時的容貌和意態。「柳怯雲鬆」這句中對，寫出情人體態柔弱，雲鬢濃密，而嬌美的容貌，就不言而喻了。詞人稍轉筆鋒，說她們如此意態，不必刻意的裝扮也美麗動人，就把送別之際她們也無心裝扮的外貌與心情表現出來。在分離的時間，人不免眷念以往共聚的時光，詞人想到他們初次見面的情景，記憶猶新，也道出彼此刻骨銘心的戀情。寫分離，又寫初見，思緒迴環縈繞，照應起筆的「沈吟未上，又縈離思」。

下片由情轉景。「西窗」，看夕陽的窗戶，蘊含將逝的意味；「夜涼」，是暮後氣象，最惹神傷；「雨霽」，雨後初晴，是別離時候。當三種淒涼之景交匯，悲情自來。夜涼雨霽，慨歎歡會未足，又怎能輕易說別離呢？問及後會之期，是離別不捨的表現，也是離別後唯一的祈盼。不過，詞人無從回答，因爲飄零落泊，去留也不是詞人可以作主的。此刻，他祇好空指花開之期，直如李商隱〈夜雨寄北〉：「君問歸期未有期」。如今眼前祇有一盞昏燈，彷彿映照着往昔詞人與戀人身旁的曲摺屏風。往日瑣事，隨時浮現，極顯用情之深。詞人仰望明月，默默爲情人祝禱，故寫出情味尤濃的結句。詞人盼望夜裏的明月，前來相照伊人獨自入睡。這裏，首先關注到對情人的了解，詞人想到她會因相思而不成眠；其次，對情人的體貼，請明月來親就情人，好使情人心靈稍得安慰；其三，請本來無知無情的皓月來代替自己陪伴情人，甚是哀婉纏綿。

全詞言辭深摯，意象動人，直是情詞中的上品。

【評說】

（清）先著、程洪《詞潔》卷六：

意轉而句自轉，虛字皆揉入字內。一詞之中，如具問答，抑之沈，揚之浮，玉軫漸調，朱絃應指，不能形容其妙。

（清）吳衡照《蓮子居詞話》卷二：

言情之詞，必藉景色映托，迺具深宛流美之致。白石「問後約、空指薔薇，歎如此溪山，甚時重至。」……似此造境，覺秦七、黃九尚有未到，何論餘子。

（清）陳廷焯《白雨齋詞話》卷六：

詞人好作精豔語，如……姜白石之「柳怯雲鬆」，李易安之「綠肥紅瘦」、「寵柳嬌花」等類，造句雖工，然非大雅。

同上《詞則・閑情集》：

寫離別情事，妙在起四字，已將題說完，卻以「沈吟」二字起下以爲字，爲一篇總領，申明所以沈吟之故，用筆矯變莫測。「柳怯雲鬆」四字精絕。左與言滴粉搓酥，不足道矣。

（現）謝桃坊《宋詞概論》：

詞在表達離情時，追敘了離別的場面，插入女子的絮語，而將當日濃情密意巧妙地掩去；下闋又插入女子「幽歡未足，何事輕棄」的歎息，以下便將詞意虛化和詩化了。因作到了言情蘊藉而不流於穢，使詞意歸於雅醇了。陳廷焯所謂「氣體之超妙，則白石獨有千古」（《白雨齋詞話》卷二），便應是指其詞意的雅醇。

三二 玉梅令❶

高平調❷

石湖❸家自製此聲，未有語實之❹，命予作。石湖宅南❺，鬲河有圃曰范村❻，梅開雪落，竹院深靜，而石湖畏寒不出❼，故戲及之❽。

疏疏雪片，散入溪南苑❾，春寒鎖、舊家亭館。有玉梅幾樹，背立怨東風❿，高花未吐⓫，暗香⓬已遠。公來領略⓭，梅花能勸⓮，花長好、願公更健。便揉春爲酒⓯，翦雪作新詩⓰，拚一日⓱、繞花千轉。

---

❶ 此詞寫於宋光宗紹熙辛亥（一一九一）冬，時作者三十七歲，客范石湖家。詞中敘述白石於雪中范村訪梅的情況。此調是范成大自製，白石塡詞的。

❷ 高平調：燕樂二十八調的七羽之一。又名「南呂調」。現存周德清（約一三一四前後在世）《中原音韻》所載的六宮十一調中，對高平調的聲情分析爲「條拗滉漾」。

❸ 石湖：爲范成大（一一二六—一一九三）號，字致能，因居蘇州之石湖，故號石湖居士，蘇州人，紹興間（一一三一—一一六二）進士，官至參知政事。曾充金祈請國信使，竟得全節而歸。淳熙年間（一一七四—一一八九）請病歸，退居故鄉石湖。有《石湖詩集》、《石湖詞》一卷。

❹未有語實之：指此曲還未塡上文詞。

❺宅南：指屋的南面。

❻圃：指種植果木瓜菜、花卉的園地。范村：指范成大的花園。范成大《梅譜·自序》：「余於石湖玉雪坡既有梅數百本，比年又於舍南買王氏僦舍七十楹，盡拆除之，治爲范村。以其地三分之一與梅。」

❼石湖畏寒不出：范石湖於淳熙十年癸卯（一一八三）秋冬之間，以病風眩，謂閒歸吳。不出，即指此事。據《石湖詩集》記，這年有〈范村雪後〉五律、〈雪後苦寒〉七絕等詩。

❽戲：指開玩笑、嘲弄。《論語·陽貨》：「前言戲之耳。」這句謂把石湖畏寒不出的事寫入詞中，作爲開玩笑。

❾苑：古代養禽獸的園林。《史記·封禪書》：「其後，天子苑有白鹿，以其皮爲幣。」溪南苑：指小溪南邊的苑圃，即指范村。

❿背：指背陽光。東風：即春風。此句謂有些梅樹長在背陽的地方，好像是埋怨東風。

⓫高花：指品格高潔的梅花。吐：指開放。此句謂高貴的梅花還未開放。

⓬暗香：指微微的香氣。宋林逋（九六八—一〇二八）〈詠梅〉詩：「疏影橫斜水清淺，暗香浮動月黃昏。」故暗香指梅花香。姜夔有〈暗香〉、〈疏影〉詠梅詞。

⓭公：指范石湖。領略：指欣賞。宋陸游〈弋陽縣驛〉：「喚船野渡逢迎雪，攜酒溪頭領略梅。」

⓮勸：指鼓勵、促進。此句謂梅花生氣勃勃，能勸勉人努力向上，亦能使人充滿朝氣。

⓯揉：指搓的意思。便揉春爲酒：宋辛棄疾〈粉蝶兒〉詞：「把春波，都釀作，一江醇酎」。此句謂將春化作、醞釀成酒。

⓰翦：通剪。此句謂剪裁雪片成爲新詩句。即是以雪作爲吟詠的對象——詠雪之意。

⓱拚：指甘願割捨、捨棄。宋周邦彥〈解連環〉詞：「拚今生對花對酒，爲伊淚落。」拚一日：指甘願

捨棄一日的時間，盡一日的時間。

【賞析】

在此詞的小序中，姜白石介紹了這闋詞調的來源，並說明他寫作此詞的背景和動機。這闋詞調是范成大所製，但范氏沒有塡詞，就着白石來塡寫。於是白石從范成大的生活環境取材，寫范村的景色以及范成大畏寒不出之事，來戲弄范成大。全詞神采飛揚，健筆中見柔情，是趣味盎然的妙作。

此詞發端描寫雪景，活潑生動。「疏疏」二句，是近寫雪花片片，輕輕盈盈地疏落飛舞；再把畫面拉遠，描繪雪片散入溪邊的南苑，那就是詞序中所提及的范村。「春寒鎖」一句，畫面移近南苑裏的房子。它們因爲春寒而深深鎖上，寒冷的程度，就表露無遺了。「有玉梅」四句，特寫梅樹。在寒風凜冽之中，祇有幾株梅樹傲然屹立，似是抵着寒意埋怨東風。這裏把梅的孤傲寫得人格化，形神畢肖。「高花未吐，暗香已遠」這兩對句，寫高枝上的花兒還沒吐露開放，但馨香早已飄遠。這裏把梅花含苞待放、幽香四溢的情貌都描繪出來。詞人細描梅樹、梅花、梅香，都呼應着詞牌中「玉梅」二字。這裏，詞人愛梅的衷情，可想而知。

換頭寫范成大。「公來領略」二句，以直筆寫請范公來親自領略玉梅的美態，而玉梅的朝氣蓬勃的意態最能激發人心。上下兩句，迴環相輔。正因爲梅花能勸，故此可以激發范公來賞覽。同時，這二句一面寫范公好梅，一面暗示他畏寒，亟須激發才肯出戶。這是頗有分寸的戲語，相信范公看到也會心微笑。「花長好，願公更健」，是詞人對前輩由衷的祝願。「便揉春」二句，是進勸范成大之語。「揉春爲酒」是說在春寒料峭的時候，應把盞盡歡；「剪雪作新詩」是指賞雪和詠梅。此兩句是勸范大應趁此時光暢飲和賦詩。「揉春」與「剪雪」，是移覺的藝術手法。春和雪本不能揉與剪，但詞人運用了想象便變爲生動具體，極具形象性。以上兩句，把賞花的活動豐富起來，注入了暢飲之樂和賦詩之雅。結筆更勸范成大不要躲在家裏，而應犧牲一天的時間，盡情繞着梅花千轉，賞個不休。這裏既寫出白石對范成大關懷萬分，也寫出白石本人愛梅的情意，更寫出梅花之可愛，與上片和詞牌緊緊扣連。

【評　說】

（清）李佳《左庵詞話》卷下：

姜白石〈玉梅令〉，下闋：「公來領略，梅花能勸。花長好，願公更健。便揉春爲酒，剪雪作新詩，拚一日、繞花千轉。」詞中寓祝壽意，寫來卻見語妙意新，與俗手固自不同。

（現）殷光熹《姜夔詩詞賞析集》：

……姜白石有詠梅詞十七首，考其詠梅詞的寄托，最明顯的就是〈玉梅令〉。詞的上片，以梅品喻范成大高潔的人品。「疏疏雪片，散入溪南苑。春寒鎖、舊家亭館。」以淡淡而又凝重的筆法緩緩地交代了時令、地點。一個「鎖」字，透出了逼人的寒氣，扼殺春的生機。爲梅花的出現烘托了幾許悲壯的氣氛。「有玉梅幾樹，背立怨東風」的「幾樹」寫梅的孤寂；「背」、「怨」寫梅的心境，用擬人的手法，賦予梅花人的情感。沒有渲染梅花的俏麗，僅着一「玉」字，與前邊「疏疏雪片」相呼應，描繪一幅白雪玉梅相映的奇景，高雅聖潔，令人肅然起敬。幾樹玉梅，衝破料峭的春寒，預示姹紫嫣紅的春天。「怨東風」反映了范成大愛國之志未酬，老之已至的鬱鬱心境。他盼不到春天了！……失望、悲憤，凝結成「怨東風」的哀歎。……

詞的下片，作者懷著眞誠的感情勸慰范公，並致以「花長好、願公更健」的祝願。語言明快，與上片形成鮮明對照。多麼希望「公來領略」冰姿玉立、馨香遠溢的梅花呵！但「石湖畏寒不出」，身體不佳於此可見，不久即飲恨九泉。下片似給人強作歡顏之感，令人悲切。

這首詞未曾引起人們的注意。但細細品味，感人至深，充分顯示了白石詞的藝術風格。首先，語言樸實，明白如話，淙淙流淌似山間清泉，剛健清新。尤長於錘煉動詞。如用「散入」狀悠然而下的疏疏雪花；「背」、「立」、「怨」寫梅花的孤寂、哀婉，皆響亮新雋、貼切自然，恰如其分地烘托了氣氛，正如楊萬里所評：「有裁雲縫月之妙思，敲金戛玉之奇聲。」其次，擅長運用比興手法。姜夔愛詠梅、荷。梅花與雪花同時，不畏冰欺雪凌，吹香薄人，品格高潔；荷花「出淤泥而不染」，展現皎潔光明的胸懷。〈玉梅令〉以梅花比喻范成大的高尚情操，可謂匠心獨具。

三二　暗香❶　仙呂宮❷

辛亥❸之冬，予載雪詣石湖❹。止既月❺，授簡索句❻，且徵新聲❼。作此兩曲❽，石湖把玩不已，使工妓隸習之❾，音節諧婉❿，乃名之曰暗香、疏影⓫。

舊時月色，算幾番⓬照我，梅邊吹笛。喚起玉人⓭，不管清寒與攀摘⓮。何遜⓯如今漸老，都忘卻春風詞筆⓰。但怪得竹外疏花⓱，香冷入瑤席⓲。江國⓳，正寂寂。歎寄與路遙⓴，夜雪初積。翠尊易泣㉑，紅萼無言耿相憶㉒。長記曾攜手處，千樹壓西湖寒碧㉓。又片片吹盡也，幾時見得。

❶　本篇與下篇〈疏影〉是姜夔詠梅的名篇。此兩首詞是作於宋光宗紹熙二年辛亥（一一九一）冬，時作者三十七歲，正作客石湖家。在范成大的徵求下，白石自度此二曲並寫下這兩首詞。因寫得極好，石湖很喜愛，使歌妓學習歌唱。當白石離別石湖將返湖州時，石湖把一名歌女名小紅的送給白石。白石〈過垂虹〉詩：「自琢新詞韻最嬌，小紅低唱我吹簫，曲終過盡松陵路，回首煙波十四橋。」此後白石每自度曲，吹洞簫，小紅常常歌而和之。作者於公元一二二一年病死於杭州，死前小紅已經離開了。白石友人蘇洞輓詩云：「賴是小紅渠已嫁，不然啼碎馬塍花。」宋時花藥皆出東、西馬塍，兩馬塍皆名

人葬處，白石歿後葬於此。夏承燾《姜白石詞編年箋校》云：「予又疑白石此詞亦與合肥別情有關：如『歎寄與路遙』、『紅萼無言耿相憶』、『早與安排金屋』等句，皆可作懷人體會。又二詞作於辛亥之冬，正其最後別合肥之年（時所眷者已離合肥他去，參前〈秋宵吟〉箋）；范成大贈以小紅，似亦爲慰其合肥別情。」

❷仙呂宮：燕樂二十八調的七宮之一。因其主音音高合於唐燕樂律的夷則律，故又名夷則宮。現存周德清（約一三一四前後在世）《中原音韻》所載的六宮十一調中，對仙呂宮的聲情分析爲「清新綿邈」。

❸辛亥：宋光宗紹熙二年（一一九一）。

❹載雪詣石湖：指冒雪造訪范成大。

❺止既月：止：停留。既：已經的意思。既月：已經一個月。此句謂在石湖家停留已經一個月。

❻授簡索句：授：指交給的意思。簡：紙張。索：要求。句：指詩詞。此句謂石湖把紙張給白石，要求他寫詩填詞。

❼且徵新聲：且：而且、還又的意思。徵：指徵求。新聲：指新聲腔的詞調，即新調。此句謂石湖還要求我（白石）創作新詞調。

❽作此兩曲：指〈暗香〉及下一首〈疏影〉。

❾使工妓隸習之：使：命令的意思。工妓：指樂工、歌女。隸習：指學習。之：指〈暗香〉、〈疏影〉這兩首曲。

❿音節諧婉：音節：指詞調的音調和節奏。諧婉：和諧、婉轉動聽之意。

⓫暗香、疏影：本是形容梅花的，出自宋林逋〈詠梅花〉詩：「疏影橫斜水清淺，暗香浮動月黃昏。」現用作兩首詞調名。

⓬算：計算的意思。幾番：有幾多次的意思。

⑬玉人：指佳人、美人。宋賀鑄〈浣溪沙〉：「玉人和月摘梅花。」

⑭攀：指牽挽、抓牢，有從下向上去取的意思。摘：指採取、拿下來的意思。此兩句謂不管天氣嚴寒，我呼喚美人和我一起攀着樹枝，摘下梅花。

⑮何遜：南朝梁代詩人（？—約五一八），字仲言，酷愛梅花，寫過有名的〈詠早梅〉詩。杜甫〈和裴迪登蜀州東亭送客逢早梅相憶見寄〉詩：「東閣官梅動詩興，還如何遜在揚州。」這裏白石以何遜自比。

⑯都忘卻春風詞筆：謂我這個愛梅的人已漸漸老去，忘記以春風之筆詠寫梅花。

⑰但怪得竹外疏花：但：轉語詞。怪得：驚疑的意思。唐白居易〈和郭使君构杞〉詩：「不知靈藥根成狗，怪得時聞夜吠聲。」此句謂，但是奇怪得很，竹林外有幾枝稀疏的梅花開放着。

⑱香冷入瑤席：香冷：指梅花發出的幽冷香氣。瑤：本指美玉，這裏指美麗的座席。此句謂梅花幽冷、清涼的香氣飄入美麗的座席，即屋内。

⑲江國：指江南一帶水鄉。唐杜甫詩：「恨別滿江鄉。」白石詞〈清波引〉：「自隨秋雁南來，望江國、渺何處。」

⑳歎寄與路遙：感歎路途遙遠，難把梅花寄給對方。三國吳陸凱（一九八—二六九）寄范曄詩：「折梅逢驛使，寄與隴頭人。江南無所有，聊贈一枝春。」

㉑翠尊易泣：尊：指酒杯。翠尊：指青綠色的酒杯。易泣：指面對着酒杯容易引起人傷悲。

㉒紅萼無言耿相憶：紅萼：指紅色的梅花。耿：即耿耿，指煩燥不安、有所懸念的樣子。《詩經・邶風・柏舟》：「耿耿不寐，如有隱憂。」此句謂：紅梅默默無言，伴我一起不安地懷念着她。

㉓千樹壓西湖寒碧：千樹：形容樹木之多，此處指梅樹。宋時，西湖孤山的梅樹成林。壓：指迫近、靠近。此句謂有很多梅樹迫近西湖湖邊，與清寒碧綠的湖水相接。

【賞析】

這闋詞與下闋《疏影》，是姜白石詠梅詞的名作。詞序中，白石簡介了這兩篇作品的寫作背景。寒冬時節，白石探訪范成大，並住上了一段日子。期間范成大要求他作曲塡詞，於是寫成了《暗香》、《疏影》二篇。范成大對這兩闋詞極爲讚賞，還使樂工歌妓習唱。《暗香》是詠物詞，但又超越詠物，實是借詠物寄寓深邃幽遠的情思，令讀者神馳於詞人的精神世界。

起筆一句，氣度非凡。「舊時月色」是時空的飛越，似乎包攬了所有過往月下發生的事情。月也彷彿看透了一切人事的變遷。料想到這麼偉大的月亮卻不以詞人爲小，多次前來相照，這是月我之間微妙的關係。在畫面來說，「月」、「我」也締造出空靈清冷的空間感覺。詞人在月下的活動極其優雅——在梅樹旁邊吹笛閒息。這樣，詞人的形象就烘托得清高雅逸，同時「梅」的孤雅獨立也突顯出來。「喚起」二句，是冒着清寒與玉人一起攀摘梅花，意境幽美動人，跟上句的「梅邊吹笛」互相輝映。還有梅花的高尚可愛處，更在意象間流露出來。梅邊吹笛、玉人攀摘一幅幅畫面之上，還有幽笛的聲音、清寒的觸覺以及梅花高逸的神韻，可謂美不勝收。接着，詞人自比愛梅的梁代詩人何遜（？—約五一八），說自己現在漸漸衰老，連詠嘆春風的詩筆也忘記了。人老才竭，意志消磨，嘆喟不已。這就形成了前後的對比，甚至從前月下的雅興，都因歲月而減退了。「但怪得」筆勢再轉變，寫本無心去賞梅，無才去詠梅，但梅花的幽香竟然自竹林外傳入詞人的屋裏。這似乎寫出了梅與人的微妙感情。昔日人梅共度雅趣，今日人老才盡，無心賞梅，但梅香卻有意入屋牽引，情味極其濃郁。

換頭開闊詞境，寫家國。「江國」一語極其沉着。詞人因梅花馨香而走到戶外，但所見所感的是江河山色寂寂無聲。江國何曾說話呢？似乎說江國本有聲，但此時此刻，在時代與形勢之下，江國也變得黯然無聲了。這實爲詞人對故土未復的慨嘆。「歎寄」二句，轉筆寫懷人。詞人所懷念的對象應是上片的「玉人」。他暗用陸凱詩句，寫欲把寒梅寄與情人，但路遙雪積，沒法寄贈，徒添苦惱。從江國轉到情人，也許情人暗喻君主，白石欲仕無路，空餘恨事。「翠尊」與「紅萼」，是整闋詞的破色之筆，爲清空淡素的畫面點染色彩。「翠尊易泣」是極妙的擬人法，寫借酒消愁，具體傳神。詞人發揮聯想，把內心的感受注入酒瓶，說它最易哭泣流淚，景情互生，貼當得無與倫比。「紅萼無言耿相憶」，也是擬人法，說梅花不語，祇爲思憶而耿耿不安。這實把寒風中梅花微顫的意態生動地描繪出來，同時詞人內心的困惑也投注在所見的外物，可以說是景情並茂。「長記」二句，回憶當年樂景，情侶共聚，梅林密茂，梅花滿枝，與西湖寒冷碧綠的湖面相映成趣。「壓」字見詞人鑄字之功，寫出梅花盛開，也寫出花枝甚重、低低逼近湖面，十分形象化。末句，回寫今日片片落花，緩緩吹散，最後不見蹤影，意象清晰，層層變化，活現眼前。最後說「幾時見得」，問而不答，惆悵無奈，意境頗爲淒美。

【評說】

（宋）張炎《詞源》卷下：

詩之賦梅，惟和靖一聯而已。世非無詩，不能與之齊驅耳。詞之賦梅，惟姜白石〈暗香〉、〈疏影〉二曲，前無古人，後無來者，自立新意，眞爲絕唱。太白云：「眼前有景道不得，崔顥題詩在上頭。」誠哉是言也。

（清）王又華《古今詞論》：

朱承爵《存餘堂詩話》云：「詩詞雖同一機杼，而詞家意象與詩略有不同。句欲敏，字欲捷，長篇須曲折三致意，而氣自流貫乃得。」此語可爲作長調者法，蓋詞至長調，變已極矣。南宋諸家，凡偏師取勝者，莫不以此見長。而梅溪、白石、竹山、夢窗諸家，麗情密藻，盡態極妍。要其瑰琢處，無不有蛇灰蚓線之乃佳。如姜夔〈暗香〉詠梅云：「算幾番照我，梅邊吹笛。」豈害其佳。

（清）鄒祗謨《遠志齋詞衷》：

大率古人由詞而製調，故命名多屬本意。後人因調而塡詞，故賦寄率離原辭。曰塡、曰寄，通用可知。宋人如〈黃鶯兒〉之詠鶯，〈迎新春〉之詠春柳耆卿，〈月下笛〉之詠笛周美成，〈暗香〉、〈疏影〉之詠梅姜夔，〈粉蝶兒〉之詠蝶毛滂，如此之類，其傳者不勝屈指，然工拙之故，原不在是。

（清）沈雄《古今詞話》〈詞品〉上卷：

張炎曰：「詞之賦梅，惟白石〈暗香〉、〈疏影〉二曲，自立新意，誠爲絕唱。」李白云：「眼前有景道不得，崔顥題詩在上頭。」令作梅詞者，不能爲懷。

（清）先著、程洪《詞潔》卷四：

落筆得「舊時月色」四字，便欲使千古作者皆出其下。詠梅嫌純是素色，故用「紅萼」字，此謂之破色筆。又恐突然，故先出「翠尊」字配之。說來甚淺，然大家亦不外此。用意之妙，總使人不覺，則烹鍛之工也。美成〈花犯〉云：「人正在、空江煙浪裏。」堯章云：「長記曾攜手處，千樹壓，西湖寒碧。」堯章思路，卻是從美成出，而能與之埒，由於用字高，鍊句密，泯其來蹤去跡矣。

（清）王弈清《歷代詞話》卷八引《古今詞話》：

姜堯章自序曰：「淳熙辛亥之冬，余載雪詣石湖上，留止匝月。主人授簡索句，且徵新聲，因作仙呂宮二曲。石湖把玩不已，使工伎隸習之，音節諧婉，乃命之曰〈暗香〉、〈疏影〉。」小紅者，石湖家青衣也，色藝俱妙，尤善歌二詞。及姜歸，石湖以小紅贈之。

（清）張惠言《張惠言論詞》：

題曰石湖詠梅，此爲石湖作也。時石湖蓋有隱遯之志，故作此二詞以沮之。白石〈石湖仙〉云：「須信石湖仙，似鴟夷飄然引去。」末云：「聞好語，明年定在槐府。」此與同意。首章言己嘗有用世之志，今老無能，但望之石湖也。（見唐圭璋編《詞話叢編》）

同上附錄六引汪瑔〈旅譚〉：

姜堯章〈暗香〉、〈疏影〉兩詞，自序但云：「辛亥之冬，予載雪詣石湖，授簡索句，且徵新聲，作此二曲。」《硯北雜志》所記亦同，無異說也。近人張氏惠言謂：「白石此詞爲感汴梁宮人之入金者。」陳蘭甫亦以爲然。鄙意以詞中語意求之，則似爲僞柔福帝姬而作。按《宋史》公主傳云：「開封尼靜善者，內人言其貌似柔福，靜善即自稱柔福。蘄州兵馬鈐轄韓世清送至行在，遣內侍馮益等驗視，遂封福國長公主適永州防禦使高世榮。其後內人從顯仁太后歸，言其妄，送法寺治之。內侍李楑自北還，又言柔福在五國城適徐還而薨，靜善遂伏誅。」宋人私家記載，如《四朝聞見錄》、《三朝北盟會編》、《古杭雜錄》、《鶴林玉露》、《浩然齋雅談》，所記雖小有參差，大致要不相遠。惟《璅碎錄》獨言其非僞，韋太后惡其言虜中隱事，故急命誅之耳。意當時世俗傳聞，有此一說。……至〈暗香〉一闋，所云：「翠尊易泣，紅萼無言耿相憶。長記曾攜手處，千樹壓西湖寒碧。」則就高世榮言之，於事敗之後，追憶曩歡，故有「易泣」、「無言」之語也。

（清）馮金伯《詞苑萃編》卷之一引張炎語：

〈疏影〉、〈暗香〉，姜白石爲梅著語，因易之爲〈紅情〉、〈綠意〉，以荷花、荷葉詠之。

同上卷之二引《詞源》：

詞要清空，不要質實。清空則古雅峭拔，質實則凝澀晦昧。姜白石如野雲孤飛，去留無跡。吳夢窗如七寶樓臺，眩人眼目，拆碎下來，不成片段，此清空質實之說。白石如〈疏影〉、〈暗香〉、〈揚州慢〉、〈一萼紅〉、〈琵琶仙〉、〈探春慢〉、〈淡黃柳〉等曲，不惟清虛，且又騷雅，讀之使人神觀飛越。

同上卷之十三引《研北雜誌》：

小紅，范成大青衣也，有色藝。成大請老，姜夔詣之。一日，授簡徵新聲，夔製〈暗香〉、〈疏影〉兩曲，成大使二伎歌之，音節清婉。成大尋以小紅贈之。其夕大雪，過垂虹，賦詩曰：「自喜新詞韻最嬌，小紅低唱我吹簫。曲終過盡松陵路，回首煙波十里橋。」夔喜自度曲，吹洞簫，小紅輒歌而和之。夔卒於杭州，范挽詩曰：「所幸小紅方嫁了，不然啼損馬塍花。」宋時花藥出東西馬塍，皆名人葬處，夔葬此故云。

（清）宋翔鳳《樂府餘論》：

詞家之有姜石帚，猶詩家之有杜少陵，繼往開來，文中關鍵。其流落江湖，不忘君國，皆借託比興，於長短句寄之。如〈齊天樂〉，傷二帝北狩也。〈揚州慢〉，惜無意恢復也。〈暗香〉、〈疏影〉，恨偏安也。蓋意愈切，則辭愈微，屈宋之心，誰能見之。乃長短句中，復有白石道人也。

(清)鄧廷楨《雙硯齋詞話》：

評梅花詩者，以庾子山之「枝高出手寒」，蘇子瞻之「竹外一枝斜更好」，林君復之「疏影橫斜水清淺，暗香浮動月黃昏」爲千古絕調。余謂詞亦有之。朱希眞之「引魂枝消瘦一如無，但空裏疏花數點」，姜石帚之「長記曾攜手處，千樹壓西湖寒碧」，一狀梅之少，一狀梅之多，皆神情超越，不可思議，寫生獨步也。

(清)葉申薌《本事詞》卷下：

范石湖歸老日，姜堯章嘗於雪中過訪，款留經月。時値湖墅梅花盛開，石湖授簡索詞，且徵新聲。堯章爲特製二曲以呈，蓋自度腔也。范賞玩不已，命家妓工歌者習之，音節諧婉，命之曰〈暗香〉、〈疏影〉。……范之家妓善歌舞者，以小紅爲最，姜頗顧之。姜告歸，范即以小紅贈之。歸舟夜過垂虹，適復大雪，姜令小紅唱新詞，自擫笛以和之。乃賦詩云：「自喜新詞韻最嬌，小紅低唱我吹簫。曲終過盡松陵路，回首煙波十四橋。」

（清）周濟《宋四家詞選．目錄序論》：

盛時如此，衰時如此。（案，此評上片。）

想其盛時，感其衰時。（案，此評下片。）

（清）陳澧《白石詞評》：

「舊時月」三字用劉夢得詩，添一「色」字便妙絕。……將收處用四顧之筆，便不直瀉。（按：評「長記」兩句。）末字微帶生硬而別有風味。……所謂不著一實筆，白石獨到處也。

（清）丁紹儀《聽秋聲館詞話》卷十三：

〈暗香〉、〈疏影〉二調，爲白石自度腔，以詠梅花。張玉田易名〈紅情〉、〈綠意〉，分詠荷花荷葉。《詞綜》成時，玉田生詞尚未流布，故〈綠意〉詞屬之無名氏。……《詞律》知〈綠意〉之即〈疏影〉，亦不知爲玉田生作。細繹篇中句讀，絕似〈花心動〉，惟起句與前後兩結不同。至元人彭元遜又易名〈解珮環〉……。

（清）李佳《左庵詞話》卷上：

白石筆致騷雅，非他人所及，最多佳作。石湖詠梅二詞，尤爲空前絕後，獨有千古。……清虛婉約，用典亦復不涉呆相。風雅如此，老倩小紅低唱，吹簫和之，洵無愧色。

（清）江順詒《詞學集成》卷三：

萬氏《詞律》〈自敘〉云：「詩餘乃劇本之先聲，昔日入伶工之歌板，如耆卿標明於分調，誠齋垂法於擇腔，堯章自注鬲指之聲，君特久辨煞尾之字。當時或隨宮造格，創製於前。或遵調塡音，因仍於後。其腔之疾徐長短，字之平仄陰陽，守一定而不移，證諸家而皆合。」詒案：此條簡析明暢，於宮調之理未嘗不知之。又〈發凡〉云：「〈紅情〉、〈綠意〉，其名甚佳，再四玩味，即〈暗香〉、〈疏影〉，二調之外，不另收〈紅情〉、〈綠意〉。」詒案：此實紅友之精覈也，刪之誠是。

同上卷六：

《詞源》云：「詞要清空，如夢窗之〈唐多令〉，白石之〈暗香〉、〈疏影〉、〈揚州慢〉、〈一萼紅〉、〈琵琶仙〉、〈探春〉、〈八歸〉、〈淡黃柳〉等曲。詞又以意趣爲主，如東坡〈水調歌〉、〈洞仙歌〉，王荊公〈桂枝香〉，白石〈暗香〉、〈疏影〉賦梅等曲。詞之用事亦最難，要體認著題，融化不澀，用事不爲事所使。至於詠物尤難，體認稍眞，則拘而不暢，模寫差遠，則晦而不明。須收縱嚴密，用事合題，一段意思，全在結局，斯爲絕妙。如史邦卿〈東風第一枝〉春雪、〈綺羅春〉春雨、〈雙雙燕〉詠燕，白石〈暗香〉、〈疏影〉詠梅，劉改之〈沁園春〉美人指甲腳等曲。」

同上卷七：

楊芸士文蓀〈洺州倡和序〉云：「體物（原誤作均）則課虛叩寂，畫冰鏤塵，幽思宜搜，微旨獨引。……〈疏影〉、〈暗香〉，梅格入畫。麗不染俗，巧不近纖。離貌追神，工如之何矣。……」詒案：詞之言情，乃詩之賦體也。詞一作賦體，則直陳其事，有是詞乎。比興二體，不外體物賦景二事。是序論二事，亦可謂無妙不臻，極詞人之能事矣。

（清）謝章鋌《賭棋山莊詞話》卷一：

詩話汗牛充棟，詞話作者頗罕。然如劉公勇之《七頌堂詞繹》，王阮亭之《花草蒙拾》，鄒程村之《遠志齋詞衷》等書，亦復金鍼暗度。今略其警語於左，鄙見所及，則附其下。……

……

長調最難工，蕪累與癡重同忌。襯字不可少，又忌淺熟。詠物至詞更難於詩，即「昭君不慣胡沙遠，但暗憶江南江北」亦費解。（此詞音節固佳，至其文則多有欠解處，白石極純正嫻雅，然此闋及〈暗香〉闋則尚有可議，蓋白石字雕句鍊，雕鍊太過，故氣時不免滯，意時不免晦。）

同上卷二：

柳東於詞雖非上乘，而校譜讐律，頗爲精審。如云：玉田以〈疏影〉、〈暗香〉爲〈紅情〉、〈綠意〉，圖譜另分二調，堆絮園駁正之，然不知爲玉田作，沿《樂府雅詞》之誤也。按二調乃白石自度仙呂宮，用工字結聲，旁譜起結，皆用工五，江國國字換頭即用工五，是韻無疑。

同上卷九：

宋詞三派，曰婉麗，曰豪宕，曰醇雅，今則又益一派曰餖飣。宋人詠物，高者摹神，次者賦形，而題中有寄托，題外有感慨，雖詞實無愧於六義焉。……予曰：「詩三百篇開卷第一言，即是詠物，然使第曰『關關鳴鳩，在河之洲』，第曰『參差荇菜，左右流之』，而盡去其下文，則此詩何以爲風化之原乎。而當日尼山秉筆，吾知必從刪棄矣。且今之爲此者，動曰吾瓣香姜、史也。然〈暗香〉、〈疏影〉之篇，『軟語商量』之句，豈二公搜索枯腸，獨無一二冷典，乃賦空而不爲徵實哉。蓋詞貴清空，宋賢名訓也。」

（清）陳廷焯《白雨齋詞話》卷二：

南渡以後，國勢日非。白石目擊心傷，多於詞中寄慨。不獨〈暗香〉、〈疏影〉二章，發二帝之幽憤，傷在位之無人也。特感慨全在虛處，無跡可尋，人自不察耳。感慨時事，發爲詩歌，便已力據上游，特不宜說破，只可用比興體。即比興中，亦須含蓄不露，斯爲沉鬱，斯爲忠厚。……南宋詞人，感時傷事，纏綿溫厚者，無過碧山，次則白石。白石鬱處不及碧山，而清虛過之。

同上卷六：

或問比與興之別。余曰：宋德祐太學生〈百字令〉、〈祝英臺近〉兩篇，字字譬喻，然不得謂之比也。以詞太淺露，未合風人之旨。王碧山詠螢、詠蟬諸篇，低回深婉，託諷於有意無意之間，可謂精於比義。若興則難言之矣。託喻不深，樹義不厚，不足以言興。深矣厚矣，而喻可專指，義可強附，亦不足以言興。所謂興者，意在筆先，神餘言外，極虛極活，極沉極鬱，若遠若近，可喻不可喻，反覆纏綿，都歸忠厚。求之兩宋，如東坡〈水調歌頭〉、〈卜算子〉（雁），白石〈暗香〉、〈疏影〉，碧山〈眉嫵〉（新月）、〈慶清朝〉（榴花）、〈高陽臺〉（殘雪庭除一篇）等篇，亦庶乎近之矣。

同上《詞則．大雅集》：

二章脫盡恆蹊，永爲千年絕調。

（清）沈祥龍《論詞隨筆》：

詞韻以宋菉斐軒《詞林韻釋》爲最古，其韻以入聲分隸三聲，與周德清《中原音韻》同。詞當用入韻，即以分隸之入聲叶之，……詞調若〈憶秦娥〉、〈暗香〉、〈疏影〉等，必用入韻。須其字作上去，且同隸一部者始可用。或入作平，或非一部而誤叶之，即爲失韻。

（清）張德瀛《詞徵》卷一：

詞之訣曰情景交鍊。宋詞如……姜堯章「舊時月色，算幾番照我，梅邊吹笛」，景寄於情也。寇平叔「倚樓無語欲銷魂，長空黯淡連芳草」，情繫於景也。詞之爲道，其大旨固不出此。

同上：

晁無咎〈摸魚兒〉、蘇子瞻〈酹江月〉、姜堯章〈暗香〉、〈疏影〉，此數詞後人和韻最夥。

（現）王國維《人間詞話》：

詠物之詞，自以東坡〈水龍吟〉爲最工，邦卿〈雙雙燕〉次之。白石〈暗香〉、〈疏影〉，格調雖高，然無一語道着，視古人「江邊一樹垂垂發」等句何如耶？

（現）蔣兆蘭《詞說》：

詞叶入聲韻者，如美成〈六醜〉、〈蘭陵王〉、〈浪淘沙慢〉、〈大酺〉，及白石〈霓裳中序第一〉、〈暗香〉、〈疏影〉、〈惜紅衣〉、〈淒涼犯〉等調，皆宜謹守前規，押入聲韻，勿用上去。

（現）王闓運《湘綺樓評詞》：

如此起法，即不是詠梅矣。此二詞最有名，然語高品下，以其貪用典故也。

（現）蔡嵩雲《柯亭詞論》：

詞講四聲，宋始有之，然多為音律家之詞。文學家之詞，分平仄而已。音律家之詞，原可歌唱，四聲調叶，為可歌之一種要素。仇山村曰：「詞有四聲、五音、均拍、輕重、清濁之別。」即指可歌之詞而言。北宋如屯田、方回、清真、雅言諸家，南宋如白石、梅溪、夢窗、草窗、玉田諸家，大都妙解音律，所為詞，聲文並茂。吾人學其詞，多有應守四聲者。且所謂音律家之詞，亦惟獨創之調，自度之腔，如清眞〈蘭陵王〉、白石〈暗香〉、〈疏影〉之類，須嚴守四聲。……四聲調叶之詞，今雖以音譜失傳而不可歌，然較之僅分平仄者，讀時尚覺鏗鏘可聽。故詞家之守律者，必辨四聲分上去，以為不如是，不合乎宋賢軌範。淺學者流，每謂守四聲如受桎梏，不能暢所欲言，認為汩沒性靈。其實能手為之，依然行所無事，並無牽強不自然之病。觀清末況蕙風、朱彊村諸家守四聲之詞，足證此語不誣。

同上：

詠物詞，貴有寓意，方合比興之義。寄託最宜含蓄，運典尤忌呆詮，須具「手揮五絃，目送飛鴻」之妙，方合。如東坡〈水龍吟〉，詠楊花而寫離情。夢窗〈瑣窗寒〉，詠玉蘭而懷去姬。白石詠梅，〈暗香〉感舊，〈疏影〉弔北狩扈從諸妃嬪。大都雙管齊下，手寫此而目注彼，信為當行名作。此雖意別有在，然莫不抱定題目立言。用慢詞詠物，起句便須擒題。過變更不可脫離題意，方不空泛，方能警切。

（現）陳匪石《聲執》卷上：

四聲問題，因調而異。……至全依四聲，則除方千里和清眞以外，夢窗塡清眞、白石自度之腔，亦謹守之。故某人創調，其四聲即應遵守某人。如清眞之〈大酺〉、〈六醜〉、〈瑞龍吟〉、〈霜葉飛〉及凡無前例者，白石之〈高溪梅令〉、〈鶯聲繞紅樓〉、〈醉吟商小品〉、〈暗香〉、〈疏影〉、〈徵招〉、〈角招〉之類，不下十餘，夢窗之〈西子妝〉、〈霜花腴〉等九調，及屯田詞不見他集之調，皆以全依四聲爲是。

（現）姜尚賢《宋四大家詞研究》：

詠物諸作，均以清超脫俗的筆調出之，風雅絕塵，格調高曠，矯健清虛處，高出人表。陳郁說：「意到語工，不期高遠而自高遠。」（《藏一話腴》）但他有時過於講求典雅工巧，力矯淺俗輕浮的毛病，不僅在字句上專事鍛鍊，而且喜歡使用典故，作爲表現情思與描寫景物的象徵。這一點雖是白石詞的特色，但也是他的最大的弊端。由於用典過多，等於遮掩了一層幕布，意義雖較含蓄，但詞旨反較隱晦，往往流於含糊不清，情趣頓減。如他最有名的〈暗香〉、〈疏影〉、〈齊天樂〉、〈小重山令〉等詞，都是前人最激賞的傑作，並認爲是詠物詞的典型；尤以〈暗香〉、〈疏影〉二闋，張炎說：「前無古人，後無來者，自立新意，眞爲絕唱。」（《詞源》）張氏的評論，可謂推崇備至，故在往昔詞壇上極負盛名，甚至還有許多人說都是影射時事，以比興方式論詞，因而妄加臆度，似近附會。假如白石有知，自當俯首一笑。我們仔細解析二詞，只是引用許多梅花與古代幾個美人的典故，拼湊而成者，雖字句美麗，音調清婉，實擅詞家的能事，讀之令人感到興奮，似有觀止之歎，但考究其內容與實質，既無豐盛的情思，又無深沈的含意，只是一件無有生命的藝術品。

同上：

冷豔幽潔，空靈馨逸，高麗皎美，格調清妍，意境玲瓏，文工而句鍊，似無一點塵濁的氣息，惟其使用典故來詠物，以增加作品的雅麗。

同上：

這是一首詠物詞，冷豔幽潔，格調高絕，是白石最負盛名的自度曲。沈鬱頓挫，悲愴悽惋，可謂風雅絕塵的仙品。

（現）劉永濟《微睇室說詞》：

此詞起四字便有情，下二字即舊時月下梅邊之韻事。「喚起」二句亦舊時之風趣。「何遜」二句言今日之情懷，借用何遜以自擬。何遜有《詠早梅詩》，故曰「春風詞筆」。「但怪得」二句以今日逢花遇酒，尙不免有情作過拍。換頭以下正逢花遇酒之情。「江國寂寂」四字包含偏安朝廷苟且局勢。「歎寄與」二句用陸凱寄范曄梅枝事，意卻指徽、欽二宗被幽之地，故用「夜雪初積」點明北地。「翠尊」二句曰「泣」，曰「憶」，用意甚明，如以爲懷合肥舊妓，則未免使白石難堪。歇拍數句，仍切梅作結，而言外有歲晚芳殘之慨。大抵詠物之詞，要不粘不脫，乍合乍離。細玩此詞，不難領會。

同上《唐五代兩宋詞簡析》：

此紹熙二年冬，堯章至石湖所作，與後〈疏影〉詞爲堯章集中有名之作。詞雖詠梅而非敷衍梅花故實，蓋寄身世之感於梅花，故其辭雖不離梅而又不黏着於梅。此首前半闋就作者本身言；後半闋則其感於世事之詞。「月色」而曰「舊時」，一起即有今昔之感。「梅邊吹笛」、「玉人」「攀摘」，皆舊時賞梅情事也。「何遜而今漸老」以下，則今日觀梅之情。何遜以自比也。今何遜雖「忘卻春風詞筆」，然逢花遇酒，亦不能不興感。後半闋即就所感着筆。「江國，正寂寂」句，言外有南宋朝政昏暗之意。「寄與路遙」，雖暗用陸凱寄梅故事，實追指被金人擄去之二帝、后妃及宗室而言。「路遙」、「夜雪」皆北地也。思念及此，故有「翠樽」之「泣」，與「紅萼」之「憶」。翠樽非能泣，紅萼非能憶，泣與憶皆此飲翠樽與觀紅萼之人也。而「千樹壓西湖」與「片片吹盡」句，則又以昔盛今衰作結，仍歸到梅花。此種寫法，在技術上，合於詩人比興之義，而以身世之感貫穿於詠梅之中，似詠梅而實非詠梅，非詠梅又句句與梅有關，用意空靈，此石湖所以「把玩不已」也。

（現）唐圭璋《唐宋詞簡釋》：

此首詠梅，無句非梅，無意不深，而託喻君國，感懷今昔，尤極宛轉回環之妙。起四句，寫舊時豪情，一氣流走，峭警無匹。月下吹笛，皆爲烘托梅花而設。試想月下賞梅，梅邊吹笛，何等境界，何等情致。「喚起」兩句承上，因笛聲而又喚起玉人來摘梅，其境更美。「何遜」兩句，陡轉入如今衰時景象，人老才盡，既無吹笛之興，亦無詠梅之才，壯志消磨，感喟無窮。「但怪得」兩句，再轉，實寫梅花之疏影暗香，意謂雖不欲詠梅，但花香入席，引人詩思，又不能自已。換頭推開，言折梅寄遠，用陸凱詩，但路遙雪深，欲寄無從，徒有惆悵之情。「翠尊」二句，承上申說相思之苦，因不得寄，故對翠尊紅萼而傷心。白石此等鬱勃情深之處，不減稼軒。譚復堂謂此兩句，得《騷》、《辨》之意。宋于庭亦謂白石詞，似杜陵之詩，洵屬知言。「長記」兩句，回憶當年梅之盛、人之樂，與篇首相應，造境既美，綴語亦精，此是縮筆。末句，又展開，言梅落已盡，舊歡難尋，情極委婉。問「幾時見得」，想見「白頭吟望苦低垂」之情。章法自清眞〈六醜〉得來。

同上〈姜白石評傳〉：

至詠梅之作，有〈暗香〉、〈疏影〉兩首，寄託君國，自成馨逸。〈暗香〉云云……此首詠梅，無句非梅，無意不深。而感懷今昔，託喻君國，尤極曲折回環之妙。起五句寫舊時豪情，一氣流走，峭拔無匹。月下吹笛，皆爲烘托梅花而設。試思月下賞梅，梅邊吹笛，何等境界，何等情致。因笛聲而又喚起玉人來摘梅，其境更美。「何遜」兩句，忽轉入而今衰老現象，文筆頓挫悠揚，感喟何限，而今人老才盡，既無吹笛之興，亦無詠梅之才，追維舊時，眞有不堪回首之慨矣。「但怪得」兩句，再轉花香入席，引人詩思，雖無詠梅之才，終不能自已也。換頭推開寫情，用陸凱詩意，歎路遙雪深，折梅難寄，故惟有空對翠尊紅萼而傷心，其相思之深，難以言宣矣。謂此爲憶君之語，得騷辨之意者，亦未必絕無因也。「長記」兩句，又回想當年梅開之盛，與篇首相應。末句言盛時難再，舊歡難尋，如見「白頭吟望苦低垂」之情矣。（見唐氏《詞學論叢》）

（現）盧冀野《詞曲研究》：

張炎說：「如野雲孤飛，去留無跡。」又：「不惟清虛，且又騷雅，讀之使人神觀飛越。」范石湖也說：「白石有裁雲縫月之手，敲金戛玉之聲。」這大概爲他那二首盛傳於世的〈暗香〉、〈疏影〉而發……詠物之作不能不推爲名篇。張炎說他是「前無古人，後無來者，眞爲絕唱，」未免過譽了。

（現）屈向邦〈《白石詞評》跋〉：

自來評白石詞者，多以爲祇〈暗香〉、〈疏影〉二詞，借二帝之憤發之，較有內容外；其餘惟以風流氣韻，標映一世，比之蘇辛，內容空靈多矣。今得先生（按，指陳澧）評語，而知白石惓懷家國，隨感而發，非祇以風流氣韻標映一世爲高者；特讀者未能悉心索隱闡微耳。

（現）吳世昌《詞林新話》：

白石〈暗香〉、〈疏影〉二首，遊戲之作耳。雖藝術性強，實無甚深意。乍看似新穎可喜，細按則勉強做作，不耐咬嚼。此本擬人格之通病。白石以花比美人，甚至謂「暗憶江南江北」，即昭君本人又何嘗有此感念。且「環珮空歸月下魂」，老杜先已發其想象，白石學舌，已落第二乘矣。（陳）亦峰謂此二詞「發二帝之幽憤，傷在位之無人也，特感慨全在虛處，無跡可尋，人自不察耳。」「斯爲沉鬱，斯爲忠厚」云云，全是自欺欺人之談。白石自寫情詞，與時事無關。所謂沉鬱忠厚，意凡詞叫人看不懂就好，就有寄托。《儒林外史》中某人有言：「九門提督待兄是沒法說的了」，即此類也，皇帝新衣亦此類也。

（現）沈祖棻《宋詞賞析》：

首三句從題前說起，極言情境之美。「喚起」兩句，承上，仍是舊時情事。梅邊月下，笛聲悠揚，當斯時也，復喚起玉人，犯寒摘花，月色笛聲，花光人影，融成一片，試思此何等境界、何等情致；而「何遜」兩句，筆鋒陡落，折入現狀，又何等衰颯。此周濟《宋四家詞選》所謂「盛時如此，衰時如此」，周爾墉《〈絕妙好詞〉評》所謂「以『舊時』、『而今』作開合」也。舊夢詞心，都歸遺忘，而續以「但怪得」兩句，則竹外疏花，冷香入席，又復引人幽思。未免有情，誰能遣此耶？下片仍從盛衰見脈絡。換頭起筆即用「江國，正寂寂」，點出衰時。「嘆寄與」兩句，謂欲寄相思，則路遙雪積，極盡低迴往復，忠愛纏綿之情。「翠尊」二句，則此情欲寄無從，但餘悲泣，「紅萼無言」，殆已至無可說之境地，然終耿耿不忘。其情深至，其音凄厲。「長記」兩句，復苦憶當時之盛，結二句又陡轉入此日之衰。周濟所謂「想其盛時，感其衰時」也。「又片片」句，謂一片一片，吹之不已，終至於盡。「幾時見得」，斬釘截鐵之言，實千回百轉而後出之，如瓶落井，一去不回，意極沉痛。

（現）羅忼烈〈白石詞每師法清真〉：

清眞之詞本有疏密兩種，夢窗得其密，白石得其疏。白石變清眞之縝密典麗爲古雅峭拔，易沉鬱頓挫爲清剛疏爽，遂開玉田一路，終與清眞分途。然下字命意之間，相師之跡，尤隱約可見，粗舉其相似處如下各條。……

清眞《浪淘沙》「翠尊未竭，凭斷雲、留取西樓殘月」；《品令》「舊攜手處，花霧寒成陣」；《六醜》「恐斷紅尚有相思字，何由見得」。白石《暗香》云：「翠尊易泣，紅萼無言耿相憶。長記曾攜手處，千樹壓、西湖寒碧。又片片吹盡也，幾時見得。」情致字面，亦頗相似。

詩人詞客用字造語，不謀而合者往往有之，然如此之多，不能謂之無意。若取兩家之作熟讀而深思，此中消息可知也。（見羅氏《詞學雜俎》）

（現）李星《唐宋詞三百首譯析》：

〈暗香〉、〈疏影〉是文學史上著名的詠物詞，爲姜夔詞中具有代表性的作品。這兩首詞同詠一題，是不可分割的姊妹篇。其中〈暗香〉一詞，是以梅花爲線索，通過回憶對比，抒寫作者今昔之變和盛衰之感。

詞化用某些與梅花有關的典故，並生發開來，立意超拔，構思綿密，錯綜回環。又加自度新曲，叮噹成韻，遣詞造句，意到語工，麗而不淫，雅而不澀，在藝術上確有獨到之處。

（現）胡雲翼《宋詞選》：

以上兩首詞向來被指稱爲姜夔的代表作。姜派的張炎給以很高的評價，他說：「詞之賦梅，惟姜白石〈暗香〉、〈疏影〉二曲，前無古人，後無來者，自立新意，眞爲絕唱。」（見《詞源》）這顯然是溢美之辭。作者過分地雕琢字句，用典隱晦，致使詞意難明，好些古人都認爲費解。這不能不說是相當嚴重的缺點。〈暗香〉的主題是通過詠梅來懷舊，但所懷的究竟是友人還是情人，也很難作出定論（後說較爲近是）。〈疏影〉究竟有何寄托，更是衆說紛紜。鄭文焯根據張惠言的意見，在所校《白石道人歌曲》裏說：「此蓋傷二帝蒙塵，諸后妃相從北轅，淪落胡地，故以昭君託喻，發言哀斷。考唐王建《塞上詠梅》詩曰：「天山路邊一株梅，年年花發黃雲下，昭君已沒漢使回，前後征人誰繫馬？」白石詞意當本此。」近人劉永濟舉出宋徽宗《眼兒媚》詞中的『春夢繞胡沙』、『吹徹《梅花》』作爲『昭君不慣胡沙遠』、『化作此花幽獨』之所本，這就更加增強這一說法的依據。話雖如此，全篇的主題仍難統一，因爲後面一段裏又講到『深宮舊事』和『安排金屋』，把重點一移再移，所謂故君之思的寄托，也就難以貫串起來解釋了。

（現）吳熊和編《唐宋詞精選》：

此詞與〈疏影〉一道，應范成大之請而創製。首句從調名本意引出。「舊時月色」，有別於「少時月色」，是指北宋承平時代林逋詠梅之際的月色，隱然有劉禹錫《金陵五題·石頭城》中的「淮水東邊舊時月」之意，開端即含今昔興亡之感。

「算幾番照我」四句，始回顧少時賞梅韻事：月光如水，人面如玉，笛聲依依，花香裊裊，那是何等情致，何等境界！「何遜而今」四句折回令人難堪的現實：儘管竹外疏花，暗香如故，而自己垂垂老矣，無復當年南朝詩人何遜詠早梅的風韻和才情。用筆略同於〈揚州慢〉下片中的「杜郎俊賞，算而今、重到須驚」以下諸句。但更使作者悲傷的，是因為南北隔絕而寄情無由的咫尺天涯之感。下片「江國」四句，便化用典故，抒寫北地淪陷、音問難通的憂憤。「江國」，指南國江鄉；「夜雪初積」，則隱含北國之境。既如此，作者因「寄與路遙」而「嘆」之不已，也就不僅僅是抒發懷人之情，更是寄寓故國之思了。「翠尊」二句傳寫梅花心事，特意標出「泣」、「憶」二字，仍是眷眷不忘北地故國之意，最後四句落筆於西湖的梅花，既承題意和首句，切合林逋孤山之梅，又接上片所言少年情事，但昔盛今衰，盛時「壓西湖寒碧」，衰時「片片飛盡」，則又有慨於今，不勝悵然了。細繹全詞，其中固然有身世沉浮之感，但更多的卻是家國興亡之慨。當然，由於藝術趣味以醇雅為歸，姜夔的這類作品大多寄托無痕，不像張元幹、劉克莊等人的同類作品那樣浩氣回旋、壯懷激烈，但在他曲折深婉的唱嘆中，時局和國事投下的陰影卻是驅不開、抹不去的。（蕭瑞峰　文）

（現）譚蔚《唐宋詞百首淺釋》：

歷代文人對這兩首詞有很多評價。現在我們來看：「暗香」一首，主要是寫梅的清淡的姿質，中間卻滲透着詩人自己對年華「漸老」的感嘆，也有才情無處着落的心情，因此在精神上感到與梅花有共通之處。而梅花的形象與姿質，也就在詩人的印象裏，永遠不可磨滅了。

（現）汪中《宋詞三百首注析》：

白石〈暗香〉、〈疏影〉兩闋皆詠梅花托興，梅耐寒，有淡雅絕俗之姿，爲歷代詩人所歌詠。〈暗香〉前半詠花，而有何遜漸老之感。下片路遙相憶，一往懷舊之思，托以美人香草。起即點明舊時，年少風流，能不忘卻，翠尊數句應喚起，寫西湖孤山千樹香雪，玉人攜手，仿彿綠萼仙子，嫣然凝睇，冰姿超逸，意境高迴，一切都在永遠記憶之中。收處則片片吹盡，幾時見得，是眼前梅花，又將是後來的相憶了，情詞往復，繾綣不已。

（現）蔡義忠《百家詞品》：

換頭含意隱微，包蘊無窮，筆者臆測可能係寄小紅之作。

（現）劉斯奮《姜夔張炎詞選》：

這首〈暗香〉和下一首〈疏影〉向來被認爲指是姜夔的代表作。例如姜派詞人張炎說：「詞之賦梅，惟白石〈暗香〉、〈疏影〉二曲，前無古人，後無來者，自立新意，眞爲絕唱。」（《詞源》）甚至連對姜詞頗多譏貶的周濟，也稱此二詞「寄意題外，包蘊無窮，可與稼軒相伯仲。」（《介存齋論詞雜著》）但是另一方面，對於這兩首詞所表達的內容，卻又聚訟紛紜，莫衷一是。特別是〈疏影〉一首。其實，這兩首詞是在「詠梅」這個統一的主題下，分別運用了兩種不同的表現手法。〈暗香〉着重從人事的角度來表現，而〈疏影〉則直接表現梅花本身。前者是從側面着筆，後者改從正面描寫。至於藝術特色方面，最主要的是做到了既保持了姜詞清峭瘦硬的本色，又具有豐容委婉之態。與同集的其他作品相比，自是高出一籌。

（現）王雙啓《宋詞精賞》：

……〈暗香〉、〈疏影〉確是詞句精警，令人嘆賞，而掩卷細思，則不免迷離倘佯。典故、詞藻固然較爲費解，而寄托、比喻尤其難作定說。是否寓含今昔盛衰的感嘆？是否暗喻「二帝北狩」的歷史教訓？是否追懷「合肥舊遊」？這些問題都是不易作出回答的。「詩家總愛西昆好，獨恨無人作鄭箋」，宋詞之費人索解而又引人索解者，無過此二闋，這種情況和李商隱的「無題詩」是非常近似的。

……近人接過了「二帝之憤」的話頭，用宋徽宗的〈眼兒媚〉、〈燕山亭〉詞裏的個別字句和姜夔的原作進行比附，以說明〈暗香〉、〈疏影〉是發故國之思的作品，但我們仍覺牽強。「忍聽羌管，吹徹梅花」之類的字面本是詩詞裏經常使用的，其具體含義往往是不盡相同的，很難說姜詞與之有什麼必然的聯繫。再者，姜詞之寫興亡感慨，每直言不隱，題序中，更詳述有關背景，如〈揚州慢〉便是，而這兩首詞的題序中卻是毫無興亡感慨的跡象可尋的。

……〈暗香〉、〈疏影〉所包含的內容是相當寬泛的，尤其是它的比喻象徵更能夠引發出關於品格情操的豐富聯想，看來是不宜局限於一人一事的。生活是創作的源泉，詞人歌詠梅花的時候，既然寫出了多線條、多層次的藝術境界，那麼，作爲構成這一境界的生活素材，他不會摒棄對合肥舊遊的追懷，但經過了重新熔鑄而創作出來的藝術成果，卻比那任何一部分的生活素材都要豐富得多。「整體大於部分的總和」，這是古希臘哲學家亞里斯多德的名言。整體所顯示出來的功能並不是各個組成部分相加的總和，整體具有增益性乃至質的飛躍變化。根據這個道理，我們不能贊同以追懷合肥舊遊爲全詞主旨的這種說法。

總起來說，對於這兩首詞，我們不必做什麼索隱的工作，徑直把它看作詠物詞、詠梅詞就可以了。

……這首詞的主要內容是把好幾個典故鋪排在一起而組成的，典與典之間如何勾連才不致散亂，就成爲了結構安排上的重要問題。每個典故都要和梅花相關，讓它們具有內在的聯繫，這一點，通過適當的選擇就可以做到；在詞語上，更需要巧妙的連接，這一點，就要求作者具有高超的技巧了。前一個典故是趙師雄羅浮遇梅仙，恰好有「客裏相逢」的意思，接下來，用杜詩〈佳人〉作典故，劈頭就說「客裏相逢」，這樣，前後兩個典故的連接就顯得非常緊密，也非常自然了。

〈暗香〉與〈疏影〉既是連環結構的兩首詞，當然要注意前後的銜接，特別是首尾之間的呼應，這樣才能顯示出它的兩首一體的特點。「玉龍哀曲」顯然是和「梅邊吹笛」相呼應的，「一片隨波去」和「片片吹落也」之間也有其銜接的痕跡。銜接呼應，句意當然是相近的，甚至是相同的，但必須變換筆墨，從「異」中去表現「同」。於是，作者就得在語匯和句式、着眼點和描述角度等方面尋求變化，這樣寫出來的作品，既保証了結構上的完整統一，也取得了語言上的多姿多彩。

……「小窗横幅」寫的就是梅花的影子，這也是點題之筆，點出了「疏影」二字。影子是怎麼來的？這就要上溯到〈暗香〉詞開頭的「舊時月色」四個字了，是月光照上小窗，映出了梅枝的影子。〈疏影〉的尾，接上了〈暗香〉的頭，連環體的結構果然是非常嚴謹的。……這兩首詞本是聯章，如美玉琢成的「連環」，分拆不得。詞牌既是「自度腔」，兩首合一的體制也應該看作是姜夔的一種創造。

……「舊時月色」不僅文字精美絕倫，而且爲全詞勾勒出時間、空間的環境，並暈染出感情基調，用作發端，極爲精彩。

……〈暗香〉一首，側重描寫的是由梅花而勾起的回憶與思念，對梅花本身，只涉及它的疏密開落，而對於它的內在的精神、它的超越形貌的靈魂，還沒有作出應有的刻劃，而這些，就付與〈疏影〉一首了。

……到了姜夔的手裏，我國以前的詩歌中關於梅花的種種寫法，也好像統統被打破了。……他創造的梅花形象是多線的、立體的。他吸取了前人的經驗，加以綜合，加以發展，調動衆多題材，進行上下縱横相互交錯的描寫，支撐起時間、空間的巨大匡架，以抒情爲核心，把寫景、敘事、狀物、說理等等因素交織在一起，再加上顏色、聲音、光線、動態等等方面的渲染描摹，從而創造出一個關於梅花的絢麗多彩、搖曳生姿的藝術境界，給讀者以廣闊豐富、飽滿酣暢的美感享受，這就是他超越前人的地方，這就是他在我國詩歌發展史上所作出的貢獻。

（現）王偉勇《南宋詞研究》：

欲令景物生動活潑，宜留心字句之鍛鍊，方能相得益彰，所謂「始於意格，成於句字」是也。就鍊字句，其關鍵尤在於動詞之運用，非但顧及意義之「活」，且爲顧及音調之「響」，故姜夔詞中頗用心錘鍊，此亦當時詩壇之習尚也。如：

千樹「壓」西湖寒碧。（暗香）……

黃庭堅〈贈高子勉〉詩云：「拾遺句中有眼」（《豫章黃先生文集》卷一二），呂本中〈童蒙詩訓〉亦云：「潘邠老言：七言詩第五字要響，……五言詩第三字要響，……所謂響者，致力處也。予竊以爲字字當活，活則字字自響」，取姜夔之詞句予以印證，影響之深淺自不言而喻矣！

（現）黃拔荊《詞史》：

這兩首詞表面看都是詠梅，其實都是言在此意在彼。前一首寫梅花實則寫所想念的人，從石湖的梅花到西湖的梅花，由梅花盛開到梅花飄落，通過今昔對比，表達了由懷人而產生的複雜思想感情。後一首則從梅花引起一系列聯想，上片把梅花暗比被遺棄的美人，想像客死異鄉的王昭君。下片抱怨春風無情，偏把梅花吹落，待得重覓幽香，爲時已晚，這種含有無窮抱恨的心情，無疑是有所寄托的。

（現）馬興榮《詞學綜論》：

起句「舊時月色」，隱然有劉禹錫〈金陵懷古〉「淮水東邊舊時月」之意，開端即含今昔盛衰之感。我個人認爲是詠梅，而透露了自己的身世之感而已，至於懷念故國、傷心二帝、勸阻石湖、遙念情人諸說，似乎遠了些。

（現）王曉波《宋四家詞選譯》：

這首詞處處圍繞梅花抒寫朋友的思念。全篇以梅花爲線索，從往昔寫到當今。開頭「舊時」二字，直貫五句，是作者追憶昔日賞梅的情景。月色笛聲，梅花美人，境界幽雅，豪興雅趣，生活愜意。「而今」一轉，境界突變，年漸老而無心賞梅，因分離而孤寂落寞。然而，梅花依舊，撩人情思。「嘆寄」二句，想折梅寄遠，但又無法送達。「翠尊」二句，對酒傷杯，因梅動情。「長記」二句，又轉到回憶，與上面的「舊時」相呼應。結句便收煞在「幾時見得」的感慨之中。全詞用今昔對比，層層轉折，委婉曲折地表達了懷人的感情，隱約寄寓了個人身世的慨嘆。「千樹壓西湖寒碧」，境美語精，是本詞的名句。

（現）劉乃昌《宋詞三百首新編》：

……句句不離梅花，處處借詠梅寄托懷人情思。以玉人襯映梅花，由梅花念及玉人。愛梅、賞梅、詠梅、寄梅、惜梅，詠物寄情，形神兼到，境界高潔，構思精巧。

(現)陳如江《唐宋五十名家詞論》：

……全詞從石湖之梅寫到西湖之梅，就梅花之盛開與衰落，或追憶舊情，或發抒今悲，結構回旋曲折，筆墨空靈飛舞，一片神行，不犯死執，眞「如野雲孤飛，去留無跡」(張炎《詞源》)。從造句煉字看，一是多用素潔的實字，如「月色」、「吹笛」、「玉人」、「清寒」、「疏花」、「香冷」、「瑤席」、「夜雪」等等，給全詞蒙上一層清越高曠的風味。二是多用靈潔的虛字，如「算幾番」、「不管」、「而今」、「都忘卻」、「但怪得」、「正」、「也」、「見得」等等，或前呼後應，或仰承俯注，使全詞語意流走，氣韻空靈。此外詞人還頗注意煉瘦硬字，如「千樹壓西湖寒碧」中的「壓」字，描畫雪後湖上梅花盛開時花朵繁密的奇景，透露出清勁峭拔之氣。

(現)陶爾夫、劉敬圻《南宋詞史》：

……這兩首詞並不一定有什麼重大社會價值，但它卻能從現實的感官中引發詩興，摘林逋名句作詞牌，適當提煉和化用某些與梅花有關的典故，並由此生發開去，完成他以冷爲美的審美獨創。因梅花傲雪凌寒，最宜表現以冷爲美的審美感受與傲岸不屈的性格。這首詞首先是立意超拔，另創新機。詞意雖與林逋《山園小梅》有關，但其境界卻遠勝林詩，與陸游

《卜算子·詠梅》也不相類。林詩「曲盡梅之體態」（見司馬光《溫公詩話》），陸詞借梅喻詩人品德，白石此詞卻織進個人品格與身世盛衰之感，寫法上「不即不離」，似詠梅而實非完全詠梅，非詠梅卻又句句與梅密切相關。

這首詞以梅花爲線索，通過回憶對比，抒寫今昔之變與盛衰之感。

（現）李索《宋詞三百首賞析》：

從詞前小序可知，作者冒雪赴范成大之邀，應范的要求而製兩首詞〈暗香〉和〈疏影〉，此爲其一。通過詠梅來寄托對情人的懷念。

（現）俞朝剛、周航主編《全宋詞精華》：

本篇將詠梅與懷舊糅合在一起寫，雖句句不離梅花，然其意不專在摹寫物態，有寄托而無痕跡。作者所憶念之「玉人」，是情人？是友人？抑或別有所指，衆說紛紜，難以認定。它的藝術魅力正在於意象朦朧，感慨全在虛處，給讀者留下思考和聯想的廣闊餘地。詞的意境優美，筆調空靈，從石湖之梅寫到西湖之梅，從梅之盛開寫到梅之衰落，超越時空，寄意題外，讀之令人回味無窮，餘韻不盡，不愧爲詠梅之絕唱。

黃兆漢、司徒秀英《宋十大家詞選》：

〈暗香〉、〈疏影〉二首詠梅詞，無處不應物而寫，又無處不宕開境界、感事抒懷。詠梅而不呆駐物態之上，勝在體會其神，妙用左右相關之事，又於虛處着力，故意境空靈，旨趣含蓄，味道深厚，耐人尋賞。此詞又最能體現白石詞清空騷雅之藝術風格。

上片首句「舊時月色」字面千錘百鍊，境界極高，寫彼時月色浮動，全在虛處入筆，極清空傳神。再合「算幾番」二句寫月下吹笛，境界何等清雅，藉此烘托梅花之氣格，又一高思妙筆。「喚起玉人」二句寫冬夜梅興，用白晰如玉的美人跟素雅似雪的梅花互相輝映，境界極美。以上皆寫往事之樂。「何遜」句以下折寫當前，點破今情之苦。「何遜」二句慨嘆流年似水，韶華易逝，舊時之梅興逸懷蕩然無存，既詠梅又說忘記生花妙筆，婉轉含蓄，無限嘆喟。「而今」跟「舊時」、「幾番」作今昔之比，下句「但」字跟「都」字對應，體現出運用虛字之靈活巧妙。白石常用虛字轉承文意，增厚情思。如這個「但」字便能束上啓下，起逆接作用，筆法極精湛。又「怪得」二字入情，用欲拒還迎之意筆寫花香之聊入詩興，遂不得不張羅詞筆，寄寫情懷。

下片有懷人之思。「江國」四句先寫身在江南，孤寂落寞而思遠人，因懷人而欲寄梅傳情，卻又怕路遠雪深。聲情急切，情意一層深於一層。「翠尊易泣」二句意象哀豔，是全詞色彩最富麗鮮明處，亦感情最固執傷心處。「耿」字有千鈞之力，使聲情更見激越沉痛。「長記曾攜手處」二句清空騷雅，字面上疏密有致，今昔共情，「長記」與「耿相憶」異曲同工，都寫堅執不渝的思念。「千樹」一句字字精工，「壓」字寫出梅花群開群放之貌，極有氣勢，「寒碧」二字見白石修辭本色。千樹壓湖是往日之景，攜手賞梅乃當日之情，今日則見梅花零落，片片翻飛，故知舊歡不再，唯獨有情空對落花，末句問花開之時，實問重會之期，委婉含蓄，清空處見款款深情。

三四　疏　影❶

苔枝綴玉❷，有翠禽❸小小，枝上同宿。客裏相逢，籬角❹黃昏，無言自倚修竹❺。昭君❻不慣胡沙遠，但暗憶❼、江南江北。想佩環、月夜歸來，化作此花幽獨❽。

猶記深宮舊事❾，那人正睡裏，飛近蛾綠❿。莫似春風，不管盈盈⓫，早與安排金屋⓬。還教一片隨波去，又卻怨、玉龍哀曲⓭。等恁時⓮、重覓幽香⓯，已入小窗橫幅⓰。

---

❶ 此詞作於宋光宗紹熙二年辛亥（一一九一）冬，時作者三十七歲，參〈暗香〉注❶。

❷ 苔枝：即苔梅。指枝幹上生有苔蘚之梅。宋周密（一二三二—一二九八）《乾淳起居注》：「苔梅有二種：宜興張公洞者，苔蘚甚厚，花極香。一種出越土，苔如綠絲，長尺餘。」范成大（一一二六—一一九三）《梅譜》說，紹興、吳興一帶有苔梅，「其枝樛曲萬狀，蒼蘚鱗皴，封滿花身；又有苔鬚垂於枝間，或長數寸，風至，綠絲飄飄可玩。」綴：指點綴、裝飾。此句謂在苔梅的枝上點綴了像白玉一般的梅花。

❸ 翠禽：指翠綠羽毛的鳥。唐柳宗元（七七三—八一九）《龍城錄．趙師雄醉憩梅花下》：「隋開皇中，趙

師雄遷羅浮。一日，天寒日暮，在醉醒間，因憩僕車於松林間酒肆。傍舍見一女人，淡妝素服，出迓師雄。……因與之扣酒家門，得數杯，相與飲。少頃，有一綠衣童來，笑歌戲舞，亦自可觀，頃醉寢。師雄亦懵然，但覺風寒相襲。久之，時東方已白，師雄起視，乃在大梅花樹下，上有翠羽，啾嘈相顧。」此處寫翠禽是爲了突顯梅花的鮮艷。

❹籬角：指竹籬笆的角落。

❺倚修竹：化用杜甫〈佳人〉詩：「天寒翠袖薄，日暮倚修竹。」作者以高潔幽獨的佳人比喻梅花。此兩句謂梅花像幽居獨處的佳人，黃昏時在籬笆旁靠近修竹，默默無語地佇立著。

❻昭君：即王昭君，名嬙。爲漢元帝的宮女，因朝廷採取「和親」政策，她被嫁給匈奴的呼韓邪單于爲后。此句謂昭君不習慣匈奴所住的塞外沙漠地區。

❼暗憶：指暗暗懷念。

❽佩環：指女子佩戴的裝飾品。這裏暗指昭君。杜甫〈詠懷古跡五首〉其三詠昭君：「畫圖省識春風面，環佩空歸月夜魂。」此兩句謂昭君的靈魂在月夜回到中原，化作幽潔孤獨的梅花。

❾猶記：尚記。深宮舊事：宋李昉等《太平御覽．時序部》引《雜五行書》：「宋武帝女壽陽公主人日臥於含章殿簷下。梅花落公主額上，成五出花，拂之不去。皇后留之，看得幾時。經三日，洗之乃落。宮女奇其異，兢效之。今梅花粧是也。」

❿蛾綠：指蛾眉。女子眉黛如蛾形。

⓫盈盈：美好貌，多指女子之風姿、儀態。《古詩十九首》之二：「盈盈樓上女，皎皎當窗牖。」這裏借指梅花。

⓬早與安排金屋：金屋，《漢武故事》載：漢武帝小時對姑母說：「若得阿嬌（後爲陳皇后）作婦，當作金屋貯之也。」此句意謂對梅花應像對美女般珍惜。

⓭ 玉龍哀曲：玉龍：笛名。哀曲：指〈梅花落〉這曲子。李白〈與史郎中欽聽黃鶴樓上吹笛〉詩：「黃鶴樓中吹玉笛，江城五月落梅花。」「落梅花」即〈梅花落〉曲。此兩句謂梅花一片片地隨波飄流，加上又吹奏着非常哀怨的〈梅花落〉笛曲，令人更加神傷、哀怨。

⓮ 恁時：指這時。等恁時：指到這時。

⓯ 幽香：指梅花的幽潔香氣。

⓰ 橫幅：指橫的畫幅。此兩句謂等到這時要重尋梅花，它已被畫入小窗前掛着的橫幅畫上了。

【賞析】

本篇與上篇《暗香》是姜白石詠梅詞的雙璧。《暗香》着重人花之間的微妙深情；本篇藉着花的開落盛衰，透露作者對梅花的熱愛及寄托家國的幽思。全詞無一「梅」字，但全部文字都緊扣詠梅。上片寫花開，下片寫花落，仿佛把梅花的一生描寫出來。

發端三句，構造一幅生意盎然的春梅畫面。在長滿苔蘚的梅枝上，花兒如白玉凝聚，枝上有小小的翠羽鳥兒，在建巢共宿。這三句色彩鮮明奪目，聲音清脆動人，多麼溫馨悅目的動景！「客裏」三句，筆勢一轉，描繪一幅惹人幽思的靜景。也許詞人身爲過客，目下的梅花，又是另一番情味。在黃昏夕照下，在竹籬邊的梅花祇是默默無語地佇立着，仿如幽居獨處的佳人。這裏，詞人把梅花的形態神韻賦以女性的形象，爲下面王昭君與壽陽公主的出現埋下伏筆。「昭君」六句，詞人的想像跨越了時空。王昭君因漢朝「和親」政策而下嫁北方的匈奴，就是在塞外沙漠也忘不了故土，眷戀江南江北。王昭君與梅花似乎是不相關的，但連繫白石身處的政治環境，就不難釋去疑團。宋朝衰弱，金人數度南侵，並曾俘虜宮中后妃北去。白石以昭君來比喻她們的情況，是極有可能的。爲了使昭君與梅花的關連增加，白石虛擬昭君死後魂化梅花，可謂巧奪天工。首先，這種懸念把昭君的美貌、哀怨、鄉愁種種特質都注入了梅花，豐富了梅花的神韻；其次，又爲全詞創造了一種空靈幽奇的境界。從另一角度去看，上片寫出了梅花由白晝到黃昏，以至深夜的情態。詞人若不是極度鍾情，就不會長日廝守觀察。詞人對梅花的深情，已溢於言外。

下片起句引出「壽陽梅花粧」的典故。這裏既寫落花，也補充了上片暗寫宋室后妃被俘之事。以昭君借喻后妃被虜北漠，在處境和地域上有所相似，但在身分上王嬙僅是宮女，難與后妃相比。壽陽貴爲公主，故能補足寄托。「莫似」二句，淡寫春風無情，不管梅花意態盈盈，也要使勁吹下。「早與」句，寫詞人惜花，願以金屋藏嬌的方法，好好保護落花。詞意一開一合，道出哀落花、惜落花的心情。無奈落花片片，難以一一挽留。對於這麼愛花的詞人，實在哀怨不盡。「還教」二句，以孤零的景象、幽怨的笛音烘托花逝之悲。結筆「等恁」三句，寫詞人到了花凋香逝的時候，在窗前的小橫幅上重覓花蹤。這是「放開一步」的收結，由眞梅花，轉到畫中的梅花，止住悲情。情味轉淡，尤覺神遠。

白石詠梅，不但把梅的形神盡顯，並且引出有關梅花的典故、聯想；更難得的是，詞人對現實政治事件的感受，加添描寫的層次。

【評說】

（宋）張炎《詞源》卷下：

詩之賦梅，惟和靖一聯而已。世非無詩，不能與之齊驅耳。詞之賦梅，惟姜白石〈暗香〉、〈疏影〉二曲，前無古人，後無來者，自立新意，眞爲絕唱。太白云：「眼前有景道不得，崔顥題詩在上頭。」誠哉是言也。

同上：

詞用事最難，要體認著題，融化不澀。如……白石〈疏影〉云：「猶記深宮舊事，那人正睡裏，飛近蛾綠。」用壽陽事。又云：「昭君不慣胡沙遠，但暗憶江南江北。想珮環月下歸來，化作此花幽獨。」用少陵詩。此皆用事，不爲事所使。

（元）陸輔之《詞旨》上：

製詞須布置停勻，血脈貫穿。過片不可斷曲意，如常山之蛇，救首救尾。（過片謂詞上下分段處也。《詞源》云：作慢詞看是甚題目，先擇曲名，然後命意。命意既了，思量頭如何起，尾如何結，方始選韻，而後述曲。最是過片不要斷了曲意，須要承上接下。如姜白石詞云：「曲曲屏山，夜涼獨自甚情緒。」於過片則云：「西窗又吹暗雨。」則曲意脈不斷矣。又云：詞用事最難，要體認著題，融化不澀。如東坡〈永遇樂〉云：「燕子樓空，佳人何在，空鎖樓中燕。」用張建封事。白石〈疏影〉云：「猶記深宮舊事，那人正睡裏，飛近蛾綠。」用壽陽事。又：「昭君不慣胡沙遠，但暗憶江南江北。想珮環月夜歸來，化作此花幽獨。」用少陵詩。此皆用事，不爲事所使。案用事亦鍊意命辭之要，故特附《詞源》此則於此。——胡元儀《詞旨暢》）

（清）鄒祗謨《遠志齋詞衷》：

大率古人由詞而製調，故命名多屬本意。後人因調而塡詞，故賦寄率離原辭。曰塡、曰寄，通用可知。宋人如〈黃鶯兒〉之詠鶯，〈迎新春〉之詠春（柳耆卿），〈月下笛〉之詠笛（周美成），〈暗香〉、〈疏影〉之詠梅（姜夔），〈粉蝶兒〉之詠蝶（毛滂），如此之類，其傳者不勝屈指，然工拙之故，原不在是。

（清）沈雄《古今詞話》〈詞品〉上卷：

姜堯章自敘曰：「淳熙辛亥之冬，予載雪詣石湖上，匝月。授簡索句，且徵新聲。作仙呂宮二曲。石湖把玩不已，使工妓隸習之，音節諧婉。乃命之曰〈暗香〉、〈疏影〉。」小紅者，青衣也，色藝俱妙。姜歸，以小紅贈焉。

同上：

張炎曰：「詞之賦梅，惟白石〈暗香〉、〈疏影〉二曲，自立新意，誠爲絕唱。」李白云：「眼前有景道不得，崔顥題詩在上頭。」令作梅詞者，不能爲懷。

同上：

毛稚黃曰：沈譜取證古詞，惟以名手雅篇，灼然無弊者為準。迺有……姜夔〈疏影〉詠梅詞，本屋、沃韻，而中用北字。……當是古人誤處，未宜因以為例，所以不能概責之後來也。

（清）許昂霄《詞綜偶評》：

〈疏影〉「但暗憶江南江北」，借用法。「莫似春風」三句，翻案法。作詞之法貴倒裝，貴借用，貴翻案。讀此二闋，祕鑰已盡啓矣。

（清）馮金伯《詞苑萃編》卷之一引張炎語：

〈疏影〉、〈暗香〉，姜白石為梅著語，因易之為〈紅情〉、〈綠意〉，以荷花、荷葉詠之。

同上卷之二引《詞源》：

詞要清空，不要質實。清空則古雅峭拔，質實則凝澀晦昧。姜白石如野雲孤飛，去留無跡。吳夢窗如七寶樓臺，眩人眼目，拆碎下來，不成片段，此清空質實之說。……白石如〈疏影〉、〈暗香〉、〈揚州慢〉、〈一萼紅〉、〈琵琶仙〉、〈探春慢〉、〈淡黃柳〉等曲，不惟清虛，且又騷雅，讀之使人神觀飛越。

同上卷之十三引《研北雜誌》：

小紅，范成大青衣也，有色藝。成大請老，姜夔詣之。一日，授簡徵新聲，夔製〈暗香〉、〈疏影〉兩曲，成大使二伎歌之，音節清婉。成大尋以小紅贈之。其夕大雪，過垂虹，賦詩曰：「自喜新詞韻最嬌，小紅低唱我吹簫。曲終過盡松陵路，回首煙波十里橋。」夔喜自度曲，吹洞簫，小紅輒歌而和之。夔卒於杭州，范挽詩曰：「所幸小紅方嫁了，不然啼損馬塍花。」宋時花藥出東西馬塍，皆名人葬處，夔葬此故云。

（清）張惠言《張惠言論詞》：

此章更以二帝之憤發之，故有「昭君」之句。（見唐圭璋編《詞話叢編》）

同上附錄六：汪琬《旅譚》：

姜堯章〈暗香〉、〈疏影〉兩詞，自序但云：「辛亥之冬，予載雪詣石湖，授簡索句，且徵新聲，作此二曲。」《硯北雜志》所記亦同，無異說也。近人張氏惠言謂：「白石此詞爲感汴梁宮人之入金者。」陳蘭甫亦以爲然。鄙意以詞中語意求之，則似爲僞柔福帝姬而作。按《宋史》公主傳云：「開封尼靜善者，內人言其貌似柔福，靜善即自稱柔福。蘄州兵馬鈐轄韓世清送至行在，遣內侍馮益等驗視，遂封福國長公主，適永州防禦使高世榮。其後內人從顯仁太后歸，言其妄，送法寺治之。內侍李倓自北還，又言柔福在五國城適徐還而薨，靜善遂伏誅。」宋人私家記載，如《四朝聞見錄》、《三朝北盟會編》、《古杭雜錄》、《鶴林玉露》、《浩然齋雅談》，大致要不相遠。惟《璅碎錄》獨言其非僞，韋太后惡其言虜中隱事，故急命誅之耳。意當時世俗傳聞，有此一說。白石〈疏影〉詞所云：「昭君不慣胡沙遠，但暗憶江南江北。想珮環月下歸來，化作此花幽獨。」言其自金逃歸也。又云：「猶記深宮舊事，那人正睡裏，飛近蛾綠。莫似春風，不管盈盈，早與安排金屋。」則言其封國長公主，適高世榮也。又云：「還教一片隨波去，又卻怨玉龍哀曲。」則言其爲韋后所惡，下獄誅死也。……張叔夏謂：「〈疏影〉前段用少陵詩，後段用壽陽事，此皆用事不爲事使。」夫壽陽固梅花事，若昭君則與梅無涉，而叔夏顧云然，當是白石詞意，叔夏知之。特事關戚里，不欲明言，故以此語微示其端耳。

（清）宋翔鳳《樂府餘論》：

詞家之有姜石帚，猶詩家之有杜少陂，繼往開來，文中關鍵。其流落江湖，不忘君國，皆借託比興，於長短句寄之。如〈齊天樂〉，傷二帝北狩也。〈揚州慢〉，惜無意恢復也。〈暗香〉、〈疏影〉，恨偏安也。蓋意愈切，則辭愈微，屈宋之心，誰能見之。乃長短句中，復有白石道人也。

（清）鄧廷楨《雙硯齋詞話》：

詞家之有白石，猶書家之有逸少，詩家之有浣花。蓋緣識趣既高，興象自別。其時臨安半壁，相率恬熙。白石來往江淮，緣情觸緒，百端交集，託意哀絲。故舞席歌場，時有擊碎唾壺之意。如……〈疏影〉前闋之「昭君不慣胡沙遠，但暗憶江南江北。想珮環月下歸來，化作此花幽獨」，後闋之「還教一片隨波去，又卻怨玉龍哀曲」，……乃爲北庭後宮言之，則衛風燕燕之旨也。讀者以意逆志，是爲得之。

（清）葉申薌《本事詞》卷下：

范石湖歸老日，姜堯章嘗於雪中過訪，款留經月。時值湖墅梅花盛開，石湖授簡索詞，且徵新聲。堯章爲特製二曲以呈，蓋自度腔也。范賞玩不已，命家妓工歌者習之，音節諧婉，命之曰〈暗香〉、〈疏影〉。……范之家妓善歌舞者，以小紅爲最，姜頗顧之。姜告歸，范即以小紅贈之。歸舟夜過垂虹，適復大雪，姜令小紅唱新詞，自擫笛以和之。乃賦詩云：「自喜新詞韻最嬌，小紅低唱我吹簫。曲終過盡松陵路，回首煙波十四橋。」

（清）陳澧《白石詞評》：

「舊時月色」，妙在傳神；「苔枝綴玉」，工於體物。……張皋文謂此以二帝之憤發之，皋文論詞多穿鑿，惟此似得之，否則何忽說到胡沙耶？

（清）丁紹儀《聽秋聲館詞話》卷十三：

〈暗香〉、〈疏影〉二調，爲白石自度腔，以詠梅花。張玉田易名〈紅情〉、〈綠意〉，分詠荷花荷葉。《詞綜》成時，玉田生詞尚未流布，故〈綠意〉詞屬之無名氏。

（清）李佳《左庵詞話》卷上：

白石筆致騷雅，非他人所及，最多佳作。石湖詠梅二詞，尤爲空前絕後，獨有千古。……清虛婉約，用典亦復不涉呆相。風雅如此，老倩小紅低唱，吹簫和之，洵無愧色。

同上：

有借音數字，宋人習用之。如姜白石〈疏影〉：「但暗憶江南江北。」北字叶逋沃切。

同上卷下：

詞中用事最難，要體認著題，融化不澀。如……白石〈疏影〉云：「猶記深宮舊事，那人正睡裏，飛近蛾綠。」用壽陽事。又云：「昭君不慣胡沙遠，但暗憶、江南江北。想佩環月夜歸來，化作此花幽獨。」用少陵詩。皆用事不爲事所使，自不落呆相。

（清）江順詒《詞學集成》卷三：

萬樹《詞律》〈發凡〉云：「〈紅情〉、〈綠意〉，其名甚佳，再四玩味，即〈暗香〉、〈疏影〉，二調之外，不另收〈紅情〉、〈綠意〉。」詒案：此實紅友之精覈也，刪之誠是。

同上卷六：

《詞源》云：「詞要清空，如夢窗之〈唐多令〉，白石之〈暗香〉、〈疏影〉、〈揚州慢〉、〈一萼紅〉、〈琵琶仙〉、〈探春〉、〈八歸〉、〈淡黃柳〉等曲。詞文以意趣爲主，如……白石〈暗香〉、〈疏影〉賦梅等曲。詞之用事亦最難，要體認著題，融化不澀，用事不爲事所使。至於詠物尤難，體認稍眞，則拘而不暢，模寫差遠，則晦而不明。須收縱嚴密，用事合題，一段意思，全在結局，斯爲絕妙。如史邦卿〈東風第一枝〉春雪、〈綺羅春〉春雨、〈雙雙燕〉詠燕，白石〈暗香〉、〈疏影〉詠梅，劉改之〈沁園春〉美人指甲腳等曲。」

同上：

楊芸士（文蓀）《洺州倡和》序云：「體物（原誤作均）則課虛叩寂，畫冰鏤塵，幽思宜搜，微旨獨引。〈紅情〉、〈綠意〉，蓮波寫愁。〈疏影〉、〈暗香〉，梅格入畫。麗不染俗，巧不近纖。離貌追神，工如之何矣。……」

（清）謝章鋌《賭棋山莊詞話》卷一：

（馮）柳東於詞雖非上乘，而校譜讐律，頗爲精審。如云：玉田以〈疏影〉、〈暗香〉爲〈紅情〉、〈綠意〉，圖譜另分二調，堆絮園駁正之，然不知爲玉田作，沿《樂府雅詞》之誤也。按二調乃白石自度仙呂宮，用工字結聲，旁譜起結，皆用工五，江國國字換頭即用工五，是韻無疑。吳瞀和作不叶，非也。

同上卷九：

宋詞三派，曰婉麗，曰豪宕，曰醇雅，今則又益一派曰餖飣。宋人詠物，高者摹神，次者賦形，而題中有寄托，題外有感慨，雖詞實無愧於六義焉。……予曰：「詩三百篇開卷第一言，即是詠物，然使第曰『關關鴡鳩，在河之洲』，第曰『參差荇菜，左右流之』，而盡去其下文，則此詩何以爲風化之原乎。而當日尼山秉筆，吾知必從刪棄矣。且今之爲此者，動曰吾瓣香姜、史也。然〈暗香〉、〈疏影〉之篇，『軟語商量』之句，豈二公搜索枯腸，獨無一二冷典，乃賦空而不爲徵實哉。蓋詞貴清空，宋賢名訓也。」

（清）陳廷焯《白雨齋詞話》卷二：

南渡以後，國勢日非。白石目擊心傷，多於詞中寄慨。不獨〈暗香〉、〈疏影〉二章，發二帝之幽憤，傷在位之無人也。特感慨全在虛處，無跡可尋，人自不察耳。感慨時事，發爲詩歌，便已力據上游，特不宜說破，只可用比興體。即比興中，亦須含蓄不露，斯爲沉鬱，斯爲忠厚。……南宋詞人，感時傷事，纏綿溫厚者，無過碧山，次則白石。白石鬱處不及碧山，而清虛過之。

同上卷六：

或問比與興之別。余曰：宋德祐太學生〈百字令〉、〈祝英臺近〉兩篇，字字譬喻，然不得謂之比也。以詞太淺露，未合風人之旨。如王碧山詠螢、詠蟬諸篇，低回深婉，託諷於有意無意之間，可謂精於比義。若興則難言之矣。託喻不深，樹義不厚，不足以言興。深矣厚矣，而喻可專指，義可強附，亦不足以言興。所謂興者，意在筆先，神餘言外，極虛極活，極沉極鬱，若遠若近，可喻不可喻，反覆纏綿，都歸忠厚。求之兩宋，如東坡〈水調歌頭〉、〈卜算子〉（雁），白石〈暗香〉、〈疏影〉，碧山〈眉嫵〉（新月）、〈慶清朝〉（榴花）、〈高陽臺〉（殘雪庭除一篇）等篇，亦庶乎近之矣。

同上《詞則．大雅集》：

上章已極精妙，此更運用故事，設色渲染，而一往情深，了無痕迹，既清虛，又腴鍊，直是壓偏千古。

（清）沈祥龍《論詞隨筆》：

詞當意餘於辭，不可辭餘於意。……白石「猶記深宮舊事，那人正睡裏，飛近蛾綠」，用壽陽事，皆爲玉田所稱。蓋辭簡而餘意悠然不盡也。

同上：

詞韻以宋菉斐軒《詞林韻釋》爲最古，其韻以入聲分隸三聲，與周德清《中原音韻》同。

詞當用入韻，即以分隸之入聲叶之，……詞調若〈憶秦娥〉、〈暗香〉、〈疏影〉等，必用入韻，須其字作上去，且同隸一部者始可用。或入作平，或非一部而誤叶之，即爲失韻。

（清）張德瀛《詞徵》卷一：

晁无咎〈摸魚兒〉、蘇子瞻〈酹江月〉、姜堯章〈暗香〉、〈疏影〉，此數詞後人和韻最夥。

（現）王國維《人間詞話》：

詠物之詞，自以東坡〈水龍吟〉爲最工，邦卿〈雙雙燕〉次之。白石〈暗香〉、〈疏影〉，格調雖高，然無一語道着，視古人「江邊一樹垂垂發」等句何如耶。

（現）蔣兆蘭《詞說》：

詞叶入聲韻者，如美成〈六醜〉、〈蘭陵王〉、〈浪淘沙慢〉、〈大酺〉，及白石〈霓裳中序第一〉、〈暗香〉、〈疏影〉、〈惜紅衣〉、〈淒涼犯〉等調，皆宜謹守前規。押入聲韻，勿用上去。其上去韻孤調亦然。不得以上去入皆是仄聲，任意混押。

（現）蔡嵩雲《柯亭詞論》：

詞講四聲，宋始有之，然多爲音律家之詞。文學家之詞，分平仄而已。音律家之詞，原可歌唱，四聲調叶，爲可歌之一種要素。……北宋如屯田、方回、清眞、雅言諸家，南宋如白石、梅溪、夢窗、草窗、玉田諸家，大都妙解音律，所爲詞，聲文並茂。吾人學其詞，多有應守四聲者。且所謂音律家之詞，亦惟獨創之調，自度之腔，如清眞〈蘭陵王〉、白石〈暗香〉、〈疏影〉之類，須嚴守四聲。……故詞家之守律者，必辨四聲分上去，以爲不如是，不合乎宋賢軌範。淺學者流，每謂守四聲如受桎梏，不能暢所欲言，認爲汨沒性靈。其實能手爲之，依然行所無事，並無牽強不自然之病。

同上：

詠物詞，貴有寓意，方合比興之義。寄託最宜含蓄，運典尤忌呆詮，須具手揮五絃目送飛鴻之妙，方合。如東坡〈水龍吟〉，詠楊花而寫離情。夢窗〈瑣窗寒〉，詠玉蘭而懷去姬。白石詠梅，〈暗香〉感舊，〈疏影〉弔北狩扈從諸妃嬪。大都雙管齊下，手寫此而目注彼，信爲當行名作。此雖意別有在，然莫不抱定題目立言。用慢詞詠物，起句便須擒題。過變更不可脫離題意，方不空泛，方能警切。

（現）陳匪石《聲執》卷上：

四聲問題，因調而異。……至全依四聲，則除方千里和清眞以外，夢窗塡清眞、白石自度之腔，亦謹守之。故某人創調，其四聲即應遵守某人。如清眞之〈大酺〉、〈六醜〉、〈瑞龍吟〉、〈霜葉飛〉及凡無前例者，白石之〈鬲梅溪令〉、〈鶯聲繞紅樓〉、〈醉吟商小品〉、〈暗香〉、〈疏影〉、〈徵招〉、〈角招〉之類，不下十餘，夢窗之〈西子妝〉、〈霜花腴〉等九調，及屯田詞不見他集之調，皆以全依四聲爲是。

（現）劉永濟《微睇室說詞》：

此詞一起點題。「有翠禽」二句暗用趙師雄於羅浮山梅花樹下夢美人歌，醒見翠禽事，見《龍城錄》，梅花故事也。「客裏」三句又以梅襯出人情岑寂。「倚修竹」句暗用杜甫「天寒翠袖薄，日暮倚修竹」詩。「黃昏」字則林逋《梅》詩「暗香浮動月黃昏」也。此三句乃作者從梅花體現出作者自身感慨，故後有無言倚竹之句。「無言」者，感慨極深時之詞，與夢窗登禹陵詞「無言倦憑秋樹」之情懷正同，故下即接寫「昭君」二句，提明念君。此時徽宗已歿，故有「想佩環」二句。此等處正是詠物詞不粘不脫、乍合乍離處，非故作迷離之詞也。換頭三句又從往昔之事設想，詞語雖用宋壽陽公主醉臥含章殿，梅花落於額上事，詞意卻指昔日宮中躭樂廢政之事。「那人正睡」，語意可想。「莫似」三句言莫同「春風」之「不管盈盈」，宜「早與安排金屋」，免使零落也。此三句不難使人感到善謀國者宜先事預防，方可免危殆。「還教」二句言今花已零落而卻「怨玉龍哀笛」復有何益，仍切徽宗「忍聽羌管，吹徹梅花」詞意也。但從詞面看，則寫落梅也。歇拍又以畫中梅花，另出一意作結。言外有及到國事已壞，尚念玉京舊日繁華，已如畫裏看花，徒存空影而已。……惟於「昭君」、「胡沙」等辭，未能從徽宗之詞着眼，乃搜索唐人詩，得王建《塞上詠梅》詩，遂以爲「白石詞意當本此」，則尚未達一間，不可不辨。

同上《唐五代兩宋詞簡析》：

此詞更明顯爲徽、欽二帝作。起數句，暗用趙師雄夢見花神事以形容梅花之麗。「客裏」三句，以梅花比倚竹美人，「無言」者，見其情岑寂也。「昭君」二句，明用徽宗〈眼兒媚〉詞語。徽宗此詞有故國之思，故曰「暗憶江南江北」。「佩環」二句，言魂歸故國，此時徽、欽二帝均死於北地也。後半闋一起點明「深宮舊事」，乃追念北宋未亡前，徽宗荒淫逸樂之事。「睡裏」者，正斥其醉生夢死也。「莫似」三句，又責其不重國事，而以不能惜花相比。「一片」二句，則言其國亡被擄，空託詞語以念家國。「玉龍哀曲」，即指徽宗《眼兒媚》詞中「忍聽羌管」語也。「等恁時」二句，則表面言梅花落後，只有向畫中尋覓，言外卻悲國事已壞，欲重如舊時之盛，惟有空想而已。此首比前首更爲悲憤，但皆以梅花託言，故非個中人知當時事如范大成者，不能感受其深意所在也。此詞後人誤解甚多，大都不知「昭君」句之用意何在，故說來多不瑩徹。

（現）俞陛雲《唐五代兩宋詞選釋》：

白石詞僅數十首，而流傳勿替，可見詞貴精不貴多也。其〈暗香〉、〈疏影〉二首，尤膾炙人口。但用其調和韻者多，而宣發其本意者少。張叔夏云：「二曲前無古人，後無來者。」〈疏影〉曲前段用少陵詩，後段用壽陽公主事，此皆「用事不爲事所使」。今尋繹〈暗香〉詞意，乃發懷舊之思，而託諸美人香草。起筆「舊時月色」句已標明本旨，「何遜漸老」二句有「同學少年多不賤，五陵裘馬自輕肥」之慨，通篇一往情深。「翠樽」、「紅萼」四句在西湖千樹幽香中與玉人攜手，如見綠萼仙人，一笑嫣然，在殘雪輕冰之外，詞意清迥，不得以妮子語視之。況「寄與路遙」句與〈疏影〉曲「胡沙憶遠」同意，則詠花而兼有人在也。〈疏影〉曲叔夏言其「用事不爲事所使」，誠然。但其意不僅用明妃、壽陽事，殆以兩宮北狩，有故主蒙塵之感，故云花片隨波，胡沙憶遠，寓霜塞玉鞭之慨。轉頭處即言深宮舊事，與〈暗香〉曲「舊時月色」相應。否則落花隨水及「玉龍哀曲」句與壽陽何涉耶？白石之〈小重山令〉詠紅梅云：「九疑雲杳斷魂啼。相思血，都沁綠筠枝。」殆亦此意。二曲藉花寫怨，一片神行，宜推絕唱也。

（現）俞平伯《唐宋詞選釋》：

這兩首自來稱爲姜詞的代表作，各家選本大都入錄，而評論紛歧，有推崇備至的稱爲絕唱，有不讚成的稱爲費解，抑揚之間似均過其實。較早的如張炎（《詞源》卷下）說他「自立新意」，什麼是「新意」卻亦未說。後來解釋大約分爲三類：㈠爲范成大而作，說見張惠言《詞選》卷二。張云：「時石湖蓋有隱遯之志，故作此二詞以沮之。」㈡以爲寄慨偏安，感徽欽被虜事，如張惠言在〈疏影〉下又說：「此章更以二帝之憤發之。」是張氏一人已有二說。此說最爲盛行，清人以及近人談論本詞者大都這樣說。㈢近人夏承燾釋爲懷念合肥舊歡的詞，見《白石懷人詞考》附《暗香、疏影說》。但夏亦云二曲不專爲懷人作，是他也不否認其中含有家國之恨。因此這三說也是互相參錯的。其他還有些異說，似均出附會，見夏

《箋》頁四八，不多引。

此係白石自度曲，二首均詠梅花，蟬聯而下，似畫家的通景。第一首即景詠石湖梅，回憶西湖孤山千樹盛開，直說到「片片吹盡也」。第二首即從梅花落英直說到畫裏的梅花，與周邦彥〈紅林檎近〉詞兩首，由初雪說到雪盛、殘雪、再欲雪，章法相似，卻不是純粹寫景詠物，多身世家國之感，與周詞又不同。上首多關個人身世，故以何遜自比。下首寫家國之恨居多，故引昭君、胡沙、深宮等等爲喻。更有一點可注意的，「江南江北」之「北」字出韻，係用南方土音押韻。豈因主要意思所在，故不迴避出韻失律之病？因之也更覺突出。竊謂舊說大致不誤，惟亦不必穿鑿比附以求之。至謂作詞時離徽欽被虜已六十年，就未必再提舊話，此點卻似無甚關係；因南渡以後，依然是個殘局，而且更危險，自不妨有所感慨。詞多比興，雖字面上說梅花，卻處處關到自己，關到家國，引用古句甚多，自是用心之作，雖稍有沈晦處，參看注文，大意可通。夏氏懷念舊歡之說，在本詞看來不甚顯明。

（現）唐圭璋〈姜白石評傳〉：

此首詠梅，寄託亦深。起寫梅花之貌，次寫梅花之神。梅之美，梅之孤高，并于六句中寫足。「昭君」兩句，用王建詠梅詩意，抒寄懷二帝之情。「想佩環」兩句，用杜詩詠昭君詩意，更見想望二帝之切。換頭用壽陽公主事，以喻昔時太平沈酣之狀。「莫似」三句，申護花之情，即以申愛君之情。但雖愛護如此，終于隨波飄流。故一聞笛裏梅花吹出千里關山之怨來，又使人抱恨無窮已。末用唐崔櫓詩「初開已入雕梁畫，未落先愁玉笛吹」，歎幽香難覓，惟餘幻影在橫幅之上，語更悲痛。兩詞雖隸事，然用事不爲事所使。運氣空靈，筆墨飛舞，宜張炎以爲「前無古人，後無來者」也。（見唐氏《詞學論叢》）

同上《唐宋詞簡析》：

此首詠梅，寄託亦深。起寫梅花之貌，次寫梅花之神；梅之美，梅之孤高，並於六句中寫足。「昭君」兩句，用王建詠梅詩意，抒寄懷二帝之情。「想佩環」兩句，用杜詩意，拍到梅花，更見想望二帝之切。此玉田所謂「用事不爲事所使」也。換頭，用壽陽公主事，以喻昔時太平沈酣之狀。「莫似」三句，申護花之情，即以申愛君之情。「還教」兩句，言空勞愛護，終於隨波飄流，但聞笛裏梅花，吹出千里關山之怨來，又令人抱恨無限。「等恁時」兩句，用崔櫓詩，言幽香難覓，惟餘幻影在橫幅之上，語更沈痛。篇中雖隸事，然運氣空靈，筆墨飛舞。下片虛字，如「猶記」、「莫似」、「早與」、「還教」、「又卻怨」、「等恁時」、「已入」之類，皆能曲折傳神。

（現）屈向邦〈《白石詞評》跋〉：

自來評白石詞者，多以爲祗〈暗香〉、〈疏影〉二詞，借二帝之憤發之，較有內容外；其餘惟以風流氣韻，標映一世，比之蘇辛，內容空虛多矣。今得先生（按，指陳澧）評語，而知白石惓懷家國，隨感而發，非祗以風流氣韻標映一世爲高者，特讀者未能悉心索隱闡微耳。

（現）龍榆生《詞學十講》：

我們再來探索一下姜夔那兩闋號稱「千古詞人詠梅絕調」（鄭文焯手批《白石道人歌曲》）的〈暗香〉、〈疏影〉，看看他是怎樣運用比興手法的。……在他的朋友中，如上面所舉范成大、楊萬里、辛棄疾等，又都是具有愛國思想的人，他雖落拓江湖，又怎能不「繫心君國」，慨然有用世之志？他寫〈暗香〉、〈疏影〉時，據夏承燾說，年齡還只三十七歲，正是才人志士還可以發憤有爲的時候。由於這些情況，他對范成大是該存有汲引上進的幻想的。張惠言說：「時石湖（范成大）蓋有隱遯之志，故作此二詞以沮之。」又說：「首章言己嘗有用世之志，今老無能，但望之石湖也。」他又在〈疏影〉下注云：「此章更以二帝之憤發之，故有昭君之句。」（並見《詞選》）夏承燾說：「石湖此時六十六歲，已宦成身退，白石實少於石湖二十餘歲，張說誤。」（夏著《姜白石詞編年箋校》卷三）而鄧廷楨著《雙硯齋詞話》評說此詞「乃爲北庭後宮言之。」

我們試把張惠言、鄧廷楨、鄭文焯、夏承燾諸人的說法參互比較一下。我覺得〈暗香〉「言己嘗有用世之志」，這一點是對的。但「望之石湖」，卻不是爲了自己的「今老無能」，而是希望范能愛惜人才，設法加以引薦。所以他一開始就致感於過去范氏對他的一些照護。「何遜」二句，不是眞個說的自己老了，而是致慨於久經淪落，生怕才華衰退，不能再有作爲，是自謙也是自傷的話頭。「竹外疏花」，仍得將「冷香」襲入「瑤席」，是說自己的憔悴形骸，還有接近有力援引者的機會，又不免激起聯翩浮想，寄希望於石湖。過片再致慨於士氣消沉，人才寥落，造成南宋半壁江山的頹勢。「寄與」二句是借用陸凱寄范曄「江南無所有，聊贈一枝春」的詩意，個人想要一抒忠悃，犯寒生「春」，爭奈雨雪載途，微情難達。「翠尊」二句亦感於石湖業經退隱，未必更有吸引的可能，亦惟有相對無言，黯然留作永念而已。「長記」二語，可能在范得居權要時有過邀集群賢暗圖大舉的私議。「西湖」是南宋首都所在，這一句是有些「漏泄春光」的。曾幾何時？「又片片吹盡也」！後緣難再，亦只有飲泣吞聲而已！

至於〈疏影〉一闋，爲「傷心二帝蒙塵，諸后妃相從北轅，淪落胡地」（鄭文焯語）而發，我認爲是無可懷疑的。發端「苔枝綴玉」點出古梅（紹興、吳興一帶的古梅，有苔鬚垂於枝間，見范成大《梅譜》），以暗示這類梅花不是尋常品種。承以「翠禽」二句，暗用東坡〈西江月·梅花〉詞：「玉骨那愁瘴霧，冰姿自有仙風。海仙時遣探芳叢，倒挂綠毛么鳳。」的語意，反映妃嬪流落，還有誰像枝上珍禽，可以「遣探芳叢」的呢？「客裏」以下十四字，把林逋詠梅名句「疏影橫斜水清淺，暗香浮動月黃昏」和「雪後園林才半樹，水邊籬落忽橫枝」，予以重新組織，再參杜甫「天寒翠袖薄，日暮倚修竹」詩意，補出貞姿摧抑、憔悴自傷的無窮悲慨。「昭君」二句標明題旨，把格局宕開，緊接「佩環」二句，點出詞人發詠，不僅僅是爲了「玉骨」、「冰姿」的「風流高格調」而致以惋惜而已。過片運用宋武帝女壽陽公主梅花妝額故事以托興「金枝玉葉」的同被摧殘，舊時的蛾眉曼睩，嬌態豔妝，都是不堪回首的了。「莫似春風」三句，又復致慨於「前車之覆」，悲劇豈容重演？「早與安排金屋」是「未雨綢繆」的意思。如果「還教一片隨波去」，「又卻怨」那吹落梅花的「玉龍哀曲」，悔之不迭，可是還有甚麼用處呢？行文到此，逼出「等恁時（那時）重覓幽香，已入小窗橫幅」的結局，那就一切都化爲塵影，徒供後人的憑吊而已。懲前事以資警惕，也只有范成大能理解姜夔的心事。石湖也老了，凜宗國的顚危，憫才人的落拓，拿甚麼來安慰這才品兼優的壯年雅士呢？贈以青衣小紅（見《硯北雜誌》卷下），亦聊以紓汝抑塞磊落的無聊之思。倘如辛棄疾所謂「倩何人喚取，紅巾翠袖，搵英雄淚」者，石湖固深喻白石的微旨歟？姜夔運用這種哀怨無端的比興手法，乍看雖似過於隱晦，而細加探索，自有它的脈絡可尋。如果單拿浮光掠影的眼光來否定前賢的名作，是難免要「厚誣古人」的。

（現）沈祖棻《宋詞賞析》：

此詞「昭君不慣胡沙遠」之語，前人多謂乃指靖康之禍，徽、欽二帝及後宮北徙。張惠言《詞選》云：「以二帝之憤發之。」鄧廷楨《雙硯齋詞話》云：「乃爲北庭後宮言之。」鄭文焯校本云：「此蓋傷二帝蒙塵，諸后妃相從北轅，淪落胡地，故以昭君托喻，發言哀斷。考唐王建〈塞上詠梅〉詩曰：『天山路邊一株梅，年年花發黃雲下。昭君已沒漢使回，前後征人誰繫馬？』白石詞意當本此。」劉弘度丈則舉徽宗北行道中聞番人吹笳笛聲口佔〈眼兒媚〉詞中「春夢繞胡沙。家山何處？忍聽羌笛，吹徹〈梅花〉」諸句，其中分明有「胡沙」、「梅花」之語，以爲即姜詞所指，其說尤爲可信。靖康之禍，創巨痛深，故直至南宋末年，如劉克莊、高觀國諸人之詞，仍有追蹤此作，托梅發憤者。此詠物之作，而忽及二帝之憤者，則亦猶有人登棲霞、賞紅葉，而忽憶及庚子之亂，珍妃投井，晚清詞流多假詠落葉以吊之，於作詞時，因亦闌入其事。意者，白石既止石湖彌月，酒邊縱談，或及靖康之事，逮其索句，遂亦涉筆及之。《文心雕龍·神思篇》云：「寂然凝慮，思接千載；悄焉動容，視通萬里。」此之謂也。

首句，寫梅之姿色；「翠禽」二句，寫翠禽安適之狀。此宴安鼎盛之時。「客裏」三句，言客中相見，時值日暮天寒，雖綴玉枝頭，而橫枝籬角，無言倚竹，已自淒涼。「客裏」，有播遷意；「籬角」，有江山一角意；「倚修竹」，有翠袖單寒，伶俜可憐意。此南渡偏安之局。「昭君」二句，發二帝之憤，以「胡沙」及「江南江北」對照點出。用「暗憶」字，尤見去國之悲乃所不敢明言，惟暗憶耳。「想佩環」二句，謂故國難歸，惟有「環佩空歸月下魂」而已。昭君之魂，化作梅花，亦猶望帝之魂，化作杜宇，再次將眼前梅花與徽宗詞中「吹徹〈梅花〉」綰合。四句已極傷感。換頭「深宮」，謂汴京之宮；「舊事」，謂靖康二年以前之事。「那人」二句，以前沉酣睡夢之情。「莫似」三句，惜花之心，即忠愛之意。「還教」二句，謂雖有惜花之意，而終事與願違，落花終自隨波，護花心事亦惟同付東流而已。譚獻《復堂詞話》謂此二句「跌宕昭彰」，因其已將心事和盤托出。周濟則謂「莫似」以下五句，乃謂「不能挽留，聽其自爲盛衰」，所見亦是。花已隨波，護花無計，然聞笛聲之哀，又不能不怨，極吞吐難言之苦。結句謂雖欲重覓幽香，而徒餘畫幅。盛時難再，陳跡空存。行文至此，戛然而止，所謂「發言哀斷」也。此詞善用虛字，周濟謂「以『相逢』、『化作』、『莫似』六字作骨」，是也。他如「還教」、「又卻」、「已入」，亦轉折翻騰，莫不入妙。

〈暗香〉、〈疏影〉雖同時所作，然前者多寫身世之感，後者則屬興亡之悲，用意小別，而其托物喻志則同。

（現）陳邇冬《宋詞縱談》：

……其最膾炙文人之口的〈暗香〉、〈疏影〉詠梅詞，大量的使用梅花的典故，就技巧說，的確是靈心妙手、精裁巧制，如同把舊縑古錦，縫成最稱身、最動人、最新式的時裝，可稱絕藝。但詞中主題思想，就未免朦朧了。

（現）廖從雲《歷代詞評》：

詠物之作，易犯堆砌典故，意晦失眞之病，然白石此作，音節諧婉，詞筆清空，而又典雅協律，固詠物之上品也。吳梅《詞學通論》云：「南渡以後，國勢日非，白石目擊心傷，多於詞中寄慨。不獨〈暗香〉〈疏影〉，發二宋之幽憤，傷在位之無人也。特感慨全在虛處，無跡可尋，人自不察耳。蓋詞中感喟，祇可用比興體，即比興亦須含蓄不露，斯爲沉鬱，若慷慨發越，終病淺顯。」如此論詞方可不誣古人。

（現）劉逸生《宋詞小札》：

姜夔這首〈疏影〉（與另一首〈暗香〉爲同時之作，這裏未錄）也不過是一首應酬的作品，本無所謂「君國之思」，又是給張惠言硬加上一頂政治帽子，說什麼「此章更以二帝之憤發之，故有昭君之句。」僅僅看到「昭君」二字，就斷定它是追懷徽、欽二帝，可謂大膽武斷。後來鄭文焯又進一步加以發揮，說「此蓋傷心二帝蒙塵，諸后妃相從北轅，淪落胡地，故以昭君托喻，發言哀斷」云云。全是一派無中生有的話。

姜夔這首所謂名作寫得並不好。典故是雜湊的，意思是平常的，可說是眞正的堆砌成詞。寄托云云，根本沒有這回事。張惠言、鄭文焯等固然失之於主觀，南宋末年的張炎，竟譽之爲「前無古人，後無來者」，又何止可笑而已！

（現）李星《唐宋詞三百首譯析》：

〈疏影〉詞所描繪的梅花形象，梅花的品格，梅花的氣質，梅花的遭遇，不僅寄托了作者個人身世飄零的感嘆，同時也包括了與作者經歷、思想、遭遇相同的人在內。此詞在客觀上鞭撻了當時社會對人才的壓制和對美好事物的摧殘。

（現）吳熊和《唐宋詞通論》：

〈暗香〉、〈疏影〉的調名，本自林逋《山園小梅》：「疏影橫斜水清淺，暗香浮動月黃昏。」首句即從調名本意引出，「舊時月色」，有別於「少時月色」，是指北宋承平林逋詠梅時的月色，隱然有劉禹錫金陵懷古「淮水東邊舊時月」之意，開端即含今昔興亡之感。「算幾番照我」四句，始回顧少時賞梅韻事，月色、笛聲、花香、人影，境界非常清高優美。「何遜而今」，自比，盡管竹外疏花，暗香如故，而自己垂垂老矣，風情頓盡。言下之意，就是〈揚州慢〉下片所寫的「杜郎重到，難賦深情」的意思。下片賦南北隔絕之意，就更清楚。「江國」四句，用吳陸凱寄范曄詩：「折梅逢驛使，寄與隴頭人。江南無所有，聊贈一枝春。」江國，南國也。「寄與路遙」，北地淪陷，隔絕不通也。寄情無由，因而只得「易泣」而「耿相憶」了。「翠樽」兩句寫梅花心事，乃眷眷不忘北地故國。最後四句說西湖的梅花，既承題意和首句，切合林逋孤山之梅，又接上片所言少年情事，但昔盛今衰，盛時「壓西湖寒碧」，衰時「又片片飛盡」，則又有慨於今，悵然不已了。

前首（按，指〈暗香〉）寫梅香，此首（按，指〈疏影〉）寫梅影，通篇章法亦用今昔對比。「苔枝」三句，用《龍城錄》所記翠鳥雙栖於羅浮山大梅花樹上的梅禽相并之影，以喻「舊時」。「客裏」三句，用杜甫〈佳人〉「天寒翠袖薄，日暮倚修竹」歷經離亂的凄清孤單之影，以喻「而今」。「昭君」兩句，舊典新用。杜甫詠昭君詩：「畫圖省識春風面，環佩空歸月夜魂。」宋時稱梅爲返魂香，姜夔由此推想，認爲這清怨的梅花，乃是身陷異域的昭君「魂兮歸來」所化，賦與了這個典故以新的時代內容，令人想起北宋淪亡後被俘北去的舊宮宮人，感到梅花上正凝結着她們流離淪落的無限怨恨。「暗憶江南江北」，就是寫故國之思，因此連「北」字出韻，也沒有避忌。下片先用壽陽公主梅花故事，又是有關宮廷的梅花故實。「莫似春風」五句，深怪春風不僅沒有護惜梅花，反而片片吹落，讓它隨着流水飄零，而梅花也只能在一曲《落梅》的笛聲中永遠傾訴着她的哀怨了。寫梅花的不幸身世，實亦融進了汴京宮人去國離鄉葬身異域的悲慘遭遇。結尾兩句，說梅花落盡，只有在畫上還留着它的疏枝倩影，亦「畫圖省識春風面」之意。

《詞源》說：「詩難於詠物，詞爲尤難。體物稍眞，則拘而不暢；模寫差遠，則晦而不明。」姜夔這兩首詞詠梅，「皆全章精粹，所詠了然在目，且不留滯於物。」兩詞從梅香、梅影，寫出梅魂、梅恨，家國興亡之感又勃鬱其中。因此，周濟《介存齋論詞雜著》認爲「寄意題外，包蘊無窮，可與稼軒伯仲。」宋末王沂孫作詠物詞，多有寄托，就是專學姜夔這種作法的。

（現）吳熊和《唐宋詞精選》：

前詞寫梅香，此詞寫梅影，通篇章法亦用今昔對比。「苔枝」三句寫翠禽的安適之態和玉梅的雅潔之美，而着力凸現的是梅禽相并之影，以喻「舊時」。「客裏」三句，用杜甫〈佳人〉詩意，將玉梅幻作佳人倚竹的淒清孤單之影，比喻「而今」。「昭君」兩句，舊典新用，異想天外。宋時稱梅花爲返魂香，作者由此推想這清怨的梅花，乃是身陷異域的昭君「魂兮歸來」所化，從而給這一典故賦予了新的時代內容，令人想起北宋淪亡後被俘北去的舊宮宮人，感到梅花上正凝結着她們流離淪落的無限怨恨。「暗憶江南江北」，便托出故國之思，連「北」字出韻，也沒有避忌。下片先用壽陽公主梅花妝事，又是有關宮廷的梅花故實。「莫似春風」五句，深怪春風不僅沒有護惜梅花，反而片片吹落，讓它隨着流水飄零，而梅花也就只能在一曲《梅花落》的笛聲中永遠傾訴着她的哀怨了。寫梅花的不幸身世，實亦融進了汴京宮人去國離鄉葬身異域的悲慘遭遇。結尾兩句，說梅花落盡，只有在畫上還留有它的疏枝倩影，亦「畫圖省識春風面」之意。全篇隨感引發，聯類托想，用筆超妙空靈。

（蕭瑞峰　文）

（現）吳熊和主編《十大詞人》：

「江國」，指南國；「夜雪初積」，則隱合北國之境。如此，也就不難理解因「寄與路遙」而激起的「嘆」、「泣」及「耿相憶」了。細繹全詞，其中固有身世沉浮之感，但更多的卻是家國興亡之慨。……全篇隨感引發，聯類托想，並且始終不沾滯於任何一物，筆端所涉，倏忽中又度入他境，體現了超妙空靈的神思。（蕭瑞峰、韓經太　文）

（現）汪中《宋詞三百首注析》：

此篇前闋用杜公詩，（〈佳人〉、〈詠懷古跡〉、〈昭君〉）後闋用南朝宋武帝女壽陽公主事。綴玉是梅花形貌，昭君美人是花魂，籬角月夜，皆花之幽獨。下片如此好花，如此美人，風情萬種，高貴莫名，宜金屋貯之。但使一片隨波，怨生哀曲，令人惋惜。收句不得已希望盈盈幽香，可入畫圖，疏影橫斜，回味仍是無窮。

此兩首梅花詞，前有江國寂寂，寄與路遙。後有胡沙佩環，玉龍哀曲。誠有兩宮北狩，故主蒙塵之感。鄭文焯以為白石詞意自王建〈塞上詠梅〉詩：「天山路邊一株梅，年年花發黃雲下。昭君已沒漢使回，前後征人誰繫馬？」脫化而來，蓋二帝陷北，后妃相從，昭君托喻，怨深文綺。

（現）蔡義忠《百家詞品》：

……換頭是追憶寫往事不堪回首，借用壽陽公主梅花落額和漢武金屋藏嬌事，言近旨遠，意境高妙。

（現）劉斯奮《姜夔張炎詞選》：

此詞所表現的內容，歷來聚訟紛紜，因爲詞中有「昭君胡沙」的字樣，不少人便認爲是指的北宋亡國舊事。例如鄭文焯根據張惠言的意見，在所校《白石道人歌曲》中說：「此蓋傷二帝蒙塵，諸后妃相從北轅，淪落胡地，故以昭君托喻，發言哀斷。」現在看來，這種說法只是取其一點，而忽略了詞中尚有「深宮舊事」、「安排金屋」等典故，都與上面這個主題統一不起來，因而並不見得準確。其實，這首詞無非是運用一連串各不相屬的典故，來多方面表現梅花。雖然未必全無寄托，卻又未必有明確固定的寄托。讀者可以就全篇來體會作者印象的跳躍和感情的變化，而無須膠柱鼓瑟，強作深解。

（現）陶爾夫《宋詞百首譯釋》：

姜夔這兩首詞並不一定有什麼重大社會價值，但它卻能從現實的官感中引起詩興，摘林逋著名詩句爲詞牌名，適當地提煉和化用某些與梅花有關的典故，並由此生發開去，立意超拔，另創新機，構思綿密，錯綜回環。……關於這兩首詞的題旨，過去有許多說法，但都難以指實。實際上，這兩首詞只不過是借物詠懷、即景言情的抒情詩，寫的是作者所見所感，寄寓個人身世飄零和昔盛今衰的慨嘆。……「不即不離」，看上去，似詠梅而實際並非詠梅，非詠梅而又句句與梅密切相關。

（現）金啓華《中國詞史論綱》：

他的〈暗香〉、〈疏影〉詠梅，當係有君國之思的。〈暗香〉詞云……詞，一起四句，寫舊時豪情，順勢寫來，峭拔無比。寫月下吹笛，都是爲烘托梅花，使人想像到月下賞梅，梅邊吹笛，多麼美的境地，多麼雅的興致。因笛聲又喚起玉人來摘梅，花人交映，形象美妙。「何遜」兩句，忽轉入而今衰老現象，無限感慨，而文筆則頓挫悠揚。鋪寫人老才盡，既無吹笛之興，又乏詠梅之才。撫今思昔，眞有不堪回首之嘆。「但怪得」兩句，又轉到花香入席，引入詩思。縱無詠梅才華，但也不甘自己。換頭推開來寫情，又用陸凱詩意，嘆息路遙雪深，折梅誰寄，只好對着翠尊紅萼傷心，暗示相思之深，難以宣了。「長記」兩句，又回想當年梅開之盛，和篇首相呼應。末句言盛時難再，舊歡難尋。「白頭吟望苦低垂」的情思，又顯現如畫了，這樣詠梅，無句不是梅，無意不深透。感懷今昔，托喻家國，不單是爲詠梅而詠梅。

至於他的〈疏影〉，寄托尤爲深遠，其詞云……詞寄托幽深。起始寫梅花的貌，次寫梅花的神。梅的美，梅的孤高，都在前六句中寫出。「昭君」兩句，「此蓋傷二帝蒙塵，諸后妃相從北轅，淪落胡地，故以昭君托喻，發言哀斷。」

（鄭文焯《白石道人歌曲》鄭校）。「想佩環」二句又用杜甫的「畫圖省識春風面，環佩空歸夜月魂。」（〈詠懷古跡〉）詩意，更見出對徽、欽二帝的懷念。換頭又用壽陽公主的故事，比喻從前太平時節的沉酣之狀。「莫似」三句申述護花之情，但終於隨波飄流。所以，聽到笛裏梅花，吹出千里關山的哀怨，又叫人抱恨無窮。最後嘆息幽香難覓，空餘那幻影在橫幅上，益顯其悲痛了。

這兩首詞，雖題爲詠梅，實有寓意，隱喻着家國之思。而運氣空靈，筆墨飛舞。張炎曾讚之爲「前無古人，後無來者。自立新意，眞爲絕唱」（《詞源》）。這樣用暗示手法，在無可奈何中透露出當時現實的消息，似朦朧也似明實，爲南宋遺民詞開了先聲。姜夔詞的影響是較深遠的。

（現）張燕瑾、楊鍾賢《唐宋詞選析》：

……下面一句「化作此花幽獨」，非常有力，把昭君與梅牽合到一起，梅是昭君的魂魄所化，寫昭君即是寫梅。詩人發現了昭君與梅的共同之處，所以才想像飛騰，以昭君比喻梅花，這也是詩人筆下梅花的獨特之處。着一「想」字，使月夜魂歸的境界更加飄緲恍惚。……宋徽宗趙佶有〈眼兒媚〉詞一首，又爲這種看法提供了依據。詞云：

玉京曾憶昔繁華，萬里帝王家。瓊林玉殿，朝喧弦管，暮列笙琶。　花城人去今蕭索，春夢繞胡沙。家山何處？忍聽羌笛，吹徹《梅花》。

那麼，能不能說這首詞裏的梅花形象即是指的徽、欽二宗呢？我們以爲不能。好的詠物作品，即使有寄托，也是通過精心刻劃「物」的形象來表現的。要了解詩人的寄托，只有把所詠之物作爲一個完整的形象來進行分析，而不能把形象肢解開來，根據某些句子進行「抉微」、「索隱」。

（現）王曉波《宋四家詞選譯》：

此首與〈暗香〉配合，重在刻畫梅花的風姿品格，抒發惜花憐美的情懷。起三句寫梅花之貌，妙在用「翠禽」陪襯；次寫梅花之神，用杜甫〈佳人〉詩中純潔孤高的佳人形象以比梅花，梅花佳人，相迭爲一，令人想見其高潔的神彩。再用王昭君以寫梅花之魂，比其幽靜孤獨之性。從各方面細緻地描寫梅花，表示了對它的由衷的讚美。但反映出的作者的心境，卻是暗淡哀傷的。以下用「飛近蛾綠」、「莫似春風」、「一片隨波」，寫梅花凋落飄零的不幸遭遇，用「安排金屋」、「哀曲」、「小窗橫幅」，寫自己對花的惋惜同情。兩相對照，反映了作者無可奈何的沉痛深情。

本詞由於它用典含意較隱晦，所指是友人或情人，抑或寄托宋徽宗、欽宗北俘的哀傷，歷來爭論不定。總觀全詞，它寄托幽微，可能是作者借詠嘆梅花，來感傷自己的身世，傾吐懷才不遇的苦悶心情。

（現）謝桃坊《宋詞概論》：

……此兩首詞詞情俱特別優美而詞意又模糊，給讀者留下豐富的想像餘地，所以雖難確切解釋而張炎以為「前無古人，後無來者，自立新意，眞為絕唱」（《詞源》卷下）。

作者用杜甫詠王昭君詩「環佩空歸月下魂」句意，意在表現梅花高雅的品格。王昭君出塞與宋徽宗、欽宗二帝及后妃北行事，在性質上是完全不同的，就詞之詠梅而言很難找出借昭君事以喻二帝后妃北行的痕跡。至於說下闋的以壽陽（公主）的香夢沉酣比擬宋廷之不自振作；「安排金屋」三句以梅花比阿嬌，以惜花之心比擬對國家的耿耿忠愛之心；「玉龍哀曲」三句以水流花謝喻北宋的敗亡、汴京的淪落終無可挽回：這都是很牽強附會的主觀臆測，難以找到一點客觀事實的依據。〈疏影〉與〈暗香〉是傳唱千古的名作，確有作者某些身世之感的寓意；若以政治寄托去附會，反而破壞了其給人們的豐富的藝術美的感受。姜夔的飄零身世和遲暮不遇之感常常見於詞裏給作品染上濃重的冷色，詞情的凄苦在詞人中除李清照而外是很少見到的。如「日暮，更移舟向甚處」（〈杏花天影〉），「但盈盈、淚洒單衣，今夕何夕恨未了」（〈秋宵吟〉）、「萬里乾坤，百年身世，唯有此情苦」（〈玲瓏四犯〉），「飄零客、淚滿衣」（〈江梅引〉），「寂寥唯有夜寒知」（〈浣溪沙〉）：這都是江湖文人悲哀孤獨的寫照，是姜夔詞作中另一重要的主題。

（現）陶爾夫、劉敬圻《南宋詞史》：

與〈暗香〉合看，〈疏影〉仍含個人身世飄零與今昔盛衰之感。〈暗香〉重點是對往昔的追憶，而〈疏影〉則集中描繪梅花幽獨孤高的形象，寄托了作者對青春、對美好事物的憐愛之情。

（現）劉乃昌《宋詞三百首新編》：

這首詠梅詞運化五則故事，詠唱梅花形神，表達出作者愛梅惜花的詩情。上片側重詠梅的品格。……下片側重寫梅的際遇。……「猶記」、「莫似」、「早與」、「還教」等虛詞配搭，體現出詩人愛美護花的急切心情。

讚美梅品，惘惜美好事物過早凋落，呼喚愛美護花情懷，爲本篇整體意象所昭示的內在意蘊。至於歷來論者所引伸的多種寄托說，則自可見智見仁，不必膠柱鼓瑟。

（現）李索《宋詞三百首賞析》：

對這首詞的理解，後人頗多爭議。其實詞中似沒有寄托甚麼「君國之思」，只是運用了一些典故對梅花的姿態進行勾勒，借美人比梅花之孤潔，透露出賞梅人的情操。

（現）俞朝剛、周航主編《全宋詞精華》：

仔細尋味，似有寄托，或以爲此闋表達了作者的家國之恨和興亡之感，唯詞意隱微，含意朦朧，讀者盡可見仁見智，作不同的理解。

黃兆漢、司徒秀英《宋十大家詞選》：

人有知，會有客途之恨。如花有魂，可會生開落如寄之悲，又或轉徙飄泊之怨。白石寫〈暗香〉〈疏影〉二詞，詠物寓情，自有懷抱。前寄身世之感，後托家國之恨，歷來多從二途推考微旨，賞析其辭，其中不乏見解精闢者。然想〈疏影〉寫在寄居石湖之時，正是客裏詠物之作，再觀詞人寫梅花在開落之間之幾番飄泊，無常遭遇，亦與人仿有相似之處。故從〈疏影〉看梅之自然行旅，尋花與人之天涯情味，尤覺柔厚可愛、脈意完備。

上片起首三句寫白梅初綻，與翠鳥同棲枝上。梅花爲點綴苔枝而盈盈開放，翠鳥爲棲身而暫宿枝頭，故苔枝是主，梅鳥是客。「客裏相逢」三句寫梅花籬角與竹相依，同枝上跟鳥爲伴又是一樣情味。「昭君」四句先寫昭君離別中原、客居胡沙之悲痛，後寫其客死異鄉仍不忘故土，歸魂投棲梅花以慰思鄉之苦。作客自然的梅花寄住着昭君從客方歸來的亡魂。「幽獨」寫出兩種情懷相契相投之神情心貌，妙筆高思，又意境幽異，耐人尋味。

上片寫花發，下片寫花落，仍用古詩、舊事，詞意更是幽雅高貴。「猶記」句以下駕馭典事以詠落梅之遇，筆意騷雅，又能借典意以寄梅情，是白石匠心所在。「深宮舊事」一段寫寓居宮殿，「安排金屋」一段寫暫宿華屋，「玉龍哀曲」一段詠逐水飄蕩。「等恁時」三句則宕開一境，不用舊事，但語意最爲沉痛。寫梅花落盡、芳跡全杳之時，則一切皆空。只有一幅梅圖在望，化實爲虛，以無爲結。有誰想到詠梅至一片隨波之後，尚有境地！白石不愧爲南宋大家，最末三句最見工夫，最見詞心，詠梅至此，可說盡矣。

三五　水龍吟❶

黃慶長❷夜泛鑑湖❸，有懷歸之曲，課予和之❹。

夜深客子移舟處❺，兩兩沙禽❻驚起。紅衣入槳❼，青燈搖浪❽，微涼意思。把酒臨風，不思歸去，有如此水❾。況茂陵遊倦❿，長干望久⓫，芳心事，簫聲裏⓬。

屈指歸期尚未⓭，鵲南飛、有人應喜⓮。畫闌桂子，留香小待，提攜影底⓯。我已情多，十年幽夢，略曾如此⓰。甚謝郎⓱也恨飄零，解道月明千里⓲。

❶此詞作於光宗紹熙四年癸丑（一一九三），時白石三十九歲。此時白石客居紹興，與友人黃慶長泛舟鑑湖後，黃氏寫了一首懷歸之詞，請白石和作。白石即作此詞以和。

❷黃慶長：事跡不詳。

❸鑑湖：即鏡湖，在浙江紹興城南三里。

❹課：指囑也。課予和之：指囑咐我和作一首。

❺客子：作者自指，謂其作客於紹興。移舟處：指小船飄流所到之處。

❻沙禽：指水鳥。

❼紅衣：指荷花。白石有〈惜紅衣〉（簟枕邀涼）一詞詠荷花。杜甫詩：「紅衣落盡渚蓮愁。」此句謂划船的船槳沒入荷花叢中。

❽青燈搖浪：意謂青燈隨着波浪的起伏而晃動。

❾此三句謂作者迎風把酒，當時的美麗夜景觸動他的心事，對水發誓說：如不思歸故鄉，便有如湖水一般流逝。《晉書．祖逖傳》：「逖統兵北伐，渡江，中流擊楫而誓曰：『不能清中原而復濟丈，有如此江。』」作者化用其語。

❿茂陵：西漢五陵之一。在今陝西興平縣，武帝葬於此。茂陵遊倦：指司馬相如晚年多病，客居茂陵。李商隱（約八一二—約八五八）詩：「茂陵秋雨病相如。」此句借指作者客居異地的心態。

⓫長干：指長干巷，古代南京的里巷，是市民商賈聚居之處。樂府古辭有〈長干曲〉。詞人借用來指作者家鄉。望久：盼望歸鄉很久之意。

⓬芳心事，簫聲裏：這裏指作者懷鄉的心事，只能透過簫笛聲抒發出來。

⓭屈指：屈指來算日子。歸期尚未：屈指算後，發現回去的日子還未有期。

⓮鵲南飛、有人應喜：《田家雜占》：「鵲噪檐前，主有佳客至及有喜事。」又三國曹操（一五五—二二〇）詩：「月明星稀，烏鵲南飛。」曹氏詩中的「烏鵲」指烏鴉，而詞中之「鵲」是喜鵲。

⓯畫闌桂子，留香小待：謂畫闌旁邊的桂子，留香以待遠人歸來。陸游詩：「重簾不捲留香久，古硯微凹聚墨多。」提攜影底：指歸來後與閨中人一起攜手於花影之下。

⓰幽夢：指不爲世所容的男女感情之事。十年：虛詞，指多年。略曾如此：大概就是這樣。此三句謂我的情感很豐富，多年來不爲世所容的情事困擾着我，情況大抵是這樣。

⑰ 謝郎：指南朝宋文學家謝莊（四二一—四六六），他善寫詩賦，〈月賦〉爲其代表作。

⑱ 解：能、會之意。月明千里：謝莊〈月賦〉有：「美人邁兮音塵絕，隔千里兮共明月，臨風嘆將焉歇，川路長不可越。」此兩句以謝莊比黃慶長，謂其又自漢飄零，詠嘆月明千里的詩句。

【賞析】

這是姜白石感嘆飄零的作品。白石創作此詞時，已步入中年，無論心境和藝術技巧都已飽經磨練，達至圓熟純青的階段。詞文字字精心，造境神妙，但又不失自然，是詞作中的珍品。

詞文發端是幽靜的畫面。「夜深」句，點出時間、地點、人物，也透露絲絲的哀思。在夜闌人靜之時，客子泛舟湖上。「客」字寫出人物的身份，同時也寫出他的內心感受——思鄉、寂寞。夜裏人的精神自然因疲倦而鬆懈，平日理性的壓抑自然減退，心靈深處的感受自然浮現。人在舟中搖蕩，而心靈也隨之而起伏。「兩兩」一句，寫破靜之聲。沙禽因船臨近而受驚飛鳴，而「兩兩」暗寫沙禽成群，猶如居於家中，反襯詞人的孤單。「紅衣」三句，是極美的夏景。湖面長滿了荷花，當船划動時，鮮艷的荷瓣捲入船槳。船上的青燈也隨着浪水沖打船兒起伏。以上詞人用了「入」、「搖」二字，把荷花和青燈寫活了。微涼的意味，灑滿畫面。「把酒」二字，筆鋒一轉，直抒心事。詞人迎風把酒，想到作客所見的美景，恐怕也會像湖水一般終會流逝。「況茂陵」句，寫在京華豪貴之地已住厭了，盼望故鄉已很久了。這些綿密的心事，無處可托，唯有寄予簫聲。這裏，從景到情，自然流轉，哀而不傷。

下片再進入詞人心靈深處的寄望與惆悵。「屈指」三句，寫歸期未有，只能空想喜鵲南歸帶去書信，家人會以爲是詞人回鄉的音訊，十分高興。「畫闌」三句，是想像歸家後的好景，桂花爲我歸來而留住香氣，而我與情人能攜手花影月下。詞人越想越遠，想得越美好就越失落，因爲那不過是空想而已。「我已情多」三句，返回現實，感慨多年悲歡離合，大抵如此。這絕非少年、青年所能有的老練，而是中年才有飽受離合煎熬的心聲。語言極其平淡，但哀愁極之深沉。末句寫結伴同遊的黃慶長也自嘆飄零，歌詠離別相思之歌。這種收結至少有兩種作用。首先，末句呼應詞序所記寫作的動機，即唱和黃慶長。其次，以黃慶長的詞烘托自己的愁緒。連黃慶長也自嘆飄泊，詞人多年客旅，豈不更悲？

此詞的景，雅緻細密；此詞的情，綿密起伏。全詞開合有致，眞摯感人。

【評說】

（清）陳澧《白石詞評》：

忽然颺開說謝郎，其實自負。（按，評結句）

（現）俞陛雲《唐五代兩宋詞選釋》：

此乃和友人鑑湖懷歸之作。借杯酒自澆塊壘，言愁欲愁，曲折寫來，絕無平衍之筆。「鵲南飛」四句從對面着想，便饒情致。

（現）王偉勇《南宋詞研究》：

欲令景物生動活潑，宜留心字句之鍛鍊，方能相得益彰，所謂「始於意格，成於句字」是也。就鍊字言，其關鍵尤在於動詞之運用，非但顧及意義之「活」，且爲顧及音調之「響」，故姜夔詞中頗用心錘鍊，此亦當時詩壇之習尙也。……姜夔詞中亦有拗意之句式，如「紅衣入槳，青燈搖浪」（〈水龍吟〉）、「柳老悲桓，松高對阮」（〈永遇樂〉）等，寧非江西詩派所強調之習尙耶？

（現）殷光熹編《姜夔詩詞賞析集》：

上片以寫景入手，通過用典及簫聲表明思歸心切。……下片從家人盼歸情態着筆最爲傳神，與上片的「紅衣入槳」三句同屬詞中佳句：一用實寫手法寫眼前月夜景色；一用虛寫手法幻設家人脈脈含情的形象。

全詞寫客子飄零之感，基調悲涼，與之相應的景物描寫也帶有「冷美」的特徵，它襯托了作者「十年幽夢」的感嘆，友人黃慶長千里飄零之嘆。但在客居異鄉的思鄉情緒中，並非一味地悲悲切切，而是時而閃現家人盼歸的親切形象，使客子暫時得到一些寬慰，彌補了心理上的不平衡。總之，這首詞無論寫景還是抒情，都寫得跌宕多姿，錯落有致。（殷光熹　文）

三六 玲瓏四犯❶

越中歲暮❷，聞簫鼓感懷❸。

疊鼓夜寒❹，垂燈春淺❺，悤悤時事如許❻！倦遊歡意少，俛仰悲今古❼。江淹又吟恨賦❽，記當時、送君南浦❾。萬里乾坤❿，百年身世⓫，唯有此情苦⓬。

揚州柳垂官路⓭，有輕盈換馬⓮，端正窺戶⓯。酒醒明月下，夢逐潮聲去⓰。文章信美知何用⓱，漫贏得天涯羈旅⓲。教說與⓳，春來要、尋花伴侶⓴。

---

❶ 此詞作於宋光宗紹熙四年癸丑（一一九三）冬，時白石三十九歲。作者旅居浙江紹興。詞中因歲晚而感到遲暮，有感功業未成而人已老去，加上羈旅無定，自然淒然難禁。

❷ 越中：即現在浙江省紹興市。歲暮：即一年將盡的時候。

❸ 簫鼓：是樂器。紹興是春秋時越國都城，當時每到歲暮，有簫鼓迎春的習俗。此句謂聽到迎春的簫鼓聲，因而觸動他的感想。

❹ 疊鼓：指連接不斷的鼓聲。夜寒：因歲暮，入夜更加寒冷。

❺ 垂燈：指垂掛綵燈。這時爲了迎接新的一年，家家都張燈結綵。春淺：指春天不久便到，有些春天的氣息，但寒意未減。

❻ 如許：是這樣、如此的意思。范成大〈病中絕句〉：「竹雞何物能無賴，如許泥濘更苦啼。」

❼ 俛：俛與俯同，是向下看。仰：是向上看。俛仰：指時間短暫。晉王羲之（三〇三—三六一）〈蘭亭集序〉云：「俯仰之間，已爲陳跡。」此句謂轉眼間世事已變化很大，滄海桑田，令人悲嘆不已。

❽ 江淹：南朝梁人，善於辭賦；〈恨賦〉：是江淹名作。其內容列舉歷來帝王、列侯、名將、美人、才士等有才識的人不見用而飲恨的事。

❾ 南浦：水名，在湖北武昌的南面。《楚辭．九歌．河伯》：「送美人兮南浦。」詞中「送君南浦」句引用江淹〈別賦〉：「送君南浦，傷如之何？」

❿ 乾：指天。坤：指地。乾坤：指就是天地。萬里乾坤：形容天地的廣大，指空間而言。

⓫ 身世：是人生一世的意思。百年身世：指人的壽命不過百年，指時間而言。此句謂人生一世百年內所發生的事情。

⓬ 此情：指江淹〈別賦〉中送別的心情。此句意謂在萬里空間、人生百年中只這送別之情懷最苦。

⓭ 揚州柳垂官路：意謂揚州是繁華城市、遊覽的勝地。這裏揚州是虛指，非實指其地。

⓮ 輕盈：指女子的體態優美。這裏代指美女。換馬：據《異聞實錄》說：「鮑生多蓄聲妓，韋生好乘駿馬，一日相遇對飲，乃以女妓換馬。」

⓯ 端正：指女子面貌端莊賢淑。此處借指美女。窺户：指女子在室内向外窺視。這裏指男女情遇。宋周邦彥（一〇五六—一一二一）〈瑞龍吟〉有：「因記個人痴小，乍窺門户」之句。以上三句暗喻曾在繁華城市裏有一段冶游的情事。

⓰ 夢遂潮聲去：指往日的歡樂情事像夢般隨着退走的潮水一起逝去。

⓱ 信：的確的意思。信美：指實在、的確好的意思。此句謂雖文章很好，但有何用呢！

⓲ 漫：徒然的意思。贏得：指獲得。羈旅：客居他鄉、浪跡天涯。

⓳ 教：使、令的意思。與：語助詞。此句謂使我對自己說道。

⓴ 花：指美麗女子。春來要、尋花伴侶：謂等到春天來時，要尋覓美麗女子作伴侶以解除客中寂寞。

【賞析】

在詞題中，姜白石寫出《玲瓏四犯》的創作時間、地點、動機和心境。客旅紹興，正值歲暮，白石聽到簫鼓之聲，觸景生情，起興提筆。白石時年三十九，青春漸逝，加上閱歷漸深，筆意蒼涼。

詞人以時節起筆。「疊鼓」三句，耳裏是不斷的鼓聲，皮膚感到嚴寒，眼前是彩燈處處。歲暮春來之際，時日人事匆匆交替，就是這樣的了。「如許」一詞，極顯詞人飽嘗歲月的消磨：由最初少不更事的不知時日匆匆，到驚覺時光急速流逝，再到今日感到不外如是，這個歷程蘊藏無盡的唏噓。「倦客」二句，蒼涼沉鬱。作客因思鄉而歡意甚少，這是一種苦。當厭倦了作客生活的地方仍不能回鄉，是苦上加苦。詞人嘆息自身不由自主，同時也想到古今多少人物都受過暮年離鄉之凄涼。在衆多受客愁所困的人物中，詞人突顯江淹，也許他的《恨賦》寫出很多不爲世用士子，最終飲恨而死。詞人在此收住對用人者的不滿，轉寫別離情景。詞人續用江淹詩句，暗喻離別傷心。「萬里乾坤」是空間，「百年身世」是時間，在人生有限的時空中這種情懷最苦。那麼詞人所說的情懷是怎樣的呢？眼底看盡人事幻變、歲月催人，加上茫茫人海，只有古人相知，豈不傷心？

在悲傷中詞人找尋出路，他走到回憶裏找尋美好的時刻。下片「揚州」三句，寫少年冶遊的往事。那時在繁華的鬧市中，穿街過巷，四處遊玩，好不暢意；又跟窈窕女子，互生情愫，極其快活。可惜，回憶終不能代替現實。在現實裏，詞人祇好借酒消愁，找尋短暫的逃避。「酒醒」二句，語淡情悲。夜裏醉醒，獨個兒在明月之下，淒清孤單，種種如夢似煙的往事都跟潮水而流逝。「逐潮」極言迅速逝去。「文章」一句，是坦然感懷自身，白石詩詞聞名一時，但面對遲暮的歲月，又有甚麼用呢？祇是徒然獲得遠方羈旅的經歷。這是更深層的悲情。白石把所有的才情灌注於詩詞之中，但到了今日，對曾經足以自豪的「功業」也懷疑起來，其悲眞不能言傳。末句急挽悲情，自我慰解道：待春來時，尋花作伴吧！無處傾吐，只有找無情無知之物作伴是一層悲；花雖美麗，但終會凋謝是更深層的悲。故此，詞人的慰解語，是勉力壓抑，令讀者更感可悲。

【評說】

陳澧《白石詞評》：

起兩句忽落，蓋一遮一轉之法。……「漫贏得」好。……應起句完密。（按，評歇拍）

（清）王奕清《歷代詞話》卷八引《詞品》：

姜白石，詩家名流，詞尤精妙，不減清眞樂府，其間高處有美成所不能及者。善吹簫，多自製曲，初則率意爲長短句，既成，乃按以律呂，無不協者。……〈玲瓏四犯〉云：「輕盈喚馬，端正窺戶。酒醒明月下，夢逐潮聲去。」句法奇麗，其腔皆自度者，惜舊譜零落，未能被之管絃也。

（清）陳廷焯《白雨齋詞話》卷八：

白石〈長亭怨慢〉云：「閱人多矣，誰得似長亭樹。樹若有情時，不會得青青如此。」白石諸詞，惟此數語最沉痛迫烈。此外如「最可惜一片江山，總付與啼鴂。」（〈八歸〉），又，「文章信美知何用，漫羸得、天涯羈旅。」（〈玲瓏四犯〉）皆無此沉至。

同上《詞則・大雅集》：

音調蒼涼，白石諸闋，惟此篇詞最激，意亦最顯，蓋亦身世之感，有情不容已者。

（現）梁啓超《飲冰室評詞》：

與清眞之「斜陽冉冉春無極」，同一風格。

（現）陳匪石《聲執》卷上：

四聲問題，因調而異。……句首或句中或句尾限用去上者。……句尾之例，則不屬於韻者，如……白石〈玲瓏四犯〉之換馬，〈琵琶仙〉之細柳。

（現）吳世昌《詞林新話》：

白石〈玲瓏四犯・越中歲暮，聞簫鼓感懷〉：「文章信美知何用，漫贏得天涯羈旅。」二句淺薄。白石不應作此類語。此介存所以譏其貌為恬淡而實熱中也。

（現）沈祖棻《宋詞賞析》：

起三句，扣題。「倦遊」四句，「倦遊」是一層，「歡意少」又是一層。總之，俯仰宇宙，本已抑鬱寡歡，何堪又吟《恨賦》，憶當時別況耶？「萬里」三句，言空間雖大、時間雖久，而於此混沌渺茫之中，惟此一點不變之情足以苦人耳。收縮「萬里」、「百年」於方寸之間，則此情之厚、此苦之深，斷可知矣。過片謂彼美雖「輕盈」、「端正」，然當月下酒醒，舊夢已逐潮聲而去矣。此亦杜牧「十年一覺揚州夢」之感。「文章」二句，沉痛。「教說與」二句，質直中見深婉，執拗得妙，癡頑得妙，以見此「要」字乃從肺腑中來，當知此所要之「尋花伴侶」，即南浦所送之「君」，故非要不可也。

「換馬」，換或作喚，非。〈愛妾換馬〉，本樂府古辭，今不傳，見《樂府解題》。唐人詩、賦亦有以之為題者，如張祜即有〈愛妾換馬〉之詩。此以「換馬」為美女之代語，與「窺戶」同。「窺戶」，見周邦彥〈瑞龍吟〉：「因念個人癡少，乍窺門戶。」

（現）胡雲翼《宋詞選》：

宋光宗紹興四年（一一九三），姜夔在越中度歲，寫下這首歲暮感懷的詞。他多年來在江湖上漫遊作客，無所成就，不無遲暮之感。所以詞中一再感嘆「倦遊歡意少」，「漫贏得天涯羈旅」。「文章信美知何用」是作者懷才不遇的憤慨語，可見這位寄情山水的詩人，還是有積極要求用世的一面。

（現）楊海明《唐宋詞史》：

據夏承燾先生考證，此詞作於三十九歲，地點在浙江紹興。這首詞裏，有兩組句子最爲沉痛感人：一是「萬里乾坤，百年身世，惟有此情苦」；二是「文章信美知何用？漫贏得天涯羈旅」。讀了這些詞句，我們就可知道，白石在其數量甚多的詞中所描繪抒寫的隱逸生活和「雅士」情趣，其實都只是它的「外表」，而其「內裏」卻就是這一番飄零無着的身世之痛。所以他說：「倦遊歡意少，俯仰悲今古」，那種遊山賞水的生活，實質是歡少愁多的。

（現）王曉波《宋四家詞選譯》：

這首詞作於紹熙四年（一一九三）的歲暮，寫作者客居紹興的感懷。上片首三句寫人們忙於送歲迎春。「倦遊歡意少，俯仰悲今古」，是作者苦悶心情的概括。「江淹」五句，寫自己身世的飄零，充滿離別苦愁。下片開頭「揚州」五句記過去一段冶遊生活，但現在已經酒醒夢破。「文章」二句，傾吐懷才不遇的失意不平。結尾兩句，說要尋花覓草，解除客居中的孤寂，是作者的自我解嘲。

（現）劉乃昌《宋詞三百首新編》：

此爲歲暮懷舊、感嘆身世飄零、懷才不遇之作。起句借燈鼓點染春節氣氛，惜墨如金。「匆匆時事」，喟然一嘆，折入客懷淒苦。「倦遊」，「今古」，承「匆匆」而深化，意象清空而容含廣袤，多少往事，盡賅其中。江淹吟恨賦別借客寫主，與上文「悲」字貫通。遂即又宕開一筆，空間之大，時間之久，「唯有此情苦」，收到懷舊傷別。「此情」，既是別離情，亦兼含告別美好往昔的傷逝之情。「揚州官路」三句，正是對美好往事的緬懷，「夢逐潮聲去」，一句將前塵掃滅，而今只有羈旅窮愁。文章何用，千古文士同此一慨！末以尋花爲伴自我開解，想像極美，情懷極悲，寫盡客中孤寂。

（現）俞朝剛、周航主編《全宋詞精華》：

……音調淒愴，感情深沉，風格卻較爲直露。

三七　鶯聲繞紅樓❶

甲寅❷春，平甫與予自越來吳❸，攜家妓❹觀梅于孤山之西村❺，命國工❻吹笛，妓皆以柳黃爲衣❼。

十畝梅花作雪飛，冷香❽下，攜手多時。兩年不到斷橋❾西，長笛爲予吹。人妒垂楊綠❿，春風爲染作仙衣。垂楊卻又妒腰肢⓫，近前舞絲絲⓬。

---

❶此詞作於宋光宗紹熙五年甲寅（一一九四），時白石四十歲。這時作者與張鑑一起到今浙江杭州的孤山賞梅，此詞爲記述這次賞梅的游歷。

❷甲寅：宋光宗紹熙五年（一一九四）。

❸平甫：即張鑑（？—一二〇三），爲張俊（一〇八六—一一五四）之孫，張鎡（一一五三—？）之弟。《齊東野語》載白石自敘云：「舊所依倚，惟有張兄平甫，其人甚賢。十年相處，情甚骨肉；而某亦竭誠盡力，憂樂關念。」自越來吳：指自紹興至杭州。杭州有吳山，春秋時爲吳國南方邊界，故稱吳。

❹家妓：豪門貴家人供養，以娛賓遣興、侑酒佐觴的歌舞女妓。這裏指張平甫家的樂妓。

❺孤山：在杭州西湖中。《西湖志纂》：「孤山聳峙湖心，碧波環繞……爲西湖最勝處。唐白居易詩：

『蓬萊宮在水中央』，正謂此也。」西村：《武林舊事》：「西陵橋又名西泠橋，又名西村。」白石〈卜算子・梅花八詠〉其六自注云：「西村在孤山後，梅皆阜陵時所種。」

❻ 國工：指國家的樂工。

❼ 妓皆以柳黃爲衣：指張平甫的家妓都是以柳黃色的布帛爲衣，以襯托梅花之紅及楊柳之綠。

❽ 冷香：指梅花清幽冷豔之香。白石〈暗香〉詞：「但怪得竹外疏花，香冷入瑤席。」白石〈念奴嬌〉詞：「嫣然搖動，冷香飛上詩句。」

❾ 斷橋：在西湖白堤。《武陵舊事》：「斷橋又名段家橋。」《桂坡遇錄》：「斷橋以唐人張祜『斷橋荒蘚台』得名。亦以孤山路至此而盡，非有所謂段家橋者。」

❿ 人妒：指張平甫家妓穿柳黃之衣，故指人妒垂楊的綠色。

⓫ 腰肢：指張平甫家妓的體態輕盈，令垂楊妒嫉。白居易詩：「楊柳小蠻腰。」

⓬ 近：指接近、親近。《詩經・大雅・民勞》：「敬愼威儀，以近有德。」近前：指風把柳枝吹向前，接近那些家妓一起跳舞。

【賞析】

這是姜白石其中一首詠梅詞。據詞序的記述，白石與好友張平甫到杭州孤山賞梅，而同行的還有張平甫的一群歌妓和樂工。美好的自然環境，配合富麗堂皇的場面，白石筆下的景象也極其秀麗豪華，且流露出一份逸氣。

「十畝」一句，寫梅林正茂，梅花盛放。寒風一吹，梅瓣如雪片飄下。「雪」含有寒意，也寫出落花之多，還有雪自空中飄下，而梅如雪下，也暗隱梅的高尙。「冷香下」一句，畫面由上而下的轉移，寫花瓣墜處，詞人與友人張平甫經常在那裏攜手漫步，一同享受良辰好景。以上兩句，意境清美。「兩年」二句，深入描寫詞人與張平甫的情誼。「兩年」一詞也許是虛數，指多時沒有相見了。「斷橋」，即西湖的白堤，以唐人張祐詩句「斷橋荒蘚台」而得名。詞人以斷橋借代西湖全地，寫今日重臨西湖。張平甫因詞人的來臨，使派國家著名的樂工爲詞人吹笛贈慶。於此，彼此深厚的友情得以體現，並且創造了一幅極其美妙的情景：梅花紛飛，笛音裊裊，詩情畫意，浪漫醉人。

下片轉寫舞妓與楊柳。「人妒」句，平白淺明，寫人妒忌垂楊色澤翠綠。「妒」字寫出大自然在春天的美態，連人也嫉妒起來，這是烘托手法。「春風爲染作仙衣」是逆筆，寫春不但不因人妒而記恨，反以廣德澤施，把春風之色染出人的仙衣來。詞序於此作出補充。原來主人爲妓女們製造了柳黃色的衣服，與柳色相應。以上兩句，把春色、春意寫得既鮮明又生動。「垂楊」句是十分詼諧的迴筆，寫垂楊反過來妒忌妓女們的纖腰，俯前舞動，絲絲生姿。這樣一筆，妓女們的嬌姿美貌盡現；同時，春風中的楊柳不再是無知無覺的植物，而是有知有情的活物。大自然的靈性、春的美態和人的神韻，都盡在不言中了。自然與人渾然爲一，詞人與友人涵泳於大自然的樂趣也豁然可見了。

【評說】

（現）陳匪石《聲執》卷上：

四聲問題，因調而異。……至全依四聲，則除方千里和清眞以外，夢窗塡清眞、白石自度之腔，亦謹守之。故某人創調，其四聲即應遵守某人。如清眞之〈大酺〉、〈六醜〉、〈瑞龍吟〉、〈霜葉飛〉及凡無前例者，白石之〈鬲梅溪令〉、〈鶯聲繞紅樓〉、〈醉吟商小品〉、〈暗香〉、〈疏影〉、〈徵招〉、〈角招〉之類，不下十餘，夢窗之〈西子妝〉、〈霜花腴〉等九調，及屯田詞不見他集之調，皆以全依四聲爲是。

（現）黃拔荊《詞史》：

〈鶯聲繞紅樓〉下片：……

是從人到柳，又從柳到人。先寫柳枝被春風吹綠，招展搖曳，引起人的妒羨，再寫垂柳因見人裊娜多姿，從而隨風起舞，與人爭勝。這是從人的心理描寫轉到想像中柳的心理描寫，亦即從無情之物化爲有情之人，借以生動細緻地刻劃出纏綿的情意。

三八 角招[1]

黃鍾角[2]

甲寅[3]春，予與俞商卿燕遊西湖[4]，觀梅于孤山之西村[5]，玉雪[6]照映，吹香薄人[7]。已而商卿歸吳興[8]，予獨來，則山橫春煙，新柳被水[9]，遊人容與[10]飛花中，悵然有懷[11]，作此寄之。商卿善歌聲，稍以儒雅緣飾[12]；予每自度曲[13]，吟洞簫[14]，商卿輒歌而和之[15]，極有山林縹緲之思[16]。今予離憂[17]，商卿一行作吏[18]，殆[19]無復此樂矣。

爲春瘦，何堪更、繞西湖盡是垂柳[20]。自看煙外岫[21]，記得與君，湖上攜手。君歸未久，早亂落香紅[22]千畝。一葉淩波縹緲[23]，過三十六離宮[24]，遣遊人回首[25]。

猶有，畫船障袖[26]，青樓倚扇[27]，相映人爭秀[28]。翠翹光欲溜[29]，愛著宮黃[30]，而今時候。傷春似舊，蕩一點、春心如酒[31]。寫入吳絲自奏[32]，問誰識、曲中心，花前友。[33]

---

[1] 此詞作於宋光宗紹熙五年甲寅（一一九四），時白石四十歲。白石至杭州，他曾與友人俞商卿到孤山賞梅，後來俞商卿歸吳興，姜白石獨游孤山後，寫此詞以懷念其友。

❷ 黃鍾角：即黃鍾宮。夏敬觀《詞調溯源》云：「……故夔集題曰黃鍾角，其自序則曰依《晉史》名曰黃鍾清角調。實則譜字與黃鍾宮同。本調譜字亦與黃鍾宮同。」一般意義上的黃鍾宮指黃鍾均的宮調式。在燕樂二十八調中，黃鍾宮是專用調名。因它的主音音高合於唐燕樂律無射律，故又名「無射宮」。現存周德清（約一三一四前後在世）《中原音韻》所載的六宮十一調，對黃鍾宮的聲情分析爲：「富貴纏綿。」

❸ 甲寅：宋光宗紹熙五年（一一九四）。

❹ 俞商卿：即俞灝，字商卿，世居杭州。紹熙四年（一一九三）登第。寶慶二年（一二二六）致仕，築室杭州九里松，號青松居士，有《青松居士集》。燕游：同讌游，即游宴。西湖：在浙江杭州。

❺ 孤山：在杭州西湖中。《西湖志纂》：「孤山聳峙湖心，碧波環繞……爲西湖最勝處。唐白居易詩：『蓬萊宮在水中央』，正謂此也。」西村：《武林舊事》：「西陵橋又名西冷橋，又名西村。」白石〈卜算子·梅花八詠〉其六自注云：「西村在孤山後，梅皆阜陵時所種。」

❻ 玉雪：指梅花，因白梅潔白如玉如雪而名之。

❼ 薄：指逼。《易經·說卦》：「山通氣，雷風相薄。」薄人：逼人，指梅花的香氣襲人、逼人。

❽ 已而：後來。吳興：即今浙江省吳興市。

❾ 被：通披。穿著之意。《楚辭·九歌·國殤》：「操吳戈兮被犀甲，車錯轂兮短兵接。」新柳被水：指新出的柳條因春天天氣濕潤而像披上水一般。

❿ 容與：指安逸自得地緩慢遊蕩。《楚辭·九歌·湘夫人》：「時不可兮驟得，聊逍遙兮容與。」

⓫ 悵然：指失意貌。戰國宋玉〈神女賦·序〉云：「罔兮不樂，悵然失志。」有懷：指懷念俞商卿。

⓬ 儒雅：指風度溫文爾雅，兼富有學問。庾信（五一三—五八一）〈枯樹賦〉：「殷仲文風流儒雅，海內知名。」緣飾：指文飾。《史記·平津侯傳》：「習文法吏事，而又緣飾以儒術。」此句謂俞商卿

以高尙文雅的風度修飾自己。

⑬自度曲：指自己創製的詞調。

⑭吟：指吹簫。洞簫：樂器名。古代的簫以蠟蜜封底，無蠟蜜封底的稱洞簫。今稱單管直吹，正面五孔，背面一孔者爲洞簫。

⑮輒：指每每。此句謂俞商卿每每唱歌以和我的歌曲。

⑯縹緲：恍惚有無之意。唐白居易（七七二—八四六）〈長恨歌〉：「忽聞海外有仙山，山在虛無縹緲間。」此句謂：很有山林隱約的情思。

⑰離憂：指離別之憂。

⑱一行：一自實行之意。吏：是小官。嵇康（二二四—二六三）〈與山巨源絕交書〉：「一行作吏，此事便廢。」據《咸淳臨安志》載：俞灝於紹熙四年（一一九三）登第。

⑲殆：大概、恐怕。

⑳垂柳：柳令人想起離別。古時人們多在送別之長亭、短亭多植柳樹，折柳贈別，於是柳樹成爲離別的象徵。

㉑岫：峰巒、山谷。三國魏嵇康〈幽憤〉：「采薇山阿，散髮巖岫。」

㉒香紅：指幽香的紅梅。

㉓一葉：指小船。淩波：指起伏的波浪。縹緲：見⑯。此處指一葉扁舟在水上漂流，慢慢隱約遠去。

㉔三十六：是虛數，言其極多。離宮：皇帝臨時住的行宮。這裏指指南宋都城臨安宮殿。因南宋偏安江左，故稱臨安爲行都。東漢張衡（七八—一三九）〈西京賦〉：「離宮別館三十六所。」

㉕遣：使、令。唐李白〈勞勞亭〉：「春風知別苦，不遣柳條青。」此句謂扁舟駛過臨安皇帝的行宮，使人不禁回頭眺望。

㉖ 畫船：指美麗的游船。障袖：指游女以袖障面。

㉗ 青樓：指妓女居住的地方。倚扇：唐李賀（七九〇—八一六）詩：「菱汀繫帶，荷塘倚扇。」此句謂在妓女居住的歌館裏美人持扇佇立。

㉘ 相映人爭秀：指美麗的游女、歌妓互相爭艷競秀。

㉙ 翠翹：古代婦女的一種首飾。《山堂肆考》：「翡翠鳥尾上長毛曰翹。美人首飾如之，因名翠翹。」李商隱詩：「旁有墮釵雙翠翹。」

㉚ 宮黃：宮女用來塗額的黃粉。梁簡文帝詩：「約黃能效月。」後民間婦女多效之。又稱額黃。

㉛ 這兩句謂傷春的情懷如舊，當前的春色很美好，它如酒般蕩漾在我的心裏，令我有醉意。

㉜ 吳絲：指琴的弦線。吳中的蠶絲最爲精美，故古人愛用吳絲作弦。唐李賀〈李憑箜篌引〉：「吳絲蜀桐張高秋。」此句謂把傷春懷友的情思寫到詞曲中，自己獨自彈奏。

㉝ 花前友：指俞商卿。即曲中作者在春天懷念的對象。

【賞析】

這是姜白石賞梅念友之作。在詞序裏，白石記述與友人俞商卿同遊杭州，細賞梅花的情景。當日梅花盛開，白石自度曲譜，俞氏每每和唱，風流雅逸，十分愜意。如今，俞氏赴任離去，白石獨遊杭州。眼前美景如故，唯友人他適，不禁悵惘若失，就寫作此詞以抒愁懷。

詞文以時地起筆，「爲春瘦」，點出時節；「繞西湖」，指出地點。首三句，寫詞人爲春而瘦。春天本是生意盎然的季節，也往往勾起快樂的往事，但是孤單寂寞的時刻，春景反而處處觸發愁緒。在春景中，詞人獨選垂柳。柳條依依，正好襯托出詞人懷念友人的深情。「自看煙外岫」，寫出詞人沉思的神態，望遠思人。「記得」二句，寫人已不在，唯有在回憶中尋覓共聚的歡樂情景。「君歸」以下五句，既寫景又含情。紅梅凋落，遍地零亂，色彩斑爛，景象淒美。「早」字點出友人別後，即見哀景。這正是詞人與友人別離心情的外現，可謂字字寫情。「一葉」三句，寫眼前好景。乘着一葉扁舟，隨浪遠去，經過華麗堂皇的宮殿群，遊人也按不住回頭顧盼。如此好景，跟當日共遊所見並沒異樣，但同遊之樂卻因友人遠去不再有了。意在言外，離情活現。

下片寫杭州美女，如舊雲集，但自友人別後，好景形同虛設。「猶有」以下五句，極寫美女的情貌。「畫船」對句，寫出湖上、湖畔女子的意態。「障袖」，以袖掩面，是遊女羞怯地流露的嬌媚；「倚扇」，持扇佇立，是妓女恣肆地展示的風姿。「翠翹」三句，寫女仕們敷粉插飾，爭妍鬥麗。「而今時候」，暗寫今日所見的春日好景雖然如昔，但好友遠去，一切興味也減退。景常而人變，樂景轉悲。「傷春」一句，是倒裝句。當前的春色極其美好，它激蕩着我的心靈，如酒一般的濃烈，但沒有良朋作伴，傷春的情懷如舊地湧現。「蕩一點，春心如酒」是妙筆。春心是極其抽象的感覺，而詞人獨能具體地以酒比喻，把迷人的醉意表達得至爲形象和鮮明；而「蕩」字則能生動地描繪心意激動的感受。「寫入」四句，以情結。詞人種種的離愁，無處傾吐，只好寫入詞曲中。曲中的心意，相信祇有曾經共同賞花的摯友才會明白。

【評說】

（清）陳銳《袌碧齋詞話》：

庚戌之秋，沈子培提學以仿刻《姜白石詞》見遺，其後題嘉泰壬辰。辰當爲戌，以嘉泰無壬辰也。至詞中誤字，亦往往而有，如〈角招〉起句云：「爲春瘦，何堪更，繞湖盡是垂柳。」按此調第三句本衹六字，不知何時湖上多一「西」字，遂使旁注少一宮譜，此皆沿舊本之誤。

（現）陳匪石《聲執》卷上：

四聲問題，因調而異。……至全依四聲，則除方千里和清眞以外，夢窗塡清眞、白石自度之腔，亦謹守之。故某人創調，其四聲即應遵守某人。如清眞之〈大酺〉、〈六醜〉、〈瑞龍吟〉、〈霜葉飛〉及凡無前例者，白石之〈鬲梅溪令〉、〈鶯聲繞紅樓〉、〈醉吟商小品〉、〈暗香〉、〈疏影〉、〈徵招〉、〈角招〉之類，不下十餘，夢窗之〈西子妝〉、〈霜花腴〉等九調，及屯田詞不見他集之調，皆以全依四聲爲是。

（現）俞陛雲《唐五代兩宋詞選釋》：

此調爲重過西湖，梅花已落，懷人而作。獨客傷春之際，花落人遙，舊歡回首，誰能遣此！前半首隨筆寫來，含思淒婉。轉頭六句皆追寫伊人情態。至「春心如酒」句爲題珠所在，舊歡則甘如蜀荔，新愁則酸若江梅，兩味相蕩，渾如中酒。後主所謂「別有一般滋味在心頭」也。以「花前後」三字結束全篇，悲愉之境，前後迥殊矣。

（現）繆鉞《詩詞散論》：

白石之詞如：

爲春瘦，何堪更繞西湖，盡是垂柳。自有煙外岫，記得與君，湖上攜手。君歸未久，早亂落香紅千畝。一葉凌波縹緲，過三十六離宮，遺游人回首。（〈角招〉）

諸作皆清空如話，一氣旋折，辭句雋澹，筆力猶健，細翫味之，與黃陳詩有笙磬同音之妙。（周爾鏞曰：「白石小令，獨不肯朦朧逐隊，作《花間》語，所謂豪傑之士。」）

（現）劉斯奮編《姜夔張炎詞選》：

這是一首懷念舊遊之作。一般說來，白石詞以清空逋峭爲特色，這首詞卻寫得深婉麗密，往復迴環，別具風致。

（現）殷光熹編《姜夔詩詞賞析集》：

詩篇由傷春起，由懷人收。使傷春有自，懷人有因。情發於前，而底蘊揭於後。前後照應，中間又隱有許多曲折：先寫靜景，如垂柳，如煙岫，藏情於朦朧之中。次寫動景，如香紅亂落，如一片凌波，寫出了心中的孤寂。一靜一動，展示了畫景的層次性。三寫遊女，如障袖，如倚扇，寫出含情之態。四寫裝飾，如翠翹，如宮黃，寫出入時之美。天質美與裝飾美的結合，更爲春天增添了生機。然而無論垂柳、煙岫，還是香紅、倚扇，無處不藏着一個「情」字。正是這種「情」，而使作者「傷」。外在熱鬧與內心孤寂的對立，形成了不可調和的矛盾，終於使作者由「傷」而「瘦」，由無聲的感嘆，走向有聲的彈奏。在反覆曲折中，使人們感受到了他對友人的深深思念和無限感傷。（劉毓慶　文）

三九　鷓鴣天❶

予與張平甫❷自南昌❸同遊西山玉隆宮❹，止宿❺而返，蓋乙卯❻三月十四日也。是日即平甫初度❼，因買酒茅舍，並坐古楓下；古楓，旌陽❽在時物也，旌陽嘗以草屨❾懸其上，土人謂屨爲屩，因名曰挂屩楓。蒼山四圍，平野盡綠，鬲澗野花紅白，照影可喜，使人採擷❿，以藤糾纏著楓上；少焉⓫，月出大於黃金盆，逸興橫生，遂成痛飲，午夜乃寢。明年平甫初度，欲沿舟往封禺⓬松竹間，念此遊之不可再也，歌以壽之⓭。

曾共君侯歷聘來⓮，去年今日踏莓苔⓯。旌陽宅裏疏疏磬⓰，挂屩楓前草草杯⓱。

呼煮酒，摘青梅，今年官事莫裵徊⓲。移家徑入藍田縣⓳，急急船頭打鼓催。

---

❶ 此詞作於宋寧宗慶元二年丙辰（一一九六），時白石四十二歲。是白石爲張平甫祝壽而寫的。

❷ 張平甫：即張鑑，爲張俊之孫，張鎡之弟。《齊東野語》載白石自叙云：「舊日所依倚，惟有張兄平甫，其人甚賢。十年相處，情甚骨肉；而某亦竭誠盡力，憂樂關念。」

❸ 南昌：今江西省會南昌市。

❹ 西山：《輿地紀勝》：「西山在新建西，高二千丈，周三百里。」《寰宇記》：「又名南昌山。」玉隆宮：《輿地紀勝》：「在新建縣界，舊名游帷觀。……國朝祥符中改賜玉隆觀額。」

❺ 止宿：指留宿、停息。《論語・微子》：「（丈人）止子路宿。」

❻ 乙卯：宋寧宗慶元元年（一一九五）。

❼ 初度：誕日、生日。《楚辭・離騷》：「皇覽揆余初度兮，肇錫余以嘉名。」

❽ 旌陽：《能改齋漫錄》「許旌陽作鐵柱鎮蛟」條：「晉許眞君爲旌陽令，時江西有蛟爲害，旌陽與其徒吳猛仗劍殺蛟，遂作大鐵柱鎭壓其處。今豫章有鐵柱觀，而柱猶存也。」《豫章古今記・藝術部》：「許眞君遜，字敬之，南昌人。晉永和二年八月十五日，合家仙去。其宅今游帷觀是也。」

❾ 屨：鞋子。漢以後稱履。《詩經・魏風・葛屨》：「糾糾葛屨，可履霜。」草屨：即草鞋。

❿ 採擷：即摘取。唐宋之問（？—七一二）〈秋蓮賦・序〉：「芳心未成，採擷都盡。」

⓫ 少焉：指少頃，不多時。焉：語助語。

⓬ 封禺：山名。《吳興志》：「武康有封山、禺山。」《太平寰宇記》：「防風山先名封禺山。」

⓭ 歌以壽之：指借此詞向張平甫祝壽。

⓫ 君侯：指張平甫。據陳思《白石道人年譜》謂：「平甫曾宰山陰，故稱君侯。」歷：指經過、度過。聘：指訪、探問。《詩經・小雅・采薇》：「我戍未定，靡靡歸聘。」歷聘：指曾經游訪過。

⓯ 莓苔：青苔。東晉孫綽（三一四—三七一）〈遊天台山賦〉：「踐莓苔之滑石，搏壁立之翠屏。」

⓰ 旌陽：見❽。磬：樂器，以玉、石或金屬爲材，形狀如矩。此處指寺觀中敲擊以集僧道的鳴器或鉢型的銅樂器。因爲旌陽已成仙，受人崇拜，其宅亦有磬的樂聲。

⓱ 挂屩：指掛鞋。見❾及詞序。草草：指匆促，苟簡。唐杜甫〈送長孫九侍御赴武威判官〉：「聞君適萬里，取別何草草。」草草杯：指爲慶祝張平甫生日，隨便而匆匆地飲酒幾杯。

⑱ 官事：指官衙中公事。陳思《白石道人年譜》謂：「平甫曾宰山陰。」褢：即裴，裴徊即徘徊。徘徊：指往返回旋貌，即不進貌。此句謂勸對方盡速辦妥公事，不要拖延。

⑲ 藍田：縣名。屬陝西省。秦孝公置，故城在縣治西，北周徙今治。《周禮·注》：「玉之美者曰球，次美者曰藍，以縣出美玉故名。歷代相因，明清皆屬西安府。」王維有藍田別業，此以喻張平甫封禺別業。

【賞析】

這是姜白石贈給摯友張平甫的一首賀壽詞。此詞寫於宋寧宗慶元二年（一一九六）。張平甫這年的生日恰巧跟去年一樣，都是和白石一起度過。去年他們漫遊了西山玉隆宮一帶，那裏的古楓樹教白石的心裏留下深刻的印象。身處於此時此地，白石想念在西山玩遊的所見所感，興味煥發，又想到同遊之樂極可能隨着張平甫忙於官事而不再，於是寫成了這首既憶遊又嘆別的詞作。

此詞以舊遊起筆。「曾共」二句，以平淺的語言，寫去年張平甫生日的遊蹤。「君侯」一詞點出張平甫曾宰山陰，點明此祝壽詞的對象。「踏莓苔」，是用典，孫綽（三一四—三七一）〈遊天台山賦〉云：「踐莓苔之滑石，搏壁立之翠屏。」此典可以引發讀者聯想到他們漫遊的範圍和情態，同時即使讀者不知道此語的來歷，也無礙理解。「旌陽」二句，極顯野外閒逸之趣。「旌陽宅」是去年曾遊訪的地點。那裏沉澱着引人入勝的道教傳說——許眞君殺蛟龍的故事。「疏疏磬」是土人膜拜許眞君而敲打樂器的聲音。「挂屬楓」是當地的著名誌標。「草草杯」是白石與張平甫在古樹旁對飲的情態。舊遊的情景就在這二十八字中呈現出來，而在言語間，也滲透着白石與平甫之間同心共賞的默契。

下片寫今日同遊。「呼煮酒」，表現暢飲的豪情。「摘青梅」，表現融入大自然的情意。飲酒和採梅既寫珍視此時的共聚，也能把握此地的風物。爲何要強調此時此地呢？因爲張平甫正要爲公務操勞，同遊共聚的日子可不多了。所以白石懇切地勸平甫：「今年官事莫徘徊」。——今年不要再徘徊於公事了，急急把事情辦好，以便及早歸隱呢！此句同時也體現了白石對摯友的關懷。「移家」二句，寫船兒要駛入封禺別業了，船頭打響鼓兒催喚他們上岸。這裏暗喻彼此相見的時刻，已是所餘無多了。

上片與下片的情調不同，前者是閒遊，後者是急別。互相映照間，點出詞序中所說「念此遊之不可再也」。

四〇　阮郎歸❶

爲張平甫壽❷，是日同宿湖西定香寺❸。

紅雲低壓碧玻瓈❹，惺憁❺花上啼。靜看樓角拂長枝❻，朝寒吹翠眉。❼休涉筆❽，且裁詩❾，年年風絮時❿。繡衣夜半草符移⓫，月中雙槳歸。

❶此詞作於宋寧宗慶元二年丙辰（一一九六），時白石四十二歲。亦是爲張平甫祝壽而作。

❷張平甫：即張鑑。壽：祝壽之意。

❸湖：指西湖。定香寺：即原來的旌德觀，在西湖蘇堤映波橋。《武林舊事》：「旌德觀元係定香寺。」《西湖志》：「旌德觀在蘇堤映波橋。」

❹紅雲：此處指紅花，如雲霞一般。壓：逼近的意思。碧：形容西湖碧綠的水色。玻汞瓈：即玻璃。這裏形容西湖水波清澈見底。歐陽修〈採桑子〉詞：「無風水面琉璃滑。」

❺惺憁：象聲詞，指黃鶯的鳴叫聲。元稹〈春六十韻〉詩：「燕巢才點綴，鶯舌最惺憁。」

❻拂：指掠過。《淮南子・天文》：「日出于暘谷，浴于咸池，拂于扶桑，是謂晨明。」長枝：指柳枝。

❼翠眉：本指女子用黛螺畫的眉，南朝梁江淹〈麗色賦〉：「信東方之佳人，既翠眉而瑤質。」這裏指柳葉。唐李商隱詩：「柳眉空吐效顰葉。」此處以婦人眉毛之形貌喻纖細之柳葉。

❽涉：是牽涉的意思。筆：指文墨之紛紜事。

❾且：還是的意思。裁詩：即作詩。唐杜甫詩：「故林歸未得，排悶強裁詩。」

❿絮：即柳絮。風絮：即飄在風中之柳絮。滿天的飛絮使人心情撩亂；同時，柳亦是別離的象徵，古人以折柳贈別。

⓫繡衣：指官署裏的隸役、差人（相當於巡捕）。漢班固（三二—九二）《漢書》：「暴勝之衣繡杖斧，逐捕泰山瑯琊盜。」草：指起草擬稿的意思。符：指公告、告示。草符：指非正式文書。此句謂半夜差人傳下草寫好的公告，指當時官令禁止深夜游湖的事。

【賞析】

這是姜白石爲張平甫寫的第三首祝壽詞。那時他們共遊西湖，並在定香寺度宿。由於白石深喜西湖的景緻，對湖上一草一木觀察入微。在詞文裏，白石細意描繪西湖的景色，同時把暢遊之樂融滙其中，因此，這是極精緻的春遊圖。

此詞上片寫湖上的日景。起筆攝人，色鮮耀目。「紅雲」是借喻紅花簇簇，如雲似霧。「碧玻瓈」是借喻碧綠的湖面。「低壓」一詞強調了繁花的重量，把花朵茂密形態表露無遺，同時又把湖面平靜如鏡的狀況生動地寫出。還有，花兒朵朵彷佛有意識地壓向湖水，這樣，花與水便結合得天衣無縫了。「惺憁」句，是詞人聽到黃鶯在花上啼叫而轉移視線，仰觀花上的情景。以上兩句是熱鬧的動景，而以下兩句是清寒的靜景。「靜看」二句，特寫柳色，但又刻意不提「柳」字。「樓角拂長枝」，是寫樓角柳條輕拂，寫出動感。「翠眉」是以顏色、形狀來比擬柳葉，加上晨曦寒意，爲柳葉添上觸覺感受。

下片寫人情，也寫晚景。「休涉筆」二句，寫詞人面對春日好景的感受：不要去牽涉文墨的紛爭，而應去專心作詩塡詞。其實，這未嘗不是白石的處世態度。他不趨慕名利，也不涉足官場，祇苦心孤詣地創作詩詞，創造文學的美的世界。「年年風絮時」是回筆，寫每年柳絮紛飛，最能撩動心緒。就是這些景物情態，足以裁詩賦歌，又有何閒暇去理世間文墨之爭呢？還有，詞人着筆於柳絮也有特別的用意，因爲柳象徵離別，詞人可藉以暗示張平甫快要因公而與白石分離，所以共聚同歡的時刻可不多了。「繡衣」句寫官差貼出禁止乘船夜遊的文告，指令白石與平甫及早離去。末句以歸景作結。「月中雙槳歸」是優美的夜景。在皎潔的月色下，湖面一片寧靜，舟槳搖動，靜靜歸航。這使人看到一幅月夜泛舟的遠景。

詞序雖言爲張平甫祝壽，但詞文無一字祝頌。雖然如此，詞文字字隱透好景共賞的妙趣，是極其美好的厚贈。

四一 阮郎歸❶

旌陽宮殿共裵徊❷，一壇雲葉垂❸。與君閒看壁間題❹，夜涼笙鶴期❺。

茅店酒，壽君時，老楓臨路歧❻。年年強健得追隨，名山游遍歸。

❶ 此詞作於宋寧宗慶元二年丙辰（一一九六），時白石四十二歲。與上一首同是爲其好友張平甫祝壽而作。上一首主要寫同游西湖的情況，此首着重寫祝壽。

❷ 旌陽：《能改齋漫錄》〈許旌陽作鐵柱鎮蛟〉條：「晉許眞君爲旌陽令，時江西有蛟爲害，旌陽與其徒吳猛仗劍殺蛟，遂作大鐵柱鎮壓其處。今豫章有鐵柱觀，而柱猶存也。」《豫章古今記·藝術部》：「許眞君遜，字敬之，南昌人。晉永和二年八月十五日，合家仙去。其宅今游帷觀是也。」裵：即裴，裴徊即徘徊。徘徊：指往返回旋貌，即不進貌。此句謂作者與張平甫共游旌陽宮，留連細賞旌陽宮的古跡。

❸ 壇：是祭壇。葉：是貝葉。古代用貝葉作爲紙張，在上面寫佛經。此句謂在祭壇上垂掛着很多貝葉，如雲一般。

❹ 壁間題：指牆壁上面的題詞。

❺ 笙：是一種管樂器名。《詩經·小雅·鹿鳴》：「我有嘉賓，鼓瑟吹笙。」鶴：指仙鶴。這裏指乘仙鶴歸去的故事。漢劉向（約前七七—前六）《列仙傳》記：「周王子喬好吹笙，作鳳鳴。後告其家曰：

「七月七日待我於緱氏山頭。及期，果乘白鶴，舉手謝時人而去。』」期：指約會。

❻臨：指靠近的意思。路歧：即路旁。此句指有老楓樹靠近路旁的意思。白石〈鷓鴣天·序〉云：「是日即平甫初度，因買酒茅舍，並坐古楓下。古楓，旌陽在時物也。」

【賞析】

這是姜白石爲張平甫寫的第三首祝壽詞。結合前兩首（即《鷓鴣天》和《阮郎歸》），這三首是一組詞。《鷓鴣天》寫旌陽宮舊遊；前首《阮郎歸》寫西湖新遊；而這首《阮郎歸》是懷緬舊遊、獻陳祝頌的詞作。爲何白石獨選旌陽宮之遊來祝壽呢？這就要細看此詞的詞文了。

上片發端寫西山共遊旌陽宮的往事。旌陽宮，是許遜（二三九—三七四）的住所，也是後人膜拜他的廟宇。許遜，字敬之，在晉時當過旌陽令，故後人稱他爲旌陽。他曾仗劍殺掉爲患江西的蛟龍，故深得民心。後見晉室紛亂，棄官東歸，周遊江湖。傳說後來許遜遇上女仙，並拜她爲師，得道教法術。在東晉寧康二年（三七四）在南昌西山全家飛升成仙。宋徽宗（一〇八二—一一三五）封他爲「道玄應神功妙濟眞君」，故後世稱他爲許眞君。白石與張平甫到旌陽宮遊覽，也因許眞君的傳說與古跡所吸引，在那裏徘徊細賞。「一壇」句，是細寫宮觀內的情況。祭壇上垂掛着很多寫滿經文的貝葉。由此可知，旌陽宮信衆甚多，香火甚旺。「與君」二句，寫出張平甫對道教的興趣，也隱見白石縹緲的遐思。張平甫細看宮壁上的題詞，而「閒」字表現了張氏觀賞的意趣。到了晚上，夜涼如水，身處道觀，不禁使人想到仙人乘鶴吹笙的傳說。

除了旌陽宮中的所見所感，白石在下片續寫舊遊的片段。「茅店酒」三句，寫去年張平甫生日的時候，他們在老楓樹旁的茅店共飲。「老楓」呼應上片許眞君事蹟。在《鷓鴣天》的詞序中，白石提過傳說許眞君曾在這楓樹上懸掛草屨。當地人爲紀念此事，稱這樹作掛屩楓；後人也喜以野花點綴這棵古楓樹。從去年生日，到今年壽辰，白石在詞文末句直接寫出對張平甫的祝願：「年年強健」。若張平甫長年強壯，白石就能繼續跟他結伴，遊遍天下名山大川了。在中國人的思想中，「年年強健」是道教中的養生之事，故此，以旌陽宮所沉澱着的許眞君的事蹟和吹笙乘鶴的傳說來連繫祝壽，是最貼切不過的了。

這詞不但寫出對張平甫的祝賀，而且表現了作者跟張平甫志趣相投，故能盡享同遊的樂趣。全詞語淡情濃，誠摯動人。

四二　齊天樂❶

黃鍾宮❷

丙辰歲❸，與張功父會飲張達可之堂❹，聞屋壁間蟋蟀有聲，功父約予同賦，以授歌者；功父先成❺，辭甚美；予裵徊❻茉莉花間，仰見秋月，頓起幽思❼，尋❽亦得此。蟋蟀中都❾呼爲促織，善鬪，好事者或以三、二十萬錢致一枚❿，鏤象齒爲樓觀以貯之⓫。

庾郎先自吟愁賦⓬，淒淒更聞私語⓭。露溼銅鋪⓮，苔侵石井⓯，都是曾聽伊處⓰。哀音似訴⓱，正思婦無眠，起尋機杼⓲。曲曲屏山⓳，夜涼獨自甚情緒⓴。西窗又吹暗雨㉑。爲誰頻斷續，相和砧杵㉒。候館迎秋㉓，離宮弔月㉔，別有傷心無數㉕。豳詩漫與㉖，笑籬落呼燈，世間兒女㉗。寫入琴絲，一聲聲更苦㉘。（宣政間，有士大夫製蟋蟀吟。）

---

❶　此詞作於宋寧宗慶元二年丙辰（一一九六），時白石四十二歲。是一首著名的詠物詞，主要通過蟋蟀的鳴叫聲寫思婦、征人、遊子之愁緒。其中亦寄托其身世之感、家國之痛。詞序中對時人養蟋蟀的奢侈、浪費亦有寄喻。

❷ 黃鍾宮：屬於燕樂二十八調之一，因它的主音音高合於唐燕樂律無射律，故又名「無射宮」。現存周德清（約一三一四前後在世）《中原音韻》所記載的六宮十一調中，對黃鍾宮的聲情分析爲「富貴纏綿」。

❸ 丙辰：宋寧宗慶元二年（一一九六）。

❹ 張功父：即張鎡（一一五三—？），字功父，號約齋，張平甫之異母兄。居住在浙江杭州，是姜白石的朋友，有《南湖集》。會飲：指一同飲酒。張達可：當爲張鎡兄弟。張鎡，舊字時可，見楊萬里《誠齋集》。

❺ 先成：指先寫成。張功父寫了一首〈滿庭芳·促織兒〉，見《南湖詩餘》，云：「月洗高梧，露溥幽草，寶釵樓外秋深。土花沿翠，螢火墜牆陰。靜聽寒聲斷續，微韻轉淒咽悲沉。爭求侶，殷勤勸織。促破曉機心。兒時曾記得，呼燈灌穴，斂步隨音。任滿身花影，猶自追尋。攜向華堂戲鬥，亭臺小，籠巧妝金。今休說，從渠床下，涼夜伴孤吟。」

❻ 裵徊：裵：即裴，裴徊即徘徊。徘徊：指往返回旋貌，即不進貌。

❼ 頓起：立時牽起。幽思：指幽約的情思。

❽ 尋：指相繼、接着。南朝宋范曄（三九四—四四六）《後漢書·陳寔傳》：「家貧，復爲郡西門亭長，尋轉功曹。」這裏指不久的意思。

❾ 中都：即都中。這裏指南宋都城臨安（即現在的浙江杭州市）。

❿ 好事者：指喜歡鬥蟋蟀的人。或：指間或。致：取得、購得的意思。一枚：指一隻蟋蟀。整句謂喜歡鬥蟋蟀的人間或以二、三十萬錢購得一隻蟋蟀。

⓫ 鏤：指雕刻。象齒：即象牙。樓觀：即樓台。貯之：指放藏蟋蟀。此句謂用象牙雕刻成樓台以貯養蟋蟀。宋顧文薦《負暄雜錄》「禽蟲善鬥」條：「鬥蟲亦起於天寶間。長安富人象牙爲籠而畜之。以萬

金之資，付之一喙，其來遠矣。」《西湖老人繁勝錄》：「促織盛出，都民好養，或用銀絲爲籠，或作樓臺爲籠。」

⑫ 庾郎：指庾信（五一三—五八一），字子山，南北朝時梁朝人。梁元帝承聖三年（五五四）奉使西魏，來到長安。西魏不久攻陷江陵，誅殺元帝，梁亡。庾信流寓北方，思念故鄉，作〈哀江南賦〉以寄意。

⑬ 愁賦：庾信曾寫一篇〈愁賦〉，今失傳。這裏或指〈哀江南賦〉、〈傷心賦〉一類哀愁的賦篇。

⑭ 私語：限於二人聽的私人之語。泛指低聲細語。唐白居易〈長恨歌〉：「七月七日長生殿，夜半無人私語時。」這裏的私語是形容蟋蟀的叫聲。

⑮ 銅鋪：銅製的鋪首，以銅爲獸面，安裝在門外，用來銜門環。唐李賀（七九〇—八一六）〈宮娃歌〉：「屈膝銅鋪鎖阿甄。」

⑯ 苔侵石井：謂青苔長滿石砌的井口。

⑰ 伊：即它，這裏指蟋蟀。

⑱ 哀音似訴：謂蟋蟀的哀鳴如向人泣訴心事。

⑲ 思婦無眠：指思念行人的婦女，深夜失眠。晉代陸機（二六一—三〇三）詩：「東南有思婦，長嘆充幽闥。」機杼：指織布機。〈古樂府·木蘭詞〉：「不聞機杼聲，但聞人嘆息。」此句謂思婦因失眠而起來織布遣愁。

⑳ 曲曲：指曲折。屏：即屏風。山：指在屏風上畫的曲折蜿蜒的山巒。此句暗指曲折屏風上的山巒引起了思婦的離愁。

㉑ 夜涼獨自甚情緒：此句謂在寒夜中，思婦獨自一人，這會是甚麼樣的滋味呢？

㉒ 西窗又吹暗雨：此句謂西窗外又吹起綿密無聲的細雨。

㉓ 相和：指互相應和。砧杵：搗衣石和搥衣棒。古代婦人用砧杵於夜間洗衣服以寄征夫。《樂府詩·子

夜四時歌·秋歌》：「佳人理寒服，萬結砧杵勞。」詞中兩句謂蟋蟀爲了誰而發出斷續的鳴叫聲，同思婦爲征人搗衣的聲音互相應和着？

㉓ 候館：指旅驛、旅舍。《周禮·地官·遺人》：「五十里有市，市有候館。」此句謂在旅舍迎接秋天的行人。

㉔ 離宮：帝王出巡時的行宮。唐白居易〈長恨歌〉：「行宮見月傷心色。」吊月：對月傷懷。此句謂在行宮裏對月傷懷的皇帝。

㉕ 別有傷心無數：此句謂因聽蟋蟀而引起各種傷心事，可以說是無量數的。

㉖ 豳詩：豳，古代國名，地在今陝西省彬縣。豳風，是指《詩經·豳風·七月》一詩，詩云：「七月在野，八月在宇，九月在户，十月蟋蟀入我床下。」漫與：指即景抒情，率意而作。唐杜甫詩：「老去詩篇渾漫與。」此句謂〈七月〉詩未能眞正寫出蟋蟀悲吟的含意。故云：「漫與」。

㉗ 笑：這裏有苦笑之意味。籬落：指竹籬笆的角落。唐劉禹錫（七七二—八四二）〈龍陽縣歌〉：「鷓鴣驚鳴遶籬落，橘柚垂芳照窗户。」此兩句謂苦笑那些天眞爛漫的小兒女，他們提著燈籠興高彩烈地到園子裏的籬笆旁呼叫着捉蟋蟀。

㉘ 琴絲：即琴弦。此兩句謂把蟋蟀的哀鳴聲譜成琴曲，用琴弦彈奏，聲調更爲淒楚。作者於篇末自注云：「宣政間（按：指宋徽宗政和、宣和年間（一一一一—一一二五）），有士大夫製〈蟋蟀吟〉。」

節候更替，萌動萬物。萬物變化，不但令人神往，而且會牽動人心內種種情緒。蟋蟀最喜在夏秋季節活動。它的好鬥性格，惹人調玩，有些愛好者，更以高價購買，並悉心蓄養。它在夜間的鳴叫，聲音淒切悲涼，尤能觸發人心的愁情。姜白石在宋寧宗慶元二年（一一九六）的一個秋夜，與張功父在友人家中聽到蟋蟀作聲，於是相約作曲填詞，以供歌者唱詠。張功父首先完成，而白石徘徊花間，仰視秋月，靜聽蟋蟀悲鳴，幽思頓起，寫下了這首既詠物又抒懷的傑作。

【賞析】

白石詠蟋蟀，不寫形態，專寫聲音。詠蟋蟀的叫聲，也不從正面寫，而從側面寫，通過愁人的聽覺與聯念來寫。讀者不但聽到陣陣哀音，而且感到重重的愁意。

詞文以庾信（五一三—五八一）賦愁起筆。詞人利用「庾郎」一句，把此刻聽到的蟋蟀聲擴展至六百多年前的時空。當日庾信羈留北周，思念故鄉，聽聞蟋蟀淒切低迴之聲而抒發愁懷。這樣暗裏寫今日所聽到的蟋蟀叫聲，同樣淒厲，也同樣引發詩一般的詞境。「露濕」三句，是把時空拉近，又利用環境的描寫來烘托詞人的內心感受。門口給露水沾得潮濕，表示外界環境深夜清寒；石井苔蘚叢生，表現內心寂靜荒涼。「哀音」三句是此刻的感覺和聯想。蟋蟀之聲，如訴如泣，悲哀撩人；又如閨中思婦徹夜不眠，而起床開動機杼，爲良人織布裁衣。思婦懷念良人，而詞人何嘗不是思念情人呢？「曲曲」二句，是以重重高山來暗喻路途渺遠，歸期未有。身體受着寒風騰折，不禁興起種種離思別恨。

下片進一步以秋夜中的各種聲音烘托重重愁思。「西窗」三句，寫暗雨聲、蟋蟀聲和搗衣聲互奏，托出綿綿的思緒。「候館」是寫秋愁。在旅驛中迎接秋天，在行宮中對月傷神。這樣足以引動哀思，再加上蟋蟀的悲鳴，喚起傷心的事眞不計其數。詞人此刻稍稍止住悲情，轉以樂景反襯哀怨。「豳詩」句，寫《詩經》把蟋蟀聲寫得太輕鬆。「笑籬落呼燈，世間兒女」，是說小孩們提燈呼引蟋蟀，卻不知蟋蟀所牽動的愁情何等沉重。「笑」字寫出詞人對此事的觀感，一方面是寫見到孩子天眞爛漫的喜悅，一方面是寫對孩子不知悲情的苦笑。種種感受結連交雜，動人心弦。收結「寫入」二句，以曲聲轉化蟋蟀聲，寫哀怨之情唯有附託於詞曲之中。全詞也就以聲音一貫到底。

【評　說】

（宋）張炎《詞源》卷下：

作慢詞，看是甚題目，先擇曲名，然後命意。命意既了，思量頭如何起，尾如何結，方始選韻，而後述曲。最是過片，不要斷了曲意，須要承上接下。如姜白石詞云：「曲曲屏山，夜涼獨自甚情緒。」於過片則云：「西窗又吹暗雨。」此則曲之意脈不斷矣。

（元）陸輔之《詞旨》上：

製詞須布置停勻，血脈貫穿。過片不可斷曲意，如常山之蛇，救首救尾。（過片謂詞上下分段處也。……）（胡之儀《詞旨暢》）

（清）劉體仁《七頌堂詞繹》：

詞欲婉轉而忌複，不獨「不恨古人吾不見」與「我見青山多嫵媚」，爲岳亦齋所誚。即白石之工，如〈齊天樂〉「露溼銅鋪」與「候館吟秋」，總是一法。

（清）王士禎《花草蒙拾》：

張玉田謂詠物最難。體認稍眞，則拘而不暢，摹寫差遠，則晦而不明。而以史梅溪之詠春雪、詠燕，姜白石之詠促織爲絕唱。

（清）賀裳《皺水軒詞筌》：

稗史稱韓幹畫馬，人入其齋，見幹身作馬形，凝思之極，理或然也。作詩文亦必如此始工。如史邦卿詠燕，幾於形神俱似矣。次則姜白石詠蟋蟀：「露溼銅鋪，苔侵石井，都是曾聽伊處。哀音似訴，正思婦無眠，起尋機杼。」又云：「西窗又吹暗雨。爲誰頻斷續，相和砧杵。」數語刻劃亦工。蟋蟀無可言，而言聽蟋蟀者。正姚鉉所謂「賦水不當僅言水，而言水之前後左右」也。

（清）沈雄《古今詞話》〈詞品〉上卷：

劉體仁曰：換頭處不欲全脫，不欲明粘。能如畫家開闔之法，一氣而成，則神味自足，有意求之不得也。宋人多於過變處言情，然其氣已全於上段矣。另作頭緒，便不成章。

沈雄曰：法曲之起，多用絕句，或皆單調，教坊記所載是也。樂府所製，有用疊者。今按詞則云換頭，或云過變，猶夫曲調之爲過宮也。

同上：

張炎曰：詩固難於詠物，詞爲尤難。體認稍眞，則拘而不暢。摹寫差遠，則晦而不明。要須收縱聯密，用事切合，一段意思，全在結尾。如史邦卿〈雙雙燕〉詠燕，姜堯章〈齊天樂〉詠促織，全章精粹，瞭然在目，且不留滯於物。

（清）吳衡照《蓮子居詞話》卷一：

詠物雖小題，然極難作，貴有不粘不脫之妙，此體南宋諸老尤擅長。姜白石詠蟋蟀云：「候館迎秋，離宮弔月，別有傷心無數。」……數語刻畫精巧，運用生動，所謂空前絕後矣。

（清）鄧廷楨《雙硯齋詞話》：

詞家之有白石，猶書家之有逸少，詩家之有浣花。蓋緣識趣既高，興象自別。其時臨安半壁，相率恬熙。白石來往江淮，緣情觸緒，百端交集，託意哀絲。故舞席歌場，時有擊碎唾壺之意。如〈齊天樂〉之「候館吟秋，離宮弔月，別有傷心無數。豳詩漫與。笑籬落呼鐙，世間兒女」……則周京離黍之感也。

（清）陳澧《白石詞評》：

「候館離宮」，懷汴都也；「豳詩漫與」，想盛時也；「兒女呼鐙」，不知忘國恨也。故以更苦語結之。

（清）謝章鋌《賭棋山莊詞話》卷一一：

詠物詞雖不作可也，別有寄託如東坡之詠雁，獨寫哀怨如白石之〈詠蟋蟀〉，斯最善矣。

同上卷四：

東坡〈念奴嬌〉（大江東去闋）。〈水龍吟〉（似花還似非花闋）、稼軒〈摸魚兒〉（更能消幾番風雨闋）、〈永遇樂〉（如此江山闋）等篇，其句法連屬處，按之律譜，率多參差。即謹嚴雅飭如白石，亦時有出入。若〈齊天樂〉（詠蟋蟀闋）末句可見，細校之不止一二處也。蓋詞人筆興所至，不能不變化。

（清）劉熙載《詞概》：

東坡〈水龍吟〉起云：「似花還似非花。」此句可作全詞評語，蓋不離不即也。時有舉史梅溪〈雙雙燕〉詠燕，姜白石〈齊天樂〉賦蟋蟀，令作評語者，亦曰「似花還似非花」。

（清）陳廷焯《白雨齋詞話》卷二：

白石〈齊天樂〉一闋，全篇皆寫怨情。獨後半云：「笑籬落呼鐙，世間兒女。」以無知兒女之樂，反襯出有心人之苦，最爲入妙。用筆亦別有神味，難以言傳。

同上《詞則．大雅集》：

此詞精絕，一直說去，其中自有頓挫起伏，正如大江無風，波濤自湧，前無古，後無今。「籬落」二句平常意，一經點綴，便覺神味淵永，其妙眞令人不可思議。

（清）沈祥龍《論詞隨筆》：

詞中虛字，猶曲中襯字，前呼後應，仰承俯注，全賴虛字靈活，其詞始妥溜而不板實。不特句首虛字宜講，句中虛字亦當留意，如白石詞云「庾郎先自吟愁賦，淒淒更聞私語」，「先自」、「更聞」，互相呼應，餘可類推。

同上：

沈伯時謂上去不宜相替，故萬氏《詞律》於仄聲辨上去最嚴。其曰上聲舒徐和軟，其腔低。去聲激厲勁遠，其腔高。此說本諸明沈璟去聲當高唱，上聲當低唱也。詞必用上去者，如白石「哀音似訴」句之「似訴」字。必用去上者，如「西窗又吹暗雨」句之「暗雨」字。

（清）張德瀛《詞徵》卷一：

詞有內抱外抱二法，內抱如姜堯章〈齊天樂〉「曲曲屏山，夜涼獨自甚情緒」是也。外抱如史梅谿〈東風第一枝〉「恐鳳鞾挑菜歸來，萬一灞橋相見」是也。元代以後，鮮有通此理者。

（清）陳銳《褭碧齋詞話》：

古人文字，難可吹求，……詞句尤甚，姜堯章〈齊天樂〉詠蟋蟀，最爲有名，然開口便說「庾郎愁賦」，捏造故典。「豳詩」四字，太覺呆詮。至「銅鋪石井」，「候館離宮」，亦嫌重複。

（清）王弈清《歷代詞話》卷八引《詞品》：

姜白石，詩家名流，詞尤精妙，不減清眞樂府，其間高處有美成所不能及者。善吹簫，多自製曲，初則率意爲長短句，既成，乃按以律呂，無不協者。有詠蟋蟀〈齊天樂〉一闋最勝。

（清）周濟《宋四家詞選．目錄序論》：

白石脫胎稼軒，變雄健爲清剛，變馳驟爲疏宕。蓋二公皆極熱中，故氣味吻合。辛寬姜窄，寬故容藏，窄故鬥硬。白石號爲宗工，然亦有俗濫處（〈揚州慢〉：「淮左名都，竹西佳處。」）、寒酸處（〈法曲獻仙音〉：「象筆鸞箋，甚而今，不道秀句。」）、補湊處（〈齊天樂〉：「豳詩漫與。笑籬落呼燈，世間兒女。」）、敷衍處（〈淒涼犯〉：「追念西湖上」半闋。）、支處（〈湘月〉：「舊家樂事誰省。」）、複處（〈一萼紅〉：「翠藤共、閑穿徑竹」、「記曾共、西樓雅集」。）不可不知。

（現）陳匪石《聲執》卷上：

四聲問題，因調而異。……句中各字，四聲固定者，以四字句爲多。例如〈齊天樂〉「西窗暗雨」，〈西子妝〉「垂楊謾舞」，爲平平去上。

（現）俞陛雲《唐五代兩宋詞選釋》：

起筆振裘挈領，未聞蟋蟀，先已賦愁，則以下所詠，處處皆含愁意，一線貫注。若由蟋蟀起筆，便無意味，學詞者可悟起句之一種用筆也。詠正面僅「露濕」、「苔侵」三句，此後砧韻機聲，皆人與物夾寫。「候館」三句局勢開拓，寄情綿邈，與詠蟬之漢苑秦宮，同一意境。結筆燈影琴絲，仍由側面想，首尾無一滯筆。時人稱其全章精粹，不留滯於物，洵然也。

（現）俞平伯《唐宋詞選釋》：

陳廷焯曰：「以無知兒女之樂，反襯出有心人之苦，最爲入妙。」（《白雨齋詞話》）周濟卻認爲「補湊」（《宋四家詞選．序論》），二人褒貶不同，以陳說爲是。「宣政」，政和、宣和，宋徽宗年號（一一一一—一一二五），北宋亡國之時。本篇作意，自注甚明。

（現）唐圭璋《姜白石評傳》：

白石詠物詞頗多，有詠柳者，有詠梅者，有詠荷者，有詠芍藥者，有詠茉莉者，有詠蟋蟀者。然詠蟋蟀及詠梅之詞，尤爲千古所稱道。〈齊天樂〉詠蟋蟀云：……

許蒿廬云：「此詞將蟋蟀與聽蟋蟀者，層層夾寫，如環無端，眞化工之筆也。」按許氏此評，不爲過譽。他人詠物，多刻劃形貌；惟白石詠物，則更重神情。故較他人所寫，尤爲高妙。此詞起言蟋蟀聲，如淒淒私語，體會即細。「露濕」三句，記聞聲之處。「哀音似訴」，比私語更深一層，起思婦聞聲之感。「曲曲」兩句，記思婦聞聲之悲傷，而出之以且歎且問語氣，倍見婉約。換頭用「又」字承上，詞意不斷，夜涼聞聲，已是感傷，何況又添「暗雨」，傷愈甚矣。「爲誰」兩句，仍用問語抒情，亦令人歎惋不置。「候館」三句，更推及無數傷心人，聞聲而悲，不獨思婦也。「豳詩」兩句，陡以無知兒女之歡笑，反襯出有心人之悲哀，文筆極靈動。末言蟋蟀聲譜入琴絲更苦，餘意亦不盡。（見唐氏《詞學論叢》）

同上《唐宋詞簡析》：

此首詠蟋蟀，寄託遙深。起言愁人不能更聞蟋蟀。觀「先自」與「更聞」，正相呼應。而庾郎不過言愁人，並非謂庾郎曾有蟋蟀之吟也，其〈霓裳中序第一〉有云：「動庾信清愁似織」可證。陳伯弢譏庾郎《愁賦》無出典，未免深文羅織。言蟋蟀聲如私語，體會甚細。「露濕」三句，記聞聲之處。「哀音似訴」比「私語」更深一層，起下思婦聞聲之感。「曲曲」兩句，承上言思婦之悲傷，而出之以且歎、且問語氣，文筆極疏俊委婉。換頭，用「又」字承上，詞意不斷。夜涼聞聲，已是感傷，何況又添暗雨，傷更甚矣。仍用問語敘述，亦令人歎惋不置，此類虛處傳神，白石最擅長。「候館」三句，言聞聲者之傷感，不獨思婦，皆愁極不堪者，一聞蟋蟀皆愁，故更有無數傷心也。伯弢又謂「候館」「離宮」與「銅鋪」「石井」重複，不知「銅鋪」「石井」乃自言聽蟋蟀發聲之處，「候館」「離宮」乃他人聽蟋蟀之所在。一是聽蟋蟀在何處，一是在何處聽蟋蟀，用意各別，毫不重複。「豳詩」兩句陡轉，以無知兒女之歡笑，反襯出有心人之悲哀，意亦深厚。末言蟋蟀聲譜入琴絲更苦，餘意不盡。

（現）沈祖棻《宋詞賞析》：

起句寫人。庾郎，自況。次句寫蟋蟀。以下皆人、蛩夾寫。先自聽者說起，未聞之前，已「先自吟愁賦」，則何堪「更聞」耶？以「私語」狀蛩鳴，甚切而新。「更聞」應上「先自」，透進一層。「露濕」二句，聽蛩之地。「哀音」應「私語」，「語」非獨「私」也，其「音」亦「哀」，又透進一層。「正思婦」二句，聽蛩之人。「曲曲」二句，似問似歎，益見低徊往復之情。過片爲張炎所賞，以其「曲之意脈不斷」（《詞源》）也。「暗雨」應上「夜涼」，「夜涼」已是「獨自甚情緒」，況「又吹暗雨」耶，再透進一層。「爲誰」二句，更作一問，理愈無愈妙，情愈痴愈深。「《豳》詩」句，周濟所謂「補湊處」（《〈宋四家詞選〉序論》），陳銳所謂「太覺呆詮」（《裒碧齋詞話》）者也。其病在與下文不連。若李清照〈鳳凰台上憶吹簫〉，於武陵、秦樓之下，續以「惟有樓前流水」，則通體皆活矣。一結又縮合「私語」、「哀音」，有餘不盡。收尾蛩「聲更苦」，亦寫開頭人「先自吟愁賦」呼應。

此詞下片，當與王沂孫同調《詠蟬》比觀。

（現）廖從雲《歷代詞評》：

此詞雖係詠物，而寄託遙深，蓋傷二帝之北狩也。

（現）艾治平《宋詞名篇賞析》：

「《豳》詩漫與」，是個獨立句子，它與首句遙相呼應。漫與，即景寫情，隨意成篇。……實際姜夔是以《豳風·七月》比譬自己寫此詞的緣由。杜甫的「老去詩篇渾漫與」也不是對花鳥的苦吟愁思。這句正是點睛之筆，表示出此詞和庾信的《愁賦》、《豳》詩等一樣，是寓有家國之思和社會意義的。……讀白石詞，正應從「虛處」着眼，不然會像陳銳那樣，把本是「畫龍點睛」的「《豳》詩漫與」四字說成「『豳詩』四字，太覺呆詮」，或說出「『銅鋪』、『石井』、『候館』、『離宮』亦嫌重複」（見《裒碧齋詞話》）的眞正「呆詮」

的話了。

（現）李星《唐宋詞三百首譯析》：

詞中是以蟋蟀的鳴聲爲線索，把騷人、思婦、客子、被幽囚的皇帝和捉蟋蟀的兒童等等，巧妙地組織到這一字數有限的篇幅中來，層次鮮明地展示出較爲廣闊的生活畫面。其中，不僅有自傷身世的喟嘆，而且還曲折地揭示出北宋王朝的滅亡和南宋王朝苟且偷安、醉心於暫時安樂的可悲現實。「離宮弔月」等句所寄寓的就是國家興亡之嘆。

（現）胡雲翼《宋詞選》：

南宋都城鬥蟋蟀的風氣盛行一時，題序裏說：「好事者或以三二十萬錢致一枚，鏤象齒爲樓觀以貯之。」這是宋朝詩人寫新樂府揭露現實的好題材。但作者意不在此，他着重地把蟋蟀的哀音和聽蟋蟀的騷人、思婦的愁懷層層夾寫，織成一片怨情，這大約是自傷身世之感吧。

（現）何敬群《詞學纂要》：

王易讚白石詞題清妙，吳梅且謂如讀《水經注》，如讀柳柳州遊記。如此兩題（按，指〈揚州慢〉及〈齊天樂〉二詞小序），即可覘其一斑。蓋從六朝小賦筆札中來，蕭散雋逸，不獨其詞爲清空騷雅也。玉田云：詞中能用虛字，語句自活。沈祥龍云：虛字靈活，詞始妥溜而不板實。不但句首宜講，句中亦當留意，如庾郎兩句，「先自」「更聞」，互相呼應是也。按白石詞之清空，善用虛字句，亦爲一事。如算幾番，都忘卻，但怪得，歎寄與等句，靈活圓轉，有如井上轆轤，是即虛字之妙也。惟須用之得當，否則湊塞敷衍，爲可厭矣。

（現）汪中《宋詞三百首注析》：

昔人言「賦水不當僅言水，而言水之前後左右」，此白石之所以聽蟋蟀也。

（現）張燕瑾、楊鍾賢《唐宋詞選析》：

從全詞所創造的悲苦意境來看，這首詞是通過詠蟋蟀來表達自己抑鬱不得志的身世淒涼之感，表達對北宋王朝淪亡的深切悲痛之感。

人們都習慣把這首詞稱爲「詠蟋蟀」，其實，確切地說，應當是詠蛩鳴。

（現）王曉波《宋四家詞選譯》：

這首詠蟋蟀的詞，用比興手法，含蓄地寄托了作者深遠的愁懷。全詞籠罩着蟋蟀的哀鳴，但只以「淒淒更聞私語」和「哀音似訴」兩句正面寫其聲，其餘則全用側筆，寫其不同的鳴叫環境，不同聽者的感受，從各方面烘托蟋蟀的鳴聲，反映出人間不同的愁苦，形成有機的交織，主客體融匯爲一。結構獨到，層層展開，曲折傳神，淒切動人。

本詞上下片連成一氣。張炎認爲這是過片「西窗又吹暗雨」寫得好，因而才使「曲之意脈不斷」（《詞源》卷下）。他還認爲全詞「不留滯於物」（引同上），含有明顯的寄托。從詞序、及詞中「候館」三句，與作者詞末自注，容易使人聯想到北宋的淪亡，徽、欽二帝的被俘，以及南宋王朝的苟且偷安，鬥蟋蟀等等玩物喪志的社會現象，而感受到作者詞中的興亡之感和對現實的批判。

（現）金啓華《中國詞史論綱》：

……一面寫蟋蟀，一面寫聽蟋蟀的人，夾雜寫來，渾然如環。

（現）謝桃坊《宋詞概論》：

……前人對此詞評價很高。像這樣的雕琢鍛鍊雖然達到精工的地步，卻缺少自然生動的韻味，難以臻至自然高妙的藝術境界。這也使前人往往對白石詞的生硬造作頗感不滿了。

（現）劉斯奮《姜夔張炎詞選》：

自從北宋周邦彥開了用長調詠物的風氣，南宋詞人效尤頗多。如史達祖〈雙雙燕〉詠燕、張炎〈解連環〉詠孤雁，都是一時名作。姜夔這首詠蟋蟀詞，也向來受到選家的注目。詞中以蟋蟀的鳴叫聲作爲主旋律，穿插進身份不同的人物，如思婦、征人的家屬、久客難歸的遊子、對月傷懷的帝王等等，在聽蟋蟀時所引起的感受，曲折地表達了一種家國之感，時代之悲，對南宋偏安日固，中原恢復難期，發出了低沉的歎息。

(現)劉乃昌《宋詞三百首新編》:

……舉凡騷人失意、思婦念遠、遷客懷鄉，乃至帝王蒙塵，如許憾恨，無不借秋蟲宣發。則秋蟲之鳴，實乃時代哀音。「別有傷心無數」，正一語破的。

(現)俞朝剛、周航主編《全宋詞精華》:

……本篇將蟋蟀與聽蟋蟀之人層層夾寫，意境幽深，且善於運用虛字，如「先自」、「更聞」，前呼後應，自然妥貼，使詞境不至板實，表現出清空騷雅的詞風。

黃兆漢、司徒秀英《宋十大家詞選》:

序文記詞人於月下花間、幽思頓起之際寫成此首詠蟋蟀詞。論此詞之筆意情懷，其清幽素雅處不減秋月茉莉之色。其精妙處更在詠物而不滯於物，既寫蟋蟀淒聲，又寫人世哀音。此詞歷來備受讚賞，是白石佳作之一。

上片起首徑寫愁苦，以用愁貫通人情物意，全在虛處着力，振發一詞情緒，故庾郎寫賦、蟋蟀哀號同有寄愁之意。先寫人，後寫物，極有味道。「露濕」三句寫蟋蟀蹤跡。「都是」一句緊接工整綿麗之對句而出，筆意卻轉爲疏宕，極放活有神。「哀音似訴」至上片收結，寫思婦聞聲而悲傷無端，其意盡在結句「夜涼獨自甚情緒」之中。「哀音似訴」三句之中當注意「正」字之運用，巧妙把蟋蟀彷若勸織之聲，哀切催歸之意引入思婦午夜獨守空房之微情細緒裏。「曲曲屛山」是助筆，借屛山之深曲喻指閨情幽怨。故下句嘆問愁苦幾多、淒深幾許，雖不答亦自明。

下片起句緊接上片結句秋晚荒涼之意而寫夜雨無聲，一脈相承，意緒不斷。上片機杼刷刷之聲響和促織惻惻之鳴，旨在寫秋聲之神。下片蟲聲之斷續應合砧杵之起落，旨在寫秋聲之實。「候館」三句，句法跟「露濕」三句相若，先整麗而後疏俊，寫聞聲傷心的尚有異鄉作客的人。思婦在家苦候游子歸來，游子在外淹留難歸，兩皆聞聲而腸斷，文心縝密處，使人有觀止之嘆。「豳詩漫與」三句用無心人之快樂拱襯有心人之悲哀，寫樂人自樂，苦人自苦。最末二句寫有思之人用琴音賦聲，實指詞人當前情景，暗指當時心情。言有盡而意無窮，雖詠物亦詠懷，極高思妙筆。

四三 慶宮春[1]

紹熙辛亥[2]除夕，予別石湖歸吳興[3]，雪後夜過垂虹[4]，嘗賦詩云：『笠澤[5]茫茫雁影微，玉峰重疊護雲衣；長橋寂寞春寒夜，只有詩人一舸歸。』[6]後五年冬[7]，復與俞商卿、張平甫、銛朴翁[8]自封禺同載詣梁溪[9]，道經吳松[10]，山寒天迥[11]，雲浪四合，中夕[12]相呼步垂虹，星斗下垂，錯雜漁火，朔吹凜凜[13]，卮酒不能支[14]，朴翁以衾自纏[15]，猶相與行吟[16]，因賦此闋，蓋過旬塗稾[17]乃定；朴翁咎予無益[18]，然意所耽不能自已也[19]。平甫、商卿、朴翁皆工于詩，所出奇詭[20]，予亦強追逐之[21]；此行既歸，各得五十餘解[22]。

雙槳蓴波[23]，一蓑松雨[24]，暮愁漸滿空闊[25]。呼我盟鷗[26]，翩翩[27]欲下，背人還過木末[28]。那回歸去，蕩雲雪、孤舟夜發[29]。傷心重見，依約眉山[30]，黛痕低壓[31]。　采香徑[32]裏春寒，老子婆娑[33]，自歌誰答。垂虹西望，飄然引去[34]，此興平生難遏[35]。酒醒波遠，政凝想、明璫素襪[36]。如今安在[37]，唯有闌干，伴人一霎[38]。

❶ 此詞作於宋寧宗慶元二年丙辰（一一九六），時白石四十二歲。這時白石從浙江武康赴無錫，路經吳松，回憶起五年前雪夜同小紅泛舟過垂虹橋的往事，因而寫下此詞。白石〈過垂虹〉詩：「自琢新詞韻最嬌，小紅低唱我吹簫，曲終過盡松陵路，回首煙波十四橋。」

❷ 紹熙辛亥：宋光宗紹熙二年（一一九一）。

❸ 石湖：指范成大，號石湖居士。紹熙二年冬，作者曾到蘇州訪范成大，除夕之夜才乘舟返吳興。詳見〈暗香〉（舊時月色）的小序。吳興：即今浙江省吳興市。

❹ 垂虹：橋名，本名利往橋。《吳郡圖經續志》：「吳江利往橋，……東西千餘尺，用木萬計，縈以修欄，甃以淨甓。前臨具區，橫截松陵。河光海氣，蕩漾一色，乃三吳之絕景也。……橋有亭曰垂虹。」因橋上有垂虹亭，也叫垂虹橋。

❺ 笠澤：爲太湖或松江的別稱。

❻ 白石當時曾寫有〈除夜自石湖歸苕溪〉十首絕句，這裏所引爲其中之一。

❼ 後五年：指宋寧宗慶元二年（一一九六）。

❽ 俞商卿：即俞灝，字商卿，紹熙四年（一一九三）進士，參〈角招〉注❹。張平甫：即張鑑，字平甫，張俊之孫，張鎡的異母弟，參〈鶯聲繞紅樓〉注❸。銛朴翁：即葛天民，字朴翁，出家爲僧時，曾取名義銛。山陰人，居西湖。

❾ 封禺：封山、禺山，兩山相近，在今浙江德清縣西南。梁溪：在江蘇無錫縣治西門外，源出慧山，相傳古溪極隘。或以爲梁鴻居此而得名。舊時江蘇無錫別稱梁溪，因城西梁溪而得名。

❿ 吳松：今江蘇吳江縣。

⓫ 迥：遠之意。三國魏曹植〈雜詩〉：「之子在萬里，江湖迥且深。」天迥：指天宇空闊。

⑫ 中夕：半夜。

⑬ 朔吹：北風。凜凜：寒冷。〈古詩十九首〉之十六：「凜凜歲雲暮，螻蛄夕鳴悲。」

⑭ 卮：古代酒器。卮酒：指酒杯。此句謂飲酒也不能抵禦寒冷。

⑮ 衾：指大被。此句謂銛朴翁用被褥裹在身上。

⑯ 行吟：邊走邊吟詩。

⑰ 此闋：指這首詞。樂終曰闋。旬：指十天。過旬：經過十天。塗稾：稾即稿。指修改草稿。

⑱ 咎：歸罪。咎予：責備我。無益：指太過認真、費精力修改，對身體沒有益處。此句謂朴翁責備我這樣辛苦修改此篇，對身體無益。

⑲ 耽：指沉溺愛好。《詩經·衛風·氓》：「于嗟女兮，無與士耽。」此句謂沉溺於反復修改文稿這行爲，我自己也不能遏止。

⑳ 所出：指他們寫出的作品。奇詭：指新奇詭異。

㉑ 予亦強追逐之：謂我只是勉強追隨在他們的後面。

㉒ 解：樂曲以一章爲一解。這裏是詞的數量單位。此句謂整個行程完結歸來後每人各得五十多首。

㉓ 蓴：同蒓。蒓菜爲浮生在水面的植物，產於江浙湖澤中，可作羹。此句謂我們划動雙槳，撥開長滿蓴菜的綠波。

㉔ 蓑：草衣，用以遮雨。此句謂我們披上蓑衣冒着松林間飄來的微雨。

㉕ 暮愁漸滿空闊：此句謂暮色的哀愁漸漸佈滿整個廣闊的空間。

㉖ 盟鷗：與我有舊約的水鳥海鷗。古人以爲退隱的人會與鷗鳥訂盟同住水邊。宋朱熹（一一三〇—一二〇〇）〈過蓋竹〉詩：「浩蕩鷗盟久未寒，征驂聊此駐江干。」

㉗ 翩翩：指鳥飛輕疾貌。《詩經·小雅·四牡》：「翩翩者雕，載飛載下。」

㉘木末：指樹梢。此句謂鷗鳥彷彿就要降下時，又突然背着人飛過了樹梢。

㉙此二句謂那次（指五年前）離開吳松歸去時，乘着孤獨的小舟，在雲深、白雪紛紛的晚上出發。

㉚依約：隱約。眉山：眼眉似的山巒。《西京雜記》：「文君姣好，眉色如望遠山。」

㉛黛：古代女子畫眉用的青黑色顏料。《事文類聚》謂漢宮人掃青黛蛾眉。黛痕：形容青黑色的山巒，好像美人眼眉上的黛色。

㉜采香徑：蘇州古跡，香山旁的小溪。《蘇州府志》：「采香徑在香山之旁，小溪也。吳王種香於香山，使美人泛舟於溪以采香。今自靈岩山望之，一水直如矢，故俗名箭涇。」

㉝老子：作者自稱，白石是年四十二歲。婆娑：指跳舞。《詩經·陳風·東門之枌》：「子仲之子，婆娑其下。」

㉞飄然：飄蕩貌。宋陸游（一一二五—一二一〇）〈七月四日賦〉詩：「莫因乞巧嘲兒女，我亦飄然水上浮。」「垂虹」兩句暗用春秋越國大夫范蠡協助勾踐滅吳復國後，以小舟載西施泛五湖歸隱以終的故事。太湖在垂虹橋之西。

㉟此興：這個退隱的興致。難過：難以抑制。此句謂這個退隱的念頭，一生也難抑制。

㊱政凝想：政，即正。凝想：入神地想念。明璫：以明珠爲耳飾。三國魏曹植〈洛神賦〉：「無微情以效愛兮，獻江南之明璫。」素韈：韈，即襪。素襪：指潔白的羅襪。曹植〈洛神賦〉：「凌波微步，羅襪生塵。」這裏代指所想念的美人。

㊲如今安在：指這位美人現在去了那裏呢？

㊳一霎：一會兒。此兩句謂只有闌干伴我佇立一會兒。

【賞析】

這是姜白石遊吳松、念往事的作品。詞序中，白石敘述詞作的背景及環境，其中有兩點是值得注意的。首先，詞序的文句，精鍊優美；其次，序中提到白石「過旬塗稿乃定」的習慣，可見白石鑄鍊文字的態度。

此詞情景並茂，語言精練，是白石詞中的名篇。

詞文上片以景爲主，而景中含有淡淡的哀思。「雙槳」三句，以江面景色爲開端，爲全詞營造一幕低沉而廣闊的愁幔。刬槳撥動長滿蓴菜的綠波，是俯視的景象；而松雨是較遠較高的景象；暮愁漸滿空闊是更遠更闊的視野。由此可見，畫面是逐漸開展的。「滿」字用得變化多端，既形容愁意，也形容暮色。如此情景交融，互生互發。「呼我」三句，寫動景。詞人呼喚熟悉的海鷗，海鷗盤旋將下，但飛近一刻又轉飛而去。「盟鷗」是物我之情；「背人」是物與我違。一合一分，悲愁自現。「那回歸去」是回首舊日情景。那年離開吳松歸去，詞人乘着孤舟，在黑雲低垂、白雪紛飛的深夜起程。「傷心」又轉入眼前景致。眉山、黛痕依舊，極目傷心。

下片記述遊興。「采春徑」三句，寫當年春寒時節，漫遊蘇州采香徑的小溪，詞人縱歌起舞，瀟灑閒逸。「垂虹」三句記在垂虹橋上西望，不由自主地泛起退隱之思。這種念頭是一生難以抑制的意念。此三句以白描法，分外灑脫自然。「酒醒」三句，暗寫出世之事不易爲，唯有以酒解愁；而酒醒之後，緬懷往事，美人的衣飾令詞人難以忘懷。「明璫素襪」是十分形象化的描寫，它借代了美人的樣貌與儀態。「如今安在」是返回現實，但美人在哪裏呢？詞人空餘失落，祇有倚着闌干，浮沉於回憶與現實間的迷惘之中。「伴人一霎」，寫闌干祇能作我一時之伴。人去不復，祇好把感情託寓於無心無情之物，不過這種依托跟人一樣，都只是極其短暫的。詞人的空虛感覺，溢於言外，餘下一幅孤零無依的畫面。

全詞情景刻劃得既細且深，特別是靜冷幽僻的氣氛，瀰漫縈繞，使讀者於不知不覺中墮入了詞人的內心世界。

【評　說】

（清）陳澧《白石詞評》：

作此詞時蓋小紅方嫁也。

（清）況周頤《蕙風詞話》卷二：

元人沈伯時作《樂府指迷》，於清眞詞推許甚至。……此等語愈樸愈厚，愈厚愈雅，至眞之情，由性靈肺腑中流出，不妨說盡而愈無盡。南宋人詞如姜白石云：「酒醒波遠，正凝想、明璫素襪。」庶幾近似，然已微嫌刷色。

（現）俞陛雲《唐五代兩宋詞選釋》：

白石於冬夜偕友過吳江，卮酒禦寒，相與賡和，乃賦此調。起筆即秀逸而工，承以「盟鷗」三句，著筆輕靈。此下回首前游，凄然凝望，山壓眉低，此中當有人在。故下闋言舊地重過，已明璫人去，酒醒波遠，倚闌之惆悵可知。白石曾在吳江垂虹亭譜一曲新詞，付小紅低唱，傳爲韻事。觀「如今安在」句，當是小紅去後之作，雖無詞序言明，以重過垂虹相證，或非虛造之談也。白石賦此詞，幾經塗稿而成。知吟安一字之難，以横溢之天才，而審慎如是，學詞者未可以輕心掉之。

（現）唐圭璋《唐宋詞簡析》：

此首夜泛垂虹作，寫境極空闊，寫情亦放曠。初點湖天空闊、日暮天寒之境，次寫盟鷗呼我之情，翩翩欲下。又過木末，寫鷗飛最生動，而呼我之情尤覺親切有味。「那回」兩句，回憶昔年雪夜泛湖情景，宛然在目。「傷心」兩句，折入現景，點明山況。換頭，因蕩舟山川之間，又起懷古之思。「采香」三句，極寫樂極而歌。「垂虹」三句，寫孤舟遠引，胸次浩然，逸興遄飛，有翛然物外，渾忘塵世之高致，誠玉田所謂「野雲孤飛，去留無跡」也。「酒醒」兩句，復寫樂極而飲，並酒醒後懷古之情。「如今安在」四字提唱，與〈點絳脣〉之「今何許」三字作法相同。「惟有」兩句應上句，倍覺前塵如夢，只餘一片蒼茫，令人嘆息。王靜安論詞，輒標舉境界之首。而詆白石，然若此首境界幽絕，又曷可輕詆。且白石所作，類皆情景交融，獨臻神秀，又非一二寫境之語，足以盡其詞之美也。

同上〈姜白石評傳〉：

此首爲白石夜泛垂虹之作。寫境既空闊，寫情亦放曠。初點湖天空闊、日暮天寒之境。次寫盟鷗呼我之情。翩翩欲下，又過木末，寫鷗飛最生動。而「呼我」二字，尤覺親切有味。白石極愛自然，故寫物每繾綣有情。如〈念奴嬌〉云：「高柳垂陰，老魚吹浪，留我花間住。」〈淡黃柳〉云：「看盡鵝黃嫩綠，都是江南舊相識。」〈探春慢〉云：「無奈苕溪月，又喚我扁舟東下。」皆與此有無窮之韻味。「那回」兩句，回憶昔年雪夜泛湖情景，宛然在目。「傷心」兩句，又折入現景，點明水色山光，儼然圖畫。「采香」三句，極寫樂極而歌。「垂虹」三句寫孤舟遠引，胸次浩然，逸興遄飛，有翛然物外、渾忘塵世之高致，誠玉田所謂「野雲孤飛，去留無跡」也。「酒醒」兩句，更寫樂極而飲，並酒醒後懷古之情。「如今安在」四字提唱，末兩句一應。倍覺千古興衰，猶如一夢。只餘空濛雲水，令人太息而已。（見唐氏《詞學論叢》）

（現）姜尚賢《宋四大家詞研究》：

綜上二詞（按，指〈八歸〉及〈慶宮春〉），清倩澹雅，意境深遠，格調高迥，詞句疏雋，均足以表現出白石詞的基本精神。

前者悲涼感慨，痛傷國家的衰頹，多染有入世的儒家的思想；後者閒適恬澹，慨歎自身的飄零，多染有出世的道家思想。總之：他既無浪漫詩人所憧憬的神奇，又無載道主義的偏狹與頑固，在他表現個人主義的態度下，又非常重視藝術價值的眞諦。我們由藝術觀點來論，他是一個藝術至上的唯美主義者，幽潔醇雅，足以象徵他的節操。若由文學思想觀點來論，他是一個儒道合流的大詞人，雕琢凝鍊，形成了格律古典詞派的大成。自白石出，格律古典派的唯美意識，遂成爲詞壇的主流。在當代詞人的作品裡，無形中都接受了他的啓發。

除此，每首詞中還有許多最深刻最精美的語句，爲全詞生色不少。如〈慶宮春〉的「孤舟夜發，傷心重見，依約眉山，黛痕低壓。」……我以爲像這一類的語句，無論任何人讀了都知道是最佳的言語。但這一類的語句，決不是脫口而出的，更不是一蹴而就的，而是絞腦汁嘔心血，經過千錘百鍊的苦工夫，慢慢的融化凝結出來的。我們由〈慶宮春·序〉中可知他在作詞上所花費的時間與精力，與他認眞求美的態度。

（現）汪中《宋詞三百首注析》：

此闋起三句泛舟空闊，「盟鷗」以下亦泛舟所見，「那回」數句追憶前遊，淒然凝望，山壓眉低，此中另有人在。下片「明璫」與此相應，故人去則只有闌干伴人一霎。白石賦〈暗香〉、〈疏影〉兩闋於石湖席上，而攜美人小紅一舸歸去，亦由此徑，故下片采香徑自歌誰答，或已是小紅去後，有感而云。

（現）殷光熹編《姜夔詩詞賞析集》：

這是一首舊地重遊的懷人之作，通過詞人對景物飽含感情的描繪，對自身形象的刻畫，以及直吐心聲，徑抒胸臆，充分抒發了「人面不知何處去，桃花依舊笑東風」的感慨。因而這首詞無論在感情還是在色澤上都較爲穠密，與姜夔詞向以清空著稱的本色有所不同。但即使如此，詞人表現現實凄涼，情懷悱惻時，襯以「雙槳蓴波，一蓑松雨」，「呼我盟鷗，翩翩欲下」，「垂虹西望，飄然引去」等語，仍然給人胸次浩然，逸興遄飛之感，仍然有脩然物外，渾忘塵世之態，仍然掩蓋不住姜夔詞「野雲孤飛，去留無跡」（張炎《詞源》）的本色。姜夔詞喜用長篇詞序，這些詞序往往是一篇優美的散文，其藝術價值並不亞於詞作本身。這首〈慶宮春〉詞序即如此。序中「山寒天迥，雲浪四合，中夕相呼步垂虹，星斗下垂，錯雜漁火，朔吹凜凜」數句，可謂情景交融，是借景抒情的佳什，對詞本身起到了映襯和補充的作用。（曾棗莊、曾弢　文）

四四　江梅引❶

丙辰❷之冬，予留梁溪❸，將詣淮❹而不得，因夢思以述志❺。

人間離別易多時❻，見梅枝，忽相思。幾度小窗幽夢❼手同攜。今夜夢中無覓處，漫徘徊❽，寒侵被，尚未知。濕紅恨墨淺封題❾，寶箏空，無雁飛❿。俊遊巷陌⓫，算空有、古木斜暉⓬。舊約扁舟⓭，心事已成非⓮。歌罷淮南春草賦⓯，又萋萋⓰。漂零客⓱，淚滿衣。

---

❶ 此詞作於宋寧宗慶元二年丙辰（一一九六），時白石四十二歲。這時作者在無錫，本應打算到合肥，後因事未果，因而得夢，詞中記述夢境，及別後相思。夏承燾《姜白石詞編年箋校》云：「此憶合肥人作，白石紹熙二年辛亥別合肥，至此五年矣。詩集（下）〈送范訥往合肥〉第三首云：『小簾燈火屢題詩，回首青山失後期；未老劉郎定重到，煩君說與故人知』可與此互參。」

❷ 丙辰：宋寧宗慶元二年（一一九六）。

❸ 梁溪：無錫的別稱，在今江蘇省。見〈慶宮春〉（雙槳蓴波）注❾。

❹ 詣：往。淮：指淮河流域，今皖北合肥一帶。

❺因夢思以述志：此句謂因造夢有所感而以詞記述其心中的情志。

❻人間離別易多時：此句謂人生中每每離別容易而相會困難。

❼幽夢：幽深的夢。這裏指與合肥情人相會的夢。

❽漫：空、徒然的意思。裵：即裴，裴徊即徘徊。徘徊：指往返回旋貌，即不進貌。此兩句謂這夜在夢中找不到情人，只有徒然地、漫無目的地徘徊。

❾濕紅：指流淚。唐杜甫詩：「林花着雨胭脂濕。」女子雙頰有胭脂，淚流下來染成紅色。恨：指離愁別恨。墨：筆墨。封：封緘。題：題字，這裏指函札。此句謂信箋上的題字墨跡被離愁別恨的眼淚沾濕沖淡了。

❿箏：古代一種撥弦樂器。寶箏空：指美麗的箏因美人遠去而空置。雁：指雁柱，謂箏柱斜列，差如雁飛。宋陸游（一一二五—一二一〇）〈雪中感成都〉：「感事鏡鸞悲獨舞，寄書箏雁恨慵飛。」無雁飛：指無人彈奏，雁柱不動。

⓫俊游：指盡興游樂。巷陌：街道的通稱。唐劉禹錫〈題王郎中宣義里新居〉詩：「門前巷陌三條近，牆內池亭萬境閒。」

⓬斜暉：指落日餘暉。

⓭舊約扁舟：指舊日曾經一起小舟共載，大家有盟約，希望共守終生。

⓮心事已成非：指共守舊盟的心願已不能實現。

⓯淮南春草賦：白石五年前離合肥時，曾作〈點絳脣〉詞：「金谷人歸，綠楊低掃吹笙道。數聲啼鳥，也學相思調。月落潮生，掇送劉郎老。淮南好，甚時重到？陌上生春草。」春草賦大概指此詞。又，漢淮南王劉安（前一七九—前一二二）曾作〈招隱士〉詩，亦提到春草。

⓰萋萋：草木茂盛的樣子。淮南王劉安〈招隱士〉詩：「王孫游兮不歸，春草生兮萋萋。」

⑰ 漂零：即飄零。指飄泊、流落。唐杜甫〈寄柏學士林居〉：「亂代飄零余到此，古人成敗子如何！」
漂零客：指白石自己到處爲家，過着不安定的日子。

【賞析】

這是姜白石憶念合肥情人的詞作。白石本來滿懷希冀的前往合肥，探望情人。可是，後來因事未能成行，重聚的祈願就此落空。白石心裏十分失望，同時又感到有負情人，不免耿耿於懷。在情緒的困擾下，夜裏夢迴也想到合肥情人。情之所至，以詞抒懷，以寄相思。

上片寫夢中的喜悅與失落。「人間」句，寫人生離易聚難，是從宏觀角度寫人間的相思。白石寫此詞時已四十二歲，人生的閱歷豐厚，心境也飽嘗現實的騰折，離別的苦，重聚的樂，都感受甚深，所以領悟到離別是極其尋常的人生遭遇，而相會是極其珍貴的人生片刻。這種體會，並沒有爲詞人減輕生活的痛楚，反增加他對離別的惱恨、對相會的渴望。「見梅枝」二句，觸景懷人。梅枝是生活中常見的景物，在初春時節，梅花吐豔，本是賞心悅目；不過，這種美景又往往勾起人們美好的往事。往事已逝，現在的相思就更難受。「忽」字寫出相思來襲的突然與震撼。相思不但在日間縈牽，而且偷進夢裏。「幾度」句寫夢中與情人親近的情景。縱然夢極其虛幻，但夢裏的相會總算是一種短暫的安慰。「今夜」句寫出夢不由人的可悲。因夢裏不見倩影，詞人愁苦不堪，只有茫然徘徊。「寒侵被」二句，爲詞人的愁苦再添淒冷的感覺。

下片寫別後的哀愁。「濕紅」三句，是以情人的觀點寫離情。情人惦念詞人，於是把相思寄與書信。她邊寫邊哭，弄得墨化字淡，連深愛的琴箏也無心彈奏。這都是詞人站在情人的角度去設想。這不但表現詞人深切了解對方的心情，並且側寫詞人相思的悲悽。「俊遊」二句，寫詞人別後的空虛。從前與情人暢遊陌巷的情景，現因別離而轉眼成空，而今衹剩古樹在夕陽殘照下呆呆站著。「古木斜暉」是詞人自我的投射。「木」是感情麻木的象徵；「古」是年紀漸老的反映；「斜暉」也透露了年華逝去的筆意。「舊約」二句，利用今昔對比，顯出心事難成。昔日情盟愛誓，約定歸隱，雙宿雙棲；今日難以實現，盟約變得渺茫。「歌罷」二句，借春草萋萋的意象，寫出重重的離愁。「又」字加重了離愁與相思。這樣，詞人的哀愁達至極限。「漂零客」二句，以情結篇。由相思之苦，推進到作客之苦；從懷人到自憐，悲苦極深，最後衹有淚濕衣襟。全詞一往情深，哀惋感人。

【評說】

（現）沈祖棻《宋詞賞析》：

上片冬留梁溪，下片詣淮不得，因夢述志。「見梅枝」兩句，從盧仝〈有所思〉「相思一夜梅花發，忽到窗前疑是君」來。「歌罷」兩句用淮南小山〈招隱士〉「王孫游兮不歸，春草生兮萋萋」，仍是離別之感，綰合起句。

離別之難，相思之苦，似應度日如年矣，而言「易多時」，是一拗。既已多時，似不相思矣，而承以「忽相思」，又是一轉。相思在「見梅枝」之後，似見花而懷人，然證之「幾度」一句，則固未嘗一日忘也。或謂「幾度小窗幽夢」亦可在「見梅枝」之後，然其下緊接「今夜夢中」，作一對比，則此「幾度」，固謂「今夜」以前。

（現）劉斯奮《姜夔張炎詞選》：

詞人到達無錫後，曾經打算到合肥走一趟，重訪昔日的情人。可是卻因事未果。這首詞，因夢起興，抒發了作者刻骨銘心的相思之苦。

（現）王曉波《宋四家詞選譯》：

這首詞主要以記夢的方式，表達了對合肥戀人的思念。先用昔日「幾度小窗幽夢手同攜」襯托「今夜夢中無覓處」，夢寐相見亦難，可見其相思之苦，何等之深！然後用「濕紅」三句換一角度記夢，寫戀人的夢魂雖然未到，但淚濕書信，百無聊賴，情與己同。而舊時巷陌，不見其人，舊約扁舟，付之東流，則又轉筆寫自己夢中的感嘆。「歌罷」以下，寫夢醒後的心情。相思之念又揉進自己身世的飄零之感，用一「淚」字，將作者的凄愴情懷，盡溶其中。

（現）殷光熹編《姜夔詩詞賞析集》：

上闋寫自身，是實寫；下闋遙擬對方，是虛寫。虛是實的發展，也是從另一個側面對「實」的補充。上闋寫及夢境，是實中之虛；下闋寫及自我的感傷，是虛中之實。陰陽兩重世界，互相補充，你中有我，我中有你，構成了一個和諧的運動的功能結構。而且使相思之情在此運動中，容量不斷加大，情感不斷加深加濃。終於由無聲的暗地的相思，走向了痛苦的高歌；由自身的相思，而及於對方「濕紅恨墨」的相思，終於使自己也涕淚縱橫了。

（劉毓慶　文）

（現）俞朝剛、周航主編《全宋詞精華》：

此詞爲宋寧宗慶元二年（一一九六），作者在無錫爲懷念合肥戀人所作。上片寫因見梅花而引起相思之情。別後幾度夢中攜手歡會，無奈今夜伊人不來入夢，徘徊尋覓，蹤影全無，以致寒氣侵被也毫無感覺。下片寫夢醒後和淚修書，可嘆又無人傳遞。本欲泛舟渡淮，前往探視，以了卻自己的心願，終於事與願違，未能成行。如今形單影隻，四處漂零，只有空想「俊游巷陌」、「古木斜暉」，令人傷心落淚，悵恨不已。本篇情眞意摯，纏綿徘惻，抒發了作者夢斷青樓的刻骨相思之情。

四五 鬲溪梅令❶

丙辰冬❷，自無錫歸❸，作此寓意❹。

好花不與殢香人❺，浪粼粼❻。又恐春風歸去綠成陰❼，玉鈿❽何處尋？

木蘭雙槳夢中雲❾，小橫陳❿。漫向孤山山下覓盈盈⓫，翠禽啼一春⓬。

❶此詞作於宋寧宗慶元二年丙辰（一一九六）冬，作者這時四十二歲。這時白石接受張鑑的邀請到杭州居住。此詞是白石離開無錫，乘舟南歸時所作。作者通過詠花來懷念其合肥情人。

❷丙辰：宋寧宗慶元二年（一一九六）。

❸無錫：今江蘇省無錫市。歸：此處指離開無錫而南歸。

❹寓意：寄意也，指把懷念合肥情人的情懷寄托在詞中。

❺殢：指陶醉、迷戀。宋晁補之（一〇五三—一一一〇）〈金風鉤·送春〉詞：「一簪華髮，少歡饒恨，無計殢春且住。」殢香人：指陶醉、迷戀花香的人。花：指梅花。此句謂美好的梅花不等待惜花之人。

❻粼粼：波浪微動的樣子。

❼綠成陰：本指春花落盡，綠葉已濃蔭一片。此化用唐杜牧故事。杜牧佐宣城幕，游湖州，得識一女，纔十餘歲，約十年內與女成婚。後十四年，牧爲湖州刺史，訪女，已嫁三年，生二子，乃悵而爲詩云：

「自是尋芳到已遲，往年曾見未開時。如今風擺花狼藉，綠葉成陰子滿枝。」事見《唐詩紀事》五十六「杜牧條」。

⑧ 玉鈿：用玉製成的花朵形狀的首飾。這裏指鮮艷的梅花。

⑨ 木蘭雙槳：指用木蘭樹製成的划船雙槳。夢中雲：指楚襄王夢游高唐的故事。戰國宋玉〈高唐賦·序〉：「王曰：『昔者先王嘗游高唐，怠而晝寢，夢見一婦人，曰：『妾巫山之女也，爲高唐之客，聞君游高唐，願薦枕席。』王因幸之，去而辭曰：『妾在巫山之陽，高丘之阻，旦爲朝雲，暮爲行雨，朝朝暮暮，陽台之下。』』」後指男女情遇。此句謂在木蘭雙槳的船中，夢見心愛的情人。

⑩ 橫陳：指橫臥。唐李商隱〈北齊〉之一：「小蓮玉體橫陳夜，已報周師入晉陽。」小橫陳：就是說躺了一會兒。夢中的情人玉體橫陳了一會。

⑪ 漫：徒然、空的意思。孤山：在浙江省杭州西湖。盈盈：指美好貌。多指人的風姿、儀態。〈古詩十九首〉：「盈盈樓上女，皎皎當窗牖。」此處借指梅花。此句謂空向孤山尋找美麗的梅花。

⑫ 翠禽：指翠綠羽毛的鳥。唐柳宗元《龍城錄·趙師雄醉憩梅花下》：「隋開皇中，趙師雄遷羅浮。一日，天寒日暮，在醉醒間，因憩僕車於松林間酒肆。傍舍見一女人，淡妝素服，出迓師雄。……因與之扣酒家門，得數杯，相與飲。少頃，有一綠衣童來，笑歌戲舞，亦自可觀，頃醉寢。師雄亦懵然，但覺風寒相襲。久之，時東方已白，師雄起視，乃在大梅花樹下，上有翠羽，啾嘈相顧。」此句謂已無法尋找孤山山下的美麗梅花，翠鳥空啼了一個春天。

【賞析】

這是姜白石在寒冬中寫成的小令。寒冬，是梅花正茂的時節。梅花是白石最愛之花，白石經常把它與所愛的情人連結起來。此詞，白石既寫梅花，也寫情人，人花一體，晶瑩可愛。

上片發端出人意表，直寫花開的短暫。「殢香人」即是愛花人，也是詞人自己。愛花人卻不能細意欣賞，因爲梅花會瞬息凋謝。這裏，不但把梅花寫得美，寫得短暫，而且把愛花人惜花的情意表露無遺。「浪粼粼」是寫落花隨逝水飄流而去。「又恐」二句，寫惜花者心中的聯念：春風歸去時，綠葉成蔭，梅花已不見蹤影，想追念也無從了。花開時擔心花落；花落又怕花去無蹤，這就道盡了惜花者心中的徬惶與無奈。這裏詞人套用了杜牧的詩句。杜詩本寫光陰過去，美人已嫁。這樣，詞人把惜花的聯想進深一層，既寫惜花，也寫惜人。他暗寫時日過去，恐怕情人也老去了。這爲下片寫懷念情人埋下伏線。

換頭寫夢中情人的意態。「木蘭雙槳」借代船隻，木蘭是木製成的船兒，雙槳划動，詞人就在船上或起或伏，暗暗照應上片的「浪粼粼」一句。「夢中雲」寫夢見心愛的情人，「雲」字點出男女纏綿的愛情。在柔軟的水波中，詞人夢見情人橫臥片刻。情人的美態不言而喻，叫人迷醉。然而，「小」字提示夢的短暫、夢醒的惆悵。醒來何處尋覓芳蹤呢？祇有通過賞花來寄託深情，故下開「漫向」一句。在孤山山下訪求梅花，也是徒然，因爲梅花已落，無迹可尋了。這裏呼應上片「玉鈿何處尋」句。人不在，花不見，詞人心中的失落，溢於言表。結筆以鳥啼收束。春日禽鳴是充滿生機的景象，但在詞人耳裏竟化爲撩動人心的聲音，故詞人以主觀的感受說翠鳥空啼了整個春天。從另一角度去看，翠鳥是詞人自身的投射。詞人賦詩作詞，盡表對情人的思念，但情人不在，一切徒然，其中的悲苦，眞的不能以言傳。整篇委曲婉轉，款款情深，至爲動人。

【評說】

（清）陳廷焯《詞則．別調集》：

節短音長，醞釀可喜。

（現）陳匪石《聲執》卷上：

四聲問題，因調而異。……至全依四聲，則除方千里和清眞以外，夢窗塡清眞、白石自度之腔，亦謹守之。故某人創調，其四聲即應遵守某人。如清眞之〈大酺〉、〈六醜〉、〈瑞龍吟〉、〈霜葉飛〉及凡無前例者，白石之〈鬲梅溪令〉、〈鶯聲繞紅樓〉、〈醉吟商小品〉、〈暗香〉、〈疏影〉、〈徵招〉、〈角招〉之類，不下十餘，夢窗之〈西子妝〉、〈霜花腴〉等九調，及屯田詞不見他集之調，皆以全依四聲爲是。

（現）俞陛雲《唐五代兩宋詞選釋》：

此詞原題云：「自無錫歸，作此寓意」，實則憶西湖看梅往事，觀詞中「雙槳」、「孤山」等句可見，與〈角招〉詞之憶孤山梅花，同一感懷。此言玉鈿難覓，即〈角招〉詞翠翹羅袖之感。結句不着邊際，含情無限，如趙師雄之羅浮夢醒，但聞翠羽飛鳴耳。

（現）劉斯奮《姜夔張炎詞選》：

這一年冬天，作者受到張鑑的邀請，舉家搬到杭州居住。這首詞是作者離開無錫，乘舟南歸時所作，詞人從無錫的梅花談到杭州的梅花，他的心情還是喜悅的。陳思《白石道人歌曲疏證》云：「案『寓意』即前〈江梅引〉所夢思者。」細味詞意，此說非。

（現）王延齡《唐宋詞九十首》：

這首詞是姜夔在丙辰年（公元一一九六年）由無錫乘船回杭州時所作。全詞是回憶想像，在花落春歸，綠蔭鳴禽的時刻和景況中，旅途的感受，詞人惋惜春光的流逝和梅花的凋落，悵然有失。最後兩句是想像：回杭州以後去尋找失去的梅花，而那裏恐怕也早已是綠樹鳴禽了。這更增加了他的失望和愁悵。這首詞中的梅花，寄寓着一個人的形象和一種惜春懷人的優美感情。傷春感時的詞一般多濃豔傷感，姜夔這首則感情深細情調和雅。

（現）謝桃坊《宋詞概論》：

慶元二年（一一九六年）冬，姜夔自無錫歸西湖「作此寓意」，顯然是有寄托的，詞意斷續幽隱。「好花」借指人，當是所思念的女子。她如「好花」一樣偏不給那些惜花而爲之困惑的人。「春風歸去綠成陰」，即用杜牧「綠樹成陰子滿枝」之意，謂她隨人而去後，如今無從尋訪了。「夢中雲，小橫陳」都是回憶當年銷魂的情事。「盈盈」指女性體態豐盈，借以代人；而今孤山山下尋覓舊蹤，只聽到翠禽啼聲，人已不見了。根據詞情只能作這樣大致的推測，也許還不能盡符合作者本來的寓意。這是姜夔情詞寫得最晦澀的了，詞中全用代字，詞意的線索時隱時斷，理解它是較困難的。

四六　浣溪沙❶

丙辰臘❷，與俞商卿、銛朴翁同寓新安溪莊舍❸，得臘花韻甚❹，賦二首。

花裏春風未覺時❺，美人呵蕊綴橫枝❻；鬲簾❼飛過蜜蜂兒。　書寄嶺頭封不到❽，影浮杯面誤人吹❾。寂寥惟有夜寒知。

❶此詞寫於宋寧宗慶元二年丙辰（一一九六），時白石四十二歲。作者與友人一起到新安溪莊賞臘梅而作這首及下一首詞。

❷丙辰：宋寧宗慶元二年（一一九六）。臘：臘月，即農曆十二月，以是月臘祭百神，故謂之臘月。

❸俞商卿：即俞灝，字商卿，號青松居士，白石的朋友。世居杭州。晚年築室西湖九里松，有《青松居士集》。見前〈浣溪沙〉注❺。銛朴翁：即葛天民，字朴翁，出家爲僧時，曾取名義銛。山陰人，居西湖。見前〈慶宮春〉注❽。新安：鎮名，在無錫縣東南三十里。溪莊舍：指梁溪莊舍。

❹臘花：指臘梅花。韻：指風韻。

❺花裏春風未覺時：花指臘月開的梅花。此時歲盡而春天的氣息還未很濃烈，故云未覺時。

❻呵蕊：指噓氣使梅蕊溫暖。綴：點綴。橫枝：指臘梅，林逋詠梅詩：「雪後園林才半樹，水邊籬落忽橫枝。」

❼ 咼簾：即隔簾。

❽ 嶺頭：指大庾嶺。爲五嶺之一，在江西廣東交界處。漢武帝時，爲擊南越，楊僕遣部將庾勝築城、屯兵於嶺下，故名大庾，又曰庾嶺。初時很險峻，行者苦之。唐代爲通粵要道，張九齡（六七三或六七八—七四〇）督所屬開鑿新路，多植梅樹，故又名梅嶺。宋蘇軾〈定風波〉：「萬里歸來顏愈少，微笑，時時猶帶嶺梅香。」此處謂大庾嶺山高險峻，書信是難以寄到的。

❾ 影浮杯面誤人吹：謂梅花之影浮在酒杯上，令人以爲是墜物，要吹走它。

【賞析】

這篇與下篇同調的小令都是姜白石歌詠臘梅的作品。臘梅，通常在冬末生葉開花，花盛之時多在農曆十二月（即臘月），故稱爲臘梅。臘梅花色微黃，氣味芬芳，爲文人雅士所喜愛。白石與友人在歲暮之時，前往新安溪莊遊訪，遇見盛放的臘梅，詩興盎然，於是寫成了兩篇同調的詠臘梅詞。

詞之上片寫臘梅盛放。首句「花裏春風」四字，以花包含春風，刻意締造一個花的天地。春風本來是充滿天地之間，但詞人把它藏在「花裏」，用字極爲精巧。「未覺時」三字是指春天的氣息還未到，但臘梅已悄悄地綻放了。「美人」一句，把視點移近寫花蕊的美妙。「美人呵蕊」是寫美人噓氣送暖，以給予臘梅花蕊生長的力量。「綴橫枝」三字，寫臘梅花朵朵鮮美，長在粗壯的枝幹上。以上兩句，寫戶外臘梅放開的靜景，而下句轉寫室內外看的動景。詞人隔着窗簾，看着臘梅，見到蜜蜂兒飛來飛去。吸引蜜蜂的自然是臘梅花的幽香，於是，詞人不着一字就能表現臘梅花的美態以外的特點。這片詞之中，花之繁、花之美、花之嬌、花之香，甚至花之甜，都活現出來，叫人陶醉着迷。

下片轉寫深情。換頭以「梅嶺」的典故引動懷人的思緒。唐代開闢通粤新路，種植梅樹，故稱庾嶺爲梅嶺。詞人隱去「梅」字，寫大庾嶺山高險阻，書信也難以傳送。書信一定有其投寄的對象，而詞人心中的對象極可能是朝思暮想的合肥情人。思念情人，是一層苦；寄書無路，是更深一層的苦。「影浮」一句，再呼應臘梅花的主題，寫花影倒照在酒杯上，叫人誤以爲是墮花，設法吹走它。這裏，既寫花，也寫人。作者掛念情人，唯有借酒解愁。在舉杯之際，花影浮現，不免令他想到情人的容貌，於是下開結句的情懷。「寂寥」是詞人空虛的感受，而這種感受源自對情人的思憶。「惟有夜寒知」五字寫出內心的寂寞，傾吐無從，祇有寒夜凄凄，與心境吻合。以情收結，凸顯臘梅花下詞人綿綿不盡的幽思。

四七　浣溪沙❶

翦翦寒花❷小更垂，阿瓊愁裏弄妝遲❸。東風燒燭夜深歸❹。　落蕊半黏釵上燕❺，露黃斜映鬢邊犀❻。老夫無味❼已多時。

❶此詞寫於宋寧宗慶元二年丙辰（一一九六），時白石四十二歲。參上一首〈浣溪沙·序〉。

❷翦翦：形容寒風削面。唐韓偓〈寒食夜〉詩：「測測輕寒翦翦風，杏花飄雪小桃紅。」寒花：指臘梅。因爲歲盡開花，寒意未滅。

❸阿瓊：指許飛瓊，爲神話中西王母的侍女。《漢武內傳》：「王母乃命侍女許飛瓊鼓震靈之簧。」宋李彭老〈高陽臺·落梅〉：「東園曾趁花前約，記按箏籌酒，戲挽飛瓊。」此處將梅花比作仙女。弄妝遲：化用唐溫庭筠（約八一二—約八七〇）〈菩薩蠻〉：「懶起畫蛾眉，弄妝梳洗遲。」之句。

❹東風：即春風。《禮·月令》「孟春之月」：「東風解凍，蟄蟲始振。」燒燭：即燒燈，亦即燃燈。《舊唐書》九〈玄宗紀〉：「開元二十八年春正月……以望日御勤政樓讌群臣，連夜燒燈，會大雪而罷，因命自今常以二月望日夜爲之。」唐王建〈宮詞〉之八十九：「院院燒燈如白日，沈香火底坐吹笙。」

❺釵上燕：燕形的釵。唐李賀〈湖中曲〉：「燕釵玉股照青渠，越王嬌郎小字書。」此句謂梅花的落蕊輕輕地黏在美人頭上的燕形釵上。

❻露黃：謂臘梅露出黃色的花蕊。鬢邊犀：指鬢邊犀簪。用犀角製成的髮簪。漢伶玄《飛燕外傳》：「廣樹上，后歌舞〈歸風送遠〉之曲，帝以文犀簪擊玉甌。」

❼無味：指如同嚼蠟，對梅花之香味已麻木。

【賞析】

這篇與上篇〈浣溪沙〉都是姜白石詠臘梅的作品。上篇〈浣溪沙〉，白石先寫臘梅花，再寫懷人的深情。這篇〈浣溪沙〉，白石則刻意把臘梅花和美人融合一起，並且抒發漸入暮年的感嘆。兩篇結合來看，白石不但盡表臘梅之美，而且詠物又不限於詠物，而能曲折委婉地寫出複雜的個人情懷。

詞文發端以細膩的筆墨寫臘梅花的形態。「翦翦」二字，本來形容寒冷的北風吹在臉上，給人一種有如刀削的難受感覺，詞人卻以「翦翦」來形容寒花。寒意正濃，開得正盛的就是此詞的主角臘梅花了。臘梅花的意態可以從「翦翦」二字聯想得到。在凜冽的北風吹動下，花兒微顫。「小更垂」三字，寫小小的臘梅花在寒風中默默低垂。這表現了花兒柔弱可憐的美態。「阿瓊」一句，是詞人從梅花聯想到仙子，所以借美人來比喻臘梅花。「阿瓊」，據說是西王母的侍女，容貌出衆。但詞人筆下的阿瓊——梅花是滿心哀愁，這暗暗照應上句的「垂」字。美人爲何哀愁呢？「弄妝遲」三字用了溫庭筠〈菩薩蠻〉的故典。〈菩薩蠻〉中的女子是因爲思念未歸的愛侶而懶於梳妝。這就把臘梅花的神韻添上一層閨怨的哀愁了。「東風」一句，是進一步營造環境氣氛。夜裏微弱的春風吹動着夜歸人手中的燒燈，既孤清又冷寂，把臘梅的清冷淒美烘托出來。

換頭，詞人細寫臘梅花蕊掉在女子的頭釵上的情狀。詞人巧妙地寫落蕊，他用了「半黏」一詞。這把落蕊寫出一點生氣，因爲「黏」給人一種牢牢貼着的感受，而「半黏」僅是輕輕地黏着，落蕊猶可在風中微動。「釵上燕」是女子髮上的頭飾。頭飾這般精巧，女子的美貌也不用細意描繪了。「露黃」句，寫臘梅盛放露出的黃色花蕊與美人的髮簪互相輝映。以上兩句，寫得細密工巧，也流露詞人對美人的鍾愛，因爲若不是傾慕至深，也不會觀察入微呢！

此詞的結句可以說是出人意表。「老夫無味已多時」寫詞人自己早已失去品嘗臘梅的興致了，似乎與上文沒有關連。然而，細想白石筆下的美人已不在身旁，並且美人也許如上片的阿瓊愁默默地思念着未歸的白石。兩地的相思長期煎熬着白石，加上白石感到歲月催人，更美的好景也形同虛設。結句泛出淡淡哀愁，令人不禁神傷。

四八　浣溪沙❶

丙辰歲不盡五日❷，吳松❸作。

雁怯重雲❹不肯啼，畫船愁過石塘❺西，打頭風浪惡禁持❻。　春浦漸生迎櫂綠❼，小梅應長亞門枝❽；一年燈火要人歸❾。

❶　此詞作於宋寧宗慶元二年丙辰（一一九六），時白石四十二歲。這年臘月，作者移家杭州後，由無錫乘船回杭，路經吳松而作。詞中反映了他急於歸家的心情。

❷　丙辰：宋寧宗慶元二年（一一九六）。不盡五日：除夕前四天。

❸　吳松：今江蘇省吳江縣。

❹　怯：指害怕。重雲：指重重的陰雲。此句謂天氣陰沈、雲重，歸雁也怯於這樣的環境而變得無聲。

❺　石塘：在蘇州長橋附近，用疊石砌成。《方輿勝覽》：「小長橋在石塘，疊石爲之。」

❻　禁持：支撐也。宋辛棄疾（一一四〇—一二〇七）〈鷓鴣天〉：「一夜清霜變鬢絲，怕愁剛把酒禁持。」此句謂河中風浪很大，環境惡劣把船頭打得搖搖擺擺，難以支撐。

❼　櫂：划船撥水的用具，泛指船槳。迎櫂綠：指迎接船槳的綠萍。

❽　亞門：亞，次也。指低於門户。此句謂小梅花應該比門稍低。

❾ 一年燈火要人歸：此句謂一年一度的守歲的燈火催人歸家。

【賞析】

這篇小令是姜白石四十二歲時寫成的。這年的冬天，白石舉家搬到杭州居住。在農曆十二月，他從無錫乘船返往杭州，準備跟家人共渡春節。正值歲晚，白石難免有歸心似箭的感覺，在這闋小令中，處處流露白石思歸的情懷。

詞之上片先寫啓程時所見的景物。「雁怯」一句，寫天空中的鴻雁南飛的景緻。正因爲詞人本身客旅思歸，所以取材也是經常遷居的候鳥。同時，這句暗示嚴寒未過，點出詞人身處歲暮之時。雁兒面對厚厚的雲團，心裏不禁有點惶恐。然而，爲了到達目的地，祇好默默無聲地竭力展翅飛翔。「重雲」可能是詞人眼前的眞實景象，而「怯」則是詞人個人情感的投射。他在啓程之際，心裏有點擔心，擔心航程或會因爲天氣而延誤。「畫船」一句，寫所乘的船隻駛過蘇州石塘一帶。句中的「愁」字是移情入景。詞人思念家人，心中懷愁。「過」字展示了船隻航行的一段時間。期待的時候，時間總是過得很慢，而內心的愁意也會在不知不覺間加重。「打頭」句，寫途中的景況。河中風急浪大，把船隻打得顛簸不定，叫人難以支撐。這不但是生理反應，也是心靈感受。還有，途中環境惡劣與本片首句的「重雲」暗暗契合，連成一貫的意象線索。

下片續寫航行中的景象。風浪過後，河面回復平靜。春意漸臨，綠萍漸生。船隻經過，船槳撥動着浮萍。詞人利用「迎」字來活化這幅畫面。寫浮萍歡迎詞人所乘的船隻，實在是寫杭州家人在等候詞人的歸來。其實，在歸途上的詞人何嘗不是期待回家呢？「小梅應長亞門枝」，寫設想家中的景物。家門前的小梅花，也當長得比門戶稍低的高度了。詞人思念家園一切，但獨取門前的小梅來借代家中的景物，也許是因為這小梅是詞人親手所栽的，兼且詞人最愛梅花。更重要的是，詞人連小小的梅花也細心估量它生長的情況，更何況是家中的人呢？結句直寫急於歸家的心情。「一年」句寫一年一度的守歲燈火總是催着游子歸家的。詞序中，白石提到他寫作此詞正是除夕前的第四天，故詞文中所表現趕快歸家的心情，實在眞摯由衷。

【評說】

（現）唐圭璋〈姜白石評傳〉：

融情於景，清新俊逸。「一年燈火要人歸」句，含思尤悽極，令天涯遊子讀之，輒生無可奈何之感。（見唐氏《詞學論叢》）

（現）繆鉞《詩詞散論》：

白石之詞如：〈浣溪沙〉……諸作皆清空如話，一氣旋折，辭句雋澹，筆力猶健，細翫味之，與黃陳詩有笙磬同音之妙。（周爾鏞曰：「白石小令，獨不肯朦朧逐隊，作《花間》語，所謂豪傑之士。」）

（現）沈祖棻《宋詞賞析》：

「春浦」句，客中之景，謂可以歸矣。「小梅」句，家中之景，謂待人歸去。

（現）劉斯奮《姜夔張炎詞選》：

此詞通過景物和氣氛的渲染，把歲暮歸人的心理表現得頗爲深切有情。

（現）吳熊和主編《十大詞人》：

像〈浣溪沙〉中的「雁怯重雲不肯啼」，〈八歸〉中的「芳蓮墮粉，疏桐吹綠」，〈水龍吟〉中的「紅衣入槳，青燈搖浪」等句，雖然生新刻至，而苦琢痕跡亦顯而易見。（蕭瑞峰、韓經太 文）

（現）王曉波《宋四家詞選譯》：

慶元二年，姜夔已移家杭州。他在這一年浪游了無錫等地之後，於歲暮歸家。此詞是舟過吳松而作。上片三句用「重雲」、「愁過」、「打頭風浪惡禁持」寫歸途的艱辛和他沉重而淒涼的心情，下片三句用春之來臨，想到家中長高的小梅樹，反映了作者由悲而喜，急盼歸家的感情變化。一個「要」字，使人如睹作者與其家人互相盼念的情景。

四九　鷓鴣天❶

丁巳元日❷

柏綠椒紅❸事事新，鬲籬燈影賀年人❹。三茅鐘動❺西窗曉，詩鬢無端又一春❻。　慵對客❼，緩開門❽，梅花閒伴老來身❾。嬌兒學作人間字❿，鬱壘神荼寫未眞⓫。

❶此詞作於宋寧宗慶元三年（一一九七）元旦，時白石四十三歲。此詞寫於浙江杭州。

❷丁巳元日：宋寧宗慶元三年（一一九七）正月初一日。

❸柏綠：指綠色的柏葉酒。古代風俗，以柏葉後凋而耐久，因取其葉浸酒，元旦共飲，以祝長壽。南朝梁宗懍《荊楚歲時記》「正月一日條」：「長幼悉正衣冠，以次拜賀，進椒柏酒，飲桃湯。」唐孟浩然詩：「舊曲梅花唱，新正柏酒傳。」椒紅：指紅色的辣椒酒。椒，由於多子，古人取其吉意，以比喻子孫衆多。

❹鬲：即隔。鬲籬：指竹籬外面的鄰居。賀年人：指互相拜賀新年的人。

❺三茅：指杭州的寧壽觀。《咸淳臨安志·行在所錄》：「寧壽觀在七寶山，本三茅堂。紹興中賜古器玩三種……其二唐鐘，本唐澄清觀舊物……禁中每聽鐘聲以爲寢興食息之節。」陸游〈縱筆〉詩：「三茅殘鐘天欲明。」此泛指寺觀的鐘聲。

❻詩鬢：指詩人耳邊的頭髮。無端：指無緣無故的意思。又一春：指又一個春天、又一年的意思。
❼慵：懶的意思。
❽緩：指遲緩、延緩的意思。緩開門：指慢慢開門。
❾梅花閒伴老來身：謂自己漸老，只有梅花作伴。
❿嬌兒：指作者年小的兒女。此句謂他的小兒女正在學寫字。
⓫鬱壘、神荼：門神名。《風俗通》：「上古有神荼、鬱壘昆弟二人，性能執鬼……鬼無道理者，神荼與鬱壘持以葦索，執以飼虎。是故縣官常以臘祭夕飾桃人、垂葦索、畫虎於門，以御凶也。」古人以爲在大門上，畫上這兩位神像，可以趨吉避凶。此句謂作者的小兒女還很小，連「鬱壘」、「神荼」四字也寫不清楚呢！

【賞析】

這是姜白石在宋寧宗慶元三年（一一九七）元旦寫成的作品。當時他居住在浙江杭州，跟家人共度春節，心情自是暢快。在慶祝新春的時候，白石想到自己的年紀。所謂觸景生情，白石把過年的感慨注入詞境之中。

上片起筆寫新春熱鬧的氣象。「柏綠」句，綠紅對比顏色烘托出新春鬧烘烘的氣氛。柏綠和椒紅都是酒釀。酒是喜慶的食品，爲新年添上一份歡樂的興味。「事事新」，雖沒有具體指明對象，但在新年期間，一切衣物、擺設都是新的。這句描寫白石家中的景象；下句是白石看到鄰人的情景。鄰居門前張燈結綵，前來拜年的人很多，彼此祝賀，十分熱鬧。「三茅」句，是由樂景進入哀景的過渡。杭州的寧壽觀傳來破曉的鐘聲，天明照西窗了！詞人驚覺時間的飛逝，不知不覺間又過了一年。「無端」一詞寫出一股深深的無奈。「鬢」字點出年時漸老，雙鬢已白。這裏蘊藏着深沉的悲哀。其實，這是人生的一大課題，人爲的力量似乎終敵不過歲月的勢力，人在時間巨輪之下，任由它輾過摧殘，人就更顯得軟弱了。

下片寫生活的情態。「慵對客」二句，既寫心情，也寫動作。客人來訪，自己總是無心款待；客人到來，也是慢慢的開門。本應興致勃勃，急急迎接賓客的，但如今，愁懷滿溢，又哪有心情去款客應酬呢？只有高潔幽香的梅花，陪伴着自己度過岑寂的新歲而已。「嬌兒」筆鋒一轉，寫小兒女正在學寫字。因爲他們年紀還小，所以連「鬱壘」和「神荼」四字也寫得不清楚，不夠好。「鬱壘神荼」，是兩位驅鬼的門神，相傳可以爲世人趨吉避凶，但小兒女寫未眞，也可能寓有深意，說出新春趨吉避凶的風俗，是否眞的可以帶來好運呢？命運與人事的關聯也是人生的一大課題。詞人以具體新穎的筆法，排遣了內心的鬱悶，眞是別開生面，妙趣盎然。

全篇以「詩鬢無端又一春」爲中心主題，而意象以時間爲核心，如「新」、「年」、「曉」、「春」、「緩」、「老」、都是跟時間有密切連繫的，甚能凸顯詞人對光陰的強烈感受。

【評說】

（現）劉永濟《微睇室說詞》：

「三茅鐘」，《咸淳臨安志·行在所錄》：「寧壽觀在七寶山，本三茅堂。紹興中賜古器玩三種，……其二唐鐘，……禁中每聽鐘聲以爲寢興食息之節。」「柏綠椒紅」皆元日故事。《玉燭寶典》：「正月爲端月，其一日爲元日。……庭前爆竹，進椒柏酒。」「詩鬢無端」句，「無端」言其容易又一年春到也。以上皆敘元日事。換頭乃寫元日人情。曰「慵」，曰「緩」，曰「閒」，寫出老人逢令節情態如此。歇拍二句換寫兒童過元日之事，皆老人眼中所見者，閒閒說來，自有風味。「鬱壘神荼」，二神名，相傳能縛鬼，見《風俗通》。後人元日書二神名於門，以禦凶物。「鬱壘」二字筆畫甚繁，故兒童寫不眞也。

（現）劉斯奮《姜夔張炎詞選》：

天涯久客，一旦歸家，心懷頓然舒坦。此詞寫端居閒適之情景，歷歷如繪。

五〇　鷓鴣天❶

正月十一日觀燈❷

巷陌風光縱賞時❸，籠紗未出馬先嘶❹。白頭居士無呵殿❺，只有乘肩小女隨❻。

花❼滿市，月侵衣，少年情事老來悲❽。沙河塘❾上春寒淺，看了遊人緩緩歸❿。

❶此詞作於宋寧宗慶元三年（一一九七）正月，時白石四十三歲，全篇寫南宋杭州元宵節前預賞花燈的情況。同時道出自己身世飄零及合肥戀情無終的感慨。

❷觀燈：南宋臨安在元宵燈節前幾天，已開始放燈和預賞。陳元靚《歲時廣記》：「景龍樓先賞，自十二月十五日便放燈，直至上元，謂之預賞。」

❸巷陌：指街道。風光：指街道上熱鬧的情景。唐李咸用詩：「六代風光無問處，九條煙水但凝思。」縱：指放縱、盡情的意思。宋孟元老《東京夢華錄》「正月條」：「向晚，貴家婦女縱賞。」

❹籠紗：紗製的燈籠。吳自牧《夢梁錄》「元宵條」：「公子王孫、五陵年少，更以紗籠喝道，將帶佳人美女，遍地遊賞。」此句謂還未看到開道的紗燈，已聽到馬匹的嘶鳴。

❺居士：舊稱不做官而有道藝之士。白頭居士：作者自稱。呵：呼喝開路。殿：殿後、跟隨。古代官員出行，前後都有隨從喝道，在前的稱「呵」，在後的稱「殿」。

❻乘肩小女：騎在肩膀上的小女兒。黃山谷〈陳留市隱〉詩：「乘肩嬌小女，邂逅此生同。」

❼花：指花燈。

❽少年情事老來悲：謂由賞花燈而想起少年時冶游的情事，而今人已老，不禁悲從中來。

❾沙河塘：今杭州城東有貼沙河，在吳山、鳳凰山之東。《唐書·地理志》：「昔時潮水衝擊錢塘江岸，至於奔逸入城，勢莫能禦，故開沙河以決之。河有三，曰外沙、中沙、裏沙。」沙河，宋時居民甚盛，碧瓦紅簷，歌管不絕。宋人詩詞多記沙河燈火之盛，蓋江干估客舟楫可通闤闠之區，故多妓居。宋周密《武林舊事》載白石詩亦云：「沙河雲合無行處，惆悵來游路已迷。」可見當時之繁盛。春寒淺：指已經立春，寒意不很濃。

❿看了遊人緩緩歸：謂自已看完那些興高彩烈的遊人走過，自己卻慢慢地走回家去。

【賞析】

元宵節是中國民間的重要節日，是日盛大的燈會在戶外舉行，連足不出戶的閨女也會外遊觀賞花燈。杭州是南宋的經濟文化中心，元宵燈會場面自然鋪張熱鬧。爲了預備這個晚會，早於正月中旬，已經着手佈置。姜白石於正月十一日出外觀燈，看到盛大的場面，同時又感懷自身的景況，於是寫下了這首小令。

發端寫街上的景物。「巷陌」句，是概寫。新春時節，晚上滿街花燈，景緻優美，是盡情賞覽的時候了。「籠紗」句，寫還未見到紗燈光影，已聽到馬兒嘶鳴。街道上，何來馬鳴之聲？原來是豪門富戶賞燈的隊伍。他們聲勢浩大，令人聞聲而攝服。「白頭」二句，白石轉寫自己平凡的景況。首先，詞人以白頭居士自稱，白頭喻年事已老。其實此時白石才四十三歲，但對於仕途毫無成就的人來說，也過了建功立業的年華了。「居士」點出他無官無祿的社會地位，祇不過是一名普通的文士而已。「無呵殿」，寫他不比豪門富戶，沒有前呼後擁，隨行的不是馬隊而是要騎在自己肩上的小女兒。這裏，形成了強烈的對比。縱然白石利用對比的手法，寫自己遠不如豪戶，但完全沒有羨慕豪戶功名的心態，反而自得其樂。

下片寫燈會場地中的所見所感。「花滿市，月侵衣」，寫花燈滿佈，燈火通明，月亮高懸，春寒滲衣。這種景象不禁勾起詞人少時的回憶。當日年少不羈，跟美人共遊燈市。那時款款的深情，已轉眼成空。再想到自己年華漸老，往日冶遊的興味已不復再了。此情此景，詞人心中浮現種種哀思。「沙河塘」句轉移了視點，從熱鬧的燈會，轉到較遠的沙河塘。沙河塘區域一片繁華，那裏寒意已不濃烈了。結句寫歸程。「看了遊人」四字，把自己抽離於一般遊人。一般遊人興緻勃勃，融進新春的喜慶之中，但詞人自覺不再是年少氣盛之時了，祇有在旁靜觀世態，看着這些遊人離去，才慢慢歸家。「緩緩」一詞，寫出詞人沉重的心情，也寫出詞人跟一般人的不同步伐，展示詞人脫俗不群的個性。

【評　說】

（清）況周頤《蕙風詞話》卷二：

姜白石〈鷓鴣天〉云：「籠紗未出馬先嘶。」七字寫出華貴氣象，卻淡雋不涉俗。

同上：

白石詞：「少年情事老來悲。」宋朱服句：「而今樂事他年淚。」二語合參，可悟一意化兩之法。

（現）沈祖棻《宋詞賞析》：

「籠紗」句，《蕙風詞話》云：「七字寫出華貴氣象。」是也。先出此句，則後「白頭」兩句之清冷自見。「紗籠喝道」，見《夢粱錄》，即呵殿也。過片兩句，言風光依舊。「少年」句，言心境情事都非，徒增忉怛耳。章穎〈小重山〉所謂「舊游無處不堪尋，無尋處，惟有少年心」也。朱服〈漁家傲〉所謂「寄語東陽沽酒市，拚一醉，而今樂事他年淚」也。「沙河」二句，秦觀〈金明池〉所謂「縱寶馬嘶風，紅塵拂面，也只尋常歸去」也。

（現）王曉波《宋四家詞選譯》：

此詞作於慶元三年（一一九七年）正月，寫作者在杭州觀燈的感觸。詞中用達官貴人的華貴氣派，對比自己寒士生活的冷清；又以花燈、明月、春意，反襯出了自己老來悲涼的心境。

（現）徐培均《唐宋詞小令精華》：

清人況周頤說：「姜白石〈鷓鴣天〉云：『籠紗未出馬先嘶』，七字寫出華貴氣象，卻淡雋不涉俗。」（見《蕙風詞話》）而「白頭」兩句，也表現了辛酸的風趣，頗有聊以解嘲的味道，用筆亦淡永。

（現）殷光熹編《姜夔詩詞賞析集》：

上片採用對比手法，使貴族公子哥兒們前呼後擁觀燈的華貴、氣派、風光與詞人僅有幼女相伴的孤苦、困窮、冷凄，形成鮮明對照，在自我調侃與自我解嘲中暗含激憤。

下片則正式轉入悲愴憤慨情懷的抒發：「花滿市，月浸衣，少年情事老來悲。」元宵節前，街上花燈遍佈，天空皓月生輝。燈光、月色、游人，交織輝映，景色秀麗優美，十分宜人。如此秀美夜色，引發了詞人思緒，回首往事，悲從中來：少年友朋同游，何等歡快；而今雖然燈月依舊，友人卻早已雲散，天各一方，只留下老來之悲。此三句，採用映襯與反襯寫法，「花」、「月」映襯「巷陌風光」；「老來」反襯少年，即少年之樂映照老來之悲，以樂襯哀，倍增其哀。

結尾二句：「沙河塘上春寒淺，看了游人緩緩歸」，寫夜深燈暗，春寒料峭，游人紛紛歸去。「沙河塘」，在錢塘縣（今浙江杭州）南五里。蘇軾〈虞美人〉詞云：「沙河塘裏燈初上，〈水調〉誰家唱？」自從南宋定都臨安後，沙河塘便逐漸成了繁盛的地區。此處點明了觀燈的具體地方：杭州沙河塘，使首句所言「巷陌」得到落實、前後照應。來時人歡馬叫，極其熱鬧；去時天寒人散，何等冷清。前片與後片、首句與末句，遙相呼應，層層對照，構思十分嚴密。

這首小令素樸淡雅、清新雋永。讀時平白如水，細思餘味甚濃。平白中含餘意，素樸中藏機巧。特別突出的是，此詞運用對比、映襯手法十分稔熟、成功。（張運貴　文）

（現）俞朝剛、周航主編《全宋詞精華》：

此闋亦為慶元三年（一一九七），詞人客居杭州時所作。詞中用對比手法，描寫正月十一日夜上街觀燈之所見和所感。一邊是王孫公子們前呼後擁，招搖過市，「籠紗未出馬先嘶」；而另一邊卻是冷冷清清，跟隨自己觀燈的只有騎在肩膀上的小女兒。兩相對照，從而觸發了寂寞凄涼的身世之感。本篇以樂景寫哀情，不平之氣溢於言表。

五一 鷓鴣天❶

元夕❷不出。

憶昨天街預賞時❸，柳慳梅小未教知❹。而今正是歡遊夕，卻怕春寒自掩扉❺。

簾寂寂，月低低，舊情惟有絳都詞❻。芙蓉影暗三更後❼，臥聽鄰娃笑語歸❽。

❶此詞寫於宋寧宗慶元三年（一一九七），時白石四十三歲。作者這時在杭州。此詞寫其在元宵夜閉門不出，道出對舊情的懷念及其落寞難奈的心情。

❷元夕：即正月十五元宵。

❸天街：指街道。唐韓愈（七六八—八二四）詩：「天街小雨潤如酥。」預賞：宋代風俗，自臘月十五日開始，至正月十五元宵節前進行試燈，稱爲「預賞」。參上一首〈鷓鴣天〉注❷。

❹柳慳：指柳樹還未發出新芽。梅小：指梅花還很細小。此句謂因爲柳樹還未發芽，梅花還很細小，春意尚淺，賞燈的氣氛不濃烈，所以未有心情專心觀賞花燈。

❺扉：指門扇，門闔。掩扉：指閉門不出。

❻絳都詞：北宋丁仙現（宋神宗時人）有〈絳都春．上元〉（融和又報）一首詞，寫汴京燈節盛況。此句謂往日歡度節日的情緒只有在丁仙現詞中能體現。

❼芙蓉：本指荷花，這裏代指花燈。宋陸游〈燈夕有感〉詩：「芙蕖紅綠亦參差。」影暗：指花燈熄滅後。此句謂當夜半三更，花燈熄滅之後。

❽鄰娃：指鄰居的女子。

【賞析】

元宵節是中國古代喜慶節日之一。是夜，花燈高掛，遊人如鯽，喜氣洋洋。宋寧宗慶元三年（一一九七）的元宵節，白石身在杭州，卻沒有出外賞燈，祇是獨個兒留在家中沉思默想。他幽深低迴的思緒沉澱在詞文之中，並織造了一個陰暗淒冷的文學境界。

詞文起筆寫自己元夕不出的背景。「憶昨天」二句，以平淺的文字寫出自己在元宵節前曾到過燈市預賞。當時柳樹還未發芽，梅花還很細小，可見寒意猶烈，賞燈的氣氛也不熱烈。因此，當時實在沒有賞燈的興致。「而今」兩句，寫今夜本是出外歡遊的好時刻，卻又因春寒料峭，唯有閉戶不出。以上四句，表面上鋪敘日前與今夕有關賞燈的感覺，實質道出了個人對觀燈的祈盼與遲疑。預賞時見柳梅未盛，是一種失望。詞人內心難免對元夕有所期待，希望是夜可以看到柳梅迎春的美景。然而到了元夕，寒意未滅，一方面自身怕熬寒風，另一方面也預料到柳梅尙待春風，還未盛放。白石如此惜花，自必不欲見梅柳熬寒的悲苦景象。因此，上片實寫詞人愛花、待花、惜花的深情。

下片寫對舊情的懷念與節日的感觸。「簾寂寂」，寫室內所見的物件。窗簾低垂，默默無聲，間接寫人之寂寞。以往詞人喜冶遊，好熱鬧，但今日也沉默了，正好與窗簾同感共應。「月低低」，月亮彷彿有情地俯就人間，細聽詞人的細訴。「舊情」一句，揭示詞人低吟孤寂的源頭。往日跟情人攜手共遊燈會的情緒，只有在丁仙現的詞作才能體現出來。今日情人已去，空剩下淡淡的哀愁。「芙蓉」句，寫夜深人靜，花燈熄滅，自己還孤獨地輾轉無眠。「臥聽」句，寫詞人聽到鄰家的少女興盡歸來的笑聲。這裏，白石以反襯的手法，表現內心的寂寞。少女的笑語，跟情人當時的笑語是何等相似，但時間變遷，今日的笑聲已不是故人的了，詞人的落寞心境十分明顯。

詞人藉着元夕閉戶不出的心情，營造出一個清冷孤峭的詞境，叫讀者也投進了這個低沉寂寞的世界裏。

【評　說】

（清）賀裳《皺水軒詞筌》：

〈鷓鴣天〉最多佳辭，《草堂》所載，無一善者。如陸放翁「東鄰鬥草歸來晚，忘卻新傳子夜歌」，趙德麟「須知月色撩人眼，數夜春寒不下階」，姜白石元夕不出「芙蓉影暗三更後，臥聽鄰娃笑語歸」，駸駸有詩人之致，還不之及，何也。

（現）劉永濟《微睇室說詞》：

「絳都詞」，夏承燾《箋校》引《草堂詩餘》丁仙現〈絳都春〉詞：「融和又報」一首詠汴都鐙夕為證。按白石此語，或係記昔日曾作此調，寫元夕觀鐙事，未必定指丁作。「芙蓉」，花鐙也。以上三詞，反復吟詠，如見此老當日情態，蓋由其情眞景實，不假雕琢，自能動人。

（現）吳熊和主編《十大詞人》：

況周頤《蕙風詞話》曾評後一詞（按，指〈鷓鴣天·巷陌〉）說：『「籠紗未出馬先嘶」，七字寫出華貴氣象，卻淡雋不涉俗。』其實，豈只七字淡雋，全篇實皆瀰漾着一種清幽孤寂的情調。冷眼看游人紛紛過後，獨自緩步而歸。如此情懷，非冷僻幽獨而何？而前一首詞中，「卻怕春寒自掩扉」，亦堪玩味：市上游人如雲，皆「歡游」不覺寒意，唯獨作者閉戶不出，可謂「哀莫大於心死」了。結局「臥聽鄰女笑語歸」，與李清照〈永遇樂〉詞「怕見夜間出去，不如向簾兒底下，聽人笑語」同一機杼。可知姜夔不僅善寫秋冬蕭瑟之景、煙水淡遠之象，而且在「歡游」、「縱賞」的花月之夕也每喜表達其朦朧、落寞的一面，究其所以，不過是借此抒寫冷僻幽獨的情懷罷了。（蕭瑞峰、韓經太文）

（現）殷光熹編《姜夔詩詞賞析集》：

宋翔鳳說：姜石帚「流落江湖，不忘君國，皆借托比興於長短句寄之」（《樂府餘論》）。

陳廷焯說：「南渡以後，國勢日非，白石目擊傷心，多於詞中寄慨」（《白雨齋詞話》）。這首

〈鷓鴣天〉表現的便是白石這種「不忘君國」感時傷事的感情。詞人「元夕不出」，節日無樂，感今悼昔以思念汴京燈節的盛況，來寄托自己的愛國情懷。

這首小詞的主要特點是於孤寂、沉思中寫其傷國之情，而不是壯懷激烈，因此，它清剛而不馳驟。在抒情上則含蓄蘊藉而不一瀉無餘，比如寫「元夕不出」的原因時，「怕春寒」於明處寫，傷國之情在暗處見；結句不寫己抑鬱不樂，卻寫聽鄰娃笑語。詞中還以冷清對比熱鬧，以別人歡樂反襯自己愁苦，收到了「以樂景寫哀，以哀景寫樂，一倍增其哀樂」（《姜齋詩話》）的藝術效果。（栗風　文）

五二 鷓鴣天❶

元夕有所夢。

肥水❷東流無盡期，當初不合種相思❸。夢中未比丹青見❹，暗裏忽驚山鳥啼❺。春未綠，鬢先絲❻，人間別久不成悲❼。誰教歲歲紅蓮夜❽，兩處沈吟各自知❾。

❶ 此詞作於宋寧宗慶元三年（一一九七）元夕（正月十五）。因感夢而作，這時白石四十三歲。此詞主要是懷念其合肥情人。夏承燾《姜白石詞編年箋校》云：「白石懷人各詞，此首記時地最顯。時白石四十餘歲，距合肥初遇，已二十餘年矣。」

❷ 肥水：源出於安徽省合肥市西南紫蓬山，東流經合肥入巢湖。此句以肥水東流的無盡比喻離恨的無窮。

❸ 不合：不該。種相思：紅豆名相思子。其樹名相思樹，故云種相思。

❹ 丹青：繪畫的顏料。這裏代指繪畫。此句謂夢中依稀相見，不如繪畫來得眞切。

❺ 暗裏忽驚山鳥啼：謂夢中被山鳥之啼聲驚醒。

❻ 鬢先絲：指鬢髮變得如絲般白。

❼ 人間別久不成悲：謂因爲離別得太久了，把人的感覺折磨得遲鈍麻木了，不再悲傷了。

❽ 紅蓮：與上一首〈鷓鴣天〉中的「芙蓉」同，均指花燈，形如紅蓮的花燈。宋歐陽修（一〇〇七—一

〇七二）〈鷓山溪·元夕〉詞：「纖手染香羅，剪紅蓮滿城開遍。」

❾ 沉吟：默默地相思。此句謂我倆相隔兩地，只能默默地思念着對方，這種滋味只有我倆各自知道。

【賞析】

這是姜白石在元夕夜感夢之作。元夕，是中國古代的「情人節」。當夜閨女也會外遊，參加燈會，細賞花燈；男士也可以藉着觀賞燈會結識或相約女子，把臂共行，享受夜遊的樂趣。白石在這個特殊的日子，情不自禁地想起往昔的愛侶，甚至在夢中，遇上那對合肥佳人。夢醒時，那分失落與唏噓甚為沉重，於是，白石就將這種種的愁緒寄託於這首詞裏，寫成了這闋動人的戀歌。

起筆以浩瀚的愁情入詞。「肥水」先點明愁事。肥水是源於安徽省合肥市西南紫蓬山，東流經合肥入巢湖。合肥就是白石情人的居住地。距離他們初遇的日子，已經二十餘年了。但是，他們的愛情從沒間斷。這種兩地的相思，把白石和情人都煎熬得十分痛苦。「東流無盡期」，「東流」暗喻相會無期，也暗喻離恨無盡。這種苦痛，叫詞人不禁懷疑當初相愛是否恰當。這種感覺是極深的惱恨。白石與情人的苦戀也跑進詞人的夢中。現實分隔，兩地相思，相會無期；夢中相見，也許是唯一的安慰和補償。「夢中」句，寫夢中見到的情人甚是模糊，不比自己所繪畫的眞切清晰。這是一重難過。「暗裏」句，寫山鳥驚啼，結束了詞人的夢境，是另一重悲悽。上片的情調極其低沉，營造出異常哀怨的氣氛。

換頭寫淒寒落寞。「春未綠」既寫景又寫情。元夕之時，春意未濃，符合客觀環境。詞人引入詞中，是爲了表現內心的景況。那種無依的感覺正與外物呼應。「鬢先絲」，既自憐也表相思。一方面白石已四十三歲了，另一方面相思的騰折，催人老去。「人間」句，悲苦至深。「人間」一詞把自己相思擴展至整個世間，道出相思之苦並非一己所受，還有古往今來，無數的男女。「別久」寫長期的分離，把人折磨得遲鈍麻木，不再感到悲傷了。悲至不感其悲，極是可悲！「歲歲紅蓮夜」，寫每年燈火燦爛的夜裏，總是勾起無限的哀思。「兩處」句，寫相隔兩地，相思之情只有愛侶自己才感受得到。這裏，加重彼此深沉的哀愁。

本詞的心眼是「人間別久不成悲」。人間的男女，聚少離多，往往惹人愁思；而長期分離更教人難耐。當因相思、懊惱的感受不斷沖擊，人也變得無知無覺，一切也不成悲怨了。這份極眞極摯的感情，灌注全篇，至爲動人。

【評　說】

（現）唐圭璋《唐宋詞簡釋》：

此首元夕感夢之作，起句沈痛，謂水無盡期，猶恨無盡期。「當初」一句，因恨而悔，悔當初錯種相思，致今日有此恨也。「夢中」兩句，寫纏綿顚倒之情，既經相思，遂不能忘，以致入夢，而夢中隱約模糊，又不如丹青所見之眞。「暗裏」一句，謂即此隱約模糊之夢，亦不能久做，偏被山鳥驚醒。換頭，傷羈旅之久。「別久不成悲」一語，尤道出人在天涯況味。「誰教」兩句，點明元夕，兼寫兩面，以峭勁之筆，寫繾綣之深情，一種無可奈何之苦，令讀者難以爲情。

同上〈姜白石評傳〉：

詞爲〈鷓鴣天〉，寫情尤濃摯。起句謂肥水無盡期，即興言人之離恨無盡期，語即沈痛。「當初」一句，因恨而悔，悔當初錯種相思，致今日有此恨。語帶激切，怨抑更甚矣。「夢中」兩句，寫思極入夢之情。夢中所見之人，隱約模糊，不如丹青所描之眞。但即此隱約模糊之夢，亦不能久做，偏被山鳥驚醒，其懊恨爲何如耶。下片寫分別之久，懷念之深。「人間別久不成悲」一語，尤沈痛異常，道出羈旅況味，道出迷惘心情。蓋初別猶悲，別久則習於悲，縱悲亦不覺矣。「誰教」兩句，點明元夕，並寫出兩地相思之苦，情韻勝絕。（見唐氏《詞學論叢》）

（現）吳世昌《詞林新話》：

白石〈鷓鴣天·元夕有所夢〉：……上結「暗裏忽驚山鳥啼」湊句。

（現）沈祖棻《宋詞賞析》：

水流無盡，重見無期，翻悔前種相思之誤。別久會難，惟有求之夢寐；而夢境依稀，尚不如對畫圖中之春風面，可以灼見其容儀，況此依稀之夢境，又爲山鳥所驚，復不得久留乎？上片之意如此。下片則言未及芳時，難成歡會，而人已垂垂老矣，足見別之久、愁之深。夫「黯然消魂者，惟別而已矣」，而竟至「不成悲」，蓋緣飽經創痛，遂類冥頑耳。然而當「歲歲紅蓮夜」，則依然觸景生情，一念之來，九死不悔，惟兩心各自知之，故一息尚存，終相印也。

戴叔倫《湘南即事》云：「沅湘日夜東流去，不爲愁人住少時。」魚玄機《江陵愁望寄子安》云：「憶君心似西江水，日夜東流無歇時。」可與首二句比觀。

（現）徐培均《唐宋詞小令精華》：

……此詞雖寫豔情，但擺脫了花間派的綺靡情調，也不像柳永、周邦彥某些作品那樣浮靡輕豔。它所寫的只是一種永遠不能忘懷的愛情。在這方面，他的詞作已從穠豔綺靡走向清空騷雅一路了。

（現）楊海明《唐宋詞史》：

開頭兩句，便應該說是十分難得的好句子（可惜以前未見有人專爲表出）！「肥水東流無盡期」，「肥水」先點出當年歡會之地（合肥）；而「東流」二字，便使我們聯想到李後主「一江春水向東流」之句；「無盡期」則表明了下文「不合種相思」的懺悔之情就像那流水而永無絕止之期。其情感之沉痛深長，便憑着這一江春水的浩淼形象，形容抒發得無以復加。「當初不合種相思」是「反折」句，其意多層：「種相思」之「種」字，使人首先想象到當初兩人感情之深（「種」在心裏也），爲此一層；「當初不合」，則反襯了今日「相思」之苦痛極深、極難忍受（故而「怨恨」起「當初」來了），此爲二層；而「不合」二字明眼人又一看即知它是反話：「恨」之越深則益顯其「愛」之越切也，故而這看似「翻悔」的話語中正包孕了「雖九死其猶未悔」的深沉與刻摯之情，此又爲第三層。短短十四個字，是從心底裏「流出」和「折出」來的，其中混和着愛和恨（恨「緣薄」）、甜和苦、眷念和懺悔，是一種飽經創傷、痛定思痛之語。……下片「春未綠，鬢先絲，人間別久不成悲」三句，又極似東坡〈江城子〉（乙卯正月二十日夜記夢）詞境，不過又有所變化。「鬢先絲」，即坡詞「塵滿面，鬢如霜」詞意，而前置「春未綠」三字，則又加強了「頭白」的色彩；「人間別久不成悲」，又同「不思量，自難忘」一樣，是極樸質卻又極醇厚的句子。此句的「醇厚」即在於一個「久」字，其中也包含了三層意思：別離既久，「久」到想悲也悲不起來，此即言其兩地相思時間之長（即上文「無盡期」也）和心頭無休無止的苦悶，是爲一層；「不成悲」，難道眞的已忘掉了悲哀嗎？非也，只是悲痛已「久」而變得似乎麻木不仁，故云，是則爲第二層；果然，白天仍乎平靜冥頑的心情，晚間夢中卻突然軒起了勃發的「悲潮」（觀下文即知），是證這個「久」字（亦即長時間的阻隔）並未眞正沖淡心頭的隱痛，並未眞正愈合心靈的傷痕，故而歲月的流駛在銘心刻骨的相思之情面前也只能顯得「無能爲力」了，此又爲第三層。

（現）王曉波《宋四家詞選譯》：

本詞寫於慶元三年（一一九七）元夕（即元宵）。作者時已四十多歲。詞中思念二十多年前在合肥邂逅的戀人，上片悲感流水無窮，離恨不盡，再見無期，求之夢寐；而夢境隱約依稀，夢醒幻想驚破，更覺悲苦。下片寫春淺愁深，久別人老，以「兩處沉吟各自知」寫出了作者與其戀人心心相印的眞摯感情。這首小令是作者的名篇，用筆剛勁，感情纏綿，婉轉深入，曲盡其情。

（現）鍾振振《歷代小令精華》：

張炎論「清空」爲「古雅峭拔」（《詞源》），此詞足以當之。全詞意境空靈蘊藉，幾乎句句不直露，不可坐實，都留出供人品味的藝術空間，與「質實」毫不相干。雖寫似水柔情，但並不綺麗軟媚，語言十分清淡。而詞意頗拗折，「不合」、「未比」、「忽驚」、「未」、「先」、「不成」、「誰教」等虛詞的運用，都顯示出江西詩派的勁硬峭拔之致，使詞的意蘊更顯曲折、豐富。（王英志　文）

黃兆漢、司徒秀英《宋十大家詞選》：

此詞寫舊情難忘，相思一生。詞人愛合肥情人既深，恨亦已深。他怨情根早種，相思廿載不了；他恨人間聚散成悲之餘，更恨夢中相逢，轉眼亦成空。全詞情調悲傷，但貴在怨而不怒，溫柔騷雅。

上片起筆即入春水東流之境，筆法空橫，使人意動。滔滔不盡的肥水既點出相思地，並興起永無止境的相思之情，極爲深刻。「當初」句借今日之深怨反襯出當日之多情，即借理性之醒覺烘托情愛之癡妄，由怨恨而知愛戀，意極曲折，也極委婉。「夢中」二句寫夢境，切應題面。現實不得見，唯借夢裏相逢，然而長盼入夢之玉人，卻又來得那麼迷離縹緲，夢境跟人世，原來同是茫茫，此一苦也。又鳥啼破夢，連淒迷朦朧的夢境也不許人多留一會。無常變幻，聚散匆匆，豈獨人世所有，連夢境也難幸免，此又一苦也。

下片起首二句嘆容顏不敵歲月。「人間」句寫覊旅與相思之久。人走盡天涯，已不知天涯何遠；人想盡情人，嘗盡悲痛，也不知離恨何苦了，筆意清雅，分外動人。「誰教」二句再次點題，遙應篇首，歲歲相思是東流無盡之人情表現。彼此各處一方，默默承受相思苦恨，不捨不棄，二十年再二十年。

五三　鷓鴣天❶

十六❷夜出。

輦路珠簾兩行垂❸，千枝銀燭舞僛僛❹。東風歷歷紅樓下❺，誰識三生杜牧之❻。　歡正好，夜何其❼。明朝春過小桃枝❽。鼓聲漸遠遊人散，惆悵歸來有月知❾。

❶此詞寫於宋寧宗慶元三年（一一九七），描繪正月十六夜外出觀燈的情況。白石此時四十三歲。與上一首〈鷓鴣天・元夕有所夢〉同樣懷念合肥情人。夏承燾《姜白石詞編年箋校》云：「此懷合肥人詞，與前首同意。」

❷十六：指正月十六日，元宵後的第二日。

❸輦路：本指天子車輦所經之路。這裏指京城的道路。珠簾：指歌館妓院的門簾。兩行：指街道兩邊。此句謂在京城道路兩旁的歌館妓院低垂着門簾。

❹僛僛：醉舞攲斜的樣子。《詩經・小雅・賓之初筵》：「亂我籩豆，屢舞僛僛。」此句寫十六夜花燈的盛況：在歌館妓院裏有千枝銀燭點燃着，裏面的人帶醉而舞，東歪西倒。

❺東風：即春風。歷歷：指分明可見。〈古詩十九首〉之七：「至衡指孟冬，眾星何歷歷。」紅樓：指歌館。唐段成式《酉陽雜俎》：「長樂坊安國寺紅樓，睿宗在藩時舞榭。」唐李白〈侍從宜春苑奉詔

賦〉：「東風已綠瀛洲水，紫殿紅樓覺春好。」此句謂在春風中，紅樓下，分明可見我（白石）。

❻ 三生：佛教語。指前生、今生、來生。即過去世、現在世、未來世。唐白居易〈自罷河南已換七尹……偶題西壁〉：「世說三生如不謬，共疑巢許是前身。」杜牧之：即唐詩人杜牧，字牧之。他曾客居揚州十年，與當時的歌妓有密切的關係。杜牧〈贈別〉詩：「娉娉裊裊十三餘，豆蔻梢頭二月初。春風十里揚州路，捲上珠簾總不如。」又杜牧〈遣懷〉詩：「落魄江湖載酒行，楚腰纖細掌中輕。十年一覺揚州夢，贏得青樓薄倖名。」這裏借杜牧暗指作者自己的身世情事，謂誰認識我是唐詩人杜牧的化身。參〈琵琶仙〉（雙槳來時）注⓰。

❼ 夜何其：夜如何之意。《詩經．小雅．庭燎》：「夜如何其？夜未央。」其，音姬，語助詞。這裏暗指夜已很深。

❽ 明朝春過小桃枝：謂明朝春天的氣息將到，桃枝上會顯露出春意。

❾ 惆悵：因失意而傷感、懊惱。戰國宋玉《楚辭．九辯》：「廓落兮羈旅而無友生，惆悵兮而私自憐。」有月知：我（白石）的心事只有月亮知道。

【賞析】

節日的熱鬧、冶遊的喜悅和歌舞的歡樂都教人心曠神怡，暢意滿足；然而，要是人的內心深處滿是抑鬱，那麼，這些歡樂場面反會惹來種種複雜而難耐的思緒。姜白石在宋寧宗慶元三年（一一九七）的春節寫下多篇詞作。在音樂上，它們都是以〈鷓鴣天〉爲詞調；在題材上，多是以新春燈節爲內容。因此，可說是姜白石的一組詞。這首〈鷓鴣天〉是這組詞的最後一首。跟上幾篇的情調基本相同，而手法上刻意運用了反襯法，以燈節街頭的熱鬧來烘托詞人內心的孤寂與悲涼。

詞文的上片，着力寫正月十六日晚在街上所見的歡鬧場面。「輦路」句，描繪街道上繁華的景象。「輦路」二字本指天子車輦所經之路，現喻詞人目下的杭州大道。這裏就把杭州街道添上一股堂皇的氣派。「珠簾」是妓院的精美的門簾。珠簾極其精美，在路上兩旁的歌館妓院門前垂掛。珠簾擺動，光亮耀目。「千枝」句，把視點推近到歌館妓院內，寫那裏燈火通明，人在其中起舞翩翩。「僛僛」二字寫出舞者帶醉跳舞，東歪西倒，極其形象化。「東風」二句，寫自己縱情歌樂。春風中，紅樓下，詞人彷彿是杜牧的化身，盡情享受此刻的歡娛。此片，從氣氛的描寫、場面的摹畫，以至自身的描繪，都呈現出節日之樂、歌舞之盛。然而，這種狂歡總不持久。

下片寫詞人內心深處的感受。「歡正好」一句，承燈節的熱鬧；「夜何其」一句，轉入內心的幽思。人在夜裏，白日的壓抑在不知不覺間消失，內在的情感自然浮現，故下開「明朝」一句。明日春意漸濃，桃枝上自會鮮花吐艷。自然景物隨着時節的來臨而生氣盎然，但世事卻不如人願，總是離多聚少。這裏，白石暗暗訴說合肥情事。那段刻骨銘心的愛情，煎熬了白石半生，也成了白石心底的憾事。「鼓聲」一句，寫曲終人散，歡慶消退。「惆悵」二字，直筆寫因感懷身世、憶念情人而傷感懊惱。這種感受，無人理解，只有步隨在詞人頭上的月亮才會明白。月亮本無情，而詞人寫成有情，是運用了擬人手法，表現情無路訴，只有投射到外物上去。結筆以情終篇，其中又蘊含生動、鮮明的形象。在清冷的月色下，詞人獨個兒踏上歸途，甚是孤寂。此處，寫熱鬧過後的空虛與惆悵，感人至深。

【評　說】

（現）殷光熹編《姜夔詩詞賞析集》

此詞章法謹然。今宵與舊時，眼前與心底，歡愉與慘惻，相與生發，又相互對照。上下片結句遙爲呼應，孤寂淒涼之意，遍被詞章。轉換之處，暗隨心理情緒趨向，自然作成而又跳宕起伏。且情意深摯，遣辭清雅，有蘊藉空靈之致。（李平 文）

五四　月下笛❶

與客攜壺❷，梅花過了，夜來風雨。幽禽❸自語。啄香心❹，度牆去。春衣都是柔荑翦❺，尚沾惹、殘茸半縷❻。悵玉鈿似掃❼，朱門❽深閉，再見無路❾。凝竚❿。曾遊處⓫。但繫馬垂楊，認郎鸚鵡⓬。揚州夢覺⓭，彩雲⓮飛過何許？多情須倩梁間燕⓯，問吟袖、弓腰在否⓰？怎知道、誤了人，年少自恁⓱虛度。

❶ 此詞寫於宋寧宗慶元三年（一一九七），白石此年四十三歲。此詞是一首情詞。夏承燾《姜白石詞編年箋校》云：「此亦追念合肥人詞。」

❷ 壺：指酒壺。

❸ 幽：隱蔽、隱微之意。幽禽：指隱蔽、幽獨的鳥兒。

❹ 啄香心：指鳥兒啄梅花清香的花心。

❺ 荑：始生白茅嫩芽，色白而柔，以喻女子之手。《詩經·衛風·碩人》：「手如柔荑，膚如凝脂。」柔荑翦：指女子親手縫製。

❻ 茸：指刺繡用的絲縷。五代南唐李煜（九三七—九七八）〈一斛珠〉詞：「繡床斜憑嬌無那，爛嚼紅

茸，笑向檀郎唾。」此以殘茸尚在暗喻當時歡樂。

❼悵：指惆悵、傷感。玉鈿：用玉製成的花朵形狀的首飾。這裏指鮮艷的梅花。此句謂玉鈿似的梅花飄在地上任由風掃捲着，令人傷感、惆悵。

❽朱門：紅漆門。古代王侯貴族的住宅大門漆紅色，表示尊貴，因稱豪門爲朱門。唐杜甫〈自京赴奉先縣詠懷五百字〉：「朱門酒肉臭，路有凍死骨。」

❾再見無路：謂相愛之女子已嫁入豪門，再沒有相見的機會。

❿竚：佇。凝竚：指出神、發愣地佇立着。宋晁補之（一〇五三—一一一〇）〈黃鶯兒〉詞：「凝竚既往盡成空，暫遇何曾住。」

⓫曾遊處：指與相愛之女子曾經游歷的地方。

⓬此兩句謂過去繫馬的楊柳依然青綠，架上的鸚鵡仍然認得我。

⓭揚州夢覺：杜牧〈遣懷〉詩：「落魄江湖載酒行，楚腰纖細掌中輕，十年一覺揚州夢，贏得青樓薄倖名。」用此典暗示相愛女子的身份。

⓮彩雲：宋晏幾道（約一〇三〇—約一一〇六）〈臨江仙〉詞：「當時明月在，曾照彩雲歸。」以彩雲喻女子。

⓯倩：借助。請人替自己作事叫倩。此句謂雖然大家都滿懷深情，但是雙方傳情唯有請梁間燕子幫忙。

⓰吟袖：詞人自指。弓腰：唐段成式（？—八六三）《酉陽雜俎》：「有士人醉臥，見婦人踏歌曰：『舞袖弓腰渾忘卻，蛾眉空帶九秋霜。』問：『如何是弓腰？』歌者笑曰：『汝不見我作弓腰乎？』乃反首髻及地，勢如規焉。」故弓腰指女子。

⓱恁：這樣、如此。此兩句謂怎知道誤了你的青春，任由年少時期這樣白白虛度。

【賞析】

姜白石與合肥姊妹的情事，縈繞着白石半生。春風秋月，柳影梅枝，都勾起白石刻骨銘心的相思。〈月下笛〉就是其中一首追念合肥佳人的情詞。詞中的一草一木、一花一鳥，經過白石千錘百鍊，鑄鍊成醇厚的藝術意象；而這些意象匯聚成白石悲悽細膩的情感世界。

上片寫春意漸去，情調悲愴。「與客攜壺」三句，寫清晨之際與客人攜酒出外，準備暢飲自然，但走到路上，驚見梅花凋落，想是夜裏風雨吹打的結果。「梅花過了」，說來平淡，但對於愛花的白石，是一種打擊。詞人深沉的思緒由此而觸發。「幽禽」三句，細寫禽鳥的動態。鳥兒獨自隱蔽在樹梢上，自鳴自叫，跟着啄食花蕊，然後飛度垣牆遠去。鳥兒的一舉一動，神態畢現，而其中隱約地透露詞人對鳥兒的憐愛與眷戀。從花落鳥去，詞人想到久別的情人。「春衣」三句，寫情人曾親手縫製寒衣贈予詞人，而當日情人縫衣的情景一一浮現於詞人的眼前。「柔荑」是情人嬌嫩潤白的雙手；「殘茸半縷」是情人口裏的線屑。嬌手移動，調笑戲謔，一切纏綿的景象都隨着離別而消散。詞人就把情人與梅花交融爲一，下開惜花的悲愴。「悵玉鈿」三句，寫風捲殘花，一去無跡。這裏也寫情人已入豪門，從此再沒有相見的機會了。此片從花到鳥，從鳥到人，從人到花，連環緊合，情感越進越深。

詞人深知相見無望，唯有轉入回憶之中，尋找片刻的安慰。換頭寫如今凝神外望，看見舊時與情人同遊之地。「但繫馬」二句，寫目下的垂楊還是當日同遊時繫馬的垂楊；樹上的鸚鵡還認得「我」這個遊人。不論植物和動物，都如往昔一般，但人事呢？「揚州」二句，寫出勾欄情事已逝，佳人也不知所蹤。這裏，白石用了「夢」和「雲」兩個意象。兩者都有相同之處，就是美麗、虛幻和短暫。這正好比喻白石與合肥情人那一段綺旎而短速的愛情。「多情」句，道出詞人對情人還是一往情深，想借助燕子傳遞情話。「問吟袖」句，是虛擬燕子的設問。它問：「你說的女子還在那裏嗎？」這裏，詞人展現了豐富的想象力。由燕子傳話，到燕子發問，是漸進的奇想。那一問透露了詞人內心的迷茫；而「怎知道」這一答，更是極度的失落。末句一筆，寫盡詞人心中的懊悔。詞人的苦惱，也是遠方情人的苦惱。情事告終，相思難耐。詞人從情人的角度去想，更追悔自己耽誤了情人的青春，虛耗了情人的美好光陰。這種歉疚更顯出對情人無限的惜愛。

詞文上片着重寫景，下片着重寫情。景是深春之景，情是已逝之情，此情此景交織成這闋動人心魄的情詞。

【評　說】

（清）張德瀛《詞徵》卷三：

「恁」，方言，此也。姜堯章〈月下笛〉詞：「自恁虛度」。

（現）沈祖棻《宋詞賞析》：

首言本欲排愁，而風雨無情，既催花謝，幽禽自語，更啄花去，所見皆可恨可悲、無可奈何之景；縱觀四周，既觸目而傷懷，反顧一身，又睹物而念遠，將何以爲情耶？花之謝，人之隔，固明知其不可「再見」，然於「曾遊處」，仍不能不「凝竚」。上片愈說得明白，愈說得斬釘截鐵，愈見下片「凝竚」之痴絕、之一往情深。然縱一再「凝竚」，所得再見者，亦惟有「垂楊」、「鸚鵡」而已。楊能「繫馬」，鸚能「認郎」，物愈有情，人愈傷感。「彩雲」句一問，「吟袖」句再句，問之不已者，情之所不能已也。末用拙重之筆作收，所謂愈樸愈厚也。

「春衣都是柔荑剪，尚沾惹、殘茸半縷」，即蘇軾〈青玉案〉之「春衫猶是，小蠻針線，曾濕西湖雨」也，與賀鑄〈半死桐〉之「空床臥聽南窗雨，誰復挑燈夜補衣」，情境自別。

(現)羅忼烈〈白石詞每師法清真〉：

清眞之詞本有疏密兩種，夢窗得其密，白石得其疏。白石變清眞之縝密典麗爲古雅峭拔，易沉鬱頓挫爲清剛疏爽，遂開玉田一路，終與清眞分途。然下字命意之間，相師之跡，尤隱約可見，粗舉其相似如下各條。……

清眞〈感皇恩〉「洞房見說，雲深無路」。白石〈月下笛〉化爲「朱門深閉，再見無路」。

……

詩人詞客用字造語，不謀而合者往往有之，然如此之多，不能謂之無意。若取兩家之作熟讀而深思，此中消息可知也。(見羅氏《詞學雜俎》)

同上〈略論白石詞〉：

〈月下笛〉下闋云：「凝竚，曾遊處，但繫馬垂楊，認郎鸚鵡。揚州夢覺，彩雲飛過何處？多情須倩梁間燕，問吟袖弓腰在否？怎知道，誤了人，年少自恁虛度。」追憶舊歡，平添新恨，詞意俱盡，不免水清無魚。稼軒〈念奴嬌〉之「曲岸持觴，垂楊繫馬，此地曾輕別，樓空人去，舊游飛燕能說」，情景略同，至「飛燕能說」，忽然咽住，而無限往事皆包舉其中矣。此是何等筆力？止庵謂「稼軒縱橫故才大，白石局促故才小」，小大之辨，於此等處最易見出。又「多情須倩梁間燕，問吟袖弓腰在否」二語，從清眞〈垂絲釣〉「梁燕語，問那人在否」出，而文飾太多轉傷淺露。結拍闌入柳七之調，不惟詞語塵下，愈覺一瀉無餘矣。

（見羅氏《詞學集組》）

（現）劉斯奮〈姜夔張炎詞選〉：

這是一首「人面桃花」式的作品。詞人曾經結識了一位青樓女子，兩人有過一段密切的交往。後來，這位女子嫁給了別人。詞人重遊舊地，不勝悵惘，表示了深沉的懺悔。陳思《白石年譜》認爲是追念合肥人之作。夏承燾依其說。然細味詞意，此說疑非。蓋白石自紹熙二年（公元一一九一年）秋離合肥後，遂無復往之蹤跡，與詞中「凝竚，曾遊處」云云，均不相合。否則，當係作者紹熙二年之後復有合肥之行。

五五　喜遷鶯慢❶　太蔟宮❷

功父新第落成❸

玉珂朱組❹，又占了道人❺，林下眞趣❻。窗戶新成，青紅猶潤❼，雙燕爲君胥宇❽。秦淮❾貴人宅第，問誰記六朝❿歌舞。總付與，在柳橋花館，玲瓏⓫深處。居士⓬，閒記取⓭。高臥未成⓮，且種松千樹⓯。覓句堂深，寫經窗靜，他日任聽風雨。列仙更教誰做⓰，一院雙成儔侶⓱。世間住，且休將雞犬，雲中飛去⓲。

---

❶ 此詞寫於宋寧宗慶元三年（一一九七），時白石四十三歲。此詞爲祝賀張功父新屋落成而寫的。

❷ 太蔟宮：一般意義的「太蔟宮」指太蔟均的宮調式。在燕樂二十八調中，「太蔟宮」是專用調名，即「正宮調」。而正宮調爲燕樂二十八調的七宮之一。它的主音音高合於唐雅樂律名太蔟、唐燕樂律名黃鐘。在北周琵琶樂工蘇祇婆所傳的龜茲樂律中，宮音名爲「娑陁力」，故燕樂正宮調又名「沙陁調」。現存周德清（約一三一四前後在世）《中原音韻》所載的六宮十一調，對正宮調的聲情分析爲「惆悵雄壯」。

❸ 功父：指張功父，即張鎡。字功父，號約齋，張平甫之異母兄。參〈齊天樂〉（庾郎先自吟愁賦）注

❹。新第：指張鎡的新第「桂隱」。《浙江通志》：「白洋池一名南湖。宋時張鎡功甫構園亭其上，號曰桂隱。後捨廣壽寺，俗呼張家寺。《齊東野語》稱其『園池聲妓服玩之麗甲天下。』」落成：古代宮室建成時舉行的祭禮。《左傳・昭七年》：「楚子成章華之臺，願以諸侯落之。」《注》：「宮室始成，祭之爲落。」

❹ 玉珂：馬勒，以貝飾之，色白似玉，振則有聲。唐杜甫〈春宿左省〉：「不寢聽金鑰，因風想玉珂。」朱組：指貴顯者服飾。《晉書・謝安傳論》：「褫薜蘿而襲朱組，去衡泌而踐丹墀。」

❺ 占：有也。道人：白石自指。白石號白石道人。

❻ 林下：樹林之下。本指幽靜之地，現指退隱之所。南朝梁釋慧皎《高僧傳・竺僧朗》：「朗常蔬食布衣，志耽人外，……與隱士張忠爲林下之契，每共遊處。」此二句與首句「玉珂」並提，意謂張功父爲豪門望族，而新第「桂隱」卻有山林野趣、隱逸之風。

❼ 潤：指濕潤。青紅猶潤：謂新屋的門窗上青色與紅色的髹漆還未乾。

❽ 胥：觀察。宇：居室曰宇。胥宇：指觀察屋室。《詩經・大雅・綿》：「爰及姜女，聿來胥宇。」

❾ 秦淮：指秦淮河，此河源出江蘇溧水縣西北，流經南京城入長江。唐杜牧〈泊秦淮〉詩：「煙籠寒水月籠沙，夜泊秦淮近酒家。」

❿ 六朝：指吳、東晉、宋、齊、梁、陳。六朝相繼建都建康（今南京）。宋王安石（一〇二一——一〇八六）〈桂枝香〉：「六朝舊事隨流水，但寒煙芳草凝綠。」

⓫ 玲瓏：空明貌。唐李白〈玉階怨〉：「卻下水晶簾，玲瓏望秋月。」

⓬ 居士：張功父自號約齋居士，見周密《武林舊事》卷十「張鎡作〈賞心樂事序〉」條。

⓭ 記取：即記住。唐白居易〈感興〉之二：「我有一言君記取，世間自取苦人多。」

⓮ 高臥：高枕而臥，謂安閒無事。《晉書・陶淵明傳》：「嘗言夏月虛閑，高臥北窗之下。」此處喻隱

居不仕。

⑮種松千樹：張功父桂隱北園有蒼寒堂。其《南湖集》有詩云：「最是今年多偉跡，萬叢蘭四百株松。」

⑯列仙：即諸仙。漢劉向（約前七七—前六）《列仙傳》一書記古來仙人七十多名。

⑰雙成：即董雙成，爲西王母的侍女。儔侶：同輩、伴侶。三國魏嵇康（二二四—二六三）〈兄秀才公穆入軍贈詩〉之一：「徘徊戀儔侶，慷慨高山陂。」張鎡《南湖集》有〈夢游仙〉詞題云：「小姬病起，幡然有入道之志。」而宋史浩（一一〇六—一一九四）爲〈廣壽慧雲禪寺記〉則稱張鎡「閒居遠聲色，薄滋味，終日矻矻攻爲詩文。自處不異布衣臞儒，人所難。」其《南湖集》〈自詠〉詩亦有：「紅裙遣去如僧榻」句，見其晚年歸隱心態。

⑱此三句化用雞犬皆仙的典故。漢王充（二七—約九七）《論衡·道虛》：「淮南王（劉安）學道，招會天下有道之人，……並會淮南，奇異術莫不爭出。王遂得道，舉家升天，畜產皆仙，犬吠於天上，雞鳴於雲中。」

【賞析】

這是繼〈翠樓吟〉之後姜白石另一首祝賀建築物落成的詞作。是篇歌頌的對象是張功父所建的「桂隱」新宅。建築是一門藝術，能體現主人審美的品味和生活的理想。白石在此詞中，也着力描寫第宅的藝術品味和主人翁的生活情趣。

詞文上片寫「桂隱」新第落成典禮的氣象。發端寫賓客雲集。「玉珂」是賓客所乘馬匹上飾物，「朱組」是賓客身上華麗的服飾。「玉珂朱組」就組成一幅有聲有色的嘉賓赴會圖。

這裏暗示了張功父的豪門望族地位。「又占了」兩句，既寫詞人自己，也道出新第的建築構思。在芸芸貴客中，來了一個白石道人。他無官無爵，似乎體現出新第幽靜隱逸的野趣。「窗戶」三句，寫第宅的「新」。窗戶剛剛完工，連上面青青紅紅的油漆仍是潤澤未乾。梁上的一雙燕子穿穿插插，彷彿爲主人翁觀察屋宇。雙燕的出現，爲整座建築物增添了生氣和動感。「秦淮」五句，以反襯的手法側寫「桂隱」新第的出衆之處。像張功父的江南豪戶，建了新居，定會歌舞鋪張地大宴親友。但是，張功父竟把這種繁華享樂交給遠處的歌館妓院，留下一片寧靜安閒跟賓客共賞。這裏，表現了主人翁獨特的生活品味，也活現了新第雅逸的建築情調。

詞人在新第裏，細意觀看其中的佈置和陳設，聯想主人翁在那裏的生活面貌。換頭「居士」一語，表現主人翁的生活取向，也配合上片「桂隱」新第閒靜的特色。「閒記取」三字，引發以下種種生活情態的聯想。首先，退隱安閒之前，且栽種千株松樹。這暗示主人翁高逸的情操。其次是在深堂裏賦詩塡詞，在靜窗下抄寫經典。這暗示主人翁雅好詩文和學問修養。「他日」句，點出主人翁與世隔絕，不理俗務。最後，指出他的隱居可比神仙，夫妻兩人在「桂隱」園裏，生活閒逸暢快，已如仙侶一般，更無須刻意修仙成仙。這樣，「桂隱」園已實際上成爲世間仙居，人間樂土了。結筆，白石幽默地說，且在世間居住吧！不要把牲畜道化成仙，使牠們飛到雲中去。「世間住」三字，不僅緊扣新第落成的主題，而且道出至誠的祝願。

五六　徵招[1]

越中[2]山水幽遠，予數上下西興[3]、錢清[4]間，襟抱清曠[5]；越人善爲舟，卷篷方底[6]，舟師行歌[7]，徐徐曳之[8]，如偃臥榻上[9]，無動搖突兀勢[10]，以故得盡情騁望[11]。予欲家焉[12]而未得，作徵招以寄興[13]。徵招、角招者，政和間大晟府[14]嘗製數十曲，音節駁[15]矣。

予嘗考唐田畸聲律要訣[16]云：『徵與二變之調，咸非流美』，故自古少徵調曲也。徵爲去母調，如黃鍾之徵，以黃鍾爲母，不用黃鍾乃諧，故隋唐舊譜不用母聲。琴家無媒調、商調之類皆徵也，亦皆具母弦而不用。其說詳于予所作琴書[17]。然黃鍾以林鍾爲徵，住聲於林鍾，若不用黃鍾聲，便自成林鍾宮矣；故大晟府徵調兼母聲，一句似黃鍾均，一句似林鍾均，所以當時有落韻[18]之譏。予嘗使人吹而聽之，寄君聲於臣民事物之中，清者高而亢[19]，濁者下而遺[20]，萬寶常所謂『宮離而不附』[21]者是已。因再三推尋唐譜并琴弦法而得其意：黃鍾徵雖不用母聲，亦不可多用變徵蕤賓、變宮應鍾聲；若不用黃鍾而用蕤賓、應鍾，即是林鍾宮矣；餘十一均徵調倣此，其法可謂善矣。然無清聲，只可施之琴瑟，難入燕樂[22]；故燕樂闕[23]徵調，不必補可也。此一曲乃予昔所製，因舊曲正宮〈齊天樂慢〉前兩拍是徵調，故足成之；雖兼用母聲，較大晟曲爲無病矣。此曲依晉史[24]，名曰黃鍾下徵調，角招曰黃鍾清角調。

潮回却過西陵浦㉕，扁舟僅容居士㉖。去得幾何時，黍離離如此㉗。客途今倦矣，漫贏得一襟詩思㉘。記憶江南㉙，落帆沙際㉚，此行還是。迤邐㉛、剡中山㉜，重相見、依依故人情味。似怨不來遊，擁愁鬟十二㉝。一丘聊復爾，也孤負幼輿高志㉞。水洪㉟晚，漠漠搖煙㊱，奈未成歸計。

❶此詞作於宋寧宗嘉泰元年辛酉（一二〇一），時白石四十七歲。此詞是作者紀游之作。

❷越中：今浙江省。

❸西興：在浙江蕭山縣西二十里。

❹錢清：指錢清江，在紹興西北四十五里，上即浦陽江，以東漢太守劉寵受父老一錢而名，見《一統志》。

❺襟抱：胸襟、懷抱。唐杜甫〈奉待嚴大夫〉：「身老時危思會面，一生襟抱向誰開。」清曠：指心境清幽、曠達。

❻卷篷方底：指這種船有捲曲的船篷、四方的船底。

❼舟師：撐船的人。行歌：指唱歌。

❽徐徐：緩緩。曳：牽引、搖動之意。《莊子．天下》：「推而行，曳而後往。」曳之：指搖櫓，牽引船隻。

❾偃臥：指仰面而臥。《孫子．九地》：「坐者涕霑襟，偃臥者涕交頤。」榻：指狹長而低的坐臥用具。這裏泛指床。

❿突兀：高貌。晉曹毗〈涉江賦〉：「狂飆蕭瑟以洞駭，洪濤突兀而橫峙。」此句謂沒有左右動搖、高

下顛簸的苦況。

⑪ 騁望：縱目遠望。《楚辭・九歌・湘夫人》：「白薠兮騁望，與佳期兮夕張。」

⑫ 予欲家焉：謂我欲歸家。

⑬ 徵招：招，通作韶。此句謂作〈徵招〉這首詞作寄托自己的感興。

⑭ 政和間大晟府：宋徽宗（一〇八二—一一三五）崇寧四年（一一〇五）九月朔，以鑄鼎及新樂成，下詔賜新樂名大晟。宋代舊以禮樂掌於太常，至是專置大晟府官屬，爲制甚備。大觀三年（一一〇九）八月，宋徽宗親製《大晟樂志》，命太中大夫劉昺編修樂書。宣和間，金人來攻，乃罷之。靖康二年（一一二七），樂器、樂章、樂書，皆入於金。見《宋史・樂志》二十八。

⑮ 駁：本指馬毛色不純。《詩經・豳風・東山》：「之子于歸，皇駁其馬。」後引申泛指混雜，雜而不純。《宋史・樂志》：「……政和初，合大晟府改用大晟律，其聲下唐樂已兩律；然劉昺止用所謂中聲八寸七分琯爲之，又作匏、笙、塤、篪，皆入夷部。至于徵招、角招，終不得其本均，大率皆假之以見徵音；然其譜頗和美，故一時盛行于天下；然教坊樂工嫉之如讎。其後蔡攸復與教坊用事樂工附會，又上唐譜徵、角二聲，遂再合教坊制曲譜，既成，亦不克行而止。然政和徵招、角招，遂傳于世矣。」此句謂政和間大晟府所作數十曲，其音節駁雜不純。

⑯ 田畸：即田琦。《宋史・藝文志》、《通志》、《文獻通考》、《崇文總目》皆作「田琦《聲律要訣》」。

⑰ 予所作琴書：《宋史・樂志》載白石有《七絃琴圖說》，《慶元會要》載白石進《琴瑟考古圖》一卷。

⑱ 落韻之譏：宋葉夢得（一〇七七—一一四八）《避暑錄話》卷一記，崇寧初，大樂缺徵調，有獻議請補者，併以命教坊宴樂同爲之。大使丁仙現云：「音已久亡，非樂工所能爲，不可以意妄增，徒爲後人笑。」蔡京不聽，屢使度曲，皆辭不能，遂使他工爲之。踰旬獻數曲，即今〈黃河清〉之類，而聲終不諧，末音寄殺他調。京不通音律，但果于必爲，大喜，亟召眾工按試尚書省庭，使仙現在旁聽之。樂

闋，京得色，問仙現「何如？」仙現環顧座中曰：「曲甚好，只是落韻。」坐客不覺失笑。此與作詩出韻爲落韻者不同。

⑲ 清者高而亢：窮高曰亢。此句謂音樂清明者其聲音高亢。

⑳ 濁者下而遺：下，指音低下；遺，指墮下。《詞麈》云：「以徵爲主，故清者高亢；不重黃鍾，故濁者下遺。此大晟欲矯舊譜之失，而不悟其失愈甚也。」

㉑ 萬寶常所謂「宮離而不附」：《北史》卷九十〈萬寶常傳〉附王令言事曰：「時樂人王令言，亦妙達音律。大業末，煬帝將幸江都，令言子常於戶外彈琵琶，作〈翻調安公子曲〉，令言時臥室中，聞之，驚起……曰：『汝愼無從行，帝必不返。』子問其故。令言曰：『此曲宮聲往而不返。宮者，君也，吾所以知之。』帝竟被殺于江都。」又唐鄭棨《開天傳信錄》記作寧王憲聞歌〈涼州曲〉曰：「音始于宮……斯曲也，宮離而不屬，……臣恐一日有播遷之禍。」亦不云萬寶常，白石作萬寶常可能是一時之誤。

㉒ 燕樂：字面涵義即宴樂。周代的燕樂用於宴享賓客，又稱「房中樂」。到東漢以後，這種燕樂又稱食舉樂。在一般用法中，燕樂概念包括宴飲、游樂及一般欣賞活動。但作爲一個音樂學術語，燕樂是隋、唐、宋宮廷俗樂的總稱，並兼指這一時期的全部新俗樂；自隋代統一南北，中原音樂、南方音樂、西域音樂相互交融而成新的音樂。燕樂概括了張文收所製的《讌樂》、由十部伎組成的初唐宮廷燕樂、盛唐的法曲、二部伎、教坊樂、在民間流行的全部音樂以及它們在唐宋兩代的發展。《詞麈》云：「無清聲者，不用『六』字，『上五』字，『下五』字，『緊五』字。不用此四字，則其聲淡泊，人不喜聽，故燕樂難用。」

㉓ 闕：即缺也，沒有的意思。《論語．子路》：「君子於其所不知，蓋闕如也。」

㉔ 此曲依晉史：《晉書．律歷志》記荀勖笛制，其說曰：「黃鍾之笛，正聲應黃鍾，下徵應林鍾。……

下徵調法：『……林鍾爲宮。』」

㉕西陵：即西興，六朝時名西陵。此句形容潮漲時西陵的風光。

㉖居士：舊稱不做官而有道藝之士。此爲白石自稱。

㉗黍離離如此：出自《詩經．王風．黍離》：「彼黍離離。」這是周平王東遷後，周朝的志士途經故都，看到宮室滿是禾黍，傷周室之衰亡。此處有感宋朝衰弱而發。

㉘漫贏得：指徒然獲得。襟：指心懷、胸懷。此句謂徒然贏得一腔作詩的靈感。

㉙江南：泛指長江以南。現專指今江蘇和浙江一帶。

㉚落帆沙際：描寫黃昏海邊的帆船。

㉛迤邐：曲折連綿。南齊謝朓（四六四—四九九）〈治宅〉詩：「迢遞南川陽，迤邐西山足。」

㉜剡中山：剡山在浙江嵊縣。其地有剡溪，即晉王子猷夜訪戴逵（？—三九六）之處。唐李白〈秋下荊門〉：「此行不爲鱸魚鱠，自愛名山入剡中。」

㉝愁鬟十二：謂剡山諸峰如女子螺鬟。宋黃庭堅（一○四五—一一○五）〈雨中登岳陽樓望君山〉詩：「滿川風雨獨憑欄，綰結湘娥十二鬟。」

㉞此兩句化用晉謝鯤典故。晉謝鯤（約二八○—約三二二），字幼輿。《晉書．謝鯤傳》載：「明帝問曰：『論者以君方庾亮，自謂何如？』答曰：『端委廟堂，使百僚准則，鯤不如亮。一丘一壑，自謂過之。』」

㉟水葓：水草名。葓，同葒。《北齊書．慕容儼傳》：「又於上流鸚鵡洲上造荻葓，竟數里，以塞船路。」

㊱漠漠：瀰漫貌。唐韓愈〈同水部張員外曲江春遊寄白二十二舍人〉詩：「漠漠輕陰晚自開，青天白日映樓臺。」搖煙：指搖船四周的晚煙。

【賞析】

宋寧宗嘉泰元年（一二〇一），姜白石客遊越中（即今浙江省），對那裏的山水甚是愛好，特別是乘坐越人所製的卷篷小舟觀光，趣味更濃。遊山玩水的樂趣，泛舟波上的情意，成爲此詞的主題。在樂曲方面，白石嘗試調校大晟府所製的曲調，除去舊曲蕪駁之病，尋求詞調上的改進與更新。這也是白石在詞調音樂上成就的體現。

上片從小舟啓航時所見的景象起筆。「潮回」二句，寫潮漲時小舟駛離岸邊，經過西陵一帶，而舟上祇有白石一人。詞人把小舟緩緩移動的景象活現出來，而且寫出在波浪中起伏的感受。「僅容」二字，表現在浩瀚煙浪中，扁舟極其渺小，個人就更覺孤單無依。「去得」二句，由自身推廣至家國。詞人在河中遠眺兩岸，西陵一帶已不再繁華了，令人聯想到宋室的積弱。微小的詞人雖見國運不濟，但又無力匡扶，那一股無奈的憂傷不禁湧現。「客途」二句，從自己在政治上無能爲力的感覺，想到自己半生的成就。詞人三十多年來的客旅漫遊，祇贏得一腔詩思，寫下無數作品。面對國運、人生，這點成就又似乎不很具體。「記憶」三句，寫年月的消磨，人老了，但景依然。那種從家國之思、客愁之倦與依戀往日而來的唏噓與無奈，就在「還是」二字中迴蕩，餘韻尤長。

下片寫航程中的所思所感。隨着小舟駛遠，詞人的內心感受進一步揭現。「迤邐」二句，既寫曲折路途，也寫內心深處的幽思。在視覺上，詞人重見剡山；在心靈上，詞人如見故人，懷人之思油然而生。「似怨」二句，把山景與故人揉合一起。故人是誰呢？詞文沒有明言，但從「擁愁鬟十二」一句，就可猜想得到是女子，極可能是合肥情人。詞人說情人似生怨，而不來重遊這綿密的山嶺。其實「似」字點出情人不來的原因不是「怨」，反過來是，她因爲不能前來而「生怨」。兩地相思，憂怨無奈。「一丘」二句，寫小小的山丘引發詞人聯想到自己少年時孤高的抱負，但是隨着光陰的飛逝，那種志情已不復見了。於是，詞人不期然想到年華老去，愁意甚深。相思之愁、傷逝之哀，綿綿不絕。末句以水結篇，呼應上片首句「潮」字。在日暮之際，水草蕩漾，晚煙低沉，詞人無奈不能歸去。前路茫茫，百感交集，所見惟有一片煙水迷離而已。

【評說】

（清）吳衡照《蓮子居詞話》卷四：

次仲（按，即凌廷堪）〈湘月詞·序〉，宜興萬氏專以四聲論詞。瀘州先著以爲宋詞宮調失傳，決非四聲所可盡。按白石集〈滿江紅〉云，末句「無心撲」，歌者以心字融入去聲方諧。〈徵招〉云：「正宮〈齊天樂〉前兩拍是徵調。」今考〈徵招〉起二句與〈齊天樂〉平仄符合。然則宋詞原未嘗不以四聲定宮調，而萬氏之說，初不與古戾也。

（現）陳匪石《聲執》卷上：

四聲問題，因調而異。……至全依四聲，則除方千里和清眞以外，夢窗塡清眞、白石自度之腔，亦謹守之。故某人創調，其四聲即應遵守某人。如清眞之〈大酺〉、〈六醜〉、〈瑞龍吟〉、〈霜葉飛〉及凡無前例者，白石之〈鬲溪梅令〉、〈鶯聲繞紅樓〉、〈醉吟商小品〉、〈暗香〉、〈疏影〉、〈徵招〉、〈角招〉之類，不下十餘，夢窗之〈西子妝〉、〈霜花腴〉等九調，及屯田詞不見他集之調，皆以全依四聲爲是。

（現）俞陛雲《唐五代兩宋詞選釋》：

曲中自古少徵調。大晟府嘗製〈徵招〉，而音節近駁。白石乃自製此曲，雖兼用母聲，較大晟爲無病。因憶越中水鄉風景，賦此寄興，音諧而辭婉。「依依故人」三句尤搖曳生姿。

（現）唐圭璋《姜白石評傳》：

……白石浪跡天涯，時興懷歸之念。如〈徵招〉云：「客途今倦矣，漫贏得一襟詩思。」……更可見欲歸之切，含悽之深。（見唐氏《詞學論叢》）

（現）繆鉞《詩詞散論》：

白石之詞如：

迤邐剡中山，重相見，依依故人情味。似怨不來游，擁愁鬟十二。一丘聊復爾，也孤負幼輿高致。水洪晚，漠漠搖煙，奈未成歸計。（〈徵招〉）……

諸作皆清空如話，一氣旋折，辭句雋澹，筆力猶健，細翫味之，與黃陳詩有笙磬同音之妙。（周爾鏞曰：「白石小令，獨不肯朦朧逐隊，作《花間》語，所謂豪傑之士。」）

（現）王偉勇《南宋詞研究》：

詞中如「卻」、「僅」、「去得」、「矣」、「漫贏得」、「還是」、「聊復爾」、「也」、「奈」等處，均用虛字呼喚，或轉折、或結尾、或領頭提調，非但音節頓挫有致，意緒亦隨之起伏跌宕。甚而文體中之語末助詞——矣、爾兩字，姜夔亦置諸詞中；由於置得其所，自然流暢，非但未破壞詞體之韻味，反能避免質實之氣氛，增添幾許「活勁」。他如〈揚州慢〉、〈暗香〉、〈疏影〉、〈秋宵吟〉、〈摸魚兒〉諸闋，亦屬虛字用得其所之篇章，誠足玩味。

（現）黃拔荊《詞史》：

……「迤邐、剡中山，重相見、依依故人情味」以擬人手法寫越中群山，不但富有情意，而且用筆靈動，搖曳生姿。

五七　驀山溪❶

題錢氏溪月❷

與鷗爲客❸，綠野留吟屐❹。兩行柳垂陰，是當日、仙翁❺手植。一亭寂寞，煙外帶愁橫。荷苒苒❻，展涼雲❼，橫臥虹千尺❽。　才因老盡❾，秀句君休覓❿。萬綠正迷人，更愁入山陽夜笛⓫。百年心事，惟有玉闌⓬知。吟未了，放船回，月下空相憶。

---

❶此詞作於宋寧宗嘉泰二年壬戌（一二〇二），時白石四十八歲。是白石在松江游錢良臣的「雲間洞天園」所寫。

❷錢氏溪月：宋錢良臣，字友魏。宋高宗紹興二十四年（一一五四）進士。孝宗淳熙五年（一一七八）爲參政。九年（一一八二）被罷官。錢良臣有一花園，名「雲間洞天」，園址在江蘇松江里仁坊內。光緒《華亭縣志》：「宋雲間洞天，錢參政良臣園。在里仁坊內。宅居其旁，廣踰數里。至今指其坊猶稱錢家府云。……園有東岩堂、巫山十二峰、觀音岩、桃花洞……諸佳致。」其詩集《錢參政園池詩》、《錢氏溪月詞》皆詠雲間洞天。「溪月」即《溪月詞》。

❸與鷗爲客：此處有鷗盟之意。意謂清高、隱逸的人與無機心的鷗結盟。宋陸游〈夙興〉詩：「鶴怨憑誰解，鷗盟恐已寒。」此處讚美錢良臣的高逸作風。

❹ 綠野：指唐宰相裴度別墅「綠野堂」，在洛陽午橋。屐：木製的鞋子，底部有齒，容易留有腳印，多作登山之用。《南史·謝靈運傳》：「（謝靈運）尋山陟嶺，必造幽峻，岩嶂數十重，莫不備盡。登躡常着木屐，上山則去其前齒，下山去其後齒。」此處以「雲間洞天」比作唐裴度的「綠野堂」，謂時常有詩人來吟詠。

❺ 仙翁：指錢良臣，意謂如仙之老翁。

❻ 苒苒：草盛貌。漢王粲（一七七—二一七）《迷迭賦》：「布萋萋之茂葉兮，挺苒苒之柔莖。」此處指荷花長得很茂盛。

❼ 展：散開的意思。展涼雲：謂荷葉像帶有涼意的浮雲一般地展開。

❽ 虹：指長橋。橫臥虹千尺：指橫跨在水面上很長的橋。

❾ 才因老盡：南朝梁江淹（四四四—五〇五），字文通，早年即以文章著名，晚年才思稍衰。據《南史·江淹傳》：「南朝梁江淹，夢一丈夫，自稱郭璞，謂曰：『吾有筆在卿處多年，可以見還。』淹及探懷中得五色筆一，以授之。爾後爲詩，絕無美句，時人謂之才盡。」此句作者自謂已經老去，才情、才思亦盡。

❿ 秀句：即美麗的詩句。君：指同游者。覓：尋覓。

⓫ 山陽夜笛：晉向秀（約二二七—二七二）與嵇康（二二四—二六三）、呂安（？—二六二）友善。後嵇康、呂安爲司馬昭所殺，秀經其山陽舊居，聞鄰人笛聲，感懷亡友，於是作〈思歸賦〉。其序：「余逝將西邊，經其舊廬。於時日薄虞淵，寒冰淒然，鄰人有吹笛者，發聲寥亮。追思曩昔游宴之好，感音而嘆。」

⓬ 玉闌：玉砌的欄干，指光滑而潔淨的欄杆。

【賞析】

錢良臣的「雲間洞天」園是中國古代著名的園林之一。園林是自然與人工的結合。優美的園林設計包括水泉與樹木的配合、地勢與建築物的配合，更重要的是營造閒適逸雅的情調。美好的園林，不但叫人賞心悅目，而且引人幽思。〈驀山溪〉是姜白石歌詠「雲間洞天」的詞作，上片細緻刻劃園林內的景物，下片由景入情，流露滿腔愁緒。

詞文起句寫園林主人盛情相邀遊園。「與鷗爲客」，寫錢氏品格清高，好與絕無機心的水鳥爲伴。這暗指錢氏邀約身爲寒士的自己前來觀光。「綠野」句，寫詞人喜得踏足這片園林，爲它吟詠。「兩行」二句，描寫園中的垂柳，說必定是錢氏從前親手栽種的。這樣，柳樹就多了一分深情，園林也增了一分親切感。「一亭」二句，寫小亭的情態。小亭在小丘上孤立着，面對着煙霧瀰漫的湖面，那種寂寞哀愁彷彿給予小亭殷切的情味。「荷苒」三句，順着視線的轉移，寫湖面的荷花。長得茂密的荷花，伴着輕動的荷葉；湖面上又橫跨了一道的長橋。詞人描繪了一幅巨型的橫批畫：荷紅葉綠，橋長湖廣，美不勝收。

換頭引用江淹（四四四—五〇五）典故，感懷身世。「才因老盡」二句，筆調低沉，寫自己年事已老，才思亦盡。現在，縱想爲園林美景吟詠，也難覓秀麗的詩句了。承接詞勢，詞人續寫愁情。「萬綠」二句，描寫置身好景，但反顧自己，早已蒼老，那麼，景與人就形成了盛衰的對照；特別是夜裏嘹亮的笛聲，更教人思念往昔。詞人心中的悲哀，極爲深重，而且傾訴無路。「百年心事」二句，直接抒發愁懷。一生的積怨，祇有現在依憑的玉砌欄干知道。

冰冷冷的玉欄，又怎會有情有知呢？透過擬人手法，詞人表現了心底的鬱悶。讀者也不禁投進這個無垠的愁境之中。詞文以歸航作結。詞人在低吟之際，船兒靠岸。連吟詠也因歸航而中斷，詞人祇有在月下徒然思憶。愁情如斯，景色更顯淒美。

全詞上下結構明朗：上片寫景，下片寫情；前者景中含情，後者觸景生情。這樣，詞人就把外在的園林空間與內在的心靈空間，揉合爲一，不但鮮明地呈現，而且相映成趣。

五八　漢宮春❶

次韻稼軒❷。

雲曰歸歟❸，縱垂天曳曳❹，終反衡廬❺。揚州十年一夢❻，俛仰差殊❼。秦碑越殿❽，悔舊遊作計全疏❾。分付與高懷老尹❿，管弦絲竹寧無⓫。知公愛山入剡，若南尋李白⓬，問訊何如。年年雁飛波上，愁亦關予⓭。臨皋領客，向月邊、攜酒攜鱸⓮。今但借秋風一榻⓯，公歌我亦能書⓰。

---

❶ 此詞作於宋寧宗嘉泰三年癸亥（一二〇三），時白石四十九歲。夏承燾《姜白石詞編年箋校》云：「此和辛棄疾會稽秋風亭觀雨韻。棄疾以此年六月十一日起知紹興府兼浙東安撫使，十二月召赴行在。見《會稽續志》（二）安撫題名。此及下首『蓬萊閣』詞當皆本年作。」

❷ 次韻：和韻之一種。稼軒：即辛棄疾，號稼軒，爲南宋著名詞人。

❸ 歸：返回。歟：語末助詞。《論語》：「子在陳曰：『歸歟！歸歟！』」

❹ 垂天：《莊子·逍遙游》寫大鵬：「翼若垂天之雲。」曳曳：指連綿不絕貌。宋歐陽修〈鳴蟬賦〉：「四無雲以青天，雷曳曳其餘聲。」

❺ 衡廬：衡山、廬山。《宋書·王僧達傳》：「生平素念，願閒衡廬。」

❻ 揚州十年一夢：化用唐杜牧〈遣懷〉詩：「十年一覺揚州夢，贏得青樓薄倖名。」

❼俛：同俯，即低頭。仰：抬頭。差殊：指相差有別。

❽秦碑：《十道志》云：「秦始皇登秦望山，使李斯刻石。其碑尚存。」《輿地紀勝》卷十「紹興府古跡」：「秦望山在會稽東南四十里。《輿地紀》云：『在城南，爲眾峰之傑。』」越殿：當泛指越王勾踐、吳王錢鏐以及南宋臨安宮殿。

❾悔舊遊作計全疏：謂後悔以往遊覽，全疏於計劃。

❿分付與：指給與。楊恢〈祝英臺近〉詞：「都將千里芳心，十年幽夢，分付與一聲啼鴂。」高懷：崇高的襟懷。老尹：指辛棄疾。時辛棄疾任紹興兼浙東安撫使。尹，官名，如府尹、縣尹。此句謂把秦碑越殿交給高懷的辛棄疾去觀賞。

⓫管弦：管樂和弦樂。通指音樂。《淮南子・原道》：「夫建鍾鼓，列管弦。」絲竹：弦樂器和竹管樂器。也泛指音樂。晉王羲之（三二一—三七九）〈蘭亭序〉：「又有清流激湍，映帶左右，引以爲流觴曲水，列坐其次，雖無絲竹管弦之盛，一觴一詠，亦足以暢敘幽情。」寧無：指寧願沒有。

⓬剡：剡山在浙江嵊縣。其地有剡溪，即晉王子猷夜訪戴逵之處。唐李白〈秋下荊門〉：「此行不爲鱸魚鱠，自愛名山入剡中。」參〈徵招〉注㉜。

⓭愁亦關予：《九歌・湘夫人》：「帝子降兮北渚，目眇眇兮愁予。」意謂使我愁苦。

⓮此兩句化用宋蘇軾〈後赤壁賦〉：「是歲十月之望，步自雪堂，將歸於臨皋。二客從予過黃泥之坂。……仰見明月，顧而樂之。……於是攜酒與魚，復遊於赤壁之下。」

⓯秋風：指秋風亭，辛棄疾建。榻：狹長而低的坐臥用具，一般指床。《釋名・釋床帳》：「人所坐臥曰床，……長狹而卑曰榻。」

⓰公歌：指辛棄疾的〈漢宮春・會稽秋風亭觀雨〉詞。我亦能書：白石自指其〈漢宮春・次韻稼軒〉詞。書：書寫之意，引申爲撰寫。

【賞析】

這是姜白石的和韻詞之一。據夏承燾考證，白石四十九歲時，和辛棄疾（一一四〇—一二〇七）會稽秋風亭觀雨韻，寫下了這首詞作。大抵受所和的對象影響，此詞的風格，也與稼軒相近。意象宏闊，氣勢沉厚，開合較大，是白石詞中別具一格的作品。

詞文起首以雲入題。雲飄蕩於空中，變化莫測，或舒捲，或低垂；時佈雨，時成陰。詞人把雲比擬為人，寫雲說歸去。「歸歟」二字，是豪情壯語。摩天巨雲要返回遠遠的衡山居處。巨雲移動，氣勢磅礴。詞人由雲聯想到夢，故下開「揚州」二句。揚州之夢，寫盡詞人二十多年來戀情的失意以及事業的落空；俛仰之間，事情變化得面目全非。這裏就伸延到歲月的流逝。「秦碑」二句，道出詞人半生的光陰都在客旅漫遊中度過，但一切的遊覽都是疏於計畫的。這兩句情調低沉，語氣悲涼。「分付」二句，寫秦碑越殿等古蹟都交付給具遠大抱負的稼軒去觀賞。言下之意是自己沒有稼軒的政治胸懷，不配去觀賞那些歷史陳蹟。同時，一切的音樂也不能令詞人揮去因一事無成而感到的空虛。

換頭寫稼軒的山水志趣。「知公」三句，寫白石了解稼軒也愛山水。尤其是剡山，一如晉代的戴逵與唐代的李白。稼軒愛山水，白石也喜逸趣。「年年」二句，寫白石自己對山水的感應。每年鴻雁南飛，總牽起詞人的愁懷；一景一物，都迴蕩肺腑。可見白石跟大自然已相融為一，互為牽引。「臨皋」三句，寫跟稼軒一起登臨觀景，共賞明月，同飲啖魚。這是白石跟稼軒的共通之處，也是同樂的活動。白石把山水之樂再推深一層：「借秋風一榻」，寫在秋風之中，寧靜的月色下，與稼軒一起賦詩作詞，享受文學藝術的至高境界。結句語勢高昂，充分顯示對稼軒、對山水、對詩文的眞誠。

此詞在結構上頗有特色：上片隱若表現白石面對稼軒時的一種自愧不如的心態；下片表明彼此的共同興趣與審美理想，體現了拋開功名的大同境界。進一步來說，上片氣氛低沉，下片興味高昂，構成了鮮明的對照。

五九　漢宮春❶

次韻稼軒蓬萊閣❷

一顧傾吳❸，苧蘿人❹不見，煙杳重湖❺。當時事如對弈❻，此亦天乎。大夫仙去❼，笑人間、千古須臾❽。有倦客扁舟夜泛，猶疑水鳥相呼❾。　秦山對樓自綠❿，怕越王故壘⓫，時下樵蘇⓬。只今倚闌一笑，然則非歟⓭。小叢解唱⓮，倩松風、爲我吹竽⓯。更坐待千巖月落，城頭眇眇啼烏⓰。

❶此詞作於宋寧宗嘉泰三年癸亥（一二〇三），時白石四十九歲。此年辛棄疾被起用爲紹興知府兼浙東安撫使，他在紹興登蓬萊閣，有〈漢宮春·會稽蓬萊閣懷古〉一詞。姜白石時正客游紹興，寫了此詞相和。

❷次韻：依照所和詞中的韻及其用韻的次序寫詞。稼軒：南宋詞人辛棄疾之號。蓬萊閣：《寶慶會稽續志》：「在州治設廳後臥龍山下，吳越王錢鏐建。名以蓬萊，蓋取元稹之詩。」唐元稹（七七九—八三一）詩云：「謫居猶得小蓬萊。」宋孔平仲《清江集鈔》〈寄常父〉詩：「蓬萊閣下花多少，清曠亭前水淺深。」

❸一顧傾吳：漢李延年（？—約前八七）詩：「北方有佳人，絕世而獨立，一顧傾人城，再顧傾人國」。此句謂美人西施一顧使吳國傾覆。春秋末年越王勾踐爲吳王夫差（？—前四七三）所打敗，勾踐獻美人

西施於吴王夫差，吴王爲之築姑蘇臺，沉迷美色，終爲越國所滅。

❹苧蘿人：指西施。西施是越國苧蘿村（今浙江省諸暨縣南）人。

❺杳：幽暗、深遠。《楚辭·九歌·山鬼》：「雲容容兮而在下，杳冥冥兮羌晝晦。」重湖：謂白堤把西湖分爲裏湖、外湖，所以稱重湖。柳永〈望海潮〉詞詠杭州：「重湖疊巘清嘉。」此句謂衆多的湖泊爲煙霞遮蔽得幽暗深遠。

❻對弈：下棋。此句謂當時吴越兩國相爭，猶如下棋，有感世事如棋局局新。杜甫〈秋興〉詩：「聞道長安似弈棋，百年世事不勝悲。」

❼大夫：指越國大夫文種。文種助越王滅吴，功成，范蠡勸其離去，不聽，終被勾踐所殺，其墓在臥龍山。《嘉泰會稽志》：「臥龍山舊名種山，越大夫種所葬處。」仙去：即逝去。

❽須臾：時間極短暫、片刻。此句謂可笑人世間所謂千古只是一瞬。

❾倦客：白石自指。此兩句謂他（白石）曾經夜泛西湖，湖中的水鳥彷彿也來招呼。

❿秦山：指秦望山。在越州城正南，爲群峰之首，秦始皇登之望南海。此句謂對樓的秦山不經不覺自己換上綠衣。

⓫越王故壘：指越王台，台在臥龍山西。

⓬樵蘇：採薪者曰樵，取草者曰蘇。這裏指打柴割草的人。《史記·淮陰侯傳》：「臣聞千里餽糧，士有飢色，樵蘇後爨，師不宿飽。」這兩句説恐怕越王當年的故台，早已變成打柴人出沒的荒山野嶺了。

⓭歟：語氣詞，表示反詰。《史記·屈原傳》：「漁父見而問之曰：『子非三閭大夫歟？』」此兩句謂如今憑欄一笑，江山景物難道不是當年的樣子嗎？

⓮小叢：指盛小叢，古代歌女名。《碧雞漫志》「西河長命女條」：「崔元範自越州幕府拜侍御史，李訥尚書餞於鑑湖，命盛小叢歌。」這裏代指稼軒的侍兒。解唱：懂得唱、能唱。

⓯ 倩：請。竽：一種管樂器。《楚辭·九歌·東皇太一》：「疏緩節兮安歌，陳竽瑟兮浩倡。」竽有二十二管，分前後兩排。此句謂請松風爲我伴奏。

⓰ 眇眇：高遠、遼遠的樣子。《楚辭·九章·悲回風》：「登石巒以遠望兮，路眇眇之默默。」烏：指烏鴉。

【賞析】

辛棄疾（一一四〇—一二〇七）是南宋著名的詞家和軍事家、政治家。比他少十六歲的姜白石，對於這位前輩的成就，十分仰慕。宋寧宗嘉泰三年（一二〇三）稼軒授命爲紹興知府兼浙東安撫使，登臨紹興名勝蓬萊閣，並且寫下了〈漢宮春·會稽蓬萊閣懷古〉一詞。白石此時剛巧客旅紹興，得見此詞，故依照〈漢宮春〉用韻的次序，寫成了這篇和作。

在這篇詞作中，白石揭示了「天」（即自然）與「人」（即人事）的強烈對比，也道出了個人置身其中的生活態度，是一篇具有深刻哲理的抒情作品。

此詞發端，就以驚心動魄的史實入題。「一顧傾吳」，寫西施那一小女子，憑着絕世美色，摧毀了吳國家邦，恢復越國江山。這是一段極其偉大的歷史事件。「苧蘿人」二句，寫今日西施已消失，連她當年犧牲自己去復興的越國也灰飛煙滅了，祇有煙霧中的重重湖泊仍在眼前。偉大的「人事」經過時間的沖洗，一去無蹤；平淡的「自然」卻歷久不衰，依然故我。詞勢一開一合，攝人心魄。「當時事」二句，寫當時吳越相爭，步步爲營，勝負難料，但其實這一切都在天意之中。這裏，「人事」的變幻莫測與「自然」的禍福有定，形成了深刻的對照。「大夫」句，再寫個人在「人事」紛爭中的災禍。文種（約公元前五〇〇前後）曾向越王勾踐獻計，賄賂吳臣，免越亡國。可惜，勾踐滅吳後聽信讒言，命他自刎。這幕悲劇道盡了功過無常、爲政之險。「笑人間」二句，表現了詞人深切的反思。人事的變化、短暫和災劫，都教人驚怕，而詞人的「笑」是指苦笑，隱藏着道家不即不離，靜觀世態的心境。面對人事的變遷，詞人又如何自處呢？「有倦客」二句，表現了他此刻的心態與渴望。「倦」是源自長期作客，也來自耳聞目睹了衆多的世情。詞人夜泛西湖，享受天然的美景，與自然中的水鳥互相呼應。這裏反映了白石遺世獨立的渴望。

下片續寫「天」的美妙、可依，以及個人追求的生活境界。換頭跟上片起筆有明顯的分別，是從自然山嶺的視點寫起。秦望山跟人工的樓房遙遙相對，而人事的變化無損秦望山自生草木，優美景色。從前秦望山遠眺越王臺，今日越王臺已變成樵夫山民出沒的山野了。「怕」字寫出了詞人的疑惑心情。這與上片的「此亦天乎」相呼應。「只今」二句，寫憑欄遠望江山，江山景物古今如一。天然景物的永恆性再一次強調出來，人事就更形渺小。人既是如此微小，生活的方向又應怎樣調校呢？「小叢」三句，寫出了詞人個人的理想生活境界：美女唱出自己的詞篇，松風奏出悅耳的樂韻。這實在是白石心目中的文學與音樂的藝術境界。「更坐侍」兩結句，表現個人面對人事、自然的超然態度。在月下，在山中，靜聽遠處的烏鴉啼叫。詞境高遠，人生的層次提升至「美」的領域。

【評 說】

（現）俞陛雲《唐五代兩宋詞選釋》：

白石學清眞，心摹手追，猶覺挽強命中而未能穿札。和辛稼軒二首，（按，指〈漢宮春〉二首）則工力相等。宜杜少陵評詩謂材力未能跨越，有「鯨魚」、「翡翠」之喻也。

（現）劉斯奮《姜夔張炎詞選》：

作者於慶元三年（公元一一九七年）移居杭州，嘉泰元年（公元一二〇一年）秋，出遊浙江。嘉泰三年六月，辛棄疾被起用爲紹興知府兼浙東安撫使，有〈漢宮春〉會稽蓬萊閣懷古詞。姜夔於是寫了這首步韻之作。全詞用筆豪邁爽健，表現出受到辛棄疾詞風的影響。

（現）謝桃坊《宋詞概論》：

這首詞是效稼軒體的，題材宏偉，詞筆豪健，詞意沈鬱，學習了稼軒以文爲詞的表現方法，因而其藝術風格近於豪放。它的出現標誌着姜夔後期詞風開始變化。

（現）殷光熹編《姜夔詩詞賞析集》：

奉和之作，歷來稱難。與原作太貼近，則太實、太死，與原作全不相干，又失去酬唱的原旨；與原作配合默契，而又有自己獨特風格和意境的詞，卻是少見。而姜白石的這首詞，可稱爲這「少見」的作品之一。辛棄疾在同題詞中流露的是念念不忘效法歷史人物，報國雪恥，對社會有強烈的責任感和參與精神，感情強烈，憂憤深廣，格調蒼涼悲壯。姜白石一生飄泊江湖，目標高致，「蓑笠寒江過一生」，晚年關心國事的程度日漸增加，因而他能理解辛稼軒的追求和痛苦，百般爲他寬解，感情深沉，吐詞蘊藉，格調清新剛勁。辛詞句句凝聚着生活的艱辛與沉重，姜詞事事表達胸懷的曠達和意象的空靈。這正鮮明地顯示出他們各自的思想品格和美學特徵。（余嘉華　文）

六〇 洞仙歌❶

黃木香贈辛稼軒❷

花中慣識，壓架玲瓏雪❸。乍見緗蕤間琅葉❹。恨春風將了❺，染額人歸❻，留得箇、裊裊垂香帶月❼。鵝兒❽眞似酒，我愛幽芳，還比酴醾❾又嬌絕。自種古松根，待看黃龍❿，亂飛上蒼髯五鬣⓫。更老仙添與筆端春⓬，敢喚起桃花，問誰優劣。

---

❶此詞作於宋寧宗嘉泰三年癸亥（一二〇三），時白石四十九歲。此詞寫白石贈黃木香與辛棄疾。夏承燾《姜白石詞編年箋校》云：「詞無甲子，辛棄疾此年正月入京。陳疏引《群芳譜》，黃木香開於四月，詞當是此年夏間作。」

❷黃木香：木香，蔓生植物。春暮開花，小而色白，香甜可愛。花大而黃者，香味微遜。辛稼軒：即南宋著名詞人辛棄疾。

❸壓架：黃木香須攀附花架，此指黃木香很重，把花架也壓住。玲瓏：空明貌。唐李白〈玉階怨〉詩：「卻下水晶簾，玲瓏望秋月。」雪：形容木香花白而繁。

❹緗：淺黃色帛。蕤：草木花下垂的樣子。三國魏嵇康〈琴賦〉：「鬱紛紜以獨茂兮，飛英蕤於昊蒼。」此句謂黃木香花色淡黃而下垂。間：指花葉錯雜相間。琅：石而似玉。漢班固（三二—九二）《漢武帝

內傳》：「王母乃命諸侍女王子彈八琅之璈。」《山海經》云：「昆侖山有琅玕樹。」此以黃木香葉比擬琅玕樹。

❺將：送之意。

❻染額：古代美人妝飾。宋王安石（一〇二一—一〇八六）詩：「漢宮嬌額半塗黃。」此以黃木香比擬染額美人。

❼裊裊：繚繞貌。宋蘇軾〈青牛嶺高絕處有小寺人跡罕到〉詩：「暮歸走馬沙河塘，爐煙裊裊十里香。」此謂黃木香在晚上月色之下，垂香繚繞。

❽鵝兒：幼鵝毛色黃嫩，故以喻嬌嫩淡黃之物。這裏指黃木香花嬌嫩淡黃。宋蘇軾〈次荊公韻〉之一：「深紅淺紫從爭發，雪白鵝黃也鬥開。」

❾酴醾：花名，以色似酴醾酒，故名。宋蘇軾〈杜沂遊武昌以酴醾花菩薩泉見餉〉之一：「酴醾不爭春，寂寞開最晚。」宋張邦基《墨莊漫錄》九：「酴醾花或作荼蘼，一名木香，有二品。一種花大而棘長條而紫心者爲酴醾。一品花小而繁，小枝而檀心者爲木香。」

❿黃龍：指黃木香枝蔓延如龍蟠。

⓫蒼髯五鬣：謂松針如蒼髯馬鬣。宋陳舜俞（?—一〇七六）《廬山記》：「西嶺松如馬鬣。」段成式《酉陽雜俎》：「段成式修竹里私第，大堂前有五鬣松。」

⓬老仙添與筆端春：老仙：指辛棄疾。謂辛棄疾爲黃木香賦詩填詞。《稼軒詞》中有〈虞美人·賦荼蘼〉，黃木香詞或已佚。

【賞析】

〈洞仙歌〉是姜白石爲贈送黃木香給辛棄疾（一一四〇—一二〇七）而作的。當時白石四十九歲，而辛棄疾已是六十四歲了。白石對稼軒十分仰慕，除了和詞之外，還贈上精美的盆栽。白石所選的是攀生的黃木香。此木，清雅芬芳，姿態優美，正好表現文人詞家的獨特氣質。在此詞中，不但着力描摹黃木香的形貌氣味，而且也細意表現它的神韻意態。

詞文先寫黃木香的花。「花中」二句，寫此株黃木香重重地攀附着花架，花朵生得剔透玲瓏，潔白細小，像雪片一般晶瑩。這裏把花的密度、顏色和光澤都刻劃出來。爲了增加動感，白石利用不同的角度描寫花姿。「乍見」一句，表示忽然看到淺黃色的小花下垂在綠葉之間。詞人分別以細帛比喻黃木香的花，琅玕樹葉比喻黃木香的葉。前者給人親切的感覺，花的顏色、質感都活現前眼；後者則予人極其美好的聯想，因爲琅玕樹爲傳說中的奇瑰之樹，葉色也許如翠玉般美。在綠葉襯托下，花就更美更清了。

接着寫黃木香幽雅的神韻。「恨春風」二句，寫出一片幽美的詩情畫意。春風一送，黃木香的黃色花兒就輕輕吐露，如美人的妝扮，且在柔和的月色下默默低垂，散發芬芳。此處把人和花結合爲一體，花彷彿擁有美人的嬌姿和神韻。

下片「鵝兒」三句，詞人以酒味寫花氣。酒的味道濃烈，能刺激嗅覺；同時，酒能醉人，給人陶醉神往的聯想。詞人以「鵝兒」借喻黃木香的花色——鵝黃，再以明喻點出花香如酒。「幽芳」就表現花香的特點：清幽、芬芳。然後拿「酴醾」來相比，是承接上句以酒比花的思路，強調黃木香尤勝別的花香，例如酴醾。

「自種」三句，詞人先用古松根來比喻黃木香的盤根錯節；而「黃龍」則借喻黃木香枝幹蔓延如游龍。「亂飛上」一句，寫此木枝幹茂密，攀登花架，有如飛躍的蒼髯馬鬣。這樣，那株黃木香的姿態就活現眼前了。

最後，詞人還把黃木香與賦詩塡詞的雅興聯結起來。「更老仙」句，寫稼軒曾爲黃木香提筆賦詠。這樣，黃木香不再是純然的植物，而是具有精神世界的生物了。末句以設問來啓發聯想：將黃木香與桃花相比，究竟哪個優勝呢？答案就不言而喻了。

六一　念奴嬌❶

毀舍後作❷

昔遊未遠，記湘皐❸聞瑟，澧浦捐褋❹。因覓孤山林處士❺，來踏梅根殘雪。獠女❻供花，傖兒❼行酒，臥看青門轍❽。一邱❾吾老，可憐情事空切。　曾見海作桑田❿，仙人雲表⓫，笑汝⓬眞癡絕。說與依依王謝燕⓭，應有涼風時節⓮。越只青山⓯，吳惟芳草⓰，萬古皆沈滅。繞枝三匝⓱，白頭歌盡明月⓲。

❶ 此詞作於宋寧宗嘉泰四年甲子（一二〇四），時白石五十歲。其時白石之屋舍毀於火災，有感而發，故作此詞以記之。

❷ 毀舍後作：據《宋史·五行志》：「嘉泰四年三月丁卯，行都大火，燔尚書省、中書省、樞密院、六部右丞相府……火作時，分數道，燔二千七十餘家。」白石的屋舍當毀於此火。詳見夏承燾《姜白石詞編年箋校》。

❸ 湘皐：指湖南省湘江所流經之處。皐：水邊之地。白石淳熙間（一一七四—一一八九）曾游湘水附近。

❹ 澧：水名。源出湖南栗山，流入洞庭湖。澧浦：澧水之濱。捐：即棄。褋：即單衣。漢揚雄《方言》：「禪衣，江浦、南楚之間謂之褋」。《楚辭·九歌·湘夫人》：「捐余袂兮江中，遺余褋兮澧浦。」

❺ 孤山：在杭州西湖中。《西湖志纂》：「孤山聳峙湖心，碧波環繞……爲西湖最勝處。唐白居易詩：

「蓬萊宮在水中央」，正謂此也」。林處士：即林逋（九六七—一〇二八）。宋錢塘人，字君復。隱居西湖孤山，二十年不入城市。工行書，喜爲詩。不娶，種梅養鶴以自娛，因有「梅妻鶴子」之稱。卒謚和靖先生。有《林和靖詩》三卷。

❻ 獠女：謂面目醜惡的女子。唐劉肅（元和時人）《大唐新語》「聰明條」：「賈嘉隱年七歲，以神童召見。……（李）勣曰：『此小兒作獠面，何得如此聰明？』」

❼ 傖：鄙賤、粗野之稱。唐徐堅等《初學記》十九漢王褒〈青鬚髯奴辭〉：「傖囁穰擩，與塵爲侶。」此句謂鄙賤之小兒。

❽ 青門：《咸淳臨安志》：「城東東青門，俗呼菜市門。」轍：車輪的行跡。

❾ 一邱：即一丘。化用晉謝鯤（約二八〇—約三二二）典。謝鯤，字幼輿。《晉書·謝鯤傳》載：「明帝問曰：『論者以君方庾亮，自謂何如？』答曰：『端委廟堂，使百僚准則，鯤不如亮。一丘一壑，自謂過之。』」

❿ 曾見海作桑田：晉葛洪（二八四—三六四）《神仙傳》卷七：「麻姑自說云：『接待以來，已見東海三爲桑田。』」喻世事變化巨大。白石此句指其宅舍被毀事。

⓫ 仙人雲表：謂仙人在雲外。仙人：大抵指林逋。

⓬ 汝：泛指世人，也包括作者白石在內。

⓭ 王謝燕：唐劉禹錫〈烏衣巷〉詩：「朱雀橋邊野草花，烏衣巷口夕陽斜。舊時王謝堂前燕，飛入尋常百姓家。」晉望族王導（二七六—三三九）、謝鯤等曾卜居南京烏衣巷。

⓮ 涼風：指秋風。秋風起則燕子南飛。

⓯ 越：泛指越地。此句謂越地只有青山。

⓰ 吳：泛指吳地。此句謂吳地唯有芳草。

⑰ 繞枝三匝：三國魏曹操詩：「月明星稀，烏鵲南飛。繞樹三匝，無枝可依。」白石借用曹詩以喻其屋舍被毀，無家可歸。

⑱ 白頭歌盡明月：白頭，指白石自己年事已老。歌盡明月：用詩詞徹底地歌頌明月。

【賞 析】

白石苦命文人，半生漂泊流離，依人而居。晚歲卜宅臨安，思欲稍求安頓，惜乎不幸遭犯回祿，屋舍盡燬，其哀慟可想。本詞即爲此事而發。上片以昔日清遊之俊發，比照今日荒居之落寞，勾起感嘆。下片試圖自我開解，然終亦未能釋懷。全詞感慨蒼涼，動人肺腑。

詞首三句寫昔遊，用《楚辭》之典，高古爾雅，正是白石本色。『未遠』二字暗中映照今日荒寒之狀，用筆幽隱，含而不露。『因覓』二句謂詞人自湘至杭，思效林逋卜居西湖梅雪之間。『獠女』三句，筆勢陡轉，寫今日城南舍毀之後，只有借寓友人張平甫城北東青門之別館（詳夏承燾《姜白石詞編年箋校》），景況寂寥。獠女傖兒，供花行酒，聊以度日，了無情趣，與昔遊之俊雅，殆不可同日而語矣。『臥看』一句，盡見詞人慵懶無賴之情。『一邱』兩句，點出感慨。『情事空切』四字呼應起首『昔遊未遠』句。其事雖如未遠，然其情已不可追，能不興嘆乎？『可憐』二字，飽含哀思，不可輕易放過。

上片結處勾出感慨，若夫一般作手，此後則直下抒洩牢騷矣。唯白石仙才，故過片奇峰突起，以仙人慣見滄桑，強自寬解。『說與』兩句以燕喻人，謂即使王侯第宅，亦非可久戀，何況蝸居？然『依依』兩字，透出多少無奈！詞人宅破家毀，雖自開解而終難釋懷之情亦明矣。『越只』三句，再推開一步，以越王台榭，吳國宮苑，一例荒蕪，沉滅於青山芳草之間，以映襯毀舍之不足介懷。詞人表面似是看透世情，不以運蹇爲意，其實『沉滅』二字，聲沉意重，深創巨痛，早已流露無遺。至此詞人悲鬱之情，再難壓抑，乃高唱魏武〈短歌行〉之章，發洩其『無枝可依』的苦衷。『繞枝』二句，聲情激越，沉痛迫烈，直有響遏行雲之勢。

此篇寫毀室破家之痛，起首卻不直入主題，遠兜遠轉，憶懷舊遊，如溫前夢。詞人閒閒寫來，不見半分傷感。至半途忽插入今日傖寒景狀，頓起棖觸。其筆致之拗怒，可比清眞。下片純作抒情，反覆自我寬慰。筆調則由寬而緊，情緒則愈轉愈烈，至結處直如烈火噴發。惟其字面，則涼風明月，仙人桑海，一貫清疏。此又冷筆熱腸，白石獨至，昔人所無也。通觀全詞，布局機巧，筆法頓宕，興寄沉鬱，堪稱白石集中佳什。

【評說】

（現）夏承燾〈論姜白石詞〉：

像〈水調歌頭〉「富覽亭永嘉作」、〈永遇樂〉「次韻辛克清先生」、〈念奴嬌〉「毀舍後作」各篇，也都和早年作風不同；比之辛詞，不過略變其奔放馳驟而爲跌宕頓挫而已。

（見夏氏《姜白石詞編年箋校》（代序））

六二 永遇樂❶

次稼軒北固樓詞韻❷

雲鬲迷樓❸，苔封很石❹，人向何處。數騎秋煙❺，一篙寒汐❻，千古空來去。使君❼心在，蒼厓綠嶂❽，苦被北門留住❾。有尊中酒差可飲❿，大旗盡繡熊虎⓫。 前身諸葛⓬，來遊此地，數語便酬三顧⓭。樓外冥冥⓮，江皐隱隱⓯，認得征西路⓰。中原生聚⓱，神京耆老⓲，南望長淮金鼓⓳。問當時依依種柳，至今在否⓴？

❶ 此詞作於宋寧宗開禧元年乙丑（一二〇五），時白石五十一歲，是在杭州寫的。此詞是和辛棄疾的〈永遇樂．京口北固亭懷古〉詞，詞風亦接近辛棄疾。夏承燾《姜白石詞編年箋校》云：「此和辛棄疾『京口北固亭懷古』，棄疾前一年正月自紹興入見，建議伐金，旋即差知鎮江府，預爲恢復之圖。故此詞比爲諸葛、桓溫。」

❷ 稼軒：即辛棄疾。北固樓：在今江蘇鎮江約一里處北固山上。山三面臨水，形勢險固。梁武帝（四六四—五四九）曾登此山，認爲不宜固守，只可做爲壯觀之志，因改名爲北顧山。宋大將韓世忠（一〇八九—一一五七），曾在這裏伏兵截擊金兀朮。辛棄疾曾在此年秋天作〈永遇樂．京口北固亭懷古〉

詞。次韻即照所和詞的原韻原字及其次序而寫成。

❸ 鬲：同隔。迷樓：在揚州，隋煬帝（五六九—六一八）幸江都時建。《古今詩話》謂：「帝幸之，曰：『使眞仙游此，亦當自迷。』乃名迷樓。」在北固山隔江可望見揚州的迷樓。

❹ 很石：亦名狠石。在北固山甘露寺內，狀如伏羊。相傳孫權（一八二—二五二）曾在這塊石上，與劉備（一六一—二二三）共同謀劃，討伐曹操。在寺壁上，舊有唐羅隱（八三三—九〇九）詩：「紫髯傘蓋兩沉吟，很石空存事莫尋。」原石已不存，寺僧曾另取一石，充當原石。陸游《入蜀記》：「石亡已久，寺僧輒取一石充數。」此句謂很石已被苔蘚所侵蝕。

❺ 騎：指馬匹。此句謂數匹馬在秋日裏奔跑捲起煙塵。

❻ 一篙：即一支船篙，用以撐船。這裏指船隻。汐：即晚潮。

❼ 使君：指辛棄疾。古代稱州郡長官爲使君，而辛棄疾曾歷任安撫使。

❽ 厓：指山邊。嶂：指如屏障的山峰。這裏指辛棄疾熱愛青山綠草的山林生活。辛棄疾自紹熙五年（一一九四）爲諫官彈劾，歸隱江西上饒的帶湖和鉛山的瓢泉之間歷時十年，直到作此詞的前二年（嘉泰三年，一二〇三）才被起用爲浙東安撫使。

❾ 苦：迫不得已的意思。北門：北方的門户，指鎮江，古有「北門之管」、「北門鎖鑰」之稱。這時南宋與金以淮水爲界，天險唯賴長江，故以鎮江爲北方門户。此三句謂稼軒心在歸隱山林，無奈爲國家大事所留住。

❿ 尊：同樽、酒器。差可：還可以。《晉書·郗超傳》：「徐州人多勁悍，（桓）溫云：『京口（即鎮江）酒可飲，兵可用。』」又劉宰〈賀辛待制知鎮江〉文：「眷惟京口，實控邊頭；雖地之瘠，民之貧，然酒可飲，兵可用。」此句謂酒樽裏有酒，質素雖然差些，還可以飲。暗喻辛稼軒已復官，雖不是在富饒重鎮，但也可以有若干享受。

⓫ 熊虎：古代軍中，大旗上多繡上熊和虎以表示威嚴和勇猛。此句暗喻稼軒有兵可用。

⓬ 諸葛：即諸葛亮（一八一—二三四），三國時代的政治家、軍事家。這裏以諸葛亮比喻辛棄疾。

⓭ 三顧：指劉備三顧草廬，請諸葛亮出山。諸葛亮爲酬答知遇之恩，向劉備分析天下形勢，提出聯吳抗曹，謀取西南的策略，並輔助劉備建立蜀漢政權。此處借用此典暗示朝廷對辛棄疾的恩遇以及讚美的辛氏的才略。酬：酬謝，即不負之意。

⓮ 樓外：指北固樓外。冥冥：晦暗的意思。

⓯ 江皋：江邊的高地。隱隱：是昏晦、不分明的樣子。

⓰ 征西路：晉桓溫伐蜀還江陵，拜爲征西大將軍，北征苻秦。作者借征西代指北伐。此句謂辛棄疾對北伐的路線非常熟悉。

⓱ 中原：指中國。生聚：指繁殖人口，聚積物力。《左傳·哀公元年》：「越十年生聚而十年教訓。」宋金自一一六四年簽訂和議後，三十多年間，沒有大的戰事，此正好是休養生息的「生聚」時期。

⓲ 神京：指北宋汴京。耆老：父老。《禮》：「六十曰耆。」

⓳ 長淮：指長江、淮水。它們是南宋的邊防前線。金鼓：鐘鼓，軍中進兵收兵的信號，這裏代指軍隊。此句謂北方的父老時常盼望南宋的軍隊北征。

⓴ 依依種柳：南朝劉義慶（四〇三—四四四）《世說新語》：「桓公（桓溫）北伐，經金城，見前爲琅琊時種柳皆已十圍，慨然曰：『木猶如此，人何以堪？』攀枝折條，泫然流淚。」北周庾信（五一三—五八六）〈枯樹賦〉：「桓大司馬聞而嘆曰：『昔年種柳，依依江南；今看搖落，悽愴江潭。樹猶如此，人何以堪！』」因辛棄疾故鄉在山東歷城，二十二、三歲時舉義南歸，至是已是四十餘年，故白石有此設問。

【賞析】

白石晚年過從稼軒，相與酬唱，南宋兩大詞人，遂得輝光相映，實爲詞壇千古佳話。稼軒〈永遇樂〉北固樓詞，豪宕感激，風神煥發，早已膾炙人口。白石此詞，步趨之際，自饒風韻，無愧佳什。大家風範，於茲可睹焉。

北固山又名北顧山，姜詞起句即隱扣其名。隔江遠望迷樓，即藏「北顧」之意。「苔封」兩句應辛詞「英雄無覓孫仲謀處」之意。此三句呼應原唱題旨，構思縝密。「鬲」字示距離之遠，「封」字示年月之深，均着力鍛煉得來。「數騎」三句，承「人向何處」句，加以發揮，其境象於開闊之中，寓以輕俊，效辛詞而不失本色。「千古」二字又應辛詞發端「千古江山」之字面，可見詞人用筆之妥貼周延。以上寫詞人面對滿目江山而興懷今古。「使君」句言稼軒復起，身在魏闕，而心懷江湖。此乃恭維之筆，意在讚美其志節清高，不戀名位。其實稼軒終生志業，乃在掌兵北伐，收復山河，其去官歸隱，出於無奈，誠非素願。如今東山復出，正合其懷抱，所謂「使君心在，蒼崖綠嶂，苦被北門留住」，原非實情。惟此數句，寫得氣度雍容，大方得體，亦合乎酬酢應有之義。「有尊」二句，寫出大將風度，雅健高華。「差可」二字應前句「苦被」二字，金針暗渡，而意甚爽豁，活現武人灑脫神態。「大旗」、「熊虎」，何等雄偉，而中間插一精巧之「繡」字，使全句剛健而含婀娜，別饒姿態。以上寫稼軒之氣度襟抱。

過片三句既頌朝廷之賞賢任能，又譽稼軒之雄才大略，筆致玲瓏。「來遊」二字，意態蕭閒，幾令人忘其所談乃兵戈血腥之事，姜詞之雅，於此可見一斑。惟白石並非一味求雅，不顧現實者，故以下兩句情調即轉。「樓外」點北固樓，「江皋」點「千古江山」；曰「冥冥」，曰「隱隱」，意象淒迷，聲調沉頓，讀之令人心頭如壓重負，詞人之國恨幽懷，良可感矣。「認得」句應辛詞「四十三年，望中猶記，烽火揚州路」句，暗點辛公抱負。「中原」三句從北地遺民處着想。「南望」二字借耆老企盼南師的殷切之情，側顯稼軒之才高任重，而字面上又與「北顧」之名相映照，突顯出南北百姓對山河一統的渴望。這三句大聲鞺鞳，最近稼軒。末二句用桓溫典作收束，感嘆流年，暗應辛詞「廉頗老矣」之句。惟辛詞嗟機會晚至，深心憤抑，故一結忼慨。至姜詞則傷版圖久裂，滿懷無奈，故一結哀婉。辛姜異趣，本於性分各別，於此亦可窺其中消息。

詞中寄意，已如上述。至乎技巧，辛姜二家，用同調同韻，而辛詞渾渾灝灝，元氣淋漓；姜詞則灑灑落落，姿態搖曳。觀其句法，辛多散行，語勢奔注，大氣包舉；而姜多偶對，法度整飭，意氣從容。兩相比照，姜詞雖未至「和韻而似原唱」，然戴枷起舞，猶自翩躚，毫不露半點窒滯，亦可謂神乎其技矣。

【評說】

（現）郭揚《千年詞》：

起句至「千古空來去」上，是從江山景物引起人事追思。自「使君心在」起，至後闋「認得征西路」止，是寄望於辛棄疾的率師收復中原，他把辛比成「鞠躬盡瘁」的諸葛亮。從「中原生聚」起至結尾，則寫中原父老，熱望宋朝軍隊前來，眞如陸放翁之「關中父老望王師，想見壺漿滿路衢」詩中所寫的感情。……上闋「大旗盡繡熊虎」六字，寫得何等聲勢！與「數峰清苦」一類的情調殊異。

（現）黃拔荊《詞史》：

本詞上片由江山風物引出人事興亡，抒發對時局的感慨。並從對辛棄疾的殷切期望，表達詞人對北伐的熱誠。下片把辛棄疾比爲諸葛亮，認爲北伐大計，非使君莫屬。其中「中原生聚，神京耆老，南望長淮金鼓」，既是沉痛地道出了北方人民在水深火熱的日子裏的迫切希望，又是對苟安江左，不思恢復的主和派的憤怒控訴。最後引出桓溫事作結。「依依種柳」一句，更留下了無限想像的餘地。全詞豪快而有力量，飽含着時代精神。

（現）王曉波《宋四家詞選譯》：

本詞上片寫鎭江的風光及地形的重要，指出辛氏鎭守京口，軍容威武，北伐大計有了轉機和希望。下片用諸葛亮、桓溫來比擬辛氏，讚揚他的才略，堪負此大任，並以中原人民的急切希望，來激勵辛氏進兵中原，恢復淪喪的故土。全詞感情激昂，表現了作者對國家民族命運的關心。此詞氣魄宏大，筆力雄健，接近辛詞的風格，可與辛棄疾《京口北固亭懷古》

詞並讀。

（現）陳如江《唐宋五十名家詞論》：

……如〈永遇樂〉是「次稼軒北固樓詞韻」；〈漢宮春〉是「次韻稼軒蓬萊閣」，並也寫出了「知公愛山入剡，若南尋李白，問訊何如」（〈漢宮春〉）；「中原生聚，神京耆老，南望長淮金鼓」（〈永遇樂〉）等豪健明快的詞句，然畢竟不是以縱橫慷慨之氣運勢落筆，而是覃思精慮、千錘百鍊後所得，雖顯示了深厚的功力，卻也露出文勝於質的傾向，所以周濟指出：「稼軒鬱勃故情深，白石曠放故情淺；稼軒縱橫故才大，白石局促故才小。」（《介存齋論詞雜著》）「白石詞如明七子詩，看似高格響調，不耐人細思。」（同上）後之學姜者，更是落到空虛之中，從而使詞變成士大夫階層用來反映吟弄風月、清賞湖山的風雅生活的工具。

（現）謝桃坊《宋詞概論》：

……北宋故土的希望寄托於辛公，且以此相勉。詞裏洋溢着詞人強烈的民族情感，我們若將它置於張元幹、張孝祥和辛派詞人的愛國主義的壯詞裏也是毫無愧色的。

（現）陶爾夫、劉敬圻《南宋詞史》：

這首「次韻稼軒」，學稼軒雄豪博大而又不失自家本色。

（現）劉乃昌《宋詞三百首新編》：

詞從鎮江勝跡、樓外風光着墨，緬懷歷史人物，追念往古英雄，進而呼喚當代英雄，轉接自然。「使君」以下，扣到稱揚稼軒題旨。從棲跡園林到鎮守名都，由「心在」、「苦被」云云搭配，一語道破，言約意豐。化用桓溫語，只說「酒可飲，兵可用」自在言外，運筆簡括靈巧。「繡熊虎」象徵軍士勇武，側筆見意，使君軍威，於此可見。後闋以諸葛、桓溫稱許稼軒，着重讚其胸懷抗戰韜略，熟習北征地理，於對方才識正相契合。再加中原父老盼望官軍，則北征之舉，勢在必行。末以桓溫進兵情景期許稼軒，水到渠成。全詞感情昂揚，筆力雄健，氣魄宏大，體現出作者支持抗金、激勵北伐的愛國熱情。酬和辛詞，風調亦與稼軒相近。

（現）殷光熹編《姜夔詩詞賞析集》：

全詞以景抒情，其立意依四層次而轉：一、感慨，二、惋惜，三、讚美，四、希望。本篇刻劃了一位既威武又儒雅多智的愛國英雄的崇高形象，並展現了他激蕩熾烈的內心世界。全篇滲透了愛鄉土、愛父老的熱情，是一篇優秀的愛國詞作。

……將辛棄疾的〈永遇樂〉原詞與姜的和詞一比，即清楚地顯示出：辛詞豪放，充滿陽剛之美；而姜詞便有以下一系列徵候：陽剛之「很石」，以陰柔之「迷樓」相襯；鐵騎溶入於秋煙，春篙偏補以寒汐；「蒼厓綠嶂」，不見水的柔，便許是北方的山了，但把那北山的雄偉險峻打了個折扣，於是陽剛又湊近陰的柔了；鐵軍威武，卻道熊虎繡旗；「留住」、「生聚」都是內剛外柔的婉約語氣；「金鼓」不能不說是陽剛，「依依」「柳」豈非陰柔；諸葛集剛柔之美於一身，而單以智雅況出，桓溫式唯陽剛，而以「征西路」、「依依種柳」委委透出……這樣，姜的〈永遇樂〉便形成「剛蘊」的格調。它具有陽剛之美，但勻以陰柔之後，又帶着內蓄的特色。對這首詞，讀者既可感受到噴薄欲出的陽剛之力，又欣賞到從容儒雅的柔美。總起來說，辛的〈永遇樂〉豪放，姜的〈永遇樂〉剛蘊，堪稱雙璧。（包景誠文）

（現）孟慶文《新宋詞三百首賞析》：

全詞多用歷史掌故，貼切自然，意蘊豐富。古今之事交相敘說，結構錯落，而氣脈貫通，可謂健筆縱橫，情辭並茂。（張家鵬　文）

六三 虞美人❶

括蒼煙雨樓❷，石湖居士所造也❸，風景似越之蓬萊閣❹，而山勢環繞、峰嶺高秀❺過之。觀居士題顏❻，且歌其所作〈虞美人〉❼，夔亦作一解❽。

闌干表立蒼龍背❾，三面巉天翠❿。東遊纔上小蓬萊⓫，不見此樓煙雨未應回⓬。而今指點⓭來時路，卻是冥濛處⓮。老仙鶴馭幾時歸⓯，未必山川城郭是耶非⓰。

❶此詞作於宋寧宗開禧二年丙寅（一二〇六），時白石五十二歲。主旨吟詠括蒼山的煙雨樓。

❷括蒼：山名，在浙江處州。《唐書・地理志》：「麗水縣有括蒼山。」《浙江通志・處州・喻良能舊州治記》：「由好溪堂層級，三休至煙雨樓。憑闌四顧，目與天遠。」

❸石湖居士：即范成大。參〈醉吟商小品〉（又正是春歸）注❷。范成大《石湖詩集・桂林中秋賦》：「戊子守括蒼。」戊子，即宋孝宗乾道四年（一一六八）。

❹蓬萊閣：在會稽。《寶慶會稽續志》：「在州治設廳後臥龍山下，吳越王錢鏐建。名以蓬萊，蓋取元稹之詩。」唐元稹詩云：「謫居猶得小蓬萊。」參〈漢宮春・次韻稼軒蓬萊閣〉（一顧傾吳）注❷。

❺ 高秀：指高大、秀逸。

❻ 居士題顏：顏：匾額題字曰顏。《浙江通志》引《方輿勝覽》：「煙雨樓在州治，范至能書。」

❼ 且歌其所作〈虞美人〉：今《石湖詞》無此詞，相信已佚。

❽ 夔：指姜夔自己。一解：樂曲以一章爲一解，一解即一闋、一首。

❾ 闌干表立蒼龍背：指煙雨樓建在山崗之上，而山崗之形狀如蒼龍之背。

❿ 巉天翠：謂煙雨樓周圍之三面巉岩翠綠，高聳連天。

⓫ 小蓬萊：煙雨樓的風景似會稽的蓬萊閣，故稱爲小蓬萊。

⓬ 不見此樓煙雨未應回：謂如未見識煙雨樓的煙雨，便不應回去。

⓭ 指點：指出、點示。唐李白〈相逢行〉：「金鞭遙指點，玉勒近遲回。」

⓮ 冥濛：即冥蒙，幽暗不明之意。晉左思〈吳都賦〉：「曠瞻迢遞，迥眺冥蒙。」

⓯ 老仙：范成大於白石作此詞前十三年（即紹熙四年（一一九三））逝世，故稱老仙。鶴馭：馭，御。此句謂范成大老仙幾時駕鶴回來。

⓰ 未必山川城郭是耶非：化用丁令威典。晉干寶《搜神記》：「遼東城門有華表柱，忽有一白鶴來集。言曰：『有鳥有鳥丁令威，去家千歲今來歸，城郭如故人民非，何不學仙去，空見冢壘壘。』」此句謂山川城郭未必如故，亦未必不如故，意謂變化難料也。

【賞析】

此詞主要描寫括蒼煙雨樓之景色，由實景而生蓬萊仙景之想像，將樓景結合仙景去寫，筆法極為高妙。同時，因景懷人，表露作者對他逝去的朋友范成大深切的懷念。

上片首二句以實筆寫煙雨樓，看它被蒼山環抱，滿目翠綠。『東遊』一句是比喻，登煙雨樓就如上蓬萊閣般，景色如畫，美麗絕倫。最妙之句為第四句，作者認為上煙雨樓最值得欣賞的乃其煙雨，不觀看其煙雨是絕不應歸去的。試想若置身於被山巒環繞之高樓上，看迷濛煙雨之景，眞彷如陷入仙境之中。仙乎人乎？

下片由景入情，首二句乃銜接上片末句而來，因為身在煙雨之樓，所以來時的路徑已不能找到了，只見一片幽暗冥濛。末二句寫懷人。煙雨樓乃范石湖所造，作者身處故人之樓而生懷故人之感，聯想到不知故人何時才會駕仙鶴回來。等到石湖回來之時，山川城廓亦未必有所改變，一樣如現時的那麼美麗動人。末句一改丁令威化鶴歸來之典故，是要點出煙雨樓景色之美，也對故人不能忘情的深刻描寫。

此詞雖為詠煙雨樓景色之詞，但卻能由景生情，從詠物以至懷人，情景相融，可見白石詠物詞功力之高。

六四　水調歌頭❶

富覽亭永嘉作❷

日落愛山紫，沙漲省潮回❸。平生夢猶不到，一葉眇西來❹。欲訊桑田成海❺，人也了無知者，魚鳥兩相推❻。天外玉笙杳，子晉只空臺❼。倚闌干，二三子❽，總仙才。爾歌遠遊章句❾，雲氣入吾杯。不問王郎五馬❿，頗憶謝生雙屐⓫，處處長青苔。東望赤城近⓬，吾興亦悠哉⓭。

❶ 此詞作於宋寧宗開禧二年丙寅（一二〇六），時白石五十二歲。這詞是作者在永嘉游富覽亭時，觸景生情，有感事物之變遷而作的。夏承燾《姜白石詞編年箋校》云：「詞無甲子，當在游處州之後。詞云：『一葉眇西來』，蓋自處州泛甌江至永嘉。」

❷ 富覽亭：《永嘉縣志》：「（亭）在郭公山上，不越几席，而盡山水之勝。」《萬曆溫州府志》：「郭公山在郡城西北，晉郭璞登此卜居，故名。」永嘉：今浙江溫州。

❸ 沙漲：指沙灘上的水上漲。永嘉近海，而且瀕臨甌江，海潮長落，影響甌江。省：察覺、省悟。此句謂因看見沙灘上的水漲了，便省悟到潮水已回來。

❹ 一葉：指小船。眇：遠、高的意思。《莊子·庚桑楚》：「夫全其形生之人，藏其身也，不厭深眇而已矣。」此句謂（我）從遙遠的西方來到這裏。白石當時應由麗水泛舟循甌江東下而至永嘉。

⑤ 欲訊：指想問的意思。桑田成海：指陸地變成滄海。晉葛洪（二八四—三六四）《神仙傳》卷七：「麻姑自說云：『接待以來，已見東海三爲桑田。』」喻世事變化巨大。

⑥ 此兩句謂：人世間沒有人知道，連魚鳥亦推說不知。

⑦ 子晉：漢劉向（約前七七—前六）《列仙傳》記：「周靈王太子晉，好吹笙作鳳鳴，游伊洛之間，浮丘公接引上嵩山；後乘白鶴至緱氏山頭，舉手謝時人，數日而去。」《永嘉縣志》引《名勝志》：「吹台山在（永嘉）城南二十里，上有王子晉吹笙台。」此兩句謂仙人王子晉的吹笙臺，至今只空閒着；玉笙的聲音已飄至天外，早已聽不到了。

⑧ 闌干：即欄干。二三子：謂作者的同游朋友。

⑨ 爾：即你，作者的同游者。遠遊：指戰國時屈原（約前三四〇—約前二七八）的〈遠遊〉，或指《樂府雜曲歌辭》三國魏曹植所作的〈遠遊篇〉，內容是寫與仙人同遊，周歷天地。

⑩ 王郎五馬：《永嘉縣志》：「五馬坊在舊郡治前。王羲之守永嘉，庭列五馬，繡鞍金勒，出即控之。今有五馬坊。」但《浙江通志》辨王羲之本傳無守永嘉事，亦不見他書。實緣於後人誤讀《晉書・孫綽傳》：「會稽內史王羲之引（孫綽）爲右軍長史，轉永嘉太守」之語，並附會爲五馬坊、洗硯池諸古蹟。此句謂不問王羲之五馬備用之事，意謂不羡慕爲官的威儀。

⑪ 頗：是很的意思。謝生：指南朝詩人謝靈運（三八五—四三三）。謝生雙屐：指謝公屐。屐：木製的鞋子，底部有齒，容易留有腳印，多用作登山之用。《南史・謝靈運傳》：「（謝靈運）尋山陟嶺，必造幽峻，岩嶂數十重，莫不備盡。登躡常着木履，上山則去其前齒，下山去其後齒。」唐李白〈夢遊天姥吟留別〉：「腳著謝公屐，身登青雲梯。」此句謂很使人想起謝靈運所穿的木屐，表示欣賞遊山玩水的閒情逸致。

⑫ 赤城：山名，在浙江省天台縣北六里處，是通往天台山的必經之路。《會稽記》謂赤城：「土色皆赤，狀

似雲霞，望之如雉堞。」晉孫綽（三一四—三七一）〈天台賦〉：「赤城霞起而建標。」

⑬興：指感觸、感興。悠哉：指悠然神往的意思。晉陶潛〈飲酒詩〉：「採菊東籬下，悠然見南山。」哉：語助詞。

【賞析】

這首〈水調歌頭〉抒發詞人登山臨水的浩懷逸興，寫來清氣滿紙，骨力遒勁。

詞開首兩句即既點時間，復寫空間。當前高山遠岸，俱入眼簾，境象開闊，而詞人所處地勢之高，亦不言而喻，正切合『不越几席，而盡山水之勝』（《永嘉縣志》）的富覽亭。『愛』、『省』二字，極爲醒豁，寫詞人沉醉景色之情，如在目前。『愛』字點，見其酣賞之態；『省』字染，謂詞人目睹沙痕漸漲，始會潮水已回，道其流連久之而不自覺，加倍烘托山水風光之美。一點一染之間，盡見詞人功力。第三句拓開抒情，謂此景夢猶不到，不意今日乘舟到此，欣喜之情，溢於言表。接下三句筆鋒再轉，興懷古之情。由江山勝景，想到滄桑變換，推轉自然，如羚羊掛角，無跡可尋。自欲訊滄桑，到人無知者，再到魚鳥相推，步步推進，層層揭響，把詞人懸問之情，提至高峰，引出此片結二句古人不見的太息，筆調緊湊而韻味悠長。

上片由寫景而抒情，情景兼備。或情景交融（首二句），或情中含景（三至七句），或景中含情（結二句）。下片側重抒情。首句補述詞人身處之地，二三句則點人物。『二三子』，詞人與衆友自謂也。曰『總仙才』，其懷抱可想。『爾歌』兩句，示退隱之思，而音節嘹亮，意興飛揚，正是白石本色。『不問』句申足不慕榮利意，『頗憶』句表明獨喜山水之情。『青苔』二句亦古人不見之嘆，自憐幽獨，與上片結二句暗相呼應。歇拍二句，一景一情，筆勢頓宕，『東望』句拓開視境。『吾興』句出以唱嘆之聲，讀之覺餘音嫋嫋，情致搖曳。

此詞筆致亢爽，而興會幽微。開啓旨奧之祕鑰，正在下片『遠遊』一典。蓋屈原〈遠遊〉之什，首句即云『悲時俗之迫阨兮，願輕舉而遠遊』，又云『遭沉濁而污穢兮，獨鬱結而誰語。』湘纍怨語，悲慨深沉。是知詞人挈友登臨，歌酒相答，雖狀若瀟灑，而意實沉鬱。所謂遊興云云，乃是飽諳世味，故有欲離塵棄俗的憤懣之情。白石雖稱詞仙，卻絕非不食人間煙火，其詞所寓哀感，往往淪肌浹髓，此章即是一例。

至若此詞之謀篇運筆，亦甚精妙。詞自發端始，情景之語，更迭變換，筆勢旋折。至上片結處子晉一典，用仙人故事，包攬前意，誘發下文，一舉兩得。過片『仙才』句，接子晉之典，意脈不斷，渾化無跡，洵爲巧筆。『爾歌』兩句，緊貼前語，扣鎖如環。蓋〈遠遊〉一篇，多乘氣御風的游仙之想，正接『仙才』二字。『不問』句承上游仙意，『頗憶』句啓下遊興意，『蒼苔』句則呼應懷古意。這幾句一波三折，爲結穴之鋪墊。最後兩句東望遠山，推開作結，除擴展視界，造成餘響外，更應富覽亭之名，扣題嚴密，始終不懈。全篇多用典故，其中吹臺、五馬坊、謝公屐等皆關合富覽亭所在之永嘉縣，而詞人運之一如隨手摭拾，無絲毫湊合之弊，堪稱筆力扛鼎。

這首詞雖不如白石集中其他名篇膾炙人口，但亦自圓渾厚，氣朗神清，佳作也。

【評說】

（現）夏承燾〈論姜白石詞〉：

像〈水調歌頭〉「富覽亭永嘉作」、〈永遇樂〉「次韻辛克清先生」、〈念奴嬌〉「毀舍後作」各篇，也都和早年作風不同；比之辛詞，不過略變其奔放馳驟而爲跌宕頓挫而已。（見夏氏《姜白石詞編年箋校》（代序））

（現）謝桃坊《宋詞概論》：

姜夔在永嘉富覽亭作的〈水調歌頭〉也是效稼軒體的作品，如「倚闌干，二三子，總仙才。爾歌《遠遊》章句，雲氣入吾懷。不問王郎五馬，頗憶謝生雙屐，處處長青苔。東望赤城近，吾興亦悠哉。」這已宛然辛公的語氣了。

（現）殷光熹編《姜夔詩詞賞析集》：

張炎《詞源》認爲，寫景狀物，如果「體認稍眞，則拘而不暢，模寫差遠，則晦而不明」。所以提倡「收縱聯密，用事合題，一段意思全在結句，斯爲絕妙」。這說明，成功的寫景詩詞，應當求神似而不求形眞，在若即若離之間方妙，在結構上則應能放能收，渾成統一；結尾必須點明主旨。今觀姜白石此詞，可謂處處吻合。其題曰「富覽亭」，而作者並沒有對亭作直接描寫，而是從遠處景物，倚闌高歌等側面效果上加以烘托。既寫亭又寫人，既狀景又述情，亦實亦虛，若隱若現，是爲神似。就結構看，上片從山水落筆，又不粘着於山水，而將筆鋒放開，寫一舟西來，寫魚鳥玉笙，是爲放；而下片倚闌又收，歌《遠遊》再放；至結尾，寫赤城，既收又放。如此收放相間，張弛天成，眞正達到了「野雲孤飛，去留無跡」的妙境。（姜亮夫、江林昌　文）

六五　卜算子❶

吏部梅花八詠，夔次韻❷。

江左詠梅人❸，夢繞青青路。因向淩風臺❹下看，心事還將與❺。　憶別庾郎❻時，又過林逋❼處。萬古西湖❽寂寞春，惆悵誰能賦。

❶ 此詞作於宋寧宗開禧三年丁卯（一二〇七），時白石五十三歲。

❷ 吏部梅花八詠，夔次韻：夏承燾《姜白石詞編年箋校》云：「白石詞別集一卷，後人掇拾而成，此題『吏部梅花八詠，夔次韻』，蓋依當時寫似三聘墨蹟收入，當改題『和曾無逸梅花八首。』」吏部：指曾三聘，字無逸，寧宗初年做過吏部考功郎（掌管官吏的考課），所以白石稱他爲「吏部」。夔：即姜白石自稱。次韻：依照所和詞的韻及其用韻次序寫成。

❸ 江左：即江南。詠梅人：指曾三聘。

❹ 淩風臺：揚州台名，其地多梅。南朝詩人何遜〈早梅〉詩，有「枝橫卻月觀，花繞淩風臺。」

❺ 心事還將與：把自己的感情、心事都寄與梅花。

❻ 庾郎：即庾信，字子山，南北朝時文學家，長於詩賦，其〈梅花〉詩云：「樹動懸冰落，枝高出手寒。」

❼ 林逋：爲北宋錢塘人，字君復。隱居西湖孤山，二十年不入城市。工行書，喜爲詩。不娶，種梅養鶴以自娛，因有「梅妻鶴子」之稱。卒謚和靖先生。有《林和靖詩》三卷。

❽ 西湖：在杭州。

【賞析】

此詞乃和曾三聘詠梅詞八首中的第一首，作於宋寧宗開禧三年丁卯（一二〇七）。全詞借詠梅以寄託對友人的思念，亦反映詞人內心的寂寞，流露出淡淡哀愁。

上片寫作者想念身在江南的友人曾三聘。「詠梅人」暗指三聘。友人不在身旁，只能在夢中拾回昔日舊事。甜蜜的美夢建立在那「青青路」上，一起踏青郊遊的日子，始終日夜夢縈。這絲絲的念掛之情不能揮去，因而到淩風台下觀梅，把內心的情感都寄與梅花。然而，觀梅花就可忘情嗎？非也！皆因曾三聘喜愛梅花，又有詠梅之作，作者觀梅不正是又勾起對友人的憶念？或許把心事告諸梅花，讓梅花爲自己傳達情思。上片以直敘的方式點出作者觀梅的原因。以『夢饒青青路』暗喻詞人對好友的思念。用語淺白暢曉，卻營造出一片帶感傷的氣氛。

下片承接觀梅而來，寫出梅花的寂寞，以寄託作者自己的寂寞。由於觀看梅花，想起兩位與梅花有關的詩人。一是曾作梅花詩的庾信（五一三—五八一），一是愛梅成痴的林逋（九六七—一〇二八）。庾信有《梅花》詩，云：「常年臘月半，已覺梅花闌，不信今春晚，俱來雪裡看。」昔日古人觀梅詠詩，今日作者觀梅而念及詠梅之人。從「憶別」兩字看來，庾郎是暗指曾三聘。所思者表面爲庾信，實爲三聘。「林逋處」應指孤山，《西湖遊覽志》卷二云：「逋，字君復，隱居孤山……繞種梅花，吟詠自適。」觀賞梅花不可不到孤山。「又」字暗點非一次至此觀梅。最後兩句把梅花的寂寞盡訴，感情濃烈哀傷。意謂：西湖種着寂寞的報春花（梅花），觀賞之時，惆悵萬千，可有誰人爲它們賦詠？「萬古」強調寂寞之長久，是誇張的描寫。「春」乃指梅花。南朝宋陸凱（約四二〇—四七九）有《贈范曄詩》：「江南無所有，聊贈一枝春。」然而，究竟是花寂寞？還是作者寂寞？是沒人能賞識梅花予以賦詠？還是作者懷才不遇的投影？讀者自己去找答案好了。

六六　卜算子❶

月上海雲沈，鷗去吳波迥❷。行過西泠❸有一枝，竹暗人家靜。又見水沈亭❹，舉目悲風景。花下鋪氈把一盃，緩飲春風影❺。

❶參前首注❶。

❷吳波：浙江古屬吳地，故稱其海爲吳波。迥：遠也。三國魏曹植〈雜詩〉：「之子在萬里，江湖迥且深。」

❸西泠：作者自注云：「西泠橋在孤山之西。」西泠即西村，在浙江杭州西湖孤山下，爲外湖與裏湖之界。《武林舊事》：「西陵橋又名西泠橋，又名西村。」

❹水沈亭：白石自注云：「水沈亭在孤山之北，亭廢。」

❺緩飲春風影：此句謂在這春風搖拂的夜影裏，我們慢慢地喝酒。

【賞析】

此詞寫江浙之景、西泠之梅，以及作者花下的獨酌，全詞充滿孤單的情調。

上片寫景，下片寫人。起首兩句寫出吳地（今江蘇、浙江一帶）海天空闊之景：月兒升上雲海，鷗鳥遠飛天外。「上」與「沈」相對，一上一下。雲如海般遼闊，波濤遠接天邊。前者是天之闊，後者是海之迥，形成一廣闊的視野。景象由遠至近，詞人徒步到孤山賞梅，見西泠橋附近一枝梅花獨開；在偏僻悄靜的人家處，光線暗淡的竹枝旁，頗似白石的《疏影》詠梅詞所言：「無言自倚修竹」的情景。上片雖然純是寫景，卻已透出孤單的情調：明月一輪，梅花一枝，鷗鳥不成群；雲亦「沈」，鳥亦「去」。四周的環境是「暗」而「靜」的。在漫不經意中，作者已營造了一幽冷之畫面。

下片主要寫作者的活動。經過西泠橋後，不知不覺走到孤山北面的水沈亭。「又」字顯示作者重臨此處，只見滿目蒼涼，亭榭荒廢，內心難免悲傷，哀歎不已。姑且收拾悲懷，在花下鋪氈淺飲，杯中映着春風吹動下的梅花，情景淒美。然而，此飲是爲賞梅花，還是爲解心中愁緒呢？不得而知，惟有作者自曉。若是純爲賞梅的雅趣而飲，何必有「悲風景」之句？若是單爲解愁，則何須選取富有詩意的「花下」作飲？情感明顯是傾向「悲」的，且略帶孤單。「鋪氈」、「把杯」、「緩飮」皆獨個兒的活動，其愁懷可知了。

全詞以白描手法敘寫。上片寫景，動靜兼顧；以月升、鷗飛爲動景，孤梅、暗竹、人家爲靜景；以景托出孤單之情。下片寫人，內在情感與外在活動俱寫；而以內在之情說明悲感，外在行動帶出孤單之意。全詞又不離梅花，上片寫月下孤梅獨倚，下片寫孤單之人賞梅，孤單兩處，卻心靈互通，人與梅合而爲一了！

【評說】

（現）劉斯奮《姜夔張炎詞選》：

承周邦彥之後而興起的格律詞派，本以精雕細琢爲工，而不以氣象勝。白石詞亦多此類。但是，這裏選的一首，雖無更多內容，卻寫得頗有情調。

（現）殷光熹編《姜夔詩詞賞析集》：

這首詞寫了兩個景點：一爲孤山之西的西泠橋，一爲孤山北之沉水亭廢址。前者爲上片所描寫，後者爲下片所描寫。上片着重寫景，由動景轉入靜景，突出西泠一枝梅花獨秀的審美境界。下片着重寫賞梅人的感受和情態。先是觸景生情、移情於景；繼而是在飲酒賞景中使精神得到放鬆，顯現出詩人的審美情趣。

這首詞作於寧宗開禧三年（一二〇七），作者當時在杭州。曾三聘曾有《梅花八詠》，姜夔和了八首〈卜算子〉，這裏選了其中的第二首。這組詞以詠梅爲中心，從不同的景點、角度、內容和手法，進行寫景抒情。尤其在描繪梅花的精神風采方面，別具一格，傳神入化。結合他的代表作《暗香》、《疏影》來看，不愧是詞家詠梅高手。（金鏞 文）

六七　卜算子❶

蘚榦石斜妨❷，玉蕊松低覆❸。日暮冥冥❹一見來，略比年時❺瘦。　涼觀❻酒初醒，竹閣❼吟纔就。猶恨幽香作許慳❽，小遲春心透❾。

---

❶ 參詞第六五首之注❶。

❷ 蘚榦：范成大《梅譜》：「古梅會稽最多，四明、吳興亦間有之。其枝樛曲萬狀。蒼蘚鱗皴，封滿花身。」石斜妨：謂梅枝橫斜，爲石所阻。

❸ 玉蕊：指梅蕊。此句謂梅蕊爲低松所覆蓋。

❹ 日暮：即一日之終，黃昏之意。冥冥：晦暗、昏昧。《楚辭·九歌·山鬼》：「雲容容兮而在下，杳冥冥兮羌晝晦。」

❺ 年時：往年。

❻ 涼觀：白石自注：「涼觀在孤山之麓，南北梅最奇。」《四朝聞見錄》「蕭照畫條」：「孤山涼堂，西湖奇絕處也。堂規橅壯麗，下植梅數百株。」《萬曆錢塘志》：「涼堂，宋紹興時構。理宗改爲黃庭殿。」涼堂即涼觀也。

❼ 竹閣：白石自注：「竹閣在涼觀西，今廢。」《西湖志》引《錢塘縣志》：「舊址在孤山，杭人因祀白公於此。宋徙置北山廣化院，而閣已廢。」

❽許：這樣、如此。許慳：如此慳吝。
❾遲：這裏指等待。小遲：即小待。此謂待春天到來，花便會怒放。

【賞析】

此詞乃詠古梅之作，上片寫梅花姿態，下片寫作者酒醒咏梅。

起首兩句寫古梅之態。梅枝爲石所阻，梅蕊則爲松所覆蓋。范成大（一一二六—一一九三）《梅譜》云：『蒼蘚鱗皴，封滿花身』，指的是滿佈苔蘚的梅花枝榦。韓元吉（一一一八—一一八七）《菩薩蠻》有：『江南雪裡花如玉』之句，故『玉蕊』猶言梅瓣雪白如玉。詞人於日暮之時，光線晦暗之際看見古梅，感到它略比往年消瘦。《梅譜》認爲梅花是『以橫斜疏瘦』爲貴，故作者言古梅爲石所阻而指出其橫斜姿態；爲松所蓋，則點出其消瘦。這是讚美此梅之可貴。然而，作者極言梅榦受阻，梅蕊受覆，是否暗示作者懷才不遇、生活坎坷？下片可窺見答案。

承上片而來，作者在孤山的涼觀醉酒，酒醒後在竹閣吟詩賦詞。文人好酒是普遍的現象，但鮮有無端醉酒的。實由於作者內心有感懷身世之鬱結。鬱結難解，只有借酒澆愁，偏偏酒入愁腸愁更愁，愁何能解？酒醒後還是回到殘酷的現實中！然而，「涼觀」、「竹閣」二句流露詞人性格瀟脫不羈以及才思敏捷的一面：愁則飲、醉則蓆地而臥，是爲不羈；醒而能賦詩，賦詩即成，是爲敏捷。滿胸才華而不爲世所用，實在令人惋惜！

末兩句寫梅香。意謂：恨梅花此刻慳吝其香，不久待春降臨，梅花怒放，幽香亦會四溢。那時，自然可以盡享清香了。作者極言梅之『慳』，又言對其『恨』，表面是貶斥之言，實是讚揚梅香之清幽：因它香，所以才會感到不足，才會恨花之吝嗇，才又希望春來時香滿大千！此兩句實明抑暗揚。

此詞既寫梅枝、梅蕊、梅態，亦寫梅香，用字簡潔精煉，雖不直接寫情，而情實充份地流露於字裡行間，可謂不言情而情自顯。情感含蓄，不言己之不樂，只以『酒醒』暗示；不言己之愛梅，卻以『恨幽香作許慳』婉轉流露。

六八 卜算子❶

家在馬城西❷，今賦梅屛雪❸。梅雪相兼不見花，月影玲瓏徹❹。前度❺帶愁看，一餉❻和愁折。若使逋仙❼及見之，定自成愁絕。

❶ 參詞第六五首之注❶。

❷ 馬城：白石自注：「馬城在都城西北，梅屛甚見珍愛。」「城」亦作「塍」。白石友人蘇洞有〈到馬塍哭堯章〉詩四絕，其末首云：「賴是小紅渠已嫁，不然啼碎馬塍花。」白石晚年家居馬塍，卒葬於此。《淳祐臨安志》：「東西馬塍在餘杭門外羊角埂之間。」又《咸淳臨安志》謂西馬塍：「其土極細，宜花。園丁種花，以賣都城。四時之花皆取此。」故白石云：「梅屛甚見珍愛。」

❸ 梅屛：列梅爲屛。宋釋居簡《北澗集．梅屛賦》：「北山鮑家田尼庵，梅屛甲京都。高宗嘗令待詔院圖進。」

❹ 玲瓏：空明貌。唐李白〈玉階怨〉：「卻下水晶簾，玲瓏望秋月。」此句謂在月光下，梅花之貌更空靈、透徹。

❺ 前度：前次、上回。唐劉禹錫〈再遊玄都觀絕句並引〉：「種桃道士歸何處，前度劉郎今又來。」

❻ 一餉：即一晌、片刻。南唐李煜（九三七—九七八）〈浪淘沙令〉：「夢裏不知身是客，一晌貪歡。」

❼ 逋仙：即林逋。參〈卜算子〉（江左詠梅人）注❼。

【賞析】

此詞詠梅雪。上片寫梅、雪相映，下片寫看梅、折梅及惜梅。

首兩句寫作者家在馬城之西，梅林成屏，甚覺可愛，而今才得賦詠雪中的梅花。作者賦詠梅屏是爲居住附近的梅花所吸引。接着兩句則寫月下梅雪相映。意謂：在月光輝映下一片銀白，只見白雪不見梅花，月下梅影則空靈剔透。「梅雪相兼不見花」，好像貶抑梅花不夠鮮明突出，其實是稱頌梅花如雪般潔白，形成梅、雪相兼相容，分不清孰是梅花，孰是雪。然而，月光投下的影子令梅花在雪白之餘更見玲瓏。上片在淺白的文字中描繪了一幅清雅的月映梅雪圖。畫中格調是清幽冷寂的。月光是清冷，梅花是幽冷，白雪是寒冷，投影是靜寂；清月、幽花、冷雪、寂影皆予人一「冷」的感覺，極爲雅淡。

下片由景轉至情態的描寫。作者非首次看梅屏，前次是帶着愁懷觀賞，這次則凝愁攀折。前度看梅是愁，今次折梅亦是愁。作者折梅之舉，若爲林逋看見，則必定使他痛絕生愁了。宋無名氏的《江城梅花引和趙制機賦梅》有「逋仙千載獨知心」之句。「逋仙」顯然是指林逋。《西湖遊覽志》卷二云：「處士無家，妻梅而子鶴。」林逋酷愛梅花，若見作者折梅，自然痛心之極。詞人借林逋之惜梅表達自己對梅花的珍愛。林逋愛梅，不欲人折之，詞人愛梅卻折之以供吟賞；彼此愛惜梅花的形式有如此的不同。詞人以「愁」字貫通下片，先是愁看梅，愁折梅，後又爲惜梅而愁絕。以情感爲主，動態（看梅，折梅）爲次。

全詞遣辭淺白，上片主寫景，下片重寫情。格調清冷，文辭間流露作者對梅的極度鍾愛。

雖然僅僅只有四十四字，在白石的妙筆下卻營造一淒美的意境：明月映白雪，白雪映梅屏，梅屏影婆娑，詞人帶愁折。若謂白石詞中有畫，相信不會有異議。

六九 卜算子❶

摘蕊暝禽飛❷，倚樹懸冰落❸。下竺橋邊淺立時❹，香已漂流却❺。

空逕❻晚煙平，古寺春寒惡❼。老子尋花第一番❽，常恐吳兒覺❾。

❶ 參詞第六五首注❶。

❷ 摘蕊暝禽飛：此句謂詞人摘梅花而驚醒夜間棲宿的鳥兒，使它飛走。

❸ 倚樹懸冰落：謂詞人倚着梅樹，其體溫令致附在樹上的冰溶解。

❹ 作者自注云：「下竺寺前磵石上風景最妙。」《西湖志》云：「下天竺寺在靈鷲山麓，晉高僧慧理建。」宋周密《武林舊事》：「大抵靈竺之勝，周迴數十里，而巖壑尤美，實聚於下天竺寺。」宋葛天民〈懷天竺澗梅〉詩云：「根在巖邊結，枝從水際橫。此花殊近道，凡木久修行。密竹籠幽片，疏篁倚瘦莖。那時香不淺，憶我話無生。」又〈竺澗梅〉詩云：「龍脊橋邊鶴膝幽，一枝斜亞水橫流。自從識破胡笳曲，吹徹黃昏不解愁。」淺立：即小立。

❺ 香已漂流却：此句謂梅花的香氣已漂流去了。

❻ 空逕：無人的小逕。逕，通徑。

❼ 古寺：下天竺寺。此句謂在下天竺寺的春天頗爲寒冷。

❽ 老子：白石自指。第一番：即第一次。

9 吳兒：《晉書．夏統傳》：「賈充欲使之（按，指夏統）仕，俯而不答。充令妓女盛服，繞船三匝，統危坐如故，充曰：『此吳兒石人木腸也。』」此兩句謂我（白石）第一次尋梅，擔心怕給夏統知道。

【賞析】

此乃記述作者尋梅之作。上片敘寫下竺寺尋梅的活動，下片則描繪寺中環境，並抒一己之感。

起首是工整的對句，一個「暝」字揭示時間乃入夜之際。意謂：摘取梅花時驚起晚宿的禽鳥，倚梅樹沉思時懸掛的冰塊滑落身上。「摘蕊」與「倚樹」寫作者的活動。「暝禽」與「懸冰」寫周圍的環境，詞人把「暝」及「懸」二字巧妙地作爲形容詞用。「飛」與「落」同是動詞，形成一上一下的對比。從「懸冰落」三字可知尋花正值初春之際，天氣回暖，梅枝上的冰塊遇暖溶解滑落；亦見詞人倚樹之久，至冰落身上才頓覺已久立於此。「下竺」、「香漂」兩句寫作者小立下竺寺橋邊凝望，見梅花隨水飄流，香氣亦隨水而逝。此片詞描繪一寂靜的環境，並以各種聲音烘托這片寧靜；有禽飛之聲、冰落之聲、流水之聲。寫景有動有靜：「禽飛」、「香漂」是動景，「倚樹」、「淺立」是靜景。從環境的寂靜反映下竺寺的肅穆清冷，亦反映梅花的孤獨。

下片首兩句直接描寫下竺寺。其徑空無一人，只有晚間的煙霧彌漫四周，古寺中春寒料峭。「空」、「平」、「惡」皆爲精鍊之詞。「空」字既寫出小徑無人，亦強調其荒涼寂靜。

「平」字則把煙霧橫空一片景象帶出。前者寫的是深度，後者是廣度，予人一立體的寂寞景象。「惡」字則把春寒難耐，作者身感其苦的事實點出。在如此嚴寒的春夜，詞人不惜千里前來靈鷲山麓的古寺尋梅，其愛梅之深可見。然而，這傻痴之舉乃其第一次，故有「老子尋花第一番」之句；並且時常恐怕被他人察覺而被取笑，就算像夏統那般連美女也不能動其心的木石心腸的人，對詞人的冒寒尋花必定竊笑不已。此兩句活寫作者之心情及其舉動，天眞爛漫，至爲妙筆。

全詞從春寒惡、徑無人、古寺偏見詞人尋花之苦；雖苦仍尋，可見其痴。而從古寺的偏僻、環境的寂靜足見梅花生長之地遠離塵市。由於梅花不是四處可得，詞人才從遠道而來，追尋至此。其愛梅之深、尋梅之痴足可見矣！

七〇　卜算子❶

綠萼更橫枝❷，多少梅花樣。惆悵西村一塢春❸，開徧無人賞。　細草藉金輿❹，歲歲長吟想。枝上幺禽❺一兩聲，猶似宮娥唱。

❶ 參詞第六五首注❶。

❷ 白石自注云：「綠萼、橫枝，皆梅別種，凡二十許名。」范成大《梅譜》：「凡梅花附蔕皆絳紫色，唯此（綠萼）純綠，枝梗亦清高，好事者比之九疑仙人萼綠華云。」橫枝：宋林逋〈詠梅〉詩：「雪後園林才半樹，水邊籬落忽橫枝。」

❸ 惆悵：因失意而傷感、懊惱。西村：白石自注：「西村在孤山後，梅皆阜陵時所種。」宋孝宗葬阜陵。塢：指四面如屏的花木深處，這裏指花塢。此句謂感惜西湖孤山後面的西村，那裏的花塢種滿很多梅花，春意一片。

❹ 藉：指襯墊。輿：車箱，泛指車。金輿：皇帝的車輦。南宋仇遠（一二四七—一三二〇）〈思佳客〉詞：「文甃碧，朵牆紅。金輿蒼鼠玉華宮。」

❺ 幺禽：即小禽。禽：飛鳥也。白石〈疏影〉詞起句：「苔枝綴玉，有翠禽小小，枝上同宿。」

【賞析】

此乃作者感傷梅花開遍，無人賞識之作，同時顯示追念往昔之情。

起首兩句即點明梅花品種：綠萼、橫枝外，更有各種梅花。綠萼與橫枝是稀有的梅花，可是即使在西村盛放，還是無人欣賞。「一塢春」寫的是梅花聚開於塢，春意盎然。梅花是春臨的象徵，梅花怒放表示春天到來。然而，爲何梅花競放而沒人欣賞？是西村偏遠？還是因爲沒人知道此處梅花盛麗？其實，梅花的遭遇不正是與作者相同嗎？『開遍無人賞』雖寫梅花，但何嘗不是作者懷才不遇的寫照？

下片追憶昔日君主坐着華麗之車輦到這一帶賞梅。金輿壓着細嫩的青草，皇帝年年在此吟賞梅花。可是一切皆成過去，而今只有梅枝上的小鳥啾啾，叫聲彷似舊日宮娥的歌唱。詞人以「細」字形容綠草，把青草於初春始生，幼嫩細小的狀態活寫出來。一「金」字則盡寫皇帝的氣派，連外出遊幸的車輦也是金碧輝煌。「歲歲」寫出賞梅年年不斷。然而，這一熱鬧景象卻與今日的冷清形成強烈對比。「幺禽」一句突出冷清之景：無人賞梅，只有鳥兒到訪，而且只是小鳥。「一兩聲」反襯四周的寧靜。鳥聲本不易聽清楚，何況又是小鳥之聲！偏偏在那處卻清晰可聞，可知其寂靜清冷的程度。

值得一提的是：西村的梅花皆宋孝宗葬阜陵時種，而孝宗與其父高宗乃南宋時期好賞梅花的君主。故此，孝宗死後，西村植梅以悼念之。然而，這一塢梅花自此亦失去賞識之人。詞人是否有意借此事暗喻賢君不在，好花（オ士）便無人賞識呢？其惆悵之情是流露於字裡行間的。細賞之，白石懷才不遇之感是頗爲顯明的。

全詞以寫景爲主，情寓景中。以今、昔對比，突出梅花無人賞之悲涼。不論如何，燦爛綻放的梅花雖生於僻靜的地方，尚有愛梅的詞人賞識，反觀詞人自己則有誰賞識呢？此詞寫梅花，卻從梅花身上看到作者的影子。

七一　卜算子❶

象筆帶香題❷，龍笛❸吟春咽。楊柳嬌癡未覺愁，花管人離別。　路出古昌源❹，石瘦冰霜潔。折得青鬚碧蘚花❺，持向人間說。

❶參詞第六五首注❶。

❷象筆：用象牙製的筆。香題：指用象筆題詠梅詩詞；香指梅花之香。

❸龍笛：笛名。以笛聲似水中龍吟，故名。唐虞世南（五八八—六三八）〈琵琶賦〉：「於鳳簫輟吹，龍笛韜吟。」後世有龍笛，制如笛，七孔，橫吹，管首制龍頭，銜同心結帶。

❹昌源：白石自注：「越之昌源，古梅妙天下。」《嘉泰會稽志》：「越州昌源梅最盛，實大而美。項里、容山、直步、石龜，多出古梅，尤奇古可愛。」宋林景熙（一二四二—一三一〇）〈昌源懷古〉詩：「殘僧相對語寂寞，苔梅隔嶺春年年。」元章祖程注云：「昌源坂在會稽縣南三十五里，吳越王錢氏所葬之處。」

❺折得青鬚碧蘚花：宋范成大《梅譜》：「古梅會稽最多，……其枝樛曲萬狀。蒼蘚鱗皴，封滿花身。又有苔鬚垂于枝間，或長數寸，風至，綠絲飄飄可翫。」此句形容折得特別形狀的梅花。

【賞析】

此詞借詠梅以抒離別之情，上片寫離情，下片寫贈梅。

起首兩句言在梅香四溢之中，以象牙製之筆題詠詩詞；在春光明媚之際，吹笛吟賞，聲音如泣如咽。南朝梁·劉孝先（五〇二—五五七）的《詠竹詩》有「誰能制長笛，當爲作龍吟」之句，故有「龍笛」之稱。此兩句的「帶香」，「吟春」，已點明春季，故下文有「楊柳嬌癡」之語。意謂楊柳沒有體會人的離愁別緒，依然嬌嫩可愛，只有梅花管顧人間別離。這兩句既寫出春天的景象：梅花盛開，楊柳細嫩；又以擬人手法把楊柳和梅花人格化。「嬌癡」本來是形容天眞可愛而又不懂事的少女，作者以之形容楊柳的細嫩，因它尙不懂事，所以不解人間的離愁別恨。透過楊柳的「未覺愁」反襯正是愁緒滿懷的詞人，透過梅花管人離別之句說明詞人正處於與人離別之際。

下片承接離別之事而來，作者送友人路出昌源（在會稽縣南三十五里），驟見嶙峋瘦石旁如冰霜般高潔的古梅。它有青色的苔鬚垂於枝間，又滿身長着碧蘚，特別標緻可愛，忍不着手攀折一枝，然後把這心愛之物送給友人。多溫馨啊！至於「說」什麼，可想而知了。其中「青」字、「碧」字皆暗點春天。只有在春天，一切草木才會青葱碧綠。而「石瘦冰霜潔」則表現古梅的孤芳獨立，生長的地方是嶙峋古石旁，花朵則潔白如霜，冷艷如冰。一「瘦」字把石塊擬人化，亦生動的描繪了石塊的出塵之姿。

全詞寫離情，淡淡寫來，哀而不傷；詠梅而非純詠梅，實以梅寄情，寄託那離別之愁，思念之緒。遺辭曉暢淺白，用字活潑生動，難怪黃昇云：「白石道人，中興詩家名流，詞極精妙」，其言非虛。

七二　卜算子❶

長信

御苑接湖波❷，松下春風細。雲綠峨峨玉萬枝❸，別有仙風味。

昨來看❹，憶共東皇醉❺。此樹婆娑一惘然❻，苔蘚生春意。

❶參詞第六五首注❶。

❷御苑：指聚景園，在清波門外，宋孝宗晚年所居之所。此句謂御苑在清波門外，與西湖水波相接。

❸松下、雲綠兩句：白石自注云：「聚景官梅，皆植之高松之下，芘蔭歲久，萼盡綠。夔昨歲觀梅於彼，所聞於園官者如此，末章及之。」雲綠就是指綠萼的梅花。峨峨：高峻、高聳貌。《楚辭・招魂》：「增冰峨峨，飛雪千里些。」這裏指梅樹之高聳形態。玉萬枝：指有很多開着如玉般白色梅花的梅枝。

❹長信：漢宮名，爲太后所居。《三輔黃圖》：「長信宮，漢太后常居之。……后宮在西，秋之象也。秋主信，故宮殿皆以長信、長秋爲名。」此指成肅太后。《武陵舊事》：「聚景園在清波門外，孝宗致養之地。……嘉泰間，寧宗奉成肅太后臨幸，其後蕪廢不修。」

❺東皇：司春之神。《尚書緯》：「春爲東皇，又爲青帝。」

❻婆娑：盤姍及放逸貌。《世說新語・黜免》：「大司馬府廳前，有一老槐，甚扶疏。殷因月朔，與眾在廳，視槐良久，嘆曰：『槐樹婆娑，無復生意。』」惘然：失志貌。南朝梁江淹〈無錫縣歷山集〉詩：「酒至情蕭瑟，憑樽還惘然。」

【賞　析】

此是一首詠綠萼梅之作，是《卜算子》詠梅詞八首中的最後一首。上片寫聚景園（御苑）中的綠萼梅，下片寫在長信宮觀梅。

起首兩句點出梅花所處的環境：在連接西湖的清波門外之聚景園中，在高聳的松樹護蔭下，春風細細的吹送。接着描寫梅花的姿態：綠萼梅成林，枝上點綴着千萬朵如白玉般晶瑩的梅花，看來彷如世外之物，超然脫俗，意象鮮明，文辭精鍊。例如：一個「接」字把西湖湖光拉近聚景園，既指出聚景園的位置，亦點出周遭的湖光。「春風細」三字則把春天的氣息充分的展現出來。試想：春風輕吹，梅花盛開，一朵朵如玉般潔白玲瓏的花朵點綴疏枝上，飄來陣陣清幽的芳香，春天是多麼生氣勃勃呢！「峨峨」二字道出梅花莊嚴高潔，一如仙風道骨的世外高人！

下片追寫作者憶述昔日曾於長信宮觀賞綠萼梅之事。「昨」字可以是昨日、去年，亦可泛指過去。當時，梅花與自己同樣沉醉於春風之中，物我兩忘。繼而盤桓於梅花樹下，惘然若失，只覺樹上的苔蘚欣欣向榮地透露着春天的訊息。

詞人觀梅，前度悵惘，今次欣喜。詞人愛梅，不惜多次尋梅。梅有「仙風味」，作者何嘗不是有仙風味？這是移情作用，亦是自我外射的描寫。清·劉熙載《詞概》云：『詞家稱白石曰白石老仙，或問畢竟與何仙相似，曰：「藐姑冰雪，蓋為近之。」』白石風格一如其所詠之梅——孤高冷潔。難怪劉氏說：『姜白石詞幽韻冷香，令人挹之無盡。擬諸形容，在樂則琴，在花則梅也。』《卜算子》八首詠梅詞可謂透寫白石詞「幽韻冷香」的風格！寫的梅花有古梅、綠萼梅、白梅；與梅花有關的事則有賞梅、觀梅、尋梅、賦梅；與梅花有關的情則有：思友、離情、孤寂。八首詠梅詞可謂各俱題材，各有主旨，其遣字造句，清麗自然，雋永異常。

七三　好事近❶

賦茉莉❷

涼夜摘花鈿❸，苒苒動搖雲綠❹。金絡一團香露❺，正紗廚人獨❻。　朝來碧縷放長穿，釵頭罣層玉❼。記得如今時候，正荔枝初熟❽。

❶ 由此詞起不編年。夏承燾《姜白石詞編年箋校》：「不編年，序次依陶鈔。」

❷ 賦：是中國文學的一種體裁或寫作方法。這裏指詠的意思。茉莉：《群芳譜》：「此花出波斯。弱莖繁枝，葉如茶而大，綠色團尖。夏秋開小白花，花皆暮開，其香清婉柔淑。」宋周密《武林舊事》：「都人避暑，而茉莉爲最盛。初出之時，其價甚穹。」

❸ 鈿：即鈿釵，爲婦人的首飾。花鈿：唐白居易〈長恨歌〉：「花鈿委地無人收，翠翹金雀玉搔頭。」此處指茉莉花。

❹ 苒苒：柔細貌。漢王粲（一七七—二一七）〈迷迭賦〉：「布萋萋之茂葉兮，挺苒苒之柔莖。」雲綠：即綠雲，指如雲的綠葉的意思。

❺ 絡：兜頭的網狀物或用網狀物兜住頭。南朝梁元帝（五〇八—五五四）〈後園看騎馬〉詩：「遙望黃金絡，懸識幽并兒。」此句謂茉莉花上沾滿被花薰香的露水。

❻ 紗廚：亦作紗幮，即紗帳，可以避蚊蟲。唐司空圖（八三七—九〇八）〈王官〉：「盡日無人只高臥，一雙白鳥隔紗幮。」這句謂正像一個人獨自在紗廚裏。

❼縷：即線。碧縷：即青綠色的線。罣：即懸掛。《淮南子·說林》：「釣者靜之，罧者扣舟，罩者抑之，罣者舉之，爲之異，得魚一也。」層玉：指把茉莉花穿起來，一層層地排列，像一層層的玉。此兩句謂晨早起來用青綠色的線穿茉莉花，掛在釵頭上，一層層的花像玉一般。

❽荔枝：果樹名。宋蘇軾〈食荔枝〉：「羅浮山下四時春，盧橘楊梅次第新。日啖荔枝三百顆，不妨長作嶺南人。」

【賞析】

自古以來詞人詠花，每愛以女性之形象作比喻，白石雖亦用此法，但其溫婉纏綿之筆，卻別樹一格。此詞上片首二句既寫花又寫葉，既寫茉莉又寫人，最有韻味。夜涼之際折花作釵，茉莉花白而美，令人想到美人。作者又以妙筆寫葉，用『雲綠』來繪出其葉豐盛如雲，翠綠油油之狀。『苒苒動搖』四字寫出夜涼折花樹葉搖動之態。此二句不獨以活筆寫花，更營造出一幅夜涼折花之圖，饒有情味。下二句是先寫花，後寫人。一團綠葉沾滿了被花薰香的露水，彷彿叫人也感受到那股清香。『正』一句似寫花又似描人，爲讀者留下無限想像的空間。

下片首二句緊接上片而來。上片寫『夜涼』，下片筆鋒一轉，寫『朝來』，以不同的時間、情景來展示出茉莉之美。此處寫美女將茉莉花以綠線串起來掛在頭上，人花映襯格外嬌美。烏髮、綠線、白花，又是一幅充滿色彩美的簪花仕女圖。末二句點出時節，要觀賞這茉莉花必須在夏季荔枝初熟之時。

除了善於用美人之形態來寫花外，此詞亦善用顏色字去烘襯，如『雲綠』、『金絡』、『碧縷』等詞，能將茉莉花葉之美態描繪得淋漓盡致，無怪清汪森謂白石『句琢字鍊』，於可見一斑矣。

七四　虞美人❶

賦牡丹❷

西園❸曾爲梅花醉，葉翦春雲細❹。玉笙涼夜隔簾吹，臥看花梢搖動一枝枝。娉娉嫋嫋❺教誰惜，空壓紗巾側❻。沈香亭北又青苔❼，唯有當時蝴蝶自飛來。

❶此詞爲詠牡丹之作，作者以牡丹比作楊貴妃。

❷賦：爲中國古典文學的一種文體或寫作方法，此處作爲動詞用，即詠的意思。牡丹：上古無牡丹之名，統稱芍藥。唐以後始以木芍藥稱牡丹。唐開元（七一三—七四一）中，牡丹盛產於長安，至宋以洛陽爲第一，在蜀以天彭爲第一，故有花王之稱。

❸西園：園名，漢末曹操所建，在鄴都，爲曹魏君臣游宴之處。三國魏曹丕（一八七—二二六）〈芙蓉池〉詩：「乘輦夜行遊，逍遙涉西園。」後泛指高貴園林。

❹葉翦春雲細：謂牡丹初開時，葉芽初吐如細碎的雲朵的樣子。

❺娉娉：指美麗的容貌。嫋嫋：指細長柔弱貌。娉娉嫋嫋：形容美好多姿、體態輕盈的樣子。唐杜牧〈贈別〉：「娉娉裊裊十三餘，豆蔻梢頭二月初。」裊裊即嫋嫋。

❻空：指徒然、白費的意思。壓：迫近的意思。紗巾：即紗帽。古代天子戴紗帽，大臣戴戎帽。《北齊

書・平秦王歸彥傳》：「齊制，宮內唯天子紗帽，臣下皆戎帽，特賜歸彥紗帽以寵之。」側：即旁邊。此句謂徒然靠近戴紗帽的天子旁邊。

❼ 沉香亭：唐玄宗（六八五—七六二）命移植牡丹於沉香亭前，與楊貴妃共賞，使李龜年持金花牋召李白，命作新詞。白時方醉，左右以水灑面，稍醒，援筆成〈清平樂〉三章，有「解釋春風無限恨，沉香亭北倚闌干。」沉香亭在興慶宮圖龍池東，亭以沉香木建成。青苔：指此地已長滿了青苔，暗示久無人到。

【賞析】

這是一篇詠物詞——詠牡丹。作者以牡丹比作楊貴妃。詞中又滲入了日暮遊西園時所勾起的幽思情感。

上片寫牡丹之美態，但作者却以梅起筆，以映襯牡丹的美。「西園」二句是以實筆描繪牡丹在西園盛開之景。牡丹初開，葉芽剛吐，極具美態。句中作者以「剪」字生動準確地寫出花破葉生的形態，鍊字之工，可見一斑。接着兩句，寫夜涼時風送笙聲，從簾外吹進，更可以看到牡丹花在晚風拂動時顫動的姿態。

下片由景生情，又以景結情，生出懷人思情。此片既寫牡丹又寫人。首二句以女子輕盈之體態來喻花之美態，從而生出「教誰惜」之感歎，分不出作者是惜花還是惜人。「沉香亭」二句，化用了唐玄宗、楊貴妃之典故，說出此處本來是牡丹盛開，戀人相聚之地，而且沉香亭又長滿了牡丹花，引來不少蝴蝶。可是現在已生滿苔蘚，無人到來了。作者想到今非昔比之景，感觸良多。此景此情，如何不叫人緬懷眷戀昔日之情呢？

詞中結句之「沉香亭」，其實是跟篇首的「西園」互相呼應的。無論是梅花，還是牡丹，都已是以往的事，所以詞中用了「曾」、「當時」的字眼點出今非昔比，事過境遷的感覺。可能是作者跟戀人分別後，相見無期，只好遙想當年之情事而已，這種無奈的情感隱隱約約地從詞中表現出來。詠物而不滯於物，格調高雅清空，這是白石筆法的特別處。

【評說】

（現）陶爾夫、劉敬圻《南宋詞史》：

又如〈八歸〉：「最可惜一片江山，總付與啼鴂。」〈虞美人〉：「沉香亭北又青苔，唯有當時蝴蝶自飛來。」等，都是觸目傷懷，感慨時事，寄托遙深的名句。

七五　虞美人❶

摩挲紫蓋峰頭石❷，下瞰❸蒼厓立。玉盤搖動半厓花❹，花樹扶疏❺一半白雲遮。

盈盈❻相望無由摘，惆悵歸來屐❼。而今仙迹杳❽難尋，那日青樓❾曾見似花人。

❶夏承燾《姜白石詞編年箋校》云：「此憶南嶽舊游之作。」

❷摩挲：撫摸。唐韓愈〈石鼓歌〉：「牧童敲火牛礪角，誰復著手爲摩挲。」紫蓋峰：南岳衡山七十二峰之一。

❸下瞰：俯視。

❹玉盤：本指滿月。宋蘇軾〈陽關詞·中秋月〉：「暮雲收盡溢清寒，銀漢無聲轉玉盤。」此處指如玉盤般的牡丹花。厓：即山厓。半厓花：山腰的牡丹花。白石〈昔游〉詩「昔游衡山上」一首亦云：「下窺半厓花，杯盂琢紅玉。」

❺扶疏：繁茂分披的樣子。晉陶淵明（三六五—四二七）〈讀山海經〉詩之一：「孟夏草木長，繞屋樹扶疏。」

❻盈盈：美好貌，多指女子之風姿、儀態。《古詩十九首》之二：「盈盈樓上女，皎皎當窗牖。」這裏

指牡丹花。

❼ 惆悵：因失意而傷感、懊惱。屐：木製的鞋子，底部有齒，容易留有脚印，多用作登山之用。《南史·謝靈運傳》：「（謝靈運）尋山陟嶺，必造幽峻，岩嶂數十重，莫不備盡。登躡常著木屐，上山則去其前齒，下山去其後齒。」此兩句謂因爲遙遙相望美麗的牡丹花，卻沒有機會採摘，於是穿着登山屐無奈地回來。

❽ 仙迹：指相愛之人的蹤影。。杳：《管子·內業》：「是故民氣，杲乎如登於天，杳乎如入於淵。」後引申爲不見蹤影之意。

❾ 青樓：本指顯貴人家之閨閣。三國魏曹植〈美女篇〉詩：「青樓臨大路，高門結重關。」至南朝梁劉邈〈萬山見採桑人〉詩：「倡妾不勝愁，結束下青樓。」開始指妓館。這裏指妓館。

【賞析】

正如夏承燾先生云：「此憶南嶽舊游之作。」（《姜白石詞編年箋校》）但卻能兼寫情景，實寫虛筆，融冶一爐。無怪馮煦稱白石詞「超脫蹊徑，天籟人力，兩臻絕頂」。（《蒿庵論詞》）

上片是以實筆寫昔遊之景。先寫遠景，再寫近景，由山峰至山崖，及至山腰牡丹花，鉅細無遺。首二句描繪作者登上南岳衡山之紫蓋峰，俯視峰下蒼綠的山崖，頗有稼軒之氣慨。『玉盤』兩句緊接『蒼崖』而來。作者下瞰之際，在崖間發現了長得非常繁盛的牡丹花，綻開如玉盤般，在山腰間被風吹得搖曳生姿，儀態萬千。作者在此片不單寫出了不同的景致，更以不同的手法表現出來。寫山峰山崖是靜態的，但寫牡丹花搖動卻是動態的描寫，用筆相當高妙。

下片從見到牡丹花而生情，一轉筆調，以虛筆寫情。「盈盈」二句是上片的延續，說明作者在山峰之上，雖見山腰之牡丹花風姿綽綽，而苦不可及，有緣相見而無份相聚，只得遙遙相望，從而生出百般無奈之情，最後只有懷着惆悵的心情離去。末二句由花想到人，想起那美麗的牡丹花已是過去的事，不能再尋找得到，但自己卻曾經在青樓中遇見過樣貌如牡丹花般美麗的佳人。作者懷緬那遙不及的佳人和遠逝的回憶，字字含情，卻又「高遠峭拔」。

（戈載《宋七家詞選》語）

這首詞，上片句琢字煉，下片情深意遠，以清空之筆道出那種有緣無份，可望而不可及的無奈惆悵，情感極深，直是陳郁《藏一話腴》所謂：「白石道人氣貌若不勝衣，而筆力足以扛百斛之鼎」，以輕清之筆法寫出幽深的情思。

七六　憶王孫❶

鄱陽彭氏❷小樓作

冷紅葉葉下塘秋，長與行雲❸共一舟。零落江南不自由，兩綢繆❹，料得吟鸞❺夜夜愁。

❶ 此詞借眼前景物寫相思之苦。
❷ 鄱陽：地名，在今江西省。彭氏：爲宋時鄱陽世族，神宗時彭汝礪（一〇四七—一〇九五），官玉寶文閣直學士，著《鄱陽集》。其四世孫大雅，嘉熙四年（一二四〇）使北，後追謚忠烈。
❸ 行雲：馮延巳（九〇四—九六〇）〈蝶戀花〉詞：「幾日行雲何處去？忘卻歸來，不道春將暮。」
❹ 綢繆：指緊纏密繞。《詩經．唐風．綢繆》：「綢繆束薪，三星在天。」此處指兩地相思纏綿。
❺ 鸞：鳳凰之類的神鳥。《說文》：「鸞，亦神靈之精也。赤色，五采，雞形。鳴中五音。」一說鳳有五，多青色者爲鸞。

【賞析】

這首詞借秋日登鄱陽彭氏小樓一事，寄托作者自己感懷身世之情，及訴說自己對遠離的妻子（或戀人）的無限思念。

詞人於首句以景起興，一開始便描繪出一幅肅殺的秋景圖，只見無生命的楓葉飄落到秋天的池塘裏去。句首的「冷」字極具神韻，以「冷」點出秋天葉落的無情，也帶出了詞人自己心中的冰冷感，令人深深感到作者心中的愁苦空虛，神韻高絕。

從秋降臨，紅葉落，作者生出四處飄泊的不由自主的感慨。自己總是乘着小船與浮雲一起，四處飄泊，居無定所。

接下來的三句，作者乃由景生情，愈鑽愈深，從而生出相思之念。

白石一生，沒有做過官，大部分的時間都是在江南一帶流寓，靠人爲活，雖然他娶了蕭德藻的姪女爲妻，可是依然是飄泊無定，作爲豪門的清客；與妻子相愛，卻又聚少離多。在這首詞中便處處透露出感懷身世及懷人之情。

「零落」一句簡單而直接地說出了自己輾轉流寓，身不由己的無奈與哀傷。末兩句，乃寫夫妻（或情侶）兩人之情，點出自己與她感情纏綿深厚，不能分解，誰知世事難料，自己離鄉背井，而所愛想必會因此而夜夜思念自己，愁腸百結。作者表面雖寫妻子（或情人）思念自己，其實作者又何嘗不是爲她而牽腸掛肚！

全詞寫情，但不落俗套，情感「哀而不傷，怨而不怒」，正如陳廷焯《白雨齋詞話》所謂「清虛騷雅」，「每於伊鬱中饒蘊藉」，意在言外，不愧爲詞中之佳作。

【評　說】

（現）劉斯奮《姜夔張炎詞選》：

番陽，即江西鄱陽縣。彭氏爲宋時番陽世族。這首寫秋日登樓，感懷身世，對遠離的妻子寄予深沉的憶念。

（現）李長路、賀乃賢、張巨才《全宋詞選釋》：

「番陽」當是鄱陽，今江西波陽縣一帶。「彭氏小樓」似是作者在故鄉時舊遊之地，此詞是他再經此地時憶舊而作。詞表現了作者與故人的「零落」與「不自由」之苦，簡勁，言外有不滿時局意。

（現）殷光熹編《姜夔詩詞賞析集》：

……篇首一「冷」字，就帶有濃重的主觀感情色彩。楓葉的紅色，本是暖色，使人想到「萬山紅遍，層林盡染」的熱烈景象。但「紅」字前面綴一「冷」字，藝術效果便迥然不同了，讓人不禁產生一種颼颼的寒意。加上秋風瑟瑟，楓葉片片飄落塘中的景象，就更增添了「無邊落木蕭蕭下」的凄涼肅殺之感。落葉的飄零，很自然使他想到自己遊移不定的生活境遇。

本詞以眼前景起筆，以兩地情作結，或寫己，或度人；前後關聯自然有機，情景水乳交融。筆墨不多，但情韻無限。正如《白雨齋詞話》中所評：「姜堯章詞清虛騷雅，每於伊鬱中饒蘊藉。」獨具一種微妙的美感效應。（朱永平　文）

七七　少年遊❶

戲平甫❷

雙螺❸未合❸，雙蛾❺先斂，家在碧雲❻西。別母情懷，隨郎滋味，桃葉渡江時❼。扁舟❽載了，匆匆歸去❾，今夜泊前溪❿。楊柳津頭⓫，梨花牆外⓬，心事兩人知。

---

❶ 此詞是作者爲了取笑好友張平甫納妾而寫的。夏承燾《姜白石詞編年箋校》云：「此戲張鑑納妾，鑑有別墅在武康。」

❷ 戲：即戲弄、取笑的意思。平甫：即張鑑。見〈鶯聲繞紅樓〉注❸。因爲張平甫娶一個未成年的小姑娘爲妾，作者又不便正面指責，只有用諷刺的口吻來「戲平甫」了。

❸ 雙螺：螺，指螺髻。雙螺，指女子頭上的雙髻。古代童男女，把頭髮捲成兩個螺形的髮髻，盤在頭上，即所謂丫頭。元陶宗儀（一三一六—？）《輟耕錄》：「吳中呼女子之賤者曰丫頭。」唐劉禹錫〈寄贈小樊〉詩：「花面丫頭十三四，春來綽約向人時。」

❹ 未合：指頭上的雙螺髮髻，還未合成一束。古代女子到成年時，便不梳雙髻了。雙螺未合，是說這女子還在童年，頭上梳的仍是雙螺髮髻。

❺ 雙蛾：指雙眉。蛾的觸鬚，細而長曲，以它比喻美人的眉毛，故云蛾眉。《詩經．衛風．碩人》：

「齒如瓠犀，螓首蛾眉，巧笑倩兮，美目盼兮。」斂：凝聚在一起的意思。暗示這女子在發愁。唐韋莊（八三六—九一〇）〈女冠子〉詞：「忍淚佯低面，含羞半斂眉。」

❻碧雲：這裏指遙遠的地方。

❼桃葉：晉中書令王獻之（三四四—三八六）有愛妾名桃葉。獻之曾於渡口作歌一曲贈送桃葉，後人因此把這渡口名爲桃葉渡。地點在南京秦淮河與青溪的合流處。歌曰：「桃葉復桃葉，渡江不用楫，但渡無所苦，我自迎接汝。」

❽扁舟：即小船。此句謂張平甫以小船把小姑娘載走。

❾歸去：指出嫁。女子嫁夫曰歸。《詩經．周南．桃夭》：「之子于歸，宜其室家。」

❿前溪：即浙江省武康縣縣前的一條小河。張平甫的別墅就在那裏。此句謂小船即將在前溪靠岸，小姑娘今夜便被接到張家。

⓫津：即渡口。古時在津頭多植楊柳，人們喜折柳贈別，於是楊柳有離別的象徵。

⓬梨花：形容女子美麗的面容。唐白居易〈長恨歌〉：「玉容寂寞淚闌干，梨花一枝春帶雨。」牆外：宋蘇軾〈蝶戀花．春景〉：「牆裏鞦韆牆外道，牆外行人，牆裏佳人笑。笑漸不聞聲漸悄。多情卻被無情惱。」

【賞析】

這首詞是白石爲了取笑好友張平甫納妾而寫的，所以小序說「戲平甫」。平甫與白石私交甚篤，《齊東野語》記白石嘗爲一文，談及二人之交情，云，「舊所依倚，惟有張兄平甫，其人甚賢，十年相處，情甚骨肉……」，可見二人交情之深。此詞雖爲戲作，但在描繪女子形態、心情方面，格高筆健，與衆不同。

詞的上片先從待嫁女子的形態、神態及心態三方面去描寫。詞中的女子還未成年，所以雙髻未合；神態十分矜持，因爲雙眉收斂。作者只用了兩對句就寫出了這待嫁少女的緊張心情。亦由於這少女居住得很遠，更顯出她出嫁時那種忐忑不安的心緒。接下來的三句，帶出少女外嫁離家的起伏感情，作者以王獻之與愛妾桃葉一典故，說出少女亦像桃葉一般，要遠離家人，隨着丈夫，與母親分離的時候眞是萬般滋味在心頭。

下片承上片而來。首三句描寫一葉輕舟把少女載到平甫門前的小河，並會在今夜被送到張家去。「楊柳」三句是回憶在少女離家的渡頭上，楊柳依依，可是少女與平甫兩人卻有不同的心緒。這三句詞最叫人一再回味。一方面寫少女別母之愁，另一方面寫平甫納妾之歡，一悲一喜，各懷心事。此外，「楊柳津頭」一句乃與「桃葉渡江」一句互爲呼應。前有渡口桃葉之典，今有少女渡頭出嫁一事。

白石既要寫詞贈友，又要藉詞戲友，更要道出出嫁少女之情懷，一詞三用，能俗能雅，意在言外，頗見白石詞之功力。

【評說】

（清）王奕清《歷代詞話》卷八引《詞品》：

姜白石，詩家名流，詞尤精妙，不減清眞樂府，其間高處有美成所不能及者。善吹簫，多自製曲，初則率意爲長短句，既成，乃按以律呂，無不協者。……戲張平甫納妾云：「別母情懷，隨郎滋味，桃葉渡江時。」……句法奇麗，其腔皆自度者，惜舊譜零落，未能被之管絃也。

（清）葉申薌《本事詞》卷下：

張平甫納雛姬，姜白石戲賦〈少年遊〉贈之云云……

（清）陳廷焯《白雨齋詞話》卷八：

「別母情懷，隨郎滋味，桃葉渡江時。」白石〈少年遊〉戲平甫詞也。「隨郎滋味」四字，似不經心，而別有姿態。蓋全以神味勝，不在字句之間尋痕跡也。

同上《詞則．閑情集》：

綺語自白石出之，亦自閑雅，具有仙筆。

七八　訴衷情❶

端午宿合路❷

諳

石榴一樹浸溪紅，零落小橋❸東。五日淒涼心事❹，山雨打船篷❺。諳世味❻，楚人弓❼，莫忡忡❽。白頭行客❾，不採蘋花❿，孤負薰風⓫。

❶此詞是作者在浙江吳江縣途中，端午夜宿合路橋時寫的。詞旨乃感懷身世飄零、懷才不遇。

❷端午：即農曆五月初五日端午節。合路：《吳郡志》：「合路橋在吳江縣管下。」陸游《入蜀記》謂合路是嘉興、平望、吳江間一市鎮，地傍運河，居民繁多。

❸零落：草枯叫零，木枯叫落，指衰敗的意思。小橋：指合路橋。

❹五日：指農曆五月初五端午節。淒涼心事：此用宋萬俟咏（徽宗時人）〈南歌子〉：「五日淒涼，今古與誰同。」指這日自己心情很不好。

❺船篷：即船蓋。篷，用竹箬製成，覆蓋舟上以御雨遮日。

❻諳：熟悉。世味：指世故、人情冷暖。

❼楚人弓：《孔子家語》記：「楚恭王出游，亡其烏嘷之弓。左右請求之。王曰：『止！楚人亡弓，楚人得之，又何求也。』」作者用此典暗示自己雖失意，別人卻因而得意。

❽忡忡：憂慮不安的樣子。《詩經．召南．草蟲》：「未見君子，憂心忡忡。」

❾白頭：指年老。行客：是指來往他鄉作客、求食於人的人。

❿ 蘋：一種多年生水草。唐柳宗元〈酬曹侍御過象縣見寄〉詩：「春風無限瀟湘意，欲採蘋花不自由。」

⓫ 薰風：即南風。《史記．樂書》：「南風之薰兮，可以解吾民之慍兮。」又《禮樂記》：「昔時舜作五弦之琴以歌南風。」唐白居易〈太平樂〉詩之二：「湛露浮堯酒，薰風起舜歌。」

【賞析】

此詞乃作者在端午節夜宿吳江合路橋時所作的。作者因時生感，乃寫下了這首感懷身世的詞，對失意落寞，深沉嗟歎。

上片起首以景寫情。作者先以工筆描繪出一幅楚楚可憐的石榴圖。在合路橋旁，一棵盛開的石榴樹倒映在溪水裏，把溪水都染紅了。作者在此句中巧妙地運用了「浸」字，將整個景象都寫活了，生趣盎然。除了映紅了溪水外，片片凋落的花瓣亦飄落到小橋的東邊。其中「零落」二字頗有情味。花瓣零落，人又何嘗不是？正如作者自己在下片說「白頭行客」，實有暮年悲老之感。「五日」兩句始直寫心情，指出端午節時，自己懷有心事，淒涼無告。「山雨」一句不獨寫景，亦寫自己寂寞無奈。此時此刻，惟有獨自一人坐聽雨打船蓬的聲響。作者這種手法跟元曲白樸《梧桐雨》中運用的雨打梧桐葉，點滴到天明，有異曲同工之妙。

下片以情爲主，主要說出自己嚐盡人情冷暖，所以不會再計較什麼了。「諳世味」句實是感觸甚深之語，指自己嚐盡世態炎涼，不會再計較得失成敗。作者化用楚恭王失弓之典故來說明得失實爲等閒之事，因此不應爲此類事情而憂心。末三句，作者說自己年紀老了，而且常常飄泊流寓，奔走異鄉，只好隨遇而安，及時行樂，採摘蘋花，這樣，才不會辜負薰風的好意。

整首詞道出了作者自己孤單一人，四處飄泊，嚐盡風霜，心灰意冷；且自己已是垂暮之年，不會再爭名利，順其自然而已。此篇文詞清麗，情景具妙。其寫景處，如在目前；寫情處，則沁人心脾，是很難得的小令。

【評　說】

（現）劉斯奮《姜夔張炎詞選》：

合路，是嘉興、平望、吳江間的一個市鎮，地傍運河，居民繁盛。這首詞抒發了詞人在端午節的抑鬱心情，對平生的失意落寞發生深沉的嗟歎。

（現）殷光熹編《姜夔詩詞賞析集》：

這首小令在姜白石的詞中，也獨具特色。前人常以清虛、清空論白石詞，這並不等於說他的詞每一首都是如此，例如〈訴衷情〉這首詞就別具一格，沒有甚麼清虛、清空的感覺，但也不是一覽無遺，過於淺露實質。詞中所抒發的思想感情是可以把握的，寫景皆是即目所見，寫情則直抒胸臆，詞的意思也明白易懂。然而作者因物起興，觸景生情，把感情表現得婉轉生動，理在趣中，因此，讀起來餘味無窮。（張文勛　文）

七九　念奴嬌❶

謝人惠竹榻❷

楚山修竹❸，自娟娟不受人間袢暑❹。我醉欲眠❺伊伴我，一枕涼生如許。象齒爲材❻，花藤作面❼，終是無眞趣❽。梅風吹溽❾，此君直恁清苦❿。須信下榻殷勤⓫，翛然成夢⓬，夢與秋相遇。翠袖佳人來共看⓭，漠漠⓮風煙千畝。蕉葉窗紗，荷花池館，別有留人處。此時歸去，爲君聽盡秋雨⓯。

❶此詞謝朋友惠贈竹榻，實是詠竹榻的一篇詠物詞；亦借詠物寫飄泊生涯。

❷謝：是感謝的意思。惠：指惠贈。竹榻：指竹製之床。

❸楚：爲春秋戰國時的南方國名。修竹：指長竹。晉王羲之〈蘭亭集序〉：「此地有崇山峻嶺，茂林修竹；又有清流激湍，映帶左右。」

❹娟娟：美好貌。唐杜甫〈寄韓諫議〉詩：「美人娟娟隔秋水，濯足洞庭望八荒。」袢者：溽暑、炎暑。宋范成大〈夔門即事〉詩：「峽行風物不堪論，袢暑驕陽雜瘴氛。」此句謂南方的竹榻娟娟美好，不受人間的暑熱影響。

❺我醉欲眠：化用李白〈山中與幽人對酌〉詩：「我醉欲眠卿且去，明朝有意抱琴來。」

❻ 象齒爲材：指用象牙作爲榻的材料。

❼ 藤：植物名。有紫藤、白藤等多種。花藤作面：指花藤作爲榻的表面。

❽ 眞趣：指眞正的趣味。

❾ 梅：節候名。初夏江南氣候濕潤多雨，適當黃梅成熟，俗稱此時爲梅天，而此時的風爲梅風。唐太宗（五九九—六四九）〈詠雨〉詩：「和風吹綠野，梅雨灑芳田。」溽：悶熱。晉郭璞（二七六—三二四）〈江賦〉：「林無不溽，岸無不津。」

❿ 此君：指竹榻。恁：這樣、如此。宋歐陽修（一〇〇七—一〇七二）〈玉樓春〉詞：「已去少年無計奈，且願芳心長恁在。」清苦：意謂清爽。

⓫ 須：須臾也，片刻也。信：必然也。下榻：東漢陳蕃（？—一六八）做豫章太守時，不接待來訪賓客，只遇郡中名士徐穉來，特設一榻，穉一去就把榻掛起來。見《後漢書．徐穉傳》。後因稱接待賓客爲「下榻」。此處「下榻」指睡在竹床上之意。殷勤：也作慇懃，指情意懇切。漢司馬遷（約前一四五或前一三五—？）〈報任少卿書〉：「趣舍異路，未嘗銜盃酒，接殷勤之餘懽。」

⓬ 翛然：自然超脫貌。《莊子．大宗師》：「翛然而往，翛然而來已矣。」《釋文》：「向（秀）云：『翛然，自然無心而自爾之謂。』郭（象）崔（譔）云：『往來不難之貌。』」

⓭ 翠袖佳人：唐杜甫〈佳人〉詩：「天寒翠袖薄，日暮倚修竹。」

⓮ 漠漠：瀰漫貌。漢王逸《楚辭．九思．疾世》：「時咄咄兮旦旦，塵漠漠兮未晞。」

⓯ 君：指友人。全句意謂秋天下雨時候我必定想起你。

【賞析】

此詞詠竹榻。首句即點明『竹』字，次句寫竹性清涼，不受炎暑。三句點『榻』，變化陶潛語及李白詩，意態灑落。以『伊』字寫竹榻，與前『娟娟』及後『佳人』等語相呼應，針線細密。四句補足次句清涼之意，一點一染，具見詞人用筆之巧思。『象齒』三句換以側筆烘托。象齒花藤之榻，人以爲貴，而白石獨曰『無眞趣』，正反襯竹榻之脫俗。此一則極寫竹榻之清雅，二則是對贈榻者的恭維，一筆兩意，甚爲得體。『梅風』句復就炎暑渲染，引出上片歇句。『此君』句，字面指竹榻，實爲詞人自我寫照，是詞中寄託所在，不可輕忽視之。

上片着重竹榻之體，下片則着重寫其用。首三句云，下此竹榻可忘情溽暑，寄夢涼秋。四句寫夢境，謂佳人相顧，用杜甫詩句，遠承上片發端『修竹』、『娟娟』語，渾化入妙，水到渠成。五句運用想像，化方尺之竹榻爲千畝之風煙，境界闊大，盡見詞人曠朗胸襟。『蕉葉』三句又換側筆。蕉葉窗紗，荷花池館，俱爲炎夏清景，然非富貴者不可得享，唯得臥此方尺竹榻，即若千畝風煙，於荷館蕉窗外，自成佳趣，故云『別有留人處』。結拍回應過片夢與秋遇句，謂我今領君此物歸去，必朝夕偃臥，即在炎夏，亦有臥聽秋雨之清致也。

這首詞立意用筆，皆具法度。

先說立意。杜甫〈佳人〉詩是貫穿此詞的重要脈絡，上片起首即借以寫竹性，暗中則遠逗下片之夢境，而同以『清涼』作線索。此詩又是詞人詠物託興之所在。蓋杜詩所寫之空谷佳人，原寓意疏離濁世，清苦自持之林泉高士，白石乃引此自喻，故有「此君直恁清苦」一語。此語爲全詞點睛之筆，下片感興處，皆據之以發。白石半生寄人籬下，四處爲家，時或託命貴友，則紅牙玉女，相與爲歡，荷池清溽，蕉院納涼，自是不在話下；然亦時或失所依恃，則立錐無地，片席難安，蕉影荷香，流連清夏，只可寄之夢想。念此蕭瑟生平，即可知其「漠漠風煙」句實大有杜詩「獨立蒼茫」，無處可歸之意，非徒取境超爽而已。歇拍「聽盡秋雨」句因於蕭散之中，暗寓淒苦。竊以爲此詞實借詠竹榻寫飄泊生涯。

再說用筆。此詞取調〈念奴嬌〉，其上片第三句至第九句，與下片第四句至第十句，格律完全相同，結構頗爲對稱。詞人於上片首五句與下片首六句皆用正筆鉤勒，接下三句，則同時轉換側筆烘染，而詞上下片結二句又皆復轉回正面落筆，收足上意。如此於上下對應處運以相同筆法，遂使全篇結構井然。白石詞筆之工，於斯可見。

白石工於詠物，就風格言，此篇雖不若〈暗香〉、〈疏影〉之高華渾厚，又不若〈齊天樂〉之沉着纏綿，然而蕭疏爽邁，亦自清俊可喜。白石能以清淡雅俊之筆，寫此質樸實用之物，不獨禮讚贈者，抑且寄寓幽懷，賦手文手，窮極奧妙，眞無愧乎宋詞大家。

八〇 法曲獻仙音❶

張彥功官舍在鐵冶嶺上❷，即昔之教坊使宅❸。高齋下瞰❹湖山，光景奇絕。予數過之，爲賦此。

虛閣籠寒❺，小簾通月❻，暮色偏憐❼高處。樹鬲離宮❽，水平馳道❾，湖山盡入尊俎❿。奈楚客⓫，淹⓬留久，砧聲⓭帶愁去。　屢回顧，過秋風未成歸計，誰念我、重見冷楓紅舞。喚起淡妝人⓮，問逋仙⓯今在何許？象筆鸞牋⓰，甚而今、不道秀句⓱。怕平生幽恨⓲，化作沙邊煙雨。

❶ 此詞是詠杭州鐵冶嶺，卻隱見作者羈旅之愁。

❷ 張彥功：宋劉過（一一五四—一二〇六）《龍洲詞》有〈賀新郎．贈張彥功〉詞，其籍履未詳。鐵冶嶺：在杭州雲居山下，見《西湖志》。

❸ 教坊：唐代掌管女樂的官署名。唐高祖於禁中置內教坊，掌教習音樂，其官隸屬太常。宋元也置教坊，明署教坊司，清廢。

❹ 齋：屋舍，多指書房、學舍。《世說新語·言語》：「（孫綽）齋前種一株松，恆手自壅治之。」瞰：指俯視。

❺ 虛閣：指張彥功的官舍。籠：指籠罩。南朝梁江淹〈鮑參軍〉詩：「寒陰籠白日，太谷晦蒼苔。」

❻ 小簾通月：指月光透過小小的竹簾射進來。

❼ 憐：即喜愛。晉歐陽建（？—三〇〇）〈臨終〉詩：「下顧所憐女，惻惻心中酸。」偏憐：即偏愛的意思。

❽ 離宮：指聚景園。亦即〈卜算子〉其八（御苑接湖波）的御苑。聚景園在清波門外，宋孝宗晚年致養之所。

❾ 馳道：天子所行之路。漢班固《漢書·賈山傳》：「（秦）爲馳道於天下，東窮燕齊，南極吳楚，江湖之上，瀕海之觀畢至。道廣五十步，三丈而樹，厚築其外，隱以金椎。」

❿ 尊：即酒樽。俎：古代祭祀、設宴時陳置牲口的禮器，木製、漆飾。

⓫ 楚客：白石自稱。他來自漢沔，故稱。

⓬ 淹：滯留。《楚辭·離騷》：「日月忽其不淹兮，春與秋其代序。」

⓭ 砧：搗衣石。南朝宋謝惠蓮（三九七—四三三）〈擣衣〉詩：「櫚高砧響發，楹長杵聲哀。」

⓮ 淡妝人：指梅花。宋楊萬里（一一二七—一二〇六）〈梅花〉詩：「月波成霧霧成霜，借與南枝作淡妝。」

⓯ 逋仙：即林逋（九六七—一〇二八）。宋錢塘人，字君復。隱居西湖孤山，二十年不入城市。工行書，喜爲詩。不娶，種梅養鶴以自娛，因有「梅妻鶴子」之稱。卒謚和靖先生。有《林和靖詩》三卷。

⓰ 象筆：象牙製成之筆。鸞箋：即彩箋。宋蘇易簡（九五八—九九七）《文房四譜·紙譜》云：「蜀人造十色箋，凡一幅爲一拓，……然逐幅於文板之上研之，則隱起花木麟鸞，千萬其態。」後人稱此彩

⑰箋曰鸞箋。宋張鎡〈池上木芙蓉欲開述興〉詩：「岸巾三酌便酣眠，墮地鸞箋寫未全。」

⑱秀句：即美麗的句子。

⑲幽恨：隱微、幽約的怨恨。

【賞析】

這首詞據小序云乃白石爲賦友人張彥功杭州鐵冶嶺之官舍而作。該處地勢高峻，能盡收湖光山色，可惜湖山信美而非吾鄉，故勾起白石一番客愁秋感。

白石詞屬對往往警絕，此詞首二句即爲一例。首句「虛閣」之「虛」字，已有空涼之意，後綴一「寒」字，正補足了這種感受。而最妙則在一個「籠」字，使人覺虛寒之感，四面襲來。次句「小簾」與「月」，取象精緻幽美，而中間着一「通」字，意境玲瓏剔透，遂使簾月皆具生氣。此「籠」字、「通」字，皆可謂着一字而能使境界全出者矣。這兩句一寫觸覺，一寫視覺，鋪墊出第三句「暮色偏憐高處」，極是工緻細密。「高處」應「寒」，所謂「高處不勝寒」者是也。「暮色」應「月」，蓋其時日已沉山，夜月方昇也。「偏憐」二字，略露情感，然尚蓄而未發。「樹鬲」三句，卻又拓開寫景，有欲擒先縱之妙。這兩句寫景只是稍稍帶過，輕扣小序「高齋下瞰湖山，光景奇絕」之意即止。「奈楚客」三句，方是題旨所在。「砧聲帶愁去」，句甚新警。從來詩人多謂砧聲能勾起客愁，白石卻一反其言，筆法如神龍變幻，莫可捉搦。而此句映照「暮色」句，更使人聯想起杜甫〈秋興八首〉「白帝城高急暮砧」之語，其言雖瀟灑輕俊，其意實深邃蒼涼。砧聲眞能帶愁去乎？絕不！故詞人過片即云「屢回顧，過秋風未成歸計」，淹留之恨，時刻在懷。「誰念我」句，謂羈旅逾年，又使人興起杜甫〈秋興八首〉「玉露凋傷楓樹林」及「叢菊兩開他日淚，孤舟一繫故園心」之語矣。「冷楓紅舞」四字，景中含情，色彩熱烈而意境衰颯，極爲鮮麗警動。「喚起」句以淡色沖洗上句重彩，濃淡之間，韻致無窮。「問逋仙」句回應「誰念我」句，襯托幽人懷抱。「象筆」兩句，謂詩情淡泊，目的只在逗出歇拍。結處想像幽奇，一腔怨恨，化作漫天煙雨，境界空闊而又迷濛，令人遐思不絕。句首綴一「怕」字，欲吞還吐，倍增低徊掩抑之致。

此詞之妙處，曰借題發揮。詞本爲張彥功官舍而賦，卻筆筆寫詞人客懷悲感。起句「虛閣」固是寫官舍，而「籠寒」二字，已涉詞人心境，爲全詞抒發羈愁定下了淒涼的音調。「奈楚客」以下，幾純乎抒情，惟作者亦不忘稍帶林逋這位隱居西湖的高士之典以切官舍所在之杭州。此可見詞人布局用典，皆爲極意安排，絲毫不苟。至若其屬對之工，煉字之精，造語之新，想像之奇，則前已述及，毋庸贅言也。

【評說】

（清）王弈清《歷代詞話》卷八引《詞品》：

姜白石，詩家名流，詞尤精妙，不減清眞樂府，其間高處有美成所不能及者。善吹簫，多自製曲，初則率意爲長短句，既成，乃按以律呂，無不協者。……〈法曲獻仙音〉云：「過秋風、未成歸計，重見冷楓紅舞。」……句法奇麗，其腔皆自度者，惜舊譜零落，未能被之管絃也。

（清）周濟《宋四家詞選·目錄序論》：

白石脫胎稼軒，變雄健爲清剛，變馳驟爲疏宕。蓋二公皆極熱中，故氣味吻合。辛寬姜窄，寬故容薉，窄故鬥硬。白石號爲宗工，然亦有俗濫處（〈揚州慢〉：「淮左名都，竹西佳處。」）、寒酸處（〈法曲獻仙音〉：「象筆鸞箋，甚而今、不道秀句。」）、補湊處（〈齊天樂〉：「豳詩漫與。笑籬落呼燈，世間兒女。」）、敷衍處（〈淒涼犯〉：「追念西湖上」半闋。）、支處（〈湘月〉：「舊家樂事誰省。」）、複處（〈一萼紅〉：「翠藤共、閑穿徑竹」、「記曾共、西樓雅集」。）不可不知。

（清）陳澧《白石詞評》：

起句奇麗，接句幽而不滯。……豪邁之氣收入幽細，此白石所以獨步。（按，評「喚起」兩句）……幽絕。（按，評結句。）

（清）陳廷焯《詞則·大雅集》：

白石詞有以一二虛字唱歎韻味俱出者，雖非最上乘，亦是靈境。篇中如「奈」字、「屢」

字，及「誰念我」、「甚而今」、「怕平生」等字，俱極有意思，他可類推。

（現）羅忼烈〈白石詞每師法清真〉：

清眞之詞本有疏密兩種，夢窗得其密，白石得其疏。白石變清眞之縝密典麗爲古雅峭拔，易沉鬱頓挫爲清剛疏爽，遂開玉田一路，終與清眞分途。然下字命意之間，相師之跡，尤隱約可見，粗舉其相似處如下各條。……

清眞〈蕙蘭芳引〉「花管雲箋，猶寫寄情舊曲」。白石〈法曲獻仙音〉反其意云：「象筆鸞箋，甚而今、不道秀句。」……

詩人詞客用字造語，不謀而合者往往有之，然如此之多，不能謂之無意。若取兩家之作熟讀而深思，此中消息可知也。（見羅氏《詞學集俎》）

（現）王偉勇《南宋詞研究》：

欲令景物生動活潑，宜留心字句之鍛鍊，方能相得益彰，所謂「始於意格，成於句字」是也。就鍊字言，其關鍵尤在於動詞之運用，非但顧及意義之「活」，且爲顧及音調之「響」，故姜夔詞中頗用心錘鍊，此亦當時詩壇之習尚也。如：虛閣「籠」寒，小簾「通」月。

（〈法曲獻仙音〉）

黃庭堅〈贈高子勉詩〉云：「拾遺句中有眼」（《豫章黃先生文集》卷一二），呂本中〈童蒙詩訓〉亦云：「潘邠老言：七言詩第五字要響，……五言詩第三字要響，……所謂響者，致力處也。予竊以爲字字當活，活則字字自響」，取姜夔之詞句予以印證，影響之深淺自不言而喻矣！

(現)殷光熹編《姜夔詩詞賞析集》

此詞上片首寫夜景。一、二兩句分寫，三句總寫，寫的是高閣凌虛，微寒籠罩，月光映簾，淡雲來去，高處夜景眞乃「奇絕」。而且賓主會飲，肴核紛陳，一座座樹外離宮，珠簾畫棟（指景獻太子府）；寬闊的馳道（帝王通行的官道）和蕩漾的湖水相連；有美湖山（指西子湖），呈指掌之間奉獻給我輩盡情欣賞，可謂良辰美景，賞心樂事了。

可是詞人寫到這裏卻轉喜爲悲，我家在江西鄱陽，今在杭作客，長卿游倦，羈愁莫釋，聽到夜間傳送搗衣聲，此心不免隨月下砧聲而飛向故鄉去了。我滯杭已久，每逢秋風，動我歸思，看了山閣冷楓紅舞，不免又會想到，他鄉作客，又是一年了，然而誰能理解我的心情呢？想到當年的林處士，孤山隱逸，梅妻鶴子，高懷絕世，秋漸深了，梅花啊！我怎能和逋仙在一起，超脫塵埃之外，在此名山終隱呢？倦客難歸，此願難遂，滿腔幽恨，恐將只能化爲河邊的濛濛煙雨罷了。

此詞從飲宴到思歸，想到隱逸，清空騷雅，實中有虛，虛中帶實，洵是佳構。（萬雲駿文）

八一 側犯❶

詠芍藥❷

恨春易去，甚春卻向揚州住❸。微雨，正繭栗梢頭弄詩句❹。紅橋二十四❺，總是行雲處❻。無語，漸半脫宮衣笑相顧❼。　金壺細葉❽，千朵圍歌舞❾。誰念我、鬢成絲❿，來此共尊俎⓫。後日西園⓬，綠陰無數。寂寞劉郎，自修花譜⓭。

❶ 此詞是詠物詞，作者借詠芍藥之盛開反襯自己的寂寞。

❷ 芍藥：多年生的草本植物，夏初開花，大而美艷，有紅、白等種，根可供藥用。《詩經．鄭風．溱洧》：「維士與女，伊其桐謔，贈之以芍藥。」

❸ 甚：是甚麼的意思。卻：猶反也。揚州：即今江蘇省揚州市。揚州自隋、唐時代以來，是盛產芍藥的名城。宋吳曾《能改齋漫錄》引宋孔武仲（一〇四一—一〇九七）《芍藥譜》：「揚州芍藥，名於天下，非特以多爲誇也，其敷腴盛大而纖麗巧密，皆他州所不及。」

❹ 繭栗：比喻花的蓓蕾。此處指芍藥尚未開花時的形狀如蠶繭、板栗。宋黃庭堅（一〇四五—一一〇五）〈寄王定國詩〉云：「紅藥枝頭初繭栗，揚州風物鬢成絲。」弄：作的意思。此句謂正當芍藥還是如繭栗般的蓓蕾時，便有人爲它作詩吟詠。

❺紅橋二十四：指揚州的二十四橋。隋、唐時代，在揚州可記的橋，有二十四座。另有一說，二十四橋，即西門外的紅藥橋。唐杜牧〈寄揚州韓綽判官〉詩：「二十四橋明月夜，玉人何處教吹簫。」

❻行雲：馮延巳〈蝶戀花〉詞：「幾日行雲何處去？忘卻歸來，不道春將暮。」行雲處：指令到心情暢快如行雲的地方。

❼宮衣：宮中之衣。唐李商隱詩：「長長漢殿眉，窄窄楚宮衣。」此處以半脱宮衣比擬芍藥花漸開的情況。顧：回頭看的意思，指芍藥花漸開，如對作者顧盼迎笑。

❽金壺：名貴的酒器。唐韓翃（唐大歷時人）〈田倉東亭夏夜飲得春字〉詩：「玉佩迎初夜，金壺醉老春。」這裏借來形容芍藥花之形狀。

❾千朵圍歌舞：揚州盛產芍藥，每逢盛開時，圍觀的人特別多，笙歌相聞，極爲熱鬧。千朵：是形容芍藥花繁多。《能改齋漫錄》引孔武仲《芍藥譜》，謂維揚「負郭多曠土，種花之家，園舍相望。……畦分畝別，多者至數萬根。自三月初旬初開，浹旬而甚盛。觀者相屬於路，幕簾相望，笙歌相聞。」宋黃庭堅〈寄王定國〉詩：「淮南二十四橋月，馬上時時夢見之。想得揚州醉年少，正圍紅袖寫烏絲。」

❿鬢：指耳邊的頭髮。鬢成絲：指鬢白如絲。宋黃庭堅〈寄王定國〉詩云：「春風十里珠簾卷，彷彿三生杜牧之。紅藥梢頭初繭栗，揚州風物鬢成絲。」

⓫尊：即酒樽。俎：古代祭祀、設宴時陳置牲口的禮器，木製、漆飾。

⓬西園：園名，漢末曹操所建，在鄴都，爲曹魏君臣游宴之處。三國魏曹丕〈芙蓉池〉詩：「乘輦夜行遊，逍遙涉西園。」後泛指高貴園林。

⓭劉郎：指宋進士劉攽（一〇二三—一〇八九）。修：編寫的意思。花譜：指專門記述各種花類的書。《宋史·藝文志》有宋劉攽《芍藥譜》一卷，今不傳。

【賞　析】

詞人詠物，往往即是詠懷。讀姜夔這首詠芍藥詞，當知此言非虛。

詞首句劈空而來，傷春感逝，哀怨無端。次句卻一筆逆挽，可謂極筆法頓挫之妙。「甚」、「卻」二字顯示詞人讚歎之情，突出揚州獨留陽春的美好風光。這兩句既點時令，又點地方，構思細密周至。詞人渲染揚州春色，即暗寫芍藥丰姿，意中有意，洵乎警策。「微雨」二句，以雨景及典故烘托芍藥的姿態，一個「弄」字，最是逗人情思。「紅橋」句點揚州，暗藏玉人吹簫之典，引出「總是」句以巫山神女喻芍藥之比，人巧盡而天機生矣。神女之喻，以故爲新，是白石以江西詩法入詞的一例。以上四句皆以側筆烘染，有霧裏看花的隱約朦朧之美。至乎「無語」二句，則從正面用重筆鉤勒花姿。「半脫宮衣」四字濃艷，頗有《花間》神味，爲白石集中少見。句首着一「漸字」，喻花蕾初綻，體物深細，撫寫盡態，尤具欲露未露的含蓄風韻。「笑相顧」三字與「無語」二字相映發，有一笑而百媚生的風致。至此以人喻花，形神備足矣。

既有美人，自應有歌酒舞樂，故過片承以「金壺」二句，天機湊泊，渾化無痕。「細葉」、「千朵」，扣題不懈。「誰念」三句橫起奇峰，突兀多姿。「鬢絲」與花光相照，頹唐況味，淒涼可感。衆人皆樂而我獨愁，最是難耐，更奈其無人相念何？「後日」兩句，預言衆芳蕪穢，嘉會難再，頗有憂生念亂的味道。結兩句「劉郎」落寞蕭條的形象，神致幽獨。「寂寞」兩字，正是詞人當下所感，正不待日後繁華事散，世易情遷也。觀其「誰念」三句便可知矣。

而所謂「自修花譜」，一則扣題，二則取其事之雅致，三則託喻詞人之幽懷落泊，無事可爲而已，斷不可落實求之也。

白石詞謀篇造句，俱極精煉。如此詞首二句一抑一揚，姿態嫵媚之餘，更兼極盡描畫揚州春光妍麗之能事。然首句感傷之情，實籠罩全篇，未嘗拋擲。此詞上片寫花態，過片寫飲會，只是爲了突出詞人下片所抒的寥落之情而已。詞人把歡樂之情提至高處，始陡然轉換筆調，抒發哀感，淒然之情，使人更覺難耐。而「後日」至結句，又憑空着墨，設想將來，思致幽緲，逗人遐思，此等皆姜詞結構高妙處，其間抑揚起伏，層層蛻換，飛騰變化，誠非高手莫辦。至其造語，如「正繭栗梢頭弄詩句」之閒雅，「漸半脫宮衣笑相顧」之輕艷，「誰念我、鬢成絲」之沉鬱，「寂寞劉郎，自修花譜」之幽遠，皆工緻警動。概言之，此詞筆致清虛，興味深沉，誠白石集中精品也。

二八　小重山令❶

趙郎中謁告迎侍太夫人❷，將來都下❸，予喜爲作此曲。

寒食飛紅滿帝城❹，慈烏❺相對立，柳青青。玉階端笏細陳情❻，天恩許❼，春盡可還京❽。鵲報倚門人❾，安輿❿扶上了，更親擎⓫。看花攜樂緩行程⓬。爭迎處，堂下拜公卿。

❶ 此詞是白石爲趙郎中迎接太夫人到臨安而寫的。夏承燾《姜白石詞編年箋校》云：「厲鈔（按，指厲鶚鈔本）不列調名，題云：『趙郎中謁告迎太夫人，將來都下。予喜爲作此曲，寄小重山令。』蓋後人依白石原稿編入，與〈卜算子〉和吏部梅詞同例。」

❷ 夏承燾《姜白石詞編年箋校》云：「韓淲《澗泉集》（十二）有〈送趙户部迎侍回朝〉二律，時令詩意皆與白石此詞合，或即其人。」

❸ 都下：即京城臨安。

❹ 寒食：節令名。在農曆清明前一日或二日。相傳春秋時晉國介之推輔佐重耳（晉文公（前六九七—前六二八））回國後，隱於山中，重耳燒山逼他出來，之推抱樹而死。晉文公爲悼念他，禁止在之推死

日生火煮食，只吃冷食。以後相沿俗，叫作「寒食禁火」。從寒食到清明這三天，古人出外掃墓和春游。帝城：即京城臨安。

❺ 慈烏：烏鴉的一種。也稱慈鴉、孝烏、寒鴉。相傳烏能反哺其母，故稱慈烏。唐白居易〈慈烏夜啼〉詩：「慈烏失其母，啞啞吐哀音。……聲中如告訴，未盡反哺心。」

❻ 端：指雙手捧物。笏：古朝會時所執的手板，有事則書於上，以備遺忘。古代自天子至士皆執笏，後世惟品官執之，清始廢。《禮．玉藻》：「笏，天子以球玉，諸侯以象，大夫以魚須文竹，士竹，本象可也。」

❼ 天恩許：君恩許可之意。

❽ 春盡可還京：指過了春天便可返京城。

❾ 鵲報：謂喜鵲噪鳴聲似報訊。五代後周王仁裕（八八〇—九五六）《開元天寶遺事》下〈靈鵲報喜〉：「時人之家，聞鵲聲，皆爲喜兆，故謂靈鵲報喜。」《戰國策．齊》六：「（王孫賈）母曰：『汝朝出而晚來，則吾倚門而望；汝暮出而不還，則吾倚閭而望。』」後因以倚門、倚閭比喻盼望子女歸來的殷切心情。此處指趙郎中之母。

❿ 安輿：猶安車。《唐書．趙隱傳》：「懿宗誕日宴慈恩寺，隱侍母以安輿臨觀。」

⓫ 親擎：親自擎舉安輿。

⓬ 看花攜樂緩行程：謂趙郎中請太夫人看花，攜着樂妓，慢慢遊行。

【賞析】

這一首〈小重山令〉所寫的是白石詞中鮮有的題材，詞中主要寫趙郎中迎侍其母回京一事，以表揚其孝心。氣清格高，是一首頗爲獨特的小令。

上片一開始便點出了時節和詞的主旨。「寒食」三句說明寒食節時，有孝子報親恩，當時楊柳青青，甚是可愛。「玉階」兩句點出孝子迎養其母春天回京，乃面聖陳情，君恩准許所至。此片寫情，且以錘鍊之筆出之，如「飛紅」、「慈烏」、「柳青青」等詞，皆以不同顏色字和情景構成一幅色彩繽紛的圖畫。

下片緊扣上片。上片從孝子方面去描寫，此片則相對地從慈母方面去刻劃。「鵲報」三句，寫喜鵲爲倚門待子歸的慈母報喜，孝子歸來扶母親上車，更親自爲母御車。作者運用了「安輿」的舉動來描寫孝子事親的事，意義重大，從極微細的行動來表達孝道，顯得意味深長。除了「安輿」外，孝子更有「看花攜樂」之舉，讓母親在途上賞花、觀看樂妓，慢慢地遊行回京城，充份地表現孝心。末二句，說出了許多公卿大夫亦爲其孝心所感，爭相迎接二人回京城。

此詞雖沒有清空警拔之句，卻勝在情味深長。劉熙載《藝概》說白石之詞「幽韻冷香……在樂則琴，在花則梅。」其實白石詞不獨是幽冷，其詞時亦甚雅正，即使以內容論，也是在樂則琴，在花則梅。白石詞之可愛處亦在此。此篇正是一個好例子。

八三　鬲山溪❶

詠柳

青青官柳❷，飛過雙雙燕。樓上對春寒，捲珠簾瞥然一見❸。如今春去，香絮亂因風，沾徑草，惹牆花❹，一一教誰管。　陽關❺去也，方表❻人腸斷。幾度拂行軒❼，念衣冠尊前易散❽。翠眉織錦❾，紅葉浪題詩❿，煙渡口，水亭邊，長是心先亂。

❶此詞表面詠柳，實詠離別之苦。

❷官柳：官府所種植之柳樹稱官柳。杜甫〈西郊〉詩：「市橋官柳細，江路野梅香。」

❸瞥然：指短暫過目，片時掠過。

❹惹牆花：牽惹牆邊生長的花木。

❺陽關：關名。在今甘肅敦煌縣西南。以居玉門關之南而名。漢置，爲古代通西域的要道。唐王維〈送元二使安西〉詩：「勸君更盡一盃酒，西出陽關無故人。」

❻方表：邊遠地區。《後漢書·和帝紀》「章和二年」：「文加殊俗，武暢方表，界惟人面，無思不服。」

❼行軒：行進之車。唐盧綸（約七三七—約七九九）詩：「玉鞭齊騎引行軒。」

❽衣冠：本指士大夫的穿戴。此指士大夫、官紳。舊題漢劉歆（？—二三）《西京雜記》二：「故新豐

多無賴，無衣冠子弟故也。」尊前：即樽前。

❾ 翠眉：指柳葉如翠眉。織錦：用《晉書·列女傳》竇滔妻蘇蕙以織錦爲迴文旋圖詩以贈滔事。

❿ 紅葉浪題詩：唐宣宗時，盧渥赴京應舉，偶臨御溝，拾得紅葉，葉上題詩云：「流水何太急，深宮盡日閒，殷勤謝紅葉，好去到人間。」後宣宗放出部分宮女，許從百官司吏，渥得一人，即題詩紅葉上者。見唐范攄（唐僖宗時人）《雲溪友議》十。

【賞析】

此乃一首借詠柳而寫離情之苦的詞作。上片寫春寒之際，楊柳青青，柳絮分飛，主要描繪楊柳之姿；下片則透過楊柳帶出離情之苦，楊柳拂軒，教人心亂。

起首兩句描寫官府種植的楊柳，青葱可愛，燕子穿梭其中。運用「青青」以寫柳色；「雙雙」以述燕子比翼。承接的三句，作者把焦點從楊柳移往女子居住的高樓：春天的寒氣籠着高樓，因爲寒冷才會垂下珠簾，捲珠簾是想一看春景，怎知卻瞥見那惹人相思的青柳、那雙雙對對的燕子，反顧自己則形單影隻。閨中少婦的寂寞、愁緒以及對離鄉別井的親人之思念，在不經意間流露。於是，由青青楊柳、雙雙飛燕、朝氣勃勃的春天，筆鋒一轉到少婦的離愁，不着一情字，而情寓景中。

其中「捲珠簾，瞥然一見」突出少婦的情態：既想欣賞春日美麗的景象，又怕觸目是斷腸的柳條，惹人相思的飛燕，故此少婦沒有出戶，或登樓眺望，只是在窗旁偷偷捲起珠簾窺望，不幸卻曾見心中不想見之物，引來無限春愁。

離愁本已不能揮去，偏偏又目睹春將去，柳絮四處飄飛的景象，引發少婦濃重的傷感。春去，柳絮因風亂舞，沾在小徑的綠草上，惹上牆邊的野花。這一切又有誰理會呢？少婦擔憂的是所思之人會像柳絮般「沾徑草、惹牆花」，沉樂於青樓妓院中，不思歸家。諸般事項又有誰能管束？在離愁別緒之中，又增添幾分憂慮呢！柳絮不再是柳絮，「細看來，不是楊花，點點是離人淚。」（蘇東坡（一〇三六—一一〇一）《水龍吟．次韻章質夫楊花詞》）此文景中寄情，又以景喻事；既關楊柳亦關情。寫少婦的憂慮，含蓄婉轉，點到即止。寫景不離春意，有春絮、春草、春花；香則有絮香、草香及花香。

下片「陽關去也，方表人腸斷」兩句極言離別之苦。王維（七〇一—七六一）《送元二使安西》詩云：「渭城朝雨浥輕塵，客舍青青柳色新。勸君更進一杯酒，西出陽關無故人。」王維送友出陽關正值柳色青青之時，今詞人觸目亦皆青青柳色，同是送人遠去。故借詩中之意以言離情。陽關自古乃惹人淚下的離別場所，這偏遠的地方已令人柔腸寸斷。何況離陽關更遠的地方？

「幾度拂行軒，念衣冠尊前易散」點出楊柳對人的依依不捨，彷彿欲阻擋行車離去；偏偏人就是如此容易的在樽前離散。周邦彥（一〇五七—一一二一）《蘭陵王》云：「柳陰直，煙裡絲絲弄碧。隋堤上、曾見幾番，拂水飄綿送行色。」清眞以柳枝幾番拂水明點送行，白石亦以柳條拂行軒以言離別。而兩人不捨之情則寄託柳枝身上。景中寄情，而情暗藏於字裡行間。

接下來的翠眉、紅葉兩句盡道女子的思念和怨情。前者爲晉蘇蕙思念其夫竇滔而織錦作迴文旋圖詩之典，後者爲唐代宮女深宮寂寞，題詩於紅葉付流水送贈有緣人的故事。宋柳永（約九八〇—一〇五三）《燕歸梁》詞有：『織錦裁編寫意深，字值千金』之句，便是指蘇蕙之事。詞人於此借兩典描繪閨中少婦的寂寞，對遠行人的思念。離別後，她們只能以織錦寄意，紅葉題詩傳恨。『翠眉』指柳葉，因柳葉而聯想到翠眉，由翠眉而聯想到織錦傳情之女子。是寫景，亦是喻人。

最後三句指出柳樹的種植環境；河水渡口旁及水亭之邊。這些也是送人離別的地方，總是令人身未到心已亂的。『長是心先亂』中的『長』字亦暗喻柳條細長，柳長情亦長，令人望之而往往斷腸。

全詞詠柳，而運用兩個描述怨情的典故。寫柳而並非字字言柳，言情而只隱約言之，以情寓景中，以景喻情，可謂不着一字而盡得風流，不愧爲南宋大家之作。

八四 永遇樂❶

次韻辛克清❷先生

我與先生❸，夙期❹已久，人間無此。不學楊郎❺，南山種豆❻，十一徵微利❼。雲霄直上❽，諸公衮衮❾，乃作道邊苦李❿。五千言⓫老來受用，肯教造物兒戲⓬。

東岡⓭記得，同來胥宇⓮，歲月幾何難計。柳老悲桓⓯，松高對阮⓰，未辦爲鄰地⓱。長干白下⓲，青樓朱閣⓳，往往夢中槐蟻⓴。卻不如窪尊㉑放滿，老夫㉒未醉。

---

❶此詞爲白石晚年之作。

❷次韻：和別人的詩或詞，並依原詩或原詞用韻的次序，叫次韻。辛克清：名泌，漢陽詩人，白石客漢沔時交游。白石〈探春慢〉（衰草愁煙）序云：「……作此曲別鄭次皐、辛克清、姚剛中諸君。」

❸先生：年長有學問的人。《韓詩外傳》六：「問者曰：『古之謂知道者曰先生，何也？猶言先醒也。』」此指辛克清。

❹夙：指早、舊、平素的意思。夙期：早有交情。北周宇文逌（？—五八〇）《庾信集·序》：「予與子山，夙期款密。」

❺ 楊郎：指漢楊惲（前？—前五四）。華陰人。字子幼。宣帝時任左曹，因告發霍氏謀反功，封平通侯，遷中郎將。後因過爲人所告，免爲庶人。家居大治產業，接待賓客。友人西河太守孫會宗以書勸戒，惲在答書中有怨懟之辭，宣帝見而惡之，當惲大逆無道，腰斬。見《漢書》，附〈楊敞傳〉。

❻ 南山種豆：楊惲〈報孫會宗書〉云：「其詩曰：『田彼南山，蕪穢不治。種一頃豆，落而爲萁。』」

❼ 十一徵微利：楊惲〈報孫會宗書〉云：「惲幸有餘祿，方糴賤販貴，逐什一之利。」

❽ 雲霄：本指天際。此喻高位。唐朱慶餘〈酬李處士見贈〉：「雲霄未得路，江海作閒人。」

❾ 袞袞：指相繼不絕。唐杜甫〈醉時歌〉：「諸公袞袞登臺省，廣文先生官獨冷。」

❿ 道邊苦李：晉王戎（二三四—三〇五）嘗與群兒嬉於道側，見李樹多實，群競往檢取，戎獨不動。人問其故，戎曰：「樹在道邊而多子，此必苦李。」取之果然。見《世說新語．雅量》及《晉書》本傳。唐韓偓（八四〇—九二三）〈玉山樵人集奉和峽州孫舍人荆南重中寄諸朝士〉詩之二：「眾果卻應存苦李，五瓶唯恐竭甘泉。」

⓫ 五千言：春秋時老子所著《道德經》（亦名《老子》），言道德之意五千餘言。

⓬ 教：指效法。造物：謂天地創造萬物。《莊子》：「偉哉夫，造物者將以予爲此區區也。」兒戲：小兒嬉戲。《老子》書中屢言嬰兒。如曰：「爲天下谿，常德不離，復歸於嬰兒。」三國魏王弼（二二六—二四九）注：「溪不求物，而物自歸之。嬰兒不用智，而合自然之智。」此句謂效法自然造物，無爲而爲，如同嬰兒。

⓭ 岡：山岡。《詩經．周南．卷耳》：「陟彼高岡，我馬玄黃。」東岡：宋蘇軾詩：「我昔少年日，種松漢東岡。」

⓮ 胥：觀察。宇：居室曰宇。胥宇：指觀察屋室。《詩經．大雅．緜》：「爰及姜女，聿來胥宇。」

⓯ 柳老悲桓：白石〈長亭怨慢．序〉云：「……桓大司馬云：『昔年種柳，依依漢南，今看搖落，悽愴

⑯江潭，樹猶如此，人何以堪！』」其〈長亭怨慢〉云：「閱人多矣，誰得似長亭樹。樹若有情時，不會得青青如此。」桓：指桓溫。

⑰松高對阮：三國魏阮籍（二一〇—二六三）〈詠懷〉詩：「瞻仰景山松，可以慰吾情。」阮：指阮籍。

⑱爲鄰：劉汲詩：「卜築西岩最可人，青山爲屋水爲鄰。」

⑲長干：指長干巷，古代南京的里巷，是市民商賈聚居之處。樂府古辭有〈長干曲〉。白下：地名，今江蘇南京。唐武德時更金陵爲白下。

⑲青樓：指顯貴人家之閨閣。三國魏曹植〈美女篇〉詩：「青樓臨大路，高門結重關。」朱：紅色。古代王侯貴族的住宅大門漆紅色，表示尊貴。朱閣：即指豪門。

⑳夢中槐蟻：《異聞錄》載：淳于棼飲槐下，醉歸臥，夢入穴中，曰大槐安國。王任爲南柯郡守。寤，見古槐下有穴可容榻，有一大蟻，乃王也。一穴直上南枝，即南柯郡。唐李公佐撰《南柯太守傳》演述其事。

㉑窪尊：尊，即樽，酒器。今峴山有李適之窪樽。唐顏眞卿（七〇九—七八五）〈峴山石樽聯句〉詩：「李公登飲處，因石爲窪樽。」

㉒老夫：白石自稱。

【賞　析】

這首詞爲次韻辛泌之作，惜辛氏原詞已佚，未知其內容如何，現只能據姜詞作獨立分析。此詞上片頌辛氏之德行，下片述二人之友情，並抒發詞人半生飄泊的感傷。詞首三句謂二人友誼匪淺，散行直下，一改姜詞整鍊句法，別具格調。「不學」三句與「雲霄」三句，分用兩典歌頌辛氏安貧守拙，淡忘榮利。「五千言」兩句謂辛氏得《老子》委運任化，順應天道之旨，以收束「不學」與「雲霄」兩段意思，結構井然。

過片「東岡」三句，回首舊日二人思欲互卜爲鄰，歸隱田里。接下三句則謂今日辛氏已得幽居之所，而白石自己獨未能遂林下之志，感慨無已。「柳老」兩句，對仗工整，意味深遠，是一篇之眼。「悲恒」句傷已老大而尚流離，「對阮」句頌彼清高而得安穩。一飄泊，一閒適，對照分明，感傷之情，油然而生矣。「長干」三句謂浮生如夢，飛揚歲月，一去不返，把傷時感逝之情，更轉深一層。歇拍歸結以酒解愁，頹放傲兀，兼而有之，寫詞人神態如活，不愧清剛妙筆。

白石晚年詞頗參稼軒句法。如此詞上片，全用散句，筆意疏宕，至下片始作兩處對仗。「柳老」一聯，工穩嚴整，前已述之。「長干白下，青樓朱閣」一聯，句與句間作寬對，而「長干」與「白下」、「青樓」與「朱閣」兩組詞語則於句中各自爲對。前句代指京華勝地，爲粗筆；後句暗示煙花舊遊，是細筆。兩聯偶語，各運以不同筆法，變幻無方，雜於諸散句間，更覺嫵媚多姿。白石用筆入神，殆幾於化，窺此一斑，可思全豹。

所謂積字而成句，積句而成篇，造句之功固然重要，句與句之間的勾連更不可忽視，否則徒有句而無篇，豈可稱爲佳作？如此詞下片，詞人回想舊情，「歲月幾何難計」，故生「樹猶如此，人何以堪」的柳老之悲，然後再推遠作人生一如「夢中槐蟻」的玄想，接着大筆兜轉，以縱飲作結，布局圓融流轉，渾然天成。如此手筆，絕未易到，宜乎白石能爲宋詞巨擘也。

【評 說】

（現）夏承燾〈論姜白石詞〉：

像〈水調歌頭〉「富覽亭永嘉作」、〈永遇樂〉「次韻辛克清先生」、〈念奴嬌〉「毀舍後作」各篇，也都和早年作風不同；比之辛詞，不過略變其奔放馳驟而爲跌宕頓挫而已。（見夏氏《姜白石詞編年箋校》（代序））

（現）王偉勇《南宋詞研究》：

欲令景物生動活潑，宜留心字句之鍛鍊，方能相得益彰，所謂「始於意格，成於句子」是也。就鍊字言，其關鍵尤在於動詞之運用，非但顧及意義之「活」，且爲顧及音調之「響」，故姜夔詞中頗用心錘鍊，此亦當時詩壇之習尚也。……姜夔詞中亦有拗意之句式，如「紅衣入槳，青燈搖浪」（〈水龍吟〉）、「柳老悲桓，松高對阮」（〈永遇樂〉）等，寧非江西詩派所強調之習尚耶！

集評

（宋）劉克莊《後村詩話續集》卷一：

姜堯章有平聲《滿江紅》，自敘云：「舊詞用仄韻，多不協律，如末句『無心撲』，歌者將心字融入去聲，方諧音律。余欲以平韻爲之，久不能成。因泛巢湖祝日：『得一席風，當以平韻《滿江紅》爲神姥壽。言迄，風與帆俱駛，頃刻而成。末句云『聞佩環』，則協律矣。」其詞云，……此闋佳甚，惜無能歌之者。

（宋）柴望〈涼州鼓吹·自序〉：

詞以雋永委婉爲尙，組織塗澤次之，呼嗥叫嘯抑末也。惟白石詞登高眺遠，慨然感今悼往之趣，悠然托物寄興之思，殆與古《西河》、《桂枝香》同風致，視青樓歌、紅窗曲萬萬矣。故余不敢望靖康家數，白石衣缽，或彷彿焉。

（宋）鄧牧《伯牙琴》：

美成、白石，逮今膾炙人口。知者謂麗莫若周，賦情或近俚；騷莫若姜，放意或近率。

（宋）黃昇《中興以來絶妙詞選》：

白石道人，中興詩家名流，詞極精妙，不減清眞樂府，其間高處，有美成所不能及。

（宋）陳郁《藏一話腴》：

白石道人氣貌若不勝衣，而筆力足以扛百斛之鼎；……襟懷灑落，如晉、宋間人。意到語工，不期於高遠而自高遠。

（宋）張炎《詞源》卷下：

詞要清空，不要質實。清空則古雅峭拔，質實則凝澀晦昧。姜白石詞如野雲孤飛，去留無跡。吳夢窗詞如七寶樓台，眩人眼目，拆碎下來，不成片段。此清空質實之說。……白石詞如〈疏影〉、〈暗香〉、〈揚州慢〉、〈一萼紅〉、〈琵琶仙〉、〈探春〉、〈八歸〉、〈淡黃柳〉等曲，不惟清空，又且騷雅，讀之使人神觀飛越。

詩難於詠物，詞爲尤難。體認稍眞，則拘而不暢；模寫差遠，則晦而不明。要須收縱聯密，用事合題。一段意思，全在結句，斯爲絶妙。如……白石〈暗香〉、〈疏影〉詠梅云：……〈齊天樂〉賦促織云：……此皆全章精粹，所詠瞭然在目，且不留滯於物。

（宋）沈義父《樂府指迷》：

姜白石清勁知音，亦未免有生硬處。

（元）陸輔之《詞旨》下：

古人詩有翻案法，詞亦然。詞不用雕刻，刻則傷氣，務在自然。周清眞之典麗，姜白石之騷雅，史梅溪之句法，吳夢窗之字面，取四家之所長，去四家之所短，此翁之要訣。學者所謂刻鵠不成尙類鶩者也，不可與俗人言，可與知者道。

同上《詞旨》下：

詞用虛字貴得所，雅則得所耳。當時俳體頗俗，屯田最甚，清眞不免時見。白石、玉田，無不雅者也。

（明）楊愼《詞品》卷之四：

姜夔，字堯章，號白石道人，南渡詩家名流。詞極精妙，不減清眞樂府。其間高處有周美成不能及者。善吹簫，自製曲，初則率意爲長短句，然後協以音律云。其詠蟋蟀〈齊天樂〉一詞最勝，其詞曰：……其過苕霅云：「拂雪金鞭，欺寒茸帽，還記章臺走馬。鴈磧沙平，漁汀人散，老去不堪遊冶。」人日詞云：「池面冰膠，牆頭雪老，雲意還又沉沉。朱戶粘雞，金盤簇燕，空嘆時序侵尋。」〈湘月〉詞云：「歸禽時度，月上汀洲冷。中流容與，畫橈不點清鏡。」從柳子厚「綠淨不可唾」之語翻出。戲張平甫納妾云：「別母情懷，隨郎滋味，桃葉渡江時。」〈翠樓吟〉云：「檻曲縈紅，簷牙飛翠。酒祓清愁，花消英氣。」〈法曲獻仙音〉云：「過秋風未成歸計。重見冷楓紅舞。」〈玲瓏四犯〉云：「輕盈喚馬，端正窺戶。酒醒明月下，夢逐潮聲去。」其腔皆自度者。

陳子宏云：……近日作詞者，惟說周美成、姜堯章，而以東坡爲詞詩，稼軒爲詞論。此說固當，蓋曲者曲也，固當以委曲爲體。然徒狃于風情婉孌，則亦易厭。回視稼軒所作，豈非萬古一清風哉。或云周、姜曉音律，自能撰詞調，故人尤服之。

（明）毛晉〈白石詞跋〉：

白石詞盛行於世，多逸「五湖舊約」及「燕雁無心」諸調。前人云：花庵極愛白石，選錄無遺。既讀《絕妙詞選》，果一一具載，眞完璧也。范石湖評其詩云：「有裁雲縫月之妙手，敲金戛玉之奇聲。」予于其詞亦云。（見汲古閣刻《宋六十名家詞》）

（清）朱彝尊〈黑蝶齋詩餘序〉：

詞莫善於姜夔，宗之者張輯、盧祖皐、史達祖、吳文英、蔣捷、王沂孫、張炎、周密、陳允平、張翥、楊基，皆具夔之一體；基之後，得其門者寡矣。（見《曝書亭集》卷四十）

同上〈魚計莊詞序〉：

在昔鄱陽姜堯章、張東澤、弁陽周草窗、西秦張玉田，咸非浙產，然言浙詞者必稱焉，

是則浙詞之盛，亦由僑居者爲之助；猶夫豫章詩派不必皆江西人，亦取其同調焉爾矣。（同上）

（清）汪森《詞綜序》：

西蜀南唐而後，作者日盛，宣和君臣，轉相矜尚，曲調愈多，流派因之亦別。短長互見，言情者或失之俚，使事者或失之伉。鄱陽姜夔出，句琢字鍊，歸於醇雅；於是史達祖、高觀國羽翼之，張輯、吳文英師之於前，趙以夫、周密、陳允衡、王沂孫、張炎、張翥效之於後，譬之於樂，舞箾至於九變，而詞之能事畢矣。

（清）張宗橚《詞林紀事》引許昂霄語：

詞中之有白石，猶文中之有昌黎也；世故有以昌黎爲穿鑿生割者，則以白石爲生硬也亦宜。（卷十三）

白石、梅溪，昔人往往並稱，驟閱之，史似勝姜，其實史少減堯章。昔鈍翁嘗問漁洋曰：「王孟齊名，何以孟不及王。」漁洋答曰：「孟詩味之未能免俗耳。」吾于姜、史亦云。倚聲者試取兩家詞熟玩之，當不以予爲蜉蚍之撼。（同上）

（清）王昶《姚茝汀詞雅序》：

……國初詞人輩出，其始猶沿明之舊，及竹垞太史甄選《詞綜》，斥淫哇，刪浮俗，取宋季姜夔、張炎諸詞以爲規範，由是江浙詞人繼之，蔚然蹻于南宋之盛。……然風雅正變，王者之跡，作者多名卿大夫，莊人正士，而柳永、周邦彥輩不免雜於俳優；後惟姜、張諸人以高賢志士，放跡江湖，其旨遠，其詞文，託物比興，因時傷事，即酒席游戲，無不有黍離周道之感，與詩異曲同其工；且清婉窈眇，言者無罪，聽者淚落，有如陸文圭所云者，爲三百篇之苗裔無可疑也。（見《春融堂集》卷四十一）

同上《琴畫樓詞鈔自序》：

……唐之末造，時人間以其餘音綺語，變爲塡詞；北宋之季，演爲長調，變愈甚，遂不能復合於詩；故詞至白石、碧山、玉田，與詩分茅設絕，各極其工。（同上）

（清）凌廷堪曰：

南渡爲盛唐，白石如少陵，奄有諸家。（張其錦述其師說）

又曰：「塡詞之道，須取法南宋。然其中有兩派焉：一派爲白石，以清空爲主。高、史輔之。前則有夢窗、竹山、西麓、虛齋、蒲江，後則有玉田、聖與、公瑾、商隱諸人，掃除野狐，獨標正諦，猶禪之南宗也。」（同上；見《詹安泰詞學論稿》）

（清）江藩《詞源跋》：

詞之有姜張，如詩之有李杜也。姜張二君，皆能按譜製曲，……。

近日大江南北，盲詞啞曲，塞破世界，人人以姜張自命者，……。

（清）張文虎〈綠棋花龕詞序〉：

往在金陵，嘗與周縵雲侍御論詞，縵老曰：「竹垞言南宋諸家皆宗白石，然竊謂夢窗實本清眞，於子何如？」予曰：「白石何嘗不自清眞出，特變其穠麗爲淡遠耳。自國初以來，以玉田配白石，正以其得淡遠之趣。近時諸家，又祧姜、張而趨二窗。顧草窗深細而雅，門徑稍寬，或易近似；未見能涉夢窗之藩籬者。此猶白石之於清眞矣。」（見《舒藝室雜著賸稿》）

同上〈索笑詞序〉：

二十年前言長短句者，家白石而戶玉田，使蘇、辛不得爲詞，今則俎豆二窗而祧姜、張矣。（同上）

（清）王又華《古今詞論》：

朱承爵《存餘堂詩話》云：「詩詞雖同一機杼，而詞家意象與詩略有不同。句欲敏，字欲捷，長篇須曲折三致意，而氣自流貫乃得。」此語可爲作長調者法，蓋詞至長調，變已極矣。南宋諸家，凡偏師取勝者，莫不以此見長。而梅溪、白石、竹山、夢窗諸家，麗情密藻，盡態極妍。要其瑰琢處，無不有蛇灰蚓線之乃佳。如姜夔〈暗香〉詠梅云：「算幾番照我梅邊吹笛。」豈害其佳。

（清）劉體仁《七頌堂詞繹》：

詞亦有初盛中晚，不以代也。牛嶠、和凝、張泌、歐陽炯、韓偓、鹿虔扆輩，不離唐絕句，如唐之初未脫隋調也，然皆小令耳。至宋則極盛，周、張、柳、康，蔚然大家。至姜白石、史邦卿，則如唐之中。而明初比唐晚。蓋非不欲勝前人，而中實枵然，取給而已，於神味處，全未夢見。

（清）鄒祗謨《遠志齋詞衷》：

僻調之多，以柳屯田爲最。此外則周清眞、史梅溪、姜白石、蔣竹山、吳夢窗、馮艾子集中，率多自製新調，餘家亦復不乏。

余常與（董）文友論詞，謂小調不學《花間》，則當學歐、晏、秦、黃。《花間》綺琢處，於詩則爲靡，而於詞則如古錦紋理，自有黯然異色。歐、晏蘊藉，秦、黃生動，一唱三嘆，總以不盡爲佳。清眞、樂章，以短調行長調，故滔滔莽莽處，如唐初四傑，作七古嫌其不能盡變。至姜、史、高、吳，而融篇煉句琢字法，無一不備。今惟合肥兼擅其勝，正不如用修好入六朝麗字，似近而實遠也。

詠物固不可不似，尤忌刻意太似。取形不如取神，用事不若用意。宋詞至白石、梅溪，始得箇中妙諦。

（清）王士禎《花草蒙拾》：

宋南渡後，梅溪、白石、竹屋、夢窗諸子，極妍盡態，反有秦、李未到者。雖神韻天然處或減，要自令人有觀止之歎。正如唐絕句，至晚唐劉賓客、杜京兆，妙處反進青蓮、龍標一塵。

（清）彭孫遹《金粟詞話》：

宋人張玉田論詞，極推少游、竹屋、白石、梅溪、夢窗諸家，而稍詘美成。

（清）沈雄《古今詞話》《詞品》上卷：

王士禎曰：南宋長調，如姜、史、蔣、吳，有秦、柳所不能及者。

同上，下卷：

朱彝尊曰：言詞必稱北宋，至南宋始極其工，至宋季始極其變。姜白石最爲傑出，惜乎樂府五卷，僅存二十餘闋。

《詞綜》曰：塡詞風雅，無過石帚一集，《草堂》之選不登其隻字。

同上《詞評》上卷：

《樂府紀聞》曰：鄱陽姜堯章流寓吳興，常過金閶，有「行人悵望蘇臺柳，曾爲吳王掃落花」，楊誠齋極喜誦之。蕭東父尤愛其詞，以其兄之子妻焉。

花庵詞客曰：堯章中興名流，善吹簫，自度曲。初則率意爲長短句，其後協以音律，不減清眞樂府。

趙子固曰：白石，詞家之申韓也。

同上，下卷：

徐釚曰：古人蘊藉生動，一唱三歎，以不盡爲嘉。清眞以短調行長調，滔滔莽莽，如唐初四傑作七古，嫌其不能盡變。至姜、史、蔣、吳融鍊字句，法無不備。兼擅其勝者，惟芝麓尙書矣。

（清）先著、程洪撰《詞潔·發凡》：

是選惟主錄詞，不主備調。詞工，則有目者可共爲擊節。調協，則非審音不辨矣。柳永以樂章名集，其詞蕪累者十之八，必若美成、堯章，宮調、語句兩皆無憾，斯爲冠絕。……韻，小乘也。艷，下駟也。詞之工絕處，乃不主此。今人多以是二者言詞，未免失之淺矣。蓋韻則近於佻薄，然艷則流於褻媟，往而不返，其去吳騷市曲無幾。必先洗粉澤，後除琱繢，靈氣勃發，古色黯然，而以情興經緯其間。雖豪宕震激，而不失於粗；纏綿輕婉，而不入於靡。即宋名家固不一種，亦不能操一律，以求美成之集，自標清眞，白石之詞無一凡近，況塵土垢穢乎。

同上卷一：

張先「雲輕柳梢」（《醉落魄》）——「生香眞色」四字，可以移評石帚、玉田之詞。

同上卷四：

史之遜姜，有一二欠自然處。雕鏤有痕，未免傷雅，短處正不必爲古人曲護。意欲靈動，不欲晦澀。語欲穩秀，不欲纖佻。人工勝則天趣減，梅谿、夢窗自不能不讓白石出一頭地。

（清）厲鶚《鈔本白石道人歌曲跋》：

旁注音律譜，一時難解，故去之，玩其清妙秀遠之詞可矣。

（清）李調元《雨村詞話·序》：

詞非詩之餘，乃詩之源也。周之頌三十一篇，長短句居十八。……溫、韋以流麗爲宗，《花間集》所載南唐、西蜀諸人最爲古豔。北宋自東坡「大江東去」，秦七、黃九踵起，周美成、晏叔原、柳屯田、賀方回繼之，轉相矜尚，曲調愈多，派衍愈別。鄱陽姜夔鬱爲詞宗，一歸醇正。于是辛稼軒、史達祖、高觀國、吳文英師之于前，蔣捷、周密、陳君衡、王沂孫效之于後，譬之于樂，舞箾至于九變，而歎爲觀止矣。

同上卷一：

白石自製詞在南宋另爲一派，盛行於時，學之而佳者有二人。王沂孫字聖與，號中仙，有《碧山樂府》二卷，一名《花外集》，蓋取比《花間集》而名也。其詞以韻勝，……同時張叔夏炎亦作〈瑣窗〉詞，自注云：「王碧山，其詩清峭，其詞閑雅，有姜白石意趣，今絕響矣。余悼之句云：『自中仙去後，詞箋賦筆，便無清致。』又『料應也孤吟山鬼。那知人彈折素琴，黃金鑄出相思淚』。」可想見平生服膺矣。「黃金」句無理而奇，最妙。炎自號樂笑翁，有《玉田詞》三卷，鄭思肖爲作序，亦白石一派也。

（清）吳淳還〈白石詞鈔序〉（武唐俞氏本）：

南宋詞至姜氏堯章，始一變《花間》、《草堂》纖穠靡麗之習。野雲孤飛，去留無跡，前人稱之審矣。

（清）田同之《西圃詞說》：

言情之作，易流於穢，此宋人選詞，多以雅爲尚。……塡詞最雅，無過石帚，而《草堂詩餘》不登其隻字，可謂無目者也。

詩詞風氣，正自相循。貞觀、開元之詩，多尚淡遠。大曆、元和後，溫、李、韋、杜漸入香奩，遂啓詞端。《金荃》、《蘭畹》之詞，概崇芳豔。南唐、北宋後，辛、陸、姜、劉漸脫香奩，仍存詩意。元則曲勝而詩詞俱掩，明則詩勝於詞，今則詩詞俱勝矣。

姜夔堯章崛起南宋，最爲高潔，所謂『如野雲孤飛，去留無跡』者。惜乎《白石樂府》

五卷，今已無傳，惟《中興絕妙詞》僅存二十餘闋耳。

白石而後，有史達祖、高觀國羽翼之，張輯、吳文英師之於前，趙以夫、蔣捷、周密、陳允衡、王沂孫、張炎、張翥效之於後，譬之於樂，舞箾至於九變，而詞之能事畢矣。

《樂府指迷》云：「詞要清空，不要質實。」此八字是塡詞家金科玉律。清空則靈，質實則滯，玉田所以揚白石而抑夢窗也。

同上：

詩餘者，院本之先聲也。如耆卿分調，守齋擇腔，堯章著鬲指之聲，君特辨煞尾之字，或隨宮造格，或遵調塡音，其疾徐長短，平仄陰陽，莫不守一定而不移矣。

自沈吳興分四聲以來，凡用韻樂府，無不調平仄者。至唐律以後，浸淫而爲詞，尤以諧聲爲主，平仄失調，即不可入調。周、柳、万俟等之製腔造譜，皆按宮調，故協於歌喉。以及白石、夢窗輩，各有所創，未有不悉音理而可造格律者。

同上引王漁洋語：

宋南渡後，梅谿、白石、竹屋、夢窗諸子，極姸盡態，反有秦、李未到者。雖神韻天然處或不及，自令人有觀止之嘆，正如唐絕句至劉賓客、杜京兆，妙處反進青蓮、龍標一塵。

同上引宋徵璧語：

吾於宋詞得七人焉，曰永叔秀逸，子瞻放誕，少游清華，子野娟潔，方回鮮清，小山聰俊，易安妍婉。……苟舉當家之詞，如柳屯田哀感頑豔，而少寄托。周清眞蜿蜒流美，而乏陡健。康伯可排敘整齊，而乏深邃。其外則……劉改之之能使氣，曾純甫之能書懷，吳夢窗之能疊字，姜白石之能琢句，蔣竹山之能作態，史邦卿之能刷色，黃花庵之能選格，亦其選也。詞至南宋而繁，亦至南宋而敝，作者紛如，難以概述矣。

（清）江炳炎〈西江月〉（《白石詞題記》）：

筆染滄江虹月，思穿冷岫孤雲。淡然南宋古遺民，抹煞詞壇袞袞。　就令秦郎色減，何嫌柳七聲呑。將金鑄像日三薰，舌底宮商細問。

（清）陳撰〈白石詞跋〉：

南宋詞人，浙東西特盛。若岳肅之、張功甫、張叔夏、史邦卿、吳君特、孫季蕃、高賓王、王聖與、尹惟曉、周公瑾、仇仁近及家西麓先生，先後輩出。而審音之精，要以白石爲諧極。

（清）陸鍾輝〈白石道人集序〉：

南宋鄱陽姜堯章，以布衣擅能詩聲，所爲樂章，更妙絕一世。

（清）江春〈白石道人集序〉（江氏刻本）：

荀卿子有言，藝之至者，不能兩而工。……是故工於詩者不必兼於詞，工於詞者或不能長於詩，比比然矣。然吾觀唐之李太白、白樂天、溫飛卿，宋之歐陽永叔、蘇子瞻，皆詩詞兼工者，古或有其人焉。其在南渡，則白石道人實起而繼之。其詩初學江西，已而自出機杼，清婉拔俗，其絕句則駸駸乎半山矣。其詞則一屏靡曼之習，清空精妙，敻絕前後。以禪宗論，白石爲曹溪六祖能，竹屋、夢窗、梅谿、玉田之流，則江西讓、南嶽思之分支也。蓋自唐、五代、北宋之南渡，而白石始得其宗，截斷衆流，獨標新旨，可謂長短句之至工者矣。

（清）姜虬綠〈白石道人歌曲跋〉（姜忠肅祠堂鈔本）：

……公晚年用意之精，審律之細，於此道眞有深入。

（清）郭麐《靈芬館詞話》卷一：

詞之爲體，大略有四：風流華美，渾然天成，如美人臨粧，卻扇一顧，《花間》諸人是也。晏元獻、歐陽永叔諸人繼之。施朱傅粉，學步習容，如宮女題紅，含情幽豔，秦、周、賀、晁諸人是也。柳七則靡曼近俗矣。姜、張諸子，一洗華靡，獨標清綺，如瘦石孤花，清笙幽磬，入其境者，疑有仙靈，聞其聲者，人人自遠。夢窗、竹屋，或揚或沿，皆有新雋，詞之能事備矣。至東坡以横絕一代之才，凌厲一世之氣，間作倚聲，意若不屑，雄詞高唱，別爲一宗。辛、劉則粗豪太甚矣。其餘絲絃孤韻，時亦可喜。溯其派別，不出四者。

同上引凌廷堪語：

詞以南宋爲極，能繼之者竹垞。至厲樊榭則更極其工，後來居上。……大抵樊榭之詞，專學姜、張，竹垞則兼收衆體也。

同上卷二：

倚聲家以姜、張爲宗，是矣。然必得其胸中所欲言之意，與其不能盡言之意，而後纏綿委折，如往而復，皆有一唱三歎之致。

（清）張惠言《詞選·序》：

自唐之詞人李白爲首，其後韋應物、王建、韓翃、白居易、劉禹錫、皇甫松、司空圖、韓偓並有述造，而溫庭筠最高，其言深美閎約。五代之際，孟氏、李氏君臣爲謔，競作新調，詞之雜流，由此起矣。至其工者，往往絕倫。亦如齊梁五言，依托魏晉，近古然也。宋之詞家，號爲極盛，然張先、蘇軾、秦觀、周邦彥、辛棄疾、姜夔、王沂孫、張炎淵淵乎文有其質焉。

（清）周濟《介存齋論詞雜著》：

近人頗知北宋之妙，然終不免有姜、張二字橫亙胸中。豈知姜、張在南宋，亦非巨擘乎。論詞之人，叔夏晚出，既與碧山同時，又與夢窗別派，是以過尊白石，但主清空。北宋詞多就景敘情，故珠圓玉潤，四照玲瓏。至稼軒、白石，一變而爲即事敘景，使深者反淺，曲者反直。吾十年來服膺白石，而以稼軒爲外道，由今思之，可謂瞽人捫籥也。稼軒鬱勃故情深，白石放曠故情淺。稼軒縱橫故才大，白石局促故才小。惟〈暗香〉〈疏影〉二詞，寄意題外，包蘊無窮，可與稼軒伯仲。餘俱據事直書，不過手意近辣耳。白石詞如明七子詩，看是高格響調，不耐人細思。白石以詩法入詞，門徑淺狹，如孫過庭書，但便後人模仿。白石好爲小序，序即是詞，詞仍是序，反覆再觀，如同嚼蠟矣。詞序序作詞緣起，以此意詞中未備也。今人論院本，尚知曲白相生，不許複沓，而獨津津於白石詞序，一何可笑。

同上〈詞辨·自序〉：

白石疏放，醞釀不深。

（清）周濟〈宋四家詞選·目錄序論〉：

白石脫胎稼軒，變雄健爲清剛，變馳驟爲疏宕。蓋二公皆極熱中，故氣味吻合。辛寬姜窄，寬故容蔵，窄故鬥硬。白石號爲宗工，然亦有俗濫處、（〈揚州慢〉：『淮左名都，竹西佳處。』）寒酸處、（〈法曲獻仙音〉：『象筆鸞箋，甚而今、不道秀句。』）補湊處、（〈齊天樂〉：『豳詩漫興。笑籬落呼燈，世間兒女。』）敷衍處、（〈淒涼犯〉：『追念西湖上』）半闋。支處、（〈湘月〉：『舊家樂事誰省。」）複處、（〈一萼紅〉：「翠藤共、閑穿徑竹」、「記曾共、西樓雅集」）。不可不知。白石小序甚可觀，苦與詞複。若序其緣起，不犯詞境，斯爲兩美已。

（清）包世臣〈月底修簫譜序〉：

意內而言外，詞之爲教也；然意內不可強致，言外非學不成。是詞說者言外而已，言成則有聲，聲成則有色，色成而味出焉。三者具則足以盡言外之才矣。若夫感人之速者莫如聲，故詞倚聲。聲之得者又有三：曰清，曰脆，曰澀；不脆則聲不成，脆矣而不清則膩，清矣而不澀則浮。屯田、夢窗以不清傷氣，淮海、玉田以不澀傷格，清眞、白石則能兼三矣。六家於言外之旨得矣。以云意內，惟白石、玉田耳，淮海時時近之，清眞、屯田、夢窗皆去之彌遠，而俱不害爲可傳者，則以其聲之幺眇鏗盤，惻惻動人，無色而豔，無味而甘故也。

（清）馮金伯《詞苑萃編》卷之一：

如秦少游、高竹屋、姜白石、史邦卿、吳夢窗，格調不凡，句法挺異，俱能特立清新之意，刪削靡曼之詞，自成一家。

同上引汪森〈詞綜·序〉：

鄱陽姜夔出，句琢字鍊，歸於醇雅。於是史達祖、高觀國羽翼之，張輯、吳文英師之於前，趙以夫、蔣捷、周密、陳允平、王沂孫、張炎、張翥效之於後，譬之於樂，舞箾至於九變，而詞之能事畢矣。

同上引先著《詞潔》：

美成之集，自標清眞，白石之詞，無一凡近，況塵土垢穢乎。

同上引王漁洋語：

詞以少游、易安爲宗，固也。然竹屋、梅溪、白石諸公，極妍盡致處，反有秦、李所未到者。譬如絕句，至晚唐劉賓客、杜京兆，時出青蓮、龍標一頭地。

同上卷之五引楊慎《詞品》卷之四：

姜白石詩家名流，詞尤精妙，不減清眞樂府，其間高處有美成所不能及者。善吹簫，多自製曲，初則率意爲長短句，既成，乃按以律呂，無不協者。

同上卷之五引先著《詞潔》：

美成〈應天長慢〉空淡深遠，石帚專得此種筆意，遂於詞家另開宗派。如『條風布暖』句，至石帚皆淘洗盡矣。然淵源相沿，是一祖一禰也。

張三影〈醉落魄〉詞，有『生香眞色人難學』之句。予謂『生香眞色』四字，可以移評石帚之詞。

同上卷之八引朱彝尊《曝書亭集》：

詞莫善於姜夔。梅溪、玉田、碧山諸家，皆具夔之一體。自後得其門者寡矣。

同上卷之九引先著《詞潔》：

……必若美成、堯章宮調語句，兩皆無憾，斯爲冠絕。

（清）戈載〈白石道人歌曲．跋〉：

白石之詞清氣盤空，如野雲孤飛，去留無跡，其高遠峭拔之致，前無古人，後無來者，眞詞中之聖也。

（清）吳衡照《蓮子居詞話》卷一：

餘姚邵二雲晉涵擬作《南宋朝事略》，以續《東都事略》，本黃梨洲宗羲重修《宋史志》也。書未成而卒。竊意南宋朝如姜堯章，尤不可不立傳。儀徵阮雲臺中丞元所錄《詁經精舍文集》中多擬作，可補舊史氏之缺，不特爲東仙、白石小傳搜遺而已。堯章葬杭之西馬塍，在錢唐門外，今莫識其處。清明挈榼，欲仿花山弔柳會，不可得也。

白石自製曲，其旁注半字譜，共十七調。譜與《朱子全集》字樣微不同，由涉筆時就各便也。半字之譜，昉自唐以來，陳氏樂書可證。

歐家十六字外，別有疾徐重輕赴節合拍之字，見《夢溪筆談》，亦半字也。白石此譜，有折有掣，折高半格，掣低半格，於畢曲處尤兢兢不苟，足見當時詞律之細。

同上卷二：

《姜白石集》，近刻凡四，以江都陸氏本爲最善。《道人歌曲》六卷，著錄於貴與馬氏者，久爲廣陵散矣。此本樓敬思購得陶南村手鈔本傳寄刊布，與《知不足齋叢書》《張子野詞》四卷，均爲朱竹垞纂《詞綜》時所未及見。

（清）宋翔鳳《樂府餘論》：

《草堂詩餘》，宋無名氏所選，其人當與姜堯章同時。堯章自度腔，無一登入者。其時姜名未盛。以後如吳夢窗、張叔夏，俱奉姜爲圭臬，則《草堂》之選，在夢窗之前矣。

（清）謝元淮《塡詞淺說》：

自度新曲，必如姜堯章、周美成、張叔夏、柳耆卿輩，精於音律，吐辭即叶宮商者，方許制作。若偶習工尺，遽爾自度新腔，甘於自欺而欺人，眞不足當大雅之一噱。

（清）鄧廷楨《雙硯齋詞話》：

白石硬語盤空，時露鋒芒。

（清）丁紹儀《聽秋聲館詞話》卷六：

詞至南宋而極工，然如白石、夢窗、草窗、玉田，皆胥疏江湖，故語多婉篤，去北宋疏越之音遠矣。

同上卷十一：

南宋詞家推姜白石爲巨擘。

（清）李佳《左庵詞話》卷上：

詞家昉於宋代，然只柳屯田、周美成爲解音律，其詞猶未盡工。姜白石、吳夢窗諸人，尙爲未解音律，而頗多佳作。以是知詞固非樂工所能。

詞以意趣爲主，意趣不高不雅，雖字句工穎，無足尙也。意能迥不猶人最佳。……白石詞最有雅意。

白石筆致騷雅，非他人所及，最多佳作。石湖詠梅二詞，尤爲空前絕後，獨有千古。《暗香》云：……《疏影》云：……清虛婉約，用典亦復不涉呆相。風雅如此，老倩小紅低唱，吹簫和之，洵無愧色。

（清）江順詒《詞學集成》卷一引朱彝尊〈群雅集・序〉：

……洎乎南渡，家各有詞，雖道學如朱仲晦、眞希元，亦能倚聲中律呂，而姜夔審音尤精。

同上引趙函〈碎金詞．敘〉：

宋詞以清眞、白石、草窗、玉田四家爲正宗。清眞典掌大晟，白石自訂詞曲，草窗詞名《笛譜》，玉田《詞源》一書，所論律呂最精。凡此四家之詞，無不可歌。

同上卷三引江藩〈詞源．跋〉：

玉田生與白石齊名，詞之有姜、張，猶詩之有李、杜也。二君皆能案譜製曲，……。

同上：

張叔夏云：「竹屋、白石、邦卿、夢窗，格調不凡，句法挺異，俱能特立清新之意，刪削靡曼之詞，自成一家。」

同上引陳鴻壽〈衡夢詞．序〉：

夫流品別則文體衰，摘句圖而詩學蔽。《花庵》淫縟，爭價一字之奇。《草堂》噍殺，矜惜片言之巧。繆道乖典，鮮能圓通。是以耆卿騫翮於津門，邦彥厲響於照碧。至北宋而一變。石帚、玉田，理定而摛藻。梅溪、竹山，情密而引詞。詞至南宋又一變矣。

同上引蔡宗茂〈拜石詞・序〉：

詞勝於宋，自姜、張以格勝，蘇、辛以氣勝，秦、柳以情勝，而其派乃分。然幽深窅妙，語巧則纖，跌宕縱橫，語粗則淺，異曲同工，要在各造其極。

同上引郭頻伽語：

詞家者流，源出於國風，其本濫於齊梁。自太白以至五季，非兒女之情不道也。宋之樂用於慶賞飲宴，於是周、秦以綺靡爲宗，史、柳以華縟相尙，而體一變。蘇、辛以高世之才，橫絕一時，而憤末廣厲之音作。姜、張祖騷人之遺，盡洗穠豔，而清空婉約之旨深。自是以後，雖有作者，欲別見其道而無由。然寫其心之所欲出，而取其性所近，千曲萬折，以赴聲律，則體雖異，而其所以爲詞者無不同也。

同上卷六：

《蓮子居詞話》云：『詞忌堆積，堆積近縟，縟則傷意。詞忌琱琢，琱琢近澀，澀則傷氣。』詒案：南宋以後諸家，率多此弊。此白石、玉田所以獨有千古也。

同上引包世臣〈月底修簫譜・序〉：

聲之得者，又有三，曰清、曰脆、曰澀。不脆則聲不成，脆矣而不清，則膩。清矣而不澀，則浮。屯田、夢窗以不清傷氣，淮海、玉田以不澀傷格，清眞、白石則能兼之矣。六家於言外之旨得矣。以云意內，惟白石、玉田耳，淮海時時近之，清眞、屯田、夢窗皆去之彌遠，而俱不害爲可傳者，則以其聲之幺眇鏗磬，惻惻動人，無色而豔，無味而甘故也。

同上卷七引曹堉〈玉壺買春詞·序〉：

……海以大之有蘇，淵以沈之有張，濤以雄之有稼軒，平以遠之有竹屋，瀫紋蜃氣以綺之有夢窗，纏綿菀結以赴之有石帚。冷汰衆製，照以鮮華，芬芳百家，自成馨逸。

（清）謝章鋌《睹棋山莊詞話》卷二引清張鑑〈擬姜白石傳〉：

……夔生平學，尤邃於長短句，說者以爲南宋詞家大宗。其於自製諸曲，皆注節拍於旁，殆似西域旁行之字，然終以無所遇而卒。所著《白石詩詞集》及《絳帖平》、《續書譜》、《禊帖》偏旁考行於世。其後宋人學詞者，如張輯、盧祖皋、史達祖、吳文英、蔣捷、王沂孫、張炎、周密、陳允平之徒，皆以夔爲宗。……

南宋以還，元風益者，雖周、柳之纖麗，辛、劉之雄放，風氣所競，不可相強。而求紅牙之哲匠，問綺袖之專門，幾於家習倫聲，戶精協律，有房中之妙奏，非風雅之罪人。賀方回腸斷於東山，康伯可風柔於應制，花庵既光價於東南，東浦亦騰輝於河朔，詞流之變，於斯極焉。既而白石歸吳，移情絲竹，經正者緯成，理足者詞暢。清眞濫觴於其前，夢窗推波於其後，學者宗尚，要非溢美。其後竹屋、玉田、梅谿、碧山之儔，遞相祖習，轉益多師，洗《草堂》之纖穠，演黃初之論，後有作者，可以止矣。

同上卷七：

夫詠物南宋最盛，亦南宋最工。然儻無白石高致，梅溪綺思，第取《樂府補題》而盡和之，是方物略耳，是群芳譜耳，便謂超凡入聖，雄長詞壇，其不然歟。

同上卷八引江藩語：

近日大江南北，盲詞啞曲，塞破世界，人人以姜、張自命者，幸無老伶俊倡竊笑之耳。

同上卷九：

晏、秦之妙麗，源於李太白、溫飛卿。姜、史之清眞，源於張志和、白香山。惟蘇、辛在詞中，則藩籬獨闢矣。

同上卷十一：

雍正乾隆間，詞學奉樊榭爲赤幟，家白石而戶梅溪矣。

同上卷十二：

北宋多工短調，南宋多工長調。北宋多工軟語，南宋多工硬語。然二者偏至，終非全才。

歐陽、晏、秦，北宋之正宗也。柳耆卿失之濫，黃魯直失之傖。白石、高、史，南宋之正宗也。吳夢窗失之澀，蔣竹山失之流。若蘇、辛自立一宗，不當儕於諸家派別之中。

詞家講琢句而不講養氣，養氣至南宋善矣。白石和永，稼軒豪雅。然稼軒易見，而白石難知。史之於姜，有其和而無其永。劉之於辛，有共豪而無其雅。至後來之不善學姜、辛者，非懈則粗。

前卷所載張鑑〈補姜夔堯章傳〉，傳末所舉學姜諸人，本於竹垞〈黑蝶齋詞序〉。然竹垞又曰：『張翥、楊基皆具夔之一體。基之後，得其門者寡矣。』按翥字仲舉，晉甯人，有《蛻巖樂府》。基字孟載，嘉州人，有《眉庵詞》。張鑑不善於篇，蓋為宋人立傳，不能攙入元人明人也。然陳允平之後，宜補列仇山村，山村亦姜派者，仲舉即其門下士。竹垞時，《無絃琴譜》未出，故不得論定，非有意削之也。

白石道人為詞中大宗，論定久矣。讀其說詩諸則，有與長短句相通者。

同上《續編》一引宋鄧牧語：

唐宋間始為長短句，法非古，意古。然數百年來，工者幾人，美成、白石逮今膾炙人口。知者謂麗莫若周，賦情或近俚。騷莫若姜，放意或近率。

同上《續編》三引凌廷堪〈梅邊吹笛譜．目錄．跋後〉：

塡詞之道，須取法南宋。然其中有兩派焉。一派為白石，以清空為主，高、史輔之。前則有夢窗、竹山、西麓、虛齋、蒲江，後則有玉田、聖與、公謹、商隱諸人，掃除野狐，獨標正諦，猶禪之南宗也。一派爲稼軒，以豪邁爲主，繼之者龍洲、放翁、後村，猶禪之北宗也。元代兩家並行，有明則高者僅得稼軒之皮毛，卑者鄙俚淫褻，直拾屯田、豫章之牙後。我朝斯道復興，……唯朱竹垞氏，專以玉田爲模楷，品在衆人上。至厲太鴻出，而琢句鍊字，含宮咀商，淨洗鉛華，力除俳鄙，清空絕俗，直欲上摩高、史之壘矣。又必以律調爲先，詞藻次之。昔屯田、清眞、白石、夢窗諸君，皆深於律呂，能自製新聲者。其用前人舊譜，皆恪守不敢失，況其下乎。謝氏按：篇中多持平之論，以視主張姜、史，掊擊辛、劉者，其識解固高人一等矣。至論國朝詞，則各言所見，且當時風氣之所趨，亦足以考流派矣。

同上引劉熙載《藝概》：

詞喻諸詩，東坡、稼軒，李、杜也。耆卿，香山也。夢窗、義山也。白石、玉田，大歷十子也。其有似韋蘇州者，張子野也。……

張玉田盛稱白石，而不甚許稼軒，耳食者遂於兩家有軒輊意。不知稼軒之體，白石嘗效之矣。集中如〈永遇樂〉〈漢宮春〉諸闋，均次稼軒韻。其吐屬氣味，皆若秘響相通，何後人過分門戶耶。

白石才子之詞，稼軒豪傑之詞，才子豪傑各從其類愛之，強論得失，皆偏辭也。

白石詞，在樂則琴，在花則梅也。

同上引史承謙《小眠齋詞選》載儲國鈞語：

自《花間》、《草堂》之集盛行，而詞之弊已極，明三百年直謂之無詞可也。我朝諸前輩起而振興之，眞面目始出。顧或者恐後生復蹈故轍，於是標白石爲第一，以刻削峭潔爲貴。不善學之，競爲澀體，務安難字，卒之鈔撮堆砌，其音節頓挫之妙，蕩然欲洗。草草陋習，反墮浙西成派。彼浙西之詞，不過一人唱之，三四人和之，以浸淫及大江南北。人守其說，固結於中而不可解，謂非矯枉之過歟。

同上《續編》四引王初桐《巏嵍山人詞集》載王鳴盛語：

詞之爲道最深，以爲小技者乃不知妄談。大約只一個細字盡之，細者非必掃盡豔與豪兩派也。北宋詞人原只有豔冶、豪蕩兩派。自姜夔、張炎、周密、王沂孫方開清空一派，五百年來，以此爲正宗。

同上《續編》五：

予嘗謂南宋詞家，於水軟山溫之地，爲雲癡月倦之辭，如幽芳孤笑，如哀鳥長吟，徘徊隱約，洵足感人。然情近而不超，聲咽而不起，較之前人，亦微異矣。不獨東坡之〈百字令〉、〈水調歌頭〉無其興致，即柳耆卿之「漸霜風淒緊，關河冷落，殘照當樓」，秦少游之「醉臥古藤陰下，了不知南北」，出語高爽。惟白石尚有此意，餘則皆不逮也。有花柳而無松柏，有山水而無邊塞，有笙笛而無鐘鼓，斤斤株守，是亦祇得其一偏矣。辛、劉之派，安可廢哉。

（清）沈曾植《菌閣瑣談》：

汪叔耕莘〈方壺詩餘·自敘〉云：「……余於詞，所喜愛三人焉。蓋至東坡而一變，其豪妙之氣，隱隱然流出言外，天然絕世，不假振作。二變而爲朱希眞，多塵外之想，雖雜以微塵，而清氣自不可沒。三變而爲辛稼軒，乃寫其胸中事，尤好稱淵明。此詞之三變也」云云。叔耕詞頗質木，……其所稱舉，則南渡初以至光、寧，士大夫涉筆詩餘者。標尙如此，略如詩有江西派。然石湖、放翁，潤以文采，要爲樂而不淫，以自別爲詩人旨格。曾端伯《樂府雅詞》，是以此意裁別者。白石老人，此派極則，詩與詞幾合而化矣。

（清）蔣敦復《芬陀利室詞話》卷一：

浙派詞，竹垞開其端，樊榭振其緒，頻伽暢其風，皆奉石帚、玉田爲圭臬，不肯進入北宋人一步，況唐人乎。

同上卷三：

詞源於詩，即小小詠物，亦貴得風人比興之旨。唐、五代、北宋人詞，不甚詠物，南渡諸公有之，皆有寄託。白石石湖詠梅，暗指南北議和事。

（清）劉熙載《詞概》：

張玉田盛稱白石，而不甚許稼軒，耳食者遂於兩家有軒輊意。不知稼軒之體，白石嘗效之矣。集中如〈永遇樂〉、〈漢宮春〉諸闋，均次稼軒韻。其吐屬氣味，皆若祕響相通，何後人過分門戶耶。

白石才子之詞，稼軒豪傑之詞。才子豪傑，各從其類愛之，強論得失，皆偏辭也。

姜白石詞幽韻冷香，令人挹之無盡，擬諸形容，在樂則琴，在花則梅也。

詞家稱白石曰白石老仙，或問畢竟與何仙相似，曰：「藐姑冰雪，蓋為近之。」

詞品喻諸詩，東坡、稼軒，李杜也。耆卿，香山也。夢窗，義山也。白石、玉田，大歷十子也。其有似韋蘇州者，張子野當之。

詞中用事，貴無事障。晦也，膚也，多也，板也，此類皆障也。姜白石詞用事入妙，其要訣所在，可於其詩說見之。曰：僻事實用，熟事虛用，學有餘而約以用之，善用事者也。乍敘事而間以理言，得活法者也。

（清）陳廷焯《詞壇叢話》：

古今詞人衆矣，余以為聖於詞者有五家。北宋之賀方回、周美成，南宋之姜白石，國朝之朱竹垞、陳其年也。

美成樂府，開闔動盪，獨有千古。南宋白石、梅溪，皆祖清眞，而能出入變化者。

詞中之有姜白石，猶詩中之有淵明也。琢句鍊字，歸於純雅。不獨冠絕南宋，直欲度越千古。《清眞集》後，首推白石。

白石詞中之仙也，惜乎樂府五卷，今僅存二十餘闋。自國初已然，今更無論矣。當於各書肆中，以及窮鄉僻壤，遍訪之。

白石詞，如白雲在空，隨風變滅，獨有千古。同時史達祖、高觀國兩家，直欲與白石並驅，然終讓一步。他如張輯、吳文英、趙以夫、蔣捷、周密、陳允平、王沂孫諸家，各極其盛，然未有出白石之範圍者。惟玉田詞，風流疏快，視白石稍遜，當與梅溪、竹屋，並峙千古。

朱竹垞詞，艷而不浮，疏而不淡，工麗芊綿中而筆墨飛舞。其源亦出自白石，而絕不相似。蓋白石之妙，正如大江無風，波濤自涌。竹垞之妙，其詠物諸作，則杯水可以作波濤，一簣可以成泰山。……與白石並峙千古，豈有愧哉。

賀方回之韻致，周美成之法度，姜白石之清虛，朱竹垞之氣骨，陳其年之博大，皆詞壇中不可無一，不能有二者。

同上《白雨齋詞話》〈自敘〉：

倚聲之學，有千餘年，作者代出。顧能上溯風騷，與爲表裏，自唐迄今，合者無幾。竊以聲音之道，關乎性格，通乎造化。……詞可按節尋聲，詩不能盡被絃管。飛卿、端己，首發其端，周、秦、姜、史、張、王，曲竟其緒，而要皆發源於風雅，推本於騷辯。故其情長，其味永，其爲言也哀以思，其感人也深以婉。

同上卷二：

姜堯章詞，清虛騷雅。每於伊鬱中饒蘊藉，清眞之勁敵，南宋一大家也。夢窗、玉田諸人，未易接武。

白石詞以清虛爲體，而時有陰冷處，格調最高。沈伯時譏其生硬，不知白石者也。黃叔暘歎爲美成所不及，亦漫爲可否者也。惟趙子固云：白石詞家之申、韓也，眞刺骨語。

美成、白石，各有至處，不必過爲軒輊。頓挫之妙，理法之精，千古詞宗，自屬美成。而氣體之超妙，則白石獨有千古，美成亦不能至。

美成詞於渾灝流轉中，下字用意，皆有法度。白石則如白雲在空，隨風變滅。所謂各有獨至處。

大約南宋詞人，自以白石、碧山爲冠，梅溪次之，夢窗、玉田又次之，西麓又次之，草窗又次之，竹屋又次之。竹山雖不論可也。然則梅溪雖佳，亦何能超越白石，而與清眞抗哉。

余嘗謂白石、梅溪皆祖清眞，白石化矣，梅溪或稍遜焉。

南宋詞家，白石、碧山，純乎純者也。梅溪、夢窗、玉田輩，大純而小疵，能雅不能虛，能清不能厚也。

詞法之密，無過清眞。詞格之高，無過白石。詞味之厚，無過碧山，詞壇三絕也。

白石詞，雅矣正矣，沉鬱頓挫矣。然以碧山較之，覺白石猶有未能免俗處。

詞法莫密於清眞，詞理莫深於少游，詞筆莫超於白石，詞品莫高於碧山。皆聖於詞者。

張玉田詞，如並翦哀梨，爽豁心目，故誦之者多。至謂可與白石老仙相鼓吹。仇仁近語。惟精警處多，沉厚處少，自是雅音，尙非白石之匹。

同上卷二：

國初多宗北宋，竹垞獨取南宋，分虎、符曾佐之，而風氣一變。然北宋、南宋，不可偏廢。南宋白石、梅溪、夢窗、碧山、玉田輩，固是高絕，北宋如東坡、少游、方回、美成諸公，亦豈易及耶。況周、秦兩家，實爲南宋導其先路。數典忘祖，其謂之何。

同上卷五：

千古詞宗，溫、韋發其源，周、秦竟其緒，白石、碧山各出機杼，以開來學。

同上引《蓮子居詞話》：

東坡之大與白石之高，殆不可以學而至。

同上卷六：

周、秦詞以理法勝。姜、張詞以骨韻勝。碧山詞以意境勝。要皆負絕世才，而又以沉鬱出之，所以卓絕千古也。

學周、秦、姜、史不成，尚無害爲雅正。學蘇、辛不成，則入於魔道矣。發軔之始，不可不愼。

同上卷七：

古人詞勝於詩則有之，如少游、白石皆然。未有不知詩而第工詞者。王碧山、張玉田輩詩不多見，然非不工詩者。即使碧山輩詩未成家，不能卓立千古，要其爲詞之始，必由詩以入門，斷非躐等。

熟讀溫、韋詞，則意境自厚。熟讀周、秦詞，則韻味自深。熟讀蘇、辛詞，則才氣自旺。熟讀姜、張詞，則格調自高。熟讀碧山詞，則本原自正，規模自遠。

同上卷八：

聲名之顯晦，身分之高低，家數之大小，只問其精與不精，不係乎著作之多寡也。……詞中如飛卿、端己、正中、子野、東坡、少游、白石、梅溪諸家，膾炙人口詞，多不過二三十闋，少則十餘闋或數闋，自足雄峙千古，無與爲敵。

白石仙品也。東坡神品也，亦仙品也。夢窗逸品也。玉田雋品也。稼軒豪品也。然皆不離於正。

唐宋名家，流派不同，本原則一。論其派別，大約溫飛卿爲一體，皇甫子奇、南唐二主附之。韋端己爲一體，牛松卿附之。馮正中爲一體，唐五代諸詞人以暨北宋晏、歐、小山等附之。張子野爲一體，秦淮海爲一體，柳詞高者附之。蘇東坡爲一體，賀方回爲一體，毛澤民、晁具茨高者附之。周美成爲一體，竹屋、草窗附之。辛稼軒爲一體，張、陸、劉、蔣、陳、杜合者附之。姜白石爲一體，史梅溪爲一體，吳夢窗爲一體，王碧山爲一體，黃公度、陳西麓附之。張玉田爲一體。其間惟飛卿、端己、正中、淮海、美成、梅溪、碧山七家，殊塗同歸。餘則各樹一幟，而皆不失其正。東坡、白石尤爲矯矯。

汪玉峰之序《詞綜》云云……此論蓋阿附竹垞之意，而不知詞中源流正變也。竊謂白石一家，如閒雲野鶴，超然物外，未易學步。竹屋所造之境，不見高妙，烏能爲之羽翼。至梅溪則全祖清眞，與白石分道揚鑣，判然兩途。東澤得詩法於白石，卻有似處。詞則取徑狹小，去白石甚遠。夢窗才情橫逸，斟酌於周、秦、姜、史之外，自樹一幟，亦不專師白石也。虛齋樂府，較之小山、淮海，則嫌平淺；方之美成、梅溪，則嫌伉墜，似鬱不紓，亦是一病，絕非取徑於白石。竹山則全襲辛、劉之貌，而益以疏快，直率無味，與白石尤屬歧途。草窗、西麓兩家，則皆以清眞爲宗，而草窗得其姿態，西麓得其意趣。草窗間有與白石相似處，而亦十難獲一。碧山則源出《風》、《騷》，兼採衆美，託體最高，與白石亦最異。至玉田乃全祖白石，面目雖變，託根有歸，可爲白石羽翼。仲舉則規模於南宋諸家，而意味漸失，亦非專師白石。總之，謂白石拔幟於周、秦之外，與之各有千古則可，謂南宋名家以迄仲舉，皆取法於白石，則吾不謂然也。

白石、梅溪、碧山、田玉詞，修飾皆極工，而無損其眞氣。何也，列子云：「有色者，有色色者。」知此，可以言詞矣。

稼軒求勝於東坡，豪壯或過之，而遜其清超，遜其忠厚。玉田追蹤於白石，格調亦近之，而遜其空靈，遜其渾雅。故知東坡、白石具有天授，非人力所可到。

東坡、稼軒，同而不同者也。白石、碧山，不同而同者也。

詞有表裏俱佳，文質適中者，溫飛卿、秦少游、周美成、黃公度、姜白石、史梅溪、吳夢窗、陳西麓、王碧山、張玉田、莊中白是也。詞中之上乘也。

沈伯時《樂府指迷》云：「詩難於詠物，詞爲尤難。體認稍眞，則拘而不暢；摹寫差遠，則晦而不明。要須收縱聯密，用事合題。一段意思，全在結尾，斯爲絕妙。」此論亦確當。

……讀白石、梅溪、碧山、玉田詞，如飲醇醪，清而不薄，厚而不滯。

詩有詩境，詞有詞境。詩詞一理也。然有詩人所闢之境，詞人尚未見者，則以時代先後遠近不同之故。……至謂白石似淵明，大晟似子美，則吾尚不謂然。

（清）譚獻《復堂詞話》：

白石稼軒，同音笙磬。但清脆與鏜鞳異響，此事自關性分。石湖詠梅，是堯章獨到處。

閱王氏《詞綜》四十八卷，二集八卷，王侍郎去取之旨，本之朱錫鬯，而鮮妍修飾，徒拾南渡之瀋，以石帚、玉田爲極軌。不獨珠玉、六一、淮海、清眞皆成絕響，即中仙、夢窗深處，全未窺見。

閱黃燮清韻珊選《詞綜續編》，塡詞至嘉慶，俳諧之病已淨。即蔓衍闡緩，貌似南宋之習，明者亦漸知其非。常州派興，雖不無皮傅，而比興漸盛。故以浙派洗明代淫曼之陋，而流爲江湖。以常派挽朱、厲、吳、郭原註：頻伽流寓。佻染飣餖之失，而流爲學究。近時頗有人講南唐、北宋，清眞、夢窗、中仙之緒既昌，玉田、石帚漸爲已陳之芻狗。周介存有「從有寄託入，以無寄託出」之論，然後體益尊，學益大。

（清）張預序許邁孫增刊《白石道人歌曲》本：

臣里雅談，文字昵於陶詠；寓公傳作，名氏繡於湖山。則有鄱陽布衣，松陵遊客；蕭家詩派，詫白石之有雙；宋代詞流，除玉田而無偶。然而最工令慢，或掩詩名；……矧如白石翁者，即論人品，有晉宋間風；別擅書名，似申韓家法。……

（清）胡薇元《歲寒居詞話》：

自白石而後，句琢字鍊，始歸雅純，而竹屋、梅溪爲之羽翼。

《白石道人歌曲》，姜夔堯章撰。詞精深華妙，爲誠齋所推。尤善自度腔，音節文釆，冠絕一時，所謂「自製新腔韻最嬌，小紅低唱我吹簫」，風致可想。歌曲皆注律呂，自製曲二卷及三卷之〈霓裳中序第一〉，皆記拍於旁。《四庫提要》以紀文達之博，謂似波似磔，宛轉欹斜如西域旁行云云。

（清）沈祥龍《論詞隨筆》：

古詩云：「識曲聽其眞。」眞者，性情也，性情不可強。觀稼軒詞知爲豪傑，觀白石詞知爲才人，其眞處有自然流出者。詞品之高低，當於此辨之。

白石詩云：「自製新詞韻最嬌」，嬌者如出水芙蓉，亭亭可愛也。徒以嬌媚爲嬌，則其韻近俗矣。試觀白石詞，何嘗有一語涉於嬌媚。

詞之蘊藉，宜學少游、美成，然不可入於淫靡。綿婉宜學耆卿、易安，然不可失於纖巧。雄爽宜學東坡、稼軒，然不可近於粗厲。流暢宜學白石、玉田，然不可流於淺易。此當就氣韻趣味上辨之。

（清）張德瀛《詞徵》卷五：

太史公文，疏蕩有奇氣；吳叔庠文，清拔有古氣。詞家惟姜石帚、王聖與、張叔夏、周公謹足以當之。數子者感懷君國，所寄獨深。非以曼辭麗藻，傾炫心魂者比也。

讀石帚諸人所製乃知姑射仙姿，去人不遠，破觚爲圜，要分別觀之。

姜堯章、黃巖老同出於蕭千巖之門，皆號白石，時謂之「雙白石」。姜白石歌曲，至今傳之，若黃巖老，則幾不能舉其姓字焉。

（清）許賡颺序王鵬運四印齋刊《雙白詞》：

……好爲纖穠者，不出乎秦、柳；力矯靡曼者，自比於蘇、辛；求其並有中原，後先特立，堯章、叔夏，實爲正宗。此爲仇氏山邨、鄭氏所南所由揚彼前旌，推爲極軌也。……竊謂堯章淮左停驂，越中作客，其時天水未碧，晚霞正紅，奏進鐃歌，發門琴旨，從若士而語，嶽雲可披，載小紅而歸，夜雪猶泛，雖在逆旅，不啻飛仙。……豈知意內言外，惟主清新，宣戚導愉，必歸深婉。彼以石帚自號，肖其堅潔，……譬之璧月，秋皎而春華，例彼幽芭，蕙纕而蘭佩。而且元珠在握，古尺自操，循是以來，導源之美成，分鑣之逵祖，亦可識矣。

（清）陳銳《褒碧齋詞話》：

詞如詩，可摸擬得也。南唐諸家，回腸蕩氣，絕類建安。柳屯田不著筆墨，似古樂府。辛稼軒俊逸似鮑明遠。周美成渾厚擬陸士衡。白石得淵明之性情。夢窗有康樂之標軌。皆苦心孤造，是以被弦管而格幽明，學者但於面貌求之，抑末矣。

陽湖派興，流宕忘返，百年以來，學者始少少講求雅音。然言清空者喜白石，好穠艷者學夢窗，諧婉工緻，則師公謹、叔夏。獨柳三變，無人能道其隻字已。

白石擬稼軒之豪快，而結體于虛。夢窗變美成之面貌，而鍊響於實。南渡以來，雙峰並峙，如盛唐之有李、杜矣，顧詞人領袖必不相輕。今夢窗四稿中，屢和石帚，而姜集中不及夢窗，疑不可考。至《草堂詩餘》不選石帚一字，則又咄咄一怪事。

（清）張祥齡《詞論》：

周清眞，詩家之李東川也。姜堯章，杜少陵也。吳夢窗，李玉谿也。張玉田，白香山也。……詞至白石，疏宕極矣。夢窗輩起，以密麗爭之。至夢窗而密麗又盡矣，白雲以疏宕爭之。三王之道若循環，皆圖自樹之方，非有優劣。況人之才質限於天，能疏宕者不能密麗，能密麗者不能疏宕。《片玉》善言羈旅，《白雲》善言隱逸，終身由之而不知其道者，天也。

文章風氣，如四序遷移，莫知爲而爲，故謂之運。……南唐二主，馮延巳之屬，固爲詞家宗主，然是勾萌，枝葉未備，小山、耆卿，而春矣。淸眞、白石，而夏矣。夢窗、碧山，已秋矣。至白雲，萬寶告成，無可推徙，元故以曲繼之。此天運之終也。

（現）王國維《人間詞話》：

昭明太子稱陶淵明詩「跌宕昭彰，獨超衆類，抑揚爽朗，莫之與京」。王無功稱薛收賦「韻趣高奇，詞義晦遠，嵯峨蕭瑟，眞不可言」。詞中惜少此二種氣象，前者唯東坡，後者唯白石，略得一二耳。

古今詞人格調之高，無如白石。惜不于意境上用力，故覺無言外之味，絃外之響，終不能與于第一流之作者也。

南宋詞人，白石有格而無情，劍南有氣而乏韻。……近日祖南宋而祧北宋，以南宋之詞可學，北宋不可學也。學南宋者，不祖白石，則祖夢窗，以白石、夢窗可學，幼安不可學也。蘇辛，詞中之狂。白石猶不失爲狷。若夢窗、梅溪、玉田、草窗、西麓輩，面目不同，同歸于鄉愿而已。

白石雖似蟬蛻塵埃，然終不免局促轅下。

詩人對宇宙人生，須入乎其內，又須出乎其外。入乎其內，故能寫之。出乎其外，故能觀之。入乎其內，故有生氣。出乎其外，故有高致。美成能入而不能出。白石以降，于此二事皆未夢見。

同上《人間詞話刪稿》：

東坡之曠在神，白石之曠在貌。白石如王衍口不言阿堵物，而暗中為營三窟之計，此其所以可鄙也。

「紛吾既有此內美兮，又重之以修能。」文字之事，於此二者，不能缺一。然詞乃抒情之作，故尤重內美。無內美而但有修能，則白石耳。

同上《人間詞話》附錄一：

白石尚有骨，玉田則一乞人耳。

周介存謂「白石以詩法入詞，門庭淺狹，如孫過庭書，但便後人模仿」。予謂近人所以崇拜玉田，亦由於此。

（現）樊志厚〈人間詞話·序〉：

白石之詞，氣體雅健耳，至於意境，則去北宋人遠甚。

（現）鄭文焯《大鶴山人詞話》附錄〈鄭大鶴先生論詞手簡〉：

今觀美成、白石諸家，嘉藻紛縟，靡不取材於飛卿、玉溪，而於長爪郎奇雋語，尤多裁制。……白石以沉憂善歌之士，意在復古，進大樂議，卒為伶倫所阨，其志可悲，其學自足千古。叔夏論其詞，如「野雲孤飛，去留無跡」，百世興感，如見其人。……屯田則宋專家，其高渾處不減清眞，長調尤能以沉雄之魄，清勁之氣，寫奇麗之情，作揮綽之聲，猶唐之詩家，有盛晚之別。今學者驟語以此境，誠未易諳其細趣，不若細繹白石歌曲，得其雅淡疏宕之致，一洗金釵鈿合之塵，取其全詞，日和一章，以驗孤進。其它如《絕妙好詞》，亦可選其雅句，日夕翫索，以草窗所錄，皆南宋元初詞人也。

同上：

（余）爲詞實自丙戌歲始，入手即白石騷雅，勤學十年，乃悟清眞之高妙，進求《花間》，據宋刻製令曲，往往似張舍人，其哀艷不數小晏風流也。

（清）況周頤《蕙風詞話》卷二：

周保緒濟《止庵集》〈宋四家詞筏·序〉以近世爲詞者，推南宋爲正宗，姜、張爲山斗，域於其至近者爲不然。其持論介余同異之間。張誠不足爲山斗，得謂南宋非正宗耶。

同上《蕙風詞話續編》卷一：

《四庫提要》云：「宋代曲譜，今不可見。白石詞皆記拍於句旁，莫辨其似波似磔，宛轉欹斜，如西域旁行字者，節奏安在。」

同上卷二細審白石〈越女鏡心〉詞調後曰：

守律若是謹嚴，自是白石家法。

同上卷二：

乾隆寫本《白石道人集》，靈鶼閣藏。余曾迻鈔一本。白石自序後，有洪武十年八世孫福四謹志，略云：『公詩一卷，歌曲六卷，早已板行。暮年復加刪竄，定爲五卷。無雕本，藏於家。經兵火，帖軸無隻字，而是編獨存。錄寫兩本，一付兒子，一詒猶子通，世世寶之。』又萬曆二十六年十六世孫鰲謹書，略云：『此青坡徵君手書，以遺侍御峨客公者。今又二百餘年。楮雖蠹落，而字蹟猶在。因付匠整頓，且命鯉弟以側理漿紙照本臨出，用時莊誦焉。』又乾隆甲子二十世孫蚪綠謹書，略云：『公詩初本刻於嘉泰間，晚又塗改刪汰，錄爲定本，藏於家。五六百年世無知者。爰搜取各家刊本，彼此讎勘，附以累朝詩話掌故，有入近代者，並爲箋略。獨篇什不敢擅爲增損。間有捃拾，僅以附別之。』余藏《白石詩詞集》，常熟汲古閣本、江都陸鍾輝本、華亭張奕樞本、歙洪正治本、華亭姜氏祠堂本、臨桂倪鴻本、王鵬運本、仁和許增本。許本參互各家，□極精審。除此寫本未見外，所據各本與余所藏略同。寫本□錄所見各本序跋，有康熙庚寅通越諸錦序，康熙戊戌廣陵書局刻本，龍溪曾時燦序，爲許氏及余所未見。所錄詩話、詞評、軼聞、故事，亦視刻本爲多。間有蚪綠自識，亦極該博。又有姜氏世系、白石年譜，足資考證。詞堂本姜熙序，以世表無攷爲恨，亦未見此寫本。附采五絕二首，〈訪全老干淨林〉、〈覩沈傳師碑隆茂宗畫〉二首，刻本有。七絕二首，〈和朴翁〉一首，刻本有。〈三高祠〉一首，刻本無。據〈悼牽牛〉，《姑蘇志》采入首句「不貪名爵不爭勢」。塡詞二首，〈越女鏡心〉即〈法曲獻仙音〉，刻本無。細讀兩詞，雖非集中傑作，然如前闋「雨」、「緒」、「路」，後闋「綺」、「幾」、「醉」等韻，自是白石風格，非竄入它人之作也。

（現）夏敬觀《蕙風詞話詮評》：

方圓二字，不易解釋。夢窗，能方者也。白石、玉田，能圓者也。知此可悟方圓之義。方中不見圓，蓋神圓也，惟北宋人能之。子野、方回、耆卿、清眞，皆是也。

清初詞輕倩者多。未知詞之品格高下者，最易喜輕倩一路，以輕倩易於動人耳。嘉道前詞人，喜爲姜、張，正是好輕倩之故，即有成就，所謂成就其所成就也。姜、張亦自有凝重之神韻，好輕倩者不知之。姜、張之圓，非輕倩，好輕倩者以爲輕倩，此不善學姜、張也，姜、張豈任其咎。

詞宗姜、張，學姜、張亦自有門徑，自有堂奧。姜、張之格，亦不得謂非高格，不過與周、吳宗派異，其堂奧之大小不同耳。

今人以清眞、夢窗爲澀調一派。夢窗過澀則有之，清眞何嘗澀耶。清眞造句整，夢窗以碎錦拼合。整者元氣渾侖，碎拼者古錦斑斕。不用勾勒，能使潛氣內轉，則外澀內活。白石、玉田一派，勾勒得當，亦近質實，誦之如珠走盤，圓而不滑。二派皆出自清眞。及其至，品格亦無高下也。

（現）蔣兆蘭《詞說》：

南渡以後，堯章崛起，清勁逋峭，於美成外別樹一幟。張叔夏擬之「野雲孤飛，去留無跡」，可謂善於名狀。繼之者亦惟《花外》與《山中白雲》，差爲近之。然論氣格，迥非敵手也。

竹垞提倡姜、張，太鴻參之梅溪，陽湖推挹蘇、辛，止庵揭櫫四家，而以清眞集其成，可謂卓識至論。

大抵才藻當、理路清，入手學夢窗尚可。否則，不如從姜張入，植其骨幹。迨格調既成，辭意相副，更進而求之可也。

（現）陳洵《海綃說詞》：

稼軒由北開南，夢窗由南追北，善乎周氏之能言也。南宋諸家，鮮不爲稼軒牢籠者，龍州、後村、白石皆師法稼軒者也。二劉篤守師門，白石別開家法。白石立而詞之國土蹙矣。至玉田演爲清空，奉白石爲祧廟。畫江畫淮，號令所及，使人遂忘中原，微夢窗誰與言恢復乎。周止庵曰：『近人頗知北宋之妙，然終不免有姜張二字，橫亙胸中。豈知姜張在南宋亦非巨擘乎。論詞之人，叔夏晚出，既與碧山同時，又與夢窗別派，是以過尊白石，但主清空。後人不能細研詞中淺深曲折之故，群聚而和之，並爲一談，亦固其所也。』洵按：自元以來，若仇仁近、張仲舉，皆宗姜張者。以至於清竹垞、樊榭極力推演，而周吳之緒幾絕矣。竹垞至謂夢窗亦宗白石，尤言之無理者。

（現）蔡嵩雲《柯亭詞論》：

白石詞在南宋，爲清空一派開山祖，碧山、玉田皆其法嗣。其詞騷雅絕倫，無一點浮煙浪墨繞其筆端，故當時有詞仙之目。「野雲孤飛，去留無跡」，有定評矣。

（現）陳匪石《聲執》卷上：

明清塡詞家之說，有句有讀，有韻有協，有平仄，有四聲。……節拍則有所謂住掣揞打，又有所謂殺聲，姜夔名以住字，〈正犯〉、〈側犯〉等犯調，即以住字爲關鍵。考之白石道人詞曲旁譜，似即協韻所在。

以句法平仄言律，不得已而爲之者也。在南宋時，塡詞者已不盡審音，詞漸成韻文之一體。有深明音律者，如姜夔、楊纘、張樞輩，即爲衆所推許，可以概見。

沈、戈二氏詞韻，固以名家爲據，而亦斟酌於唐宋用韻之分合及古韻之分合，猶是陸氏遺法也。惟宋人用韻，每有例外。如眞、庚、侵三部，寒、覃二部，蕭、尤二部，及入聲屋、質、月、藥、洽五部，按之古今分部及音理，皆不相通，而有時互相羼雜。即知音之清眞、白石、夢窗亦每見之。又如白石〈長亭怨慢〉，以無字、此字叶魚部。……更如入聲屋部韻，而清眞〈大酺〉押國字，白石〈疏影〉押北字。戈氏選七家詞，每擅爲改竄，致有專輒之譏。……吾人今日爲詞，既非應歌，即不應取以自便。如白石〈踏莎行〉之染，〈眉嫵〉之感、纜，以及〈鬲溪梅令〉、〈模魚兒〉所用韻，……皆不得資爲口實，而轉相仿效。昔人謂玉田平上去多雜，入聲獨嚴。嚴與雜之分，即古今韻部之合否。方音固不可爲典要，借叶亦屬曲說也。

楊纘作詞五要之四，爲隨律押韻，其言曰：「如越調水龍吟、商調二郎神，皆合用平入聲韻，古詞俱押去聲，所以轉摺怪異，成爲不祥之音。」戈氏本萬氏之說，鉤稽古詞，於〈詞林正韻．發凡〉中，設爲三例。一可押平韻，又可押仄韻者，其所謂仄限於入聲，如〈霜天曉角〉、〈慶宮春〉、〈憶秦娥〉等十一調。又謂白石改〈滿江紅〉爲平韻，其所據之「無心撲」，亦係入韻。

押韻所在，即沈括所謂殺聲，姜夔所謂住字，張炎所謂結聲。

詞有句中韻，或名之曰短韻，在全句爲不可分，而節拍實成一韻。……此等叶韻，最易忽略。南宋以後，往往失叶。〈霜天曉角〉、〈滿庭芳〉、〈憶舊游〉、〈木蘭花慢〉等常塡之調爲尤甚。……塡詞家於此最應注意，既不可失叶，使少一韻，尤須與本句或相承之句黏合爲一，毫無斧鑿之痕。歷觀唐宋名詞，莫不如是。惟因此故，發生一疑似之問題，凡詞中無韻之處，忽塡同韻之字，則跡近多一節拍，謂之犯韻，亦曰撞韻。守律之聲家，懸爲厲禁。近日朱、況諸君尤斤斤焉。而宋詞於此，實不甚嚴。即清眞、白石、夢窗亦或不免。彼精通聲律，或自有說。吾人不知節拍，乃覺徬徨。

自明至清中葉，塡詞家每疏於律。平仄且舛，遑論四聲。然四聲之不可紊，實宋人成法。姜夔〈大樂議〉曰：「七音之叶四聲，各自然之理。今以平入配重濁，以上去配輕清，奏之多不諧叶。」雖非爲燕樂而發，而音理無二，當然適用於詞。

四聲問題，因調而異。……領句之字多用去聲。如《詞旨》所舉任、乍、怕、問、愛、柰、料、更、況、悵、快、嘆、未、念是也。看，平去兼收，似算甚，上去兼收，論者云當作去。嗟方將應，平聲。若莫，入聲。亦有時用以領句。且常用之字，《詞旨》未舉者尚多，故如清眞《解語花》「從舞休歌罷」、白石〈惜紅衣〉「說西風消息」，用平用入，應依之。

句首或句中或句尾限用上去者。……句尾之例，則不屬於韻者，如……白石〈玲瓏四犯〉之換馬，〈琵琶仙〉之細柳。屬於韻者，……白石〈秋宵吟〉之頓老、又杳、未了。

句中各字，四聲固定者，以四字句爲多。例如……〈齊天樂〉「西窗暗雨」，……爲平平去上。

以上皆一定不易之四聲，守律者所應共遵。……至全依四聲，則除方千里和清眞以外，夢窗塡清眞、白石自度之腔，亦謹守之。故某人創調，其四聲即應遵守某人。如……白石之〈鬲溪梅令〉、〈鶯聲繞紅樓〉、〈醉吟商小品〉、〈暗香〉、〈疏影〉、〈徵招〉、〈角招〉之類，不下十餘。

讀昔人詞評，或曰拗怒，或曰老辣，或曰清剛，或曰大力盤旋，或曰放筆爲直幹，皆施於屯田、清眞、白石、夢窗，而非施於東坡、稼軒一派。

詞之爲物，固衷於詩教之溫柔敦厚，而氣實爲之母。但觀柳、賀、秦、周、吳諸家，所以涵育其氣，運行其氣者即知。東坡、稼軒音響雖殊，本原則一。

叫囂傴薄之氣皆不能中於吾身，氣味自歸於醇厚，境地自入於深靜。此種境界，白石、夢窗詞中往往可見，而東坡爲尤多。若論其致力所在，則全自養來，而輔之以學。

同上《瞽執》卷下：

周濟於……道光十二年撰《宋四家詞選》，以周、辛、王、吳四家領袖一代。犖犖餘子，以方附庸。……四家所附各家，未必銖兩悉稱，然大體近是者爲多。至其糾彈姜、張，剟刺陳、史，芟夷盧、高，在舉世競尙南宋之時，實獨抒己見，義各有當。惟其評論白石，似有失當之處。所指爲俗濫、寒酸、補湊、敷衍、重複者，仍南宋末季之眼光，未必即白石之敗筆，且或合於北宋之拙樸。又謂白石脫胎稼軒，則愚尤不敢苟同。野雲孤飛，沖澹飄逸之致，決非稼軒所有。而稼軒蒼涼悲壯之音，權奇倜儻之氣，亦非白石所能，未可相附也。

戈順卿《宋七家詞選》，作於清道光間。其時比興說創於常州，戈氏爲吳中七子之一，雖仍衍浙西之緒，求南宋之雅音，然已知所謂騷雅遺意，且已知尊清眞。……彼自謂欲求正軌，以合雅音，則惟周、史、姜、吳、周、王、張，允稱無憾。蓋於北宋雖未能深闚，而於南宋已得奧窔，故其言多中肯綮也。

愚授詞於北京，有《宋詞舉》之作。時方有宋十二家之擬議，此爲縮本，編法用逆溯。……選南宋詞者，戈順卿取史、姜、吳、周、王、張六家，周稚圭取姜、史、吳、王、蔣、張六家，周止庵則以辛、王、吳爲領袖。……姜夔野雲孤飛，語淡意遠。辛棄疾氣魄雄大，意味深厚，皆於南宋自樹一幟。流風所被，與之化者，各若干人。然蔣捷身世之感，同於王、張。雕琢之工，導源吳氏。周密附庸於吳，尤爲世所同認。姑舍蔣、周，而錄張、王、吳、姜、辛，意實在此。至此五家者，相因相成，往往可見。然各有千古，不能相掩也。史達祖步趨清眞，幾於笑顰悉合，雖非戛戛獨造，然南渡以降，專爲此種格調者，實無其匹。故效戈、周之選，不敢過而廢之。初學爲詞者，先於張、王求雅正之音，意內言外之旨，然後以吳鍊其氣意，以姜拓其胸襟，以辛健其筆力，而旁參之史，藉探清眞之門徑，即可望北宋之堂室，猶是周止庵教人之法也。

（現）吳梅《詞學通論》：

南渡以後，國勢日非。白石目擊心傷，多於詞中寄慨。不獨〈暗香〉、〈疏影〉，發二帝之幽憤，傷在位之無人也，特感慨全在虛處，無跡可尋，人自不察耳。蓋詞中感喟，祇可用比興體，即比興中亦須含蓄不露，斯爲沈鬱。若慷慨發越，終病淺顯，如〈揚州慢〉「自胡馬窺江去後，廢池喬木，猶厭言兵」，已包涵無數傷亂語。又如〈點絳脣·丁未過吳淞作〉，通首只寫眼前景物，至結處云：「今何許，憑闌懷古，殘柳參差舞」，其感時傷事，只用「今何許」三字提唱，無窮哀感，都在虛處。他如〈淒涼犯〉、〈翠樓吟〉諸作，當亦有感而發，特未敢肊斷耳。

（現）劉永濟《唐五代兩宋詞簡析》：

周止庵評其詞變稼軒之雄健爲清剛，黃花庵則稱其精妙不減清眞。蓋其清同周，而其剛則近辛也。

（現）繆鉞《靈谿詞說》：

姜白石作詞，雖然開創新途，影響後世，有其獨特的造詣，但亦有不足之處。劉熙載評江西派詩時說：『杜詩雄健而兼虛渾，宋西江名家學杜，幾於瘦勁通神，然於水深林茂之氣象則遠矣。』（《藝概》，卷二）姜白石詞亦有類似情況。五代北宋詞中，如柳永《八聲甘州》（對瀟瀟暮雨灑江天）、蘇軾《水調歌頭》（明月幾時有）、《八聲甘州》（有情風萬里卷潮來）之超渾自然，興象高妙；又如馮延巳、晏殊、歐陽修諸令詞之含蘊豐融，煙水迷離，能興發讀者，使其從中參悟宇宙人生之哲理。這些境界，在《白石道人歌曲》中是難以遇到的。所以王國維說：「古今詞人格調之高無如白石，惜不於意境上用力，故覺無言外之味，絃外之響，終不能與於第一流之作者也。」（《人間詞話》）所論雖似稍刻，然亦自有見地。所謂「無言外之味，絃外之響」者，即是說，姜詞中缺少北宋詞人佳作中的義蘊豐融、精光四射，能興發讀者的遠想遐思而從多方面有所領悟也。

姜白石在詞中開拓之功，即在於他能以江西派的詩法運用於詞中，遂創造出一種清勁、拗折、雋澹、峭拔的境界，爲前此詞中所未有者。

（現）夏承燾《論姜白石詞》：

白石著《續書譜》，是書法理論一名著，他主張眞行草書要「圓勁古淡」，「簡便痛快」，要「襟韻高，風神瀟灑」；論用筆，「與其工也寧拙，與其弱也寧勁，與其鈍也寧速」；論疏密，「以疏為風神，密為老氣」。這些話也都可拿來印證他詞。試舉此詞句作例：『燕雁無心，太湖西畔隨雲去。數峰清苦，商略黃昏雨。』（〈點絳唇〉）；『送客重尋西去路，問水面琵琶誰撥？最可惜一片江山，總付與啼鴂！』（〈八歸〉）；『牆頭喚酒，誰問訊城南詩客？岑寂，高樹晚蟬，說西風消息。』（〈惜紅衣〉）；『鴈磧沙平，漁汀人散，老去不堪游冶。無奈苕溪月，又照我扁舟東下！』（〈探春慢〉）。這是白石詞風格的一斑，這不但是溫、韋、柳、周所沒有的，也和蘇、辛一派不同，可說是白石的特色。……這既不是如沈義父所說的『生硬』，也決不是張炎『清空』二字所能包括。

五代北宋的婉約一派詞，到了南宋的吳文英，漸由密麗而流為晦澀；張炎由於不滿文英而服膺白石，所以拈出『清空』二字作為作詞的最高標準，這本來是他補偏救弊的說法；但如果以為這二字可概括白石詞風，則不但偏而不全，且易啓後來的種種誤解。我以為這是不可不明辨的。（見夏氏《姜白石詞編年箋校》（代序））

（現）唐圭璋〈姜夔評傳〉：

白石原亦脫胎稼軒，周止庵所謂『變雄健為清剛，變馳驟為疏宕』者是也。惟大家能入能出，即脫胎一家，必不肯隨人俯仰，自棄地位。稼軒既以雄健馳驟之歌詞，豪視一世，白石無以勝之，於是不得不變為幽邃綿麗，以自成面目。……近人不知白石、夢窗，輒妄加詆毀。不曰白石無情，即曰夢窗無生氣。實則二人之詞，無不生動飛舞，無不一往情深，一快一沈、儼同李、杜；一疏一密，亦類溫、韋。在大晟舊譜散亡、音律疏懈之際，二人慨然奮起，思所以挽救之。於是精研音律，自度新腔；細琢歌詞，力求醇雅，雖異曲而同工，誠不容與稼軒強分軒輊也。……姜白石爲南宋傑出之大詞家，與辛稼軒、吳夢窗，分鼎詞壇，各有千古。而世之知稼軒者多，知白石與夢窗者少；則以稼軒逞才使氣，精光外鑠，故人易知。而白石傳神於虛，夢窗氣潛於內，故人不易知。（見唐氏《詞學論叢》）

（現）繆鉞《詩詞散論》：

尚雕琢、重音律、供酬應三端，爲南宋人作詞普通之風氣，南宋詞之所以衰者，即由於此。姜白石雖在風氣之中，而獨能超出風氣之外，此其所以卓也。

白石早年學黃山谷詩，用心甚苦，所入頗深，既得其法，而移以作詞，遂開新境。蓋江西派詩人如黃山谷陳后山等，作詩能創新法，而不工詞，運用此種新法以作詞，則白石之功，故白石亦可謂詞中之江西派也。何以明之？沈伯時評姜詞曰：『姜白石清勁知音，亦未免有生硬處。』（《樂府指迷》）此語雖簡而極中肯綮。江西詩派之長在『清勁』，而其短在『生硬』，白石用江西詩法作詞，故長短亦相同。所謂清者，即洗盡鉛華，屏棄肥醲；所謂勁者，即用筆瘦折，氣格緊健，黃陳之詩如此。

《花間》穠豔，白石以清勁易之，白石小令之於《花間集》，如黃陳七律之於大歷十子也。此在當時爲新風格，與傳統之僅貴婉媚幽約者有殊，若以傳統之標準衡之，則『亦未免有生硬處』，然其生硬，正其獨詣也。白石深通音律，作詞精美，與周清眞相近，故論者或以白石上擬清眞。然周詞華豔，姜詞清澹，周詞豐腴，姜詞瘦勁，周詞如春圃繁英，姜詞如秋林疏葉。姜詞清峻勁折，格澹神寒，爲周詞所無，黃昇謂白石詞『其高處有美成所不能及』，殆指此歟。

白石亦有詠物之詞，如〈齊天樂〉之詠蟋蟀，〈暗香〉、〈疏影〉之詠梅，皆不即不離，託意深遠，張玉田謂其『全章精粹，所詠瞭然在目，且不留滯於物。』（《詞源》）至於鑄辭造語，白石亦極經意，精美新穎，而不流於匠氣，例不勝舉，讀白石詞者可得之。故在南宋人作詞尙雕琢，重音律，供酬應之風氣中，白石獨能無其流弊也。

白石與辛稼軒同時，且相倡和，其詞中〈永遇樂〉、〈漢宮春〉皆次稼軒韻者。但白石才情與稼軒殊異，譬之音樂，稼軒如鐘鼓鏗鏘之聲，白石則簫笛悠揚之韻。白石詞中亦有感時傷事之篇，然皆出以歎喟，如〈揚州慢〉云：『自胡馬窺江去後，廢池喬木，猶厭言兵』又云：『二十四橋仍在，波心蕩，冷月無聲。』〈八歸〉云：『最可惜一片江山，總付與啼鴂。』與稼軒之雄豪悲壯者不同。至於〈永遇樂〉詞云：『有尊中酒，差可飲，大旗盡繡熊虎。』又云：『中原生聚，神京耆老，南望長淮金鼓。』乃有意仿稼軒者，非白石自然之致也。

白石詞集中壽詞極少，僅有三首，〈阮郎歸〉、〈鷓鴣天〉皆壽張平甫，〈石湖仙〉壽范石湖。張平甫與范石湖皆白石至交，此三詞述交親，記游好，與泛泛賀壽者不同，酬應塵俗之詞，蓋非白石所肯爲也。

（現）吳世昌《詞林新話》：

靜安曰：『無內美而但有修能，則石白耳。』眞刺心之語。

亦峰錄趙子固語『白石，詞家之申韓也』，曰：『眞刺骨語。』此故作解人以欺人者也。申、韓法家，試問白石之對象爲誰？此皆故作艱深以文其無知者也。

亦峰以爲南宋詞人以白石碧山爲冠。胡說！復堂則以爲白石澀，其實白石未嘗澀，晦則有之。

（現）陳邇冬《宋詞縱談》：

『雅詞』必須用典，所謂『典雅』。說句笑話：好像無『典』便不成其爲『雅』。在這一點上辛、姜兩家同好，也是同病。不過辛棄疾的詞有較充實的內容、豐富的感情作爲骨架撐住，讀者總覺得還結實；姜夔的詞則使人有太過典雅之感，文勝於質。

（現）饒宗頤〈姜白石詞管窺〉：

白石詞的勝處，正在於骨力和風神。劉勰說：『練於骨者，析辭必精。』白石的書法要下筆勁淨，正在練骨上着力，於詞亦有同然。他論書主風神，以疏爲貴，又要時出新意；他作詞亦循着這條路徑。由前之說即玉田所謂『要清空，不宜質實』；由後之說，即玉田所謂『以意趣爲主，不蹈襲前人語意』。白石於書道，悟入者深，以其法治詞，自易契合。他的詞所以能夠在美成之後，稼軒之外，獨創一面目，正由於他另覓途徑，向『風力遒』與『骨髓峻』方面發展，所以我欲拈出『風骨』二字，來評白石的詞，較之『清空』似更接近。這個固然出於他的高超絕俗的性格，而書法的陶寫，此中甘苦，似乎不無會通的地方。

宋季有柴望，著《涼州鼓吹》，其自序云：『夫詞起於唐而盛於宋，宋作尤美盛於宣（和）靖（康）間。美成（周邦彥）、伯可（康與之），各自堂奧，俱號稱作者。近世姜白石一洗而更之，〈暗香〉、〈疏影〉等作，當別家數也。大抵詞以雋永委婉爲尙，組織塗澤次之，呼嘷叫嘯，抑末也。惟白石詞，登高眺遠，慨然感今悼往之趣，悠然託物寄興之思，殆與古〈西河〉〈桂枝香〉同風致，勝青樓歌紅窗曲萬萬矣。故余不敢望靖康家數（指康伯可），白石衣缽，或彷彿焉（〈西河〉指周邦彥賦石頭城，〈桂枝香〉指王介甫金陵懷古）。』

周介存謂白石以詩法入詞，門徑淺狹，似非篤論。

白石用力精專，於樂律上又有深入的素養，能自度曲，故成就能高人一等。從此以後，宋詞風格，大約如鼎三足：一爲柳、周的側媚穠艷；一爲蘇、辛的馳騁古今；而白石卻以格高韻響，別樹一幟。他在詩說中論詩『一篇全在尾句』，要『辭意俱不盡』，故塡詞亦特注重結響。略舉數例：『數峰清苦，商略黃昏雨。』（〈點絳脣〉）；『正凝想、明璫素襪。如今安在？唯有闌干，伴人一霎。』（〈慶宮春〉）；『算空有并刀，難剪離愁千縷。』（〈長亭怨慢〉）；『送客重尋西去路，問水面琵琶誰撥。最可惜一片江山，總付與啼鴂！』（〈八歸〉）；『嫣然搖動，冷香飛上詩句。』（〈念奴嬌〉）；『淮南皓月冷千山，冥冥歸去無人管。』（〈踏莎行〉）；『高樹晚蟬，說西風消息。』（〈惜紅衣〉）。以上都是大家所稱道的白石韻高意新的名句。沈祥龍《論詞隨筆》云：『白石詩之「自製新詞韻最嬌」。嬌者，如出水芙蓉，亭亭可愛也。徒以嫣媚爲嬌，則其韻近俗矣。試觀白石詞，何曾有一語涉於嫣媚？』故劉融齋《藝概》擬白石老仙爲藐姑冰雪。

海綃翁論詞，謂：『白石別開家法。白石立而詞之國土蹙矣。』蓋本周濟玉田過尊白石，但主清空，未審夢窗綿密曲折之論。一般以爲玉田主疏而夢窗主密。尋白石論書，以疏爲風神，密爲老氣，則疏密兼用。余謂以疏密論，姜意密而筆疏，吳則意疏而筆密。姜之筆疏，與會標舉，故往往說得遠；吳之筆密，極鉤轉順逆之致，故靠得緊。譬諸作畫，白石如大癡，夢窗則如黃鶴山樵。此其異也。合擅其勝，不用軒輊。（見饒氏《文轍》）

（現）王易《詞曲史》：

白石在南宋至負盛名，自譽多而毀少。今觀其詞，語無不雋，意無不婉，韻饒而氣能運，字穩而情不沾，眞詞苑之當行，後生之膏馥也。其〈暗香〉、〈疏影〉二闋，張炎歎爲絕唱，以爲『用事不爲事使』；他如〈揚州慢〉，〈一萼紅〉，〈念奴嬌〉，〈琵琶仙〉，〈長亭怨慢〉，〈淡黃柳〉，〈惜紅衣〉，〈淒涼犯〉，〈齊天樂〉等闋，皆格調高迴，吐屬雋雅，讀者咀嚼之若有餘味；尤以詞前小序之清妙，爲諸家所無。或議其『堆砌典實，有損眞情』，或議其『過尙清高，殆瀕貴族』，此以後世眼光妄度古人，不足爲定論也。

（現）羅忼烈〈略論白石詞〉：

大抵名家之詞，率不免大醇小疵，所以不害其爲名家者，瑕不掩瑜故耳。白石珍重下筆，〈慶宮春〉序稱：『因賦此闋，蓋過旬塗稿乃定，朴翁咎予無益，然意所耽，不能自已也。』從此可知矣。故所作不多，紕漏亦少，……惟琢磨太甚，時不免見斧鑿痕，清剛有餘，渾厚不足。

陳亦峰《白雨齋詞話》云：『詞捨沉鬱之外，更無以爲詞。蓋篇幅狹小，倘一直說去，不留餘地，雖極工巧之致，識者終笑其淺矣。』陳氏頗推白石，此語非爲白石發，然與止庵所謂『據事直書，不過手意近辣耳』暗合。手意近辣則造語清勁峭拔，亦工巧之一端，非纖新柔麗之可擬，『數峰清苦，商略黃昏雨』；『天涯情味，仗酒祓清愁，花消英氣』之類是也。白石集中多有之，前人論姜詞，即多摘句而稱之。據事直書，不留餘地者，柳耆卿、李易安其選也，而遜白石不止一籌者，在一辣字。白石不辣處每見小疵，周止庵指〈揚州慢〉起調『淮左名都，竹西佳處』爲俗濫處，〈法曲獻仙音〉之『象筆鸞箋，甚而今不道秀句』爲寒酸處；〈齊天樂〉之『豳詩漫與，笑籬落呼燈，世間兒女』爲補湊處；〈淒涼犯〉『追念西湖上』半闋爲敷衍處；〈湘月〉之『舊家樂事誰省』爲支處；〈一萼紅〉：『翠藤共閑穿竹徑』、『記曾共西樓雅集』爲複處。此又謝章鋌所謂『騷莫若姜，放意或近率』（《賭棋山莊詞話·續篇》）者也。

白石《詩說》云：『語貴含蓄。東坡云：「言有盡而意無窮者，天下之至言也。」山谷尤謹於此……若句中無餘字，篇中無長語，非善之善者也。句中有餘味，篇中有餘意，善之善者也。』余讀其詩，頗如其說，五言尤深致，詞則未盡如此。

白石小令多婉麗，如〈小重山〉（人繞湘皋闋）、〈隔溪梅令〉（好花不與闋）、〈鷓鴣天〉（京洛風流、肥水東流兩闋）、〈踏莎行〉（燕燕輕盈闋）、〈點絳唇〉（燕雁無心闋）、〈淡黃柳〉（空城曉角闋），於小山、淮海外別是一種面目。慢曲清雅峭拔，若〈揚州慢〉、〈探春慢〉、〈翠樓吟〉、〈慶宮春〉、〈琵琶仙〉、〈暗香〉、〈疏影〉諸篇，賞音多在是。至如〈水調歌頭〉（日落愛山紫闋）、〈念奴嬌〉（昔遊未遠闋）、及〈永遇樂〉、〈漢宮春〉稼軒次韻諸作，故爲豪邁，意欲追躡稼軒，而情性、行藏迥異，才力又復不及，遂落後塵，終非上乘。玉田論詞最服膺白石，而以清空概之，要有未盡。竊謂夢窗、碧山，未始不可方駕白石，第以兩家面目，去清眞未遠，不得不讓白石出一頭地耳。

花庵始稱白石『詞極精妙，不減清眞樂府，其間高處，有周美成所不能及』（《中興以來絕妙詞選》六）。浮泛之言，與無說同。至玉田乃極口稱道，陸輔之和之，而同時沈伯時猶未深許；明人楊升庵外，諸詞評家亦鮮有論列。自朱竹垞纂《詞綜》，悉力推轂，謂『世人言詞，必稱北宋，然詞至南宋，始極其工，至宋季而始極其變。姜堯章氏最爲傑出』（〈詞綜‧發凡〉），厲樊榭、汪森和之，遂開浙西一派，於是白石始尊，而後之論者交口相譽，惟周止庵、王靜安不甚相許耳。（見羅氏《詞學雜俎》）

（現）廖從雲《歷代詞評》：

白石詞開南宗格律派之大宗，詞旨雅正，音調諧婉，誦之令人九轉腸迴，宜乎歷代之論詞者，交相讚譽。

蓋詞中之有白石，猶文之有昌黎，詩中之有少陵也。生丁離亂之世，偏安危局，河山半壁，而南渡君臣，恬熙自娛，不思恢復，白石往來江淮，目睹神傷，托意哀絲，其辭愈微，其心愈苦，豈沈酣歌臺舞榭，剪紅刻翠者所能體其深意。所謂：『變雄健爲清剛，變馳驟爲疏宕。』是眞能知白石者也。

（現）吳熊和編《唐宋詞精選》：

儘管姜夔一生以游士終老，但白石詞卻並不僅僅是游士生涯的反映，展現在他筆下的是折射出多種光色的情感世界。誠然，由於生活道路和審美情趣的制約，較之辛詞，姜詞的題材較爲狹窄，對現實的反映也略顯澹漠。但他並不是一位不問時事的世外野老。姜夔身歷高、孝、光、寧四朝，其青壯年正當宋金媾和之際，朝廷內外，文恬武嬉，將恢復大計置於度外。姜夔也曾因此而痛心疾首，深致慨嘆。（蕭瑞峰　文）

（現）胡雲翼《宋詞選》：

姜夔長期寄身於豪貴人家，生活並不太壞，這就使他不能正視當時的社會現實，雖然也偶有身世寥落之感，也是不深刻的。他喜愛風雅，怡情山水，經常沉浸於波光水色中，刻意尋詩塡詞，這一方面是清客應有的職業技能，另方面也正是空虛的幫閒生活的反映。

姜詞中寫愛情部分佔相當大的比例。不同柳、黃、秦、周，他的詞和浮豔的情調完全無緣，沒有絲毫猥褻的成分，而是一種永不能忘的情愛的追憶。

作者精通音律，注重詞法，表現在他的作品裏的特徵是：音調諧婉，辭句精美，結構完密。這顯然受周邦彥的影響較深。至於格調的清幽峭拔（張炎《詞源》說他『如野雲孤飛，去留無跡』），則非周邦彥所能比擬。他的詞也具有辛派豪放的一面，次韻辛棄疾那幾首詞，無論風格和句法都可以說是『脫胎稼軒』。但是，就他的創作思想的主要傾向來說，就他一般作品的缺少社會意義和情調低沉來說，和意氣昂揚的辛派是背道而馳的。我們還應該指出，作者過多地重視詞調的聲韻和文字的雕琢，使內容意境遭受了更多的削弱；由於生活和思想的貧乏，題材的組織因而也不免顯出雜湊不純的痕跡。

（現）姜尚賢《宋四大家詞研究》：

白石遠擬清眞，近法稼軒，融化凝鍊，超脫蹊徑。變富艷爲幽潔，化雄健爲清勁。蓋緣識趣既高，興象自別。周詞華妙絕艷，姜詞清超澹遠；周詞如豐潤凡女，姜詞如瘦削仙姑；周詞似暮春的薔薇，姜詞似隆冬的寒梅。姜詞的格逸神清，爲周詞所無；周詞的富艷渾化，亦爲清眞所獨。周姜二家，各有獨特之處，均足以象徵他們的詞品與人品。

就是馮煦所說『《詞品》則以詠蟋蟀〈齊天樂〉一闋爲最勝，』（宋六十一家詞選·例言）亦不例外。我們以現在人的眼光來衡量，總覺得這一類的作品，雖在藝術技巧上，固然是極成功的，但在內容情思上，卻感到有些空泛，似不如北宋詞來得圓融渾厚，清麗自然；但論起他的格調，卻極高曠。

我以爲白石受淵明、山谷、東堂、希祖等人的影響，但由他詞的形式與精神來觀察，白石詞表現最顯著，純以東坡、清眞、稼軒、石湖四家爲主。融化凝鍊，芟蕪存精，遂形成古典詞派的典範。……我們試觀上面五首詞，（按：指蘇軾〈水龍吟〉（似花還似非花）、周邦彥〈解連環〉（怨懷無託）、辛棄疾〈賀新郎〉（雲臥衣裳冷）、范成大〈醉落魄〉（棲鳥飛絕）姜夔〈玲瓏四犯〉（疊鼓夜寒））），潛心加以仔細觀察、分析、比較，始知白石詞的內容與神髓，完全由東坡、清眞、稼軒、石湖四家的肇源而來，總匯諸家之長，洗鍊融化，醞釀精深，實有青出於藍之妙。東坡得其清倩瑩潔，清眞得其渾厚沈摯，稼軒得其幽麗冷雋，石湖得其清逸澹遠，白石得其幽艷悽咽。東坡才華絕代，紆迴層深，麗而不艷，逸而多婉；清眞學問淹博，造語奇雋，意深情摯，婉麗高華；稼軒性情爽朗，澹麗疏秀，沈鬱深美，獨擅千古；石湖高風亮節，淒然隱秀，瀟灑明潤，清疏有致；白石坦蕩胸襟，格高調新，騷雅淒怨，清麗不俗，奇崛渾美處，奄有清眞、稼軒的特長，混合鎔鑄，幾高出周辛之上，別樹一幟。

林紓說：『詞家唯姜石帚能結響啞，不善學，則流於滯澀。』（《白石道人詞箋平》引）

夏承燾說：『白石學邦彥，色澤較淡；夢窗學邦彥，色澤倍濃。』（《作詞法》）

白石天趣高亮，深思獨悟，故其作品，精妙細美，造詣夐絕，遂成爲格律古典詞派的泰斗。論起他的詞風，遠承清眞作詞的精神，化唯美爲古典，形成藝術至上的潮流；近法稼軒創作的意識，變雄健爲清勁，造成高雅幽潔的境界。雋逸疏秀，清超澹遠，不僅音律諧婉，文字精鍊，而且精巧細膩，格調高曠，爲有宋一代詞壇的大師。他的佳作名篇，不遑枚舉，我以爲最足以代表他的全部風格的作品，當以〈揚州慢〉、〈暗香〉、〈疏影〉、〈淡黃柳〉、〈翠樓吟〉、〈琵琶仙〉、〈齊天樂〉、〈一萼紅〉、〈長亭怨慢〉、〈念奴嬌〉、〈惜紅衣〉、〈淒涼犯〉、〈八歸〉、〈滿江紅〉、〈點絳脣〉、〈鷓鴣天〉、〈踏莎行〉等詞爲上選。

譬如音樂，稼軒如鐘鼓鏗鏘之聲，白石如蕭笛悠揚之韻；稼軒由感慨激昂興起，白石由深思獨悟獲得。潛心剪裁，卻不肯依傍模擬，音節文采，並冠一時，故能卓然大家。黃晦聞說：『每從閒處深思得，詎向人前強學來。』〈寒夜讀《白石道人集》題後〉這不僅道出白石作詞的精神，更道出白石治學的態度。白石的妙處，恒以清越幽潔的意境，表達出精深要眇的情思，故能麗而不俗，工而能曲，超軼衆流之上，而成爲倚聲家不朽的典範。

論起他的詞風，是繼承周邦彥作詞的精神，對於審音創調的工作，鑄語造境的技巧，無不簡練揣摩，悉力鑽研，終於成爲南宋格律古典詞派的唯一領袖。他對於樂府詞壇的貢獻與發展，堪稱周氏的伯仲。

我們要以清眞爲樂府詞壇的先驅，那末白石便是這派詞人中最傑出的總代表。他（按，指白石）的詞，精深華妙，清曠幽雋，在南宋則爲大家。這一點正與陸放翁相反。放翁才情，宏放踔厲，故其詩勝於詞；白石才情，精細深美，故其詞勝於詩。

（現）韓穗軒《心遠樓詞話》：

宋室南渡，國勢日非。白石目擊心傷，多於詞中寄慨。趙子固云：『白石詞家之申韓也。』是爲知言。（按：《硯北雜誌》云：『趙子固目姜堯章爲書家申韓』，『詞家申韓』乃其後以訛傳訛之言。）

（現）何敬群《詞學纂要》：

玉田云：『詞要清空，不要質實。清空則古雅峭拔，質實則凝澀晦昧。白石詞如〈疏影〉、〈暗香〉、〈揚州慢〉、〈一萼紅〉、〈琵琶仙〉、〈淡黃柳〉，不惟清空，且又騷雅。』

玉田此論，可爲白石定評。此謂清，即濃不乞靈於鏤金錯采，淡不苟就乎骫骳從俗。此謂空，即馭題如六轡在手，寄興則哀樂從心。此謂騷，即麗而不妖，莊而非腐，風月爲我使，而非爲風月所使。此謂雅，則詞中有人有品，故格高韻高也。此清空之妙，即在以靈氣行之，或因題發意，或借題發揮，其技巧則在意趣之新穎，與虛字之運用耳！

（現）汪中《宋詞三百首注析》：

白石詞清絕而有一片江湖詩人之趣，不曾在位，故得從容。白石詞序極工麗，用之慢詞長調固佳，小令長序則不免喧賓奪主，可不必矣。

（現）靳極蒼《唐宋詞百首詳解》：

總看他（按，指白石）的詞，是偏重於詞調韻律和文字的雕琢，內容空虛，思想貧乏，情感膚淺，藝術和內容不相配合：但卻是南宋一大作家，對以後詞壇有很大影響。

（現）張燕瑾、楊鍾賢《唐宋詞選析》：

他（按，指白石）的詞最有名。過去，有不少人對他很推崇，給予了不適當的評價，如朱彝尊云『詞莫善於姜夔』（〈詞綜序〉），戈載云：『其高遠峭拔之致，前無古人，後無來者，眞詞中之聖也！』（《七家詞選》）其實，寄人門下的生活，使他的詞追求高遠、典雅，內容比較空虛，情調比較消沉。他雖然也寫過『不忘君國』（宋翔鳳《樂府餘論》）的作品（如〈揚州慢·淮左名都〉、〈八歸·芳蓮墜粉〉等〉，但這不是他的主要方面。姜夔的詞，主要是詠物、寫景以及愛情詞。愛情詞在姜詞中佔有相當大的比例，應當指出的是，這些詞寫得感情眞摯，一往情深，絕無輕薄浮艷的成份。

（現）劉斯奮《姜夔張炎詞選》：

姜夔的詞，歷代推崇者不少。如黃昇說：『白石詞極精妙，不減清眞樂府，其間高處，有周美成所不能及。』（《中興以來絕妙詞選》卷六）毛晉說：『范石湖評堯章詩云：「有裁雲縫月之妙手，敲金戛玉之奇聲。」予於其詞亦云。』（〈白石詞跋〉）戈載說：『白石之詞，清氣盤空，如野雲孤飛，去留無跡（按：此本張炎語）；其高遠峭拔之致，前無古人，後無來者，眞詞中之聖也！』（《七家詞選》）都抬得很高，其中有些話，也未必合乎實際。我個人認爲，白石詞的最大成功之處，在於他開創了一種新型的風格，能夠在柳永、周邦彥的婉約妙曼和蘇軾、辛棄疾的剛健雄奇之間，走出一條清空遒峭的路子，使宋詞的晚期，再度表現出強健的後勁，展示出新的姿彩。過去有人說白石與清眞同途；又有人說他脫胎稼軒，如果是就他對上述兩家都有所借鑑而言，自無不可。但是白石詞就是白石詞。它具有不容混同於周、辛二家的鮮明風格。事實上，白石的作品，既極盡錘鍊雕飾之工，又不顯得繁複堆砌；既具有清勁秀挺的風骨，又不流於粗豪叫囂，走的正是周、辛二派的路子。雖然周、辛二家的高處，白石終於沒有能達到，但是這兩派的某些流弊，他卻設法避免了。這是宋詞藝術進一步歸於圓熟的標誌，同時也是宋詞藝術走向衰落的開始。不管幸與不幸，姜夔就是站在這個交接點上的人物。

（現）徐培均《唐宋詞小令精華》：

他（按，指白石）用詞這種形式學習江西詩派的創格鑄辭，着重於『神味』和『音韻』。在詞史上和蘇辛、柳周兩派鼎足而三，對南宋詞壇上的盧祖皋、吳文英、王沂孫、張炎影響極深。餘波遠逮七百年以後清代的浙派詞人，有所謂『家白石而戶玉田』之說。但他過於偏重格律的推敲，文字亦有雕琢的痕跡，不少篇章的內容較貧乏，結構欠完整。因此胡適稱之爲『匠人之詞』。

（現）楊海明《唐宋詞史》：

陳氏（按，指陳廷焯）還指出：『南渡以後，國勢日非。白石目擊心傷，多於詞中寄慨』，『特感慨全在虛處，無跡可尋，人自不察耳』，這話也自有理。因此如他之把〈暗香〉、〈疏影〉二詞理解爲『發二帝之幽憤，傷在位之無人』，又比如宋翔鳳《樂府餘論》說〈齊天樂〉是『傷二帝北狩』。這些評論，雖然不一定完全能夠確切成立（因其難免有『穿鑿』之嫌疑）；但是，若從這些詞作所籠罩着的那種氣氛（或者確切些講，是一種『心理氛圍』）來體察，卻又確實是與南渡後的衰弱國勢相一致的。另如他在〈八歸〉詞中，於送別友人之時，忽然插入了一句：『最可惜，一片江山，總付與啼鴂』，『江山』云云，恐即含有大好河山避不開『鶗鴂之鳴』的『長恨』在內；又如，他在〈惜紅衣〉詞中於賞荷之時，忽然也夾進了一句：

『維舟試望故國，眇天北』，『故國』與『天北』之云，也顯指北方淪陷已久的汴京。至於他在詠蟋蟀時所聯想到的『候館迎秋，離宮弔月，別有傷心無數』，則更含寓着不忘中原之意（南宋以杭州爲『臨安』，視該地宮室爲『離宮』，本應含有『不忘中原』之意，故云）。所以，除了〈揚州慢〉一詞直寫其『《黍離》之悲』外，白石其他詞中的哀時傷世之感，也應該說是時隱時現的。只不過它們因着作者世界觀和審美情趣等方面的原因，並不經常採用『直接抒寫』的方法表達出來，而較多是間接地化爲那一種特殊的心理氛圍來隱露而已。因此就如他詞中『高樹晚蟬，說西風消息』（〈惜紅衣〉）兩句所寫的那樣，他就像是一隻西風夕陽中的『晚蟬』，時時會斷續嘶啞地鳴出那時代的哀曲。

他把傳統的宛如『柳枝』一般的香軟詞風，『稼接』以『梅花』一般的高雅品性，從而形成了一種『幽韻冷香』（《藝概》卷四云：『姜白石詞幽韻冷香，令人挹之無盡；擬諸形容，在樂則琴，在花則梅也』）式的新詞品。

（現）黃拔荊《詞史》：

姜夔現存的詞共有八十多首，其中多以描寫個人身世之感以及離別相思之情，紀游詠物的篇章也佔一定分量。感慨國事，對現實表示關懷的作品，爲數卻不很多。關於白石對現實的態度，由於他身世、性格等關係，表現在詞中是比較不夠積極的。與辛棄疾那些熱情洋溢的愛國歌聲相比，現實性非常微弱。白石一生嘯傲湖山，自標高致，他的爲人既不同於苟安求和的奸佞之輩，也不同於庸俗的清客文人，這樣的品格和思想行爲，決定了他的作品能具有一定的現實意義，但他存在較大的局限性。值得注意的是：在詞人早期直至晚年的部分作品中，都反映出或多或少的愛國思想和對現實的關注，特別是晚年時，他那力主恢復、同情淪陷區人民的思想傾向，較之早期有着進一步的發展。在這些詞中，作者運用了精妙的表現手法；使愛國思想通過完美的藝術形式，放射出動人的光輝。對於這些該給予足夠的重視。

（現）吳熊和主編《十大詞人》：

姜夔作詞命意固然清苦而深遠，但當措辭設象之際，卻不着沉痛深哀之筆，而出之以輕疏簡淡。

由於志在江湖、情寄林泉，姜夔的詞筆便從歷來的屏山玉枕、朱閣綺戶轉移到自然界的山水和花鳥，使詞箋上瀰漫着一股清新脫俗的氣息；同時，在他筆下出現的自然景物便不是純客觀的再現，而多爲其內在情思的形象外化。（蕭瑞峰、韓經太　文）

（現）王偉勇《南宋詞研究》：

論及張炎評姜夔之詞風，宜爲『清空意趣』最的當，而此風格之確立，則奠定在姜夔以『活法』塡詞之基礎上。

就姜夔言，其詞非但較詩成就高，且所表現之技巧、氣象、亦較詩合乎其詩論，故自清朝謝章鋌主張姜夔詩論即其詞論後，劉熙載、沈祥龍、郭紹虞、夏承燾、繆鉞、饒宗頤等人，亦交口贊同。

至若以口語、俗話入詞，「以俗爲雅」，亦爲活法之技巧，楊萬里詩多用之，姜夔詞亦如此，然多用於領頭呼喚，虛用多而實用少，此緣詩詞體性不同使然也。

繆鉞於〈姜白石之文學批評及其作品〉一文中，評姜夔詠梅與蓮之作品云：「非從實際上寫其形態，乃從空靈中攝取神理。換言之，白石詞中所寫之梅與蓮，非常人所見之梅與蓮，乃白石於梅與蓮之中攝取其特性，而又以自己之個性融透於其中，謂其寫梅與蓮可，謂其借梅與蓮以寫自己之襟懷亦無不可，故意境深遠，不同於泛泛寫物之什。」（此文已收入《詩詞散論》一書）此種見解頗的當，然姜夔借以抒懷之物，範圍宜更寬廣，絕不限於梅與蓮而已。而所謂「從空靈中攝取神理」，即是「清空」之由；能寫「襟懷」，即是「有意趣」，清空中不失意趣，即善於運用「活法」之結果也。

向來評姜詞者，方有仁智互見之言論。見其典雅清麗者，謂其足以媲美周邦彥；見其空靈輕快者，謂其脫胎辛棄疾，均不甚中肯，實則姜夔詞係兼容含蓄、典雅與清勁、輕快於一爐，方成就「清空意趣」之境界，吾人實難以婉約、豪放歸納之……反不如令其自成一家。雖然，吾人亦不否認，方其運用活法而有偏頗之際，亦易導致因過於鍛鍊而「生硬」，過於空靈而「意隔」，甚而過於輕快而「淺率」之流弊。然此現象並不嚴重，實不足以貶損姜詞之價值及應有之地位。至若上述對活法之分析，或亦以爲其他詞家未必無此技巧，然能整體運用，圓活剔透，造成特色，而又有足夠作品相印證，姜夔宜數第一人也。

（現）蕭世杰《唐宋詞史稿》：

周濟說，姜夔『脫胎稼軒，變雄健爲清剛，變馳驟爲疏宕』。白石詞裏確有些類似稼軒詞的地方，他的兩首〈漢宮春〉，一首〈永遇樂〉次韻稼軒，叶屬近似，可以看出是有意效稼軒體的；但創作傾向和表現手法，還是學周邦彥的。清眞詞的講究叶律、琢句煉字、用典詠物等特色，姜夔都繼承下來了。白石詞的最大特色是技巧高、語言美，『清空』、『騷雅』。南宋後期，之所以宗之者甚衆，一時蔚然成風，大概就是因爲這種特色的緣故。白石詞的最大缺點是反映的生活面太狹窄，發展了清眞詞片面追求聲律美的形式主義傾向。他的這種偏重格律形式的詞風，對南宋後期詞壇無疑產生了巨大影響。姜夔出，宋詞又爲之一變。

他的詠物之作，大都精工細膩，頗多蘊藉之致。〈暗香〉、〈疏影〉是其代表作。

白石詞裏，也有不少戀情詞，大都是抒發落寞的離懷的，感情雖較低沉，但不浮艷，格調還是高雅的。白石詞裏，較有現實意義的還是那些爲數極少的、在一定程度上觸及到民族矛盾、關心祖國命運、感時傷事的作品。此類作品可以〈揚州慢〉、〈點絳唇〉爲代表。

（現）謝桃坊《宋詞概論》：

白石在清眞、稼軒之間，其步武更趨向於稼軒；在婉約、豪放兩家之中，其風格也就更切近於豪放。如果僅就姜夔後期詞作而言，以爲它脫胎於稼軒，而藝術風格切近於豪放，這無疑接近於其創作眞實的；但若以此作爲整個白石詞的定論則就不符合其整個創作情形了。姜夔詞風的轉變是在晚年其詞結集以後，而最能代表其藝術風格和最有影響的仍是前期那些淡雅冷清的詞作，正是這些作品才形成了白石詞的藝術面目。他後期的詞作雖然思想性較強，但從藝術成就來看，則因其仿效稼軒愈似而愈喪失自己的藝術個性，這不能不是一個深刻的教訓。

白石詞是很精工雅緻的作品，它具有特殊的魅力，所以在當時足以同稼軒詞媲美，而在後世也甚爲富於雅趣的文人所欣賞。但姜夔與兩宋其他大詞人比較起來，特別是同當時的辛棄疾比較起來，其藝術創作取徑頗狹，具有偏勝的特點。因此，不喜其淡雅冷清風格的詞論家總是對它沒有好評的。

姜夔在詞作裏並未達到自然高妙的藝術境界，也不具瀟灑飄逸的韻味，但他卻作到了使詞意詩化和雅化，以精思苦吟的嚴謹態度實現了藝術創新，形成了獨具的淡雅清冷的風格。與北宋詞的色彩鮮明、情感穠摯、結構疏朗、表現自然等特點比較，白石詞的色彩較爲晦暗、情感較爲閑淡、結構趨於密緻、表現則趨於工巧雕刻了。

白石詞的結構不如清眞詞那樣變化多樣，它以因事直敘見長，而不像柳詞那樣首尾完整，鋪敘展衍。處理情與景的關係，白石詞也不像北宋詞那樣就景敘情，而是變爲即事敘景。這樣，白石詞具有線型結構的單一性，但它妙於剪裁，多用虛擬手法，追求詞意蘊藉的效果，因而不致有板滯單調之失。白石詞長調代表作如〈揚州慢〉、〈霓裳中序第一〉、〈湘月〉、〈惜紅衣〉、〈琵琶仙〉、〈淒涼犯〉等都是因事直敘的。

姜夔詩論與詞作之間的某些相通之處確如謝章鋌所說，但還不能就此得出是『以詩法入詞』的結論。如果說他『以詩法入詞』，這便與蘇軾等人『以詩爲詞』無區別了。蘇軾等人正是用作詩的方法作詞，致李清照有『句讀不葺之詩』的譏諷，至於白石詞則自來是被應爲本色當行的。其區別在於，姜夔不是以一般的詩法作詞，而主要是在詞裏表現濃郁而含蓄的詩意，使詞意詩化。一般而言，詞體在構思方面較爲精巧周密，思想情感的表達較爲宛曲細緻，詞意較爲顯露；詩體在構思方面較爲疏散開闊，思想情感的表達則又趨於凝重深蘊和朦朧。白石詞比起北宋詞，它是更富於詩的意味的。

姜夔的第一首詞〈揚州慢〉創作於南宋淳熙三年（一一七六），比辛棄疾最早的編年詞乾道四年（一一六八）作的〈水調歌頭・壽趙漕介庵〉遲八年；他們創作活動都終止於南宋開禧年間（一二〇五—一二〇七）。所以姜夔雖然比辛棄疾約小二十歲，但從創作活動來看，他們仍是同時代的詞人。這兩位詞人在南宋中期的詞壇上都是產生了巨大影響的，而他們的藝術氣質和藝術風格卻迥異。如果說稼軒詞最能體現南宋豪放詞的特點，白石詞則最能體現南宋婉約詞的特點。

（現）陶爾夫、劉敬圻《南宋詞史》：

朱生豪卻說：「『數峰清苦，商略黃昏雨』，白石詞格似之。」（見夏承燾《天風閣學詞日記》引）實際正是白石人品在詞中的反映。

張文虎認爲：「白石何嘗不自清眞出，特變其穠麗爲淡遠耳。」（〈綠梅花龕詞序〉）繆鉞對此說的更爲清楚而形象：「然周詞華艷，姜詞雋澹，周詞豐腴，姜詞瘦勁，周詞如春圃繁英，姜詞如秋林疏葉。姜詞清峻勁折，格澹神寒，爲周詞所無。」

楊萬里認爲白石詩歌的特點是有「裁雲縫月之妙手，敲金戛玉之奇聲。」在〈送堯章謁石湖先生〉一詩中又說：「吐作春風百種花，吹散瀕湖數峰雪。」雖均爲評詩，但也不妨看作是評詞；特別是後兩句，準確而又形象地概括了白石的詞風。稍後張炎提出「清空」之說，實際是受這兩句詩的啓發並略加提煉而成。

朱庸齋在《春分館詞話》中說：「白石詞以清逸幽艷之筆調，寫一己身世之情，在豪放與婉約外，宜以「幽峭」稱之。」

黃兆漢、司徒秀英《宋十大家詞選》：

白石詞風可用「清空騷雅」數字來形容，遣辭洗煉醇雅，設色幽淡清麗。他和北宋的周邦彥一樣，能自製樂曲，注重詞的音律和結構，講究文字琢煉，與周並稱爲格律派詞宗。但他的風格又與周不盡相同，清眞仍不脫《花間》剪紅刻翠的習氣，而白石則運用了江西詩派瘦硬的手法，加上晚唐詩疏宕瀟散的風神入詞，意境高曠飄逸，所以黃昇說白石詞「其間高處，有美成所不能及」（《中興以來絕妙詞選》）。姜詞的內容多抒寫個人的襟抱，吟詠湖山勝景，追懷情事；也有小部分反映家國之感，情調哀婉含蓄，和辛派詞人的大聲鏜鞳很是不同。南宋末年，白石的地位已很高，周密、王沂孫、張炎等都受到他很大的影響，尤其是他的詠物詞，在這派詞人中漸成爲學習的模範。遞至清，姜夔的聲譽更隆，浙派領袖朱彝尊說「詞至南宋始極其工，至宋季而始極其變。姜堯章氏最爲傑出」（〈詞綜·發凡〉），從而造成了當時「家白石而戶玉田」的局面。

附錄一：姜白石詞研究書目

1. 清乾隆二年玲瓏山館烏絲欄鈔本，《厲樊榭手寫白石道人歌曲》六卷，《別集》一卷。

2. 清陳澧著，今周康燮編集，《白石詞評》（附宋元以來評白石詞輯），香港：龍門書店，一九七〇。

3. 清許增輯，《白石道人詩詞評論》一卷，補遺一卷，《叢書集成初編》，第二六一〇冊。

4. 朱孝臧校，《白石道人歌曲》（按：與夏承燾《姜白石繫年》合冊），臺北：世界書局，一九六七。

5. 葉紹鈞選注，《周姜詞》，上海：商務印書館，一九二九。

6. 陳柱，《白石道人詞箋評》，上海：商務印書館，一九三〇。

7. 楊蔭瀏、陰法魯，《宋姜白石創作歌曲研究》，北京：人民音樂出版社，一九五七。

8. 夏承燾，《姜夔詞編年箋校》，上海：中華書局，一九五八、一九六一；上海：上海古籍出版社，一九八一。

9. 夏承燾校輯，《白石詩詞集》，北京：人民文學出版社，一九五九。

10. 丘瓊蓀，《白石道人歌曲通考》（中國音樂研究所叢刊），北京：音樂出版社，一九五九。

11. 賴橋本，《白石詞箋校及研究》，臺灣省立師範大學國文研究所碩士論文，一九六六；

《臺灣省立師範大學國文研究所集刊》，第十一號，一九六七。
12. 吳淑美，《姜白石詞韻考》，私立輔仁大學中文研究所碩士論文，一九七〇。
13. 顏天佑，《南宋姜吳派詞之研究》，國立政治大學中文研究所碩士論文，一九七四。
14. 林玉儀，《姜夔詞研究》，香港大學碩士論文，一九七八。
15. 何美鈴編著，《天涯情味談姜夔》，臺北：莊嚴出版社，一九七八。
16. 李森隆，《姜夔及其白石道人歌曲研究》，私立東海大學中文研究所碩士論文，一九八〇。
17. 杜子莊選注，《姜白石詩詞》，南昌：江西人民出版社，一九八一。
18. 劉斯奮選注，《姜夔張炎詞選》，香港：三聯書店，一九八二。
19. 夏承燾校，吳無聞注釋，《姜白石詞校注》，廣州：廣東人民出版社，一九八三。
20. 劉乃昌，《姜夔詩詞選注》，上海：上海古籍出版社，一九八三。
21. 金毓黻主編，《白石道人歌曲疏證》六卷，遼瀋書社，一九八五。
22. 張秀容，《周姜詞比較研究》，私立東海大學中文研究所碩士論文，一九八六。
23. 林明輝，《白石道人創作歌曲之研析——旁譜十七首》，國立臺灣師範大學音樂研究所碩士論文，一九八六。
24. 姜夔，《白石道人歌曲》，成都：四川人民出版社，一九八七。
25. 吳潤霖，《姜白石與音樂》，上海：上海音樂出版社，一九八八。
26. 鍾夫校點，《白石詞》，上海：上海古籍出版社，一九八八。
27. 尹東烈，《姜白石詞研究》，韓國外語大學校碩士論文，一九八九。

28.陳楓，《論姜白石詞風的淵源與影響》，黑龍江大學碩士論文，一九九〇。

29.林明輝，《宋姜夔詞樂之研析》，高雄：復文圖書出版社，一九九二。

30.殷光熹，《姜夔詩詞賞析集》，成都：巴蜀書社，一九九四。

31.劉少雄，《南宋姜吳典雅詞派相關詞學論題之探討》，臺北：國立臺灣大學出版委員會，一九九五。

32.黃永姬，《白石道人詞之藝術探微》，國立臺灣師範大學國文研究所博士論文，一九九五。

33.J. Z.愛門森《清空的渾厚—姜白石文藝思想縱橫》，上海：上海文藝出版社，一九九七。

34.Lin, Shuen-fu（林順夫），*A Structural Study of Chiang K'uei's Songs*, Ph.D. Diss., Princeton University, 1972.

35.Lin, Shuen-fu（林順夫），"*The Transformation of the Chinese Lyrical Tradition: Chiang K'uei and Southern Sung Tz'u Poetry*"（中國抒情傳統的演變——姜夔和南宋詞）Princeton: Princeton University Press, 1978.

附錄二：姜白石詞研究論文目

一、姜白石概論

1. 張士宣，〈南宋布衣姜白石〉，《津逮季刊》，一卷，二期，一九三一・〇六。
2. 易藝林，〈南宋詞人姜白石〉，《湖南大學期刊》，七期，一九三一・〇九。
3. 秦更年，〈嬰闇書跋（六）——白石道人詩詞〉（王茨檐手鈔本），《青鶴》，一卷，八期，一九三三・〇三，頁一—四。
4. 易順鼎，〈吳波鷗語——和石帚詞〉，《詞學季刊》，三卷，一號，一九三六・〇三，頁一二一—一三五。
5. 楊樹芬，〈華派詞家姜白石〉，《協大藝文》，第六期，一九三七・〇六，頁九一—一〇一。
6. 李濟時，〈姜白石及其詞〉，《新民報》，二卷，九期，一九四〇・〇五，頁三二。
7. 俞陛雲，〈宋詞選釋〉，《同聲月刊》，第二卷，第一號，一九四二・〇一，頁三五—四九。
8. 繭廬，〈記南宋詞人姜堯章〉，《暢流》，七卷，七期，一九五三・〇五，頁四—五。
9. 夏承燾，〈論姜夔詞〉，《文學研究》，一九五七年，第一期，一九五七・〇三，頁五九一七〇。

10.陰法魯，〈南宋作曲家兼詞人姜白石〉，《人民音樂》，一九五七年，第四期，一九五七·〇四，頁三二—三三。

11.孟憲福，〈宋代的詞學家和音樂家——姜夔〉，《北京日報》，一九五七·〇六。

12.駱菲，〈姜白石的歌曲〉，《暢流》，一八卷，四期，一九五八·一〇，頁一一。

13.唐圭璋、潘君昭，〈論姜白石及其詞〉，《南京師院學報》，一九六二年，第三期。（《詞學研究論文集（一九四九—一九七九）》，上海：上海古籍出版社，一九八二·〇三，頁四二三—四四一；《唐宋詞學論集》，濟南：齊魯書社，一九八五·〇二，頁一五一—一七四。

14.饒宗頤，〈姜白石詞管窺〉，《文學世界》，（宋詞專號（上）），（總第三五期），一九六二·〇九，頁四七—五一。（《文轍》，臺北：臺灣學生書局，一九九一·一一，頁六四一—六五〇。）

15.綸桂，〈南宋詞人姜夔〉，《江西日報》，一九六二·〇九·一二。

16.游忠，〈對姜白石研究的一點意見〉，《光明日報》（《文學遺產專刊》，第四八三期），一九六四·一〇·二五。

17.韋金滿，〈論王觀堂評白石詞〉，《新亞生活》，第一〇卷，第二期，一九六七·〇五，頁一一。

18.鍾應梅，〈姜夔白石詞〉，《蘂園說詞》，香港：中文大學崇基學院，華國學會叢書，一

九六八．〇九，頁九八—一〇六。

19. 韋金滿，〈論姜白石詞——詞學淺論之十五〉，《新亞生活》，第一一卷，第一〇期，一九六八．一一，頁九—一二。

20. 張夢機，〈姜夔詞欣賞〉，《自由青年》，四三卷，六期，一九七〇．〇六，頁六九—七五。（《詞箋》，臺北：三民書局，一九七一．一二，頁一一七—一二七。）

21. 沙鷗，〈評白石詞〉，《幼獅月刊》，第三三卷，第六期，一九七一．〇六，頁三〇—三二。

22. 張夢機，〈談姜夔詞〉，《中華詩學》，第六卷，第二期，一九七二．〇三，頁一七—二三。

23. 陰法魯，〈姜白石和他的作品〉（按：摘錄楊蔭瀏、陰法魯合著《宋姜白石創作歌曲研究》），《明報月刊》，第七卷，第三期，（總第七五期），一九七二．〇三，頁二七—二九。

24. 徐明月，〈姜白石其人其詞〉，《建設》，二一卷，六期，一九七二．一一，頁三六—三八。

25. 何敬群，〈論姜白石詞〉，《珠海學報（香港珠海書院）》，第六期，一九七三．〇一，頁六三—七四。

26. 菊韻，〈南宋詞人姜白石〉，《今日中國》，二五期，一九七三．〇五，頁一三九—一五二。

27. 陳越，〈宋代的音樂家姜夔〉，《全音音樂文摘》，二卷，九期，一九七三．〇九，頁一二三—一二六。

28.包根弟，〈姜白石詞研究〉，《人文學報（輔仁大學文學院）》，第三期，一九七三．一二，頁六七五—七二八。

29.顏天佑，〈論白石詞〉，《中國書目季刊》，八卷，二期，一九七四．○九，頁三七—五四。

30.張佛千，〈白石詞〉，《暢流》，第五○卷，第六期，一九七四．一一，頁二○—二五。

31.杜若，〈白石詞〉，《臺肥月刊》，十五卷，十一期，一九七四．一一，頁三一—三九；《江西文獻》，八七期，一九七七．○一，頁五六—六○。

32.朱舟，〈我國南宋時代的音樂家姜夔〉，《四川音樂》，一九七九年，第一○期。

33.唐圭璋箋注，上彊村民重編，《宋詞三百首箋注》（姜夔詞十七首，頁一六七—一八三），上海：上海古籍出版社，一九七九。

34.俞平伯，《唐宋詞選釋》（姜夔九首見頁二二六—二三二），北京：人民文學出版社，一九七九。

35.夏野，〈南宋作曲家姜夔及其作品〉，《南藝學報》，一九八○年，第一期。

36.墨林外史，〈姜白石其人與他的續書譜〉，《書畫家》，五卷，四期，一九八○．○五，頁八—一一。

37.流溪萍，〈通音律的詞家姜夔及其詩說〉，《江西日報》，第四版，一九八○．○七．○七。（《中國古代近代文學研究》，一九八○年，二三期，頁六○。）

38.夏承燾，〈白石詩詞評論、評論補遺〉，《白石詩詞集》，臺北：河洛圖書出版社，一九八〇．〇八，頁一五九—一六五。

39.周瑞玉，〈南宋詞人——姜白石〉，《建設》，二九卷，三期，一九八〇．〇八，頁二一—二六。

40.蔡慕陶，〈南宋詞人姜夔〉，《民主憲政》，第五三卷，第四期，一九八〇．〇八，頁二五。

41.林宗霖，〈「詞匠」姜夔〉，《藝文誌》，二〇三期，一九八二．〇八，頁四一—四二。

42.吳釗、劉東升編著，〈宋詞與姜夔的創作〉，《中國音樂史略》，第四章三，北京：人民音樂出版社，一九八三，頁一四〇—一五二。

43.夏君禕，〈簡論姜夔詞〉，《語文教學與研究（錦州師院）》，一九八四年，第一期，頁二六。

44.詹安泰，〈姜詞集評〉，《詹安泰詞學論稿》，廣州：廣東人民出版社，一九八四，頁四五五—四七四。

45.繆鉞，〈靈谿詞說（續十）——論姜夔詞〉，《四川大學學報：哲社版》，一九八四年，第四期，頁六七—七三。

46.李安綱，〈論姜白石詩詞〉，《運城師專學報》，一九八五年，第一期，頁三三—四一。

47.張月雲，〈姜夔的詩論〉（上）（下），《故宮學術季刊》，一九八五，三—二，頁八三—一一二。《故宮學術月刊》，一九八六．〇二，三—三，頁一五—四〇。

48.張偉光，〈談人間詞話與姜白石及其詞的評價問題〉，《齊齊哈爾師範學院學報》，一九八五年，第四期。

49.羅忼烈，〈略論白石詞〉，《明報月刊》，第二〇卷，第四期，（總二三三期），一九八五．〇四。（《詞學雜俎》，成都：巴蜀書社，一九九〇．〇六，頁一三九—一四五。）

50.王熙元、陳滿銘、陳弘治、黃麗貞、賴橋本主編，《詞曲選注》（姜夔詞見頁一四五—一五〇），臺灣：學生書局，一九八五。

51.李艷，〈姜夔不是豪門清客〉，《上饒師專學報》，一九八六年，第二期，頁七一。

52.周乃昌，〈精音律的姜夔〉，《中國古典文學概述》，三編，十八章七，西安：陝西人民出版社，一九八六．〇二，頁二三一。

53.洪惟助，〈姜夔〉，《中國文學講話（七）——兩宋文學》，臺北：巨流圖書公司，一九八六．〇六，頁三九九—四〇五。

54.李伯平，〈白石道人的生平與詩詞〉，《書和人》，五五一期，（第六輯），一九八六．〇八，總頁四〇八一—四〇八四。

55.林淑貞，〈論姜夔的生平和作品〉，《臺南師專學刊》，八期，一九八六．一〇，頁四三一—四九。

56.唐圭璋主編，《唐宋詞鑒賞集成》（姜夔詞十四首見頁一〇〇一—一〇二八），香港：中華書局，一九八七。

57.于德馨，〈靈谿詞說箋談——沿波討源，知人論詞〉（按：評繆鉞論姜詞），《四川大學學報：哲社版》，一九八七，第二期，頁五九—六三。

58.王偉勇，〈姜夔活法塡詞概述〉，《第八屆古典文學研討會論文》，古典文學研究會主辦，一九八七。

59.繆鉞，〈論姜夔詞〉，《靈谿詞說》，上海：上海古籍出版社，一九八七，頁四五一—四六五。

60.滕振國，〈開宗立派，風流氣韻—白石詞淺說〉，《文藝理論家》，一九八九，第四期，頁七四。

61.胡雲翼，〈詞人姜白石〉，《宋詞研究》，成都：巴蜀書社，一九八九，頁一五四—一五七。

62.蔡義忠，〈南宋樂府詞的壇主—姜白石〉，《中國八大詞人》，臺北：漢威出版社，一九九二，頁二〇一—二三四。

63.64.陶爾夫、劉敬圻著，《南宋詞史》（參〈野雲孤飛，去留無跡的姜夔〉一節，頁二五九—二九七），哈爾濱：黑龍江人民出版社，一九九二。

64.65.俞磊，〈沉重的消遙—略論姜白石心態〉，《溫州師範學院學報：哲社版》，一九九二年，第四期，頁二九—三三。

65.陳如江，〈姜夔詞論〉，《唐宋五十名家詞論》，上海：華東師範大學出版社，一九九二，頁一八一—一八八。

66.賀新輝主編，《宋詞鑒賞辭典》（姜夔詞一八首，見頁八八四—九一八），北京：燕山出版社，一九九四。
67. 姚小鷗等編著，《宋代名家詞選》（姜夔詞二八首，見頁六四七—六九四），吉林：海南出版社，一九九四。
68. 黃兆漢、司徒秀英編著，《宋十大家詞選》（姜夔詞一二首，見頁二一五—二六三），南京：南京大學出版社，一九九六。

二、姜白石的生平

69. 梁啓超，〈吳夢窗年齒與姜石帚〉，《圖書館學季刊》，三卷，三期，一九二九．○九，頁三一五—三一六。
70. 夏承燾，〈姜白石與姜石帚〉，《暨南大學文學院集刊》，一集，一九三一．○一。
71. 章荑蓀，〈姜夔〉，《金陵大學文學院季刊》，二卷，一期。
72. 珊瑚村人，〈白醉揀話——白石生日兩說〉，《青鶴》，一卷，六期，一九三三．○二，頁三。
73. 馬維新，〈姜白石先生年譜〉（一）（二），《勵學》，一期，一九三三．一二，頁七八—九七；二期，一九三四．○六，頁九八—一二七。
74. 夏承燾，〈姜白石議大樂辨——白石道人遺事考之一〉，《國學論衡》，三期，一九三四．○六，頁七—九。（《文學》，二卷，六期，（上海），一九三四．○六。）

75.夏承燾，〈姜石帚非姜白石辨〉，《詞學季刊》，第一卷，第四號，一九三四．〇四，頁一八—二三。

76.楊鐵夫，〈石帚非白石之考證〉，《詞學季刊》，第一卷，第四號，一九三四．〇四，頁二三—二五。

77.陳思，〈與夏瞿禪論詞樂及白石行實〉，《詞學季刊》，第三卷，第二號，一九三六．〇六，頁一六九—一七〇。

78.陳思，〈與夏瞿禪論白石清眞年譜〉，《詞學季刊》，第三卷，第二號，一九三六．〇六，頁一七〇—一七二。

79.夏承燾，〈補宋史姜夔傳〉，《文瀾學報》，第三卷，第二期，一九三七．〇六，頁一—三。

80.夏承燾，〈白石道人行實考〉，《燕京學報》，第二四期，一九三八．一二，頁五五—一二六。

81.唐圭璋，〈姜白石評傳〉，《新中華》復刊，一卷，六期，一九四三．〇六，頁七九—九一。（《詞學論叢》，上海：上海古籍出版社，一九八六，頁九六三—九八〇。）

82.孫玄常，〈姜石帚非白石辨〉，《東方雜誌》，第四一卷，第二二號，一九四五．一一，頁四三—四五。

83.夏承燾，〈姜白石繫年〉，《唐宋詞人年譜》，上海：上海古典文學出版社，一九五五，頁四二五—四五四。

84.高風，〈姜白石先生年譜〉(一)(二)(三)(四)(五)(六)(七)，《江西文獻》，六期，一九六六·〇九，頁一一一七；七期，一九六六·一〇，頁二六一二八；八期，一九六六·一一，頁二八一二九；九期，一九六六·一二，頁二六一二八；一〇期，一九六七·〇一，頁二五一二七；一一期，一九六七·〇二，頁二六一二七；一二期，一九六七·〇三，頁二六一二七。

85.夏承燾，〈姜白石繫年〉，(按：與朱孝臧校《白石道人歌曲》合冊)，臺北：世界書局，一九六七。

86.夏承燾，〈白石道人集事、集事補遺〉，《白石詩詞集》，臺北：河洛圖書出版社，一九八〇，頁一六六一一七三。

87.夏承燾，〈姜夔傳〉，《白石詩詞集》，臺北：河洛圖書出版社，一九八〇，頁一九五一一九七。

88.方延豪，〈姜白石又號石帚之謎〉，《建設》，二九卷，五期，一九八〇·一〇，頁三八。

89.戚宜君，〈詞仙姜堯章三事〉，《中華文藝》，第二五卷，第三期，一九八二·一二，頁一〇三一一一四。

90.陳尚君，〈姜夔卒年考〉，《復旦學報：社科版》，一九八三年，第二期，一九八三·〇三，頁一〇五一一〇八。

91.酈士元，〈姜白石軼事考(小紅他適考)〉，《魏晉南北朝研究論集》，臺北：文史哲出版社，一九八四·〇一，頁三一七一三二一。

92. 唐圭璋，〈姜夔〉，《中國歷代著名文學家評傳（第三卷）》，濟南：山東教育出版社，一九八四，頁五五一—五六五。

93. 羅忼烈，〈爲姜石帚非姜白石添一證〉，《詞學雜俎》，成都：巴蜀書社，一九九〇，頁一四六—一四七。

94. 謝桃坊，〈姜夔事跡考辨〉，《詞學》，第八輯，上海：華東師範大學出版社，一九九〇・一〇，頁一二六—一三八。

95. 束景南，〈白石姜夔卒年確考〉，《古籍整理研究學刊（長春）》，一九九二年，第四期，頁一〇—一一。

96. 冒廣生，〈駁白石石帚爲二人說〉，《冒鶴亭詞曲論文集》，上海：上海古籍出版社，一九九二，頁一〇七—一一〇。

97. 賈文昭，〈姜夔〉，《中國古代文論家評傳（下冊）》，鄭州：中州古籍出版社，（未標出版年月），頁五七九—五九一。

三、姜白石詞的內容、思想

98. 繆鉞，〈姜白石之文學批評及其作品思想與時代〉，《遵義》，三二期，一九四四・〇三，頁三〇—三五。（《詩詞散論》，上海：開明書店，一九四八，頁九二—一〇四。）

99. 金文偉，〈試談姜夔詞的愛國主義思想〉，《新疆師範大學學報：社科版》，一九八四年，第一期，頁一九—二五。

100. 虞尊祖，〈姜夔詩詞的思想意義淺論〉，《上饒師專學報》，一九八三年，第二期，頁九二—九五；七八。

101. 程杰，〈姜夔詠物詞與江西詩派詠物詩〉，《文學遺產》，一九八五年，第三期，一九八五・〇九，頁六九—七一。

102. Yang, Hsien-ching, *Aesthetic Consciousness in Sung Yung-Wu-Tz'u* (*Songs on Objects*) (Chapter IV: The Artistic Vision of Chiang K'uei, p.103–139) UMI Dissertation (Ph.D. Thesis), 1988.

103. 胡新中，〈試論姜白石的愛國主義詩詞〉，《哈爾濱師專學報》，一九九三（二），頁六〇—六二；三一。

104. 趙桂芬，〈姜夔詠物詞分析〉，《臺南家專學報》，一九九三・〇六，一二期，頁一九—二九。

四、姜白石詞的藝術技巧

105. 徐信義，〈姜夔的詞學藝術〉，《幼獅月刊》，第四六卷，第一期，一九七七・〇七，頁六二—六八。（《中國古典詩歌論集》，臺北：幼獅文化事業公司，一九八五，頁四四一—四六七。

106. 李森隆，〈白石詞的「冷月波心」基型探討〉，《中國文化月刊》，第一〇期，一九八〇·〇八，頁一一九—一二五。

107. 狄兆俊，〈清空騷雅，自鑄新辭——從白石詞看詞語的錘鍊〉，《修辭學習（上海）》，一九八三年，第四期，頁一九。

108. 吳宇，〈姜夔詞與清角〉，《語言文學》，一九八四年，第一期，頁一〇。

109. 朱邦蔚，〈瘦石孤花，清笙幽磬——姜夔詞藝術特色成因隅探〉，《南京師大學報：社科版》，一九八五年，第二期，（總四六期），一九八五·〇五，頁四六—五〇。（《中國古代近代文學研究》，一九八五年，一一期，頁一二六—一三〇。）

110. 祁曉明，〈冷香飛上詩句——試論姜夔詞的特色〉，《文史知識》，一九八五年，第七期，（總四九期），一九八五·〇七，頁一〇六—一〇八。

111. 楊海明，〈幽韻冷香白石詞〉，《中國古典文學論叢》，第二輯，北京：人民文學出版社，一九八五，頁一二五—一三九；《唐宋詞論稿》，杭州：浙江古籍出版社，一九八八，頁二〇九—二二二。

112. 韓經太，〈筆染滄江虹月，思穿冷岫孤雲——白石詞美學風貌初窺〉，《北方論叢（哈爾濱師大學報）》，一九八六年，第五期，頁四三—五二。（《中國古代近代文學研究》，一九八六年，一一期，頁一八三—一九二。

113. 彭定安，〈白石道人的藝術世界〉，《江西社會科學》，一九八六年，第六期，頁一一三—一一八。

114. 馮瑞龍，〈論白石詞用字造句的技巧〉（上）（下），《香港時報》，一九八六．〇六．〇五，（文化與生活）；一九八六．〇六．〇六，（文化與生活）。
115. 張惠民，〈魏晉風度與姜白石的審美理想〉，《汕頭大學學報》，一九八七年，第四期。
116. 喬力，〈論姜夔的創作心理與藝術表現〉，《學術月刊》，一九八七年，第一一期，頁四二—四六；四九。（《中國古代近代文學研究》，一九八八年，二期，頁一六一—一六六；《詞學》，第一〇輯，上海：華東師範大學出版社，一九九二．一二，頁一〇六—一一七。
117. 喬力，〈論姜夔的創作心理與藝術表現（選摘）〉，《中華詩詞年鑑（一九八八年版）》，北京：中國民間文藝出版社，一九八八，頁四三一—四三三。

五、姜白石詞的風格

118. 鄒嘯，〈姜白石詞的風度〉，《青年界》，六卷，一期，一九三四．〇六，頁一〇二。
119. 高風，〈南宋大詞人姜夔詞作之風格〉，《江西文獻》，一九期，一九六七．一〇，頁一一—一二。
120. 夏承燾，〈論姜白石的詞風（代序）〉，《姜白石詞編年箋校》，臺北：臺灣中華書局，一九六七，頁一—一三。（《月輪山詞論集》，北京：中華書局，一九七九，頁四六—六〇。）
121. 何敬群，〈白石詞清空騷雅之欣賞〉，《中華詩學（中華詩學月刊社）》，第八卷，第二期，一九七三・〇二，頁六—一〇。

122. 譚元明，〈論「冷香飛上詩句」的白石詞〉，《新潮》，第三四期，一九七七，頁二二—二六。

123. 鄧喬彬，〈論姜夔詞的清空——姜詞藝術析論之一〉，《文學遺產》，一九八二年，第一期，一九八二・〇三，頁三三—四三。（《詞學論稿》，上海：華東師範大學出版社，一九八六，頁二二三—二四一。）

124. 劉向陽，〈風格高秀的詞客姜夔〉，《文史知識》，一九八六年，第二期，（總五六期），一九八六・〇二，頁八二—八六。

125. 蔣勵材，〈論白石的詞風與詞藝〉，《中華文化復興月刊》，第一六卷，第二期，（總一八九期），一九八三・一二，頁五—一一。（《夏聲》，二三〇期，一九八四・〇一，頁一三—二〇。）

126. 27.鄧喬彬，〈論姜夔詞的騷雅——姜詞析論之二〉，《文學評論叢刊》，二二輯，北京：中國社會科學出版社，一九八四・一一，頁二二五—二三一。（《詞學論稿》，上海：華東師範大學出版社，一九八六・〇九，頁二四二—二五七。）

127. 虞尊祖，〈略論姜夔詞清空騷雅的藝術風格〉，《上饒師專學報：社科版》，一九八六年，第二期，頁七六—八〇；九九。

128. 曾鑽，〈不隔之說原意究竟何在？——從姜夔詞看《人間詞話》的不隔之說〉，《上海師範大學學報（哲學社會科學）》，一九八七年，四期，（總第三四期），頁一五〇—一五二。

129. 殷光熹，〈姜夔詞體現了『中和之美』——兼探宋詞第三種風格的美學特徵〉，《學術月刊》，一九八八年，第四期，（總第二三七期），一九八八．〇四，頁四四—五〇。

130. 蕭瑞峰、韓經太，〈開清空騷雅之風的姜夔〉，《十大詞人》，上海：上海古籍出版社，一九八九，頁一三三—一五四。

131. 王靖婷，〈論白石詞中的清剛與疏宕〉，第一屆國內中文研究所在學研究生論文發表會論文，古典文學研究會主辦，一九九〇．〇三。

132. 陳如江，〈說白石詞的清空〉，《大公報（香港）》，第二〇版，一九九一．〇五．三一。

133. 陳如江，〈說白石詞的騷雅〉，《大公報（香港）》，第一八版，一九九一．〇七．一九。

134. 葉嘉瑩，〈暗香浮動，疏影橫斜——從兩首詠梅詞看姜夔的清空騷雅〉，《詩馨篇（下）》，北京：中國青年出版社，一九九一，頁一九〇—一九九。

135. 王修華，〈論姜白石清空詞風的成因〉，《唐山師專唐山教育學院學報：社科版》，一九九二年，第一期，頁二六—三一。

136. 蕭慶偉，〈論姜白石詞的復雅〉，《漳州師院學報》，一九九二年，第一期，頁四一—四五。（《中國古代近代文學研究》，一九九二年，一〇期，一九九二．一一，頁一五一—一五五。）

137. 陳楓，〈論姜白石詞風的主要特徵〉，《求是學刊》，一九九三（三），頁七七—八〇。

138. 杲如，〈姜白石『騷雅』詞風小議〉，《文學遺產》，一九九三（六），頁六九—七三。

139. 莫艷民，〈幽韻冷香的清空風致——姜白石詞試探〉，《中山大學學報（社會科學）》，一九九三—一，（總一二六期），一九九三．〇一，頁一三二—一三七。

140. 鄧瑩輝，〈論姜白石詞『清空』的美學意蘊〉，《荊州師專學報（社科版）》，一九九四（六），頁四四—四八；七八。

141. 孫虹，〈論姜夔詞的騷雅化〉，《江南大學學報（社科版）》，一九九五（一），頁一〇—一六。

142. 熊次賓，〈幽韻冷香的白石詞〉，《楚雄師專學報（社科版）》，一九九五．一〇（一），頁六五—六九。

143. 楊海明，〈對於陰冷美的偏嗜——談姜夔及南宋晚期詞風〉，《唐宋詞主題探索》，高雄：麗文文化事業公司，一九九五，頁二〇五—二一二。

六、姜夔詞的音律

144. 唐蘭，〈白石道人歌曲旁譜考〉，《東方雜誌》，第二八卷，二〇號，一九三一．一〇。

145. 夏承燾，〈白石歌曲旁譜辨〉，《燕京學報》，第一二期，一九三二．一二，頁二五五九—二五八八。

146. 龍沐勛輯，〈陳東塾先生手譜白石道人歌曲〉，《詞學季刊》，一卷，二號，一九三三．〇八，頁一—一二。

147. 吳梅，〈與夏臞禪論白石旁譜書〉，《詞學季刊》，第一卷，第二號，一九三三．○八，頁一九九－二○○。

148. 夏承燾，〈與龍榆生論陳東塾譯白石暗香譜書〉，《詞學季刊》，第一卷，第三號，一九三三．一二，頁一九三－一九五。

149. 夏承燾，〈白石道人歌曲旁譜辨校法〉，《詞學季刊》，第一卷，第三號，一九三三．一二，頁一七－三一。

150. 鄒嘯，〈姜夔自度曲及其摹擬者〉，《青年界》，六卷，一期，一九三四．○六，頁九五。

151. 夏承燾，〈重考唐蘭『白石歌曲旁譜考』〉，《東方雜誌》，第三一卷，第七號，一九三四．○七。

152. 夏承燾，〈與龍榆生論白石詞譜非琴曲〉，《詞學季刊》，二卷，一期，一九三四．一○，頁一九六。

153. 許之衡，〈與夏瞿禪論白石詞譜〉，《詞學季刊》，二卷，一期，一九三四．一○，頁一九四－一九六。

154. 夏承燾，〈再與榆生論白石詞譜〉，《詞學季刊》，第二卷，第一號，一九三四．一○，頁一九七－一九八。

155. 夏承燾，〈白石道人歌曲斠律〉，《燕京學報》，第一六期，一九三四．一二，頁八三－一一八。

156. 耐充，〈姜白石歌曲旁注宮調譜字解釋〉，《國藝》，第一卷，四期，一九四○．○三，頁一一—一二。

157. 錢萬選，〈「鬲溪梅令」曲譜說明〉，《同聲月刊》，第二卷，一〇號，一九四二．一一，頁一一—一四。

158. 楊蔭瀏，〈白石歌曲旁譜釋（上）〉，《和平日報》，第八版，一九四七．〇一．〇四；〈白石歌曲旁譜釋（中）〉，《和平日報》，第八版，一九四七．〇一．一一；〈白石歌曲旁譜釋（下）〉，《和平日報》，第八版，一九四七．〇一．一八。

159. 夏承燾，〈白石詞樂說箋證〉，《浙江學報》，一卷，二期，一九四七．一二，頁二一—三四。

160. 任銘善，〈論白石詞譜中之折字〉，《唐宋詞論叢》，上海：上海古典文學出版社，一九五六，頁一一六—一二二。（《唐宋詞論叢（增訂本）》，上海：中華書局，一九六二，頁一一六—一二二。）

161. 夏承燾，〈白石十七譜譯稿〉，《唐宋詞論叢》，上海：上海古典文學出版社，一九五六，頁一二五—一四一。（《唐宋詞論叢（增訂本）》，上海：中華書局，一九六二，頁一二五—一四四。）

162. 夏承燾，〈姜白石詞譜說〉，《唐宋詞論叢》，上海：上海古典文學出版社，一九五六，頁九四—一一五。（上海：中華書局，一九六二，頁九四—一一五。）

163. 夏承燾，〈白石詞樂說小箋〉，《唐宋詞論叢》，上海：上海古典文學出版社，一九五六，頁一四五—一六八。（《唐宋詞論叢（增訂本）》，上海：中華書局，一九六二，頁一七三—一九六。

164. 羅蔗園，〈讀白石詞樂說小箋書後〉，《唐宋詞論叢》，上海：上海古典文學出版社，一九五六，頁一六九—一七五。（上海：中華書局，一九六二，頁一九七—二〇三。

165. 夏承燾，〈姜白石詞譜的讀譯和校理〉，《浙江師範學院學報》，一九五七·〇一；《白石詩詞集》，臺北：河洛圖書出版社，一九八〇·〇八，頁一九八—二一四。

166. 朱葉，〈姜白石的詞可以唱了〉，《新民報晚刊》，一九五八·〇一·一三。

167. 饒宗頤，〈白石旁譜新詮〉，《詞樂叢刊》，第一集，香港：坐忘齋，一九五八·一〇，頁一一—七五。

168. 趙尊嶽，〈白石旁譜新詮贅語〉，《詞樂叢刊》，第一集，香港：坐忘齋，一九五八·一〇，頁七七—九三。

169. 姚志伊，〈論姜譜之翻譯與板眼〉，《詞樂叢刊》，第一集，香港：坐忘齋，一九五八·一〇，頁二五四—二五九。

170. 夏承燾，〈答任二北論白石詞譜書〉，《唐宋詞論叢（增訂本）》，北京：中華書局，一九六二，頁二九九。

171. 許健，〈姜夔的音樂見解及其琴曲『古怨』〉，《人民音樂》，一九六二年，第一二期。

172. 夏承燾，〈何靜源說姜夔十七譜的『有定工尺』〉，《唐宋詞論叢》，上海：中華書局，一九六二，頁一五九—一七二。

173. 何靜源，〈對於姜夔十七譜非工尺符號表意的商榷〉，《唐宋詞論叢》，上海：中華書局，一九六二，頁一四五—一五八。

174. 繆人年，〈跋白石琴曲側商調說〉，《姜白石詞編年箋校》，臺北：臺灣中華書局，一九六七，頁三四七—三四八。

175. 何敬群，〈白石詞之聲律〉，《中華詩學》，第八卷，第一期，一九七三．〇一，頁二三—二六。

176. 龔一、許國華，〈姜白石『古怨』之剖析（附古怨）〉，《人民音樂》，一九七九年，第一一、一二期。

177. 何靜源，〈說姜夔十七譜的「有定工尺」〉，《唐宋詞論叢（增訂本）》，上海：中華書局，一九六二，頁一五九—一七二。

178. 夏承燾，〈姜夔詞譜學考績〉，《月輪山詞論集》，北京：中華書局，一九七九．〇九，頁一〇七—一三一。

179. 夏承燾，〈白石道人歌曲校律〉，《月輪山詞論集》，北京：中華書局，一九七九．〇九，頁六六—一〇六。

180. 梁燕麥，〈姜白石的自度曲〉，《音樂研究》，一九八〇，第二期。

181. 賴橋本，〈從白石道人自度曲看唐宋詞人度曲的方法〉，《國文學報》，第九期，一九八〇，頁一六七—二〇九。

182. 金文偉，〈從姜夔的自度曲談音樂對古典詩歌的影響〉，《新疆師範大學學報（社科版）》，一九八一年，第一期，頁八二—八六。

183. 劉明瀾，〈論白石詞調歌曲的拍眼〉，《音樂研究（北京）》，一九八六年，第三期，頁七三—八一。

184. 張林，〈宋姜白石創作歌曲研究的謬誤——與楊蔭瀏、陰法魯先生商榷〉，《音樂研究》，一九八七年，第二期，（總四五期），一九八七，頁一一四—一一五。

185. 何令龍，〈姜白石詞「兩上連屬」例釋〉，《詞學》，第八輯，上海：華東師範大學出版社，一九九〇．一〇，頁一六〇—一六四。

186. 饒宗頤，〈再論口、與頓、住——敦煌樂譜與姜白石旁譜〉，《敦煌琵琶譜》，臺北：新文豐出版公司，一九九一，頁一一一—一二〇。

187. 陶爾夫，〈論姜白石詞：音韻與歌詞〉，《文學評論》，一九九五（六），頁一三四—一四四。

七、姜白石詞和詞序

188. 黃清士，〈試論姜夔詞的小序〉，《藝林叢錄》，第六編，香港：商務印書館，一九六六．〇六，頁二五九—二六六。

189. 張敬，〈從姜白石詞序論詞序的淵源〉，《臺大中文學報》，創刊號，一九八五．一一，頁五一—五六。

190. 傅明善，〈白石詞序賞析〉，《浙江師範大學學報：哲社版》，一九八七（青年教師論文專輯），頁七—一一；八六。（《中國古代近代文學研究》，一九八八年，二期，頁一五五—一六〇。

八、姜白石詞的地位

191. 黃瑞枝，〈姜白石在詞學上的獨特地位〉，《藝文誌》，一〇八期，一九七四．〇九，頁五六—五八。

192. 趙景深，〈姜派詞〉，《中國文學史新編》，二編八講，臺北：華正書局，一九七四，頁一七二—一七九。

193. 廖從雲，〈南宋詞風及辛姜二派詞人〉，《中國國學》，五期，一九七七．〇四，頁一九一—二一〇。

194. 莊嚴出版社編輯部，〈宋詞兩大派——蘇辛和周姜〉，《簡明插圖中學文學史》，第五章，臺北：莊嚴出版社，一九七七，頁一〇二—一一八。

195. 傅試中，〈白石詞啓後之研究——南宋〉，《輔仁學誌：文學院之部》，第一二期，一九八三．〇六，頁三七三—三九五。

196. 傅試中，〈白石詞啓後之研究——元〉，《輔仁學誌：文學院之部》，第一三期，一九八四．〇六，頁五一九—五四二。

197. 傅試中，〈白石詞啓後之研究——金源、清〉，《輔仁國文學報》，第一期，一九八五．

〇六，頁一一四四。

198. 傅試中，〈白石詞啓後之研究──清（續）〉，《輔仁國文學報》，第二期，一九八六．〇六，頁一二五──一五七。

199. 朱靖華、李永祜主編，〈姜夔和格律詞派〉，《簡明中國文學史教程》，五編，七章一節，濟南：齊魯書社，一九八八，頁三八八──三九一。

200. 胡雲翼，〈姜派的詞人〉，《宋詞研究》，成都：巴蜀書社，一九八九，頁一五七──一六三。

201. 中國文學史研究委員會，〈格律派詞人姜夔及其對南宋後期詩詞的影響〉，《新編中國文學史》，五編，七章二，高雄：復文書局，一九八九，頁五六二──五六八。

202. 程千帆、吳新雷，〈姜夔和南宋的婉約詞〉，《兩宋文學史》，第九章，上海：上海古籍出版社，一九九一．〇二，頁三九〇──四四五。

203. 呂正惠，〈周姜詞派的美學世界〉，《文學與美學》，第二集，臺北：文史哲出版社，一九九一．一〇，頁一八九──二〇一。

204. 賈文日，〈試論古代詞苑中的第三派：兼談姜白石詞評論中的幾個問題〉，《學術月刊》，一九九五．四，頁九〇：九四。

205. 張姝、楊麗，〈論姜白石對周邦彥、蘇軾詞的繼承〉，《新疆大學學報（哲社版）》，一九九六．二四（二），頁七五──七八。

九、姜白石與其他詞人比較

206. 萬雲駿，〈南宋三大詞人——辛棄疾、姜白石、吳文英〉，《光華大學半月刊》，三卷，八期，一九三五．○四，頁九八—一○四。

207. 康家樂，〈姜白石與納蘭性德詞的比較〉，《協大藝文》，第二○期，一九四七．○五，頁五三—六三。

208. 中國社會科學院文學研究所中國文學史編寫組，〈姜夔、吳文英及其他詞人〉，《中國文學史》（宋代文學），九章一節，北京：人民文學出版社，一九六二，頁六六五—六七○。

209. 傅試中，〈周姜詞異同之研究〉（上）、（中）、（下），《大陸雜誌》，第三一卷，第三期，一九六五．○八．○五，頁一六—二一；第三一卷，第四期，一九六五．○八．三一，頁一九—二三；第三一卷，第五期，一九六五．○九．一五，頁二五—三一。

210. 劉子清，〈宋詞幾個名作家晏殊父子及張、柳、宋、辛、姜〉，《中國歷代人物評傳（下）》，臺北：黎明文化事業公司，一九七四，頁一一三—一一七。

211. 蔣勵材，〈研讀南宋兩大詞宗蒞湘的詞作——辛稼軒與姜白石〉，《湖南文獻》，六卷，三期，一九七八．○七，頁七一—八○。

212. 游國恩等，〈姜夔及其他詞人〉，《中國文學史大綱》，五編，八章一節，香港：三聯書店，一九七九，頁一八○—一八一。

213. 莫雲漢，〈宋六家詞述論〉（東坡、清眞、稼軒、白石、碧山、玉田），香港珠海書院中國文學研究所碩士論文，一九七九。

214. 傅試中，〈兩宋承先啓後之二詞人——清眞、白石詞之比較與分析〉，《輔仁學誌：文學院之部》，第一一期，一九八二．○六，頁三七五一四一七。

215. 史克振，〈姜夔與辛棄疾——試論「白石脫胎稼軒」〉，《山東師大學報：哲社版》，一九八三年，第四期，（總六九期），一九八三．○七，頁六八一七四。

216. 羅忼烈，〈白石詞每師法清眞〉，《明報月刊》，第二○卷，第四期，（總二三三期），一九八五．○四。（《詞學雜俎》，成都：巴蜀書社，一九九○，頁一三六一一三八。）

217. 羅忼烈，〈稼軒、白石點化康與之詞爲己有〉，《明報月刊》，第二○卷，第八期，（總第二三六期），一九八五．○八。（《詞學雜俎》，成都：巴蜀書社，一九九○，頁一三二一一三五。）

218. 羅忼烈，〈稼軒、白石採康與之詞〉，《南充師院學報（哲社版）》，一九八六年，第一期，頁二五一二六。

219. 張林，〈題材同類，風格迥異——姜夔、辛棄疾兩首愛國詞章之比較〉，《東疆學刊：哲社版》，一九八六年，第一期，頁六一一六四。

220. 韓經太，〈清眞、白石詞的異同與兩宋詞風的遞變〉，《中國古代近代文學研究》，一九八六年，八期，頁一四三一一五一。（《文學遺產》，一九八六年，第三期，一九八六．○五，頁九三一一○一。）

221. 金啓華，〈清空峭拔的白石詞及梅溪詞〉，《新編中國文學簡史》，鄭州：中州古籍出版社，一九八九，頁三五七—三六二。

222. 張銅，〈周姜詞風格差異性及成因淺探〉，《固原師專學報》，一九八九年，第一期。

223. 江西大學中文系編，〈姜夔、吳文英及其他詞人〉，《中國文學史》，五編，八章一節，南昌：百花洲文藝出版社，一九九一，頁四六九—四七二。

224. 陳鐵鑌、何英愛，〈白石與碧山詞的比較研究〉，《錦州師院學報（哲社版）》，一九九四（三），頁六六—六九。

225. 陳磊，〈清眞與白石詞的比較〉，《古典文學知識》，一九九五（二），頁一一三—一一五。

十、姜白石的情詞

226. 夏承燾，〈白石懷人詞考〉，《唐宋詞人年譜〈姜白石繫年〉附錄》，上海：上海古典文學出版社，一九五五，頁四四八—四五四。

227. 黃兆顯，〈姜白石的寂寞和他的合肥情事〉，《中國古典文藝論叢》，香港：蘭芳草堂，一九七〇，頁二一三—二三三。

228. 樸人，〈姜白石情詞索隱〉，《自由談》，二三卷，四期，一九七二．〇四，頁七—九。

229. 方延豪，〈探索白石詞中的情〉，《藝文誌》，一八一期，一九八〇．一〇，頁六五—六七。

230.唐圭璋、潘君昭，〈姜白石的戀情詞〉，《大公報（香港）》，〈藝林〉，新一三九期，一九八一·〇五·一七。（《唐宋詞學論集》，濟南：齊魯書社，一九八五，頁一八一—一八四。）

231.林鶴宜，〈說白石詞中的黍離之情〉，《孔孟月刊》，第二四卷，第五期，（總二八一期），一九八六·〇一，頁四〇—四五。

232.劉少雄，〈從流浪意識看白石詞中的情〉，《中國文學研究（臺北）》，第三輯，一九八九·〇五，頁一六五—一八三。

十一、姜白石的〈揚州慢〉

233.淡華，〈讀詞雜記——姜夔揚州慢〉，《華年》，六卷，二五期，一九三七·〇七。

234.夏菁，〈姜夔揚州慢詞中反映了愛國思想嗎〉，《光明日報》，〈文學遺產〉，三三三期，一九六〇·一〇·〇九。

235.茹辛，〈也談姜夔的揚州慢〉，《光明日報》，〈文學遺產〉，三三六期，一九六〇·一〇·三〇。

236.君一，〈姜夔揚州慢的初步分析〉，《光明日報》，〈文學遺產〉，四〇一期，一九六二·〇二·一一。

237.唐圭璋、潘君昭，〈論姜夔的揚州慢〉，《文學遺產增刊》，十二輯，北京：中華書局，一九六三，頁一三三—一三八。（《藝林叢錄》，第五編，香港：商務印書館，一九六四，頁九一—九八；《唐宋詞研究論文集》，香港：中國語文學社，一九六九，頁一五九—一六四；《唐宋詞學論集》，濟南：齊魯書社，一九八五，頁一七五—一八五；《文學遺產增刊》，十二輯，香港：聯合出版社，頁一三三—一三八。）

238. 周宗盛，〈姜夔寄情揚州慢〉，《大華晚報》，第五版，一九七四·一二·一六；一二。（《詞林探勝》，臺北：水牛出版社，一九七六，頁二七一—二七八。）

239. 鍾尚錫，〈揚州一曲賦深情——讀姜夔詞揚州慢〉，《語言文學》，一九八二年，第二期，頁一一。

240. 宗倫，〈悲亂世，寄哀思——讀姜夔揚州慢〉，《春城晚報》，一九八二·一二·〇五。

241. 吳小如，〈讀詞臆札：姜夔揚州慢〉，《讀書叢札》，香港：中華書局，一九八二·〇一，頁三〇五—三〇八。

242. 甯可，〈宋詞二首賞析（之二）——姜夔揚州慢〉，《承德師專學報》，一九八三年增刊。

243. 王偉民，〈談姜白石的揚州慢〉，《文科教學（內蒙古烏盟師專）》，一九八三年，第二期，頁八。

244. 張文斌，〈兩顆柔美的藝術明珠——宋詞《雨霖鈴》《揚州慢》析辨〉，《玉林師專學報：社科版》，一九八三年，第二、三期，頁三一。

245. 鍾玉，〈姜白石的揚州慢〉，《詞刊》，一九八三年，第三期，頁三八。

246. 郭鯨鯤，〈姜夔的揚州慢淺析〉，《寧波師專學報》，一九八三年，第三期，頁八〇。

247. 索俊才，〈《揚州慢》「戍角」「清角」考釋〉，《語言文學》，一九八三年，第四期，頁七。
248. 徐應佩、周溶泉，〈感慨今昔，情深詞工——談姜夔詞揚州慢〉，《語文教學（煙臺師專）》，一九八三年，第五期。
249. 吳調公，〈「黍離之悲」的「餘味」——讀姜夔的揚州慢〉，《唐宋詞鑑賞集》，北京：人民文學出版社，一九八三，頁四二〇。
250. 陳麟德、劉兆清，〈哀時傷亂，情韻兼勝——姜夔揚州慢賞析〉，《語文月刊（廣州）》，一九八三年，第六期。
251. 汪民全，〈情韻綿邈，感慨萬端——析姜夔揚州慢〉，《教學通訊（鄭州）》，一九八三年，第六期。
252. 夏承燾、趙慧文，〈青青薺麥黍離悲——姜白石揚州慢試析〉，《教學通訊（鄭州）》，一九八三年，第六期。
253. 黃鳳炎，〈淺談揚州慢的主題和寫作特色〉，《語文教學與研究（華中師院）》，一九八三年，第七期。
254. 陳邦炎，〈談姜夔揚州慢詞前後結的斷句〉，《大公報（香港）》，〈藝林〉，第一二版，一九八三·〇七·一七。
255. 吳熊和，〈關於「宋詞兩首」〉（按：柳永〈雨霖鈴〉、姜夔〈揚州慢〉），《教學月刊（浙江中學文科版）》，一九八三年，第八期，一九八三·〇八，頁一九—二二。

256. 甘久生，〈姜夔揚州慢疏講〉，《語文戰線》，一九八三年，第九期，頁六。

257. 甘久生，〈初訪名都感盛衰——讀姜夔揚州慢〉，《中學語文教學》，一九八三年，第九期。

258. 劉文忠，〈揚州慢藝術賞析〉，《教學通訊（鄭州）》，一九八三年，第九期，頁五。

259. 陶繼新、蔡世連，〈姜夔及其揚州慢〉，《中學語文（武漢師院）》，一九八三年，第一〇期，頁一。

260. 謝國平、婁元華，〈談姜夔的揚州慢思想〉，《中學語文（武漢師院）》，一九八三年，第一〇期。

261. 黃岳洲，〈揚州慢語言文字分析〉，《語文教學通訊（山西師院）》，一九八三年，第一一期，頁一七。

262. 姜光斗、顧啓，〈自度清虛曲，長吟黍離悲——姜白石揚州慢賞析〉，《語文教學（江西師院）》，一九八三年，第一一期。

263. 黃進德，〈蒿目時艱，難賦深情——姜夔揚州慢賞析〉，《文史知識》，一九八三年，第一一期，頁四二—四五。（《古典詩詞名篇鑑賞集》，北京：中華書局，一九八四，頁二四七—二五二。）

264. 景泰籃，〈眞情盡在不言中——姜白石揚州慢賞析〉，《中文自學考試輔導》，一九八四年，第二期，頁三四。

265. 王立，〈黍離詩、杜郎句到姜夔詞——兼談揚州慢的美學因素〉，《南陽師專學報：社科版》，一九八四年，第二期，頁二〇—二一。

266. 甘久生，〈揚州慢的用典〉，《教與學（懷化師專中文科）》，一九八四年，第二期，頁二七—二八；六六。

267. 向可語，〈化景物爲情思——讀柳永《雨霖鈴》和姜夔《揚州慢》〉，《寫作學習》，一九八四年，第三期，頁二二七。

268. 姜光斗、顧啓，〈揚州慢藝術探微〉，《教學與進修：語文版（鎮江師專）》，一九八四年，第四期，頁三六—三八。

269. 王水照，〈也談姜夔的揚州慢〉，《唐宋文學論集》，濟南：齊魯書社，一九八四，頁三七六—三七九。

270. 李眞微，〈情同愛國，意分軒輊——辛棄疾永遇樂和姜夔揚州慢淺析〉，《文藝生活》，一九八四年，八期，頁六三—六四。

271. 陳岳來，〈巧借活用，妙手渾成——談姜夔揚州慢中的用典〉，《語文教學》，一九八四年，第八期。

272. 許理絢，〈旨同趣異，珠聯璧合——姜夔揚州慢的小序和主詞〉，《語文戰線》，一九八四年，第一〇期。

273. 謝國平、婁元華，〈讀姜夔揚州慢〉，《語文園地（南寧）》，一九八五年，第三期，頁三七—三九。

274. 顏應伯，〈黍離麥秀歌，敲金戛玉曲——姜夔揚州慢淺析〉，《中文自修》，一九八五年，第一○期，頁三七。

275\. 陳邦炎，〈低徊掩抑，寄慨無窮——說姜夔揚州詞〉，《大公報（香港）》，〈藝林〉，第二○版，一九八五．一一．○三。

276\. 朱鑑珉，〈隱括唐人詩句，續發「黍離」悲音——讀姜夔揚州慢〉，《北京師範大學學報：社科版》，一九八六年，第三期，（總七五期），一九八六．○五，頁八四—八五；二一。

277\. 湯書昆，〈野雲清腴，濃彩眩目——姜夔揚州慢與吳文英齊天樂品較〉，《文史知識》，一九八六年，第九期，（總六三期），一九八六．○九，頁三九—四二；五三。

278\. 陰法魯，〈一曲「蕪城」驚客心——姜夔揚州慢欣賞〉，《古典文學知識》，一九八七年，第一期，（總一○期），頁三五—三八。

279\. 朱大成，〈發今昔之慨，抒黍離之悲——姜夔揚州慢簡析〉，《古典文學鑑賞集（二）》，瀋陽：遼寧教育出版社，一九八七．○九，頁三四五—三四八。

280\. 陳蘊，〈姜夔揚州慢思想內容初探〉，《呂梁學刊（呂梁師專）：社科版》，一九八八年，第一期，頁六五—六六。

281\. 馬興榮，〈黍離之悲——讀姜白石的揚州慢〉，《中國古代文學作品選精讀課文講析》，上海：華東師範大學出版社，一九八九，頁三一二—三一四。

282\. 楊瑞林，〈讀姜夔的揚州慢〉，《語文學刊》，一九九二（四），頁五○—五一；二三。

283\. 陳曉，〈《揚州慢》黍離詞條注釋欠妥〉，《語文月刊》，一九九二年，第七期，頁四五。

十二、姜白石的〈暗香〉、〈疏影〉

284. 汪璟，〈旅譚〉（按：論白石〈暗香〉、〈疏影〉爲僞柔福帝姬作），《詞學季刊》，第一卷，第三號，一九三三・〇八，頁一六七—一六八。
285. 朱居易輯，〈近賢論詞遺札——劉炳照與程心廬論白石暗香、疏影書〉，《同聲月刊》，第一卷，第四號，一九四一・〇三，頁一四四。
286. 沈祖棻，〈白石詞暗香、疏影說〉，《川大文學院集刊》，一期，一九四三，頁一—一二。（《國文月刊》，第五九期，一九四七・〇九，頁二七—三一；《古典詩歌論叢》，上海：上海文藝聯合出版社，一九五四，頁二三四—二四九。）
287. 史乘，〈談姜夔暗香、疏影詞的寄托——與周振甫同志商榷〉，《北方論叢（哈爾濱師院）》，一九八〇年，第二期，頁五七—六〇。（《中國古代近代文學研究》，一九八〇年，八期，頁五七—六〇。）
288. 劉逸生，〈宋詞小札（二〇）——姜夔疏影〉，《廣州文藝》，一九八〇年，第九期，（總五七期），一九八〇・〇九。
289. 金文偉，〈詞暗香句逗商討〉，《新疆師範大學學報》，一九八二年，第三期，頁一〇四。
290. 李培根，〈音節諧婉，詠梅抒懷——談姜夔的暗香疏影〉，《寧夏教育學院學刊》，一九八三年，第三期，頁一一。
291. 范寧，〈讀姜白石的暗香疏影〉，《光明日報》，〈文學遺產〉，五八五期，一九八三・

〇五·〇三。（《中國古代近代文學研究》，一九八三年，五期，頁一三七—一三八。）

292. 宋謀瑒，〈談姜夔的詠梅詞暗香〉，《唐宋詞鑑賞集》，北京：人民文學出版社，一九八三，頁四二八—四三一。

293. 吳肅森，〈暗香、疏影辨析——兼探姜夔詞的清剛風格〉，《理論研究》，一九八三年，第六期，頁九九。（《文學評論叢刊》，三十輯，北京：文化藝術出版社，一九八八。）

294. 王汝濤，〈說姜夔暗香疏影二詞〉，《臨沂師專學報：社科版》，一九八四年，第二期，頁六二—六八。

295. 袁行霈，〈幽韻冷香，挹之無盡——暗香、疏影簡析〉，《名作欣賞（太原）》，一九八五年，第三期，頁一一—一一四。

296. 呂美生，〈姜夔「合肥情事」詞兩首新探〉（按：暗香、疏影），《江淮論壇（合肥）》，一九八六年，第四期，頁一〇〇—一〇三；九九。

297. 喬力，〈千古韻高梅花詞——說姜夔暗香疏影〉，《名作欣賞（太原）》，一九八九年，第四期，頁八〇。

298. 王季思，〈白石暗香、疏影詞新說：兼談如何評價婉約派的詞風〉，《文學遺產》，一九九二（一），頁七一—七五。

299. 翼謀，〈白石暗香疏影新解〉，《文學遺產》，一九九二年，第三期，一九九二·〇六，頁一一二—一一三。

300. 劉婉，〈姜夔疏影詞的語言內部關係及事典意義〉，《詞學》，第九輯，上海：華東師範大學出版社，一九九二·〇七，頁二二一—二三〇。

301.李昱春，〈淺談姜夔詠梅詞的創作特色〉，《哈爾濱師專學報》，一九九三（一），頁七五—七六；三一。

302.葉嘉瑩，〈暗香浮動、疏影橫斜——從兩首詠梅詞看姜夔的清空騷雅〉，《詩馨篇（下）》，臺北：書泉出版社，一九九三，頁二二六—二三七。

十三、姜白石的其他詞作

303.陳敏，〈淡黃柳和它的作者〉，《安徽日報》，一九五七·〇五·二六。

304.范成大曲、姜白石詞、吳大明伴奏，〈歌曲二首——玉梅令、淡黃柳〉，《音樂創作》，一九五七年，第二期。

305.陳曉薔，〈詞境淺釋——歐陽修三首、晏幾道四首、蘇軾一首、秦觀四首、辛棄疾二首、姜夔一首〉，《詩詞論叢》，臺北：文星書店，一九六一，頁七七—一〇二。

306.錢仲聯，〈唐宋詞譚——長亭怨慢〉（姜夔），《新民晚報》，一九六二·〇二·一三。

307.芝園，〈詞心爲什麼要曲〉（按：姜夔長亭怨慢），《宋詞選講》，香港：上海書局，一九六二，頁八三—八六。

308.芝園，〈最難才與不才間〉（按：姜夔點絳脣），《宋詞選講》，香港：上海書局，一九六二，頁九〇—九二。

309. 芝園，〈詞的格韻與社會環境〉（按：姜夔踏沙行），《宋詞選講》，香港：上海書局，一九六二，頁八七—八九。

310. 張春榮，〈姜夔念奴嬌和洛夫衆荷喧嘩的比較——兼談兩人詩論〉，《文風》，三二期，一九七八．〇一，頁一〇六—一一一。（《幼獅文藝》，四七卷，六期，一九七八．〇六，頁一九四—二〇七。）

311. 王季思，〈詩歌欣賞二題——姜夔平調滿江紅〉，《詞刊》，一九八一年，第二期，頁三二。

312. 顧易生，〈庾郎吟愁，豳詩漫與——姜夔齊天樂並序試析〉，《文史知識》，一九八三年，第二期，頁六一—六七。（《古典詩詞名篇鑑賞集》，北京：中華書局，一九八四，頁二三七—二四六。）

313. 錢仲聯、徐永端，〈讀姜夔詞齊天樂〉，《唐宋詞鑑賞集》，北京：人民文學出版社，一九八三，頁四一五—四一九。

314. 俞平伯，〈白石秋宵吟與清眞詞之關係〉，《文史知識》，一九八三年，第九期，一九八三．〇九，頁四六—四七。

315. 顧農，〈讀姜白石「北固樓次稼軒韻」〉（按：永遇樂），《語文教學》，一九八四年，第七期。

316. 陳琇麗，〈嫣然搖動，冷香飛上詩句——試評姜夔的念奴嬌〉，《中國語文（臺北）》，五五卷，六期，（總三三〇期），一九八四．一二，頁四六—五三。

317. 朱德才，〈姜夔齊天樂詞有無諷喻和寄托〉，《光明日報》，第三版，一九八五·〇一·二二。
318. 臧克家，〈姜白石的齊天樂〉，《文史知識》，一九八五年，第一二期，（總五四期），一九八五·一二，頁四二—四五。
319. 劉揚忠，〈借雄豪之調頌當代英才——說姜夔詞永遇樂·次稼軒北固樓詞韻〉，《文史知識》，一九八七年，第八期，（總七四期），一九八七·〇八，頁三六—三八。
320. 施議對，〈冷香飛上詩句——記姜夔的念奴嬌〉，《大公報（香港）》，〈藝林〉，新五九一期，一九八七·一〇·二六。
321. 原野，〈數峰清苦〉（按：姜夔點絳脣），《古典文學知識》，一九八八年，第四期，（總一九期），一九八八·〇七，頁一四四。
322. 汪辟疆，〈方湖日記幸存錄——詞重想像貴清空〉（按：辨姜夔齊天樂詠蟋蟀有寄托），《汪辟疆文集》，上海：上海古籍出版社，一九八八，頁八七三—八七四。
323. 王英志，〈十年兩夢，纏綿感慨——姜夔情詞二首賞析〉（按：踏莎行、鷓鴣天），《名作欣賞（太原）》，一九九一年，第五期，（總六六期），頁五五—五七。
324. 曹旭、楊保國，〈柳的情結——姜夔長亭怨慢詞賞析〉，《文史知識》，一九九一年，第六期，（總一二〇期），一九九一·〇六，頁二七—三一。
325. 施議對，〈第四橋邊，擬共天隨住——說姜夔的點絳脣〉，《大公報（香港）》，〈藝林〉，第七九〇期，一九九一·〇六·二一。

326. 王季思，〈姜夔平調滿江紅詞淺釋〉，《王季思學術論著自選集》，北京：北京師範學院出版社，一九九一，頁一七〇—一七三。

327. 呂美生，〈姜夔「鬲溪梅令」情愛心理審美觀照〉，《名作欣賞（太原）》，一九九二年，第三期，頁一〇四—一〇七。

328. 徐培均、顧易生，〈慷慨浩歌，曼聲柔唱——滿江紅三首：柳永『暮雨初收』、劉克莊『金甲琱戈』、姜夔『仙姥來時』〉，《詩詞助讀》，上海：上海教育出版社，一九九二，頁二五五—二六二。

329. 陳炳良，〈清空騷雅淡黃柳——一個風格學的考察〉，《慶祝饒宗頤教授七十五歲論文集》，香港中文大學，中國文化研究所，一九九三，頁一三五—一四四。

330. 呂美生，〈托興梅柳合肥情：姜夔《鶯聲繞紅樓》賞析〉，《名作欣賞（太原）》，一九九三（四），頁七五—七七。

十四、姜白石詞的年譜、考証、箋疏

331. 況周頤，〈香東漫筆卷第一——白石道人詩詞年譜〉，《國粹學報（叢談）》，第六年，第三號（六五期），一九一〇．〇三，頁三—五。

332. 夏承燾，〈白石道人歌曲考證〉，《之江學報》，一卷，二期，一九三三．〇四，頁五—八〇。

333. 陳思，〈白石道人歌曲疏證〉，《詞學季刊》，第一卷，第三號，一九三三·一二，頁一〇五—一二五。
334. 夏承燾，〈白石道人歌曲考〉，《國學論衡》，四期（下），一九三四。
335. 鄒嘯，〈姜白石詞編年〉，《青年界》，六卷，一期，一九三四·〇六，頁一〇二。
336. 蘇鴻瑀，〈姜夔詞作年考〉，《廈大周刊》，一四卷，二八期，一九三五·〇六，頁一二—一六。
337. 鄭文焯，〈半兩樓雜鈔（四）〉（按：校夢窗〈江南春〉、白石〈石湖仙〉），《青鶴》，三卷，一四期，一九三五·〇六，頁一—四。
338. 吳徵鑄，〈白石道人詞小箋〉，《金陵學報》，五卷，二期，一九三五·一一，頁三一三—三二八。
339. 夏承燾，〈白石詞選辨僞〉，《申報—文史周刊》，二〇期，第七版，一九四八·〇四·二四。
340. 夏承燾，〈姜夔詞編年箋校〉，《文學研究》，一九五七年，第三期，頁一〇四—一五一。
341. 夏承燾，〈厲樊榭手寫白石道人歌曲考辨〉，《人文雜誌（西安）》，一九五八年，第二期，頁七四—七六。
342. 周汝昌，〈讀夏承燾姜白石詞編年箋校〉，《光明日報》，一九五九·〇八·二三。（《文學遺產》，二七五期）
343. 汪世清，〈有關「張刻白石詞」的兩點補充〉，《文學遺產增刊》，十二輯，北京：中華書局，一九六三・〇二，頁一三九—一四二。（《唐宋詞研究論文集》，香港：中國語文學社，一九六九，頁一六五—一六八。）

344. 汪清，〈白石道人歌曲校勘表〉，《姜白石詞編年箋校》，臺北：臺灣中華書局，一九六七，頁二一〇—二二二。

345. 夏承燾，〈姜白石詩詞晚年手定集辨僞〉，《月輪山詞論集》，北京：中華書局，一九七九，頁六一—六五。

346. 夏承燾，〈白石集版本小記〉，《白石詩詞集》，臺北：河洛圖書出版社，一九八〇，頁一八六—一九一。

347. 徐無聞，〈跋鮑廷博手校張奕樞本白石道人歌曲〉，《西南師範學院學報》，一九八三年，三期，頁一〇九—一一四。

348. 姜海峰，〈文苑問訊赤闌橋——姜夔詩詞問題疏考議〉，《阜陽師範學院學報：社科版》，一九八四年，第一、二期，頁一一一—一一七。

349. 胡迎建，〈姜白石詞校注注引之失數則〉，《古籍整理出版情況簡報》，第二一〇期，一九八九・〇六，頁三五—三六。

十五、姜白石詞研究的外語論文

350. （日）中田勇次郎，〈姜白石の梅の詞について〉，《東光》，三號，一九四八・〇一，頁一三一一九。

351. （日）中田勇次郎，〈姜夔〉，《中華六十名家言行錄》，東京：弘文堂，一九四八（昭和二三）。

352. Picken, Laurence E.R., "Chiang K'uei's 'Nine Songs for Yüeh-fu'"（姜夔樂府九首）*The Musical Quarterly*, 43, （1957）, pp.201-219.

353. （日）村上哲見，〈南宋の文人たち——姜白石をめぐって〉（南宋的文人——論姜白石），《中國書論大系月報》，五號，一九七九・〇六，頁一一四。

354. Huang, Kuo-pin, tr., Three Tz'u Songs with Prefaces by Chiang K'uei., *Renditions*, 11-12, (Spr.-Aut. 1979), pp.247-51.

355. Liang, Ming-Yüeh, "The Tz'u Music of Chiang K'uei: Its Style and Compositional Strategy." *Renditions*, 11-12 (Spr.-Aut. 1979), pp.211-246.

356. Sargent, Stuart H., "【Rev. of】The Transformation of the Chinese Lyrical Tradition: Chiang K'uei and Southern Sung Tzu Poetry, by Shuen-fu Lin.", *Bulletin of Sung and Yuan Studies*, 15, (1979): pp.117-23.

357. Liu, James J.Y., "【Rev. of】The Transformation of the Chinese Lyrical Tradition: Chiang K'uei and Southern Sung Tz'u Poetry, by Shuen-fu Lin.", *Harvard Journal of Asiatic Studies*, 39.1 (1979): pp.211-15.

358. Schlepp, Wayne., "【Rev. of】The Transformation of the Chinese Lyrical

Tradition: Chiang K'uei and Southern Sung Tzu Poetry, by Shuen-fu Lin.", *Journal of the American Oriental Society*, 100.1 (1980): pp.87-88.

359. Thilo, Th., "【Rev. of】The Transformation of the Chinese Lyrical Tradition: Chiang K'uei and Southern Sung Tz'u Poetry, by Shuen-fu Lin.", *Orientalistische Literatur-zeitung Jahrg*, 77.2 (1982): pp.198-99.

360. Lin, Shuen fu（林順夫）"The Importance of the Context: The Reply to Professor Daniel Bryant's Review of the Transformation of the Chinese Lyrical Tradition."（對Daniel Bryant教授批評拙作《中國抒情傳統的演變》一書的回覆）*Chinese Literature: Essays, Articles, Reviews*, 4.2 (1982): pp.303-314.

361. Liu, James J.Y., "Chiang K'uei's Poetics." *Renditions*, 21-22, (Spr-Fall 1984), pp.93-98.

362. （韓）李東鄉，〈姜夔之詞風與作品賞析〉，《葛雲文璇奎博士華甲紀念論文集》，韓國，全南大學出版部，一九八五．一一，頁四〇五—四二四。

363. Lin, Shuen-fu, "Chiang K'uei 姜夔" in William H. Nienhauser, Jr., ed. *The Indiana Companion to Traditional Chinese Literature*, Taipei, Southern Materials Center, Inc., 1986: pp.262-64.

364. Liu, Mei-fang,（劉美芳）"Chiang K'uei and His Twenty Mahn Lyric Song-Poetry (Tz'u) in *Po-Shin Tao-Jen Ko-Ch'ü*."（姜夔及其白石道人歌曲中的二十首慢詞），

《國立中央圖書館館刊》，二〇卷，一、二期，（一九八七・〇六），頁一四五—一五五。

365. Liu, Mei-fang, "Chiang K'uei and His Twenty Mahn Lyric Song-Poetry (Tz'u) in *Po-Shin Tao-Jen Ko-Ch'ü.*", 《國立中央圖書館館刊》，二〇卷，二期，（一九八七・一二），頁一三七—一八四。

366. （韓）金容杓，〈姜白石詞之景與情（一）〉，《中國研究》，第一一輯，一九八八・〇八。

367. （日）明木茂夫，〈白石道人歌曲の旋律詞牌〉，《中國文學論集（九州大學）》，一七號，一九八八・一二，頁四二—六九。

368. （日）明木茂夫，〈白石道人歌曲に於ける雙調形式——歌曲隻としての白石詞〉，《九州中國學會報》，二九，一九九一・〇四，頁四一—六一。

國家圖書館出版品預行編目資料

姜白石詞詳注
／黃兆漢編著. --初版. --臺北市：
臺灣學生；1998[民87]
面； 公分

ISBN 957-15-0864-0 (精裝)
ISBN 957-15-0865-9 (平裝)

852.4524　　87000890

姜白石詞詳注（全一冊）

編著者：黃兆漢
編著助理：何紅年、文英玲、李潤滿、賴慶芳、魏城璧
出版者：臺灣學生書局
發行人：孫善治
發行所：臺灣學生書局
臺北市和平東路一段一九八號
郵政劃撥帳號〇〇〇二四六六八號
電話：二三六三四一五六
傳真：二三六三六三三四
本書局登記證字號：行政院新聞局局版北市業字第玖捌壹號
印刷所：宏輝彩色印刷公司
地址：中和市永和路三六三巷四二號
電話：二二二六八八五三
定價 精裝新臺幣七二〇元 平裝新臺幣六四〇元
西元一九九八年二月初版

84504

ISBN 957-15-0864-0（精裝）
ISBN 957-15-0865-9（平裝）